I0762469

BESTSELLER

Jorge Molist (Barcelona, 1951) es uno de los grandes maestros de la narrativa histórica de nuestro país. Tras una larga carrera profesional en importantes multinacionales, decidió retomar su vocación de escritor y en el año 2000 publicó *Los muros de Jericó*, a la que seguirían *Presagio* (2003) y *El anillo* (2004), traducida a más de veinte idiomas. En 2007 ganó el prestigioso Premio de Novela Histórica Alfonso X el Sabio con *La reina oculta*, y continuó su reconocida carrera literaria con la bilogía *Prométeme que serás libre* y *Tiempo de cenizas* (2011 y 2013).

En el año 2018 obtuvo el Premio de Novela Fernando Lara con *Canción de sangre y oro*. Tras este galardón, llegarían *La reina sola* (2021), *El latido del mar* (2023) y *El Español* (Grijalbo, 2025).

JORGE MOLIST

La reina oculta

DEBOLS!LLO

Papel certificado por el Forest Stewardship Council®

Primera edición: julio de 2025

Travessera de Gràcia, 47-49. 08021 Barcelona
Diseño de la cubierta: Penguin Random House Grupo Editorial / Claudia Sánchez
Imagen de la cubierta: © José Luis Paniagua

Printed in Spain – Impreso en España

ISBN: 978-84-663-8147-5
Depósito legal: B-8.843-2025

Compuesto en Comptex & Ass., S.L.
Impreso en Novoprint
Sant Andreu de la Barca (Barcelona)

P 3 8 1 4 7 5

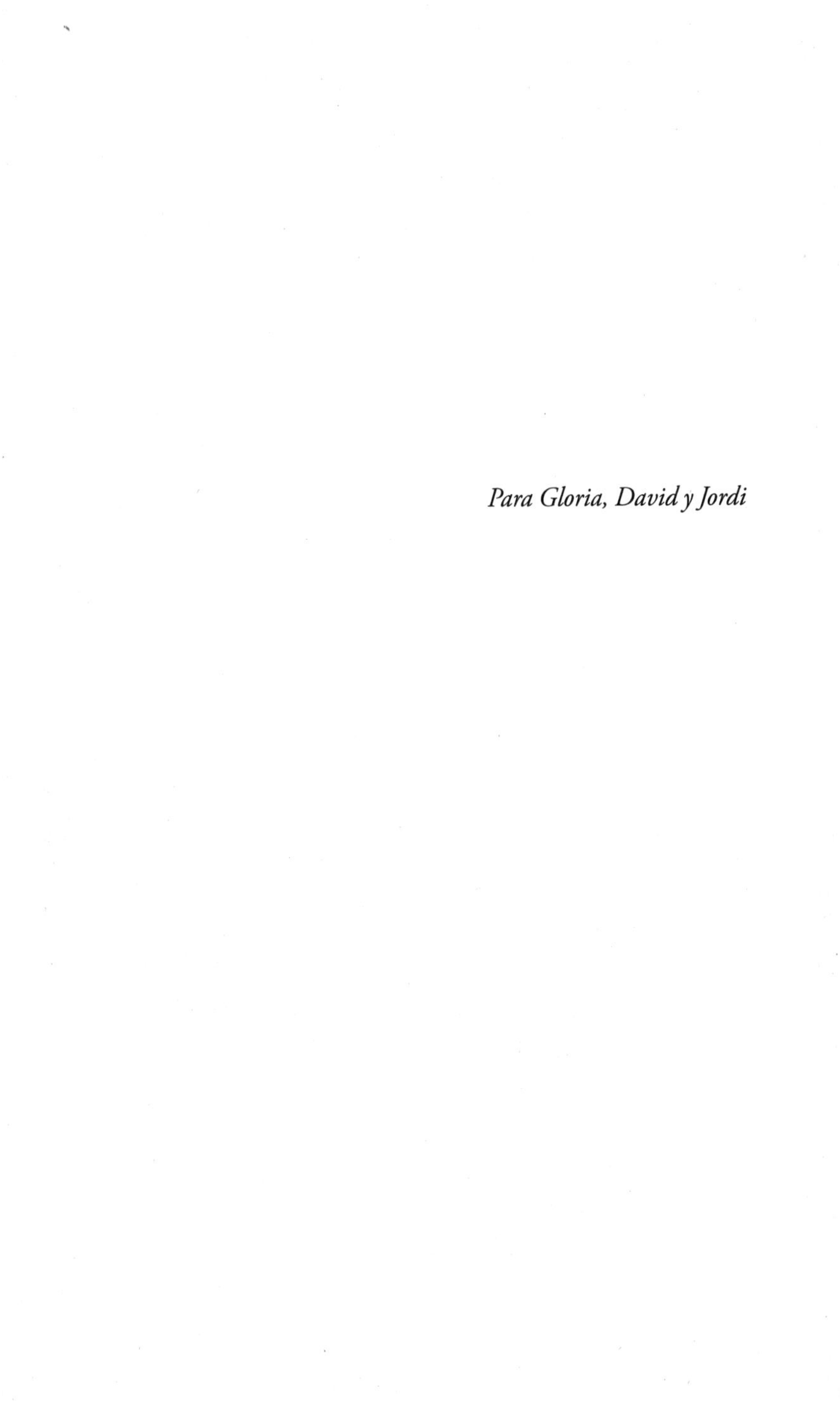

Para Gloria, David y Jordi

La parte histórica de este relato sigue fielmente la narración del navarro Guillermo de Tudela, contemporáneo a los hechos, en su obra *Cantar de la cruzada contra los albigenses*, escrita a principios del siglo XI.

El lector interesado hallará al final del libro un sumario de personajes y referencias históricas. Para más información puede acudir a www.jorgemolist.com

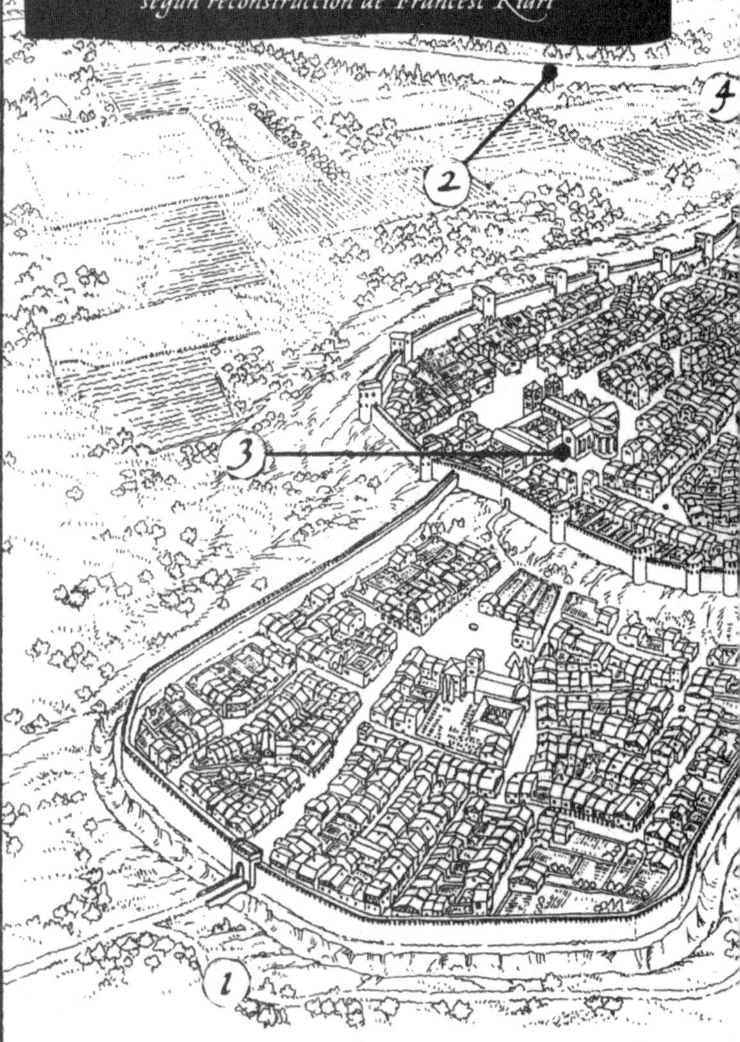
Carcasona 1209 antes del asedio
según reconstrucción de Francesc Riart
1
2
3
4

a Tolosa
5
6
7
a Narbona
1._ Burgo de San Miguel
2._ Río Aude
3._ Catedral de San Nazario
4._ Castillo Vizcondal
5._ Pozos del Aude
6._ Puerta de Narbona
7._ Burgo de San Vicente

OCCITANIA CENTRAL 120

R. Aveyron

CONDADO DE TOLO

R. Garona

R. Tarn

ALBI

TOLOSA

CONDADO DE COMINGES

PROUILLE

CONDADO DE FOIX

CARCASONA

FOIX

REINO DE ARAGÓN

MATAPLANA

URGELL

TERIOR A LA CRUZADA
SACRO IMPERIO
R. Ródano
CONDADO DE GEVAUDAN
MARQUESADO
DE PROVENZA
ORANGE
AVIGNON
ST. GILLES
ARLES
CONDADO
DE PROVENZ
MONTPELLIER
BEZIERS
NARBONA
AMPURIAS
Dominios del conde de Tolosa
Vasallos del conde de Tolosa
Posesiones de Trencavell
Posesiones del rey Pedro I
Vasallos y aliados del rey Pedro I
Recorrido de la cruzada de 1209

1

El nom del Payre e del Filh e del Sant Esperit.

[En el nombre del Padre y del Hijo y del Espíritu Santo].

Cantar de la cruzada, I, Inicio

En un instante pasé del arrobo del amor a la angustia de la muerte. Mi cabeza tenía un precio y los intrusos, que penetraron en nuestra habitación astillando la puerta, la querían. Con la mejilla aplastada contra una banqueta, solo podía ver a mi caballero debatiéndose impotente, desesperado, hundiendo en sus carnes las cuerdas que le ataban en un vano intento de socorrerme. Aún no comprendíamos el enigma del que yo formaba parte y, creyéndonos seguros, nos habíamos dejado sorprender. Sentía en mi cuello, sobre el que se alzaba la espada, una extraña sensación, preludio del tajo, de mi final. Intentaba rezar, pero desfallecía. Y en unos momentos sin tiempo recordé cuando, solo semanas antes, era Bruna de Béziers, y me apodaban la Dama Ruiseñor.

Aquella fue una primavera radiante; estaba enamorada y era muy feliz. Ignoraba que el diablo estaba tejiendo un futuro trágico donde yo sería el eje de un misterio secular, y mi amor, la clave para un mundo dolorosamente bello, una vez perdido.

Y disfrutaba del presente cantando desde la ventana, a la vista del cerezo en flor del patio de mi casa, la trova galante oída la noche anterior, arrullada por el zumbido de las abejas y el tañido de mi vihuela.[1]

Los criados y la gente en la calle se detenían a escuchar, envidiosos, sonrientes, el himno del primer amor, ese que nace del deseo de amar y que tiene la fuerza de los brotes delicados de las plantas en marzo, la misma que mueve el sol y la luna en el cielo, la que hace latir el corazón.

De haberme advertido alguien, habría contestado, incrédula, riéndome. Porque yo apuraba mi primavera, estaba enamorada y era muy feliz. Nada existía fuera de eso.

Pero aquellos recuerdos se esfumaron, ligeros, ahuyentados por el filo de la espada que iba a cercenar mi cuello y, extenuada, al fin conseguí murmurar un rezo.

Kýrie eléison,
Chríste eléison.

[Señor, ten piedad,
Cristo, ten piedad].

1. Vihuela: instrumento de cuerda precursor del laúd. Se tocaba tanto con arco como con los dedos.

2

Kýrie eléison,
Chríste eléison.

[Señor, ten piedad,
Cristo, ten piedad].

Oración

Camino de Saint Gilles a Arles.
Enero de 1208

Al distinguir las aguas del Ródano entre la arboleda, Peyre de Castelnou, legado papal y abad de Fontfreda, suspiró aliviado y, girándose por enésima vez sobre su montura, comprobó que no los seguían. A poca distancia esperaba una barcaza que, cruzando el río, los llevaría a Arles y desde allí, ya en las tierras del rey de Aragón, el viaje sería más seguro.

Dio orden al grupo de apresurar el paso cansino de las mulas y los cinco frailes azuzaron las bestias. Peyre observó con aprensión la séptima acémila. El papa esperaba su carga con ansia. Él había rogado al pontífice que, si el conde de Tolosa accedía a entregársela, le permitiera quemar el contenido de aquellos fardos de inmediato, pero Inocencio III se negó; quería ver con sus propios ojos aquello que hacía tambalear su Iglesia. El legado se estremeció, preguntándose si sería por la inclemencia de aquella tarde fría de enero o por miedo.

Solo tras agrias discusiones y gracias a las peores amenazas —excomunión y desposeimiento de sus tierras— había conseguido doblegar al arrogante conde de Tolosa. Un éxito del que era incapaz de disfrutar, la responsabilidad de transportar aquello a Roma abrumaba al legado.

—Demasiado riesgo —iba murmurando al contemplar el bulto—. Demasiado riesgo; el demonio es poderoso.

Tratando de cruzar aquella tierra de herejes sin llamar la atención, tal como le aconsejara fray Domingo de Guzmán, viajaba sin lujos, como un fraile más. Roma había multiplicado últimamente los esfuerzos de conversión, enviando decenas de clérigos predicadores, y pensó que sus hábitos grises le protegerían ocultando su condición de legado papal.

Pero cuando oyeron retumbar cascos de caballos a sus espaldas, vio a cuatro jinetes, ocultos sus rostros por las celadas de sus yelmos y los escudos sin divisas, supo que había errado al rechazar una tropa que le protegiera.

—¡Detenedlos! —gritó—. ¡Por el amor de Dios!

Y tomando las riendas del séptimo animal, espoleó al suyo en un intento desesperado de galopar la corta distancia que le separaba de los guardas que les estarían esperando en la barcaza.

Peyre había escogido, para que le escoltaran en aquella misión, a antiguos soldados o mercenarios, ahora frailes en su abadía, y los cistercienses intentaron cubrirle la espalda sacando las espadas escondidas bajo sus hábitos.

—¡Alto! —gritó fray Benet, que era quien mandaba—. ¡Legación papal! ¡Pena de excomunión si no obedecéis! ¡Quedaos donde estáis!

Pero los caballeros no se detuvieron; formaban cuña y, ayudados por la mayor fuerza y altura de sus monturas, abrieron un espacio por el que uno de ellos se lanzó sin oposición hacia Peyre, que huía. Este, al oírle a sus espaldas, azuzó aún más su acémila, pero el jinete le alcanzó de inmediato clavándole con toda su fuerza la azcona que enarbolaba en la espalda, ensartándole como a una perdiz. El eclesiástico sintió un golpe brutal; enseguida vino el dolor y, al llevarse las manos a la tripa, notó una gran púa de hierro que le salía de las entrañas. Aquella lanza corta había atravesado la malla metálica que cargaba bajo el hábito, inútil protección a tan corta distancia, partiéndole la columna con un chasquido estremecedor. Perdió la conciencia aun antes de que su cuerpo chocara contra el suelo helado.

Al recuperar los sentidos, lo recordaba todo. Se vio en algo que parecía un jergón, rodeado de velas y de sus frailes. Buscó el hierro asesino, pero en su lugar halló unos trapos sanguinolentos y mucho dolor. No sentía nada por debajo de la herida, supo que estaba muriéndose y deseó que aquello terminara tan pronto se pudiera confesar.

—La carga de la séptima mula —murmuró—. ¿Dónde está?

—La robaron, padre —repuso fray Benet, cabizbajo.

El abad cerró los ojos mientras su tormento se multiplicaba; había sabido la respuesta aun antes de formular la pregunta.

—Dios mío, era la herencia del diablo —musitó—. ¡Debiera haberla quemado!

Al confesarse, encargó a Benet que fuera a ver al papa, le contara lo ocurrido y suplicara perdón para él, su legado, el pobre abad de Fontfreda, cuya alma sufriría en el purgatorio el suplicio del mayor de los fracasos.

Por su negligencia, el mal continuaría reinando en Occitania, quizá incluso se extendiera por el mundo, y rezó al Señor pidiendo compasión.

Cuando el gallo rompió, con su canto estridente, la monotonía del lloroso canturreo quedo de kirieleisons fúnebres que los monjes entonaban, el abad quiso incorporarse. Se esforzaba abriendo la boca con desmesura.

Sus frailes se equivocaron al pensar que intentaba respirar una última bocanada. Aquello era miedo. Peyre creía estar oyendo en el gallo las risotadas del diablo escapado de los fardos.

Y murmurando «*vade retro*, Satanás», se derrumbó sobre el jergón mientras con un suspiro entregaba su alma.

Al poco, amaneció un día cargado de nubes pesadas, preñadas de tormenta.

3

De lai de Monpeslier entro fis a Bórdela
o manda tot destruiré, si vas lui se revela.

[Desde los muros de Montpellier hasta
Burdeos (el papa) ordena destruir a todo
aquel que se le oponga].

Cantar de la cruzada, I, 5

Roma, marzo de 1208

Al terminar la oración, majestuoso, el papa Inocencio III alzó sus manos, de guantes blancos donde centelleaba el rubí de su anillo, al cielo. Los doce cardenales que rodeaban al pontífice, tocados de mitras empedradas y cubiertos de casullas con brillantes y bordados en oro, plata y perlas, respondieron «amén» a coro.

Decenas de velas iluminaban las gruesas paredes románicas del templo, pero el papa se dirigió a la que se elevaba sobre una larga palmatoria situada en el centro del crucero. Allí se detuvo y, con gesto solemne y poderoso, tomó el apagacandelas que le ofrecía uno de los frailes de cabeza tonsurada, elevándolo amenazador sobre el único cirio de color negro. La vela tenía un nombre escrito en ella, el mismo que pronunció Inocencio al apagarlo:

—Raimon VI, conde de Tolosa.

El papa ahogó, ceremonioso, la llama con el metal y, al extinguirse esta, terminó el rito de excomunión.

El conde de Tolosa dejaba de pertenecer a la comunidad católica. No sería admitido en iglesia alguna, ni podría recibir los sacramentos, ni ser tratado o auxiliado por ningún cristiano, ni siquiera para darle sepultura. Su cuerpo sería devorado por las alimañas. Cualquiera podía arrebatarle bienes y tierras, puesto que había perdido el derecho a conservarlos.

Los duros ojos azules de Arnaldo Amalric, legado papal y abad general de la poderosa Orden del Císter, se posaron sobre fray Domingo de Guzmán y este le sostuvo la mirada.

El duelo que ambos mantenían desde hacía mucho tiempo acababa de dirimirse a favor del abad.

Dos años antes, en la primavera de 1206, los legados papales Arnaldo Amalric y Peyre de Castelnou se habían convencido de su fracaso predicando contra los cátaros. Fue en Montpellier donde los desanimados cistercienses se encontraron con dos extranjeros: Diego, obispo de Osma, y Domingo de Guzmán.

Estos regresaban de un viaje por el norte de Europa en misión diplomática por encargo del rey de Castilla y fueron a visitar al papa con el fin de solicitarle que les permitiera ser misioneros en los países bálticos, donde tantos paganos había. Inocencio III, impresionado por la fe de los castellanos, quiso que predicaran en Occitania.

En Montpellier, Domingo y su obispo convencieron a los legados papales para que abandonaran temporalmente su pompa y boato de altos cargos de la rica Orden del Císter y predicaran tal como lo hacían los herejes cátaros y valdenses. Con pobreza y humildad, según las enseñanzas de Cristo.

Conmovidos por el entusiasmo de los castellanos, y más aún por el apoyo que el pontífice les daba, los legados siguieron a Domingo y a su obispo en su predicación por tierras occitanas, aceptando incluso polémicas públicas con herejes y judíos, a veces en plazas de pueblo, otras en castillos.

Pero después de unos años de soportar miserias, humillaciones y burlas, los legados Arnaldo y Peyre llegaron a la conclusión de que el avance obtenido no era suficiente y que las herejías continuaban progresando de forma alarmante, imparables. Decidieron volver a su antiguo estilo basado en el castigo divino, la amenaza y la intimidación.

No así Domingo de Guzmán, que, después del fallecimiento de su obispo Diego, había fundado la Orden de los Predicadores para continuar con humilde esfuerzo la difusión de palabra de Jesucristo y su amor fraterno.

Las voces de la feroz polémica, pronunciadas pocas horas antes, aún retumbaban en las bóvedas de la iglesia:

—Vuestros métodos han fracasado, Domingo —clamaba Arnaldo, el abad del Císter. Por debajo de su lujoso ropaje asomaban unos borceguíes de buen cuero. Al verlos, Domingo sintió más frías las losas del suelo en sus pies desnudos—. Mandamos decenas de misioneros y, en lugar de convertir herejes, estos aumentan cada día.

—Enviasteis a monjes rollizos, acostumbrados a los rezos y letanías de convento y que ignoran la realidad del pueblo; no saben predicar en el sur —contestaba Domingo—. Unos vinieron en mulos y otros a caballo, ni siquiera hablan la lengua. ¡Pretendían convencer a los occitanos de la plebe hablándoles en latín o en la parla francesa de oíl! ¡Pero si ni les entienden!

—La verdadera palabra de Dios debe ser reconocida por los justos con independencia de cómo sea pronunciada —sentenció Arnaldo elevando la barbilla.

—Los predicadores herejes llegan como tejedores ambulantes, médicos o zapateros, trabajan entre la gente del pueblo, les hablan en su lenguaje, les convencen. No les agobian con impuestos para levantar iglesias y mantener clérigos, ya que los suyos se sustentan con su propio trabajo. Dan ejemplo de austeridad, comen solo vegetales y pescado...

Una gran pintura cubría el muro a espaldas de Arnaldo. Un impresionante ángel apocalíptico pesaba almas, representadas por multitud de cabezas que sobresalían de los hondos platos de la balanza romana, pero un diablo tiraba intentando hundir a aquellos infelices en el infierno. Los trazos duros del románico, de colores primarios separados por líneas negras, conferían a la escena una fuerza y dramatismo trágicos. Domingo se identificaba con el ángel salvador de almas y, angustiado, pensó que su contrincante era aquel diablo tramposo, y que le estaba ganando.

—Lleváis años predicando como hacen los herejes, Domingo. Peyre de Castelnou y yo os ayudamos y nada se consiguió. —El abad del Císter volvía a la carga.

—Hemos convertido a muchos y convertiremos a más —argumentaba Domingo.

Pero al coincidir su mirada con la del papa, el castellano vio en los ojos del pontífice compasión para él, no hacia las gentes de Occitania, y supo de inmediato que la suerte estaba echada y que sería derrotado.

—Muchos menos que ellos —repuso Arnaldo alzando la voz—. Ya no podemos esperar más. ¡Démosle fuego a los herejes y hierro a quien se resista!

Los cardenales debatieron. El asesinato del legado Peyre de Castelnou ensombrecía su ánimo y, atemorizados por el imparable avance de los herejes, y más aún por el robo de la séptima mula con la llamada «herencia del diablo», decidieron a favor de las propuestas del abad Arnaldo. Raimon VI, conde de Tolosa, sería excomulgado como responsable de la muerte de Peyre y se llama a los nobles del norte a una cruzada contra el sur.

Entonces fue cuando Inocencio III se levantó de su trono y, extendiendo los brazos en cruz, pronunció el terrible anatema, una condena masiva a muerte:

—Desde los muros de Montpellier a Burdeos, ordeno que se destruya a todo aquel que se nos oponga. Proclamo la cruzada de Dios.

Los doce cardenales dijeron «amén» a coro, alzaron sus manos enguantadas de blanco al cielo y entonaron el *Veni Creator Spiritus*.

Domingo bajó los ojos, llenos de lágrimas, y apartándolos de los de Arnaldo, juntó las manos para rezar; pedía perdón al Señor por no haber podido impedir lo que vendría.

La muerte y la desolación iniciaban su cabalgata. El diablo había decantado la balanza.

4

Rossinyol que vas a Franca, rossinyol,
encomanam a la mare, rossinyol.

[Ruiseñor que vas a Francia, ruiseñor,
encomiéndame a mi madre, ruiseñor].

Canción popular

Béziers, marzo de 1209

Nos encontramos de frente y lo primero que vi fue el brillo de sus ojos oscuros al cruzarse con los míos y sus pupilas dilatadas al contemplarme. Me quedé sin respiración. Después, advertí que él sonreía y automáticamente, sin pensarlo, una sonrisa se formó en mis labios. Y así nos quedamos los dos un tiempo que a mí me pareció horas, siglos, pero que solo fueron instantes. Iba cogida del brazo de mi prima Guillemma, que, al observar aquel embeleso, impropio de una dama, tiró de mí rompiendo el encantamiento que nos atrapaba.

—Por Dios, Bruna —me reprochó mi prima—, ¿qué os pasa?

Fue, entonces, deshecho el sortilegio de la mirada y la sonrisa, cuando me di cuenta de que no podía responder a esa pregunta, no sabía qué me pasaba; algo se encogía dentro de mi pecho y mi corazón batía loco. Jamás me había ocurrido eso antes.

Aún era invierno y el gran salón del palacio fortificado de mi castillo, senescal en la ciudad del vizconde Trencavel, estaba lleno de invitados. El fuego ardía intenso en el hogar.

Me acomodé junto a mi prima, mi ama y otras damas, mientras cantaba un juglar local, al que no presté atención. Todo mi interés se centraba en el forastero. El joven era alto y se destacaba del grupo situado al fondo de la sala. Lo observaba furtiva, pero de repente su mirada se encontró con la mía. Cohibida al descubrirme en falta, me sobresalté, casi como si el contacto hubiera sido físico, y aparté mis ojos de inmediato. Notaba mis mejillas enrojecidas y el corazón otra vez alocado. ¿Qué me ocurría? Un sudor frío acudió a las palmas de mis manos.

—Es Hugo de Mataplana —me susurró mi prima, que no se había perdido detalle.

—¿Le conocéis? —inquirí ansiosa hablándole al oído.

Ella tenía un par de años más y mayor experiencia social.

—Solo de vista, pero he oído hablar de él.

—Contadme, ¿de dónde es?

—Creo que es aragonés o catalán y parece que noble —repuso bajito—. No os lo aconsejo. Comentan que es peligroso, que oculta algo, que se comporta de forma misteriosa.

El codazo de mi ama y su gesto severo nos obligó a callar, pero esa advertencia no hizo más que aumentar mi interés por el galán, y al poco volvieron las miradas.

Y así, entre os veo y no os miro, empezamos a jugar a un delicioso gato y ratón que me producía tanto rubor como placer. Me di cuenta de que yo no le era indiferente.

El cantante local terminó haciendo una reverencia y cuando los aplausos cesaron vi sorprendida que el tal Hugo de Mataplana se situaba en el centro del salón portando una guitarra. ¡Era un juglar! Inclinando la cabeza, pidió permiso a mi padre y se hizo un silencio expectante. El origen morisco de aquel instrumento y su rareza en nuestra tierra aumentaban el interés por oírle. Con toda tranquilidad hizo sonar unas notas de la guitarra y, afinando un par de cuerdas, empezó a tañerla con una melodía desconocida pero llena de brío y belleza. Al poco, incorporó su voz, potente y cálida. La canción hablaba de la lucha en las fronteras del sur de los caballeros cristianos de los reinos españoles contra los musulmanes y comprendí que su origen era meridional.

El joven era osado; no se comportaba como muchos juglares que miran al techo entornando los ojos cuando de damas y amores cantan. Él buscaba la mirada del público, y más la mía, sonriendo cuando el tono del verso lo permitía.

Después se puso a cantar una romanza de amores, también inédita. Si antes se detenía a mirarme, ahora mucho más, escogiendo las estrofas de requiebro para la doncella. Parecía que me las cantara a mí. Y yo, aunque ruborizada y con un estremecimiento desconocido, no le rehuía.

—¿Por qué decís que es peligroso? —no pude resistirme a cuchichear.

—Comentan que es muy bueno componiendo sátiras —repuso mi prima— y que gusta tanto a las señoras como disgusta a sus maridos. Y que sus idas y venidas a la ciudad son extrañas; hay algo inquietante en él. No es como los demás.

Callé para atenderle con mis cinco sentidos, aunque no podía quitarme del pensamiento la advertencia sobre el misterio y el peligro.

Al terminar, Hugo de Mataplana se retiró a su rincón, ufano, mientras todos le aplaudían. Pero, cuando sus ojos se volvieron a la sala, pude ver su asombro al comprobar el juglar que tomaba su sitio en la escena.

Ese juglar era yo.

Dicen que solo en Occitania y Aquitania algunas damas dictaban canciones como trovadores y pocas se exhibían cantando en público como juglares. No era costumbre en el norte: ni en Francia, ni Borgoña, Flandes o Alemania. Y por el aspecto asombrado del joven, tampoco debía de ser común en los reinos del sur.

Mi padre, en especial después de la muerte de mi madre y de mi único hermano, me había educado en algunos asuntos como lo hubiera hecho con su hijo. Y como a mí me encanta la música, dejaba que me entretuviera, siempre vigilada por mi ama y junto a mi prima, con los juglares y trovadores que hacían noche en nuestra casa. La mayoría de aquellos artistas trotamundos afirmaban que la poesía también era riqueza para damas y no tuvieron inconveniente en enseñar lo que sabían a aquella jovencita, que era la hija de su anfitrión y que tan interesada estaba.

Un paje trajo un taburete donde me senté, extendiendo con cuidado mi amplia falda bordada, cual pavo real, como si quisiera abarcar el espacio libre que quedaba en el centro del salón. También trajo un escabel donde apoyar el pie y así descansar la vihuela en mi pierna. Mi padre, sentado entre los principales en la zona de honor de la amplia pieza, escuchaba orgulloso los murmullos admirados que mi despliegue producía en los invitados, contemplándome con ternura.

En esa posición daba la espalda a casi la mitad de la sala y también al juglar del sur. Eso me aliviaba; nuestras miradas se habían cruzado demasiadas veces y sabía que, de tenerle de frente, mis ojos terminarían buscándole. Así, más tranquila, acaricié con el arco las cuerdas del instrumento y empecé a cantar con su música. La audiencia era familiar y entregada, casi todos se unieron acompañándome en las dos primeras canciones, pero cuando sonaron las notas de la tercera se hizo el silencio:

Ruiseñor que vas a Francia, ruiseñor,
encomiéndame a mi madre, ruiseñor.

Sabían que era la canción de mi madre y que solo a veces la cantaba. Aun así, el sentimiento que ponía en ella y el que despertaba en los que me rodeaban era tal que me llamaban la Dama Ruiseñor. Nadie más cantaba esa canción, era solo mía.

No sé por qué quise cantarla esa noche. Quizá porque deseaba regalarle algo muy querido al joven gallardo que me rendía con su sonrisa.

Esa fue la última actuación de la velada y la gente, después de los aplausos, vino a felicitarme; hablaban conmigo, pero yo no atendía su conversación. Mi interés se centraba en mi juglar, de pie, allí al fondo, junto a otros extraños. Él también me buscaba con la vista y yo estaba segura de que quería hablarme sin saber cómo. Entonces, vino mi ama y sin demasiadas contemplaciones me arrastró junto a mi prima, hacia el otro extremo, donde se situaba la puerta que llevaba a las habitaciones.

—Ya os habéis puesto demasiado en evidencia mirando tanto a ese forastero —me dijo en su lengua francesa de oíl—. Es hora de recogerse.

Una última mirada clandestina nos unió cuando, justo antes de cruzar el umbral, me rebelé contra mi captora y me giré para verle. Él puso una mano sobre su corazón y saludó con la cabeza con una sonrisa triste. Mis ojos se humedecieron al pensar que le estaba perdiendo sin ni siquiera haber gozado del encuentro.

«¿Le veré otra vez?», me pregunté desconsolada.

En nuestro dormitorio interrogué a mi prima hasta que me contó todo lo que sabía sobre el joven. No era mucho. Hugo visitaba Béziers con cierta frecuencia e incluso había estado antes en mi casa, sin que yo lo supiera o me fijara en él. Se comentaba que sus idas y venidas eran misteriosas y que viajaba de forma demasiado humilde para ser noble, si en verdad lo era. Y que era audaz, pendenciero a veces, y que había cortejado a varias damas. Pero yo no reparaba en estos detalles; la esperanza de volverle a ver me llenó de alegría, desatando mi imaginación. ¿Era aquello amor? ¿Sentiría él lo mismo por mí?

5

Encomanam a la mare, rossinyol,
i a mon pare no pas gaire
perquè m'ha mal maridada.

[Encomiéndame a mi madre, ruiseñor,
pero no tanto a mi padre, no,
porque me malcasó...].

Canción popular

Cuando se casaron, mi madre tuvo que dejar su Francia verde entre ríos y venir a un sur brillante al que nunca se acostumbró. Ella aportaba al matrimonio unas propiedades en el norte, tan lejanas que quizá fueran más incordio que beneficio para mi padre. Nunca entendí las razones políticas para ese enlace. Un día le pregunté y ella, mirando por la ventana ensimismada, como si lamentara su juventud perdida, musitó:

—Mi padre, los compromisos de familia..., lo común en las damas de nuestra alcurnia —no dijo más ni yo, viéndola triste, volví a preguntar.

Se conocieron cuando ella llegó con sus familiares para la boda arreglada, dicen, por el viejo vizconde del que mi padre era senescal, el noble de su confianza en la ciudad de Béziers, su defensor.

Ella era muy joven, no respondía al modelo típico de amante de señor feudal a la que este casa con un vasallo alcahuete. Tampoco mi padre, último miembro de una viejísima dinastía noble meridional, parecía un subordinado consentidor.

Pero quizá eso no le hubiera importado a él, que se limitó a preñarla de mi hermano y de mí y a darle poco más, pues tenía sus propios romances. Ella al principio no hablaba nuestra lengua occitana, y se comunicaba exclusivamente en oíl con la criada que se trajo de su tierra; mi ama. En Béziers la llamaban Ana de Francia o simplemente «la Francesa».

Pero un día llegó aquel trovador y ella conoció el ansia del amor, la poesía, el suspiro y la sonrisa.

Bernard de Béziers, mi padre, como buen caballero occitano, respetuoso de la *fin'amor*, no puso trabas a la relación. Ella pertenecía físicamente a su marido, pero este, que usaba poco su cuerpo y menos su espíritu, sabía que era desdichada y que nunca podría hacerla feliz, pues él amaba a otras.

Pero era un buen hombre al que le entristecía la tristeza de ella y respetaba la libertad de Ana para entregar su amor a otro. El espiritual solo, naturalmente.

Cuando Sans d'Urgell se encontraba en la ciudad, yo le veía más que a mi propio padre. Cantaba en el salón de la casa para familia e invitados, o en el patio si el tiempo era bueno, y tenía acceso a la habitación de mi madre. Allí dormíamos mi madre, mi ama, yo y otras damas, incluida mi prima cuando nos visitaba. Creo que solo se veían allí cuando estábamos las demás, que nunca se encontraron a solas y que solo algunos besos, caricias y algún regalo de cuando en cuando fueron la recompensa para él. Pero no podría asegurarlo. Veía la ternura, el amor, en cómo se miraban y notaba el desconsuelo de ella cuando Sans venía a despedirse para emprender viaje. Yo le quería mucho; siempre jugaba con nosotros, los niños, reíamos con él, nos enseñaba cómo los trovadores componen canciones, cómo se saca bellos sonidos a una vihuela y trucos de juglar para divertir a las gentes. También nos contaba lo grande que era el mundo, describiendo las maravillas que contenía. Destacaba como la mayor de las bellezas el *joy*, el gozo del amor cortés, que era casi religión para él. Y también a la afamada Dama Grial, que cultivaba el *joy* y vivía en la Montaña Negra, en el fabuloso castillo de Cabaret, refugio de trovadores y juglares.

Él compuso para mi madre la *Canción del ruiseñor* y, a veces, ella lloraba al oírla. Habla de una joven dama que añoraba su hogar, su familia en las tierras del norte. Es melancólica, sabe a soledad y cuenta un mal matrimonio decidido por el padre. También de un ruiseñor viajero, correo de un mensaje de amor. Es triste, pero muy bella.

A mí me gusta cantarla con sentimiento y lo hago en memoria de mi madre y de su amor.

Murió joven, hermosa, nostálgica, pero enamorada. Era invierno, le vino tos, fiebre y en pocos días se consumió. Se trajeron todos los remedios, mi padre hizo cuanto pudo, estuvo con ella, pero la mano que Ana quiso sostener en su último suspiro fue la de Sans, su trovador, su juglar, su verdadero amor.

Recuerdo ver, desde el primer banco de la iglesia, el reservado a mi familia, a Sans d'Urgell solo, encogido en un rincón lejano, llorando en el funeral. Él, que acostumbraba a erguirse como un gallo al cantar, luciendo su orgulloso bonete empenachado con dos largas plumas de faisán, se apoyaba durante aquella misa, cabeza descubierta, contra una pared trasera, deshecho. Nunca más supe de él.

Pienso que buscó un lugar distante donde morir cual viejo ruiseñor en invierno que, no pudiendo mantener más su propio calor, se acurruca en un último refugio.

Así que cuando canto la *Canción del ruiseñor* también lo

hago en honor a Sans, agradeciéndole toda la felicidad, todo el amor que le dio a mi madre.

Aquella pasión alumbró mi infancia y me preguntaba si Hugo de Mataplana, el juglar del que me había prendado, y con quien en los últimos días había conseguido intercambiar unas pocas palabras y muchas sonrisas, sería capaz de algo tan bello.

6

Gaudeamus igitur
juvenes dum sumus.

[Acompáñennos los gozos
mientras seamos jóvenes].

Carmina burana

Afueras de París, marzo de 1209

Los dados rodaron dando tumbos sobre la mesa de roble basto y uno se detuvo en el pequeño desnivel formado por dos tablones mal ensamblados.

—¡Cuatro y dos! —gritó un hombretón de barba rubia cuya sonrisa de dientes corroídos brillaba a la luz de los candiles—. ¡Perdéis, señores estudiantes!

—Os equivocáis —repuso Amaury de Montfort, un joven corpulento—. El dos está montado, hay que rodarlo de nuevo.

—¡De ninguna manera! —gruñó otro hombre rubio, con un acento que denotaba su procedencia de los condados del norte—. Antes habéis dado por buena una jugada semejante porque os convenía.

—Aquel dado estaba casi bien —intervino Guillermo de Montmorency, un muchacho tan fornido como el anterior y en cuyos ojos azules había un brillo irónico. Y mirando desdeñoso al último que había hablado, añadió—: No saldréis de aquí con bien si no se repite esa jugada.

El tono era de amenaza. Sus miradas se encontraron retándose. El hombre buscó la empuñadura de la daga que le colgaba del cinto.

—Déjale que eche el dado de nuevo, Gunter —razonó el tercero de los mercaderes intentando calmarle—. Tendría que sacar un seis; demasiada suerte. No merece la pena la trifulca.

—El dado de antes estaba más montado que este y se aceptó por bueno —rezongó Gunter, sin apartar la mirada de los ojos de su contrincante. La lengua se le trababa por el vino y el coraje.

Guillermo sonrió enseñando los dientes y colocando también la mano sobre su puñal en amenaza.

—¡Por san Dimas, Gunter! —exclamó el prudente, sujetando a su compañero del brazo—. Tenemos la partida ganada; te está provocando y aquí somos forasteros. ¡Deja que tire el dado!

La mirada se mantuvo mientras Guillermo ampliaba su sonrisa triunfal. El otro apartó la vista y dijo:

—¡Tirad de una vez, maldita sea!

Guillermo cogió el dado y, ocultándolo de la luz de los candiles con la sombra de su mano grandota, lo sacudió en alto, haciendo un hueco entre sus manos, para lanzarlo rodando sobre la tabla. Todos contuvieron la respiración y el ruido de la pieza de hueso saltando en la madera sonó diáfano, hasta que fue a pararse junto al mismo desnivel donde se detuvo el dado anterior.

—¡Un seis! —rugió Guillermo—. ¡Ganamos nosotros! —Y su compadre Amaury empezó a reír a carcajadas.

—¡No puede ser! —gritó Gunter—. ¡Ha cambiado el dado!

—Un seis, hemos ganado. Partida terminada —insistió Guillermo, mientras recogía el dado y lo guardaba en su faltriquera.

—¡No lo escondas! —advirtió el mercader.

El muchacho le miró mientras golpeaba su bolsa sonriendo triunfal.

—No te vas a burlar de mí, petimetre —gruñó Gunter, y la hoja de su daga brilló buscando las tripas de su adversario.

Este lo esperaba y dio un paso atrás esquivándolo, aun sin poder evitar que el estilete rasgara su túnica y penetrara hacia los intestinos. El pinchazo dolió, pero el muchacho se dijo que era una suerte que aquel necio no hubiera advertido que vestía una fina cota de malla de acero bien trenzado bajo el ropaje exterior y que lanzara su golpe en lugar equivocado. Pudo sujetar la muñeca del agresor con su mano izquierda, evitando la siguiente puñalada, mientras que su derecha aferraba uno de los cubiletes de madera maciza ahuecada que servían de tazones y lo levantó por encima de su cabeza, esparciendo el vino que contenía por el aire, para estrellarlo contra el rostro de su atacante. Este tiraba del puñal sin poderse librar de aquella zarpa que lo sujetaba, intentando mientras cubrirse la cara ensangrentada con su mano izquierda. Pero Guillermo, usando el pesado tazón cual maza, golpeó con todas sus fuerzas la mano protectora y esta, la cara. Los huesos crujieron y Gunter trastabilló hacia atrás. Uno de los mercaderes quiso sujetar al joven por la espalda, pero se encontró con un pinchazo en el cuello. Amaury se había interpuesto y, apuntándole con su daga bajo la barbilla, le hizo retroceder un par de pasos.

El tercer extranjero sacó su puñal, pero lo guardó apresurado cuando vio a dos individuos que, salidos de la oscuridad, le amenazaban blandiendo espadas. El siguiente golpe hizo que Gunter retrocediera varios pasos y, aunque pudo sujetar por unos instantes aquella maza que le machacaba la faz, al tropezar con un taburete y caer de espaldas, soltó a su contrincante y su propio puñal. Guillermo de Montmorency se abalanzó sobre el caído y le martilleó, ya en el suelo, ferozmente.

—¡Dejadle, por piedad! —suplicaba el mercader prudente—. Habéis ganado de buena lid! ¡Quedaos con todo el dinero! Pero dejadle, por la Virgen, ¡que lo vais a matar!

Amaury intervino para frenar a su primo, que jadeaba excitado, aunque sonriente, al incorporarse. Y al fin, del tenebroso lucio donde la luz de los candiles no alcanzaba, los vencidos pudieron retirar a Gunter, que mostraba un rostro ensangrentado. Los tres fueron expulsados a patadas con gritos de ¡Montfort y Montmorency!, que tuvieron que corear, una vez fuera de la posada, amenazados por las espadas de los escuderos.

Los primos se repartieron las monedas de la mesa y, acomodándose en los bancales, invitaron a sus escuderos, que les llenaron los tazones de vino, y los cuatro brindaron. Mostrando el polémico dado, Guillermo lo rodó varias veces obteniendo siempre un seis. Celebraron la hazaña con risotadas y Amaury, achispado y feliz, subió sobre la mesa y, alzando su cubilete lleno de vino, se puso a cantar en latín goliardo:

Soy el abad de la Zizaña,
el que a bebedores acompaña
y a san Dado mi vida consagro.

Guillermo se unió a él encima de los tablones, mientras simulaba unos pasos de danza. Desde abajo, los escuderos animaban coreando la letra y dando palmas.

De repente, Amaury, que al bailar con su primo le había sujetado de la cintura, notó un contacto húmedo y cálido.

—¡Dios mío! —exclamó—. ¡Es sangre! ¡Ese bastardo te ha herido!

—No, no es nada.

—Sí que lo es —dijo Amaury mostrando su mano teñida de rojo.

Y dio gritos para que despertaran a las criadas y los escuderos se apresuraron complacidos a hacerlo.

Las muchachas fingían dormir, a pesar del escándalo que producían sus parroquianos, sobre unos jergones de paja. Estaban orientados al fuego de la cocina y descansaban encima de unas bancas de altos respaldos que las protegían de corrientes de aire, dándoles una precaria intimidad.

El posadero hacía horas que junto a su familia se había refugiado en el piso de arriba dejando a las jóvenes fámulas la difícil tarea de lidiar con semejantes clientes. Lo hacía siempre que, pasada la hora, quedaban parroquianos conflictivos en la posada.

Las chicas se apresuraron a atizar el fuego para hervir unos paños y a limpiar la mesa donde tendieron a Guillermo.

En efecto, la herida era solo superficial. La puñalada que lanzó el norteño, sin duda mortal a no ser por la malla de acero, consiguió abrir algunas de las argollas, produciendo poco más que un rasguño.

María, que ya conocía a Guillermo de visitas anteriores, se afanó cariñosa en la cura del muchacho y, una vez detuvo la hemorragia, le colocó las vendas. Y besándole la mano, se retiró junto a la otra criadita a los jergones.

Ya vestido, y después de otro trago de vino, reanudaron los cantos.

Quien al alba me busque en la taberna,
desnudo andará de anochecida
repitiendo a gritos esa monserga:
¡ay, qué suerte tan cochina!

Pero al rato, Guillermo sintió nostalgia del suave contacto de las manos de María y de su tibio aliento.

Dejó a los demás con sus cantos y, sin advertirles, se fue hacia la lumbre, buscó bajo las frazadas con las que se cubría la muchacha y encontró sus pechos cálidos y abundantes.

Ella no pretendió ni sorpresa ni timidez ya que no era la primera vez que se complacían mutuamente. Se incorporó y empezó a besarle tirando suavemente de él, hasta que Guillermo estuvo bajo las ropas, en equilibrio precario sobre las tablas del banco.

La situación no había pasado desapercibida para los demás y Amaury fue bajando el volumen y el entusiasmo del canto hasta callar, y los escuderos le imitaron. Los amantes no contenían su arrullo amoroso y el caballero apuró el vino de su tazón de un trago y seguido de los escuderos se dirigió al hogar.

Solo quedaban brasas en la lumbre y poco podía ver Amaury de los trabajos de su primo, aunque no por eso, dado el murmullo de la pareja, desconocía por que capítulo andaban.

Excitado, se dirigió a la otra criada que se acurrucaba en su banco fingiendo dormir, pero, al no encontrar con sus tanteos respuesta favorable, empezó a quitarle las frazadas y a manosearla. Ella se defendió en silencio apartándole, hasta que él, impaciente, le soltó un manotazo y, amenazándola con lenguaje soez, puso todo su ardor y fuerza en la batalla, logrando la rendición del enemigo después de una resistencia inútil.

Tal como antes hicieron, los escuderos velaron desde la oscuridad, detrás de los bancos, por sus señores.

7

Done se crozan en Fransa e per tot lo regnat
can sabo que seran del pecatz perdonat.

[En Francia y en todo el reino se hacen cruzados
al saber que les perdonarán sus pecados].

Cantar de la cruzada, I, 8

Tal y como sus galenos exigían, después de yacer con las muchachas, los primos orinaron para limpiarse y decidieron hacerlo contra el portón de la posada, marcando territorio, mientras sus escuderos se ocupaban con los caballos en el establo.

Los orines humeaban al rociar la madera. Amanecía y ya los pájaros cantaban en las arboledas al borde del camino que conducía a París. Desde el interior de la posada se oían los gritos del patrón, que, descendido de su refugio en el piso superior, ya seguro de que aquellos peligrosos parroquianos se habían ido, lanzaba improperios a las criadas para que se levantaran a atizar el fuego y asear la casa.

—¿Por qué no liquidaste a ese bastardo? —inquirió Amaury de Montfort.

—No sé —dijo bostezando Guillermo de Montmorency—. Caridad cristiana, imagino.

Amaury rio.

—Guarda eso para cuando seas obispo —repuso—. Ese tipo te pudo haber matado.

Hacía frío y, habiendo terminado, se apresuró a subirse los calzones y bajarse la camisa, cota de malla y sayo que había mantenido arremangados durante el desahogo. Esperó a que Guillermo acabara con lo mismo y le dio un abrazo de oso, besándole con babas en la mejilla.

—Te quiero, primo —le dijo—. Y temo que un día un desgraciado de taberna te abra en canal.

Los primos conversaban entre bostezos al paso tranquilo de sus caballos. Aún oculta tras la bruma, la ciudad de París, protegida tras sus fuertes muros, estaba cercana y las puertas tardarían en abrirse. El hielo fino de los charcos del camino se quebraba bajo los cascos y los campos se mostraban escarchados y cubiertos de neblina, que se disiparía al contacto con el sol, si este decidía mostrarse.

—¿Qué tal la universidad? —inquirió Amaury.

—Mucho latín y se duerme mal en sus bancos.

Su primo rio.

—Serás un buen obispo, compondrás buenos sermones.

Guillermo se encogió de hombros.

—Es lo que la familia ha decidido, ¿no?

—Bueno, yo también tengo que casarme con una desconocida por alianza política —repuso Amaury consolándole.

—Quizá hasta sea guapa.

—O coja. ¿Qué más da? Igualmente consumaré.

—De eso estoy seguro —rio Guillermo.

—Tenemos parientes en las casas más poderosas de Francia, Borgoña y Flandes. Yo heredaré un condado, pero tú tienes buena cabeza. Serás obispo, y quizá te podamos hacer arzobispo o cardenal.

Guillermo bostezó.

—Quién sabe. Hasta podrías llegar a papa —continuó su primo.

—Si eso se puede ganar en una partida de dados…

Amaury soltó una carcajada.

—Te quiero, primo —repitió.

Varios pasos más atrás, encogidos sobre sus caballos, los escuderos comentaban la noche.

—¿Por qué no te acostaste con la criada? —inquirió Paul, el hombre de Amaury de Montfort.

—Mi señor no deja que lo haga con las que él lo hace —repuso malhumorado Jean— y menos con esa, a la que parece tener querencia.

El otro rio.

—Pero si el posadero la vende a cualquiera por unas monedas… Ni que fuera una dama.

—Mi señor no quiere. —Y se encogió más, como si de repente el frío húmedo le hubiera penetrado los huesos.

—Vaya mal amo.

—No siempre. En lo demás, se muestra generoso.

—Qué tipo raro.

—Quizá sea así porque es eclesiástico —aventuró el escudero de Guillermo.

—Vente conmigo a la cruzada contra los herejes —propuso Amaury a su primo después de un rato de silencio.

—No se me ha perdido nada en el sur y ya me divierto todo lo que quiero en París.

—Te perdonan todos los pecados que traigas más los que cometas, y habrá un buen botín. Incluso feudos.

Guillermo se encogió de hombros.

—No necesito botín y ya encontraré alguien aquí que perdone mis culpas.

—Debieras venir; los Montfort nos hemos comprometido con Arnaldo, el legado papal y abad general del Císter. Iremos todos —insistió Amaury—. Te conviene para tu futuro como obispo.

—Sí, pero… —El estudiante acercó su caballo al de su primo y bajó la voz en tono confidencial—. Hay una dama a la que pretendo. Y su marido se ha cruzado. Él pasará el verano en el sur matando herejes y, entonces, yo…

Amaury estalló en carcajadas.

—Eres un bribón, primo. —Y después le susurró a Guillermo—: ¿Sabes? Nuestra familia tiene una alianza especial con el legado. Me ha encargado una misión secreta.

—¿Cuál?

De pronto Guillermo notó que su primo vacilaba, como arrepintiéndose de lo que acababa de decir.

—¿Cuál? —repitió ante el silencio de Amaury.

Este carraspeó antes de responder:

—Bueno, tengo que asegurarme de que una dama muera durante la cruzada. Y también su padre.

—¿Una dama? —se escandalizó Guillermo—. ¿El legado quiere que mates a una dama?

—Sí, eso es.

—¿Y por qué?

—Es secreto.

—¿Cómo se llama?

—Bruna, y la apodan la Dama Ruiseñor. Es la hija del senescal de Béziers.

—Pues vaya mierda de misión. Prefiero quedarme en París dándole buena vida a una dama que tener que ir a Béziers a darle mala muerte a otra.

—Tampoco a mí me gusta eso.

—Pues no lo hagas.

—El apoyo del legado es importante para nuestra familia, y también para ti, piensa en tu futuro. Debieras acompañarme.

—No, primo; mi asunto en París me importa más.

Ambos continuaron un rato en silencio hasta que Guillermo preguntó pensativo:

—¿Por qué querrá el legado papal matar a una dama?

—Eso le pregunté yo también —contestó Amaury.

—¿Y qué te dijo?

—Dijo que todo lo que no necesitara saber y no supiera no me podía dañar.

—Parece una amenaza —bromeó Guillermo.

—Y lo es —repuso Amaury convencido—, pero insistí.

—¿Y qué dijo?

—Que el senescal cometió una falta muy grande contra Dios y la Iglesia. Y que él y su descendencia deben pagar por ello.

—Suena a castigo bíblico —murmuró Guillermo.

—Recuerda que es un secreto que me debes guardar.

Guillermo afirmó con la cabeza mientras continuaba dándole vueltas a aquel extraño asunto.

Desde alguna rama oculta por la neblina, un ruiseñor, heraldo de primavera, cantó.

8

Anc mais tan gran ajust no vis, pos que fus nat
con fan sobre.ls eretjes e sobre'ls sabatatz.

[Nunca en mi vida viera tanto gentío
como él contra herejes y valdenses reunido].

Cantar de la cruzada, I, 8

No preguntes lo que no quieres saber, dice el refrán. Jamás debiera haber preguntado yo aquella mañana de primavera, y a veces me siento culpable cuando pienso que fue mi pregunta y la terrible respuesta que recibí lo que desencadenó tanta pérdida, tanto dolor. Dios es clemente haciéndonos ignorantes de nuestro destino.

Recuerdo que era una mañana transparente, hermosa, fría aún, de inicios de primavera. Y era jueves, el día grande de mercado en Béziers, el mejor de la semana para nosotras. Me encantaba curiosear los tenderetes y a mi ama, doña Bernarda, más aún. A los puestecillos habituales de cacharros, verduras, aves, conejos y corderos, se sumaban aquel día los de mercaderes ricos, con aromáticas especias, brocados, sedas, cajas de marfil o maderas nobles y perfumes…

A las once de la mañana, cuando salíamos a pasear, antes de la misa de doce, el mercado estaba abarrotado de gente, de gritos, colmado de colores vibrantes, rebosante de olores y mi ama no se cohibía en empujar o soltar un bramido con su fuerte acento de oíl a algún villano, para abrirme paso.

Yo estaba exultante. Hugo de Mataplana, ese juglar de modales de caballero, había reaparecido en la ciudad y en aquel momento seguía mis pasos mostrándose sonriente, pero se ocultaba, travieso, de la ceñuda mirada de mi ama entre la multitud. Yo no podía evitar corresponder con mi sonrisa a la suya. Sin duda, él era audaz y exageraba, cómico, el temor a mi voluminosa ama. Cuando, al cruzarnos apretujados entre la gente, vi que se agachaba como para recoger algo y noté un tirón en mi falda, me quedé estupefacta. Doña Bernarda iba adelante atareada, apartando a la chusma, y yo, impedida de seguirla, sin arriesgarme a perder la parte baja de mi vestido, me detuve sin saber qué hacer. Descarté de inmediato delatar a Hugo. ¡Menudo escándalo hubiera organizado mi ama! Pero él me devolvió la libertad enseguida, tras un instante para mí eterno entonces, pero que después, al recordarlo, se me antojaba demasiado corto. Besó el borde de mi falda, sonrió otra vez y, acercándose a mi oído, me recitó algo sobre las penas de amor que le causaba la Dama Ruiseñor.

No era la primera vez que furtivamente habíamos intercambiado palabras, pero en esta quedé como flotando en una nube. Estaba acostumbrada a que me dedicaran trovas galantes. En casa de mi padre lo hacían todos los juglares que allí paraban, pero Hugo era especial. Era la comidilla de las damas y los rumores le hacían noble, hijo de un barón catalán, aunque él se hacía pasar por simple juglar trotamundos. Tenía deje sureño al hablar la lengua de oc y usaba alguna palabra foránea rimando sus poemas. Eso nos hacía concluir que además de juglar era trovador, siendo la mayor parte de lo cantado composición propia. Además, sus misteriosas idas y venidas, y los rumores de sus aventuras galantes, no hacían más que aumentar el interés y las especulaciones. Sumando los dimes y diretes femeninos sobre su persona a su apostura y sonrisa, se entenderá que el corazón me batiera alocado y los colores me vinieran a las mejillas al oír el verso, furtivo, que me dedicaba.

¡Quizá quisiera pedirme que fuera su dama!

Cuando Hugo desapareció, arrastrado por el gentío, me quedé emocionada e impaciente. ¿Cuándo me solicitaría? Fue entonces cuando doña Bernarda paró en un tenderete fascinante; el del genovés que trataba en sedas. Allí estaban colgados, como pendones de combate, tejidos maravillosos en púrpura, azul, blanco, con caprichosos dibujos... y tremolaban con la brisa. Era irresistible y nos detuvimos a acariciar aquellas bellezas. Pero mi atención no iba con la mercancía ni atendía a los comentarios de mi ama y cuando esta se puso a regatear a partir de un precio que demostraba que no pretendía comprar, sino solo exhibirse con aquel mercader que le gustaba, decidí apartarme y observar con disimulo si Hugo me acechaba. Pero no le vi y buscándole, disimulada, fui andando hacia los soportales. Allí la encontré.

Acostumbraba a vender su mercancía de hierbas medicinales, extendida en el suelo sobre hatillos de tela, que servían de envoltorio. La llamaban Sara la judía y decían que era bruja. Aquella mañana Sara se había situado en uno de los extremos del mercado, a la entrada de una bocacalle, medio oculta tras una columna. Cuando le pedí que me leyera el futuro para averiguar si el muchacho que me gustaba me pediría prenda de dama y le tendí la mano, ella se negó, dijo que no hacía eso. Pero soy insistente cuando quiero algo, así que a la tercera negativa, saqué un sueldo que había ocultado de mi ama en un bolsillo de la falda y se lo ofrecí. Negó con la cabeza, pero sus ojos no podían apartarse de la moneda, que quizá representara sus ganancias de una semana. Yo le dediqué mi sonrisa más dulce y junto a ella coloqué el dinero, y añadí un por favor. Ella sabía que se arriesgaba mucho, me hizo una seña y en la sombra que proyectaba la columna extendió un pañuelo negro bordado con una estrella de seis puntas en blanco. De un saquito también negro hizo caer unos objetos dentro de un cuenco de madera y, tapándolo con una mano, los agitó con cuidado para luego desparramar su contenido sobre el pañuelo.

Eran huesecillos, mondos, lirondos y blanquísimos, que se extendieron sobre el paño. La mujer fue señalándolos mientras murmuraba. Parecía leer, dependiendo de en qué lugar, dentro o fuera de la estrella, hubieran caído cada uno.

—Él será vuestro trovador, quizá vuestro caballero. Pero difícilmente más —dijo al fin. Estaba muy seria y se quedó mirándome en espera de mi siguiente pregunta.

—¿Por qué? ¿No es noble?

—Sí lo es.

—¿Le gusto?

—Os ama.

No pude disimular mi alegría palmoteando como una niña.

—Entonces ¿nos podríamos casar?

—Un gran poder se opone…

—¿Cuál?

Ella recogió los huesos dentro del cuenco y, agitándolos de nuevo, los esparció sobre el pañuelo. Estuvo largo rato señalando uno y otro, murmurando para sí, arrugando su frente y luego me miró con ojos que denotaban temor y dijo precisamente eso:

—La rata devorará al ruiseñor occitano.

Aún hoy oigo el silbido del aire en su boca de pocos dientes.

—¿Qué? —me alarmé.

—Sí —dijo ella señalando los huesos, y me fijé en que uno de ellos parecía el cráneo de un pequeño roedor y otro, el de un pájaro—. Mirad. Uno está en la punta de la estrella que dice «comer» y el otro «ser comido».

—¿Pero quién es la rata?

—Los esbirros del papa.

—¿El papa? —repetí como tonta—. He oído decir a mi padre que el pontífice de Roma está muy molesto por culpa de los cátaros —dije después—, pero solo es contra los herejes.

—No es solo contra ellos. Lo está contra los nobles, contra los burgueses que no se someten a sus obispos.

—Entonces, el ruiseñor occitano…

—El ruiseñor occitano es vuestro mundo. Todo él. Sois vos —confirmó tendiéndome la mano; quería su pago.

—Esperad, no me has dicho casi nada…

—Os he dicho que él os ama, quedaos con el amor.

—Pero dijisteis que es noble. Quiero saber si puede llegar a ser…

—La respuesta está rodeada de horrores, no queráis saber más, dama Bruna —su voz era triste, suplicaba—; no me hagáis mirar de nuevo. El futuro solo está en manos de Adonai, el Señor, y mis huesos no responden solo a vuestras preguntas, hablan de otras cosas, cosas que no queréis saber. A veces, Adonai castiga a quien pretende descubrir lo que Él quiere ocultar. Dadme mi moneda y rezad.

Sentí miedo y un escalofrío en forma de temblor sacudió mi cuerpo, le di la moneda y ella empezó a recoger su tenderete de forma precipitada, como huyendo del desastre, mientras yo trataba de asimilar lo oído. Cuando regresé con mi ama, esta me regañó por haberme escapado y, tomándome por el codo, me condujo presurosa a la iglesia. La misa estaba a punto de empezar.

Me dije que me estaba bien empleado por preguntarle a esa bruja embaucadora. Sin embargo, olvidándome de Hugo, en la iglesia me concentré como nunca en los rezos; no pensaba más que en mi súplica:

—Señor, que no sean ciertos los horrores. Que se equivoque esa mujer…

9

El l'abas de Cistels, qui Dieus amava tant,
que ac nom fraire Arnaut, primier el cap
denant.

[El abad del Císter, al que tanto Dios amaba,
y cuyo nombre era Arnaldo, los legados
lideraba].

Cantar de la cruzada, I, 4

París, abril de 1209

Guillermo de Montmorency esperaba de pie. Hacía un buen rato le introdujeron en aquel austero salón que servía de despacho del prior de la universidad. Dos ventanales vidriados dejaban ver la lluvia que empapaba París en aquella mañana oscura.

Había saludado, pero el viejo le ignoraba y, mojando su pluma en el tintero, escribió sobre un pergamino. No era la primera vez que se enfrentaba a aquella situación y lo que vendría después. Otra reprimenda, otra advertencia. Curioso, se preguntaba qué le habrían contado al prior en esa ocasión.

De repente, este levantó la vista de su escrito y sin más preámbulo le espetó:

—Olvidaos de alcanzar un obispado, no llegaréis ni a cura de iglesia pobre.

Guillermo observó inquieto al prior Gerard, que le miraba severo. Aquello tomaba un rumbo desconocido; jamás el viejo se había pronunciado tan contundente, jamás le había amenazado así, le preocupaba la ausencia de su acostumbrado tono paternal. Decidió callar hasta saber de qué le acusaba.

—Faltáis a muchas de las lecciones, sois un libertino. Bebéis, jugáis, fornicáis.

Nada de aquello era nuevo, se decía Guillermo. ¿Por qué estaba tan enojado el prior?

—Hace unos días violentasteis a unos mercaderes de los condados del norte...

Guillermo continuó en silencio, apartó sus ojos de la mirada severa de su interlocutor y recorrió la habitación con la vista. Buscaba argumentos para su defensa; tenía que sobreponerse a la sorpresa que la inusual actitud del prior le causaba. Repasó uno a uno los pocos muebles austeros, los ventanales, una celosía interior y la puerta.

El prior se levantó, enfrentándose a Guillermo.

—El papa Inocencio III ha decidido terminar con clérigos vagos, libertinos y corruptos. No hay lugar para vos en la Santa Iglesia de Roma.

El muchacho lo miró asombrado.

—¿Qué estáis diciendo?

—Que vuestros estudios eclesiásticos han terminado, podéis volver a las tierras de vuestro padre.

Guillermo construyó rápidamente el escenario de lo que su expulsión comportaba. Las tierras, castillos y la mayor parte de los bienes iban, junto al título nobiliario de Montmorency, para su hermano mayor. Algo quedaría para la dote de su hermana, pero poco para él. En contrapartida, la potencia política y económica de los clanes Montfort, Montmorency y de sus aliados ya se había puesto a funcionar para conseguir su rápido progreso hacia la obtención de un obispado importante. Y de sus abundantes rentas. Pero el objetivo principal de todo ese esfuerzo por parte de la familia no era solo su bienestar económico, sino que ambicionaban el poder y prestigio que contar con un obispo en el clan comportaba. La amenaza del prior Gerard malograba sus planes, se perdían años de esfuerzos e intrigas. No quería imaginar la cólera de su padre y de su tío cuando se enteraran.

—Pero... —balbució— no podéis hacer eso. No me podéis echar sin más, sin aviso previo...

—Os he avisado ya suficiente.

—No, no podéis echarme —afirmó Guillermo, aparentando una seguridad que no tenía.

—¡Claro que sí! —afirmó el prior irritado.

El muchacho se quedó observándole, ponderando la reacción de su oponente. Pensaba a toda velocidad en cómo salvarse de aquello, en cómo recomponer la situación. Allí había algo muy raro. Y de pronto, se le ocurrió que el viejo estaba fingiendo.

—¿Quién se esconde tras la celosía? —inquirió señalando al enrejado de la pared.

—¿Qué?

—Vos habéis estado actuando para alguien, esta no es vuestra forma de ser. Alguien detrás de la celosía nos observa.

—¿Por qué creéis eso?

—Porque jamás os atreveríais a expulsarme sin antes hablarlo con mi padre, y este hubiera recurrido al rey. No tenéis la autoridad. Por alguna razón queréis asustarme y si os comportáis de forma tan distinta a la habitual, es porque actuáis para alguien más poderoso que vos.

Era ahora el prior de la Universidad de París quien miraba asombrado. Se había quedado en silencio. Guillermo se lanzó hasta la celosía intentando arrancarla, pero el maderamen estaba muy bien sujeto, no iba a ceder. Miró por el entramado y vio como una figura se movía en la oscuridad, saliendo de la estancia.

—¿Quién es? —gritó—. ¿Quién estaba aquí?

Se volvió hacia el prior interrogante, pero no tuvo tiempo de formular una nueva pregunta. La puerta de la estancia se abrió y un imponente personaje cruzó el umbral. Era alto, de unos cincuenta años, de andar y ademanes seguros, y vestía capa y bonete púrpuras. Guillermo anduvo unos pasos atrás, como intentando protegerse, conforme el hombre se desplazaba hasta el centro de la sala.

—Arnaldo Amalric —anunció el viejo—, abad general del Císter, antiguo prior de Poblet y legado con plenos poderes del papa.

Guillermo intentaba reponerse de la sorpresa pensando aún más aprisa, mientras se acercaba sumiso al prelado e, hincando la rodilla, le tomaba la mano para besársela. Al serle concedida esta, el muchacho se tranquilizó algo, aún sin dejar de preguntarse qué pintaba allí semejante jerarca.

—Yo sí puedo expulsaros a pesar de vuestro padre y del rey —afirmó Arnaldo altivo.

Guillermo se mantuvo en genuflexión y cabizbajo, convencido de que la humildad era la virtud que más le convenía en ese momento. Mientras, el legado papal empezó a moverse a sus espaldas al tiempo que hablaba con el prior.

—Decidme, prior Gerard —su voz sonaba potente—, ¿qué motivos podríamos tener para aceptar en nuestra comunidad eclesiástica a semejante individuo? ¿Veis alguno?

El prior no respondió mientras Arnaldo llegaba al fondo de la sala, se sentaba en una silla e invitaba a Gerard a hacer lo mismo. Guillermo continuaba semiarrodillado y de espaldas a ellos.

—El prior no ve ningún motivo —continuó el abad del Císter—. Venid aquí, dadnos vos alguna razón para que, a pesar de vuestro historial violento, libertino y pecaminoso, no os echemos ahora mismo.

El muchacho obedeció y, recuperado su aplomo, se plantó frente a los dos eclesiásticos.

—Me enmendaré, padre —dijo.

—¿Y qué más? —interrogó Arnaldo.

—Cumpliré con eso tan especial que me queréis pedir.

—¿Que os queremos pedir algo?

—Sí, padre —conforme crecía en seguridad, más le costaba a Guillermo mantener su tono humilde.

—¿Qué os hace pensar tal cosa?

El muchacho clavó sus ojos en los del abad del Císter y repuso con un toque arrogante:

—Es sencillo, padre. El prior Gerard no puede expulsarme sin más. Vos sí, pero sois demasiado importante y estáis demasiado ocupado predicando la cruzada como para preocuparos por un tema intrascendente de disciplina universitaria. Además, no os interesa enemistaros con mi familia, precisáis de su apoyo para el *negotium pacis et fidei*.[2] No, sin duda, no habéis venido a castigarme. Entonces, me intimidáis porque queréis algo de mí, algo que pensáis que no haría por mi propia voluntad y por eso recurrís a la amenaza. ¿Qué es?

El legado le observó unos momentos en silencio para estallar después en una carcajada.

—Tenías razón, Gerard —dijo dirigiéndose al prior—, este muchacho tiene audacia y sagacidad. Quizá sirva.

—¿Servir? ¿Para qué?

—Para una misión en nombre del papa, que también beneficia a vuestro rey.

—¿Cuál es? —Guillermo recordó de inmediato la «misión» secreta que el abad del Císter, Arnaldo, le había encomendado a su primo.

—Primero debéis aceptarla.

2. *Negotium pacis et fidei:* «asunto de paz y fe», eufemismo con el que los eclesiásticos se referían a la cruzada.

—¿Aceptar algo que desconozco?

—Sí, y jurar por la salvación de vuestra alma que os aplicaréis con la máxima diligencia, me obedeceréis en todo y que guardaréis el secreto.

—No hago yo tratos sin conocer las condiciones.

Arnaldo sonrió ante el descaro del muchacho.

—El asunto es fácil: si no obedecéis, se os expulsará de la carrera eclesiástica.

Guillermo pensó unos instantes. La sonrisa aún bailaba en la boca de Arnaldo, pero no tenía duda de que hablaba en serio, que sus tropelías eran suficientemente conocidas y truculentas para justificar la expulsión y que el legado tenía el poder. Posiblemente ni las influencias de sus parientes Montfort ante el rey de Francia, a pesar de la estrecha alianza de este con el papa, le salvaran. Se dio cuenta de que estaba en sus manos, pero aun así quiso negociar.

—Y si obedezco, ¿qué tendré a cambio?

La pregunta tomó por sorpresa a Arnaldo. ¿Cómo se atrevía ese mozalbete a negociarle?

—Permitiré que continuéis con vuestra carrera.

—De acuerdo; pero si cumplo bien mi misión, quiero que me aseguréis un obispado.

—¿Un obispado? —exclamó el legado—. Estáis loco. Precisáis, al menos, de veinte años de brillante y virtuosa carrera eclesiástica. Y no veo virtud en vos.

—Hay quien es obispo ya de nacimiento —repuso el caballero irónico—. Yo no tendré esa virtud, pero tengo otras. ¿Por qué si no habéis venido hoy a verme? Y posiblemente me necesitéis por lo mismo que me censuráis. Pues sabed que si no voy a ser obispo, prefiero que me expulséis ahora. Me dedicaré a las armas.

—Los obispados los da el papa con el consejo de los reyes. Yo no tengo el poder.

—Pues encargaos vos de hablar en mi favor al papa, que

mis parientes ya lo harán con el rey. Esa es mi condición; si triunfo, vos me recomendaréis en el momento oportuno como obispo.

Arnaldo medía, con su mirada de ceño fruncido, a aquel muchacho arrogante. ¿Cómo se atrevía a plantarle cara cuando grandes y poderosos barones se inclinaban ante él como representante plenipotenciario del papa? Sin duda, el viejo prior Gerard no se equivocó; ese era el hombre que precisaba para aquella misión: seguro de sí mismo, listo, pronto para la acción, pero astuto. No había esperado que fuera especialmente fácil tratar con semejante tipo, pero Guillermo superaba las expectativas.

Sopesó la situación. Ese era el hombre para el trabajo, pero parecía dispuesto a negarse sin una firme promesa de su parte. No perdería tiempo discutiendo.

—De acuerdo; si triunfáis y dejáis de escandalizar con vuestra conducta, os apoyaré para un obispado en el momento oportuno.

—¿Qué he de hacer? —repuso Guillermo aliviado.

—Hace unos meses, un legado papal, Peyre de Castelnou, fue asesinado por los herejes cerca de Saint Gilles y unos documentos muy importantes que traía consigo, robados —concretó Arnaldo—. Vos os uniréis a la cruzada, saldréis hacia el sur y los encontraréis para mí.

Guillermo vio de inmediato que no le quedaba otra salida, tendría que cruzarse y olvidar a la dama casada de París.

—¿Y cómo esperáis que encuentre los documentos?

—Usad vuestro ingenio, pero tendréis que aprender la lengua de oc, naturalmente. El prior Gerard dice que tenéis una habilidad extraordinaria con los idiomas. Y en ocasiones, deberéis mezclaros con la chusma en las tabernas e indagar. También sois hábil en eso, ¿verdad?

Guillermo preguntó más sobre las circunstancias del asalto, pero Arnaldo liquidó el tema con concisión: ya se enteraría por el camino de los detalles. Despidió al muchacho, que en genuflexión volvió a besarle el anillo, y llamaron a un fraile para que le acompañara a la puerta. Su mente funcionaba a toda velocidad. «¿Por que me pide que encuentre lo robado y no al culpable?», se preguntaba. Aquello era extraño. Quizá el abad pensaba que lo uno llevaría a lo otro.

Cuando llegaron al patio de caballerizas, Guillermo, con la excusa de que conocía bien la casa y que quería saludar a un conocido, se despidió de su acompañante. La conversación con el aludido fue muy breve y, tan pronto vio que el fraile desaparecía, volvió a entrar en el edificio principal y se dirigió a la habitación que daba al otro lado de la celosía. Desde allí pudo observar al legado, que ya se despedía del prior Gerard.

—Teníais razón, Gerard; es el hombre para esta misión. Sagaz, ambicioso, atrevido.

—Pero no es persona piadosa, nunca lo será —advirtió el anciano.

—Hoy la Iglesia no necesita hombres con piedad —repuso Arnaldo esbozando una sonrisa extraña.

10

On está la filia
del comte don Denís?
robada, l'an robada.

[¿Dónde está la hija
del conde don Denís?
Se la llevaron, la raptaron…].

Canción popular

Entonces no fui capaz de apreciarlo, pero algo muy extraño estaba ocurriendo. Era jueves, el día principal de mercado, y doña Bernarda regateaba emocionada con ese mercader de sedas nuevo. Pero lo que al principio parecían gangas tales que hacían que mi ama, raro en ella, palpara varias veces su bolsa, después no lo eran tanto y el inconsecuente estilo del negociante, volviéndose atrás en alguno de los precios, empezó a irritar tanto a la mujer que fue elevando su voz conforme su indignación crecía. Pero el género era excelente, el diseño, original y ella, incapaz de resistirse a la seda.

Yo me aburría y empecé a curiosear en los tenderetes vecinos. Estábamos lejos de la plaza donde los comerciantes habituales tenían lugares fijos designados por los cónsules de la ciudad. Era una callejuela lateral, cercana a la judería, a la que acudimos atraídas por el rumor de la buena seda a precio excelente. Fue entonces cuando un muchachito se acercó y, mostrándome un pergamino con una espléndida ilustración miniada, me preguntó si me interesaba ver libros. Imposible resistirme a aquellas bellas imágenes de Dios creando el mundo y al preguntarle dónde estaban los libros, me respondió que en un tenderete en la siguiente esquina. Debí sospechar; los libros, y más los ilustrados, son artículos muy lujosos y no se venden en la calle; muchos se hacen por encargo y tardan años en terminarse. Los marchantes acostumbran a visitar directamente a sus posibles clientes: grandes clérigos, nobles o ricos burgueses; no van a los mercados.

Seguí ingenuamente al chico y casi de inmediato noté una mano cubriéndome la boca y cómo me arrastraban al interior de una casa. Allí había varias personas que me sujetaron, aun sin poder evitar que antes de amordazarme, en mi pataleo, soltara un chillido agudo. Pero enseguida me metieron un paño en la boca, anudándomelo alrededor de la cabeza. Por un momento pensé que me asfixiaban. ¿Qué ocurría? ¿Por qué me hacían aquello? ¿Qué querrían de mí? Sentía gran angustia.

En aquellos días Hugo estaba en la ciudad y siempre acudía al mercado antes de misa de doce para coquetear con miradas, sonrisas y alguna que otra frase que ya por entonces intercambiábamos. Estaba buscándonos cuando le dijeron que nos habían visto en las callejas cercanas a la judería. Llegó para encontrarse con doña Bernarda regateando, pero no conmigo. Su reacción fue inmediata; él sabía algo que yo no y, sin ningún miramiento, agarró a mi ama por el brazo y le dio un buen tirón para interrogarla:

—¿Dónde está la dama Bruna?

La mujer miró asustada a su alrededor balbuciendo:

—Estaba aquí.

Al fin, alarmada al no verme, se puso a chillar con su voz potente:

—¡Bruna!

Eso atrajo la atención de toda la calle y Hugo empezó a inquirir sobre la Dama Ruiseñor.

Como hija del senescal, yo era bien conocida en la ciudad y una mujer que vendía cestos de mimbre dijo haberme visto momentos antes y oír, al poco, un chillido desde la casa de enfrente, que parecía deshabitada. El trovador encargó a mi ama que pidiera ayuda mientras él forcejeaba con una puerta sólidamente atrancada. No podía abrirla.

En la casa, me taparon los ojos, atándome, pero como aún me debatía, anudaron las cuerdas de los pies con las de las manos de forma que impedían casi totalmente mis movimientos. Yo estaba muy asustada. Nunca había sido maltratada antes. Esa violencia me era extraña y aún más el sentimiento de impotencia, de saber que estaba a merced de lo que aquellos rufianes quisieran hacer conmigo. Eso me hacía temblar y un nudo se formó en mi garganta. Fue entonces cuando oí golpes en la puerta y la voz de Hugo pidiendo que abrieran. Aquello me dio esperanza.

Mis captores se pusieron muy nerviosos, pero el que mandaba dijo que nada había que temer si cada cual cumplía según lo acordado. Sentí que me cargaban en volandas, me pasaban con dificultades por un lugar estrecho, golpeándome contra los muros, y me bajaban al sótano. Después, me volvieron a subir y pensé que estaría de nuevo al nivel de la calle. El jefe preguntó y respondieron que todo estaba listo. Al poco noté que aún me ataban más, esta vez contra una superficie plana de madera. Pusieron cuerda tras cuerda hasta que no pude moverme lo más mínimo. Después colocaron por encima una estructura de madera que dejaba un espacio para respirar y lo cubrieron todo con telas. A continuación noté que aquello empezaba a moverse, traqueteando, a veces con grandes saltos, y supe que me llevaban en algún tipo de carro. Sentía en mis costillas las sacudidas de los baches y piedras que topábamos en la calle y me puse a rezar. ¿Qué sería de mí? ¡Cómo sufriría mi pobre padre cuando supiera que me habían raptado! ¿Le volvería a ver? ¿Vería de nuevo a Hugo?

11

Qui buena dueña escarnece, e la dexa despuos
atal le contesca, o siquier peor.

[Quien a una dama maltrata, y la ofende
traidor,
que esto le acontezca o incluso algo peor].

Poema de mio Cid

Hugo de Mataplana pidió ayuda a grandes gritos clamando que raptaban a la Dama Ruiseñor. Varios feriantes y curiosos se prestaron a ayudar, en especial un alfarero fornido que acudió cargando una larga banqueta. Usándola cual ariete, golpearon la puerta, hasta lograr romper los atranques al tercer envite. Pero al entrar se encontraron la casa vacía. Hugo estaba perplejo. ¿Era ese el lugar? Su incertidumbre duró solo unos instantes.

—¡Aquí! —gritaba el alfarero desde el sótano—. ¡Hay un agujero en la pared que conduce a la casa de al lado!

Hugo se precipitó escaleras abajo para pasar, junto con el hombre, a la casa vecina. La puerta de la calle abierta en el piso de arriba evidenciaba lo ocurrido. ¿Hacia dónde irían?

Rápidamente hizo una apuesta. Intentarían escapar por la puerta de Saint Guilhem, la más cercana; era seguro que tenían comprados a algunos de los guardas y que pensaban sacar a la dama del perímetro amurallado antes de que su padre ordenara cerrar las salidas a cal y canto.

—¡Venid! —le gritó al alfarero.

Y se pusieron a correr por la calle en dirección a la entrada de la ciudad, seguidos por algunos curiosos. Al poco, vieron a cinco hombres tirando de un gran carretón de mano con un bulto cubierto.

—¡Deteneos! —les gritó Hugo—. ¡Deteneos en nombre del vizconde!

En lugar de obedecer, los del carro aceleraron su huida, pero el que mandaba dijo algo y, parándose, un par de ellos se encararon a los perseguidores, esgrimiendo daga y garrota.

El trovador se dijo que no había alternativa, tendría que cargar contra aquellos matones antes de que los otros escaparan. Pero viendo a los rufianes amenazándole, el alfarero, que iba desarmado, se detuvo a una distancia prudente. Hugo se dio cuenta de que no debía arriesgarse solo contra dos. Pensó en cruzar entre ambos a la carrera para no perder un tiempo precioso, pero era obvio que, dado lo estrecho del callejón, sería fácil que le mataran. Angustiado, imaginó el carretón a punto de llegar a la puerta de la ciudad y que perdería a la dama para siempre, cuando vio una piedra de tamaño adecuado sobresaliendo del pavimento. La arrancó con su puñal y se la entregó al alfarero, al tiempo que gritaba para que tanto los matones como la chusma que los seguía le oyeran:

—Las tropas del senescal están llegando. Con esa piedra podéis partirle la cabeza al de la garrota. Yo me encargo del de la daga. ¡Hay que rescatar a la Dama Ruiseñor!

Y más bajo le dijo casi al oído:

—Solo entretenlo mientras yo voy por el otro. El senescal te recompensará con una fortuna.

Y confiándolo todo al alfarero, que empezó a amenazar al rufián de la porra con partirle el cráneo con el pedrusco, Hugo se tatuó contra el que esgrimía cuchillo. Por unos instantes ambos entendientes se tantearon, pero el trovador tenía prisa y le largó una estocada profunda solo intentando desequilibrar a su enemigo, este la esquivó, pero se encontró con la mano izquierda de Hugo sujetándole la suya armada. Antes de que pudiera reaccionar, el hombre notaba la daga del juglar entre las costillas y aullaba de dolor cuando la siguiente cuchillada le penetró en el vientre. Hugo no se detuvo ni siquiera a considerar en qué situación estaba su otro enemigo y, apartando al herido de su camino, salió a todo correr detrás de los otros gritando:

—¡A ellos! ¡Están raptando a la Dama Ruiseñor!

No tardó mucho en divisar a los fugitivos doblando un recodo. Los otros, al oír sus gritos y verle llegar, quisieron apresurarse, aunque la carreta, en aquellas callejuelas estrechas y mal empedradas, era de difícil manejo e iba chocando en las esquinas de las casas. Pero ya estaban muy cerca de la puerta de Saint Guilhem. Fue entonces cuando, en una revuelta de la calle, un golpe contra un saliente hizo que el carretón perdiera una de sus ruedas y cayera con estrépito.

Los rufianes se miraron entre ellos desconcertados, pero cuando el que mandaba sacó su puñal, los demás hicieron lo mismo.

Hugo se detuvo a una distancia prudente y buscó refugio en el umbral de una puerta para tener su espalda cubierta. Esgrimía su daga. Aquel fue un movimiento oportuno porque justo detrás venía el tipo de la garrota, seguido del alfarero con su piedra y una turba de gentes vociferantes. Respiró un momento. Al menos se habían detenido. Ahora la prisa de los otros jugaba a su favor.

—¡Esta noche el senescal os ahorcará a todos! —gritó a los del carretón—. ¡Soltad a la Dama Ruiseñor!

—¡A muerte con los rufianes! —aulló el alfarero coreado por la chusma.

Los secuestradores se miraban unos a otros muy nerviosos.

—¡Las tropas del senescal están llegando!

El que lideraba al grupo no esperó y, sin advertir a los demás, se puso a correr hacia la puerta provocando la desbandada de los suyos, que huyeron perseguidos por el alfarero y los curiosos.

Hugo no tuvo dudas y, despreocupándose de los rufianes, se precipitó al carretón. Quitando las telas, y la estructura de madera que las sostenían, se encontró con Bruna envuelta en cuerdas, hecha un ovillo.

En segundos, cortó las ataduras.

Había quedado aturdida por el golpe y el cuerpo me dolía por entero. Sentía el roce de las cuerdas sobre toda mi piel, empeorado por las sacudidas. Pero oí los gritos, supe que Hugo estaba allí y confié en él y en mis rezos al Señor.

Me empezó a hablar al quitar las telas que cubrían el carretón.

—Bruna, mi dama —decía—, tranquilizaos, estáis a salvo. Soy yo, Hugo.

Y lágrimas de felicidad acudieron a mis ojos.

Continuó hablándome dulcemente mientras cortaba las sogas que me atormentaban. Y no pude, no quise evitar, abrazarle entre llantos cuando liberó mi cuerpo y mis manos. Él también me abrazaba y me consolaba con sus tiernas palabras. Yo me apreté a él, sentí su cuerpo contra el mío y olvidando protocolos, le besé en la mejilla. No me acordaba ni del miedo ni del dolor y allí, en sus brazos, hubiera querido quedarme toda la vida.

No me dieron detalles de lo ocurrido. Dijeron que eran bandidos, que no querían dañarme, solo buscaban cobrar un rescate. Cogieron al herido y a otro más; eran rufianes vulgares contratados por unas monedas. Lo único que confesaron bajo tortura fue que ignoraban quién era el que daba las órdenes, pero que tenía acento narbonense y que en el brazo llevaba marcada una estrella de seis puntas. Mi padre los hizo colgar al día siguiente en las columnas de la ciudad y allí quedaron los cuerpos, como ejemplo para criminales, alimentando a los cuervos. A partir de aquel día, Hugo de Mataplana, al que siempre mi padre había respetado, pasó a ser casi de la familia, pero yo intuía que había algo más que me ocultaba. En unas palabras sueltas tomadas de una conversación de Hugo con mi padre, oí algo sobre el reino judío de Occitania y el arzobispo de Narbona.

Pensé que había entendido mal. Berenguer III era el hijo natural de Ramón Berenguer IV, el abuelo del rey Pedro II de Aragón. Luego era el tío bastardo de este. Aquello era muy extraño. ¿Qué relación podría tener el arzobispo con el intento de mi secuestro?

A partir de aquel día, cuando mi ama y yo salíamos, cuatro hombres armados nos acompañaban.

12

Lo Papa i trames un clerge mot valent
que avia nom Milos, cui fos obezient.

[El papa envió un clérigo muy distinguido,
llamado Milos, para que fuera obedecido].

Cantar de la cruzada, I,11

Saint Gilles, 8 de junio de 1209

Los esquejes de abedul silbaron en el aire, la multitud contuvo el aliento y el chasquido del golpe llegó, a través de un silencio de muerte, a todos los oídos.

—Yo te absuelvo —pronunció con voz clara el legado Milos.

El abedul cortó otra vez el aire sacudiendo la desnuda espalda del conde Raimon VI de Tolosa, que, arrodillado, con una soga al cuello y un cirio encendido de penitente en su mano derecha, se iba inclinando ante los golpes y la humillación. Frente a él se alzaba el altar improvisado a la entrada del monasterio de Saint Gilles presidido por el Santísimo Sacramento y las reliquias más preciadas de la abadía, entre las que destacaba un trozo de la Veracruz. Tres arzobispos y diecinueve obispos vestidos con sus mejores galas —báculos de marfil, mitras, casullas bordadas en oro y pedrería— presenciaban la penitencia satisfechos. Antes, Raimon VI había tenido que jurar, como duque de Narbona, conde de Tolosa y marqués de Provenza, frente al abad del Císter y legado papal Arnaldo, y demás eclesiásticos y una amplia representación de cruzados lo que Milos quiso que jurara. El silencio de los miles de espectadores era absoluto; todos querían oír el chasquido en la carne.

—Yo te absuelvo —dijo de nuevo Milos mientras con su mano derecha hacía la señal de la cruz sobre el conde.

Y otra vez alzó el abedul con su mano izquierda y lo descargó sobre las blancas carnes del conde. Los dieciséis nobles principales de sus dominios contemplaban de pie el castigo de su señor. Ellos también prometieron el largo pliego enviado desde Roma.

Hugo de Mataplana, con la guitarra sujeta a la espalda, se había situado en primera fila del espectáculo gracias a la fuerza de sus codazos y la larga daga que colgaba de su cinto. Contemplaba la escena tenso y con los labios apretados.

No le gustaba el conde; era un mentiroso, un político de doble faz, un cobarde de la peor calaña, pero más le disgustaba la intolerable humillación que se infligía al primero de los nobles de Occitania, que, a pesar de haber clamado mil veces su inocencia en el asesinato del legado papal Peyre de Castelnou, pagaba ahora en público por ese crimen y por todos los demás que la Iglesia católica quiso achacarle. Hugo pensaba que se envilecía a toda Occitania en la persona del conde y que este jamás se hubiera prestado a esa farsa, a no ser por el temor al ejército cruzado del norte que se congregaba en Lyon y que pronto estaría listo para caer sobre las tierras de Oc.

—Yo te absuelvo —dijo de nuevo Milos mientras descargaba el siguiente trallazo.

Hugo revisó la hilera de clérigos de alto rango que se erguían solemnes con sus enjoyadas ropas brillando al sol. Le sorprendió la ausencia del arzobispo de Narbona, Berenguer III, tío del rey de Aragón, que al faltar a semejante cita desafiaba a un papa que en ocasiones le había increpado llamándole «perro que no sabe morder» por su inacción contra los herejes y contra el propio conde cuando este fue excomulgado con anterioridad. Pero su mirada fue a aquellos dos nobles jóvenes que se destacaban de un grupo de caballeros cruzados, en el otro extremo del semicírculo formado por el público. Estaban por delante de la barrera con la que los soldados mantenían a la chusma a raya. Lucían sobre la parte derecha de su túnica unas ostentosas cruces rojas bordadas y sin duda eran norteños, casi seguro francos. Cuchicheaban jocosamente sin mostrar el respeto de los demás al castigo que se infligía al señor de Saint Gilles, el conde de Tolosa, el príncipe de los nobles occitanos. Aquellos eran la avanzadilla de los invasores que a miles bajarían por la cuenca del Ródano para depredar las tierras occitanas. Odiaba su aspecto, su prepotencia, su arrogancia de conquistadores, la amenaza que representaban.

—Yo te absuelvo —repitió Milos haciendo la señal de la cruz con la mano derecha y golpeando con la izquierda.

Las pompas no eran casuales, sino una demostración de fuerza y prueba palmaria de la magnificencia de la Iglesia católica y de su victoria sobre el poder terrenal de los nobles, que los azotes sobre las carnes fofas del cincuentón conde de Tolosa simbolizaban.

Pero el verdadero pecado del conde, pensaba Hugo, no era el acostarse con sus sobrinas ni ordenar el asesinato de Peyre, tal como falsamente le acusaban, o dar importantes puestos administrativos a judíos y tolerar a los herejes como ciertamente hacía. Su falta era haber combatido el poder del clero católico que mantenía extensas posesiones y cobraba al pueblo diezmos y demás tributos que le empobrecían. El conde quiso apropiarse de esas riquezas. Esa era precisamente una de las razones del éxito de los herejes cátaros entre las clases menestrales y bajas del país; pues lo que, a diferencia del clero católico, vivían en la pobreza y se sustentaban con su trabajo sin ser carga para la plebe. En cuanto a los nobles, algunos de escasos recursos y envidiosos de la poderosa Iglesia católica, apoyar a los herejes era su forma de combatirla.

—¿Crees, primo, que de haber instigado realmente el conde el asesinato del legado Peyre, el abad del Císter le hubiera perdonado con solo treinta azotes? —preguntó Guillermo de Montmorency a Amaury, que contemplaba la flagelación en primera fila.

Este, entretenido con el espectáculo, el pomposo despliegue de poder y la multitud, tardó en responder.

—No lo sé, primo. Él sabrá.

—Sí, pero si el conde fuera culpable, él tendría los documentos perdidos.

—¿Y?

—Que el abad del Císter, Arnaldo, le hubiera obligado a devolverlos antes de perdonarle. Y yo estaría ahora en París cortejando a mi dama.

Amaury de Montfort miró fijamente a Guillermo desentendiéndose de la acción. Después le dijo:

—A veces, primo, hay que obedecer y no pensar tanto. Eso te puede traer problemas con el abad del Císter.

—Quiere que recupere los documentos, pero no me pide que averigüe quién los robó… —Guillermo cavilaba sin atender a su primo—, que, por cierto, fue el mismo que asesinó a Peyre de Castelnou.

—¿Pero averiguar lo uno obliga a lo otro?

—Pudiera ser que no —murmuró Guillermo pensativo y lento—. Quizá él sepa quién los robó, pero no quién los tiene ahora. Eso es muy extraño.

El de Montmorency continuó rumiando. Tenía muchos interrogantes, pero decidió que en aquel asunto había tres preguntas fundamentales: quién tenía los documentos de la séptima mula, qué contenían y por qué el abad del Císter quería terminar con la vida de la Dama Ruiseñor. Era un hombre que buscaba siempre respuestas y se dijo que no se detendría hasta resolver, uno a uno, aquellos tres enigmas. Le gustara o no al abad Arnaldo.

Cuando el cansado Milos propinó el trigésimo azote, la espalda y el cuello del conde de Tolosa estaban cubiertos de sangre. La penitencia había terminado y con ella la excomunión, y el conde estaba reconciliado con la Iglesia de Roma. Milos miró al abad Arnaldo y este asintió; hermosa ceremonia, habían hecho un gran trabajo.

Pero cuando ya iban a conducir al conde al interior de la iglesia para la misa, este se irguió, miró a Milos y dijo en voz bien alta, para que todos oyeran:

—Dadme la cruz. Yo también quiero combatir la herejía, admitidme a mí y a mis tropas en la cruzada.

Arnaldo y Milos intercambiaron otra mirada, esta consternada. No esperaban eso de aquel conde al que habían acusado de hereje hasta momentos antes. Al ser cruzado, la Iglesia le protegería, nadie podría atacar sus posesiones, y se hacía inmune a la cruzada que Arnaldo había predicado en el norte específicamente contra él. Por otra parte, ¿quién podía negarle la cruz al bisnieto de uno de los líderes cristianos de la cruzada que conquistó Jerusalén? ¿Cómo rechazar al que la Iglesia acababa de aceptar?

—¡Qué buena jugada! —pensó Hugo de Mataplana.

Pero de inmediato se alarmó al darse cuenta de las dramáticas consecuencias que aquello acarreaba. Debía avisar con urgencia a su amigo el vizconde Trencavel.

13

So que las crotz costero d'orfres ni de cendatz
que silh meiren el peihs lo destre latz.

[Se hicieron bordar cruces de orfrés y cendal
que lucían sobre el lado derecho de su pecho].

Cantar de la cruzada, I, 8

Saint Gilles

Saint Gilles parecía en fiestas. El espectáculo del castigo de su señor, anunciado en todos los púlpitos a muchas millas a la redonda, atrajo a gentes de toda Occitania. Aprovechando la afluencia de público, muchos mercaderes, algunos llegados de muy lejos, habían montado sus tenderetes, a los que regresaron una vez terminada la diversión y cuando el conde hubo entrado en la abadía a oír misa. Aun así, la multitud era tal que, al final del oficio religioso, el conde de Tolosa tuvo que salir por un pasadizo escondido a través de la cripta. Precisamente, allí estaba enterrado Peyre de Castelnou, su presunta víctima, y allí hicieron detener al penitente a orar en un último acto de desagravio.

Guillermo y Amaury disfrutaban de aquella villa desconocida, del aire de fiesta, y del sentimiento anticipado de la victoria que todo, y en especial la humillación del conde, anunciaba. Ellos tampoco quisieron perderse el espectáculo. Habían dejado sus tropas en Lyon, donde se concentraban los efectivos del llamado *negotium pacis et fidei*, cabalgando hasta Saint Gilles para verlo. Después, se pasearon por el mercado, luciendo con orgullo sus cruces bordadas en la parte derecha del pecho, seguidos por sus escuderos, también marcados con la cruz.

La gente les abría paso con respeto, con miedo, intuyendo lo que sus espadas al cinto y aquel signo significaría para Occitania. Los jóvenes caballeros lo leían en las miradas de los que se les cruzaban y en cómo se apartaban solícitos de su camino; eso les regocijaba y, sonrientes, bromeaban a expensas de aquel gordo mercader, de la vestimenta presuntuosa de tal burgués o sobre las muchachas.

Guillermo se fijó en aquel tipo con una extraña vihuela colgando a su espalda y que parecía un juglar. Estaba distraído, revolviendo unos cestos en un tenderete sin reparar en que la comitiva de los cuatro cruzados se acercaba. Supuso que al verlos se apartaría como los otros. Y efectivamente, cuando ya estaban casi a su altura, el juglar levantó la cabeza y, clavando su mirada en Guillermo, hizo un movimiento rápido, pero en lugar de apartarse de su camino, fue hacia él y cruzó golpeándole con toda su fuerza hombro contra hombro.

—¡Qué diablos! —exclamó Guillermo, que ante la inesperada acometida perdió el equilibrio y se fue hacia atrás, sobre Jean, su escudero, que le seguía.

Este reaccionó presto persiguiendo al insolente, que ya se perdía a paso rápido entre la multitud.

—¡Detente, bastardo! —gritó Jean al juglar, alcanzándole.

Pero al tocarle la espalda, Hugo de Mataplana adivinó exactamente la posición de su adversario y, girándose rapidísimo, le estrelló en la cara un inesperado puñetazo.

Hugo no aguardó a ver cómo el escudero caía sobre sus compañeros y se puso a correr sorteando a los villanos que se arremolinaban alrededor de los tenderetes.

—¡A ese! —gritaban los cruzados en su lengua de oíl, mientras corrían tras Hugo—. ¡Cogedle!

Las gentes contemplaban la escena sorprendidas, sin hacer nada para detener al perseguido, que aprovechó su paso por un puesto de venta de huevos para coger un par al vuelo y, frenando en seco unos metros más allá, se giró. El primero fue a estrellarse contra el suelo, pero con el segundo obtuvo blanco en el pómulo de Amaury, que resintió el impacto como si de una pedrada se tratara.

—¡Fuera los francos! —gritó Hugo en la lengua de oc, antes de reemprender su carrera.

A los gritos, los viandantes se detenían a ver, los vecinos de las casas salían y, al cruzar frente a una taberna, una mujer entrada en carnes se puso a chillar desde la ventana.

—¡Es Hugo! ¡Es Huget, el juglar! ¡Ayudadle! —Y echó sobre los perseguidores el agua de una jarra, y luego la jarra entera, que cayó a los pies de Guillermo.

Hugo aprovechó el desconcierto de sus perseguidores para gritar de nuevo contra los cruzados franceses y la mujer de la ventana repitió su proclama con voz y pulmones de soprano. Aquello tuvo los efectos de una corneta llamando al salto. Varios salieron de la taberna y desde ambos lados de la calle las gentes empezaron a gritar contra los extranjeros lanzándoles todo tipo de objetos y desperdicios.

—Salgamos de aquí lo antes posible —exclamó Amaury de Montfort, cuyo pómulo se hinchaba por momentos.

Y empezaron a abrirse paso a empellones entre unos hombres que de miedosos habían pasado a hostiles y les zarandeaban insultándoles. Guillermo consiguió un poco de espacio en el cerco que se estrechaba y, tirando de su espada, vociferó:

—¡Dejadnos paso o cortamos cabezas!

El brillo del acero hizo que los más cercanos se apartaran y con sus armas empuñadas se apresuraron hacia la plaza a la búsqueda del apoyo del resto de los cruzados que los habían acompañado. Pero en su retirada las gentes les echaban todo tipo de basuras, los perros les perseguían ladrando y los chiquillos corrían detrás chillando alborozados.

—Se arrepentirán de eso —dijo Amaury a sus compañeros.

—Recuerda bien la cara de ese bufón —repuso Guillermo de Montmorency—. Nos volveremos a encontrar y pagará su descaro con sangre.

14

Mas si sa dopna l'enanssa
tant qe.l prenda, estre deu estacatz
d'un certan homenatge
que ja nuill temp non seg'autre viatge.

[Pero si su dama le eleva tanto,
aceptándole, ha de quedar ligado
con tal compromiso de honor
que nunca más emprenderá otro cortejo].

Respuesta de Raimon de Miraval
a Hugo de Mataplana

Béziers

Cuando Hugo de Mataplana se despidió, poco después del incidente de mi secuestro, para emprender uno de sus viajes, no dijo adónde iba ni yo creí que tenía derecho a preguntar, pero la idea de su ausencia me llenó de angustia. En los últimos días, el trovador había frecuentado mi casa, aunque siempre en presencia de mi padre, y esta se había llenado de música de vihuelas, guitarra y arpa. Fue un tiempo tan hermoso como efímero. Mi padre y el propio Hugo sabían ya del peligro que se avecinaba, pero, como gentiles caballeros practicantes del *joy*, evitaban que sus preocupaciones nublaran el mundo de sonrisas galantes de aquella civilización nuestra. Cantábamos el uno para el otro, aunque pareciera que lo hiciéramos para todos y si bien él no volvió a llamarme «mi dama» como hizo al rescatarme, yo me sentía como tal. Cualquier recién llegado a la ciudad de cierta importancia pasaba por casa de mi padre y, a pesar de ello, jamás juglar ni caballero me impresionó como Hugo. Veía reunidos en él tantos méritos que se me antojaba la perfección hecha hombre, aunque quizá mi enamoramiento me deslumbraba. Sin duda, estaba enamorada, muy enamorada, locamente enamorada. Pero no correspondía a una dama expresarlo; más bien, debía mostrarme altanera, algo desdeñosa, pero siempre con risa cantarina. La dama debe estar riente y el caballero, sonriente, decían esas reglas no escritas, pero severas y complicadas, que regían la *fin'amor*.

Cuando al fin regresó de aquel viaje a finales de junio, volvieron las canciones. Yo era muy feliz, quería que aquello durara siempre, estaba convencida de que me amaba y por eso, cuando sin aviso previo vino otra vez a despedirse apenas dos días después de su llegada, casi perdí el habla.

—¿Cuándo os veré de nuevo? —inquirí angustiada.

—En unas semanas, mi señora.

—¿Tan pronto os vais y tan tarde volveréis? ¿Es que ya no os soy grata?

—Todo lo contrario, mi señora. —La sonrisa desapareció de su faz—. ¡Qué no daría yo por permanecer a vuestro lado!

Nos encontrábamos en el gran salón del primer piso de mi casa. Me acompañaba doña Bernarda y varias damas que nos visitaban. Mi padre estaba fuera, últimamente lo veía muy ocupado, demasiado para mi tranquilidad. Presentía, sin querer saber, que tiempos difíciles estaban por llegar, que aquellos días postreros de primavera eran los últimos de un tiempo maravilloso, de toda una época, quizá de una civilización.

No tenía tiempo. Sentía que fingir indiferencia y esperar a que Hugo me cortejara como marcaban los cánones era absurdo y decidí tomar yo la iniciativa. No era fácil, las damas nos observábamos unas a otras, sin aceptar conductas indecorosas de nuestras vecinas, ya que, si una se deshonraba, era deshonra para todas.

—Seguidme —le dije.

—¿Qué, mi señora? —respondió con cara de estúpido.

—Que me sigáis —le insistí en voz más baja e irritada, ya que las otras damas escuchaban.

Pareció entender y sin apresurarme me levanté y me dirigí a la ventana más alejada del grupo de mujeres. A cada lado del ventanal, dentro del ancho muro, había unos asientos de piedra. Me acomodé en uno y él, que me había seguido, se colocó en el del frente.

—¿Me amáis, Hugo? —le pregunté sin más preámbulos tan pronto nos sentamos.

Por unos instantes, él me miró sorprendido; aquella pregunta era poco pertinente. Las damas esperaban que fuera el trovador quien tomara la iniciativa en el cortejo, nunca ponían a este en semejante aprieto.

—Sí —dijo al cabo de un tiempo que me pareció eterno—, con todas mis fuerzas.

Yo sentí un alivio infinito. El sí era respuesta galante casi obligada, pero su entusiasmo parecía sincero.

—Pues pedidme que sea vuestra dama.

Su faz mostró un asombro mayor aún. No sonreía y me miraba con los ojos muy abiertos. Su nuez de Adán se movió tragando saliva. Intentaba reaccionar a mi sorprendente petición y, por unos instantes, pareció dudar. Mientras, yo noté sudor en las palmas de mis manos. ¿Y si dijo que me amaba por no desairar a una dama? ¿Le estaría forzando a hacer y decir lo que no pensaba?

—¿Queréis ser mi dama? —dijo al fin.

—Pedidlo según la costumbre.

Hugo vaciló de nuevo, pero al cabo, levantándose, me hizo una reverencia, hincó una rodilla y juntó sus manos en súplica, de la misma forma que juraría fidelidad a su señor.

—Señora Bruna, concededme el honor de ser mi dama.

Solté una risa cantarina para que todas las demás se fijaran y respondí:

—Me sentiré honrada en que os convirtáis en mi trovador. Sentaos.

Y cuando lo hizo, le dije:

—El beso ya os lo di el día que me rescatasteis.

Era costumbre de las damas besar por primera y última vez al trovador que aceptaban como su amante en la *fin'amor* y no lo hice no por falta de ganas, sino por timidez al sentirme observada por las otras señoras.

—Y no os impondré prueba ni servicio otro sino que cuidéis vuestra vida y regreséis pronto a mi lado.

Hugo sonrió gentil y supe que, aunque forzado, hacía aquello que deseaba y esa certeza me llenó de un gran alivio.

—Así lo haré, mi dama.

Y yo, tontamente, como tocaba hacerlo, pero con mi corazón lleno de gozo, le correspondí con una risa feliz.

Al día siguiente ya se había ido.

15

El noble qui em damani per pendre'l per marit
ha de plaure al meu pare i agradar-me a n'a mi.

[El noble que me pida en matrimonio
ha de complacer a mi padre y gustarme a mí].

Canción popular

Días después, con la ausencia de Hugo pesándome, decidí abordar el asunto con mi padre. Nuestra relación era muy estrecha y quise hacerle partícipe de mis ilusiones, cómplice de ellas.

—Hugo de Mataplana es mi trovador y yo soy su dama —le dije sin rodeos en la cocina, donde él desayunaba un asado de cordero.

Últimamente había estado muy ocupado y, al ser jefe militar de la ciudad, eso solo podía indicar que el peligro acechaba, pero yo nunca le preguntaba por la situación castrense o política, porque hubiera sido ofenderle; una dama debe confiar en su protector y ese era mi padre. Aquel día quise aprovechar que él se levantaba más temprano para hablar con tranquilidad, sin que doña Bernarda estuviera cerca. Sus hombres abandonaron la mesa camino de las caballerizas al ver que mi madrugón no era casual y que deseaba estar a solas con él. Paró de masticar, su barba entrecana se detuvo y se me quedó mirando sorprendido. Después, continuó más lentamente, asimilando la noticia, y cuando quiso tragar, lo hizo con esfuerzo.

—¿Que Hugo te ha pedido que seas su dama? —inquirió al fin, como si no lo pudiera entender.

—Sí. Y yo he aceptado.

—¡No puede ser!

—¿Cómo que no puede ser? —respondí ofendida—. ¿Es que no me veis mérito?

—¡Claro que te veo mérito! Solo que me cuesta creer que se haya atrevido.

—Se atrevió, aunque yo le animé a ello.

—¿Que le animaste?

Se quedó mirándole mientras yo, con expresión culpable, afirmaba con la cabeza.

—Eso no es propio de una dama. —Su expresión era severa—. Si una señora empuja a un caballero, le obliga.

—Es que estoy muy enamorada… —me disculpé.

Su expresión cambió a tierna y cogió mis manos con las suyas.

—Bruna, Bruna, sabes cuánto te quiero. Eres mi única familia, la rama verde de mi árbol seco. La última de mi estirpe. —Hizo una pausa y sus ojos se humedecieron—. Te quiero, pero he de decirte que ha llegado el momento de que dejes de comportarte como una niña mimada. Eres una mujer y has de empezar a asumir responsabilidades. Olvídate de eso, deja la *fin'amor* para las damas casadas que se aburren.

—¿Pero es que no lo entendéis, padre? ¡Estoy muy enamorada! —insistí.

—Pues canta tus canciones de amor, pero prepárate para el matrimonio.

Dijo el matrimonio y pensé, como siempre que sonaba la

palabra, en mi madre. Supuse que a matrimonio se refería cuando habló antes de mis responsabilidades y que, claro, las suyas serían buscarme el marido que conviniera política y económicamente.

—Se dice que Hugo, además de trovador, es noble —repuse cambiando de tema—. ¿Es eso cierto?

—Es el hijo del señor de Mataplana. Tienen castillo y posesión al sur de los Pirineos, cerca del monasterio de Ripoll.

—Pues parece, por la forma en que lo tratáis, como si fuera un noble importante…

—No es de alto rango, pero su amistad con nuestro señor el vizconde Trencavel y su relación con el señor de este, el rey Pedro II de Aragón, le distinguen.

—¿Es amigo del rey? —me asombré.

—Los reyes tienen vasallos, no amigos. Pero el padre de Hugo, también llamado Hugo, tiene la confianza de Pedro II y parece que el hijo también.

—Al verle la primera vez creí que era un simple juglar.

—Eso es lo que le gusta aparentar. De esa guisa recorre caminos, habla con gentes, ve, escucha y su opinión es oída por el vizconde y por el rey.

—Pues es alguien importante.

—Bajo ese aspecto, sí.

—¿Por qué no acordáis mi matrimonio con él? —le propuse.

Otra vez me miró sorprendido y pensó un rato antes de responderme:

—Eso no funciona así. No puedes escoger a tu esposo; recibes el que Dios y tu padre deciden.

—Padre, yo quiero a Hugo. Él tiene mi corazón, solo a él quiero.

—Tendrás el esposo que te corresponda.

—No entregaré mi cuerpo a quien no tenga mi amor. —Notaba las lágrimas en mis ojos.

—El amor conyugal surge de la convivencia.

—Quiero a Hugo.

—Imposible, no te conviene. —Y levantándose de la mesa, añadió—: ¡Ya basta, Bruna! ¡Asume tu responsabilidad! —Y, sin esperar mi respuesta, fue a reunirse con sus hombres, que ya le esperaban a caballo.

Me quedé angustiada y llena de preguntas. ¿Por qué mi padre no consideraba a alguien tan lleno de méritos y con la confianza del rey? Además, parecía entenderse muy bien con Hugo, que le apreciaba. ¿Acaso el heredero de título, posesiones, castillo y amigo del rey no estaba a nuestro nivel? ¿Con quién estaría preparando mi boda?

Decidí luchar por mi amor. Él acostumbraba a concederme todo lo que yo quería, ¿por qué me negaba ahora lo más importante?

Me dije que nunca desposaría a quien no amara y desde aquella mañana empecé a negarle la sonrisa a mi padre. Pensaba que privándole de mi cariño él terminaría aceptando el mío por Hugo.

16

En tant cant lo mons dura n'a cavalier milhor
ni plus pros ni plus larg, plus cortes ni gensor.

[En toda la extensión del mundo, no hay mejor caballero
ni más valiente, ni más generoso, ni cortés, ni agraciado].
(Refiriéndose al vizconde Trencavel).

Cantar de la cruzada, II, 15

Carcasona

Hugo de Mataplana no esperó a que lo anunciaran y con confianza de amigo entró en el patio de armas del castillo. El vizconde estaba ejercitándose a caballo, cargando con una lanza roma contra un bulto de madera y tela que rotaba al ser golpeado y que contraatacaba, a su vez, con un peso sujeto con una cuerda.

Tan pronto el caballero vio al trovador, al que la guardia había franqueado el paso sin preguntar, tiró la lanza a uno de sus escuderos, levantó la celada de su casco y le saludó:

—Mucho madrugáis, mi amigo Huget.

—Razones hay, mi señor —repuso este.

El vizconde detuvo su montura y saltando de ella, se quitó el casco y los protectores de la cabeza. Su hermosa melena rubia estaba pegada por el sudor, pero sus ojos azules brillaban con la misma luz que su amplia sonrisa.

—Vamos a tomar algo —dijo a su visitante.

Raimon Roger Trencavel, vizconde de Béziers, Albi y Carcasona, era modelo de joven caballero occitano. Quizá demasiado joven, demasiado caballero y demasiado occitano en opinión de Hugo. Protector de trovadores, cantado y alabado por estos; amaba la poesía, el amor galante a las damas y se burlaba del miedo y de las preocupaciones. Su risa franca era su mayor joya y orgullo. Por eso despreciaba a su tío, el conde Raimon VI de Tolosa, con el que estaba enfrentado por innumerables disputas. Cuando este, al saber que Arnaldo, el abad del Císter, tenía éxito en el norte predicando la cruzada, acudió a pedirle que, zanjando sus diferencias, se aliaran en defensa común, Trencavel le dio la espalda. Con solo veinticuatro años, pletórico de fuerzas y valor, podía oler el temor en su tío fofo y barrigón y en nada se fiaba de sus promesas, que, según sus palabras, no valían ni lo que una manzana podrida. Al conde solo le preocupaba su supervivencia y la de sus dominios, confiando en la política para mantenerlos. No en vano había tenido cinco mujeres a las que sustituía, vivas o muertas, tan pronto una nueva alianza matrimonial le era más ventajosa.

Hugo le contó al vizconde la humillación vista en Saint Gilles, sin que este se sorprendiera, ya que estaba informado de los planes de su tío. En su opinión, no cabía esperar otra cosa de semejante ruin.

—Pero eso no es todo —continuó el trovador—. Vuestro tío pidió la cruz a los legados papales.

—No le aceptarán en la cruzada —afirmó el vizconde—. ¿Cómo puede ser tan osado si hasta los azotes estaba excomulgado y la Iglesia le considera el instigador del asesinato de Peyre de Castelnou?

—Sí le aceptarán —repuso Hugo—. Su bisabuelo entró en Jerusalén librando la primera cruzada, se ha humillado en público, ha prometido todo lo que Roma ha querido…; es un católico reconciliado.

—Pero todos saben que es un miserable sin palabra…

—Mis informantes dicen que será aceptado —cortó Hugo—. Precisamente por eso, porque no tiene prestigio. Hay cartas secretas del papa al abad del Císter, Arnaldo, en ese sentido; vuestro tío será quien guíe a los cruzados hasta vuestras tierras. La cruzada no se puede parar y ha cambiado de objetivo: ahora sois vos.

—Pero a mí no se me acusa de ningún crimen.

—No importa. Se os acusa de ser un príncipe tolerante; dais cargos importantes a judíos, no perseguís a los cátaros y aun así se os admira. Es precisamente vuestro prestigio en Occitania, vuestra fama lo que os hace peligroso; a vos quieren vencer ahora.

—Pues resistiré con la ayuda del conde de Foix y el apoyo de nuestro rey.

—No, Raimon Roger, Pedro II no podrá ayudaros. Vos sois su vasallo, pero él es vasallo del papa que le coronó en Roma. Y aun si quisiera desobedecer al papa, hoy tiene sus tropas en la frontera del sur luchando contra los musulmanes. No cuenta con milicia para apoyaros.

—Resistiremos igualmente.

—No habéis visto lo que yo. Estoy acostumbrado a ver ejércitos. En Aragón estamos en lucha permanente, pero nunca lo del otro día. Cabalgué en dirección a Lyon y presencié cómo los cruzados iniciaban su marcha. Son cientos de miles; nobles con sus mesnadas, caballeros, frailes, mercenarios, chusma y rufianes. El Ródano está lleno de barcazas que transportan armas, víveres, máquinas de guerra. Son tantos que hay que esperar muchas horas para que todos pasen por el mismo punto del camino real. Y continúan llegando.

El vizconde se levantó de su asiento para pasear de un lado a otro de la estancia; no esperaba tan malas noticias. Miró a través del ventanal, que mostraba una extensa vista de la vega del río Aude, ahora en paz, y la imaginó ocupada por cientos de miles de enemigos.

En contra de su actitud natural, su faz mostraba preocupación cuando preguntó:

—¿Qué otra opción hay?

—Pactar la paz con los legados del papa, tal como mi señor Pedro II os aconsejó a vos y al conde de Foix a principios de año.

—¿Y que me humillen como a mi tío? —Raimon Roger miraba indignado a Hugo—. Jamás consentiré la afrenta. Prefiero luchar.

—No es por vos, mi señor —repuso Hugo con tristeza—. Hacedlo por vuestros vasallos.

17

A Sant Gili'l sosterran ab mot ciri ardant
e am mot Kyrieleison que li clerc van cantant.

[En Saint Gilles lo entierran con muchos cirios quemando y con los frailes muchos kirieleisons cantando].

Cantar de la cruzada, I, 4

Cuando Amaury de Montfort, junto a la comitiva del legado y los demás cruzados, partió hacia Lyon para unirse a su padre en los preparativos de tropas, armas y suministros, Guillermo quiso quedarse e investigar la muerte de Peyre de Castelnou en el lugar de los hechos.

El abad Pons de Saint Gilles le acogió con suma hospitalidad, no en vano inquiría en nombre de Arnaldo Amalric, el superior de la Orden del Císter. Este había demostrado su poder como legado papal al hacer nombrar como abad en un monasterio benedictino a Pons, un cisterciense. Este estaba emocionado con lo ocurrido en su abadía: la pompa de la ceremonia y el valor que aquello confería al cadáver incorrupto de Peyre de Castelnou, que allí se custodiaba, aumentaba el prestigio de su comunidad, lo que reportaría más peregrinos, más donaciones, mayores rentas.

Guillermo, al ser eclesiástico, tuvo que someterse al severo régimen de horarios de la abadía. No le importaba alojarse en una celda tan austera que solo tenía un jergón de paja, pero odiaba acudir a todos los rezos comunitarios día y noche y, en especial, al de maitines por el madrugón que comportaba. Y acostumbrado, como caballero que era, a las buenas viandas, la escasa bazofia vegetal que los frailes comían le parecía insufrible. Jean, su escudero, se lamentaba de la misma penitencia.

El futuro santo Peyre de Castelnou era tema favorito de conversación del abad Pons, que no se cansaba de loarle. La conversación en latín era fluida y el cisterciense transmitía un agradable calor en el acento meridional de su habla.

—¿Sois catalán o aragonés? —inquirió Guillermo.

—Soy de Dios, de la Iglesia de Roma y del Císter.

Una respuesta tan contundente era la mejor demostración de los valores que atesoraba el fraile y dejó a Guillermo en un silencio pensativo mientras ambos paseaban, en una mañana brillante de finales de junio, por la rosaleda que los cistercienses cultivaban en la zona norte de la abadía.

—Antes era Pons de Poblet, ahora soy Pons de Saint Gilles —añadió con una sonrisa.

—Poblet está muy cerca de las tierras sarracenas, al sur de Barcelona. ¿No fue el legado papal Arnaldo su abad durante años?

—Él fue mi superior allí y continúa siéndolo aquí.

Guillermo se dio cuenta de que aquel era un hombre entregado en cuerpo y alma a su comunidad y al legado papal. Pensó que debiera haber dicho: «Soy de Dios, de la Iglesia de Roma, del Císter y de su abad Arnaldo».

—Peyre era uno de los nuestros; un luchador incansable, comprometido con Roma y que durante muchos años predicó contra esos herejes. Últimamente, siempre decía: «Los asuntos de Jesucristo no irán bien hasta que uno de nosotros no haya vertido su sangre. Yo deseo ser el primero».

—Pues fue su propio profeta.

—¡Un santo!

—Sí, un futuro santo —repuso Guillermo pensativo.

—¡Un mártir!

—¿Y por que razón un zorro viejo como el conde de Tolosa crearía un mártir contra sí mismo?

—No lo sé, Guillermo, yo no puedo entender el pensamiento de los herejes. Aunque sé que ambos discutieron violentamente el día anterior.

—¿No dicen que los asesinos son de Beaucaire?

—Sí, fue la mano de un escudero, guiada por el diablo y por el conde, la que cometió un crimen tan aborrecible. El santo le miró a los ojos y le dijo, sin duda inspirado en el ejemplo de Jesús: «Que Dios os perdone, pues yo ya os he perdonado», y el canalla huyó con los demás a refugiarse en Beaucaire con sus parientes.

—¿Ha confesado?

—No ha sido apresado aún.

—¿No se enviaron tropas para arrestarle? —Guillermo se detuvo asombrado.

—No —repuso Pons encogiéndose de hombros, y continuó con su paseo seguido del joven.

—Quisiera ver el cadáver.

—¿Para qué? —El abad palideció de pronto.

—Quiero ver cómo fue herido.

—Todo el mundo sabe cómo ocurrió. Además, Peyre de Castelnou es santo y su cuerpo no puede ser profanado.

—No será profanado. Solo quiero ver la herida.

—No os autorizo a ello.

Guillermo había anticipado resistencia y por esa razón esperó en Saint Gilles dos días enteros madrugando para los maitines y malcomiendo antes de empezar con sus preguntas. Quería tener al legado papal a una considerable distancia. Puso su mano en el interior de su camisa y sacó un pequeño pergamino que llevaba en ella. Lo desdobló, dándoselo a leer a Pons.

—¿Reconocéis el sello? ¿Reconocéis la firma y la letra?

—Son de Arnaldo, el abad superior del Císter.

—¿Y qué dice?

—Que todo cristiano obediente a la Iglesia católica y al papa debe ayudaros en vuestra investigación. Por orden del legado.

—Bien, pues hacedlo.

—Pero… es que no creo que eso le gustara al abad Arnaldo. —Pons balbuceaba.

—Aquí pone bien claro lo que le gusta al abad. —El francés se mostraba tenaz, inmisericorde—: Que me obedezcáis.

—Esperad que consulte con él, enviaré un mensajero. Nadie está autorizado a ver el cadáver del santo.

—Yo lo estoy y no puedo perder más tiempo con vos. Tengo que partir a Lyon para unirme a mis tropas. Estáis impidiendo el cumplimiento de una misión fundamental para el papa y su legado. No puedo esperar cuatro días a que vuestro correo vaya y vuelva.

—Las postas son rápidas, quizá con tres días baste.

—¡Tres días! —exclamó escandalizado Guillermo—. ¡Tres días! En la mitad de ese tiempo se ganan y pierden guerras. Quedad con Dios, Pons, y que Él os perdone, porque el legado no lo hará. Sabéis leer latín, ¿verdad? Mi salvoconducto lo indica muy claro, desobedecéis y Arnaldo pronto sabrá cuán equivocado estuvo al nombraros abad.

Guillermo se alejó y en su última mirada a Pons le vio con la frente perlada de sudor, su mirada perdida en la lontananza y las manos crispadas una sobre la otra. Su instinto le había guiado bien, había algo en el cadáver de Peyre de Castelnou que el abad del Císter no quería que se supiera.

18

En la geomancia, qu'el a lonc temps legit,
e conoc que'l païs er ars e destruzit
per la fola crezensa qu'avian cosentit.

[Hace tiempo auguró, gracias a la geomancia,
que el país sería quemado y destruido
a causa de aquel falso credo y por su
tolerancia].

Cantar de la cruzada, I, 1

Béziers

Había una vibración extraña en la ciudad, lo podía percibir en cómo mis vecinos miraban, en un nerviosismo subterráneo, en pequeños detalles. Se hablaba ya de cruzada y de la amenaza que esta traía, pero las gentes mantenían su dignidad y la convicción de que los bárbaros del norte poco podían hacer frente a nuestras fortificaciones. No por ello mi vida, ahora en continua espera de Hugo, había cambiado mucho. Salía con doña Bernarda y a veces nos acompañaba mi prima, pero siempre con la escolta de cuatro hombres armados. Cuando en ocasiones se añadía al grupo alguna dama amiga, formábamos todo un séquito. Era principios de julio y las jornadas, largas, luminosas, cálidas.

Fue un día de mercado cuando de nuevo vi a Sara la judía. Tenía su gran pañuelo extendido en el suelo y encima sus atadillos de manojos de hierbas medicinales y aromáticas. Nuestras miradas se cruzaron y, aunque no hubo saludo, la suya me siguió durante un largo tiempo de forma inquietante; la notaba a mi espalda, en la nuca. Era como si tuviera algo que decirme y temiera hacerlo. El recuerdo de su mirada me dio que pensar en los días siguientes. Y fue casi a mediados del mes cuando la volví a ver y sentí la misma desazón. Esta vez me hizo una seña y me costó convencer a doña Bernarda para que se quedara junto con la guardia, a una distancia donde no nos pudieran oír.

—Salid de la ciudad, señora —me dijo—. Está condenada.

Ante mi silencio añadió:

—El baile[3] Simón y los demás judíos nos iremos de la ciudad antes de que los cruzados caigan sobre ella. Haced vos lo mismo, salvaos.

—No puedo irme, mi padre se quedará —repuse angustiada.

—Venid conmigo. La mayoría iremos a Narbona, donde los judíos tenemos grandes derechos y libertades. Podemos ocuparnos en el trabajo que queramos, portar armas, poseer tierras, tener criados cristianos…

Me alarmaba tanto aquella lúgubre profecía, nada distinta de la que me hizo meses antes y que yo había tratado de borrar de mi recuerdo, que me quedé callada. También estaba sorprendida. ¿Cómo se atrevía Sara a ofrecerme su protección? De llegar tal audacia a conocimiento de mi padre, le haría arrancar la piel a latigazos solo por eso. Aunque en Occitania a los judíos se los trataba bien en comparación al norte, en ge-

3. Baile: antiguamente, durante la Edad Media en el reino de Aragón y el sur francés, baile era un cargo de carácter judicial y administrativo.

neral se les consideraba de condición más baja aún que la de los siervos y algunos trovadores les denigraban en sus coplas.

Claro que de saber él que Sara predecía la catástrofe, la haría quemar. Sin duda se arriesgaba esa mujer. Yo estaba segura de que me apreciaba, de que no mentía en su creencia, pero tomando semejante riesgo demostraba estar fuera de sus cabales.

—No puedo, gracias, he de quedarme —le contesté gentilmente con intención y gesto de marcharme.

—¡Esperad! —dijo sujetándome de la falda, reteniéndome.

Yo miré su mano, después a sus ojos, y ella me soltó. De haber sido doña Bernarda, me hubiera puesto a gritar y habría ordenado a los hombres de armas que nos acompañaban que la golpearan. Era muy atrevido para un judío comportarse de esa forma con una dama.

—¡Esperad! —repitió ahora en tono de súplica—. Dejad que os ayude como buenamente pueda.

Vi que sacaba su pañuelo negro, el bordado con la estrella de seis puntas, y no pude resistir mi curiosidad por conocer lo que iba a decirme.

—¡Bruna! —gritó doña Bernarda—. Vamos ya, que llegaremos tarde a misa. Deja a esa mujer.

Sara extendió rápidamente su pañuelo escondido tras una columna del soportal para ocultarlo de la vista de la comitiva y, rápidamente, hizo rodar los huesecillos.

—Hombre —murmuró—, hierro...

—¡Vamos ya! —insistió doña Bernarda, y poniendo acción a la palabra, empezó a acercarse a nosotras.

—¿Qué ves? —pregunté—. ¡Dímelo rápido!

Entonces, percatándose de la llegada de mi ama, recogió el pañuelo con los pequeños huesos dentro y los guardó a toda prisa en un gran bolsillo de su delantal.

—Dímelo —insistí.

Sara se quedó en trance, con su mirada perdida en el infinito, como si no pudiera hablar. Una doña Bernarda furiosa nos caía encima y tirando de mí gruñó:

—Una dama no debe hablar con judías y menos con una que tiene fama de bruja.

Me dejé llevar sin ofrecer resistencia, pero al mirar atrás vi a Sara, que parecía haber regresado a nuestro mundo y, rápida, se me acercó murmurándome varias frases al oído. Después desapareció.

Entendí algunas de sus palabras, aunque en aquel momento lo que dijo me pareció absurdo.

19

L'aucis en traïció dereire en trespassant,
e.l ferit per la esquina am son espeut trencant.

[Lo mató a traición traspasándolo por atrás,
hiriéndole en el espinazo con su afilada azcona].

Cantar de la cruzada, I, 4

Saint Gilles

Guillermo de Montmorency y Jean empezaron a sudar en la cripta cuando trataban de bajar la losa que cubría la tumba de Peyre de Castelnou. Nada más entrar en el recinto, habían percibido el «olor de santidad», «una fragancia suave pero penetrante, tanto que al abrir la tumba las gentes creyeron que la habían llenado de perfumes» que, según relataban los monjes, el cuerpo del futuro santo exhalaba. Los hachones que Jean escamoteó en su celda, escondidos bajo el jergón, iluminaban ahora la siniestra escena y, cuando lograron mover la losa, dejando ranuras suficientes para poder sujetarla con las manos, el olor se hizo mucho más intenso.

—Pues si los santos se miden por sus aromas —bromeó Guillermo—, este lo debe de ser mucho.

De hecho, la fragancia era tal que por un momento pensaron que se mareaban, pero recuperándose, contaron hasta tres y al fin consiguieron elevar la piedra y depositarla en el suelo sin estropicios. Hubo un instante de vacilación, pero era tarde para sentir reparos y, a pesar de lo intimidante de la escena, Guillermo tomó la iniciativa y, elevando un hachón, iluminó el interior de la sepultura.

Vieron un cuerpo colocado boca arriba, vestido con hábito cuya capucha le cubría la mitad del rostro, y las manos cruzadas sobre el pecho.

—Saquémosle.

Guillermo lo tomó por la parte superior y Jean, por la inferior. Peyre pesaba poco y fue fácil sacarlo y ponerlo en el suelo, pero el contacto frío de la piedra y el tacto mórbido del cuerpo les hizo estremecerse. Le desnudaron y vieron a un hombre de unos sesenta años, pequeño de estatura y delgado, pero de gesto enérgico. Aun cadáver, el abad inspiraba respeto y el joven cruzado se preguntó si era su entrometida curiosidad, el diablo o ambas cosas a la vez lo que le llevaban a cometer tal profanación. Pero no era momento para lamentaciones ni titubeos, tenía un objetivo que cumplir.

Con la ayuda de Jean, que sostenía una antorcha, examinó el cuerpo con cuidado, con delicadeza, sintiendo que en cualquier momento Peyre se podía incorporar para recriminarle tan deplorable acción y condenarle al infierno.

Guillermo vio una única gran herida. La azcona había penetrado por la derecha de la espalda, de arriba abajo, saliendo por delante hacia la izquierda. El asesino estaba sobre un caballo, por encima del abad y había acertado en el centro del espinazo partiéndolo en dos. Lo que hacía de aquel un cadáver extraño, ya que parecía dos piezas unidas solo por un poco de piel y escasa carne. Fuera de eso solo apreciaron unos rasguños menores en la cabeza, seguramente causados por la caída de la mula.

—Pons nos quería ocultar que el cadáver fue embalsamado —comentó Guillermo.

Palpó de nuevo el espinazo roto y murmuró:

—Y se inventa la leyenda del santo. Lo que cuenta de Peyre absolviendo a su asesino mientras le miraba a los ojos es una patraña. No creo que al ser atacado por la espalda y con semejante herida pudiera ni siquiera verle, se debió de desplomar de inmediato.

Al joven no se le escapaba la trascendencia de aquello. La jugada había sido predicada contra el conde de Tolosa como asesino de un mártir, de un santo. Y un buen motivo para iniciar un proceso de beatificación de alguien de vida ejemplar era encontrar su cuerpo incorrupto un año después de su inhumación y en «aroma de santidad». Y era obvio que el cadáver había sido embalsamado. De los muchos argumentos usados por el obispo Fulko de Marsella y el abad del Císter, Arnaldo, al predicar la cruzada, casi todos se basaban en la monstruosidad del conde. Dijeron que se acostaba con sus sobrinas y que había hecho acuchillar a un sacerdote que le recriminaba su impiedad. Y añadían, con toda profusión de detalles, que no contento con semejante infamia, hizo descuartizar y machacar el cuerpo del clérigo con un crucifijo de hierro. Un verdadero sacrilegio, pero sin duda la muerte de un bienaventurado como Peyre de Castelnou era el mayor de sus pecados.

—Ahora sabemos cómo se hace un santo —murmuró Guillermo— y también cómo se fabrica una cruzada.

Después volvió a examinar el lívido cadáver. Había algo en aquella herida inusual. El caballero quedó unos instantes pensativo antes de requerir la ayuda de su criado.

—Extraño, muy extraño —dijo.

Depositaron el cuerpo, con todo cuidado, en su tumba y, una vez colocada la losa, el cruzado se arrodilló junto a su escudero y, a pesar de la inquietud de este, que temía fueran descubiertos, rezó largo tiempo para que el Señor le perdonara lo que acababa de hacer.

20

Le vescoms de Bezers
intrec a Bezers un maiti al l'albor
e enquer jorns no fu.

[El vizconde de Béziers (Trencavel)
entró en Béziers una mañana al alba
antes de que el día despuntara].

Cantar de la cruzada, II, 15

Béziers

Había deseado tanto ver a Hugo de nuevo... Soñaba con él dormida, soñaba con él despierta. Imaginaba que, a su regreso, mis días se llenarían de trovas, canciones y miradas enamoradas.

Pero la noticia de su aparición vino junto a la presurosa llegada de nuestro señor el vizconde Trencavel. Cuando los vi, en la casa de mi padre, sentí que mi corazón estallaba de gozo. Hugo hablaba al vizconde con la naturalidad de un amigo y me llené de esperanza. Quizá el vizconde quisiera hablar a mi padre en nuestro favor y él, que me adoraba, escucharía al fin las súplicas de su hija. Quería que Hugo tuviera mi alma y mi cuerpo. No quería ser infeliz como mi madre lo fue, desgajada en dos; el cuerpo para mi padre, el corazón entregado a Sans.

Pero algo iba mal, las formas del vizconde no eran tranquilas y sonrientes como nos tenía acostumbrados, aquellas que le convertían en modelo de caballeros, en especial frente a las damas. De hecho, al entrar, pareció no percatarse de la presencia de las señoras que le observábamos desde un extremo del patio.

Convocaron con urgencia a Simón, el baile judío de Béziers. Así como mi padre era el representante militar del vizconde, él había sido, hasta hacía poco, su regidor en cuanto a impuestos y administración. La reunión se celebró en el gran salón de nuestra casa y yo logré escabullarme de mi ama para escuchar tras la puerta que daba a nuestras dependencias familiares y que, a diferencia de la que comunicaba con el patio, no tenía guardia armada. Quería oír la voz de mi querido Hugo.

Pero por desgracia oí mucho más.

—Saint Gilles se salvó al ser dominio del conde de Tolosa y Montpellier es posesión, por matrimonio con María, del rey Pedro II. El papa dio órdenes específicas para que fuera respetada —comentaba Hugo—. Béziers será la primera ciudad sobre la que caiga la cruzada.

—Tenemos buenos muros y he ordenado a los campesinos de la comarca que se refugien en la ciudad con todas sus provisiones —dijo mi padre—. Nuestros ciudadanos se jactan de sus libertades y del coste que pagaron por ellas; pienso que querrán resistir.

El joven vizconde asintió. Bien conocía el carácter orgulloso e independiente de los habitantes de Béziers, los llamados *biterrois*. Cuarenta años antes su abuelo Trencavel había sido asesinado por algunos burgueses de la ciudad a las puertas de la iglesia de la Magdalena durante una disputa sobre derechos ciudadanos. El obispo, que apoyaba al vizconde, escapó de milagro solo con varios dientes rotos. Dos años después, el padre de Raimon Roger Trencavel vengó al suyo, llegando a un acuerdo con los *biterrois*, que fue roto de inmediato para masacrar a los responsables del asesinato, entregando a las esposas de estos a sus mercenarios aragoneses y catalanes precisamente el día de la Magdalena. Los ejecutados fueron considerados héroes por la mayoría de la población. No, los *biterrois* no se sometían con facilidad.

—Yo también creo que resistirán —intervino Simón—, pero si el sitio termina en negociación, tanto cátaros como valdenses y judíos seremos entregados a los cruzados. —Y dijo dirigiéndose al vizconde—: Señor, os pido que dejéis que los judíos nos refugiemos en lugares más seguros.

—Bernard, ¿creéis que la marcha de los judíos desanimaría la resistencia de la ciudad? —inquirió el vizconde.

—No lo creo —repuso mi padre—. Simón está en lo cierto: si hay negociación, los cruzados no se irán de aquí sin derramar sangre. Solo perdonarán a los católicos.

—Por otra parte, si la ciudad resiste, tendrán que abandonar el sitio antes del mes —dijo el vizconde—. Precisamente su debilidad reside en su cantidad. ¿Cómo alimentarán a doscientos mil combatientes si las provisiones de la comarca están encerradas en Béziers?

—Agua del río Orb no les faltará, pero tampoco a nosotros, que tenemos pozos excavados por debajo del nivel freático. No pasaremos sed y ellos no tendrán tiempo de desviar la corriente —comentó mi padre—. Agosto puede ser muy caluroso y a mediados la mayoría habrá cumplido los cuarenta días de servicio a la cruzada que obliga el papa. Aburridos y hambrientos, regresarán a sus tierras.

—Así pues, Bernard, ¿aconsejáis resistir? —inquirió el vizconde.

—Si los burgueses acuerdan hacerlo, como pienso que lo harán, debemos resistir. Esta tarde convocaré a los cónsules de la ciudad en la catedral de San Nazario.

—Yo partiré de inmediato a Carcasona para reunir tropas. Junto con mis nobles de la Montaña Negra, el Minervoise y Corbières, boicotearemos la retaguardia y a los suministros de los sitiadores —dijo el vizconde—. Hugo se encargará de reclutar mercenarios catalanes y aragoneses. Estoy seguro de que el rey Pedro, aunque no pueda intervenir, nos ayudará.

—Señor —preguntó Simón—, ¿qué actitud visteis en los cruzados? ¿Se podrá llegar a un acuerdo? ¿Alguna garantía para los judíos?

El vizconde intercambió una mirada con Hugo antes de responder. Cuando lo hizo, dijo:

—Fuimos con Hugo a Montpellier, donde ya ha llegado la cruzada. Buscaba negociar con Arnaldo, el legado papal y abad del Císter. No quiso vernos. Si resistimos, hay que ganar. Esa es la única garantía de supervivencia, tanto para judíos como para cristianos.

21

El lor ditz què·s defendan a forsa e a vertu
que en breu de termini serán ben socorru.

[Les dice que se defiendan con fuerza y valor,
que en corto plazo regresará para socorrerlos].

Cantar de la cruzada, II, 16

—Antes nos dejaríamos ahogar en la mar salada que deponer nuestra forma de gobierno —le gritó uno de los cónsules al obispo Reginald de Montpeyroux.

Un griterío ensordecedor en apoyo a esas palabras resonó dentro de la iglesia de la Magdalena, centro de reunión del consejo ciudadano.

Los cónsules daban voz tanto a los pequeños nobles como a los gremios, y estos, a los ciudadanos afiliados a ellos por su ocupación laboral. Armeros, peleteros, tejedores, plateros y docenas de otros oficios estaban allí representados por algunos de sus miembros, agrupados junto pendones gremiales que enarbolaban con fiereza. Los bancos de la iglesia estaban repletos y muchos tenían que estar de pie.

—Pero razonad —insistió el obispo, que días antes se había unido a la cruzada en Montpellier con el fin de negociar la salvación de la ciudad con el legado Arnaldo, abad del Císter. Al fin había logrado un difícil acuerdo con la esperanza de hacer entrar en razón a los orgullosos *biterrois*—; si os rendís y os sometéis a la autoridad del legado y entregáis a los doscientos veintidós herejes cátaros y valdenses de la villa, os salvaréis.

—No aceptaremos imposiciones ni del legado ni del papa —reputó otro de los cónsules—. Nuestros muros son fuertes, tenemos hombres, armas, provisiones para resistir…

—Locos, locos… —El obispo sacudía la cabeza incrédulo—. Consentid o condenaréis a vuestras familias.

—Ni el papa, ni el abad del Císter, ni los cruzados, ni toda la Iglesia católica en pleno doblegarán nuestra voluntad de ciudad libre —gritó otro.

Un clamor de aprobación acogió la proclama.

—Béziers solo rinde cuentas al vizconde —clamó uno que por su vestimenta lujosa evidenciaba que era un rico burgués— y siempre que este respete nuestros derechos y libertades. La Iglesia católica no es quién para imponernos sumisión.

—Razonad —insistió el obispo—. Los he visto, son decenas, cientos de miles; os arrollarán. Están a escasas millas de aquí. Dentro de poco caerán sobre vosotros.

—No entregaremos a ninguno de nuestros vecinos —dijo otro que vestía ropas comunes de artesano—. No importa qué religión profese, aunque fuera forastero y estuviera de visita. Esta es una ciudad libre y así continuará.

—Si sobrevive —musitó el eclesiástico.

—Las milicias de la ciudad sabrán resistir, los cruzados se hartarán de pasar hambre y calor a las puertas de Béziers y regresarán al norte.

La muchedumbre, enardecida, volvió a clamar. El obispo, asustado por la exaltación de los *biterrois*, decidió abandonar la ciudad para exponer al abad del Císter el fracaso de su empeño y con él partieron unos pocos temerosos. Pero los sacerdotes decidieron quedarse con sus paisanos para socorrerlos espiritualmente en los difíciles días venideros.

Algo parecido había ocurrido la tarde anterior en el mismo lugar. El vizconde y su senescal expusieron la situación a los cónsules y ellos acordaron resistir, apoyando a su señor a pesar de las tensas relaciones, siempre por motivo de sus libertades, que a veces mantenían con este. Raimon Roger Trencavel, como señor de Béziers, estaba obligado a defender la ciudad y dijo que iría a Carcasona, que convocaría a sus nobles, a su aliado el conde de Foix y que se contratarían mercenarios para reforzar la tropa. Entre todos formarían un gran ejército para atacar a los sitiadores por la retaguardia.

El vizconde advirtió con severidad que todos debían obedecer estrictamente las órdenes de Bernard de Béziers, su senescal, que lideraba la defensa en su nombre. Al despedirse, los animó diciéndoles que resistieran con fuerza y valor, que él acudiría en su socorro.

Había que partir a toda prisa y Hugo aprovechó el tiempo escaso en que los escuderos aprestaban los caballos para encontrarse con Bruna.

—La ciudad está en un peligro muy serio —le dijo—. Venid conmigo, la corte del vizconde os acogerá.

—No puedo… —musitó ella—, no puedo dejar a mi padre.

—Vuestro padre es un hombre de armas. Luchará mejor si no teme por vos.

—No, no le dejaré si está en peligro.

—Permitidme que le hable, él os ama. Le convenceré para que os deje ir. No será difícil.

—Soy yo quien no quiero dejarle. Además, nuestros muros y la posición de la ciudad sobre el río nos protegen. Nada nos ha de ocurrir.

—Señora, sois mi dama —sus ojos se humedecieron—. Yo debiera quedarme a protegeros, pero no puedo, tengo una misión que cumplir.

—Vos tenéis una misión que cumplir, yo tengo un padre a quien amo. Es el senescal de la ciudad. Su hija no puede huir; sería una ofensa para él y para la ciudad.

Hugo sabía que su dama estaba en lo cierto. Entonces, hincó una rodilla en el suelo y le besó la mano. Ella le acarició tiernamente el cabello.

Poco después, el vizconde, acompañado de Hugo y cuatro caballeros más, partía al galope hacia Carcasona.

22

So fo a una festa c'om ditz la Magdalena,
que l'abas de Cister sa granda ost amena
trastota entorn Bézers alberga sus l'arena.

[Ocurrió en la fiesta que llaman de la Magdalena,
cuando el abad del Císter con su gran hueste llega
y en los alrededores de Béziers acampa toda ella].

Cantar de la cruzada, II, 17

Béziers

Guillermo y Amaury llegaron la tarde del 21 de julio a Béziers con una avanzadilla cruzada guiada por hombres del conde de Tolosa. La ciudad se alzaba imponente tras sus murallas, encaramada en la cima de una colina a cuyos pies se deslizaba por la parte oeste el caudaloso río Orb. Se mantuvieron a prudente distancia de las defensas y de las milicias que protegían a los últimos campesinos rezagados que acudían con sus rebaños y carros cargados de provisiones a refugiarse en la ciudad. Por el camino comprobaron que los molinos estaban arruinados y que todo lo que hubiera podido servir de sustento a los invasores, y que los lugareños no pudieron acarrear, había sido quemado.

—Nos quieren hacer pasar hambre —comentó con una sonrisa Amaury.

Guillermo se encogió de hombros.

—¿Esperabas que el vizconde nos invitara a cenar?

Amaury rio de buena gana.

—Si nos hubiéramos presentado tañendo una vihuela y cantando una trova, quizá —repuso—, pero así, armados hasta los dientes y con ganas de pelea, rompiendo las normas de cortesía, no creo que lo haga.

—¡Qué susceptible!

Y ambos estallaron en carcajadas.

Exploraron los extramuros, concluyendo que la zona al este era el único lugar donde el campamento cruzado podía instalarse. La colina descendía suavemente hasta el riachuelo de San Antonio. Un puente lo cruzaba y por encima transcurría la antigua vía romana que llevaba a Montpellier. Por ese camino llegaría a la mañana siguiente el grueso de la cruzada. Una alameda bordeaba el curso casi seco y fangoso. Madera que serviría para los artilugios de asalto, pensó Guillermo. Del otro lado del arroyo, el terreno ascendía suave, cubierto por campos de labor, lejos del alcance de los ballesteros y petrarias de la ciudad. Allí podrían instalar las tiendas con tranquilidad. Mentalmente Guillermo empezó a distribuir a los nobles según su rango y poder. El duque de Borgoña, el conde de Nevers, el de Saint Pol y el senescal de Anjou en los lugares más llanos al lado del camino y en el centro el abad del Císter. Su tío, Simón de Montfort, junto a otros nobles prestigiosos, pero menores, y los obispos, un poco más allá…

Descendieron dirección sudoeste siguiendo el riachuelo hasta su unión con el río Orb. Este bajaba ancho, caudaloso y el único medio de cruzarlo, excepto por las barcazas que obviamente no darían servicio a los cruzados, era el antiguo puente romano a los pies de Béziers. Continuaron siguiendo el curso del río hacia la ciudad, cuyos muros se alzaban imponentes, encaramados en su colina y, muy por encima de ellos, la llamada torre Ventosa y la catedral de San Nazario. Pronto se detuvieron. No podían seguir sin convertirse en blanco fácil para cualquier arquero de las almenas. La franja entre el río y las murallas, incluido el puente, estaban completamente protegidas desde arriba. Un ataque por el lado oeste era imposible y por el sur, dada la pendiente hasta los muros, era igual de difícil. Regresaron revisando las fortificaciones de la ciudad a distancia prudencial y vieron que la puerta de Saint Jacques estaba formidablemente bastida. También lo estaban las puertas de Saint Gilles, Saint Saturnin y Saint Guilhem, orientadas al este. Sin embargo, Guillermo y Amaury comentaron que ese lienzo de muralla era el único que ofrecía posibilidades. Continuaron su recorrido hacia el norte y luego al oeste, donde de nuevo el río Orb los detuvo. La ciudad volvía a encaramarse majestuosa en la colina, tras los muros. El sol del atardecer daba tonalidades rosadas a las paredes, a las torres de las defensas y las iglesias de Saint Aphrodisie y de la Magdalena, en contraste con los verdes de la alameda y el brillo del río.

—¡Qué hermosa villa! —exclamó Guillermo.

El día siguiente era el 22 de julio, festividad de la Magdalena y, al poco de amanecer, llegaron los caballeros que negociaron en representación de sus señores el espacio y ubicación que cada uno ocuparía en el campamento. El asunto no era baladí, ya que se trataba de una cuestión de prestigio para los nobles. Pero la cruzada llevaba casi un mes reunida, los rangos estaban bastante bien establecidos y pronto las ubicaciones se conformaron aproximadamente como Guillermo había anticipado. La primera tienda en elevarse fue el gran pabellón del conde de Nevers, que servía de lugar de reunión de los líderes de la cruzada y punto de referencia de todo el campamento.

Los habitantes de la ciudad abarrotaban las almenas;

era una muchedumbre desafiante, sorprendentemente festiva, vociferante y altanera, que observaba a los cruzados increpándoles.

Los nobles y la caballería llegaron pronto en la mañana e hicieron un recorrido semejante al que el día anterior hicieron los primos, sus escuderos y los guías tolosanos. Y a media mañana empezaron a llegar las tropas de a pie, los mercenarios, los ribaldos y la chusma que los acompañaba. Cada uno se ubicó según sus señores estaban ubicados y los demás, donde pudieron. El vulgo también tenía sus jerarquías y Renard, el llamado rey Ribaldo, dispuso sus lugares.

Al mediodía, el legado papal convocó a los nobles principales en el pabellón de Nevers. Había que acordar el almacenaje, racionamiento y procura de suministros para un asedio que prometía ser largo, y también la estrategia de asalto, ya que Béziers difícilmente sería vencida por hambre y, dada la proximidad del río que discurría a los pies de los muros oeste de la villa, tampoco por sed.

—La única zona vulnerable es la oeste —afirmó el conde de Nevers. Y un murmullo aprobatorio demostró el acuerdo unánime—. En todos los demás puntos la altura es tanta que nuestras máquinas de asalto y arqueros estarían muy en desventaja frente a sus ballestas, catapultas y petrarias.

—Debiéramos construir unas empalizadas detrás del riachuelo de San Antonio para proteger el campamento —comentó el conde de Saint Pol.

—Pues yo pienso que, en lugar de fortificarnos temiendo sus ataques, debiéramos ser nosotros quienes iniciáramos el primer asalto mañana mismo, una vez esté el campamento montado —argumentó Simón de Montfort—. Cada día que pase será una victoria suya.

Después de un largo debate, los nobles acordaron proteger con empalizada solo a las máquinas de guerra, que el día siguiente se montarían frente a la ciudad, e iniciar el primer asalto lo antes posible usando a los ribaldos y mercenarios como fuerza de choque.

Los primos habían logrado colarse en la reunión, tras Simón de Montfort, temiendo en un principio que los grandes nobles cuestionaran su presencia. Como nadie les llamó la atención, se iban sintiendo más y más satisfechos, ya que establecían el derecho a participar en los consejos de guerra futuros al igual que los caballeros importantes. Pero no tentaron su suerte hablando a la asamblea; no tenían prestigio para ello y esa audacia les hubiera costado la expulsión. Lo observaban todo con grandes ojos, pero disimularon su entusiasmo. Guillermo se fijó en el conde de Tolosa. No intervenía en el debate y se preguntó cómo se debía de sentir aquel individuo, recuperándose aún de los azotes que un mes antes recibió en sus espaldas, guiando a los cruzados a través de las tierras de su sobrino, contra sus propias gentes.

—El obispo Reginald de Béziers les ofreció a los *biterrois* salvar sus vidas si abrían las puertas de la ciudad y nos entregaban a los herejes —dijo Arnaldo, el abad del Císter, levantándose de pronto cuando el debate decaía.

Hasta aquel momento no había dicho nada y aparentaba no importarle las discusiones militares. Estaba sumido en sus pensamientos y al hablar lo hizo con voz potente. Su tono e inflexiones eran proféticos.

—Se negaron a recibir la caridad de la Iglesia de Roma, burlándose de su obispo. No respetan el mensaje de Cristo y yo digo que hay que darles una lección para que todos en Occitania aprendan. Quien se resista a nuestra cruzada sucumbirá.

El silencio era total y Arnaldo calló mientras recorría con su mirada los rostros de los nobles principales. Nadie habló.

—Cuando tomemos la ciudad, se pasará por la espada a todos sus habitantes. ¡Dios lo quiere! —Hizo otra pausa—. Así aprenderán los orgullosos occitanos a rendir sus ciudades sin resistencia al *negotium pacis et fidei*. Ciudad que se resista será exterminada.

—Pero, abad —objetó el duque de Borgoña—, nos consta que la gran mayoría de los *biterrois* son buenos católicos.

—Es imposible distinguir católicos de herejes —dijo el conde de Nevers.

—Matadlos a todos —repuso de inmediato Arnaldo—. Dios sabrá escoger a los suyos en el cielo.

Un denso silencio rubricó sus palabras.

23

Ar'aujatz que fazian aquesta gens vilana,
ab lors penoncels blancs que agro de vil tela
van corren per la ost cridan en auta aleña.

[Escuchad lo que aquellos villanos hicieron,
pues con pendones blancos hechos de basta tela,
corriendo y gritando a acometer a la hueste
salieron].

Cantar de la cruzada, 11, 18

Béziers, 22 de junio, día de la Magdalena

Nunca olvidaré el día de nuestra muerte. Esas imágenes ensangrentadas vuelven, regresan una y otra vez. El asalto, la barbarie, los gritos…, los gritos resuenan aún en mis pesadillas, y cuando las luces de aquel día ignominioso se apagaron, Bruna de Béziers y su padre habían dejado de existir. Junto a ellos murió un mundo de flores, de música, de canto y una hermosa ciudad, con todos sus habitantes masacrados en su interior.

—¡Mirad, mirad cómo los nuestros les dan su merecido a los franceses! —gritó un mozalbete.

Nuestra casa se elevaba por encima de los muros de la villa y al oír los gritos me precipité a una de las ventanas desde donde se veía el riachuelo de San Antón y, pasado este, el llano donde los trancos plantaban su amenazante enjambre de miles de tiendas.

Sobre el puente que cruza el arroyo y conduce a la puerta principal de Béziers, unos muchachos de la ciudad golpeaban a un par de aquellos zarrapastrosos descalzos de la chusma franca.

—¡Dadles, dadles! —azuzaba el gritón desde los parapetos de los muros de la villa—. ¡Así sabrán quiénes somos!

¡Qué locos!, pensé. Hasta yo podía comprender que aquello no traería nada bueno. ¿Cómo osaban salir aquellos jovenzuelos? Seguro que mi padre lo ignoraba, él lo hubiera impedido y maldije a los indisciplinados y arrogantes burgueses de la ciudad. Pero los muros se llenaron de gente que vitoreaba y azuzaba a los de abajo.

—¡Regresad! —Enseguida identifiqué la voz de mi padre, que avanzaba por la cimera de la muralla, imponiéndose al tumulto—. ¡De inmediato! ¡Nos ponéis a todos en peligro!

Aquellos sucios provocadores francos, mostrando sus traseros y a base de los insultos más soeces, habían logrado lo que las buenas palabras del obispo, primero, y sus amenazas de muerte, después, no consiguieron: abrir las puertas. Con su arrogancia estúpida un grupo de nuestros jóvenes habían decidido dar un escarmiento a los fanfarrones del otro campo y salieron a todo correr a por ellos, con unos pendones blancos que improvisaron con tela basta, lanzas y palos, mientras aullaban a todo pulmón, creyendo así asustarlos como a gorriones en los labrantíos.

Aquellos locos, acercándose peligrosamente al campo cruzado, alcanzaron a un par de ribaldos y, animados por el griterío de la gente desde los muros de la ciudad, vapulearon a los infelices lanzándoles al arroyo. Pero cuando se percataron del movimiento de la chusma en la otra orilla, ya era tarde. El llamado rey Ribaldo, que quizá lo había planeado todo, azuzaba a sus huestes al ataque. A todo correr, una masa ingente de hombres descalzos, harapientos y medio desnudos, armados solo de cachiporras y palos afilados a modo de lanza, se lanzó a toda velocidad sobre el puente. Pero había muchos más escondidos entre las matas de las márgenes del arroyo que surgieron vociferando. Nuestros muchachos empezaron a correr hacia la puerta entreabierta buscando su salvación.

—¡Cerrad la puerta! —ordenó mi padre, y sus lugartenientes pasaron a gritos la orden—. No importa, que se queden fuera esos estúpidos.

Me di cuenta de que mi propio padre estaba asustado y de como su paso, hasta el momento seguro, cambió a carrera jadeante, mientras daba órdenes a sus oficiales.

—¡Todos los arqueros al muro este! ¡Alarma, alarma!

Creo que entonces él lo supo. Se giró unos instantes y vi su tierna mirada, esa que solo a mí dedicaba, y me envió su adiós antes de salir hacia la muerte. No le había vuelto a sonreír desde nuestra discusión sobre Hugo, apenas le había hablado para presionarle, y en aquel momento el pensamiento de que pudiera morir sin mi beso me horrorizó. Mi corazón se desgarraba.

No nos volvimos a encontrar; esa fue nuestra despedida, dos veces triste. Recuerdo su gesto, por un instante amoroso al mirarme, y después, duro al encaminarse hacia la batalla. Aún lo veo, a veces, al cerrar los ojos.

Las campanas de las iglesias empezaron a tocar a rebato y nuestros defensores, armándose a toda prisa, ocuparon la parte superior de la muralla. Nadie esperaba eso, el sitio ni siquiera se había formalizado, no estábamos preparados.

Yo decidí subir a la cima de la torre de nuestra casa fortificada, la que en la ciudad llamaban castillo vizcondal, para mejor ver lo que ocurría. En la escalera me encontré con mi ama y mi prima Guillemma, que, atemorizadas, me preguntaron qué pasaba.

—¡Los cruzados nos asaltan! —repuse mientras empezaba a subir las escaleras de la torre.

Cuando llegué arriba, miré hacia la puerta de Saint Guilhem. Aún no la habían podido cerrar y veía a los nuestros luchando contra la chusma cruzada que forzaba la entrada. Desde arriba, los ballesteros y arqueros disparaban, los demás lanzaban piedras, pero no parecían poderlos detener. Miles de enemigos cruzaban el puente o saltaban al riachuelo para subir por los márgenes. Llevaban escaleras, aquello era imparable. Vi que ya se peleaba dentro de la ciudad y que los francos continuaban entrando por aquella puerta abierta que nos desangraba. Nuestros mejores recursos estaban allí, en el intento de cerrarla, pero eso quitaba fuerzas al lienzo este de muralla y pronto los ribaldos apoyaron las escalas en ella y empezaron a subir.

Pero al mirar hacia el campamento, me horroricé al ver a cientos de miles que corrían hacia nosotros con sus rústicas escalas al asalto desde todas las direcciones. Nunca había visto tanta gente junta; eran diez veces más que todos los habitantes de la ciudad. Eran tantos que cubrían por entero los campos de alrededor. Las campanas aún repicaban y el griterío era ensordecedor.

—¡Dios mío! —oí exclamar a mi prima a mi lado—. Estamos perdidos.

Estalló en sollozos.

Y allí, en la cima de una torre, en una ciudad maldita y condenada, instantes antes de la sangre, del fuego y de la destrucción, en un momento eterno previo al fin de todos los momentos, nos abrazamos, plañideras de futuro, del fin de nuestras cortas vidas, llorando.

Entre lágrimas vi a aquel hormiguero monstruoso avanzando hambriento e imparable para devorarnos. Recé por mi padre, por nosotras, por la ciudad. Suplicaba a Cristo Nuestro Señor para que nos acogiera en su reino.

24

E cels de la ost cridan: «Anem nos tuit armar
la dones viratz tal preisha a la vila intrar».

[Y los de la hueste gritaron: «Aprisa, armémonos,
que la chusma ya entra, a empellones, en la
ciudad»].

Cantar de la cruzada, II, 19

Béziers, 22 de julio

—¡Los ribaldos asaltan Béziers! —gritó un soldado interrumpiendo el debate.

En el silencio sorprendido que le siguió, Guillermo pudo oír claramente las campanas tocando a rebato y las voces de la turba.

Los nobles que continuaban reunidos en el amplio pabellón del conde de Nevers, para acordar el asedio y toma de la ciudad, se quedaron mirando al mensajero asombrados. Ni arietes, ni gatas,[4] ni catapultas, ni torres de asalto, ni zapadores; aquellos desarrapados se lanzaban directamente, sin más ciencia, a por la ciudad.

4. Gatas: especie de protección que servía para cubrir a los soldados que se acercaban al muro.

—¡Maldito Renard! —exclamó el conde de Nevers, refiriéndose al llamado rey Ribaldo, a quien estos obedecían, cuando decidían obedecer a alguien.

—¡Ese cerdo se nos está adelantado, quiere quitarnos gloria y botín! —gritó Simón de Montfort.

—¡Reunid las tropas de inmediato, entremos en la ciudad! —ordenó el duque de Borgoña.

La mirada de Guillermo se cruzó con la de su primo. Vio una sonrisa feliz en su faz, le dijo: «Vamos», y se unieron a los que empujaban para salir lo antes posible de la tienda.

Afuera todo eran gritos y confusión. Hombres en busca de sus armas, de los caballos, perdidos de su grupo, excitados, corrían de un lado a otro. El fragor era tal que Guillermo apenas podía distinguir de cuando en cuando el repique desesperado de las campanas de la villa. Miró a la ciudad, que se levantaba en un altozano, y pudo ver que ya se luchaba en las almenas. Supo que Béziers estaba cayendo en manos de los ribaldos.

—¡Tenemos que encontrar al senescal Bernard y a su hija, la Dama Ruiseñor! —le recordó Amaury de Montfort a su primo mientras, montados en sus corceles, se abrían paso sobre el puente abarrotado de tropas hacia la puerta de Saint Guilhen, donde se aglomeraban caballeros, sargentos e infantes tratando de penetrar en la ciudad.

—No te preocupes, nadie sobrevivirá en la villa —repuso Guillermo.

—Aun así, quiero entregar sus cabezas personalmente al abad del Císter para que sepa que he cumplido con mi palabra. Me prometiste tu ayuda.

—Cuenta conmigo —dijo Guillermo pensativo—. No será difícil encontrarle a él, pero hallar a la dama, con la pobre descripción que tenemos, es tarea complicada.

—Su casa es la mayor de Béziers, le llaman el castillo vizcondal. Está fortificada, tiene la torre de defensa más alta de la ciudad y está pegada a la muralla. Mira, es aquella. —Y señalando a la esquina sudeste de los muros de la villa, añadió—: Allí estará la dama y, si hay dudas, siempre podremos hacer hablar a un criado.

—Si llegamos a tiempo de encontrar a uno vivo —repuso Guillermo.

Se dieron prisa y al llegar a la puerta de Saint Guilhem lograron franquearse el paso entre los infantes gracias a que, espoleando a los caballos, estos se pusieron a dos manos, intimidando a los de a pie. Sus escuderos los seguían con dificultad, pero los peones de su mesnada, capitaneados por los sargentos, quedaron atrás entre la soldadesca que a empellones intentaba entrar.

—¡Al castillo del vizconde! —les ordenó Amaury de Montfort antes de dejar atrás a los suyos.

Nadie los acosaba desde las almenas de la muralla y las señales de la batalla con la que se forzó la entrada estaban a la vista. Los cadáveres se amontonaban, solo cruzar el umbral de la ciudad, en medio de la calle, impidiendo la total apertura de las puertas, sin que nadie se hubiera preocupado de apartarlos del paso. Los de los ribaldos se distinguían por su miserable indumento y muchos estaban erizados de saetas, mientras que los cadáveres defensores lucían ropas caras y aparecían machacados por las garrotas de sus burdos vencedores.

—¡Vamos, vamos! —gritaba Amaury—. Debemos llegar a la casa fortaleza del senescal antes que estos haraganes.

Conforme se adentraban en las calles, vieron los primeros pillajes. Grupos de ribaldos se habían desentendido del trabajo pendiente para saquear las ricas casas de los mercaderes. Un grupo discutía por unas valiosas piezas de tela mientras que otros habían sacado unas barricas a la calle y se alegraban trasegando vino.

Aún se resistía en algunas de las casas de la siguiente bocacalle. Un grupo usaba unas vigas de madera a guisa de ariete para derribar la puerta de un caserón mientras que desde las ventanas unas mujeres arrojaban piedras y enseres sobre los asaltantes. Estos gritaban que las quemarían por herejes y alguno aullaba de dolor al ser alcanzado por un objeto. El chasquido de la madera quebrándose anunciaba el principio del fin de la resistencia, mientras una de las mujeres, alcanzada por un dardo de los asaltantes, chillaba, ocultándose en el interior.

Determinados a conseguir las cabezas que el abad del Císter tanto deseaba, los primos continuaron sin que les importara el final anunciado de ese lance, aunque no pudieron eludir tirar del freno de sus monturas en la siguiente escena.

Primero creyeron ver algo cayendo desde el segundo piso de una de las viviendas de aquel tramo de calle. La turba había formado corro y coreaban una canción obscena mientras desde dentro se oían chillidos de desgarro. Al aproximarse, el llanto de un bebé, al ser lanzado por la ventana, destacó por encima del bullicio. Guillermo no pudo evitar sentir un escalofrío cuando el impacto contra el suelo terminó con los lloros del pequeño. Vieron que en el espacio abierto por la chusma yacían ya varios defenestrados. Los hombres de abajo aullaron cuando en una de las ventanas se perfiló el cuerpo joven y desnudo de una muchacha. Sería la madre y gritaba que dejaran en paz a un chiquillo de unos dos años, descompuesto en llanto de terror, al que pretendía amparar. Su cuerpo blanco y redondeado demostraba que vivía protegida del sol y bien alimentada, al contrario que las caras curtidas de los ribaldos que la acosaban. Guillermo se sintió muy cercano a la muchacha, que le recordaba a su hermana, y sus tripas se retorcieron en odio y asco hacia los desarrapados que la hostigaban. ¡Cómo se atrevían aquellos miserables! Para el muchacho aquello era subvertir el orden divino de las castas; ni en una guerra se podía permitir que la chusma atacara a sus superiores. Ni aun siendo herejes.

La lucha arriba se decidió inevitablemente cuando un tipo de risa desdentada lanzó al crío, chillando, al vacío. Y de inmediato, sin que la pudieran detener, la hermosa mujer desnuda, sin duda la madre, saltó en pos del niño, como queriendo alcanzarlo en su vuelo, protegerlo en su último instante.

Guillermo de Montmorency se santiguó y murmuró una plegaria, mientras las lágrimas inundaban sus ojos. Su corazón de guerrero se había encogido y apenas podía contener los sollozos. Y cuando oyó a la chusma especular, en su miserable argot que destrozaba la lengua de oíl, si los de arriba habrían tenido tiempo de violar a la muchacha o si esta se les habría escapado intocada, sintió deseos de cargar contra ellos a mandobles.

—Vamos, antes de que se nos escape la Dama Ruiseñor —le dijo a su primo Amaury, para evitar la tentación.

Este contemplaba, desde la altura que le aseguraba su montura, fascinado, los cuerpos en el suelo. Guillermo evitó mirarle a los ojos para no delatar su emoción, pero quiso dejarle algo claro:

—Cuando la matemos, será a golpe de espada. Sin humillación, con respeto.

—¿No quedaría mejor si la degollamos con una daga? —interrogó su primo.

—No lo sé —repuso Guillermo dubitativo—. Nunca me enseñaron cómo se asesina a una dama.

25

Li borzes de la vila viro.ls crozatz venir,
e lo rei dels arlotz que los vai envazir
e.ls truans els fossatz de totas pertz salhir.

[Los burgueses de la villa ya ven los
cruzados llegar
y al rey Ribaldo que les viene a invadir
y a los truhanes, por todos lados,
los fosos saltar].

Cantar de la cruzada, II, 20

El espectáculo desde la torre era aterrador. Los defensores de la puerta de Saint Guilhem habían sido superados y los asaltantes, miles de ellos, como un gigantesco ejército de hormigas, se lanzaban a los fosos, trepaban por las murallas, venían por todos los lados a la vez.

Supe que la ciudad estaba perdida y también sus habitantes. Abrazada a mi prima, sollozando, comprendí que los augurios de Sara se cumplirían. Y recordé las enigmáticas palabras que me susurró al oído mientras mi ama tiraba de mí, la última vez que nos vimos: «Cortad vuestro pelo, vestiros de acero».

Ahora comprendía lo que días antes fui incapaz de entender; «como un muchacho», pensé entonces, y me dije que si fuera un chico estaría luchando al lado de mi padre, la persona a quien yo más quería.

Mi único hermano murió a los trece años de una mala caída de su montura. Quizá por eso mi padre me trataba a veces como al hijo que perdió. Siempre estuvimos muy unidos y, al ser el jefe militar de Béziers, jugaba conmigo frecuentemente con armas. También le acompañaba a cazar y él insistía en que fuera yo misma quien preparara mi montura y cuidara del caballo. Sentí unos deseos incontenibles de verle por última vez, abrazarle antes de morir, de hacerme perdonar mis impertinencias, de estar con él cuando la turba cayera sobre nosotros.

Bajé corriendo de la torre y me encontré que mi ama nos esperaba, retorciéndose las manos angustiada.

—Cortadme el pelo —le pedí—. Voy a luchar con mi padre.

—Pero, Bruna —protestó—, sois una dama, no un hombre.

—Dama u hombre, hoy moriremos. Por favor, haced lo que os digo.

—No cometáis locuras, refugiémonos en la catedral. Estaremos seguras en tierra santa protegida por la tregua de Dios.

—Id vosotras, yo voy con mi padre.

La discusión se prolongó por unos minutos, pero la mujer estaba aterrorizada y la prisa que sentía por encontrarse segura en la iglesia hizo que cediera con relativa facilidad. Con un cazo de cocina por bonete, hice que me cortara el pelo alrededor, tal como hacían los pajes. Los cabellos fueron al fuego y busqué donde sabía que mi padre guardaba las armas de mi hermano.

Cuando me despedí de mi ama y mi prima Guillemma, mi aspecto era el de un muchacho vestido para la guerra. Camisa y calzas de lana, casco, una cota de malla que me llegaba hasta las rodillas, daga al cinto y espada corta. Mi ama murmuró en su lengua de oíl que estaba loca y que los santos me protegieran. Nos despedimos las tres entre abrazos y lágrimas, y salieron ellas a todo correr hacia la catedral. Yo me dirigí a paso rápido al tramo de la muralla donde había visto a mi padre por última vez, pero al subir los escalones que conducían al parapeto del muro vi que, allí arriba, ya se luchaba cuerpo a cuerpo. Muchos de los de Béziers habían caído y los ribaldos que subían por las escaleras de madera adosadas a la parte exterior de nuestras fortificaciones llegaban en tropel por la ronda de la muralla, la que conducía a la puerta de Saint Saturnin y continuaba hacia la de Saint Guilhem. En aquella dirección había partido mi padre. Y al ver aquel gentío hostil, me di cuenta, angustiada, de que era tarde, de que jamás le volvería a ver vivo.

Los nuestros resistían a duras penas aquella avalancha y yo no sabía cómo enfrentarme a los asaltantes. Uno de ellos, vestido con una piel que le cubría parte del torso y hasta media pantorrilla, me largó un lanzazo con su azcona, que apenas pude esquivar de un salto. A mi lado caía machacado a cachiporrazos un muchacho al que reconocí como el ayudante de uno de los tratantes en mulas de la villa.

—El muro está perdido, defendámonos en las casas —gritó un hombre que empezaba a bajar los escalones que yo había subido hacía un momento. Me di cuenta de que era Gilles, el platero que tenía puesto en el mercado.

Presa del pánico, le seguí instintivamente y, cuando llegamos al suelo, me di cuenta de que los que nos seguían ya no eran de los nuestros. Solo habíamos escapado dos.

Pensé en reunirme con mi ama y mi prima, pero un tropel de ribaldos que llegaban por la calle que conducía a la catedral me hizo desistir. Corrimos en dirección contraria, pero Gilles se quedaba atrás y una flecha le alcanzó en la pantorrilla. Cayó con un gran grito mientras una muchedumbre se abalanzaba sobre él. Corrí sin esperanza, por puro instinto, retrasando el trágico destino que me aguardaba y cuando vi el otro extremo de la calle bloqueado por enemigos, me precipité dentro de una casa con las puertas abiertas de par en par. Tenía un amplio patio y me di cuenta de que estaba en el palacio de los Maureilhan, una de las familias nobles de Béziers. Vi que los animales aún estaban en sus caballerizas y que en la cocina ardía el fuego, pero todo indicaba que el lugar había sido abandonado precipitadamente.

—¡Aquí se ha escondido uno! —oí gritar.

Y al girarme, vi la silueta de un grupo cubriendo el vano de la puerta por la que yo acababa de entrar en la casa. Jadeante a causa de la carrera y del peso de la cota de malla, subí las escaleras que comunicaban el patio con el primer piso. Pensaba que quizá pudiera alcanzar la azotea y de allí saltar a otro edificio.

Pero buscando la escalera para la planta superior me encontré en un salón que hacía las veces de dormitorio con ventana a la calle. Quise salir de allí, pero el barullo de los ribaldos que ya subían las escaleras me hizo pensar que era mejor esconderme tras los cortinajes que separaban la cama del resto de la habitación. Demasiado tarde, ya estaban en la puerta. Descalzos, vestidos con harapos, sonrisas sedientas de sangre, portando armas, algunas arrebatadas a los defensores de la ciudad, gritaron excitados al verme.

—¡Está aquí, ya le tenemos!

Supe que mi hora había llegado. Ya nunca más vería a mi padre, aunque con toda seguridad habría muerto ya. Ahora me tocaba a mí y buscaba consuelo en la idea de que en un momento me reuniría con él, con mi madre y mi hermano en el cielo. Pero antes debía sufrir el trance de la muerte. Vi a un par de aquellos tipos astrosos, uno joven y otro mayor, que se abalanzaban hacia mí e instintivamente saqué mi daga. Eso hizo que dieran un paso atrás.

—Mira el mozuelo ese —rio el más viejo, un tipo enjuto, de unos cuarenta años, calvo, cetrino y arrugado—. Nos vamos a divertir.

—¡Qué hermosos mofletes tiene el chico! —añadió un individuo tripudo que chillaba burlón—. Tendrá unas nalgas regordetas.

Un muchacho joven, quizá de mi edad, empezó a acosarme con una lanza hasta que di con mi espalda en la pared. Intentaba desviar el filo con mi brazo izquierdo protegido con la malla de acero, pero poco podía hacer. Jugaban conmigo.

—Dejadme en paz o enviaré al menos a uno de vosotros al infierno —dije reuniendo todo mi valor y sabiendo que era una bravata inútil. Instintivamente, lo hice en la lengua que ellos hablaban, la que había aprendido de mi madre y de mi ama.

Se detuvieron no por temor a mi amenaza, sino por la sorpresa.

—¡El hereje este sabe hablar oíl! —exclamó el flaco, que parecía liderar.

—¡Y habla como un señor! —se mofó el gordo.

—¡Siempre he deseado encular a un noble franco! —chilló otro del grupo, y una risotada celebró su ocurrencia.

Me di cuenta de que sus expresiones cruelmente divertidas se llenaban de odio y reemprendieron su acoso con mayor saña. El de la lanza se empleó con un puyazo a fondo que esquivé saltando a un lado. Entonces, sentí un fuerte dolor en mi brazo derecho y vi como la daga caía al suelo junto con la garrota que me habían lanzado.

Ya no tenía defensa y miré hacia la ventana para saltar por ella, pero dudé un instante y el gordo se lanzó hacia mí y me abrazó con una risotada. Su olor producía náuseas y lamenté que me hubiera faltado valor para precipitarme al vacío.

Quise patearle, quise resistir, pero era mucho más fuerte y empezó a arrastrarme hacia el lecho entre el alborozo general.

Deseé morir lo antes posible, recé por ello. Dejé de forcejear, cerré los ojos y busqué en mi interior los rostros sonrientes de mi querido padre, de mi madre y de mi hermano, el recuerdo de cuando estábamos todos juntos, de cuando éramos felices. Y también la faz de mi amado, la de Hugo.

Ansiaba desmayarme, desaparecer, que aquel trance terminara pronto, que mi agonía fuera corta.

Dios concedió la súplica y al poco Bruna de Béziers dejó de existir.

26

Li ribaut foron caut, no an paor de morir:
tot cant pogrom trobar van tuar e ausir
e la grans manentias e penre e sazir.

[Los ribaldos, amontonándose,
no temen morir:
asesinan a todo el que encuentran
y acarrean los ricos botines que despojan].

Cantar de la cruzada, II, 20

Cuando los primos llegaron al palacio fortificado del senescal de Béziers, los ribaldos acababan de derribar las puertas. Les gritaron que se apartaran, espolonearon sus corceles y saltaron por encima de los maderos. El patio estaba desierto y el aspecto de la casa hacía pensar que sus ocupantes habían huido.

—¡Maldición! —exclamó Amaury—. ¿Cómo le digo al abad del Císter que la Dama Ruiseñor escapó?

—¡No escapará! Todos morirán hoy —le tranquilizó Guillermo—. Busquemos algún criado que la conozca y que nos ayude a encontrarla viva o muerta.

Los ribaldos se empleaban ya en el saqueo de la casa y

Guillermo les prometió unas monedas si les traían alguien con vida. Esperaron unos minutos mientras escuchaban el barullo, pero, como nadie reclamó la recompensa ni se oyeron gritos, comprendieron que allí no quedaba ninguno de los habitantes.

—¿Y ahora qué? —se interrogó Amaury.

—El senescal será fácil de encontrar —dijo Guillermo—. Estará luchando en los muros. Lo de la dama es más complicado. Hay que buscar a alguien aún vivo que la pueda reconocer.

—Habrá que darse prisa.

—De acuerdo —concedió Guillermo—. Ve en busca del senescal, yo iré por la dama y nos reunimos aquí tan pronto los encontremos.

Guillermo de Montmorency dirigió su caballo calle abajo observando como un grupo de ribaldos corría.

—¡Aquí se ha escondido uno! —gritaba el que parecía liderarlos, al tiempo que apuntaba a una gran casa.

El caballero azuzó su montura; si se apresuraba, podría al fin encontrar algún superviviente.

Entró en el patio y descabalgando sin perder un instante, subió las escaleras de dos en dos hacia donde se oían las voces. Era una habitación amplia y al fondo, junto a un lecho, de espaldas a la pared, un muchacho que vestía una cota de malla algo amplia para él intentaba defenderse con una simple daga de un grupo de aquellos zarrapastrosos.

—Dejadme en paz o enviaré al menos a uno de vosotros al infierno —amenazaba el chico con voz temblorosa y fina.

Guillermo se sorprendió al oírle hablar un oíl aristocrático y por un momento se preguntó si aquellos individuos estarían atacando a algún pajecillo franco. Él conocía a la práctica totalidad de los nobles franceses importantes, pero no a los de menor rango o más jóvenes.

Aquellos tipos jugaban con el muchacho; lo desarmaron

sin ninguna dificultad y, entre el alborozo general, un individuo grueso lo arrastró hacia la cama.

Guillermo se indignó. ¿Cómo se atrevía aquella chusma a agredir a un noble que hablaba como él?

—¡Deteneos! —gritó—. Dejad al chico ahora mismo.

Los ribaldos le miraron sorprendidos. Eran cinco y al ver que Guillermo estaba solo se sonrieron; no parecía imponerles respeto.

El hombre grueso mantuvo aplastado al chico contra la cama y otro más enjuto le dijo:

—Vamos a darle su merecido a este hereje. Más vale que vos cuidéis de vuestros propios asuntos.

Guillermo evaluó la situación conteniendo la ira que le producía ver que aquella chusma se atrevía a atacar a alguien que hablaba como un superior. Se dijo que si el chico era de la aristocracia francesa, era su deber rescatarlo, pero que si se trataba de un occitano que hablaba la lengua de oíl, con mayor razón; podría serle muy valioso.

—Dejádmelo a mí —bramó subiendo la voz—. Queda bajo mi custodia.

Ahora todos le miraban sopesándole. Guillermo observó como los de las lanzas le apuntaban y los otros crispaban sus manos sobre las armas.

—¡Vete a la mierda! —exclamó el flaco mostrando los dientes.

En fracciones de segundo, el de Montmorency calculó la ejecución de sus siguientes movimientos. Sin pronunciar otra palabra, desenvainó su espada con la mano derecha, unió a esta su izquierda para aplicar mayor fuerza y, con aquella arma capaz de cortar cota de acero y partir escudos, le lanzó un tajo al muchacho de la lanza con toda la rabia que le producía la insolencia de aquellos individuos. Limpiamente cercenó el brazo que sostenía la azcona a la altura de la muñeca. Cuando el tipo enjuto que mandaba quiso reaccionar, ya era tarde.

Guillermo le derribó de un mandoble mortal en el cuello. Entonces, el muchacho manco empezó a aullar y él tuvo que saltar a un lado para esquivar un lanzamiento. Pero logró partir el astil del arma con su espada. Vio el miedo en los ojos de sus enemigos y les gritó:

—Salid de aquí ahora mismo si queréis conservar la vida. —Sostenía su tizona con ambas manos, dispuesto a cargar de nuevo.

—Yo me voy —farfulló el gordo soltando al muchacho—; no me hagáis daño, señor.

—Deja tu arma y sal de aquí a todo correr.

El tipo obedeció y lo mismo hicieron los otros llevándose consigo al herido, que había dejado de chillar y, lívido, estaba a punto de desmayarse.

Guillermo se acercó al chico asegurándose de que los otros no le aparecían por la espalda. Este le miraba, incorporándose del lecho con los ojos acuosos pero muy abiertos.

—¿Cómo te llamas?

—Peyre —repuso este con voz débil.

—¿Eres occitano?

—Sí.

Guillermo se felicitó por su suerte. No solo tenía en sus manos a quien podía ayudarle encontrar a la Dama Ruiseñor, sino que, además, hablaba perfectamente tanto la lengua de oc como la de oíl. Era la persona idónea para coronar con éxito la búsqueda que le había encomendado el abad del Císter.

—¿Conoces a la dama Bruna, hija de Bernard de Béziers, a la que llaman Dama Ruiseñor?

—Sí.

—¿Quién es tu padre?

—Bota de Maureilhan.

Las respuestas del muchacho eran las correctas, pero Guillermo no quiso manifestar su satisfacción. Lo sujetó de la cota de malla y lo atrajo hasta que sus caras quedaran muy cercanas.

—Debiera matarte ahora mismo, hereje —le gruñó.

—Mátame si quieres —repuso el chico, que parecía haber sobrepasado el límite del espanto—; no me importa, pero no me insultes, yo soy buen católico.

—Pues has desobedecido al papa.

El muchacho se encogió de hombros.

—No, que yo sepa.

Guillermo comprendió que no avanzaba por aquel camino y fue más directo.

—¿Quieres vivir?

Peyre le miró a los ojos sin responder y el caballero dio por sentado que sí quería.

—Pues júrame por la salvación de tu alma y por tu honor de futuro caballero que me servirás a cambio de tu vida y te sacaré de aquí.

El chico le continuaba mirando sin reaccionar.

—¡Jura o te mato aquí mismo! —le gritó Guillermo sacudiéndole.

—Lo juro.

—Bien —dijo el caballero, satisfecho—, hay que irse aprisa. Escucha: a partir de ahora te llamas Pierre, no Peyre, y eres un primo lejano mío, un Montmorency, y mi paje.

El muchacho hizo un gesto desganado.

—Y coge tu daga y sujétala mejor la próxima vez.

Bajaron al patio, donde los ribaldos apilaban todo tipo de enseres, y Guillermo hizo montar a Pierre en la grupa de su corcel para buscar, en la ciudad agonizante, a la Dama Ruiseñor.

27

E li un e li autre an entre lor empris
que a calque castel en que la ost venguis
que no's volguessan rendre, tro que l'ost les prezis
qu'aneson a la espaza e qu'om les aucezis.

[Entre unos y otros acordaron (los nobles y los clérigos)
que a cada fortaleza que la hueste sitiara
que no se hubiera rendido y que la hueste tomara
pasar a todos los habitantes por la espada].

Cantar de la cruzada, II, 21

Apenas recuerdo cómo caí en poder de aquel caballero franco. Me había resignado a morir, pero algo en mí deseaba aún la vida. Vi que todos creían que yo era un varón adolescente y pensé que como hombre tendría más oportunidades de sobrevivir o de morir con dignidad. Dije llamarme Peyre por mi hermano fallecido y que mi padre era Bota de Maureilhan, porque suya era la casa donde el caballero franco me rescató de los ribaldos, pero mi intuición me decía que mi salvador no buscaba a Bruna de Béziers con buenas intenciones.

Cuando salimos del palacio, me preguntó que adonde habrían ido las damas nobles y comprendí que me quería viva o muerta. Repuse que se habrían refugiado en la catedral de San Nazario o en alguna otra iglesia. Quiso ir a la catedral y allí le conduje. Al llegar las puertas, estaban abiertas de par en par y la soldadesca cruzada aún merodeaba en el exterior. Por mucho que viva, jamás veré algo tan espantoso.

La sangre manaba del pórtico corriendo escaleras abajo y formando un gran charco en la plaza. Intenté irme, huir, pero a empellones el caballero me obligó a entrar.

No habían respetado la inviolabilidad del templo, ni la tregua de Dios que en las iglesias regía; ni siquiera a los sacerdotes católicos y sus hábitos sagrados.

El padre Jacques, el diácono del obispo, que no había querido abandonar a sus fieles cuando su superior lo hizo, yacía en la puerta de la iglesia vestido con casulla de misa solemne. Estaba boca arriba, con los brazos extendidos, igual que Cristo en la cruz, solo que a él le habían abierto el cráneo de un hachazo. Sin duda, quiso detener a los asaltantes, proteger a su rebaño de la matanza; intento inútil de imitar al Salvador. Dos de sus curas le acompañaban en la muerte, también tendidos en la entrada y con sus cuerpos acuchillados. Miré horrorizada adentro. Los cadáveres de los fieles se amontonaban unos encima de otros. Llenaban la iglesia, se apilaban contra las paredes.

—Busca a la Dama Ruiseñor —ordenó mi captor.

Casi ni le oí; aquello era una pesadilla, algo tan horrible y espeluznante que me hacía incapaz de reaccionar. Estaba inmovilizada.

—Búscala —insistió elevando la voz.

Como no me movía, me empujó; entonces tropecé en uno de los cadáveres y caí en aquel mar de sangre. Estaba aún caliente y tenía un sabor salobre, férrico. Quedé tendida allí, sin fuerzas, mientras las náuseas revolvían mi estómago. Eso pareció encolerizar al hombre, que empezó a propinarme puntapiés hasta que me hizo levantar.

—Busca —dijo azuzándome como si yo fuera un perro.

Y tuve que fingir la búsqueda de mi propio cadáver moviendo los cuerpos de las muchachas tendidas boca abajo para verles la cara. Era terrible; fuera de algún anciano, todos eran mujeres y niños. A muchos los reconocía y no podía evitar imaginármelos tal como eran la última vez que los vi vivos.

—¿Por qué? —sollozaba—. ¿Por qué los mataron si todos eran buenos católicos? Aquí no hay ningún hereje.

La única respuesta que obtenía del caballero era que buscara a la Dama Ruiseñor. No podía dejar de llorar y cuando encontré a Guillemma y a mi ama, mis piernas se negaron a sostenerme y me desplomé sobre ellas desconsolada. Estaban abrazadas; se refugiaron una en la otra cuando les llegó la muerte y sus cuerpos aún conservaban calor. Hacía solo unos instantes nos despedimos con un abrazo; estaban llenas de vida y creyeron que sus rezos, que aquel lugar sagrado las salvaría.

—¿Es esa Bruna? —oí que interrogaba el caballero.

—Mátame a mí también —le grité entre lágrimas—. No puedo más, prefiero morir.

—¿Es la Dama Ruiseñor? —insistió.

—¡Dejadme en paz! —le chillé.

Me miró desconcertado. Le sorprendía que no le temiera y desenvainó su espada amenazante. Yo la vi con esperanza. Me arrodillé, junté mis manos en oración y le ofrecí el cuello. Mi cuerpo caería sobre el de mis queridas muertas y así iríamos juntas a la eternidad.

—Por última vez, obedeced. —Su tono mostraba que se enfurecía.

—No lo haré. Matadme.

Y levantó su espada para castigar mi insolente desobediencia.

28

Le reis e li arlot cugeren estre gais
dels avers que an pres e ric per tost temps mais
quant sels lor o an tout, tug escrian a fais:
«A foc! a foc!» escrian li gratz tafur pudnais.

[El rey y sus ribaldos creyeron poder gozar
del botín que tomaron y ser ricos para
siempre,
pero cuando todo ello les arrebataron, se
pusieron a gritar
«¡A fuego!, ¡a fuego!», gritaban. ¡Malvados
truhanes!].

Cantar de la cruzada, II, 22

Carcasona

—¡Los cruzados han entrado al asalto en Béziers! —gritó el jinete nada más cruzar el dintel del patio de armas del castillo de Carcasona.

Era la tarde del día siguiente en que el vizconde Trencavel había llegado a la ciudad y en aquel momento se encontraba reunido en consejo de guerra con sus nobles. Justo trataba con Hugo de Mataplana del reclutamiento de mercenarios cuando se oyeron gritos en el patio. Hizo subir al correo de inmediato y la noticia enmudeció a los asistentes. Se miraban unos a otros incrédulos. Aquello era impensable; Béziers estaba preparada para resistir un largo asedio, todos contaban con ello.

El vizconde pidió detalles al hombre que le miraba con expresión de temor, pero este solo pudo confirmar que los cruzados habían entrado en la ciudad, que cuando él partió ya se luchaba en las almenas y que no había dejado de cabalgar, cambiando caballos en el sistema de postas del vizcondado.

—Los habitantes de Béziers nada pueden hacer contra un ejército tan numeroso. —Hugo vocalizó lo que estaba en el pensamiento de todos—. Si han conseguido entrar, la ciudad está perdida.

—Nuestra esperanza estaba antes en los muros de Béziers —dijo Peyre Roger, señor de Cabaret—. Ahora está en la misericordia del ejército del papa.

En menos de una hora y contra la opinión del vizconde, Hugo salía al galope hacia Béziers. Calculaba que el asalto había empezado siete horas antes y que, si podía ver lo suficiente del ancho camino, llegaría antes del amanecer. No viajaba como juglar, sino como caballero, y llevaba un salvoconducto del vizconde Trencavel escondido en sus ropas que le confería poderes para cambio de caballos en las postas. Para camuflarse del enemigo, en el lado derecho de su sobrevesta mostraba una ostensible cruz roja bordada. Debajo vestía cota de malla, de su cinto colgaba espada, además de daga, y de la silla de montar, escudo y casco.

Rezaba por Bruna, para que nada le ocurriera, y se reprochaba no haber permanecido en la ciudad protegiéndola con su vida.

El ocaso ocurrió a sus espaldas mientras él continuaba galopando ansioso hacia la ciudad caída, por el camino que cruzaba campos de trigo ya segados, viñedos y bosques de pinos. La noche fue adueñándose del día, pero, antes de que desapareciera toda luz, una luna brillante en cuarto menguante, pero aún casi llena, fue elevándose en el horizonte este, frente a Hugo. Puso al caballo al trote. Sacó de su zurrón pan y queso, y cenó sobre su montura no tanto por hambre, sino porque su cuerpo necesitaría fuerza física para afrontar lo que la noche le deparara.

Lo primero que vio de la ciudad fue el resplandor rojo reflejado en cielo de humo. Faltaba más de una hora de camino, quizá dos, para llegar a Béziers, cuando Hugo supo que la villa estaba en llamas.

—¡Dios mío! —exclamó al convencerse de la procedencia del resplandor.

Sabía que cuando en un asalto una ciudad era presa del fuego, habitualmente sus habitantes perecían con ella. Azuzó su montura y al rato, desde un altozano, pudo ver como Béziers ardía por los cuatro costados.

Cruzó el Orb por el puente romano sin nadie que se lo impidiera. Era sobrecogedor ver las llamas elevándose por encima de su cabeza y las aguas reflejando el pavoroso espectáculo. Miles de pavesas ascendían al cielo ocultando las estrellas. Subió por el camino sur paralelo a los muros y quiso entrar por la puerta de Saint Jacques, que estaba abierta de par en par, pero no pudo. Aquella zona era un horno. Continuó siguiendo el lienzo de muralla y, cuando esta giraba, vio a su derecha el campo de tiendas de los cruzados extendido frente a él. Miles de fuegos, música, risas, gritos, algarabía. Sin duda el vino que atesoraban las barricas de Béziers dejaba de envejecer aquel día para morir en las tripas de los vencedores y su consumo les alegraba, haciendo mejores los relatos de las hazañas del día y quizá acallando también las voces de alguna conciencia.

Hugo continuó su andar sin preocuparse de que le detuvieran. De hecho, tan confiados estaban los cruzados después de su victoria que no parecía haber guardias en vigilia y, si los había, nadie salió al paso del trovador. Su cruz en el pecho era salvoconducto suficiente para aquella tropa convertida en un nuevo Babel. Aquellas gentes hablaban en su mayoría lengua de oíl y sus distintos dialectos, pero también varias lenguas más, entre ellas alemán, borgoñés, flamenco y occitano.

Al llegar a la puerta de Saint Gilles, la más cercana al castillo vizcondal, Hugo vio que se había hundido y era impracticable, pero sin perder la esperanza continuó hasta la siguiente, la de Saint Saturnin. En su exterior varios soldados sentados en el suelo jugaban a los dados; serían los guardas de quizá la única entrada posible.

—Los hemos pasado a todos a cuchillo —le dijo uno de ellos cuando Hugo le interrogó—. Llegas tarde a la fiesta.

—¿Y las mujeres? ¿Y los niños?

—A todos —repuso el hombre enseñando unos dientes que fingían sonreír—. Ninguno de los que estaba dentro cuando entramos vive.

Hugo ató su corcel en un arbolillo cercano; no lograría hacerle entrar en la ciudad en llamas.

—Guárdame el caballo —le pidió al soldado.

—No vas a encontrar nada ahí dentro —dijo otro guarda, un hombre grueso que parecía mandar—. Nos lo hemos llevado todo. Te avisamos de que llegabas tarde.

—No importa.

—No se puede entrar.

Por toda respuesta Hugo le lanzó una mirada torva, apoyó su mano en el puño de la espada y continuó su camino hacia la puerta iluminada por el fuego interior. Los guardas se miraron entre ellos y el gordo se encogió de hombros. Su guardia era absurda, pues no quedaba nada en la ciudad; solo la muerte. No habían sobrevivido al asalto incólumes para ahora recibir una mala herida por detener a un loco suicida que buscaba pelea. El soldado que habló primero con Hugo miró el caballo y le gritó:

—¿Te crees que soy tu escudero?

Ni Hugo le respondió, ni el guarda esperaba respuesta.

Era difícil orientarse dentro del horno en que se habían convertido las calles de la ciudad. Algunas casas eran ya solo ruinas y rescoldos, otras continuaban lanzando llamaradas por puertas y ventanas. Todo era irreal; una versión del infierno donde el diablo estaba fuera, en las tiendas de los cruzados. Los cadáveres se mostraban por doquier, alguno desnudo, pues hasta la ropa les habían robado. Un tufo nauseabundo de carne y grasa asadas lo impregnaba todo y se mezclaba con el de la madera. Hugo sintió náuseas y deseos de vomitar el pan y el queso que cenó sobre el caballo. Aquello era la imagen del horror.

El trovador sudaba a mares bajo la camisa de fina lana sobre la que vestía cota de malla y sobrevesta, y sorteaba como podía los derrumbes ardientes que bloqueaban las calles. Respiraba con la boca abierta. A veces tragaba humo. Le faltaba el aire, pero quería a toda costa encontrar la casa fortaleza del senescal. Cuando llegó a ella, vio que continuaba en pie, pero ardiendo y sus puertas estaban abiertas de par en par. Cruzó sin dudarlo el umbral y se encontró en el patio rodeado de fuego y humo. No vio cadáveres allí y era imposible acceder a las habitaciones, pues la escalinata estaba cubierta de escombros. Del gran cerezo que crecía en uno de los extremos, el que tantas veces cantara Bruna, solo quedaba el tronco y algunas ramas ennegrecidas; había ardido en su parte superior.

Hugo perdió toda esperanza. Veía el fuego, el humo a través de ojos llenos de lágrimas; todo el tiempo temió que fuera aquello lo que encontrara, pero no pudo hacer más que cerciorarse; era lo mínimo que le debía a su dama.

Clavó su espada en la tierra junto a los restos de aquel cerezo que meses atrás vio en flor y bajo el que había cantado, acompañado por Bruna, a la vida, al espíritu, a la belleza y al amor. Se arrodilló.

—Juro por la cruz de mi espada que os he de vengar, Bruna —dijo entrecortado por los sollozos.

Y allí, rodeado de fuego, entre hipos y con lágrimas resbalando por sus mejillas, se puso a rezar por el alma de su señora, de la dama a la que amaba, la Dama Ruiseñor.

29

Que arseron la vila, las molhes e.ls efans
e los velhs e los joves, e.ls cleros messa cantans
que eran revestit, ins el mostier laians.

[Quemaron la ciudad, a las mujeres y a los niños,
a los viejos, a los jóvenes y a los curas cantando misa,
engalanados con sus vestimentas litúrgicas].

Cantar de la cruzada, III, 23

Cerré los ojos y quise morir en la catedral, pero el caballero solo elevó su espada amenazándome, sin embargo, al ver que la muerte era precisamente lo que yo deseaba, la enfundó pensativo. Quiso que reanudara la inútil búsqueda de mi propio cuerpo, pero volví a negarme y al fin comprendió que nada más lograría de mí por mucho que me amenazara.

—Vamos —dijo.

Y agarrándome de un brazo, me arrastró hasta cruzar el pórtico de la catedral de Saint Nazaire y allí me vapuleó diciéndome:

—Soy tu señor y tú me obedecerás. ¿Entiendes?

Y continuó golpeándome hasta que, no pudiendo soportarlo más, le dije que sí con tal de evitar un dolor insufrible. Estaba desmadejada, casi no podía andar y, viéndolo él, me montó en la grupa de su caballo y así, prisionera y convertida en muchacho, abandoné la ciudad.

No sé cómo sobreviví ni aquel día, ni aquella noche. No sentía deseo alguno de hacerlo, pero tampoco quería que aquel hombre que me gritaba, golpeándome cuando no le obedecía de inmediato, supiera que yo era a quien él buscaba. En realidad había dejado de serlo. Antes había sido brevemente Peyre de Maureilhan, ahora era Pierre de Montmorency, un franco que, se suponía, era primo del caballero. Bruna de Béziers, la Dama Ruiseñor, había muerto junto a su prima y a su ama. Pensaba en ellas y en mi padre, mientras sollozaba en un rincón de la tienda donde él me había ordenado pasar la noche.

Antes de salir de la ciudad vomité en sus calles al ver más y más cadáveres. Mi amo ya no me golpeó; permitió que me limpiara la sangre con que me empapé en la iglesia en el río. Me lavé las manos, la cara, los brazos y la sobrevesta. Lo hice sin quitarme la camisa ni la cota de acero. El peso de esta me aplastaba los senos, de forma que disimulaba mi condición de mujer, algo que bajo ningún concepto quería que el francés llegara a descubrir.

Oí que gritaban que la ciudad ardía, pero me estaba prohibido salir de la tienda y tampoco quería verlo. No lograba secar mis ojos, que se llenaban una y otra vez de lágrimas, hasta que al fin, no sé cuándo, desfallecí de puro agotamiento y caí en un sopor profundo, cercano a la muerte, pero misericordioso, pues me hundió en un pozo profundo más allá de la pena.

Guillermo de Montmorency sintió compasión por aquel joven adolescente al que ni siquiera le apuntaba aún la barba. ¿Cómo se habría sentido él, años atrás, si su familia hubiera sido masacrada como le ocurrió a ese chico? Pero no podía permitirse sentimentalismos; le salvó la vida porque, al hablar oíl y oc, le sería de mucha utilidad para su investigación. Y también para dar un escarmiento a aquella chusma ribalda. No podía consentirse que atacaran a un noble, aunque este fuera enemigo; la conciencia del orden feudal para un caballero como Guillermo estaba por encima de los bandos en la batalla.

Pero Arnaldo, el abad del Císter, no vería su acción con buenos ojos. Guillermo estaba acostumbrado a seguir su propio criterio y no pensaba discutir con el legado papal. Por lo tanto, decidió ocultárselo; el fin justificaba los medios. Escondió al chico en su tienda, pidió a su escudero que no dejara entrar a nadie y se fue al consejo de guerra del abad.

Este estaba exultante. La causa de Dios había demostrado su fuerza y la ira sagrada se había saciado temporalmente. Un escarmiento bíblico para los herejes y para quienes los apoyaban. Entre los nobles había distintas posturas, desde la del conde de Tolosa, silencioso y con cara de circunstancias, hasta los que disfrutaban plenamente de la victoria, pasando por algunos que no escondían su desagrado por la matanza. Sin embargo, la mayoría estaban más preocupados con el escarmiento que habría que darles a los ribaldos por su intencionado incendio de la ciudad.

Aquella chusma se había lanzado al saqueo sin respetar la parte del león que les correspondía a los nobles en el reparto y algunos se habían instalado en las casas cual genuinos propietarios, una vez se deshicieron de estos. Los señores apostaron fuertes contingentes de sus tropas en las puertas de la villa que esquilmaban a todo ribaldo que salía, enviando sus mesnadas para que desocuparan las casas a varazos. Poco podían hacer los andrajosos contra soldados bien armados y perfectamente entrenados para actuar en equipo. De nada le valió a Renard, el proclamado rey Ribaldo, argumentar que fueron ellos, y no los nobles, los que tomaron la ciudad y que fueron los suyos quienes murieron luchando en almenas y calles. Se decía que fue él quien dijo «fuego» y sus secuaces quienes pasaron la consigna a gritos y quemaron la ciudad, con todo lo que en ella quedaba, como represalia. Así como el abad del Císter quiso hacer de la masacre un ejemplo y advertencia para que el resto de las ciudades se sometieran, así Renard quiso advertir a los nobles lo que ocurriría si sus ribaldos eran usados como fuerza de choque totalmente consumible y luego se les arrebataba el botín.

Unos opinaban que debían ahorcarlos; otros, que eso provocaría una revuelta ribalda y que convenía que la chusma fuera a la vanguardia y muriera, si luego ellos podían recuperar la mayor parte del botín, como acababa de ocurrir.

Pero eso poco le importaba a Guillermo de Montmorency, que, al igual que su primo Amaury, callaba y dejaba que su tío Simón de Montfort ejerciera la palabra en nombre de todo el clan. Sus pensamientos regresaban a su misión, a los tres enigmas que ocupaban su mente mientras planeaba lo siguiente a investigar ahora que tenía quien hablaba la lengua. Pero se dijo que conocía poco del chico y decidió interrogarle para saber más de él.

Cuando llegó a su tienda, vio al muchachito durmiendo en un rincón sobre una alfombra. Con frecuencia, medio suspiraba medio hipaba como hacían los niños en sueños después de un gran llanto. Sintió piedad, ternura, y observó la curva de las mejillas, los labios carnosos, la piel sonrosada y suave, y quiso acariciarle el pelo. Pero se contuvo. Odiaba a los caballeros que abusaban sexualmente de sus pajecillos y él no se permitiría muestra alguna de cariño con el suyo.

Se acomodó sobre su alfombra, apagó el candil y supo que

no dormiría en un rato. Las imágenes de la muchacha saltando por la ventana en pos de su bebé defenestrado, la catedral vomitando raudales de sangre por la puerta, los sacerdotes vestidos de misa mayor tendidos a la entrada, masacrados queriendo proteger a sus fieles, los cuerpos de todas las edades amontonados contra las paredes, las huellas de manos ensangrentadas en los muros y pilares de la iglesia, el fuego... Esa no era la guerra que él imaginaba, este no era el tipo de batalla para la cual había aprendido a luchar.

Antes de retirarse a su tienda, Arnaldo contempló largo rato el espectáculo de la ciudad ardiendo bajo una luna casi llena y recordó cuando, predicando, sus habitantes se mofaban de él y como él los amenazaba con el fuego del infierno. Su palabra se había cumplido antes del juicio final.

Hizo llamar a un monje escriba a su tienda y, desde la entrada de esta, contemplando el resplandor rojizo, dictó una carta para el papa.

—Hoy, en el día de la Santa Oscura y de la luna menguante en el signo del macho cabrío, empieza el fin de los herejes y de aquellos que los apoyan. ¡Dios lo ha querido! Las puertas de la ciudad se abrieron a nuestras oraciones en el primer día de combate y todos sus habitantes perecieron a la espada y al fuego como ejemplo, como escarmiento para los insumisos a la Iglesia de Roma. ¡Qué gran victoria! ¡Qué hermosa venganza divina!

Tardó en dormirse y cuando lo hizo soñó que, cual Jacob, luchaba contra un bello ángel de facciones airadas y al preguntarle cómo se llamaba, él respondió: «Fe».

Después, el ángel se transformaba en un horrible diablo cuyo abultado estómago se abría como las fauces de un gran pez que quería tragarlo. No necesitaba preguntar, sabía que su nombre era Orgullo.

30

Dieus receptia las armas, si.l platz, en paradis!
C'anc mais tan fera mort del temps Sarrazinis
no cuge que fos faita ni c'om la consentís.

[¡Dios acogerá sus almas, si así lo desea, en el paraíso!
Pues tan horrible matanza ni en tiempos de sarracenos se
hizo no creo que se hiciera entonces, ni que nadie la hubiera consentido].

Cantar de la cruzada, II, 21

Guillermo quería saber más sobre Pierre para iniciarle como su ayudante y traductor, pero el chico se negaba a contestar cuando le hablaba. El francés empezó con buenos modos, pero se fue enfureciendo con tan obstinado silencio y, cuando quiso intimidarle a golpes, el muchachito se hizo un ovillo y persistió en su mutismo tozudo. A veces, le miraba con aquellos ojos verdes, grandes, hermosos y llenos de lágrimas, limitándose a exhalar un gemido ahogado cuando le golpeaba más fuerte. El caballero se sentía cada vez peor.

Salía de la tienda desconcertado y paseaba por el campamento, casi sin contestar a los que le saludaban, meditando cómo hacer entrar en razón al chico. Si no lograba su colaboración, tendría que matarle y no sabía si podría hacerlo. No le hubiera importado si se mostrara arrogante, si empuñara un arma amenazando, si fuera fuerte como él, si no tuviera ese aspecto indefenso que pedía protección. Quizá al rescatarle de aquella chusma y salvarle la vida, se había establecido un vínculo invisible por el cual él, Guillermo, por alguna ley divina cuya comprensión se le escapaba, se había convertido en su protector y no podía dañarle. Definitivamente, él sería incapaz de acabar con ese muchacho triste que parecía buscar, desear la muerte. Guillermo llegó a esa certeza cuando su escudero vino a informarle que el chico solo bebía un poco de agua, pero que no había probado la comida que le dejó. Se sorprendió al darse cuenta de que inconscientemente rezaba, pidiéndole a Dios que Pierre comiera, que entrara en razón. De lo contrario, por mucho que le pesara, no tendría más opciones.

—Si hay que terminar con él, le diré a mi escudero que lo haga, lejos, donde yo no lo vea ni oiga —murmuraba apenado.

La hueste, después dos días de descanso recuperándose de la fiesta, honrando a los muertos y cuidando heridos, iniciaba los preparativos para la mudanza. Los soldados cargaban armas y equipajes, las tiendas se desmontaban, la avanzadilla del ejército había ya emprendido la marcha hacia Carcasona.

Guillermo no podía quedarse y, en esas condiciones, tampoco podía cargar con el chico. Le había contado a Amaury la aventura del rescate de Pierre y la mucha utilidad que este tendría para la misión que el abad del Císter le había encargado. Su primo le advirtió de que, si el legado papal supiera de su desobediencia a la estricta orden de exterminio, se enfurecería. Tampoco se lo podría contar a su tío Simón, pues este reaccionaría peor aún. El poliglotismo del chico no era buena excusa; otros habría que hablaran a la vez oc y oíl, y más útil aún sería un eclesiástico local que supiera latín.

El chico se estaba quedando en los huesos y continuaba mudo; solo miraba sin responder con sus grandes ojos verdes rodeados de ojeras que contrastaban con su hermosa cabellera oscura. ¿Estaría haciendo una *endura*, como se decía de los cátaros cuando se dejaban morir por inanición? No le volvió a amenazar, solo a ratos intentaba persuadirle sin éxito.

Cuando sus familiares levantaron las tiendas y partieron con las tropas, Guillermo se fingió enfermo ante su tío Simón y dijo que en un par de días estaría recuperado para reunirse con ellos. Al quedarse solo con su mesnada en el llano arrasado por el campamento y con la siniestra silueta de la ciudad destruida y aún humeante al fondo, Guillermo tuvo que rendirse a la evidencia. Tenía que ejecutar al chico y seguir a los otros. Era el desenlace temido y, al fin, le dijo a su escudero:

—Llévate a Pierre al río. Busca un remanso tranquilo, un lugar bello y lo degüellas sin que sufra.

—No podrá andar.

—Carga con él, pesa poco.

Sentía una gran ternura por aquel muchacho; quiso verle por última vez y, acercándose a la tienda, oyó sorprendido que sonaba en su interior, queda, su vihuela. Espiando, vio a Pierre, que, a pesar de sus fuerzas menguadas, la tañía sentado en su rincón; era una melodía melancólica, pero muy bella. Guillermo era hombre de habilidades y la música era una de ellas, aunque habitualmente solo la usara para entonar esas canciones en latín vulgar, llamado goliardo, picantes y burlonas, que cantaba con otros colegas estudiantes para acompañar el vino de las tabernas. Pero, aun así, era diestro con la vihuela; sabía apreciar la buena música y a los que la supieran tocar.

—Si aún ama la música, también amará la vida.

Y con esa esperanza licenció a Jean de su misión de sicario y fue a pedirle a su sargento de armas que le prestara su salterio.

Cuando entró en la tienda, Pierre dejó de tocar y, como habitualmente hacía, no respondió al saludo ni a las preguntas. Guillermo se sentó a su lado y, sin hablar más, entonó con el salterio la misma melodía que había escuchado al muchacho, aunque variando intencionadamente un par de notas. Al principio Pierre no dio señales de reaccionar y Guillermo repitió la melodía una y otra vez con el mismo error. De cuando en cuando, miraba disimuladamente al joven escudero comprobando si llamaba su atención, con la esperanza de que reaccionara ante unos fallos tan obvios. Al fin, Pierre, sin poderse contener, tomó su vihuela para entonar la melodía correctamente. Guillermo, disimulando una sonrisa, agradeció la enmienda y pulsó las cuerdas de su salterio, esta vez con un solo error. Solo tuvo que insistir un par de veces y Pierre, que parecía incapaz de soportar tal estropicio, corrigió de nuevo. Al fin, el caballero lo hizo bien.

—Pierre, a ver si sabes tocar mi canción. —Y se puso a tañer el salterio.

El muchacho titubeó, pero Guillermo le iba tentando. Hacía sonar su instrumento y luego esperaba a que el chico tocara. No obtuvo respuesta en la mañana, pero insistió en la tarde. Salvar al muchacho se había convertido en un reto para el de Montmorency.

Al fin, después de mucho insistir, Pierre tomó de nuevo la vihuela y obtuvo la canción sin ningún error. Guillermo se mostró asombrado y le pidió que la repitiera. El chico obedeció y el caballero se puso a hacer un contrapunto. Al poco, ambos tañían en una bella armonía de músicas cruzadas. Era hermoso y una sonrisa de placer acudió a los labios de Pierre. Era la primera vez que le veía sonreír; su rostro se iluminó y, a pesar de su delgadez, el caballero se dijo que era un bello rapaz. Guillermo se felicitó pensando que el chico se comportaba cual potrillo que precisaba doma y cariño para hacer de él un buen caballo.

Cuando fui capaz de entender aquel gran desastre, quise morir, desaparecer, no solo como Dama Ruiseñor, sino físicamente. No tenía apetito y las imágenes de mis seres queridos acudían una y otra vez a mi pensamiento. También la de Hugo, al que creía perdido para siempre.

El caballero que me salvó de los ribaldos se enfurecía con mi silencio y al principio me golpeaba, pero luego empezó a hablarme dulcemente y parecía preocupado. No sé cuánto tiempo estuve sin comer. Me sentía débil y solo obtenía placer en mis recuerdos. Por eso no pude evitar tocar en aquella vihuela que encontré en la tienda la *Canción del ruiseñor*. Y me sorprendí cuando ese hombre vino con un salterio e intentó torpemente interpretarla. No podía soportar que mi canción sonara tan mal, así que tuve que corregirle. Después, él tocó una suya y yo no quise seguirle, pero insistió una y otra vez, mañana y tarde. Al fin, terminé haciéndolo y él se puso a acompañarme en contrapunto. ¡Qué hermosa sonaba entonces la música! Sin darme cuenta, me sentí muy cercana a aquel caballero que me sonreía y de pronto el mundo, antes pozo oscuro sin esperanza, me ofrecía algo bello, un rayo de luz.

Cuando dejamos de tocar, tomó mi mano y me dijo:

—Pierre, sé cuán dolorosa ha sido la pérdida de tu familia y amigos —me hablaba dulcemente, mirándome a los ojos—, pero Dios quiso que solo tú, de toda la ciudad, te salvaras y que fuera yo quien te salvara. Está claro que el Señor tiene designios para ti y no puedes ofenderle dejándote morir.

Acarició mi mejilla y yo estallé en llanto. Esta vez él me tomó en sus brazos, me acunó y yo me acurruqué en ellos, y entre sollozos oía que me decía:

—Yo te protegeré, Pierre. Te trataré bien, pero necesito tu ayuda.

Fue a por comida; insistió, me rogó y terminé comiendo

en sus manos como un animalillo. Y poco a poco empecé a recuperarme, tanto por sus cuidados como por la música que juntos tocábamos.

Me pidió que habláramos solo en occitano, que le enseñara. También canciones. Parece que vio un juglar en Saint Gilles y quedó impresionado al observar el cariño que las gentes sienten por ellos. No sabía aún por qué, pero fui entendiendo que quería que yo fuera juglar con él recorriendo pueblos y hablando con los paisanos. Pero cuando estuviéramos con el ejército cruzado, debía convertirme en Pierre, un primo lejano suyo. Sería su paje. Terminé aceptando. Tenía la esperanza de encontrarme por los caminos con otro juglar, uno llamado Hugo de Mataplana. Quería vivir para verle y llorar mi pena en sus brazos.

31

Vinum bonum cum sapore,
bibit abbas cum priore.
Et conventus de peiore
bibit cum tristitia.

[El vino de buen sabor
bebe el abad y el prior.
Y los frailes, el peor
tragan de mal humor].

Canción goliarda

Monasterio de Fontfreda

—No me extraña que el lugar se llame así —me dijo mi amo al cruzar el puente que daba entrada al monasterio de Fontfreda.

Una vez me repuse lo suficiente para desear vivir, acepté la propuesta del caballero como única alternativa frente a la muerte y me resigné a seguirle como paje. En lugar de continuar con la cruzada hacia Carcasona, él quiso ir en dirección a Narbona y, después de muchas millas, siguiendo un camino a través de llanuras de campos de labranza y viñedos, nos desviamos hacia una zona montañosa de pinares. Cuando el camino se hizo más intrincado, prácticamente en un barranco umbroso y encajado entre montes arbolados, apareció el monasterio del difunto legado papal Peyre de Castelnou.

—Los fundadores del cenobio realmente querían apartarse del siglo —continuó Guillermo—. A nadie se le ocurriría que en un lugar tan aislado y rústico habitara una comunidad tan grande.

Nos habíamos cruzado con varios monjes de origen plebeyo, los llamados «conversos», que vistiendo hábitos grises y cortos de verano, descubrían sus rodillas. Eran poco más que siervos, trabajadores agrarios que tomaron descanso de sus labores para contemplar la poco habitual imagen de dos jinetes a caballo. Sin duda, habrían avisado, de alguna forma, al convento, pues nos esperaban con el puente levadizo bajado, pero con la puerta cerrada como medida de seguridad. No hizo falta que llamáramos, ya que de esta se abrió un ventanuco y alguien dijo en latín:

—Dios esté con vosotros, hermanos. ¿Qué deseáis?

Guillermo se irguió orgulloso en su caballo.

—Quiero ver al abad de inmediato —repuso también en latín—. Traigo un salvoconducto del abad del Císter y legado papal, Arnaldo Amalric.

Esto pareció impresionar a los del otro lado de la puerta; no en vano, Arnaldo era la máxima autoridad de su orden.

—Aguardad un momento, por favor.

—¿Qué deseáis de nosotros, maese Guillermo? —interrogó el abad, servicial pero cauto. Era un hombre de mediana edad, entrado en carnes y que vestía hábito largo como correspondía a su origen noble.

—Estoy buscando unos documentos que vuestro antecesor, en su calidad de legado papal, custodiaba cuando lo asesinaron. Los sicarios se los llevaron.

—¡La herencia del diablo! —exclamó el abad.

—¿La herencia del diablo? —se extrañó Guillermo.

—Sí, así llamamos a lo que cargaba la séptima mula.

—Y ¿en qué consiste?

—No sé más —repuso el abad—. Solo conozco detalles de lo ocurrido. Varios de nuestros monjes acompañaban al beato Peyre cuando fue asaltado.

—Quisiera entrevistarlos.

—Se remitió un informe a nuestro abad general Arnaldo y otro al papa.

—Ya los leí. Ahora quiero hablar con ellos.

—El abad Peyre se hizo acompañar por frailes conversos que conocieran el uso de las armas. Son antiguos soldados que apenas entienden algunas palabras en latín. Yo os traduciré.

—Gracias, abad, prefiero que lo haga mi paje; él habla oc. Quiero interrogarlos a solas.

Fray Benet no ocultó que antes de «retirarse del siglo» había sido soldado de fortuna, aunque esta no le hubiera sonreído en demasiadas ocasiones, pero sí las suficientes para conservar su pellejo, y con eso le bastaba. Con casi cuarenta años se sentía bastante mejor en un convento rezando a Dios que en el campo de batalla acuchillando al prójimo, con riesgo de viceversa. Por lo tanto, había escogido una vida santa, pero larga, frente a otra impía y corta. Ya no tenía edad para eso.

Era un tipo aún musculoso, nervudo, un filósofo del pueblo cargado de ironía. Socarrón, acogió con regocijo disimulado a aquel joven que necesitaba un traductor y que blandía un pergamino, en el que el fraile no dudaba pondría cosas muy importantes, aunque él no las supiera leer, lo cual no le preocupaba en absoluto puesto que nadie se dignaba a escribirle.

Cuando supo que le quería interrogar sobre Peyre de Castelnou, repuso que antes rezaría por el alma del santo abad. Sin darnos tiempo a responder, se cubrió la cabeza con la capucha, puso sus rodillas desnudas en el suelo, ya que vestía hábito corto, y recitó por lo bajo unas salmodias ininteligibles. Eso nos obligó a nosotros a bajar la cabeza y a rezar lo primero que se nos ocurrió.

—Ese hombre es un cateto absoluto —comentó sin disimular su desprecio Guillermo cuando el fraile terminó sus plegarias—. Dile que, si el abad es santo, no tenemos que rezar por su alma, ya que estará en el cielo; más bien habrá que pedirle que él interceda por nosotros.

Hice la traducción, solo de la segunda parte del comentario, y Benet se encogió de hombros con una sonrisa enigmática. Intercambiamos una mirada con Guillermo y le comenté en oíl:

—Creo que ya sabe eso.

—Luego cuestiona el primer supuesto —concluyó repentinamente interesado el franco—. Dile que nos cuente cómo era el abad.

Pero Benet dijo que llevaba hábito de verano y que sentía frío en el claustro de la abadía hundida en aquel escarpado valle, sin sol ya, y pidió que saliéramos al exterior. Guillermo, que había observado miradas recelosas del fraile, pensó que el temor a ser oído habría contenido la locuacidad del hombre y aceptó encantado.

Subimos por un caminillo serpenteante que nos condujo por la ladera del monte hasta un pinar iluminado por el sol de la tarde. Desde aquella altura se divisaba a nuestros pies, hundida, toda la abadía y, una vez Benet comprobó que estábamos completamente solos, se sentó satisfecho en una piedra. Nosotros le imitamos y, al ver que sin ninguna preocupación el hombre exponía sus partes pudendas, que su corto hábito descubría al calorcillo del sol, decidí discretamente cambiar de asiento.

Estaba escandalizada; los verdaderos frailes, los nobles, apenas mostraban sus manos y cara. Aquel hombre era un impío que quizá buscara provocarnos.

—Dice que quiere saber por qué preguntáis, a quién se lo vais a contar y quién hará uso de lo que él diga —traduje para Guillermo.

Este me hizo responder que el abad del Císter deseaba encontrar la carga de la séptima mula y que él no tenía por qué repetir a nadie lo que nos dijera.

—Prometedlo por la salvación de vuestras almas —disparó el fraile cuando oyó eso.

Guillermo estaba tan ansioso por saber lo que el hombre nos quería contar que me hizo prometer a mí también cuando él lo hizo.

—El abad Peyre odiaba al conde de Tolosa por las disputas que mantenían a causa de las rentas y beneficios que según él pertenecían al monasterio y que le arrebataba. También decía que el conde era un hereje, que protegía a los judíos y que quería destruir a la Iglesia católica —soltó Benet con las ganas de quien se había contenido por mucho tiempo—. Tenía mal genio y, cuando se enfadaba, descargaba su vara en las espaldas de los frailes conversos.

—Entonces, el conde de Tolosa se cansó de él y lo hizo asesinar —repuso Guillermo—. Defendía a la Iglesia de Roma y murió mártir. Es un santo.

Yo me cuidé bien de traducir con énfasis lo último, sabía que mi amo quería provocar al monje. Yo disfrutaba aquello; allí había gato encerrado y me picaba la curiosidad.

—Si es santo, le harán patrón de los vareadores —repuso Benet con su sorna meridional—. Y su primer milagro sería que precisamente el conde de Tolosa le hiciera mártir a él gracias a verdugos franceses.

—¿Qué? —exclamó Guillermo.

La sonrisa del monje demostró la satisfacción que le causaba la sorpresa del joven y abrió y cerró las piernas golpeándose las rodillas una con otra, aireando aquello que tanto le gustaba mostrar, en señal de regocijo.

—Que he recorrido Occitania, desde la Aquitania a Montpellier y desde Albí a Narbona, esquilmando a campesinos y arrieros con los impuestos, primero, de nobles, en especial del conde de Tolosa, y después, de obispos y abades, por cuya gracia conseguí este santo retiro y conozco todos los acentos con los que las gentes de aquí se lamentan al pagar. Ellos no eran de los nuestros. Eran francos.

—¿Cómo lo supo? —preguntó Guillermo, que estaba en vilo—. ¿Es que hablaron?

—Sí, el que mandaba, que fue quien ensartó al mártir, ordenó a los suyos, cuando casi les teníamos encima, que nos apartaran. Me sonó a como habláis entre vosotros.

—Dicen que el asesino huyó a Beaucaire, pero nadie fue a detenerlo. Pensaba investigar allí.

—Ahorraos el viaje —dijo Benet sonriente—. No encontraréis nada; allí se habla occitano.

—Que me cuente cómo fue la acción —me pidió Guillermo.

El fraile, quizá añorando los viejos tiempos, relató con todo lujo de detalles, gesticulando, el ataque y cómo los monjes se vieron sobrepasados por los caballeros y la herida mortal del abad.

—¿Cómo era el jinete que lo mató?

—Era grande, tenía calada la celada del casco, sin insignias, con una capa de piel y montaba un poderoso *destrer* pinto.

—¿Y los otros cuatro?

—Obedecían y se notaba, por los caballos que montaban, por su aspecto y su actitud, que eran inferiores al primero.

—¿Qué tenéis que decir de la herida de Peyre? No parece normal.

—Así que la habéis visto...

—Sí.

—No pude ver cuando le hirieron. Fue muy rápido, pero me di cuenta después, cuando le sacamos la azcona.

Guillermo se quedó pensativo y yo no sabía de qué estaban hablando. ¿Qué tendría de particular esa herida?

—El abad Pons de Saint Gilles dice que el santo Peyre clamaba que hasta que uno de los legados no derramara su sangre no se podría abatir la herejía...

Mi amo cambió de repente de tema, sin duda con la intención de provocar de nuevo a Benet y que este acabara de soltar su ya locuaz lengua. El monje bufó, para enseguida reírse de buena gana.

—El abad Pons no tiene ni idea de cómo es su «santo», ni creo que jamás le viera vivo y, naturalmente, tampoco saboreó su vara. Yo sí probé bien ese plato, no en vano anduve mucho camino con el buen abad Peyre y nunca le oí decir tal cosa.

—¿Que Pons de Saint Gilles no conoció a Peyre de Castelnou?

—¡Claro que no! —exclamó irritado el monje—. Cuando el «santo» vivía, él era Pons de Poblet y el abad de Saint Gilles era Rainier, un benedictino que murió de forma extraña al poco de llegar unos misteriosos monjes italianos que pasaban el tiempo en la botica y que se encargaron del cadáver del mártir, sin duda para hacerlo santo. ¿Y por qué creéis que siendo abad de Fontfreda el cuerpo recibió sepultura en Saint Gilles?

Le traduje a mi amo la verborrea excitada. Guillermo ocultaba la satisfacción que le producía lograr que ese fraile, que no había perdido sus modales de mercenario fanfarrón, soltara todo lo que guardaba y se encogió de hombros sabiendo que el hombre no podía callar ya.

—Pues porque Fontfreda está lejos de los caminos, encajada entre los montes y no es conveniente para la promoción de un santo. Saint Gilles es lugar de paso, de peregrinación, y con un mártir oliendo a santo y un abad bobo cantando las virtudes de este sin haberle conocido y entregado por completo al servicio de abad del Císter, el negocio santero marchará bien…

Y así estuvo despotricando hasta la puesta de sol.

32

La ost fo meravilhosa e grans, si m'ajut fes:
vint melia cavaliers armatz de totas res,
e plus de docent melia, que vilas que pages.

[Grande era el ejército, a fe mía, e inusitado;
veinte mil caballeros completamente equipados
y más de doscientos mil campesinos y villanos...].

Cantar de la cruzada, II,13

Carcasona, 2 de agosto

No pude entender entonces por qué Guillermo, contra su costumbre, estuvo callado y pensativo durante el camino de Fontfreda a Carcasona. Antes de partir, interrogamos a otros dos monjes, que también presenciaron el ataque, sin obtener información adicional a la ofrecida por Benet. Pero ¿qué habría dicho este, que tanto hacía rumiar a Guillermo? Yo traduje las conversaciones y nada me pareció particularmente misterioso y, fuera de la mordacidad del antiguo mercenario, todo me sonó a la historia ya sabida del asesinato del abad Peyre de Castelnou.

Al llegar a nuestro destino, el camino se empinó hasta la cima de una loma y me quedé boquiabierta contemplando el espectáculo que se extendía a nuestros pies. Miles de tiendas, vivaques y pequeños fuegos que alzaban sus columnas de humo se extendían por millas y millas de terreno ondulado, rodeando una impresionante ciudad amurallada; era muy grande y estaba encaramada en una colina que la situaba bastante por encima de sus sitiadores. Nosotros llegábamos por el camino de Narbona y más allá de la villa brillaban las aguas del río Aude. La ciudad era sin duda muy próspera, ya que, fuera de sus poderosos muros y fosos, se desparramaba en dos grandes burgos, uno al sur amurallado y otro al nordeste, hacia el río, más reciente y protegido solo por terraplenes y empalizadas de piedra y madera con torres en sus puertas.

Llegamos a Carcasona el 2 de agosto, un día después que el ejército, ya que a pesar de nuestra salida tardía de Béziers y de la visita a Fontfreda, al cabalgar con escaso equipaje, habíamos recuperado casi todo el tiempo en relación con la lenta infantería y a los carros.

Era domingo y, respetando el día del Señor, ni sitiados ni sitiadores luchaban y allí, en los labrantíos, viñedos y bosquecillos, acampaban en mejores o peores condiciones más de doscientas mil almas. El espectáculo era asombroso, pero el despliegue no pareció impresionar a Guillermo, que azuzó a su caballo como si tuviera prisa y yo tuve que seguirle de inmediato. Preguntando, llegamos con relativa facilidad a la zona de los francos y a las tiendas de los Montfort, que alzaban sus estandartes con un altivo león rampante. El eficiente Jean se nos había adelantado con las tropas de Guillermo y las tiendas estaban montadas junto a las de la familia. Mi amo continuaba extraño y al atar nuestros caballos estuvo palpando y acariciando las monturas, pensativo. Me dijo que él tenía que hacer y que yo me fuera a dar una vuelta por el campamento. Sobre mi cota vestía una túnica con el león y la correspondiente cruz roja bordada.

—Con esos blasones y vuestro buen dominio de la lengua de oíl, nada tenéis que temer —me dijo.

Era extraño pasear sola entre hombres sintiendo la seguridad de ser uno más de ellos. Era un campamento variopinto y los nobles colgaban sus divisas en las tiendas, delimitando el terreno ocupado por sus tropas con sus colores. Los más ricos, como el conde de Nevers, de Saint Paul o el duque de Borgoña, tenían hermosos pabellones con mullidas alfombras, tapices y sedas. A mí me encantan las buenas monturas y disfrutaba deteniéndome en las caballerizas de los grandes nobles para contemplar el buen porte de los animales. Los había de distintos tipos, desde los *destrers* pesados y poderosos, entrenados para el choque en combate, a bellos y ligeros alazanes de paseo.

Sin embargo, pronto me di cuenta de que incluso en mi nueva condición debía cuidarme. Como joven efebo, también despertaba el interés de ciertos hombres y así lo demostraban con silbidos o comentarios. Un escudero llegó incluso a palparme la nalga y cuando eché mano a mi daga, se fue riéndose a carcajadas.

El campamento era como una ciudad gigantesca, plantada a distancia prudencial de las puertas de la ciudad para prevenir tanto las saetas como un ataque por sorpresa de la caballería occitana. Se habían empezado a construir algunas empalizadas y pequeños fosos en ciertos lugares en los que se montaba guardia y, aunque no se trabajara aquel día, los carpinteros lo tenían todo dispuesto para la fabricación de piezas y el ensamblaje de máquinas de guerra.

Pero la gente estaba alegre; era domingo, todos habían obtenido algún botín en Béziers y, convencidos de que habría combate el lunes, se apresuraban a gozar del momento. Sabían que de morir el día siguiente, como cruzados, irían al cielo por mucho que pecaran. Por lo tanto, intentaban disfrutar al máximo de los que quizá fueran sus últimos momentos en este valle de lágrimas, buscando risas y placer.

Los carromatos de taberneros y barraganas, establecidos en zonas estratégicas, no daban abasto con tanto negocio; el cobre, la plata e incluso el oro, aunque también distintas mercancías procedentes del expolio de Béziers, cambiaban de manos con rapidez. Había cánticos, danza y también algún tumulto. Vi a dos mujeres que por sus pinturas debían de ser prostitutas peleándose en el polvo, en medio de un corro de hombres riéndose, vociferando y apostando como si se tratara de gallos. De cuando en cuando, se arrancaban una pieza de ropa hasta terminar prácticamente desnudas y, a pesar de mi poca experiencia en esos asuntos, pronto colegí que ni se pegaban ni arañaban con la ferocidad que sus gritos y gestos proclamaban. Era una pelea amañada que, además, incitaba al negocio de la lujuria; alguien obtendría mucho dinero tanto de las apuestas como de los cuerpos.

Entonces me pregunté qué hacía yo allí. Cuando pensaba que era Pierre, sentía deseos de vivir, de aprender, de contemplar todo lo nuevo, bueno y malo. Pero cuando recordaba que antes fui Bruna, la Dama Ruiseñor, se me partía el corazón de pena y deseaba el fin de mis días.

Entonces, un ansia incontenible de llorar y rezar por los míos me invadió y quise refugiarme en la tienda de Guillermo. Pero me di cuenta de que no sabía regresar a ella y, después de orientarme con referencia a los muros de la ciudad, me puse a andar entre los vivaques hacia donde yo creía que estaban las tiendas de los nobles francos. Al poco, percibí que estaba cruzando por una zona de ribaldos. Se agrupaban alrededor de pequeñas lumbres y todas sus pertenencias consistían en hatillos de leña, cuencos con los que cocían sus legumbres y tocino, cazos para agua, pan y un macuto donde poca cosa cabía. Alrededor de los fuegos había mujeres e incluso niños; todos iban descalzos y vestían poco más que pieles. Era chusma que nada tenía en su lugar de origen, por lo que nada podía perder. La cruzada era su gran oportunidad de alimentarse sin mayores trabajos y, si eran afortunados, conseguir un botín que mejorara su suerte en la tierra. O la muerte, que sin duda los situaría en un cielo bastante más apetecible para ellos que para los ricos.

A pesar de que solo llevaban dos días en el lugar, aquello era nauseabundo. La aglomeración de gentes, el calor y las heces humanas que se iban acumulando solo dejaban respirar con la brisa. Los nobles y sus tropas hacían sus necesidades en las caballerizas, que se limpiaban cada día, transportándose el estiércol lejos. Nada de eso ocurría con los ribaldos, a quienes, acostumbrados a la promiscuidad en sus lugares de origen, no les importaba defecar e incluso hacer el amor delante de los demás y a pleno día. También allí corría el vino y me di cuenta de que yo, vistiendo ropas lujosas y calzando borceguíes, peligraba en aquel lugar. Incluso la daga que lucía al cinto era algo codiciado por aquellas gentes. De repente, se me ocurrió que podía encontrarme con los que me atacaron en Béziers; Guillermo no acudiría esta vez en mi ayuda y ellos tomarían venganza en mí por sus compañeros. Mucho había deseado la muerte, pero, cuando me vino el pensamiento de esta en manos de aquellos individuos, sentí terror, incluso náuseas. Creía que todos me miraban y, sin querer correr, empecé a acelerar mi paso para salir de allí, pero en lugar de eso me adentraba cada vez más en aquella madriguera gigante. No entendía bien su jerga. Era lengua de oíl, aunque plagada de argot, pero supe que hablaban del paje. Se daban voces y silbaban para alertarse, para que sus vecinos se fijaran en mí. Estaba muy intranquila. Apresuré más mi marcha, deseaba ser invisible, pero ahora tenía la plena convicción de que todos me miraban, y se mofaban algunos entre risotadas. ¿Verían el miedo en mis ojos?

Entonces fue cuando me encontré de frente con un barbudo enorme, vestido solo con un taparrabo de piel y una garrota al cinto, que me cortaba el camino. Empezó a increparme sobre mi aspecto pulido y afeminado. Se formó un corro de curiosos y la amenaza de mi puño sobre la daga no parecía intimidarle lo más mínimo. Al poco, me insultaba abiertamente entre las risas de los mirones y después pasó a empujarme. Miré a mi alrededor calculando dónde podría haber un hueco y de un empellón me escurrí entre aquellas gentes. Nadie me sujetó y empecé a correr tanto como pude.

Se formó una gran algarabía, los gritos crecieron, también las risas, y muchos se lanzaron a perseguirme. Poco duró mi carrera; enseguida me encontré a unos cuantos esperándome con los brazos abiertos. Era el fin. Entre risas y burlas fueron estrechando el cerco. Noté que una gran mano me asía por la nuca y vi cómo el hombretón que antes me detuvo se abría paso hasta mí.

—Primero nos vas a dar todo lo que llevas —dijo.

Cuando fue a quitarme la sobrevesta con las armas de los Montfort, empecé a patear tratando de liberarme a toda costa de las muchas manos que me sujetaban. Sabía lo que me esperaba cuando vieran que era mujer. Había deseado la muerte, pero no la quería en aquel momento y menos de una forma tan humillante y horrible.

Perdí la daga, el cinto, los borceguíes. Desesperada, me debatía con todas mis fuerzas gritando socorro aun a sabiendas de que nadie acudiría en mi ayuda y que eso solo les hacía reír más. Mil pezuñas me tocaban, olía su aliento, el tufo a vino, su sudor, el odio que sentían por los señores que les explotaban y a quienes yo recordaba con mi aspecto. Solo la cota de malla protegía el secreto de mi feminidad y vi la desdentada sonrisa de triunfo del tipo que primero me agredió cuando iba a sacármela. Pero de pronto alguien sujetó su mano mientras una voz profunda decía en un argot que apenas comprendí:

—¡Deteneos, estúpidos!

Era un hombre grande, de mediana edad y que parecía muy fuerte. Vestía telas caras, aunque desaliñadas y pensé que procedían de Béziers. Ceñía su pelo largo con una especie de aro de cobre que se asemejaba a una corona, llevaba espada y detrás de él aparecieron otros que parecían secundarle. Me soltaron y caí pesadamente al suelo. Sudaba y mi corazón latía desaforado.

—¡Estáis locos! —volvió a increpar el hombre con su vozarrón—. ¿Queréis que los nobles nos ataquen esta noche y maten a mil de los nuestros por culpa de ese miserable pajecillo?

—Nadie tiene por qué saberlo —dijo el que lideraba a los agresores.

—¡Desgraciado! —repuso el jefe—. Antes de que se ponga el sol, diez de los que están aquí ya habrán corrido a contárselo a los curas, y estos a Simón de Montfort.

Medio incorporada en el suelo, pude ver la impresión que tal nombre causaba en aquellas gentes.

—Es el más duro y valiente de los cruzados —continuó el hombre— ¿no veis su león rampante en la túnica de este muchachito? Vendrá más por su honor que por vengar a este infeliz y hará una matanza. ¡Devolvedle todo al chico!

Se hizo un gran silencio mientras unos miraban a los otros y, poco a poco, obedientes, fueron depositando a mis pies todo lo robado. El hombre actuaba como rey y sin duda tenía poder de vida o muerte entre aquellas gentes.

—Vestíos, señor —me dijo con ojos entornados de mirada astuta y un deje irónico.

Yo lo hice mientras unos y otros le cuchicheaban al oído. Cuando terminé, me cogió del brazo, me condujo entre aquellas gentes y empezó a hablarme.

—Yo os devolveré sano y salvo al lugar de los nobles.

Emprendimos la marcha escoltados por los que parecían su guardia y al rato me dijo:

—Dad gracias a Renard, el rey Ribaldo, de vuestra fortuna. Y hacédselo saber a vuestro señor, Simón de Montfort.

—Gracias —musité.

—Pero sabed que me debéis la vida —dijo en voz más baja— y todo el mundo tiene que pagar sus deudas con el rey Ribaldo.

Yo no discutí, solo deseaba encontrarme dentro de la tienda de Guillermo.

—Me han dicho dos cosas muy interesantes —bajó más la voz y se detuvo susurrándome al oído—, la primera es que vos sois de Béziers, quizá el único de sus habitantes que salvó la vida.

Le miré sorprendida. Me habían reconocido y sin duda sabría ya la historia de Guillermo rescatándome a costa de la vida de dos de los suyos.

—Así que fue uno de los Montfort el que desobedeció al abad del Císter… Vaya, vaya. Y además, hay otra cosa…

Callé de nuevo y miré los ojos azul desvaído, fríos, del hombre.

—Uno quiso retorceros las partes hace un momento, durante el tumulto. Y no las encontró.

Soltó una carcajada y sus labios susurraron entre los cabellos que cubrían mi oreja:

—Renard sabe ya tres secretos: sois mujer, escapasteis con vida de Béziers y fue gracias a un Montfort.

33

Cant l'apostolis saub, cui hom ditz la novela
que sos legatz fo mortz, sapehatz que no'lh fo bela.

[Cuando al papa dieron la noticia de que su legado
(Peyre de Castelnou)
había sido asesinado, quedó muy consternado].

Cantar de la cruzada, I, 5

Durante el camino de Fontfreda a Carcasona, Guillermo de Portmorency, taciturno, iba rezando en silencio, pidiendo equivocarse.

Su investigación le recordaba un sueño angustioso en el cual él se adentraba en una densa niebla para cazar un jabalí y cuando, creyendo tener al animal a tiro, iba a clavarle su pica, descubría que era la grupa de su caballo y que estaba a punto de ensartar su propia espalda.

Aquel endiablado asunto de la búsqueda de los legajos de la séptima mula se había convertido en una pesadilla idéntica al sueño. Las conclusiones de su investigación le abrumaban.

A su llegada, tomó un refrigerio rápido en la tienda que tan eficientemente había hecho montar Jean y después envió a Pierre a que curioseara por el campamento. Fue a rendir sus respetos a su tío Simón y tan pronto se encontró con su primo le dijo que le acompañara a su tienda, que le tenía que hablar.

—Ya hace varios años que montas ese hermoso *destrer* bretón pinto —le dijo tan pronto se aseguró de que nadie les oía.

—¡Claro, primo! —repuso este sonriente—. Es un buen bruto de seis años y nos ha acompañado en nuestras aventuras. ¿Por qué preguntas eso?

Guillermo le miró, muy serio, a los ojos.

—Porque eres zurdo como el caballero que ensartó por la espalda al legado Peyre de Castelnou. No hablaba occitano y montaba un caballo igual al tuyo. Y precisamente el asesinato ocurrió aquel enero, hace año y medio, cuando tú ibas de camino a una descabellada peregrinación a Santiago de Compostela. Te dije que no fueras, no en invierno, pero tú insististe para luego regresar diciendo que los puertos de las montañas estaban intransitables. Yo me estuve lamentando de cómo mi primo podía cometer tal simpleza. No era simpleza, era una excusa.

Amaury de Montfort le sostuvo la mirada en silencio.

—Tú le mataste —acusó Guillermo tratando de encontrar respuesta en el azul profundo de los ojos de su primo.

—Sí, fui yo —repuso este sin alterarse.

Guillermo hubiera esperado que su primo lo negara, que le persuadiera de que estaba equivocado, pero este aceptaba serenamente la culpa de aquella monstruosidad. Sorprendido por la aparente calma de Amaury, se mantuvo en silencio por unos instantes mientras los pensamientos se agolpaban en su mente. ¿Cómo podía estar tan tranquilo siendo responsable de semejante crimen y de las terribles consecuencias que este provocó? Había crecido junto a su primo, pensaba conocerle y se dijo que aquello no era propio de él.

—¡Pero, entonces, toda esa gente de Béziers ha muerto por una mentira, ha muerto por nada! —exclamó.

—¿Y si el sicario hubiera trabajado para el conde de Tolosa, habrían muerto por algo? —repuso Amaury, que sin duda se había planteado ese asunto antes.

Guillermo le miró atónito, mudo. Su primo no acostumbraba a ser muy sutil, pero en aquel momento le parecía, incluso, cínico. Estaban hablando de más de veinte mil personas masacradas solo unos días antes. Y no serían las últimas.

—Yo solo he matado a un hombre, primo —parecía como si le leyera los pensamientos—. Yo solo respondo por uno ante Dios —sonreía— y además, gracias a mí, le harán santo.

—Pero…

—Y eso ocurrió antes de la cruzada —Amaury amplió su sonrisa— y como todos nuestros pecados nos son perdonados…

—Esas palabras no son tuyas.

—Qué importa de quién sean. Vivimos tiempos excepcionales y nosotros somos instrumentos de Dios.

—O del diablo.

—De Dios, primo. Nosotros estamos con Dios.

—¿Y en qué planes de Dios entró el asesinato de Peyre de Castelnou?

—Él es ya un mártir de la Iglesia. Su muerte fructificará en grandes bienes para la cristiandad.

—Eso es lo que dice el abad del Císter… ¿verdad?

—Sí, eso dice —repuso Amaury convencido.

Guillermo miró esta vez con curiosidad la faz de su primo. Estaba seguro de lo que decía; no sentía remordimientos; él solo ejecutaba parte de un plan mucho más amplio, de una trascendencia inmensa, que ni siquiera era capaz de vislumbrar. Tenía eso llamado fe.

Fe en el clan Montfort, fe en su padre Simón, fe en el abad Arnaldo, fe en lo que este representaba y, por supuesto, fe en Dios. Un Dios que otros le dibujaban.

Ahora encajaban muchas de las piezas del rompecabezas. Arnaldo le encargó que encontrara los documentos, pero no al instigador del asesinato, porque el propio abad del Císter lo era Aunque tampoco parecía preocuparle si, en buena lógica, al investigar buscando el objeto, encontraba al ejecutor. Porque este era su propio primo y Arnaldo sabía cuán unido estaba el clan Montfort y en especial ambos jóvenes. Sin el asesinato de Peyre de Castelnou y la culpa atribuida al conde Raimon de Tolosa; sin ese *«casus belli»* jamás hubiera logrado las adhesiones para conseguir un ejército cruzado de aquel tamaño. Seguramente, ni siquiera el papa Inocencio III hubiese lanzado el anatema sobre el conde, proclamando la cruzada. La santidad de Peyre de Castelnou había sido determinante para conseguir apoyos y esta se basaba en las circunstancias mártires de su muerte y en que «casualmente», al mover su cuerpo meses después, este estaba incorrupto, despidiendo «olor de santidad». Recordó a los frailes italianos que, también «casualmente» y en una fecha tan extraña como enero, pasaban por Saint Gilles para que el abad les encargara preparar el cadáver. Y, como apuntó el fraile Benet, fue casual que el abad de Saint Gilles, que en enero disfrutaba de excelente salud, muriera de repente en febrero coincidiendo con una visita de Arnaldo a la abadía. Cuanto más lo pensaba, más se maravillaba Guillermo de lo grandioso del plan. Era una sarta de pequeños acontecimientos que a su vez provocaban otros mayores y que estaban cambiando el mundo conocido.

—¿Y qué hay para los Montfort en todo eso? —quiso saber Guillermo—. Ahora ya me lo puedes contar todo. ¿Qué nos ofrece el abad del Císter?

—El vizcondado de los Trencavel: Carcasona, Béziers y Albí y posiblemente los condados de Tolosa y Foix.

Guillermo le miró sorprendido. La excomunión de un noble llevaba aparejada su desposesión y que sus propiedades pasaran a pertenecer a uno digno a ojos de la Iglesia, autorizado y apoyado por esta. Pero generalmente era solo un arma para doblegar a los nobles; no se llevaba a sus últimas consecuencias y terminaba en una negociación cuyo resultado era el regreso de las ovejas descarriadas al redil. Y su primo hablaba de territorios inmensos que incluían los del conde de Tolosa, recién reconciliado con Roma y que acompañaba a la cruzada. Los planes del legado eran a largo plazo; pronto volvería a excomulgar al conde Raimon VI.

—¿Pero no les correspondería antes a los grandes, al duque de Borgoña, al conde de Nevers, o al de Saint Pol?

—Todo está pensado —se sonrió Amaury—. Esos son muy ricos y están aquí con bastante disgusto. En realidad, no les hace ninguna gracia ver que se desposee a un noble tan grande como ellos así, tan fácilmente. Les hace sentirse pequeños y consideran que va contra el derecho feudal. Volverán a vigilar sus posesiones tan pronto termine su compromiso de cuarentena. Además, el legado papal exigirá al nuevo vizconde que se quede en Carcasona personalmente con sus tropas y con quienes pueda reclutar, resistiendo todo el invierno hasta que los cruzados regresen de nuevo en verano.

—Parece pensado a medida de tu padre.

—Sí, de mi padre y de su heredero.

—Tú, Amaury de Montfort.

—Sí, y también para el futuro obispo de Tolosa: Guillermo de Montmorency —sonriente, Amaury puso su mano derecha en el hombro de su primo—, el hijo del hermano de mi madre. El más listo, el más culto de la familia, el mejor jugador de dados…

Amaury se puso a reír, sin duda recordando aventuras pasadas.

—Creo que el abad del Císter es mejor jugador que yo

—dijo pensativo Guillermo—. Él también usa dados trucados.

Su primo se encogió de hombros, divertido, para volver a reír a carcajadas.

—¿Te imaginas que le invitemos a una partida?

—¿Qué es lo que contienen esos documentos que le quitaste a Peyre? —preguntó sin unirse a las risas.

Amaury le miró aprensivo.

—No lo sé —repuso—. El abad del Císter nunca quiso hablar de ello.

—¿Por qué quería matar a la Dama Ruiseñor?

—Tampoco lo sé.

Ambos quedaron en un silencio taciturno y al poco Amaury, poniendo esta vez ambas manos en los hombros de su primo, le dijo:

—Guillermo, siempre has sido rebelde e inquisitivo. Basta de preguntas, no voy a responder nada más por hoy. Los Montfort tenemos un trato con Arnaldo Amalric, abad del Císter y legado papal. Es un muy buen trato y ahora nos toca obedecer. Se arriesga mucho; es un juego peligroso, pero el premio es grande. El abad dice: «Aquello que no debas saber y no sepas nunca te hará daño». Yo no soy tan listo como tú, pero puedo leer una amenaza en esa frase. Cumple tu parte, obedece y no hagas más preguntas; ya sabes demasiado. Relájate y descansa, mañana entraremos en combate y los Montfort debemos demostrar que somos dignos de nuestro destino.

—Yo no combatiré mañana.

—¿Por qué? ¡Es la gran batalla que hemos esperado desde que éramos niños!

—Esta no es una guerra justa.

—¿Y qué es una guerra justa?

Guillermo era bueno en derecho y dialéctica, podía responder, pero no lo hizo. Ni siquiera sabía si su primo preguntaba cándidamente o solo para que la cuestión quedara flotando en el aire. Ante su silencio, Amaury tiró de él, le dio uno de sus abrazos de oso y un beso en cada mejilla.

—No te enfrentes al abad, Guillermo —le dijo—. Sabes demasiado y debes serle fiel. Te quiero, primo, y no deseo que te ocurra nada malo.

34

Mais li baron de l'ost se son tant esforsetz
que lo borc lor an ars trastot tro la ciptetz
que l'aiga lora n touta, qu'es Audes apeletz.

[Mas los barones de la hueste tanto se esforzaron
que incendiaron el burgo, reduciéndolo a cenizas
y del río llamado Aude las aguas les quitaron].

Cantar de la cruzada, III, 28

Mi encuentro con los ribaldos me agotó tanto que dormí con una profundidad absoluta, sin recordar penas, miedos ni esperanzas, pero de madrugada me despertaron los gritos, el ruido de herrajes, el relincho de los caballos. Amanecía y el campamento se preparaba para el ataque. Vi que mi señor se lavaba la cara con el agua de un barreño que había dentro de la tienda y, levantándome de un salto, fui a ayudarle con su equipo; la cota de malla, las espuelas y la sobrevesta con el rojo león rampante de los Montfort, ya que, pese a ser él un Montmorency, obedecía a su tío Simón y luchaba con sus insignias. No se le veía alegre y, aunque ciñó espada y daga, me dijo:

—Hoy, tú y yo veremos la batalla desde una colina.

Se fue a desayunar con los líderes del clan y dio las instrucciones a sus hombres para que lucharan bajo las órdenes de Amaury.

A su regreso, montamos nuestros caballos, pero en lugar de dirigirnos al llano, donde desde varios estrados los curas cantaban misa para los distintos grupos del ejército, fuimos hacia una colina que ofrecía una excelente vista sobre el burgo de San Vicente.

Ese era el arrabal que se había extendido hacia el nordeste, fuera de las grandes murallas. Estaba protegido solo con un foso y un terraplén coronado con muretes de piedra y empalizadas de madera que se elevaban pocos metros. Se notaba que habían sido reforzadas a toda prisa.

El ataque ya había empezado; las petrarias lanzaban decenas de cascotes y cantos rodados sobre las defensas del burgo, obligando a los de Carcasona a esconderse, y hacían saltar en pedazos sus defensas de madera. También las catapultas, que alcanzaban mayor distancia, vomitaban fuego griego sobre las techumbres de las casas, más allá de las empalizadas, provocando los primeros fuegos. Me di cuenta de que todos esos artilugios estaban colocados en la parte este y así se lo hice notar a Guillermo.

—El ataque será por ese lado —me dijo—. Aprovecharemos que el sol, al elevarse, les dará en los ojos. Además, es el lugar más alejado de los altos muros de la ciudad; los ballesteros de esta no nos podrán herir y el terreno es llano. Solo hay que vencer sus defensas.

Vi que las misas habían terminado y que desde sus altas tarimas los sacerdotes ya hisopaban con agua bendita a los combatientes. Grupos de frailes en formación, que portaban cruces sobre altas picas, se dirigían hacia el burgo cantando a coro *Veni Creator Spiritus*, los soldados se unieron a la salmodia, siguiéndoles. Los frailes se detuvieron poco antes de la zona de alcance de los dardos de las empalizadas, pero desde allí continuaron con sus cantos cada vez más potentes. Lo hacían con furia, con rabia y conferían un coraje fanático a los asaltantes. Acto seguido, cientos de arqueros con los colores de los nobles se les adelantaron y unieron sus dardos a la lluvia de piedras de la artillería. ¿Cómo alguien podría atreverse a asomar la cabeza entre las empalizadas del burgo?

Fue entonces cuando sonaron las chirimías, los tambores, las gaitas y las trompetas en una estruendosa algarabía que se mezcló con las salmodias. Era la orden de ataque.

Decenas de grupos de ribaldos portando largas escaleras se lanzaron hacia el foso con gran griterío y, apoyándolas sobre las paredes, empezaron a escalar mientras rocas y dardos continuaban cayendo sobre los defensores. Estos empujaban las escaleras con largas pértigas para hacerles caer, repeliéndoles con piedras, lanzas y flechas, pero, al exponerse a los arqueros cruzados, se desplomaban heridos. Muchos ribaldos también se precipitaban a los fosos, aunque muchos más conseguían alcanzar las almenas y luchar cuerpo a cuerpo con los de adentro.

Pero al tiempo, los zapadores extendían caminos de tierra y piedras sobre el pequeño foso en múltiples lugares, entre ellos la puerta sur. Los defensores ocupados con los asaltantes no podían atender a ese nuevo peligro. En pocos minutos grupos de soldados, cubriéndose con sus escudos, corrían empujando gruesos troncos a modo de ariete que iban reventando paredes y puertas.

—Fíjate en esos grupos de caballeros escondidos en el bosquecillo —Guillermo señalaba hacia un enclave en el camino de la llamada puerta de Narbona—. Están esperando a que el vizconde Trencavel salga en ayuda de los sitiados y ataque a los cruzados por la retaguardia. Dicen que es modelo de caballeros. Seguro que liderará la carga. Su objetivo es matarlo.

—¿A él solo?

—Si cae Trencavel, la ciudad se rendirá.

—No parece un plan muy caballeroso —repuse—, ¿verdad?

Guillermo sonrió triste, se encogió de hombros y dirigió su atención de nuevo al burgo. Aproveché su concentración para mirarle; ese era el hombre que quería matarme, que lo haría de saber quién fui, y, sin embargo, su compañía me tranquilizaba, en especial después de mi nuevo encuentro con los ribaldos. Era un muchacho atractivo, de pelo rubio ensortijado y ojos azules, curiosos a veces, apasionados otras. ¡Era tan extraño que me sintiera segura a su lado…! Pero yo no tenía a nadie en quien apoyarme, con quien compartir mi angustia y pensé que en otras circunstancias Guillermo hubiera sido un buen confidente, pero ni siquiera a él me atreví a contarle el incidente del día anterior. ¡Tenía tanto que ocultar!

—¡Mira! —su grito me sobresaltó—. ¡Los Montfort serán los primeros en entrar en el burgo! —señalaba con el dedo y brincaba de alegría como un chiquillo.

En efecto, un grupo de caballeros que lucían en sus pendones el león rojo rampante de Montfort se lanzaba al galope, saltando entre cascotes por una de las brechas en las defensas. Los seguía un nutrido grupo de lanceros a pie. Cuando los muros ocultaron la lucha en su interior, Guillermo se impacientó.

—¡Dios mío, cuánto daría por estar allí! —murmuraba.

Mientras, el resto de los cruzados penetraban en el burgo por otras brechas. Era obvio que los de dentro no podrían aguantar.

—¿Vais a matar a todos, como se hizo en Béziers? —pregunté horrorizada.

—No, hoy no.

—¿Por qué? —quise saber inquisitiva—. ¿Es que algo cambió en vuestro corazón?

El caballero me miró sonriéndose por la audacia de mi reproche.

—No, no creas —repuso—. Los defensores del burgo de San Vicente nos sirven más vivos, encerrados en las murallas de Carcasona, que muertos afuera.

No entendí y le interrogué con la mirada.

—Yo aprenderé occitano contigo, pero tú tienes que aprender mucho de guerra conmigo. Lo que queremos es que la ciudad de altas murallas se abarrote de gente, y si están heridos, mejor. Tomando ese burgo, les cortaremos el acceso al río Aude y a los pozos de San Vicente. En el interior solo hay agua de cisterna y pronto tendrán cuarenta mil almas encerradas ahí. En unos días no podrán ni lavar las heridas; las moscas se los comerán, el tufo será insoportable, enfermarán de alguna peste y poco después morirán de sed. Solo una gran lluvia podría salvarlos.

Entonces lo comprendí. Imaginé con horror a los niños pequeños sedientos. Quise olvidarlo y concentrarme en la batalla. Las puertas del burgo estaban abiertas y por ellas salían y entraban tranquilamente ribaldos y soldados cargando bultos. Habría poco que saquear, me dijo Guillermo, ya que lo de valor estaría en la ciudad. Los caballeros salieron también y galoparon hacia el río para terminar de doblegar cualquier resistencia. Sin duda, muchos habían muerto de ambos lados, pero la batalla estaba ganada y el burgo, casi todo de madera, empezaba a ser pasto de las llamas.

Entonces, me inquieté por Guillermo. ¿Por qué no quiso combatir con los suyos? Me daba la impresión de que lo hizo por algún arrebato de orgullo. En realidad, él estaba deseando entrar en batalla. ¿Cómo reaccionaría el fiero Simón de Montfort a eso? ¿Lo consideraría traición?

Recé para que saliera bien de ese aprieto; mi vida dependía de él. Y extrañamente, me di cuenta, en aquel momento, de que deseaba vivir.

35

A un riche baron, qui fu pros e valent
ardit e combatant savi e conoisent
senher fo de Montfort, de la honor que i apent
e fo cons de Guinsestre si gesta no ment.

[Había un barón virtuoso, valiente y recto,
atrevido, batallador, sabio y conocedor
de Montfort, de sus tierras y honores era señor
y era conde de Leicester, si el rumor es cierto].

Cantar de la cruzada, IV, 35

Guillermo estaba ya en el campamento cuando regresaron las tropas. Al ver a Jean, su fiel escudero, herido, se arrepintió de no haber luchado. Aquel era su clan y debía haber estado con ellos en el peligro; no importaba si la causa era justa o no, no importaba si eran santos o asesinos. Su lugar estaba a su lado.

—Mi padre te quiere ver —le dijo Amaury—. Está furioso contigo.

Si con alguien no quería enfrentarse Guillermo, ese era Simón de Montfort, pero se dirigió a su tienda; era el jefe del clan y le debía obediencia. Rumiaba qué decirle cuando le gritara que había deshonrado a la familia quedándose en retaguardia. ¿Le contaría sus escrúpulos morales arriesgándose a que el viejo desconfiara?

Al fin, Guillermo decidió no improvisar y decirle la verdad. Simón entendería mejor eso que cualquier otra sandez que se le pudiera ocurrir, pero era un hombre colérico y había que ir con cuidado. Si le pillaba mal, si presumía que actuando cobardemente había manchado el nombre de los Montfort, le enviaría de regreso a la Île de France de inmediato. Y eso era lo último que el joven deseaba.

El viejo Montfort estaba desnudo de cintura para arriba y su escudero le lavaba algunas magulladuras, rasguños y pequeñas heridas que había sufrido en el combate. A pesar de superar en varios años los cuarenta, mostraba la figura poderosa de quien, robusto de naturaleza, se ejercita habitualmente para la guerra. Su prestigio de rectitud y valor aumentaba día a día. Participó en la desastrosa cruzada organizada pocos años antes por Inocencio III en la que los venecianos pusieron un precio tan alto al transporte marítimo que para pagarlo los cruzados tuvieron que saquear la católica ciudad de Zara, enemiga comercial de Venecia. Después, los astutos marinos les desembarcaron en Constantinopla, también rival de la República, la cual fue, asimismo, asaltada y saqueada con la excusa de deponer la ortodoxia e instalar un obispo católico. Simón consideró aquello una infamia y negándose a secundar el plan, pagó de su menguado bolsillo el transporte por otros medios de sus tropas a Tierra Santa, de donde regresó más honrado y prestigioso, pero aún más pobre.

A Guillermo le disgustó encontrarlo con varios nobles menores, que sin duda acudían a felicitarle por haber sido el primero en entrar al burgo, y con nada menos que el abad del Císter, Arnaldo. No podía contarle a su tío la verdad delante de esos y cualquier historia que el viejo sospechara inventada le haría estallar en cólera. Siempre que tenía espectadores se mostraba más duro y aquel día parecía dispuesto a que los mirones proclamaran en el campamento su contundencia resolviendo asuntos internos de familia.

—Veo que estáis ocupado, tío —le dijo—. Hablaremos luego.

Y dio media vuelta aparentando discreción. Toda la que le faltó al viejo.

—¡Guillermo! —aulló al verle—. ¡Venid aquí!

El de Montmorency se giró para ver el imponente torso desnudo y la barbuda faz de Simón coloreada por la furia.

—¡Quiero que me digáis ahora por qué no salisteis a combatir!

Y Guillermo supo de inmediato que las cosas irían mal, muy mal. Se puso a pensar con rapidez. ¿Cómo salir del atolladero?

—Porque yo le ordené que se quedara. —Todos miraron asombrados al abad del Císter—. El chico estaba ansioso por entrar en batalla, pero demostró una gran entereza honrándonos al papa y a mí, obedeciendo.

—¿Por qué no le dejasteis combatir, Arnaldo? —quiso saber Simón.

—Vos ya conocéis parte de la respuesta, pero estos señores no —dijo señalando a los invitados—. Este muchacho tiene una misión clave para el papa y su consecución será muy grata al Señor. Eso es lo más importante. Si mañana morimos uno de nosotros, será un infortunio, pero si algo le ocurriera a él antes de culminar su misión, sería trágico.

—¿De qué se trata? —preguntó uno de los nobles.

—Ni vos ni nadie aquí, fuera de él, puede saberlo. Es muy importante.

Guillermo miró a su tío de reojo; se había calmado y sonreía levemente elevando la barbilla. Aquello honraba mucho al clan de los Montfort.

El joven caballero se dijo que el legado papal conocía muy bien qué resortes mover para hacer cumplir su voluntad.

36

Si non o volon faire aremandrant tot nu,
ilh seran detrenchetz am bram d'acer molu.

[De no obedecer, los despojarán de sus ropas,
y degollados serán, con espada de acero
afilado].

Cantar de la cruzada, II, 16

Ese hombre es muy hábil —repuso Amaury cuando su primo le contó cómo el abad del Císter le había sacado del apuro frente a Simón—. Te necesita; sospecha lo que sabes y por eso te protege. Pero ve con cuidado. Puede ser generoso si estás con él, pero no tiene escrúpulos y, si te cruzas en su camino, conocerás su parte oscura. Cuídate, primo.

Guillermo se impacientó. No visitaba a Amaury para que le aconsejara cómo tratar al legado papal o le diera otro de sus abrazos cariñosos, sino para sonsacarle toda la información posible sobre la séptima mula robada a Peyre de Castelnou. Su encuentro a solas con el abad Arnaldo era inevitable y quería mostrarse eficiente.

—Éramos cinco; tres mercenarios contratados en Lyon,

Paul y yo. Cumplimos con éxito nuestra misión. Matamos a Peyre y emprendimos camino a Montpellier haciendo trotar los caballos, pero sin agotar demasiado a la séptima mula cuya carga Arnaldo quería —empezó a contar Amaury—. Varias millas más allá, nos detuvimos en una posada que está en un cruce de caminos para dar descanso y comida a las bestias. Había un par de escuderos cuidando otros caballos y les pedí a los nuestros que no entablaran conversación. Entré solo para encargar vino caliente para mis hombres y noté como varios tipos sentados en una mesa callaban al advertir mi presencia; pensaba que serían los jinetes de las monturas de fuera. Yo no quería entretenerme, pero el tabernero me preguntó que de dónde éramos. Dije que de Lyon, pero creo que mi hablar de la Île de France delató mi mentira. Sacaron varias jarras y una vez apuradas, sin dar tiempo a que los míos entraran en la posada a calentarse, di orden de partida. Nos pusimos al trote, que era todo lo que podía soportar la mula, pero al poco Paul advirtió que alguien venía al galope por detrás. Aquello no podían ser buenas noticias y nos refugiamos a toda prisa en un bosquecillo al lado del camino. Llegamos tarde y nos vieron. Con las celadas caladas y sin mediar palabra, cargaron contra nosotros. Eran ocho. Por su aspecto, cuatro eran caballeros y los otros, sus escuderos. No mostraban divisa alguna y de inmediato derribaron a uno de los mercenarios. Paul y yo apenas tuvimos tiempo de desenvainar espadas y resistir el primer choque, pero los otros dos de Lyon escaparon sin ni siquiera mostrar sus armas. Yo estaba confundido, no parecían salteadores de caminos y era imposible que fuera una expedición llegada de Saint Gilles para prender a los asesinos de Peyre de Castelnou. ¿Quiénes eran? ¿Qué querían? Pero resultaba obvio que, si combatíamos, nos matarían. Así que le grité a Paul que se viniera conmigo y galopamos hasta el camino para observarlos a una distancia prudente. Al entrar en combate, la séptima mula había quedado suelta en el bosquecillo. Ellos la cogieron y sin molestarse en ver qué ocurría con el caído, subieron al camino y se fueron por donde llegaron. Intentamos seguirlos, pero cuatro de ellos se habían quedado esperándonos en un recodo y cargaron en cuanto nos vieron. Al final tuvimos que desistir.

—¿Y qué ocurrió después? —preguntó Guillermo.

—Volvimos donde el herido; ya estaba siendo atendido por los huidos que habían regresado. El asunto era demasiado serio para dejar testigos, así que tan pronto descabalgamos, aparentando interesarnos por el caído, les rebanamos el gaznate. Les quitamos las ropas para dificultar su identificación y echamos sus cadáveres desnudos al Ródano. Continuamos a toda prisa hacia Lyon, alternando monturas para parar lo imprescindible. Allí enterramos sus enseres en una loma.

—No eran salteadores —murmuró Guillermo pensativo.

—No, claro que no —repuso Amaury—. No les preocupó ni el caballo ni lo que el herido pudiera llevar encima. Buscaban la séptima mula.

—Tampoco venían de Saint Gilles.

—Imposible, no daba tiempo.

—¿Os seguían de antes?

—Si lo hicieron, serían como máximo un par; si no, nos hubiéramos fijado —repuso Amaury pensativo—. En todo caso, eran los de la taberna. ¿Tú crees que nos esperaban?

—¿Pero cómo diablos podrían saber…?

—¿El abad del Císter? Él sabía que regresaríamos por ese camino.

—No, no fue él.

—¿Por qué estás tan seguro?

—Porque no necesitaba robar lo que tú igualmente le traías. Su único motivo para ordenar emboscaros hubiera sido hacerte matar y ocultar así la autoría de los hechos.

—¿A mí? —se sorprendió Amaury—. Nunca lo haría, no porque me aprecie, sino porque formo parte de sus planes.

—Sí, es cierto —admitió su primo—. Los Montfort le somos demasiado fieles y el celo y prestigio de tu padre le hacen el jefe cruzado perfecto y a ti, su sucesor. Está seguro de que no hablaremos. Además, si supiera dónde está esa carga, no me hubiera obligado a buscarla. Por cierto, ¿de qué se trata? ¿Sabes que Peyre de Castelnou la llamaba «la herencia del diablo»?

—Curioseé unos minutos al parar en la taberna. Eran rollos de cuero que protegían a otros cueros que contenían grupos de pergaminos y papiros enrollados. No me dio tiempo de ver más, pero pesaban mucho, por eso tuve que conservar el mulo.

—Pergaminos… —murmuró pensativo Guillermo.

Y se preguntó qué contendrían esos escritos que los hacía tan poderosos. ¿Eran ellos el motivo del exterminio de tanta gente?

37

«Frayre», so diz lo Papa, «tu vais vas Carcassona
e conduiras las ostz sobre la gent felona.
De part de Jhesu Crist lor pecatz lor perdona».

[«Fraile», le dijo el papa (al abad del Císter),
«tú irás a
Carcasona y conducirás el ejército contra esos
felones,
en nombre de Jesucristo que los pecados
perdona»].

Cantar de la cruzada, I, 7

Oscurecía cuando Guillermo acudió al requerimiento del legado papal, el abad Arnaldo. El joven caballero observó que el campamento de los monjes del Císter estaba mucho mejor organizado que el de cualquiera de los grandes nobles de la hueste. En la entrada, un monje converso de hábito corto le preguntó en latín qué deseaba y, cuando Guillermo se lo dijo, le acompañó a la zona de tiendas. Los frailes conversos dormían a la intemperie como la soldadesca feudal y los ribaldos; las tiendas se destinaban a los frailes de origen noble, muchos de los cuales vestían cota de malla bajo el hábito y ceñían espada.

Allí le atendió uno de esas características que le condujo a través de calles entre tiendas de limpieza impoluta hasta el pabellón central. Guillermo esperó en la puerta mientras observaba a los monjes guardianes que, con casco, lanza y espada al cinto, rodeaban aquel gran aposento y pensó que el abad tenía tantos enemigos que hacía bien en proteger su vida.

—¡Bienvenido! —le dijo Arnaldo en latín al verle entrar—. Pasad, hijo.

En el centro del pabellón se alzaba una imponente cruz de madera con un cristo doliente y ensangrentado de tamaño mayor al real. Estaba clavada firmemente en el suelo y se elevaba casi tres metros tocando su extremo superior la tela del techo.

El abad del Císter estaba sentado frente a una mesilla, bajo la cruz, donde se extendía un tablero de ajedrez y jugaba con uno de sus monjes, que se levantó, inclinando la cabeza en silencio, para abandonar discretamente la estancia. Guillermo hizo una genuflexión y besó la mano del abad.

—Sentaos. —Con un gesto Arnaldo le mostró, al otro lado del tablero, el taburete plegable que acababa de abandonar el monje. El caballero obedeció silencioso.

—Ya sé que habéis investigado en las abadías de Saint Gilles y Fontfreda —continuó el legado papal—. Más de lo que debierais, en algún caso. Pues bien, ahora es el momento de que me informéis de hasta dónde habéis avanzado en la recuperación de lo robado.

Pero cuando Guillermo iba a hablar, le interrumpió.

—No necesito que me contéis otros asuntos que sin duda ya habéis averiguado y que vuestro primo os confirmó. Pero quiero saber si os turban el espíritu.

—Señor —dijo Guillermo vacilando—, la muerte de Peyre de Castelnou…

—¿Por eso no entrasteis en batalla hoy?

El joven calló al tiempo que miraba los ojos azules, duros, del abad.

—¿Eso os angustia? —Esta vez Arnaldo bajó la voz; su tono era confidencial.

—Sí —reconoció sin apartar sus ojos de los del legado.

—¡Guillermo!

La potencia con que pronunció su nombre sobresaltó al caballero. Y levantándose de su asiento, el abad extendió sus brazos en cruz, como Cristo, solo que él vestía un amplio hábito blanco de anchas mangas, que le llegaba a los pies. Un bordado de pedrería brillaba en el ribete inferior, en el del cuello y las mangas. Estaba impresionante.

—¡Guillermo! —volvió a gritar el abad sin cambiar su gesto, que le hacía enorme, profético—. Vos sois grande. Simón de Montfort es grande. Yo soy grande. Estos son tiempos únicos, críticos, y nosotros somos la gente que la Santa Madre Iglesia necesita ahora. Estamos predestinados para esta misión, para salvar la verdadera palabra divina de las turbas que la empañan. Peyre de Castelnou murió en el momento que la Santa Madre Iglesia necesitaba que muriera. Él quería morir, quería dar su sangre por la causa de Dios. Él era un buen siervo de la Iglesia y hoy contempla dichoso nuestras acciones sentado a la diestra de Dios padre. Él es el santo que nos abre el camino para santificar esta tierra de herejes.

Guillermo sabía bien que lo que clamaba el legado sobre Peyre no era cierto, solo la versión que le convenía, pero, prudente, decidió no interrumpir. A Arnaldo no le importaba la verdad, ni que el de Montmorency la conociera. Él imponía los hechos que los demás creerían.

—En este lugar siempre ha crecido la semilla del Maligno. Valdenses, cátaros, incluso retornan los arrianos —continuó Arnaldo abandonando su ampulosa postura para adoptar un tono confidencial—. Y los señores locales han dejado que la mala hierba crezca junto con el trigo. Al no combatir a los herejes permiten la contaminación de buenos cristianos, por lo tanto, son sus cómplices. Los occitanos ya no saben distinguir lo bueno de lo malo. Hacía falta extirpar el mal de raíz.

—Pero Béziers… —murmuró Guillermo.

—Dejad crecer la mala hierba y segadla junto con el trigo, dijo el Señor. Nosotros lo segamos todo en Béziers y el Señor escogió a los suyos en el cielo. —El prior se había erguido de nuevo, declamaba—. Béziers fue cuna de arrianos, incluso tuvo su concilio herético. Nosotros repoblaremos esa ciudad con creyentes limpios y lo mismo haremos con Carcasona. No les sirvieron nuestras prédicas, no escucharon nuestras súplicas, se mofaron de ellas. Ahora es tiempo de hierro y fuego.

El joven caballero escuchaba boquiabierto el discurso del legado papal y empezó a notar que su corazón latía con el mesianismo inflamado del abad. Dios estaba con Arnaldo y su éxito era la prueba. Podía imaginarle predicando a voz en grito por las calles de un pueblo de Occitania o llamando a la cruzada en París. Dijo que no importaban Peyre de Castelnou, los veinte mil de Béziers o los cuarenta mil de Carcasona; todos eran instrumentos del Señor, granos de arena en el camino que pisaba el legado papal. Ni siquiera importaba el propio legado, ni Simón ni Guillermo. Solo la palabra de Dios a través de su esposa; la comunidad de cristianos acerados por el papa, la Santa Iglesia de Roma. El fin último era la preeminencia del santo pontífice, de su Iglesia y ese fin justificaba cualquier medio.

El muchacho se admiraba del poder, de la fuerza de la palabra de aquel hombre, cuya arenga había dispersado sus reparos como el viento de tormenta las hojas en otoño. Guillermo decidió que su lugar estaba junto al legado papal, pero la fascinación que el abad le producía no enturbiaba el pensamiento del muchacho; su obispado dependía de aquel hombre. El legado era impresionante, convincente, pero bien era cierto que a él le convenía dejarse convencer.

—Abad —preguntó cuando este tomaba aliento en su sermón tantas veces repetido—. ¿Qué contiene la carga de la séptima mula?

—La obra del diablo; algo que los enemigos del papa quieren usar para destruir nuestra Iglesia. Es un testamento del Maligno para sus fieles, es la semilla del mal que Satán espera que algún día fructifique.

—¿Qué es?

—Vos encontradla —repuso el abad bajando la voz— y no os preocupéis por lo que no precisáis saber. Ignorarlo no os hará daño.

38

Lo Reís Peyr' d'Arago i es vengutz mot tost,
Ab lui cent cavaliers qu'amena a son cost.

[El rey Pedro de Aragón muy presto ha llegado
con cien caballeros a su costa bien pertrechados].

Cantar de la cruzada, III, 26

—¡Es el rey de Aragón! —gritó alguien.

Y la soldadesca se apresuró al camino para verle. Aquel no era un espectáculo corriente. Yo también corrí, porque nunca antes había visto a un rey y, como el vizconde Trencavel era vasallo de Pedro II de Aragón, ese también era mi rey.

Y lo vi acercarse, las barras rojas sobre gualda bordadas en púrpura y oro en su túnica, sin casco, luciendo su pelo rubio al sol y su gran altura sobre un hermoso palafrén. Era un hombre bello, impresionante. Pero más impresionada quedé al reconocer quién le acompañaba. Junto a él, seguidos por un par de jinetes, cabalgaba Hugo de Mataplana. Por un momento vacilé y creí que el deseo de verle me había jugado una mala pasada, pero enseguida, al girarse para comentar algo al rey, le vi un movimiento tan suyo que era inconfundible. Aun así costaba creerlo; no vestía de juglar, sino de caballero; cota de malla y en su túnica un escudo bordado con un águila negra bicéfala sobre fondo amarillo, que luego supe que era el de los Mataplana. A la guisa de su señor, llevaba la cabeza descubierta y no vi en su boca la sonrisa que yo tanto amaba, ya que su gesto, al igual que el del rey, era serio y preocupado. Me costó reaccionar y cuando a media voz exclamé: «¡Hugo!», ya solo veía la grupa de los caballos y la polvareda que levantaban. Era imposible que me oyera.

Aquello me perturbó; mi corazón latía alocado. ¡Tenerle tan cerca y no poder hablarle! Quería que supiera que estaba viva, que me rescatara de mi cautiverio. De repente, cuando ya empezaba a habituarme a mi nueva condición, aparecía él y mis deseos de amarle, de ser libre, de conocer la felicidad rebrotaban y me hacían odiar la cota de malla, que había sido mi refugio durante los últimos días, y las insignias de los Montfort sobre mi cuerpo. Me parecían insoportables.

Me inquietaba que él me viera con el pelo corto, la piel curtida por la intemperie y aquel indumento tan impropio de mi condición. Pero aun así, decidí esperar a que saliera de la ciudad sitiada.

Pronto me di cuenta de que no podría permanecer horas y horas bajo el sol y que para un desconocido abordar a un caballero que trotaba junto al rey, desde el camino, sería casi imposible. Tampoco la idea de quedar allí expuesta a los ribaldos me seducía, así que decidí regresar a la base de los Montfort en busca de información para, una vez supiera dónde acampaban, reunirme allí con mi trovador. ¡Deseaba tanto que nos encontráramos, que tomara mis manos en la suyas, ver su sonrisa!

Me enteré de que aquel día no se luchaba debido a la presencia del rey y que eso había disgustado al abad del Císter. Pedro de Aragón había llegado con cien caballeros engalanados con sus divisas rojigualdas y los grandes nobles interrumpieron su comida para saludarle con respeto. Invocó la ley feudal exigiendo que se detuviera la ofensiva, ya que el vizconde Trencavel era su vasallo y que agredirle era atacar los derechos reales. Esos argumentos fueron aceptados por los nobles franceses, pero el legado papal Arnaldo recordó que el propio Pedro II era vasallo del papa y como tal debía someterse a su voluntad. Se trataba de una cruzada y Trencavel era protector de herejes. Aun así, el rey de Aragón exigió que se suspendiera el ataque mientras él hablaba con su vasallo, y así se hizo. Fue entonces cuando los vi. También supe que sus acompañantes se habían instalado en un bosquecillo lejano, cercano al río Aude, donde el conde de Tolosa, cuñado del rey de Aragón, tenía su campamento y su mirador para contemplar los asaltos, ya que, a pesar de unirse a la cruzada, aún no había luchado. Allí el rey, después de tratar la situación con el conde, había cambiado su *destrer* de combate por un caballo de paseo y con solo tres de sus caballeros, desarmado, había partido hacia la ciudad. Me dijeron que ese campamento estaba muy lejos, imposible ir andando. Pero yo tenía que llegar, tenía que encontrar a Hugo. Empecé a planear cómo robar un caballo e ir en su busca.

A mi llegada me esperaba Guillermo, que estaba de buen humor y, después de reprocharme la tardanza, me dio un coscorrón. Yo me puse a llorar no por el golpe, sino por la angustia, por la tensión de tener a Hugo tan cerca, pero a la vez tan lejos. Eso le enfureció y yo me escondí en la tienda.

No cené ni deseaba hacerlo. ¿Cómo podría llegar hasta Hugo? ¿Continuaría queriéndome como a su dama en mi miserable condición actual?

39

Lo Reis ditz entre dens «Aiso s'acabara
aisi tot co us azes sus el cel volara».

[El rey repuso entre dientes: «Antes veréis
a los asnos por el cielo volando»].

Cantar de la cruzada, III, 29

Hugo de Mataplana cabalgaba al lado de su señor hacia la llamada puerta de Narbona, de la ciudad de Carcasona. Ese lugar de honor mostraba la confianza que Pedro II tenía en él, sobre todo en asuntos occitanos, y era envidia de muchos nobles catalanes y aragoneses. No en balde, el joven heredero de la casa de los Mataplana se vestía de juglar y andaba los caminos cantando en tabernas, palacios, ciudades y casas de labranza. Era querido en todos los estamentos sociales, conversaba, transmitía noticias y encargos. Con él llegaba la diversión. Pero también hacía circular rumores e ignoraba otros según le interesaba y recogía información, que reportaba tanto al rey como a los grandes señores occitanos vasallos de este. Hugo iba pensando en las difíciles circunstancias de su amigo el vizconde Trencavel y en cómo ayudarlo, sin reparar en aquel paje que, portando la insignia de los Montfort, se quedó mudo de asombro al reconocerlo. En su corazón anidaba un fiero deseo de venganza contra aquellos cruzados que asesinaron a sus amigos de Béziers, entre los que se encontraba su señora en el amor, la Dama Ruiseñor, cuyo bello recuerdo le llenaba los ojos de lágrimas torturándolo día y noche.

—¡El rey de Aragón! —gritaron los soldados desde las almenas, y el vizconde corrió hasta una aspillera, desde donde se divisaba el camino que terminaba en la puerta principal, para verle.

—¡Abrid la puerta! —ordenó ocupándose de organizar un pequeño comité de bienvenida.

Cuando el rey descabalgó, Raimon Roger Trencavel lo recibió hincando la rodilla, pero Pedro II le hizo incorporarse y le abrazó.

—Vayamos al castillo —le dijo.

Y montando al lado del rey, el vizconde les condujo al poderoso castillo pegado al recinto amurallado y que se erguía en el extremo opuesto a la puerta de Narbona. Las gentes vitoreaban a Pedro; la esperanza llenaba los corazones. ¡El rey nos salvará!

Tan pronto estuvieron en la sala de audiencias del castillo, el vizconde Trencavel relató al rey la matanza de Béziers y las barbaridades cometidas por los cruzados. Aquello no era sorpresa para Pedro, pues bien conocía la tragedia que, junto a su sentimiento de responsabilidad por su vasallo y sus súbditos, motivaban su presencia en Carcasona. Pero tenía palabras duras para el vizconde y así le habló:

—En nombre de Jesús, no podéis culparme por esto, pues os lo advertí con tiempo. Os ordené que expulsarais a esos herejes de vuestras tierras o al menos que pareciera que los perseguíais. Que estuvierais a bien con los legados papales, vizconde, estoy muy triste por vos, ya que esos insensatos os han traído tanto peligro y aflicción. Todo lo que puedo hacer es buscar un acuerdo con los señores francos, pues estoy seguro, y Dios lo sabe, de que ninguna batalla con lanzas y escudos os da esperanza alguna, ya que son mucho mayores en número. No podréis resistir hasta el final. Confiáis en la fuerza de los muros de vuestra ciudad, pero está atestada de gente, llena de mujeres y niños; os faltará el agua. Realmente, lo siento mucho. Estoy terriblemente apenado y por el afecto que os tengo y por nuestra vieja amistad, si me dejáis intentar mediar, haré todo lo que pueda por vos, menos cometer deshonor.

Todos quedaron en un silencio que contrastaba con la algarabía de las gentes que fuera del castillo continuaban vitoreando al rey como salvador. Hugo observó la expresión de los asistentes; allí estaban los nobles montañeses, todos los de la Montaña Negra, encabezados por Peyre Roger de Cabaret, también muchos de los de Corbières y el Minervoise. Esos habían acudido en ayuda de su señor mientras que los de las tierras llanas, los que estaban en el camino de la cruzada desde Béziers a Carcasona, no teniendo la menor posibilidad de resistencia, se apresuraron a mostrar su sumisión al abad Arnaldo tan pronto conocieron que Béziers había sido arrasado. Sabían que el rey Pedro nada podía hacer militarmente en ayuda del vizconde; los cien caballeros que trajo consigo, unidos a los quince mil combatientes efectivos de Carcasona, no eran cifras contra un ejército de doscientos mil.

La respuesta del vizconde no podía ser otra:

—Señor, podéis hacer de la ciudad y de lo que en ella hay lo que mejor consideréis, pues somos vuestros como lo fuimos de vuestro padre, que tanto nos quiso.

El rey regresó, junto a sus caballeros, al campamento y, dirigiéndose al duque de Borgoña, requirió que se congregara el consejo de los altos nobles. Al poco se reunían el conde de Nevers, el de Saint Pol, el senescal de Anjou y el propio duque.

Pedro les pidió condiciones favorables para que su vasallo pudiera someterse a la autoridad de la cruzada. Ellos respondieron que, como señores feudales ligados a un juramento y a unas reglas de fidelidad, admiraban sus esfuerzos por el vizconde y que contaba con todas sus simpatías, pero que estaban sometidos a la autoridad del papa, a través de su legado el abad del Císter, y que nada podían decidir.

Hicieron llamar al legado Arnaldo, viejo conocido del rey, por haber sido antiguo abad de Poblet. Pedro hubiera querido evitarle como interlocutor en la negociación; no le apreciaba personalmente, conocía su talante rígido y ya habían chocado con anterioridad por asuntos relativos a Poblet, pero no tenía otra alternativa.

Al cabo de horas de discusión en las que el abad exigía una rendición sin condiciones, este, ante la presión de Pedro, que era un soberano bien visto por el papa Inocencio III, cedió, aunque solo en lo mínimo.

—El vizconde de Carcasona y doce de sus caballeros podrán salir de la ciudad con todo lo que quieran llevar con ellos —sentenció el abad—. Todo lo demás quedará a merced de la cruzada.

Pedro, resentido, clavó sus ojos en el legado. Esa era una concesión que, por lo humillante, insultaba al vizconde y al propio rey que negociaba por él. ¿Quién podría creer que un caballero como Raimon Roger Trencavel se salvaría a costa de abandonar a los suyos?

—Antes veréis los asnos por el cielo volando —repuso Pedro airado—, a que el vizconde acepte tal felonía.

Y continuó porfiando por unas condiciones mejores, más allá de lo que su dignidad le aconsejaba, hasta que entrada la noche tuvo que retirarse al campamento del conde de Tolosa. No logró nada más para su vasallo.

El rey se sentía vencido. Estaba triste y profundamente enojado. Hugo lo estaba mucho más.

40

Trastotes vius escorgar e el eis s'aucira;
ja al jorn de sa vida aicel plait no pendra
ni.l pejor hom que aia no dezamparara.

[Antes se dejara arrancar la piel en vivo o se
matara ya que tal plato jamás probaría en su
vida pues ni al peor de los suyos desamparara].

Cantar de la cruzada, III, 29

Pronto, en la mañana siguiente, tragando hiel, el rey entró en Carcasona otra vez entre vítores de la ciudadanía que pronto se extinguieron al ver la expresión real.

El vizconde, rodeado de sus nobles, escuchó en silencio a su soberano. Al terminar este, dijo:

—Señor, antes de abandonar a los míos, me dejaría arrancar la piel a tiras.

Los ojos de Hugo se llenaron de lágrimas. No por esperada la respuesta de su amigo dejaba de ser gallarda y admirable.

—De ese plato no probaré, puesto que jamás desampararía ni al peor de mis hombres —continuó el noble—. Idos, señor, que ya sabré defenderme.

Pedro apretó las mandíbulas, impotente. Su corazón le pedía quedarse allí, pero estaba obligado con el resto de sus vasallos y, aun deseándolo, no podía en aquel momento enfrentarse al legado del papa. Abrazó a Raimon Roger Trencavel, sabiendo que era la última vez que vería vivo a aquel caballero modélico y, sin decir más, salió de la ciudad rodeado de un silencio que contenía mil reproches.

No se detuvo para despedirse de los cruzados, solo lo hizo de su cuñado el conde de Tolosa y junto a sus cien caballeros, entre ellos Hugo de Mataplana, emprendió un amargo camino hacia sus tierras rezando por el vizconde, por sus vasallos y rumiando venganza. No era el único en su comitiva con ese deseo.

Desde el momento en que Bruna vio a Hugo, no dejó de pensar en cómo reunirse con él. Era imposible entrar en Carcasona, pero se dijo que tarde o temprano regresaría al campamento del conde de Tolosa, donde se encontraban los caballeros del rey. Bruna pasó la noche en un duermevela angustioso. Había guardias en las caballerizas, Guillermo dormía en su misma tienda y Jean, el escudero, siempre estaba cerca. Tampoco parecía factible robar un caballo en la noche, porque, aparte de los centinelas, le sería difícil orientarse en la oscuridad sin tener a quien preguntar.

Al día siguiente, los cruzados se levantaron perezosos. La tregua decretada por el rey de Aragón continuaba, pero a media mañana el duque de Borgoña convocó asamblea de nobles y tanto Guillermo como Amaury se apresuraron a acudir.

Bruna aguardó un tiempo prudente, esperó a que Jean se ausentara, fue a los establos y pidió el *destrer* de Guillermo diciendo que este le había ordenado que se lo llevara hasta la tienda del conde de Nevers. Los mozos no sospecharon nada; sabían que Bruna era paje de Guillermo y esta lucía en su sobrevesta el león de los Montfort.

Condujo el caballo por las bridas hasta alejarse lo suficiente, para entonces montarlo y dirigirse al camino de Narbona y preguntar por el campamento de Tolosa. Lo encontró a la orilla del Aude y cuando los centinelas le detuvieron, dijo llevar un mensaje para Hugo de Mataplana, caballero del rey.

—Todos los caballeros de Aragón se fueron hace horas con su rey —respondió el guarda—. Llegáis tarde.

Un nudo se formó en la garganta de Bruna. ¡No podía ser! ¡No podía perderle ahora que estaban tan cerca!

Preguntó hacia dónde fueron, sin que supieran indicarle si habían tomado el camino de Narbona o el de Limoux, o si decidieron regresar por Foix. Insistió en que su mensaje era muy urgente e importante y que alguien debía de saber en el campamento hacia dónde fueron. Tuvo que esperar y al fin la llevaron ante el mismísimo conde de Tolosa, que la recibió sin duda curioso por un mensajero de los Montfort que hablaba occitano oriental y que tenía misiva urgente para un caballero del rey de Aragón.

—El recado es muy importante, señor —afirmó Bruna decidida a llegar hasta donde fuera preciso con tal de encontrarse con Hugo—. Es urgente que lo entregue.

—Mucho camino tendréis que recorrer —afirmó el conde—. Mi cuñado, el rey, partió ofendido, triste y furioso, al galope con sus caballeros. Dijo que regresaba a sus dominios, pero tanto podía dirigirse a Montpellier, a Perpiñán o a Huesca. ¿De qué se trata eso tan urgente?

Se trata de amor, estuvo a punto de responder Bruna al taimado conde, pero al fin lo hizo con una evasiva dejándole pensativo tejiendo hipótesis e intrigas.

Ella regresó al camino y, al llegar a la encrucijada que le conducía al campamento, sopesó la posibilidad buscar a Hugo en aquel país en guerra. Al fin, comprendiendo que no tenía los medios y que sería una locura, estalló en llanto. Había perdido a Hugo de nuevo.

41

Peireiras e calabres n contra'l mur dressetz,
que'l feron noit e jorn, e de lonc e de letz.

[Petrarias y catapultas disparan contra los muros
hiriéndolos día y noche, a lo largo y al través].

Cantar de la cruzada, III, 25

La rutina guerrera se restableció al día siguiente de la partida del rey. Desayuno, misa; los monjes cubiertos de capucha cantando el *Veni Creator Spiritus* mientras portaban sus largas cruces en procesión hasta las cercanías de la ciudad, las catapultas y petrarias a pleno rendimiento sobre los muros enemigos mientras los ribaldos y mercenarios se preparaban para el asalto. Los frailes iban aumentando el vigor y potencia de su canto hasta llegar a un verdadero éxtasis, al paroxismo. Los combatientes, contagiados por la fuerza, cantaban con ellos.

Guillermo premió mi escapada solo con un coscorrón, interpretando que había salido a dar un paseo con su caballo cual paje audaz que desea experimentar un *destrer*, caballo poderoso entrenado para el combate. Estaba de buen humor y, sonriente, puso su mano en mi hombro y me dijo que lo entendía, pero que la próxima vez debía pedirle permiso.

La actitud de Guillermo había cambiado de forma sorprendente desde su encuentro con el abad del Císter y esta vez se preparó para la batalla. Jean estaba aún convaleciente y fui yo quien le ayudé como pude. Me dijo que podía ver el combate desde lejos; él lucharía sin escudero, puesto que a mí me faltaba aún mucho para serlo.

El burgo de San Miguel estaba colocado al sur de la ciudad. Era más antiguo y sus defensas estaban bastante mejor consolidadas que el de San Vicente. Tenía un foso seco mucho más amplio y profundo, sus muros eran de piedra con saeteras colocadas estratégicamente y rematados con aspilleras de madera. Incluso muchas de sus casas estaban construidas con sólidos sillares. Tenía una única puerta exterior que daba al sur con puente levadizo, la del camino de Foix, y otras que comunicaban, a través de una rampa pronunciada, a la ciudad, situada en posición más elevada. Me dije que no sería tan fácil apoderarse de ese suburbio.

Pero los asaltantes, envalentonados con su éxito anterior, lanzaron el mismo ataque. Los arqueros apoyaron a las máquinas de guerra que castigaban las defensas. Sonaron chirimías, tambores, trompetas y gaitas, y entonando la misma melopeya enardecida que los monjes, los ribaldos y mercenarios se lanzaron a la carrera hacia el foso con sus largas escaleras de asalto, mientras otros intentaban cubrir parte de este con tierra y maderas para poder usar los arietes.

Pero la consistencia de los muros y la lluvia de piedras y flechas lograron derrotar una vez y otra a los asaltantes, dejando atrás cientos de muertos y heridos.

Los caballeros, listos para el combate ante la improbable circunstancia de que el vizconde intentara un asalto de caballería e impacientes a la espera de que las defensas del burgo ofrecieran una brecha para entrar, intentaron un par de cargas inútiles para apoyar a los infantes y distraer a los defensores, desde los fosos.

En la última, la montura de uno de los jinetes fue alcanzada por varios dardos, se derrumbó aparatosamente y arrastró al caballero al fondo de la zanja. Este, herido en una pierna, intentaba salir de allí sin que la pendiente se lo permitiera. A esa distancia de las saeteras de la muralla estaba perdido. Uno de los arcos largos tipo inglés, o una ballesta, traspasarían su malla y lo clavaría contra el suelo sin ningún problema. Los del burgo empezaron a disparar a un blanco tan fácil y la angustia se apoderó de los asaltantes, que se habían resguardado fuera del alcance de los dardos. Los arqueros cruzados intentaron cubrirle, pero los de las almenas, bien parapetados, les hicieron retroceder con varias bajas. El caballero estaba condenado a muerte.

Entonces, otro jinete se lanzó al galope desde las líneas cruzadas, bajó al foso por un lugar practicable, a través de una lluvia de flechas y rocas, y al llegar al herido saltó de su caballo con la única protección de su escudo. El animal continuó su galope hasta ponerse a salvo y quedaron los dos caballeros. Uno intentaba arrastrar al otro por el empinado talud y ambos trataban de cubrirse de las flechas que caían a su alrededor con unos escudos ya horadados en varias ocasiones.

La situación era angustiosa. El audaz que había acudido al socorro del herido a duras penas podía arrastrarle cuesta arriba y ambos parecían condenados a muerte. Solo se precisaba un dardo bien atinado. Entonces, corrió la voz con el nombre del héroe. ¡Era el viejo Montfort! ¡Simón de Montfort!

En ese momento, una flecha emplumada alcanzó el hombro del hombre herido haciendo la situación imposible, ya que este, incapaz de gatear, pasó a ser peso muerto.

Pero un tercer caballero se lanzó a tumba abierta por el mismo camino que tomó el anterior y entre los vítores de los cruzados repitió el salto. Me quedé helada al ver que se trataba de Guillermo. Y temí, temí por él y por mí misma si él moría. Me puse a rezar. ¡Qué locura! El viejo Simón se había metido en una trampa sin salida y ahora Guillermo, para demostrar su valor, hacía lo mismo. En aquel momento estaban los tres cubriéndose con unos escudos que para las saetas emplomadas de las ballestas eran poco más sólidos que pergamino. Pero algo ocurría. El valor es tan contagioso como el miedo y los cruzados se pusieron a gritar: ¡Montfort! ¡Montfort! Los soldados se acercaron al foso para cubrir con sus escudos a los arqueros, que se les unieron, acosando con sus saetas a los sitiados que disparaban desde las almenas. Entonces, vi que Guillermo tenía atada a su cinto una cuerda cuyo otro extremo debía de estar anudado a la silla de su caballo, que, azuzado por Amaury, iba tirando de ellos y sacándoles del foso.

El clamor fue creciendo hasta hacerse inmenso cuando los tres caballeros lograron alcanzar una zona a salvo de las saetas del burgo.

Mi pecho exhaló un suspiro de alivio y mis ojos se cubrieron de lágrimas. ¿Tanto temía por Guillermo? ¿Por qué ese deseo angustioso de que se salvase? ¿Por qué dependía tanto de él? Me inquietaba pensar que hubiera algo más.

42

Mais l'aiga lor an touta e los potz son secatz
per la granda calor e per los fortz estatz
per la pudor dels homes que son malaus
tornatz...

[Perdido el acceso al río y con los pozos secos
y con el gran calor del riguroso verano
y con el hedor de los que enfermaban...].

Cantar de la cruzada, III, 30

Aquella noche el abad del Císter citó a Guillermo en su pabellón. No era para felicitarle.

—Guillermo de Montmorency —le increpó tan pronto entró en su tienda—, tenéis una misión que cumplir y esta no es dejaros matar bajo los muros de Carcasona.

El caballero calló y, acercándose al abad Arnaldo, hizo una genuflexión para besarle la mano.

—Debéis recuperar los documentos de la séptima mula. Dejad para otros el asalto de la ciudad. Todos saben que sois un valiente digno de los Montfort. No más locuras.

El legado papal se sentó y con un gesto invitó a que Guillermo hiciera lo mismo. Los asientos continuaban separados por una mesilla colocada bajo el enorme crucifijo con el Cristo doliente.

—Decidme —continuó el abad—, ¿qué pistas hay sobre los que robaron la mula?

Guillermo le mantuvo la mirada antes de contestarle.

—Vos los conocéis, legado. Sabéis quiénes fueron y también que su botín les fue arrebatado.

—Os recuerdo que estáis bajo juramento y que nada podéis comentar a otros de lo que descubráis en vuestra misión.

—Mi primo sabe de ella, le interrogué.

—¿Y habló?

—¡Claro que sí! —exclamó Guillermo intentando proteger a Amaury—. No hay secretos entre nosotros y no tuvo más remedio; las pruebas son abrumadoras.

—Bien —dijo el legado pensativo—. Esperaba que tarde o temprano lo supierais. Que sea pronto habla bien de vos y os hace digno de la misión. ¿Qué más habéis descubierto?

—Poco más de lo que os he dicho, señor. —Y calló un momento para que creciera la expectación—. Y poco más sabré si vos continuáis ocultando lo que debo saber. Investigo a ciegas. ¿Qué es eso de «el testamento del diablo»?

—Decidme antes qué habéis averiguado.

—Que alguien arrebató la séptima mula a los asesinos de Peyre de Castelnou.

—Eso lo sé —gruñó el abad impaciente—. ¿Qué más?

—Que no eran ladrones vulgares, ya que ni se llevaron los caballos ni querían las pertenencias de los asaltados. Conocían el contenido de los fardos.

—De acuerdo. ¿Qué más?

—Los que abordaron a mi primo estaban siguiendo a Peyre de Castelnou a cierta distancia. No creo que pretendieran matarlo, pero sí arrebatarle la carga de la séptima mula. Se vieron sorprendidos y reaccionaron asaltando a los asesinos. Al principio, pensé que serían agentes del conde de Tolosa.

—Tengo al conde tan asustado con la cruzada que nos hubiera devuelto los fardos de tenerlos. Acusó a su sobrino el vizconde Trencavel.

—No fue el vizconde.

—¿Quién, pues?

—Las huellas de algunos caballos de los asaltantes tenían una marca muy curiosa.

—¿Cuál?

—La de los templarios.

—¿Templarios? ¡No puede ser! —exclamó asombrado el abad—. El Temple apoya la cruzada.

—Pero no participa.

—Su misión está en Tierra Santa. Aquí solo tienen encomiendas que generan recursos económicos para sostener el esfuerzo en Oriente. ¿Quién os ha dicho eso? ¿Cómo sabéis que no os engañan?

—Algunos de los frailes que acompañaban al abad Peyre siguieron el rastro de los atacantes y llegaron hasta donde estos habían sido a su vez asaltados. Entre las nuevas improntas de herraduras estaban las de los templarios. Seguramente iban en dos grupos, pero dado el inesperado cambio de dueños de la séptima mula, los del segundo grupo, que no esperaban intervenir, solo apoyar, los de las herraduras marcadas, se vieron obligados a hacerlo. Por eso dejaron las huellas del Temple muy a su pesar. Esas marcas tienen por objeto evitar robos, y lo hacen tan bien que uno de los frailes de Fontfreda, antiguo hombre de armas que ha recorrido toda Occitania, pudo, incluso, reconocer el signo que las diferencia. Pertenecen a la encomienda de Douzens.

—¡Douzens! —exclamó Arnaldo como si de repente viera la luz.

—¿Qué hacían templarios de Douzens en una ruta tan

apartada? —insistió Guillermo—. Esa es zona de la encomienda templaria de Saint Gilles o, incluso, de la de Montpellier. Hasta la de Pézenas está más cercana. Los de Douzens tenían una misión que cumplir.

—¡Douzens! —repitió el abad del Císter.

Percibiendo que la noticia tenía para el legado un significado que a él se le escapaba, Guillermo se mantuvo callado y expectante. El abad se levantó de su asiento para pasear pensativo por la tienda. El joven se puso en pie respetuoso.

—Douzens es quizá la encomienda templaria más antigua de Occitania. Fue donada al Temple por las familias Barbaira y Canet a instancias e imitación de Roger de Béziers, tío abuelo del vizconde Trencavel que tenemos tras los muros de Carcasona —informó el abad—. Conozco al comendador actual, Aymeric, que es nieto de los Canet donantes. Estuvo en Tierra Santa y hay rumores de que es uno de esos templarios herejes.

—¿Templarios herejes?

—Sí. A raíz de la gran derrota de Hattin, en Palestina, una facción del Temple consideró traidor al gran maestre, acusándole de temerario y de debilitar con su acción a la cristiandad. Al año siguiente se consumó la ruptura entre esos templarios disidentes, que se creen iniciados en un mayor saber, con los que obedecen al papa, pero muchos de esos herejes continúan en la orden, ocultos, en secreto, y parece que ese tal Aymeric es uno de ellos. La conjura admite a seglares y Trencavel la apoya.

—¿Pero qué contienen esos documentos?

—La obra del diablo.

—¿Qué dicen?

—La mayor de las herejías.

—¿Cátaros?

El abad Arnaldo rio de mala gana.

—¡No! —exclamó después—. Es mucho más peligrosa; es una variante de la herejía arriana —y el legado bajó la voz para continuar— y esos documentos pretender demostrar, dar legitimidad escrita, a esas ideas diabólicas.

—Los arrianos niegan la consustancialidad del Hijo y el Padre.

—¡Exacto! —el abad volvió a levantar su voz—. Consideran a Cristo superior a un profeta mortal, pero sin alcanzar la divinidad. Y eso les iguala a judíos y mahometanos. Lo que hace única nuestra fe es la divinidad de Jesucristo, su muerte física en la cruz, su resurrección y ascensión a los cielos. Occitania es tierra de arrianos, siempre lo ha sido. Béziers fue incluso sede de concilio herético. La lucha contra ellos ha sido constante en estos lugares y esa herejía del diablo siempre vuelve a rebrotar. Ese es el verdadero peligro y es por ello por lo que debéis recuperar esos documentos, ya que con ellos Trencavel y los demás conjurados quieren destruir nuestra Iglesia. Id a ver al templario Aymeric y averiguad dónde los oculta. Hacedle entrar en razón. Si no lo hace por las buenas, lo hará muy a su pesar.

—Dejadme unos días para ver el final del sitio —suplicó Guillermo.

—Carcasona caerá muy pronto —afirmó el abad—. Sin el apoyo del rey de Aragón, nada pueden hacer. Cuando tomemos el burgo de San Vicente, nos limitaremos a esperar. Con este calor y sin agua se rendirán en pocos días.

—Cuando caiga el burgo, saldré para Douzens.

—Recordad, Guillermo, cuán importante es vuestra misión —dijo solemnemente el abad—. Os confiaré un secreto.

El legado bajó la voz y Guillermo se acercó para oír la confidencia.

—Aunque la cruzada es contra los cátaros, su fin último es otro. —El joven contuvo el aliento a la espera de la revelación—. El objetivo es recuperar esos legajos del diablo y acabar con los nobles y eclesiásticos que están tras ese complot arriano que pretende destruir nuestra Iglesia. Ese peligro es cien veces mayor que el de los cátaros. Id, hablad al templario Aymeric en mi nombre, que es el del papa, y que os diga dónde están los documentos. Tenéis mi autoridad.

Guillermo se despidió ofreciendo todas las muestras de respeto y sumisión que el legado esperaba, pero se dijo que forzosamente tenía que haber mucho más en aquellos documentos de lo que el abad le contó. Arnaldo continuaba ocultándole información.

Aquella noche no pudo dormir bien. ¡Qué terrible sería la carga de la séptima mula! Recordaba la sangre de Béziers y sabía que la carnicería solo había empezado. ¿Cuántas muertes se precisaban para acallar al diablo?

43

Bien salieron den çiento que non parecen mal,
en buenos cavallos a cuberturas de çendales
e en las manos lanças que pendones traen.

[Cien caballeros partieron que no lucían mal,
portando lanzas que ondeaban sus pendones
en buenos caballos con gualdrapas de cendal].

Poema de mio Cid

La cabalgata de los cien caballeros engalanados con gallardetes y oriflamas regresó tan triste como el rey al que escoltaba. La ruta hacia Cataluña se hizo por el camino de Narbona, entre largos silencios.

Pedro lo había intentado todo, traspasando incluso el límite de su propia honra, para salvar a su vasallo, el vizconde, y había fracasado. Su corazón le pidió incluso suplicar: casi lo hizo, pero la convicción de la inutilidad del intento se lo prohibió. Sentía una profunda frustración por no haber podido hacer más por su gentil vasallo, el vizconde Trencavel.

Si bien reprochó en público al vizconde no haber complacido a los legados papales, sabía que la actitud despreocupada y generosa de este con sus vasallos, incluida la permisividad religiosa, era la propia de su ideal caballeresco. Además, la dureza del legado papal había sido excesiva y desproporcionada en opinión del rey. Rayaba en el insulto personal. Aunque no debiera haber esperado mucho más de Arnaldo, al que bien conocía del tiempo en que fue abad de Poblet.

Hugo de Mataplana se sentía mucho peor. En las noches, tendido mirando las estrellas, en las nubes del cielo diurno, en el agua del río, en todos los lugares veía los ojos verdes y la melena negra de aquella damita que le enamoró. Recordaba su risa, el tañer de su vihuela, la voz con la que cantaba, su mirada pícara, su determinación en hacerle a él su caballero y la audacia con la que lo consiguió.

Si al principio solo era desdén lo que le producían aquellas gentes altaneras venidas del norte que, luciendo cruces en el pecho, destrozaban la civilización occitana, ese sentimiento se había convertido en algo sólido que le oprimía la boca del estómago, como si se hubiera tragado una piedra y la tuviera clavada justo allí.

Su corazón estaba en duelo por su dama y aquella pena se transmutaba en un odio feroz hacia los cruzados que crecía por momentos. Apretaba los puños con rabia al pensar en ellos, y sus ojos se humedecían al hacerlo en ella. Aquellos eran motivos más que suficientes para que Hugo consagrara su vida a luchar contra los invasores, pero había más...

La forma en que el abad del Císter trató a su señor, el rey, la certeza de la ruina de Carcasona y la muerte inevitable de su amigo el vizconde exasperaban hasta el límite ese sentimiento desesperado que le hacía enloquecer de rencor. E impotencia.

Al segundo día de camino, por la mañana, no pudo resistir más. Puso, entonces, su montura junto a la de Pedro II y le abordó sin ningún protocolo, con la confianza de un compañero de armas.

—Formemos un ejército, mi señor —le dijo—. Vayamos

al socorro de vuestros vasallos. Entremos en guerra contra los cruzados. Pongo a vuestra disposición mi herencia de Mataplana.

El rey, que contra su natural expansivo se había mantenido extrañamente callado desde la salida de Carcasona mostrando disgusto y rencor, le miró con sonrisa triste.

—Bien quisiera poder hacer lo que decís, Huget. —Pedro usaba el diminutivo cariñoso que se aplicaba al heredero de los Mataplana—, pero como rey de Aragón y conde soberano de Barcelona, debo responder a razones de Estado y no a lo que dictan mis sentimientos.

—Los señores franceses y ese maldito Arnaldo han despreciado vuestro rango y valor. —Hugo dejó que su emoción se desbordara. Deseaba que el rey sintiera como él—. Hemos hecho el ridículo.

—No, Huget. Los grandes señores franceses mostraron su cortesía y respeto hacia mi persona; detuvieron los ataques contra Carcasona cuando yo lo requerí. Fue el abad del Císter, el legado papal, quien, en nombre de mi señor, Inocencio III, impuso su voluntad. Y yo no puedo hacer nada contra eso.

—¡Usad vuestras armas!

—¿Contra el papa? Soy su vasallo, le juré fidelidad en Roma.

—¡Sí! —repuso Hugo con pasión—. Deponed vuestro vasallaje, independizaros. Vuestros nobles os apoyaremos.

El silencio pensativo con que acogió el rey la soflama de Hugo le hizo pensar a este que la idea no le era nueva a su señor y que esa posibilidad frecuentaba sus silencios desde la salida de Carcasona.

—No, Huget. Tengo una obligación mayor aún que la que debo a mis vasallos de Occitania.

—¿Cuál?

—Con el rey Alfonso de Castilla.

—¿Vuestro primo?

—Desde que solventamos nuestras disputas, siempre hemos cabalgado juntos y tenemos un pacto de sangre. Hay noticias de que los almohades están reuniendo en el norte de África fuerzas ingentes para invadir al-Ándalus y después los reinos cristianos. El pacto y la convivencia han sido posibles con los sarracenos, pero los almohades, aunque también musulmanes, son fanáticos e intransigentes y no quieren más que imponer su religión por la fuerza de sus armas. Tardarán un año, quizá dos, pero caerán sobre Castilla y, si el reino se hunde, continuarán hacia León, Navarra, Aragón y Cataluña. Le he prometido a mi primo que cuando eso ocurra acudiré con mis ejércitos y nos enfrentaremos a ellos, los dos juntos y en territorio musulmán, sin dejarles penetrar en Castilla. Entonces precisaremos que el papa declare nuestra lucha cruzada y que vengan a ayudarnos gentes del norte. ¿Os dais cuenta? Si entro en conflicto abierto contra los cruzados del papa, los guerreros de Cristo, como ellos se hacen llamar, seré excomulgado, como lo fue el conde de Tolosa, y nos atacarán. La guerra durará años, Aragón y Cataluña se debilitarán y no tendré fuerzas para detener a los almohades. Si lucho contra los del norte, haré que los del sur nos arrasen.

—¿Preferís a vuestro primo de Castilla antes que a vuestros vasallos de Occitania?

—Prefiero que la cristiandad derrote a la media luna.

Ambos continuaron el camino, uno al lado del otro, en un silencio pensativo por unos momentos. Después, el rey añadió:

—Vos, Huget, sabéis mejor que nadie que hoy, y en especial a causa de los últimos sucesos, no me puedo enfrentar al papa.

Hugo apretó sus mandíbulas con rabia. Lo sabía, pero él no era rey y sí podía buscar venganza contra los que tanto daño le causaban.

44

Cel de la ost s'acesman per umplir les valatz
e fan franher las brancas e far gatas e gatz.

[Los de la hueste se afanan para los fosos llenar y hacen cortar troncos y gatas y gatos montar].

Cantar de la cruzada, III, 30

A la vista del fracaso del día anterior asaltando el burgo de San Miguel de Carcasona, el consejo de los grandes señores que se reunía en el pabellón del conde de Nevers acordó una nueva estrategia. El día siguiente empezó en apariencia con la misma rutina, bendiciones, cánticos, tambores, chirimías y las petrarias golpeando los muros mientras los arqueros trataban de dificultar la labor de los defensores para que los ribaldos y mercenarios pudieran escalar los muros. Pero la atención de los nobles estaba puesta en varios puntos del foso del burgo, lejanos a las altas murallas de la ciudad y de las torres que flanqueaban la puerta del camino a Foix. Allí, los zapadores se esforzaban en rellenar el hueco y afianzar caminos sobre el foso hasta los lugares que parecían más vulnerables, mientras los carpinteros trabajaban incansablemente desde la tarde anterior construyendo una gata.

Una gata es un gran cobertizo sobre ruedas que protege a los soldados contra las piedras, flechas y fuego que se les lanza desde lo alto de las murallas. Tiene un pronunciado tejado a dos aguas para que reboten las rocas sin que causen grandes daños a su estructura y a veces esconde un ariete que revienta una puerta o muros si no son muy fuertes, o un gran punzón metálico que, haciéndolo bascular, ayuda a horadar las paredes de piedra. La que se preparaba contra las defensas del burgo de San Miguel, también llamado Castellar, era de las de punzón y muy grande, tanto que cabían treinta zapadores bajo su protección. Se habían sacrificado caballos heridos el día anterior, se habían despellejado sus cadáveres y con los cueros sangrientos se cubrió el tejado y los laterales de la gata. Además, la rociaron de orines fermentados y de esta forma la gata quedaba protegida del fuego.

Consolidados un par de pasos sobre el foso, se eligió el que ofrecía mejores posibilidades y, entre chirridos, maldiciones y cánticos, aquel enorme monstruo sangriento y maloliente se puso a andar. Primero, tirado por caballos hasta llegar al radio de acción de los ballesteros enemigos. Allí se recubrió el tejado con una nueva provisión de pellejos frescos y líquido nauseabundo. A partir de aquel punto, fueron los zapadores desde el interior los que hicieron mover el artilugio. Y así empezó a andar aquel monstruoso ciempiés sobre toscas ruedas, que dejaban un reguero de sangre y orina, hacia los muros del Castellar.

Parecía como si todo se detuviera en la batalla para ver aquello. Los defensores concentraron en la zona sus mejores arqueros y máquinas de guerra y lo mismo hicieron los atacantes. Piedras, flechas, teas encendidas llovían sobre aquel animal apocalíptico que de cuando en cuando soltaba un muerto o un herido cual si defecara y de inmediato otro corría a sustituirlo. Los dardos emplomados de las ballestas eran tan potentes que en ocasiones atravesaban los tablones cubiertos de cuero que defendían el frontal de la gata, ensartando a sus porteadores, mientras los arqueros atacantes, que seguían al artilugio cubriéndose tras él, efectuaban breves salidas para disparar a las almenas.

Al fin, traqueteando, suspirando como un animal vivo, el ingenio tocó el muro del burgo y la actividad se hizo frenética. Era una lucha contra el tiempo. Los zapadores, para hacer un hueco bajo la pared y los defensores, para quemar el artilugio y abrasar a los topos. Los asediados lanzaban ganchos que, unidos a cuerdas movidas con mecanismos de poleas, pretendían tumbar la gata y así privar de protección a los que cavaban. Sin embargo, no por eso cesaban de arrojar rocas, teas encendidas y cubos de sebo y aceite ardiendo que se desparramaba en llamas por el tejado cubierto de pieles, goteando fuego por los lados.

Los de abajo golpeaban la pared con su enorme lanza y cavaban después con picos y palas. Su única salvación era hacer un hueco donde esconderse bajo el lienzo de muralla antes de que la gata se colapsara hecha una bola de fuego sobre sus cuerpos. Mientras, los arqueros de uno y otro bando se ensartaban entre sí tratando de entorpecer las acciones enemigas.

Yo contemplaba con horrorizada fascinación aquel espectáculo sobrecogedor. Se me antojaba salido de una pesadilla horrible, pero a mi lado Guillermo gritaba y vitoreaba entusiasmado con cada lance. El hecho de que el abad del Císter le hubiera prohibido entrar en acción no le impedía disfrutarla. Al caer la tarde, la gata se derrumbó definitivamente, hecha una bola de fuego, entre los vítores de los defensores. Miré a Guillermo y me sonrió satisfecho.

—Demasiado tarde —dijo—. El gusano ya entró en la manzana.

Fue una noche de actividad intensa. Se oía el repiqueteo de los zapadores desde las entrañas de los muros, pero el trabajo peligroso estaba fuera, transportando vigas y riostras para apuntalar los techos de las minas que iban abriendo bajo las defensas. Docenas de porteadores caían bajo las flechas lanzadas desde arriba, pero a los nobles no les importaba; la suerte del burgo estaba decidida.

Al amanecer, los zapadores habían horadado la base de una zona muy amplia de murallas que ahora se sostenían precariamente sobre maderos untados de sebo, grasa de cerdo, aceite de oliva y otros materiales inflamables. Cuando los huecos estuvieron llenos de ramas secas y paja, los incendiaron y en cuestión de segundos surgió una intensa humareda. Al poco, brotaron las llamas y el rugido del fuego fue elevándose entre un silencio expectante. Después de varios siniestros crujidos, sonó el gran estruendo y las murallas se vinieron abajo sobre el foso, mientras los cruzados gritaban jubilosos. Ya se veía el interior del burgo y la caballería cargó de inmediato seguida por los infantes, mientras los cánticos de *Venites creatiorium spiritus* se elevaron al cielo.

—Mañana nos vamos de aquí —me dijo Guillermo—. La caída de Carcasona es cosa de pocos días.

Aunque los occitanos presentaron una fiera batalla y hubo gran mortandad, los supervivientes del burgo tuvieron que retroceder y encerrarse tras los altos muros de la ciudad. Pero por la noche tomaron su venganza y saliendo por sorpresa, cayeron sobre la guarnición que los cruzados habían dejado en el arrabal conquistado, exterminando a casi todos. Sus gritos despertaron a los del campamento, que contraatacaron a toda prisa, encontrando poca resistencia, al refugiarse los de Carcasona tras los muros para evitar pérdidas. Los invasores se aseguraron de fortalecer la guarnición en previsión de nuevas incursiones.

—Están donde queríamos —me comentó mi amo—; cuarenta mil hacinados tras los muros, muchos heridos y sin espacio ni agua. Y en pleno agosto.

45

Judex ergo cum sensebit
quidquid latet apparebit.

[Cuando el juez haya juzgado,
todo lo oculto saldrá a la luz].

Dies irae (El día de la ira)

Douzens

Cuando Guillermo me dijo que el lunes de madrugada saldríamos para Douzens y que se entrevistaría con el comendador del Temple, me dio un vuelco el corazón. Era domingo, el día siguiente a la toma del burgo de San Vicente, y tanto sitiados como sitiadores guardaban el descanso de Dios. Los oficios religiosos y las misas eran las únicas actividades del día.

Yo conocía bien a Aymeric de Canet, el comendador del Temple en Douzens. Tanto que él era mi padrino. Le recordaba de niña, a él y a los insólitos juguetes que me traía de Tierra Santa. Fue allí donde ofreció la mayor parte de su vida a su orden, luchando por la cristiandad, aunque con ocasionales regresos a Occitania para obtener más recursos para el esfuerzo bélico de «los pobres caballeros de Cristo», como les gusta llamarse a los templarios.

La fama de sus valerosos hechos que le precedía abría las bolsas de nobles y burgueses, con lo que las donaciones al Temple se multiplicaban a su llegada. Era muy amigo de mi padre y en uno de sus viajes me llevó en brazos a la pila bautismal. De hecho, después de la muerte de mi progenitor, en virtud de su compromiso ante Dios, él era el responsable de mi bienestar físico y educación espiritual.

Pasaba de la cincuentena y la orden decidió, unos años antes, que el héroe reportaría más victorias económicas al frente de la encomienda de Douzens que las que podría ofrecer en el campo de batalla de Palestina con su brazo debilitado por la edad. A su regreso, pasó un tiempo en nuestra casa de Béziers, y después nos visitaba ocasionalmente, aunque no le había visto en los últimos años. Yo debía de estar muy cambiada y más con mi atuendo de paje franco. ¿Sería capaz de reconocerme?

Él era mi esperanza de librarme del cautiverio y encontrar paz, seguridad y protección. Pero, habida cuenta de que el propio abad del Císter deseaba mi muerte, quizá ni siquiera Aymeric pudiera mantenerme a salvo. ¿Era mi cota de malla y mi aspecto de muchachito una mejor protección? Si el comendador templario me diera su amparo, de inmediato el abad Arnaldo me reclamaría o enviaría sicarios como ya hizo antes. Pero mi padrino no iba a consentir que nada malo me ocurriera, aun a riesgo de su propia vida.

Por eso decidí ocultar mi identidad hasta la noche. Entonces, cuando mi amo durmiera, me daría a conocer en secreto a Aymeric. De esa forma, nadie, fuera de nosotros dos, iba a saber que yo continuaba viva. Tontamente pensé que esa era, sin duda, la mejor opción.

El comendador Aymeric miró el documento que Guillermo le tendía. Lo palpó observando la caligrafía y sellos, al tiempo que arrugaba el ceño como si le costara leerlo. Después, puso sus ojos en el joven, horadándolo con su mirada; ira, pensé, el viejo está indignado, y sentí que su imponente presencia me producía temor y seguridad a la vez. Antes me había mirado fijamente. Por un momento creí que me reconocía, pero sin duda pensó que se engañaba y puso su atención en mi amo y su documento.

Nos había recibido en una salita que parecía servir de paso a lo que debía de ser el refectorio. Douzens era un conjunto de edificaciones rodeadas de muros de protección, lo que se llamaba un *castrum* fortificado, en cuyo centro se alzaba una iglesia encaramada a un roquero. Estaba a más de medio día de camino de Carcasona en dirección a Narbona, dominaba tierras de labor, a las orillas del río Aude, molinos y otras instalaciones agrícolas que no habían sido arrasadas por el vizconde Trencavel en su política de tierra quemada contra la cruzada, porque pertenecían al Temple. Nada de lo que vi en el lugar hablaba de la supuesta riqueza de la orden; la habitación estaba desprovista de muebles, solo había unos bancos de piedra adosados a la pared y un par de ventanucos dejaban entrar la luz exterior.

—Una carta del abad Arnaldo Amalric, el legado papal —murmuró como hablando para sí mismo—, y me pide que os preste toda la ayuda que preciséis en vuestra investigación.

El comendador calló esperando la respuesta de Guillermo. Era enjuto y vestía un simple hábito blanco con una cruz roja sobre el corazón. Su pelo gris, corto, igual que la barba, le daba un aspecto anciano que contrastaba con la firmeza de sus ojos.

—Así es —repuso Guillermo, ufano a causa de la autoridad que el documento le confería.

Había hecho el camino de buen humor. Después de las dos entrevistas con el legado papal parecía que todas sus reservas morales sobre la cruzada y sus matanzas se habían disipado. Algo del mesianismo del abad Arnaldo se había instalado en él.

—Cerca de donde el legado papal Peyre de Castelnou fue asesinado aparecieron pisadas de herraduras —continuó mi amo—. Algunas tenían una marca muy característica: la cruz patada, signo de caballos del Temple. Tengo razones para creer que pertenecían a la zona de Carcasona y Béziers, cuya principal encomienda es la vuestra, la de Douzens. Los asesinos arrebataron al legado unos documentos heréticos y parece que poco después vuestros caballeros templarios atacaron a estos y se los quitaron. Mi misión es recuperarlos para el abad del Císter. La vuestra es informarme de todo lo que sepáis. ¿Están esos escritos en la encomienda?

—Mi misión es informaros de todo lo que sé... —El comendador repitió la frase de Guillermo, ponderándola, paladeándola, y se quedó en silencio—. ¿Y quién dice eso? —tronó después de unos instantes—. ¿Por qué he de ayudaros?

Fue entonces cuando Guillermo se quedó atónito. No se le había ocurrido pensar que el templario podía objetar la autoridad del abad Arnaldo.

—Porque son las órdenes del legado que representa al papa, y el Temple obedece directamente al papa —repuso, ahora cuidadoso—. Por lo tanto, debéis obedecer a Arnaldo, y a mí, que lo represento.

—¿Que os debo obedecer? ¿De dónde sacáis tal estupidez?

—Del documento que acabáis de leer. Habéis reconocido los sellos, conocéis al legado papal. Debéis obediencia al papa y a su legado Arnaldo.

—Cierto que obedezco al papa, pero antes al Ser Supremo —repuso el templario—. Mi alma pertenece a Dios y en ella leo sus designios. Además, sin duda el papa debe de ignorar las atrocidades que esta matanza, que esa indignidad, a la que os atrevéis a llamar cruzada, representa.

—Esto es herejía gnóstica. Es antes el papa y la ortodoxia de la Iglesia que vuestro pensamiento. Les debéis obediencia y habéis profesado vuestros votos ante Dios. ¡Acatad la orden!

La tensión era tal que yo hubiera deseado estar muy lejos de allí. Me encogía en el banco de piedra y me admiraba de la arrogancia, del descaro de Guillermo enfrentándose al viejo maestre.

—Y no me digáis que a vuestra alma le habla Dios —prosiguió al rato Guillermo, rompiendo el incómodo silencio en el que se había sumido el templario, que no dejaba de mirarle con sus ojos ardientes como ascuas—. Si desobedecéis al papa, vuestra alma no está hablando a Dios, sino al diablo.

—¿El diablo? —clamó en un grito el comendador, y se levantó de un salto sin apenas contener su furia—. El diablo está allí donde matáis a mujeres, a niños indefensos, a buenos católicos, donde robáis, donde quemáis y torturáis. Allí habita el diablo, con vosotros. Vosotros avergonzáis el nombre de cruzado, vosotros sois el ejército de Satanás.

—Ahora habláis como he oído que hablan los herejes cátaros —le espetó Guillermo, y se levantó él también y alzando aún más su voz. Pude ver que era más alto que su oponente—. ¿Estaréis también contaminado vos? Por última vez, en nombre del legado papal, en nombre del papa y de Dios, por la autoridad que este documento me otorga, os ordeno que, como hombre de la Iglesia que sois, me obedezcáis. Os lo requiero por la salvación de vuestra alma.

El viejo se le quedó mirando atónito, sin gesto agresivo. De repente, su mirada dura se había disipado, parecía abatido, sorprendido.

—¿La salvación de mi alma? —murmuró pensativo desviando por primera vez la mirada de los ojos de su oponente.

Guillermo se hinchó más aún presintiendo la victoria.

—¿Me vais a obedecer? —inquirió.

—¿Cómo podéis ser tan joven, arrogante y estúpido? —dijo

el comendador en voz baja sentándose de nuevo en el banco. Parecía cansado.

—Decid sí o no.

El comendador Aymeric humilló su cabeza tonsurada, y mirando al suelo, guardó un largo silencio.

—Venid a verme esta noche después de vísperas; recibiréis lo que buscáis —dijo al fin—. Daré órdenes para que se os acomode en la encomienda. Durante la espera, no comeréis ni rezaréis junto a la comunidad. La comida se os servirá en vuestros aposentos.

Y desapareció tras la puerta del refectorio.

46

Dies irae, dies illa,
solvent saeclum in favilla.

[El día de la ira será un día
que reducirá el mundo a cenizas].

Dies irae

—¿Cómo osasteis hablarle así al comendador? —le espeté a Guillermo tan pronto nos hubieron acompañado a la austera celda en la que nos alojaron y que por todo mobiliario solo tenía dos camastros de paja.

Él, obviamente ufano de su actuación frente al templario, me miró sorprendido antes de responder:

—¿Qué me quieres decir con eso?

—El comendador es uno de los más valientes caballeros occitanos, cruzado en Tierra Santa al servicio del Temple, sus hazañas son leyenda en el vizcondado de Carcasona.

—Y a mí, ¿qué me importa eso? —repuso Guillermo irritado.

—Participó en muchas batallas. Cuentan que en una ocasión un grupo de caballeros del Temple fueron atacados por un ejército de cientos de mahometanos y que todos murieron sin pedir tregua ni clemencia. El maestre fue el último de ellos, luchando, a pesar de sus graves heridas, sobre los cadáveres de sus compañeros y, como no podían con él cuerpo a cuerpo, los musulmanes precisaron de los arqueros para derribarle. Asombrado, el propio Saladino le envió a su médico para salvarle la vida y, cuando se recuperó, quiso conocerle. Los templarios no pagan rescate por sus prisioneros y al no tener los frailes valor económico y ser muy peligrosos para sus captores, son decapitados casi de inmediato. No fue ese el destino de Aymeric de Canet, ya que Saladino, admirado no solo por su valor, sino por su espíritu, hizo que lo liberaran. Hace poco regresó, demasiado viejo para la lucha en Tierra Santa, y se hizo cargo de esta encomienda, la principal del vizcondado. Es un hombre venerado en esta tierra.

—Pues que obedezca al legado Arnaldo.

—¿Quién es ese legado? ¿Quién sois vos para exigirle obediencia?

—Eres un mozalbete lenguaraz y tendré que enseñarte respeto. —Guillermo estaba furioso y se llevó las manos al cinto, pero yo no me pude contener a pesar del gesto de amenaza.

—¿Es ese legado el monstruo que hizo asesinar a todos en Béziers? ¿Y os sentís orgulloso vos de representarle?

—¡Cállate, estúpido! —rugió mientras se soltaba el cinturón de cuero claveteado y dejaba caer la funda de su espada.

—¡Es un monstruo, un asesino! —Estaba tan indignada que ni siquiera cuando volteó la correa por encima de mi cabeza callé—. ¿Cómo os atrevéis a amenazar a un héroe, a un hombre santo, de parte de semejante miserable?

No me moví cuando Guillermo descargó su cinto sobre mi cuerpo, solo cubrí, en gesto instintivo, mi cara. Antes de recibir el castigo, ya estaba llorando de furia, que no de miedo. Mi indignación me había hecho perder el temor. No me importaba el dolor, que hiciera lo que quisiera conmigo.

El golpe me dio en las costillas, el cinto azotó la espalda enrollándoseme y, al tirar mi amo de él, fui a parar contra la pared.

—Cierra la boca de una vez, mentecato, antes de que te arranque la piel a tiras —dijo dando el asunto por concluido.

Pero yo no pensaba callarme; pasara lo que pasara, quería desahogarme, decir todo lo que guardaba.

—¿Y cómo trata al vizconde Trencavel, flor de todas las virtudes de caballero, sin darle la menor oportunidad? —continué—. ¿Cómo puede ser el legado Arnaldo tan miserable y cruel? Quiere matarle y se valdrá de cualquier traición para terminar con él.

Guillermo se quedó mirándome, sorprendido por mi persistencia. Yo buscaba sus ojos con los míos inundados de lágrimas, pero desafiantes.

—No tenéis piedad, no tenéis honor; sois solo cobardes asesinando a mujeres, viejos y niños indefensos.

—¡Cállate! ¡Cállate! —gritó. A través de mi llanto pude ver cuánto le dolían mis palabras. Quizá su propia conciencia le advertía de lo mismo.

—No puedo callarme; matadme si queréis, pero las infamias de esta cruzada claman al cielo.

—Hieres con lengua afilada, como la de las mujeres, pero hoy te voy a arreglar bien el cuerpo para que aprendas a respetar —dijo, y enarboló de nuevo el cinto.

Callada, me acurruqué en un rincón, mientras él me azotaba. Un repentino temor me hizo enmudecer; no era miedo al dolor, sino a sus palabras. Temía que descubriera mi condición femenina.

Estuve sollozando hasta mucho después de que se cansara de pegarme. No importaba mi cuerpo, cubierto de golpes y dolorido. Recordaba a mi padre, a mi ama y a mi prima, a mis familiares y a mis amigos, y veía las horribles imágenes de la iglesia repleta de sus cadáveres. Pensaba en mi ciudad arrasada que poco antes bullía de vida y belleza, en las canciones de Hugo, en su sonrisa y en aquellos tiempos en que todo eran flores y galanura. Solo días antes, esa era mi vida. Ahora ya no existía y notaba mi corazón oprimido en duelo por aquel mundo soñado convertido en pesadilla. Deseaba morir.

47

Quantus tremor est futurus,
quando judex est venturus.

[¡Cuán enorme temor sobrevendrá
cuando el juez aparezca!].

Dies trae

Después del rezo de vísperas, un fraile nos vino a buscar. Yo tenía los ojos hinchados por el llanto y el cuerpo molido por la furia de Guillermo. Cuando dejó de azotarme, me quedé acurrucada sobre uno de los camastros, sin mirarle, llorando por mis penas y las de Occitania. Él se sentó en el suelo con los codos en las rodillas y cubriéndose el rostro con sus manos. No habló más; parecía compungido. Quizá reconsiderara todo lo que el comendador y yo le dijimos, y su papel en la masacre. Quizá tuviera conciencia.

El fraile nos condujo a un patio que hacía las veces de claustro, limitado por la iglesia y varias edificaciones conventuales.

Solo ver a Aymeric de Canet, supe que ocurriría una tragedia.

Una luna cuarto creciente brillaba en la tibia noche y allí estaba el viejo templario, en el centro del patio; arrodillado frente a su espada clavada en el suelo. Vestía su equipo de combate y parecía orar. En los cuatro extremos del recinto, de pie, sendos frailes, también vestidos de combate, espada al cinto, iluminaban la escena sosteniendo hachones encendidos. Solo el comendador vestía túnica blanca sobre la cota de malla y pensé que sería el único caballero templario del lugar; la vestimenta gris, de sargento, de los demás delataba su origen plebeyo.

Mi amo entreabrió su boca sorprendido; no esperaba tal recibimiento.

—Guillermo de Montmorency —dijo el comendador incorporándose al reparar en nosotros—, ya me informaron de vos antes de que llegarais a esta casa. Un libertino, bebedor, jugador y fornicador que cursa carrera eclesiástica porque quiere las rentas y las prebendas de un obispado al que accederá gracias a la nobleza y al poder de su familia, y al que el abad del Císter ha alistado en su gloriosa cruzada de saqueo, violaciones, exterminio de inocentes e infamia en nombre de Dios.

El comendador cruzó los brazos y guardó silencio por unos momentos. Los grillos cantaban en la noche y nadie en el patio se atrevió a hablar.

—Y osáis venir a darme órdenes en nombre del legado y del papa. Pues bien, yo obedezco al sumo pontífice, pero antes a mi conciencia y a Dios. Y mi conciencia me dice que Dios no está con vos ni con esos falsos cruzados. Dios está con los que luchan para proteger a los peregrinos de los Santos Lugares, con los que en las Españas pelean contra el moro, con los que dan todo lo material en aras de lo espiritual, como mis hermanos del Temple, que ofrecen todos sus bienes al entrar al servicio de Dios, o los que siguen a ese Francisco de Asís, que anda descalzo como también lo hace Domingo de Guzmán. Son pobres por Dios, siguen las enseñanzas de Cristo, mendigan para poder subsistir y predicar la santa palabra. Dios no está con esos gordos y ricos obispos que, cargando sus dedos de anillos, montan sus caballos y lucen cotas de malla para exterminar a cristianos en lo que, para escarnio de la palabra, llaman cruzada.

—¿No creeréis en un Dios bueno y uno malo como los cátaros? —Guillermo parecía haberse repuesto de su sorpresa y contraatacó con cierta malicia.

El templario tardó en contestar y en su respuesta reflejaba su indignación.

—No, no estoy con los herejes, si eso pretendéis insinuar. Creo en un solo Dios, pero sé que hay hombres buenos y malos, y que estos reflejan en su dios, predicando falsamente en su nombre, sus propias miserias. Así, algunos catequistas describen al Señor como un enano de espíritu, cruel y perverso, porque ellos, los que pretenden representarlo, son enanos crueles y perversos.

—¿Os referís al papa?

—Me refiero al abad Arnaldo y a vos, que venís en su nombre.

—Os vuelvo a recordar, comendador —Guillermo alzó la voz solemne, seguramente para que le oyeran bien los sargentos que continuaban inmóviles en los extremos del patio—, que debéis obedecerme con respecto a la misión que aquí me trae. Debéis sumisión al legado Arnaldo, cuya autoridad proviene del papa, porque vos y el Temple dependéis directamente del sumo pontífice. Dadme los documentos robados al legado Peyre o decidme qué sabéis de ellos. Esta mañana me prometisteis que ahora me los ibais a dar. ¡Cumplid vuestra promesa!

—Prometí que os daría lo que ibais buscando.

—Hacedlo, pues.

—Vos, Guillermo, representáis al clero corrupto, ladrón,

asesino, fornicador, a esos que hacen un dios mísero, un mal dios. Representáis todo lo que yo odio…

—¡Habláis como un hereje cátaro! —interrumpió Guillermo.

—… y lo que venís a buscar es que Dios, el verdadero, os juzgue.

—¿Qué queréis decir? —De repente Guillermo pareció entender lo que yo ya había intuido al ver a Aymeric de Canet con sus armas.

—Que os reto a un combate a muerte —dijo el comendador con voz tranquila—. Será una ordalía sin cuartel.

—¿Os habéis vuelto loco? —repuso el muchacho alzando de nuevo la voz—. Limitaos a cumplir lo que debéis.

—Cumpliré solo en el caso de que Dios os considere digno. Si me matáis, mis frailes os darán todo lo que queréis. Es la única forma de obtenerlo.

—¿Pero no os dais cuenta de que sois demasiado viejo para luchar conmigo? —Guillermo denotaba en sus palabras la admiración que sentía por el viejo guerrero—. No levantaré mi espada contra vos, sería un crimen miserable.

—Sí lo haréis —el comendador sonreía siniestro—, solo así saldréis vivo. Defendeos porque si no os mataré igualmente, y si tratáis de huir, lo harán mis sargentos. Y ahora armaos.

El fraile que nos había conducido allí apareció con la cota de malla, casco y el escudo que habíamos dejado en la celda. Guillermo llevaba su espada en el cinto. Yo estaba segura de que aquello acabaría en una matanza sangrienta y, horrorizada, intentaba pensar qué podía hacer para evitar que ocurriera. Me di cuenta de que temía por el comendador, pero tampoco deseaba que mi amo resultara herido.

—No, no lucharé —insistió Guillermo, y se negó a tomar las protecciones que el hermano le ofrecía.

—Sí lo haréis —dijo de nuevo Aymeric acercándose al muchacho blandiendo su espada—. Esto es un juicio de Dios y nadie escapa a su justicia; no luchar es declararse culpable y la pena es la muerte.

—No he venido a luchar contra vos, señor.

Ahora Guillermo hablaba sin arrogancia, con respeto, y me di cuenta de que no lo hacía por cobardía, sino que admiraba al viejo y consideraba la lucha desigual. Esto me hizo sentir, a pesar de la paliza que acababa de propinarme, temor por lo que le pudiera pasar, por su vida. Me di cuenta de que le apreciaba mucho más de lo que creía.

—Si no queréis darme lo que os he pedido, me iré sin ello —añadió después de una pausa.

—Demasiado tarde. El juicio ha empezado.

El comendador avanzó unos pasos más y de una súbita estocada hirió a Guillermo en el pecho. A duras penas contuve un grito. El muchacho no se movió y pude ver que el corte le había rasgado la ropa, pero era solo superficial; el viejo conservaba una gran habilidad con la espada.

—Defendeos o moriréis como un perro.

Guillermo se le quedó mirando a los ojos por unos instantes y leyó en ellos la sentencia. Sin pronunciar palabra, tendió sus manos al fraile recogiendo las armas y pausadamente se vistió con escasa ayuda mía. Las manos me temblaban. Vi que las de mi amo también.

El comendador enfundó su espada y, retirándose unos pasos, juntó sus manos para orar. Lo hizo en silencio hasta que vio a Guillermo preparado. Entonces, le dijo si quería rezar con él. El joven caballero aceptó y todos nos unimos a la plegaria en voz alta. Yo sentía mi corazón encogido de angustia, no quería que le ocurriera nada a ninguno y oré por un milagro. Que no se produjo.

Cuando el comendador decidió terminar, dijo:

—Que Dios juez se apiade de nuestras almas.

—Amén —repuso mi amo.

48

Tuba, mirun spargens sonum,
per sepulchra regionum.

[Esparcirá la trompeta un temible sonido
por los sepulcros de las naciones].

Dies irae

Empezaron tanteándose. El comendador se movía lentamente en círculo alrededor de Guillermo con el escudo a la altura de la boca y mi amo giraba para tenerle siempre de frente. Fue el viejo quien se arrancó lanzando un sablazo hacia la cara del joven, que se cubrió parándolo con su defensa. El comendador regresó de inmediato a refugiarse en su protección y aguardó respuesta, pero mi amo recelaba y no atacó, limitándose a esperar. Y así continuaron un rato, con agresiones por parte del templario que Guillermo solo repelía defensivamente; todo lo más, golpeando el escudo de este cuando se retiraba. Creo que tenía la esperanza de cansar al viejo, la naturaleza era su aliada.

La luna, raja creciente, flotaba en un cielo estrellado por encima de aquella escena siniestra. Los cuatro sargentos templarios se habían acercado a los combatientes e iluminaban con sus hachones el ritual de muerte que se escenificaba. Los grillos cantaban lúgubres. Sentía el corazón hecho un nudo y lo notaba en la garganta.

Aymeric sabía que su única posibilidad era llegar rápidamente al desenlace y lanzó un ataque, demostrando que en los primeros golpes había ocultado su verdadera fuerza y habilidad. Guillermo tuvo que retroceder varios pasos por el empuje del viejo y hubo de cubrirse con el escudo, pero la espada del maestre le rozó el costado y le hirió.

—Habéis hecho sangre —dijo el joven caballero bajando su defensa—. Vos ganáis, comendador.

Yo recé para que mi padrino aceptara, que ninguno de los dos sufriera, pero el viejo repuso:

—Solo la muerte decidirá la voluntad del Señor. Cubríos.

Y volvió al ataque. Eso pareció indignar a mi amo, que empezó a cargar usando su mayor poder físico. Era lo que el viejo esperaba.

Mi padre no solo me dejaba asistir a los ejercicios de armas en el patio de nuestra casa, sino que, incluso, cuando yo insistía mucho, participaba en los entretenimientos vestida con el equipo que había pertenecido a mi hermano y allí me di cuenta de que la habilidad era más importante que la fuerza. Había visto, pues, muchos combates, pero nunca, antes ni después, presencié algo como aquello.

Guillermo golpeaba a su contrincante y este paraba con su escudo respondiendo a su vez, pero de repente el viejo hizo una cinta y mi amo, desequilibrándose, hendió el suelo con su espada. Cuando trató de incorporarse, el templario, empujando con una potencia inusitada su escudo por debajo del de Guillermo, le hizo subir el brazo tan por encima de su cabeza que le derribó de espaldas, boca arriba, con su defensa desarbolada, completamente abierta. La rapidez de Aymeric fue asombrosa. Saltó sobre su víctima y pisando el brazo que sostenía el escudo, impidió que Guillermo se cubriera. En el siguiente movimiento, su otro pie pisó el brazo con el que mi amo aferraba su arma. El caballero estaba boca arriba e indefenso, pero la posición del templario era tan inestable que solo le valía un rápido golpe mortal sobre el contrincante.

El tiempo pareció detenerse mientras la espada buscaba el cuello del muchacho, cuyo gesto desencajado, de asombro e incredulidad, parecía hablar diciendo: «No puede ser, voy a morir, es imposible».

Vi la expresión de verdugo determinado en la faz del comendador, contemplé la muerte en ella y no pude evitar chillar en occitano:

—¡Señor Aymeric, apiadaos, por Dios! —me salió un grito desgarrado de mujer.

El comendador, asombrado, me miró reconociéndome al fin. Y dijo:

—¡Bruna!

Pero era tarde, el tajo mortal ya estaba en camino. No sé si fue él quien desvió su golpe o fue la reacción de Guillermo, pero la espada del viejo se clavó con fuerza en el suelo. Había rozado la yugular del joven, que, en ese momento, se desembarazó del pie que sujetaba su brazo derecho y colocó su arma, instintivamente, en el cuello de su contendiente, que en ese momento caía sobre él con tal fortuna que el impulso de ambos hizo que se rasgara la malla de acero y penetrara en la garganta del templario.

Nunca olvidaré su mirada mientras agonizaba, soltando la vida por un hilo de sangre desde su boca y a borbotones por la herida. Mis ojos inundados de lágrimas vieron una tierna sonrisa en sus labios de fiero guerrero y, sujetándole la mano entre hipos y sollozos, sentí que, de haber podido hablar, él me hubiera dicho que moría feliz viéndome viva.

Yo deseaba morir con él.

49

Liber scriptus proferetur
in quo totum continetur,
unde mundus judicetur.

[Se abrirá el libro en el que
todo está escrito
y por él el mundo será juzgado].

Dies irae

—¡Dios mío! ¿Cómo ha podido ocurrir esto? —se repetía Guillermo aún sin poder dormir, pasados ya los maitines, sentado en su jergón con la cara escondida entre las manos.

Un poco más allá estaba Pierre, o quien fuera, tendido en su catre, agotadas las lágrimas y las fuerzas en un sueño del que, por momentos, parecía a punto de despertar con un suspiro desmesurado, de los de después de un gran llanto.

—Yo no quería —dijo por milésima vez.

Él también había llorado, todos lo habían hecho.

Cuando el viejo templario cayó, Pierre corrió hacia él, parecía conocerle diciéndole que no muriera, sollozando. Los frailes del Temple también acudieron; los sargentos con sus hachas iluminaron la muerte, se lamentaban. Uno se afanó con los santos ungüentos y le dio la extremaunción. Agonizante, Aymeric sujetaba la mano de Pierre y trataba de decirle algo, mientras sonreía. Parecía extrañamente feliz. Su muerte fue rápida y todos se pusieron a orar entre hipos y sollozos.

Guillermo se quedó fuera del círculo con su espada ensangrentada en la mano, abrumado.

—Yo no quería.

Musitaba a cualquiera que se le acercara, pero se encontraba solo, culpable; nadie le quería oír. Tiró la espada asesina lejos y se arrodilló a rezar apartado de los demás.

Guillermo tenía grabado a fuego en su alma aquel instante en que Aymeric iniciaba el golpe para darle muerte. Entonces vio, en los ojos del comendador, los ojos de Dios condenándole; había sido un momento de mil años. Sí, el arcángel Miguel abrió el libro de las culpas y pesó su alma en la gran balanza de las bondades y de los pecados. Y esta se inclinó del lado del infierno. Satanás tiraba del platillo de sus faltas hacia la condenación eterna y, desvalido, contemplaba la espada del comendador a punto de degollarle sin que él pudiera hacer nada.

Solo horas antes le hablaba al viejo templario desde la arrogancia, dándole órdenes, le exigía. ¿Cómo podía haber sido tan fatuo, tan pagado de sí mismo?

¡Qué lección le había dado!

Aymeric era mejor que él en todo. Mejor religioso, mejor caballero, más valiente e, incluso, a pesar de su edad, mejor guerrero. Aún no se explicaba cómo alguien con sus años podía haberle vencido de aquella forma. ¡Qué habilidad!

Conociéndole solo de horas, admiraba profundamente al viejo más de lo que nunca había admirado a nadie antes, y ahora se daba cuenta de que Pierre, al que había zurrado por su descaro en la tarde, tenía razón en todo lo que le dijo. En realidad, ya entonces sabía que el chico acertaba en su crítica, quizá por eso su rabia al golpearle.

Pierre era la única buena obra que él podía aportar en los últimos tiempos. No tenía dudas de eso. En la balanza de las almas, sus pecados pesaban mucho más, el diablo tiraba de él y Dios le condenaba a la muerte y al infierno. Pero ese grito de su paje, cuando ya estaba todo perdido, le salvó. Al proteger a ese muchachito en Béziers y salvarle de una muerte segura, él había hecho el bien y en el último instante el peso de esa buena obra decantó la balanza a su favor.

El comendador merecía vivir y él, la muerte, pero un ángel en forma de su joven escudero le rescató. Fue la voluntad de ese ser divino, y no su mérito, lo que decidió el resultado de la lucha. El comendador le habría matado sin ninguna duda. Fue ese grito y la sorpresa por algo que él aún no entendía lo que provocó que el templario desviara su golpe y le perdonara la vida al concederle tiempo para un contraataque puramente instintivo. Y con ello recibió una segunda oportunidad para poder librar su alma del infierno eterno.

Desde el primer día, él había sentido una extraña ternura por el muchacho. Cuando lloraba desconsolado la muerte de los suyos, la destrucción de su ciudad y de su mundo, él le hubiera acariciado, abrazado para consolarle. Lo sentía en el corazón.

Se contuvo porque despreciaba profundamente a los poderosos que se permitían licencias sexuales con los criaditos; ese no figuraba entre sus vicios, le repugnaba. Por eso, a veces, cuando el chico le miraba con sus grandes ojos verdes, sonriéndole, él sentía algo que le pedía acariciarle, y se alarmaba, reaccionando de forma desabrida a la suavidad del muchacho.

¿Qué fue lo que gritó? Pedía piedad por él. ¿La pedía al comendador o a Dios? No importaba, en ese momento para él Aymeric representaba a Dios, al dios del castigo y su mirada dura era la que él merecía.

Fue a raíz del grito, de que su buena obra contara, cuando Dios abandonó el aspecto del templario y le salvó. Recordaba que entonces el comendador exclamó un nombre de mujer: Bruna, precisamente.

¡Qué casualidad!, Bruna... ¿Como Bruna de Béziers, la Dama Ruiseñor? La dama que él y su primo buscaban para matar y que por fortuna no encontraron. De haber cumplido su ignominiosa misión, su alma se habría condenado irremisiblemente en el juicio de Dios. Nadie escapó de Béziers una vez iniciado el asalto y, por fortuna, esa Bruna estaba muerta sin que él y su primo se mancharan las manos de sangre. Fue una suerte.

Pero... ¿y el grito? Era una voz femenina. Ahora lo recordaba perfectamente. Y vino desde un lugar donde el único que podía haberlo proferido era Pierre...

¿Era Pierre un ángel, como había imaginado en su desvarío? ¿O era...?

Guillermo se levantó procurando no hacer ruido para no despertar al chico y se le acercó cuidadoso. Estaba acurrucado, hecho un ovillo, en posición fetal, pero con cautela extendió su mano y metiéndola por debajo del escaso escote de aquella malla de hierro que el muchacho siempre llevaba y de la camisa de lana, se encontró... ¡con un pecho femenino! Su tamaño no era excesivo, pero estaba perfectamente formado. Guillermo se detuvo un momento, lo palpó suavemente, ponderando su calor y disfrutó del contacto. Después apartó la mano como si se hubiera quemado. ¡Pierre era una mujer!

50

Oro supplex et acclinis,
cor contritum quasi cinis.

[Te ruego, suplicante y de rodillas,
el corazón arrepentido y casi en cenizas].

Dies irae

Cuando me despertaron sacudiéndome, pensé por unos instantes que todo había sido una pesadilla. Los rostros de los frailes eran adustos y nos trataron sin contemplaciones.

—Salid ya de aquí —dijo el que mandaba—. El comendador dejó ordenado que si moría, no os hiciéramos daño y que os diéramos hospitalidad hasta la mañana. El plazo ha terminado. En mala hora llegasteis, idos de una vez y jamás regreséis.

Vi que Guillermo recogía sus cosas en silencio, sin oponer resistencia. Su falta de arrogancia me sorprendió, contribuyendo a mi sensación de irrealidad, pero era evidente que todo había ocurrido tal como lo recordaba. El mayor héroe de Occitania, la última persona que me unía a un pasado feliz, había muerto combatiendo contra un rufián. No había esperanza para nuestra gente, no la había para mí.

Nos detuvimos a solo media hora de camino del caserío templario en un prado a orillas del río que se remansaba en ese lugar. Guillermo me ayudó a desensillar los caballos, tal como hizo al ensillarlos cuando salimos de la encomienda. Los templarios habían cumplido sin ningún entusiasmo las instrucciones de Aymeric. Habían llenado nuestro zurrón para el viaje y Guillermo me ofreció pan y queso, invitándome a comer con él. Yo me negué, no tenía hambre. En su cara se marcaban las ojeras por la falta de sueño y su gesto era de abatimiento; su prepotencia del día anterior había desaparecido.

Estuvo comiendo sentado en una roca mientras me observaba. Yo desviaba la mirada hacia el río.

—Yo no quería matarle —dijo al rato con la boca llena—. Teníais razón, no debí hablarle de forma tan insolente. Él era mucho mejor que yo.

Le miré sin dar crédito a lo que oía.

—Él ganó y solo vuestro grito me salvó de la muerte. Actué por instinto cuando le clavé la espada, pero Dios me había declarado culpable. El infierno era mi destino y gracias a vos, por vuestra intercesión, el Señor me ha dado otra oportunidad.

Yo estaba sentada apoyándome en un árbol y al agitarme, sorprendida por lo que oía, mi cuerpo magullado me recordó los golpes que él me había propinado el día anterior.

No dije nada y mi amo continuó comiendo en silencio por un rato. Yo cerré los ojos intentando borrar con ello mis recuerdos y me concentré en el canto de los pájaros y los bufidos de los caballos.

—Eres mujer, ¿verdad? —interrogó al cabo de un largo tiempo de mutismo pensativo.

No dije nada, pero sin abrir los ojos afirmé con la cabeza. Volvió el silencio.

—¿Quién eres?

Yo estaba esperando la pregunta y demoré un rato la respuesta:

—Bruna de Béziers —repuse al fin, mirándole directamente a los ojos y levantando la barbilla, sacando la dignidad, por tanto tiempo sometida, de mi alcurnia.

Ya no importaba nada. Sabía que Guillermo y su primo querían matarme, que cumplirían su palabra con el abad del Císter y, de repente, mi miedo desapareció. Había sufrido demasiado; la muerte de mi padrino era el último golpe, la gota que colmaba el vaso; representaba el fin, la desaparición de todo lo que yo amé, de una época, de una civilización brillante. Así pues, me levanté y me erguí frente a mi verdugo, esperando la muerte.

—¡La Dama Ruiseñor! —exclamó.

Me miraba estupefacto, sin atisbo de agresividad. Cerró los ojos y se mantuvo así un tiempo, respirando profundamente.

—Es la mano de Dios —dijo al rato—. Esta es su voluntad, mi penitencia a cumplir, y vos, el camino de mi redención.

Me quedé callada y le contemplé estupefacta ante ese arranque de misticismo inesperado en aquel que yo consideraba, hasta ese momento y a pesar de admitir su atractivo varonil, tierno a veces, un pedazo de bestia bendecida por el bautismo, un carcamal norteño, un bruto sin que su aristocracia le permitiera superar la nobleza de su caballo.

—La mano de Dios, de la providencia —repitió ahora con un entusiasmo que parecía sacarle de pronto de su abatimiento—. ¿No lo comprendéis, Bruna?

No respondí. De repente se dirigía a mí como un caballero a una dama, cuando horas antes casi me mata a zurriagazos. No sabía cómo reaccionar, qué hacer frente a ese cambio inesperado.

Se incorporó de un salto, dándome un susto de muerte que me hizo retroceder un par de pasos, pero de inmediato me di cuenta de que no quería hacerme daño, todo lo contrario.

Me cogió la mano derecha con las suyas, hincó una rodilla en el suelo y desde esa posición sumisa continuó hablándome, cariñoso, con ternura.

—Ahora lo entiendo todo —decía.

Y su caricia me sobresaltó de nuevo. Mi corazón empezó a acelerarse no por miedo, sino porque sus cálidas manos producían un placer en las mías que jamás hubiera sospechado.

—¿No os dais cuenta? —prosiguió con un brillo de entusiasmo en sus ojos—. Yo debía mataros en Béziers y, en lugar de eso, os salvé la vida sin saberlo. Ayer yo fui condenado en el juicio de Dios, debía morir, pero vos, quizá también sin saber, me salvasteis la vida. Y el alma. Nuestro destino es inaudito, único, está trenzado por la Voluntad Superior.

Yo continuaba callada. Veía sus ojos azules, húmedos, empañados por las lágrimas, emocionados, y noté su emoción invadiéndome a través del contacto físico y cómo se me hacía un nudo en la garganta.

—Bruna —continuó—, os lo ruego de rodillas: concededme la merced de ser mi dama. Os respetaré, cuidaré y protegeré hasta la última gota de mi sangre. Seré vuestro caballero, porque así lo quiere Dios, y yo lo ansío. Os juro que mientras me quede un aliento de vida nadie os hará daño.

Las lágrimas surcaban sus mejillas, yo notaba su vibración y mi propia vista se enturbió. Jamás habría sospechado tales emociones en aquel muchacho. Cual espejo que distorsiona, mis lágrimas, los sentimientos que las hacían brotar, me hicieron ver a otro Guillermo.

Era un hombre atractivo, fuerte, simpático cuando estaba de buen humor y, al ofrecerme su protección, me hizo sentir, de repente, segura, relajada como no lo había estado desde antes del asalto de Béziers. Pero ¿para qué necesitaba yo eso cuando minutos antes estaba lista para morir? Me asombraba de mí misma, pero algo en mi corazón me inmunizaba del atractivo de aquel hombre.

—No puedo ser vuestra dama, Guillermo.

—¿Por qué, Bruna? —La angustia se notaba en su voz—. ¿Me veis aún como enemigo? No lo soy más. Estaré con vos, del lado en que vos estéis.

—Porque ya tengo caballero.

Calló por unos momentos, considerando mi negativa y yo aproveché para hacerle levantar y nos sentamos en unas piedras cercanas al río, en medio de la pradera.

—Es cierto que os he mirado con ternura cuando os creía un muchachito —dijo retomando la conversación— y que me sentía molesto porque me atraíais sabiéndoos varón, y no será menos cierto que ahora que os veo como mujer esa atracción no parará de aumentar, pero mi ofrecimiento no busca vuestro cuerpo.

Me miraba sonriente con unos ojos azules bellos, francos aunque tristes, y no dudé ni por un instante de que me hablaba desde el corazón. Había tomado mis manos de nuevo con las suyas sin que yo me opusiera y me sentía turbada por su contacto, con su caricia. Ese era un favor que una dama occitana le concedía a su caballero después de cierto tiempo de cortejo y muchos poemas, pero él lo había tomado por sorpresa, sin mi resistencia. Quizá ignoraba él las reglas del amor galante y, dado lo extraordinario de nuestra situación, no estaba yo por la labor de educarle en ese momento. Además, su contacto me producía un goce honesto y en los últimos días la vida había sido cruel y avara en extremo conmigo. No renunciaría a ese placer.

—Quiero protegeros, estar cerca de vuestra alma y descubrir los designios divinos que nos han unido en un destino tan singular. No me rechacéis, Bruna. Aceptadme solo como vuestro protector. ¿Dónde estaba vuestro caballero cuando los ribaldos querían violaros? ¿Por qué no estaba en Béziers dando la vida por vos? ¿Por qué no está ahora aquí? Me tendréis con vos hasta que el peligro pase, hasta que os sintáis segura. Y si entonces, cuando yo ya no sea necesario, me despedís, me iré besándoos la mano y con una sonrisa. Sé que el deseo crecerá en mí, pero creed mi palabra de que siempre he de respetaros y que, si vos lo deseáis, me apartaré cuando llegue el otro caballero. Podéis tener dos a la vez, no seríais la primera. Aceptadme, Bruna, os lo suplico.

¿Qué mujer en mi situación y trance podría resistirse a tal propuesta?

51

Pie Jesu Domine,
dona eis requiem.

[Piadoso señor Jesús,
dales descanso].

Dies irae

Guillermo y Bruna descansaron en aquel prado a orillas del río, bajo la sombra de los sauces que los protegían del sol de agosto y con una luna cuarto creciente iluminando la noche.

Tenían los cuerpos maltrechos por golpes y tajos, pero lo que realmente dolía era el alma. El camino empezaba a sus pies y en ninguna parte terminaba, por eso no se decidían a emprenderlo. Su espíritu, confundido, turbado, les prohibía continuar y lo crucial el día anterior había dejado de importar, mientras que lo secundario antes cobraba trascendencia vital. Tendidos en la hierba, veían el lento discurrir del río y con él las briznas y ramitas que arrojaban, deseando que en ellas sus penas navegaran hasta el lejano mar. El lugar se había convertido en un reducto solitario de paz, una isla en un océano de violencia, lejos del siglo, de un mundo extraño y brutal al que en aquel momento ninguno de los dos quería pertenecer.

—Yo no quería matarle —repitió Guillermo, recordando, con gran angustia y culpabilidad, la ordalía.

Y le relató a Bruna, en su occitano incipiente, que ella corregía ya por costumbre, esa experiencia al borde de la muerte en que la mirada dura del templario Aymeric era la de Dios condenándole. Y que rebuscando en su alma, desesperado, como quien palpa el fondo de un canasto y cierra el puño aferrándose a la ausencia, la encontraba vacía de buenas obras que le ayudaran en el trance. Y ella, Bruna, apareció con su grito, inesperada, como su único bien. El demonio lastraba la balanza de sus pecados y arrastraba su alma a los infiernos, y ella, convertida en ángel, la decantó, por muy poco, hacia la salvación de su vida temporal, dándole la oportunidad de enmendarse y salvar también la eterna.

—Sois un ser divino, un ángel —le decía mirando arrobado los ojos verdes de Bruna.

—No soy un ángel —repuso ella—, solo soy una pobre muchacha huérfana de padres, de amigos, de ilusiones, de su mundo.

Y pasó a contarle su propia ordalía, a describirle entre lágrimas a su familia, a sus amigos y aquel mundo galante extinguido a la llegada de aquel desfile de monstruosidades que, sin duda, nada tenían que ver con el Dios en que ella creía y que las gentes del norte llamaban cruzada.

—Ahora entiendo por qué los cátaros creen en dos dioses, uno malo y otro bueno. La cruzada es obra de un ser maligno, de un mal dios, y los que se llaman guerreros de Cristo no son más que comparsas del diablo.

Guillermo la escuchaba acompañando con sus lágrimas las de ella, buscándole las manos para acariciarlas, y ella, permisiva pero pasiva, terminaba luchando contra el deseo de devolver la caricia.

—Vos sois la última dama de vuestra estirpe y yo, un guerrero con brazos para luchar, pero sin corazón para moverlos —se lamentaba Guillermo—. ¿Qué será de nosotros, Bruna?

Bruna dejó que la pregunta flotara, esperando a que se disipara con la brisa que movía el verdor de las hojas de los sauces del claro. Cogió la vihuela y empezó a tañerla. Al poco, tarareaba la *Canción del ruiseñor* para cantarla después, melancólica. Y así dejó que la música respondiera a lo que ella no podía.

Pasaron horas haciendo de las notas ungüento para sus males, alternándose en el instrumento, cantando, a veces, juntos y dormitando sobre el césped mullido, al calorcillo del estío, bajo la sombra amable de los árboles.

—¿Por qué quiere matarme el abad del Císter? —preguntó Bruna de repente, sobresaltando al caballero.

—No lo sé.

—¿Y estabais dispuesto a asesinarme sin saber?

Guillermo se encogió de hombros.

—Arnaldo es un hombre de Dios…

—De Dios… ¿Qué Dios?

Él guardó silencio, no tenía respuesta.

—¿Y por qué quiere recuperar la carga de la séptima mula? —continuó Bruna—. Si vos la buscabais, será también por encargo suyo. ¿Verdad?

El caballero se dijo que ella sabía casi tanto como él, que era inútil querer ocultarle información y que con ello no traicionaba su promesa al abad del Císter.

—Todo lo que sé es que su contenido es diabólico, la peor de las herejías, y que puede destruir a la Iglesia de Roma.

—¿Y qué relación tiene esa cosa del diablo conmigo?

—¿Con vos?

Guillermo ya había pensado en eso. Estaba seguro de que existía una relación, pero el abad del Císter no había querido hacerla explícita. Decidió no aumentar la angustia de la dama.

—No puede haber relación —sonrió—. Vos sois un ángel.

Bruna le miró sabiendo que el joven evitaba la respuesta, pero le permitió hacerlo porque en ese momento los sentidos vencían al pensamiento. Esa sonrisa, los ojos de un azul profundo, llenos de transparencias y brillos, la caricia en sus manos. Precisamente por eso, las apartó. Era esa demasiada concesión de una dama a un caballero y aunque poco le importaban ahora a Bruna las reglas del juego galante, temía que ese placer, ese sentimiento creciente en su corazón con respecto al muchacho la desbordara.

Se tendió boca arriba en la hierba contemplando el juego del sol en las hojas, el cielo azul limpísimo y las golondrinas cruzándolo con su insistente llamada. Y pensó en Hugo. Él era su caballero y en él debía poner su ansia.

—Sois para mí un ángel, os amo y os suplico que me aceptéis como caballero —insistió Guillermo al rato.

Bruna, sin rechazar de forma contundente la reiterada petición del joven, había estado aplazando la respuesta. Necesitaba pensar en ello, pero, al fin, cuando él repitió su ruego, estaba preparada para responder:

—Bien, aceptaré vuestro amor, pero solo galante y nunca físico, aunque antes debierais superar las pruebas que tengo derecho a imponeros para asegurarme de vuestra devoción.

—Hablad, Dama Ruiseñor.

—Abandonaréis el servicio al legado del papa, para servirme a mí.

—Mucho pedís, mi señora. —El muchacho la miraba a los ojos con intensidad.

—Uniréis vuestro brazo a los que resisten la cruzada y peleareis contra los que hoy son los vuestros.

—Una promesa me une a ellos.

—Solo así sabré de la pureza de vuestro amor, caballero Guillermo de Montmorency.

El joven miró el río considerando la situación. Los escrúpulos que sintió cuando la matanza de Béziers aumentaron al saber cómo se había fraguado la cruzada y se hicieron insoportables. El discurso inflamado del legado del papa en su tienda en Carcasona consiguió soterrarlos, pero rebrotaron imparables al enfrentarse con Aymeric y el juicio de Dios. Ahora estaba convencido de la injusticia del *negotium pacis et fidei* y quería apartarse del abad Arnaldo. Pero aún deseaba su obispado, sentía lealtad por los suyos y no estaba preparado para unirse al bando occitano.

Pero estaba convencido del designio divino que le unía con Bruna. Él fue a Béziers a matarla y Dios quiso que fuera su salvador. Y ella, a su vez, le salvó a él, en forma de ángel del Señor cuando estaba condenado al fuego eterno, y el precio fue la vida de un caballero ejemplar, un hombre verdaderamente de Dios. Aquello tenía un significado y él era incapaz de descifrarlo, incapaz de serenar sus propios sentimientos, incapaz de resistirse a su amor por esa muchacha desvalida, pero de fuerza insospechada. Se sentía muy confuso.

—Fuisteis vos quien pedisteis ser mi caballero —insistió Bruna ante el silencio del joven—. Os dije que no, que tenía otro, y vos me suplicasteis que os admitiera también. No os lamentéis ahora si las condiciones os parecen duras.

Guillermo no respondió y ella respetó su silencio. Volvió a sonar la vihuela y al cabo de un tiempo él empezó a hablar abriendo su alma a la muchacha. Sus escrúpulos, su confusión. La necesidad que sentía de confesar sus pecados y recibir perdón por ellos. Ya no le valía la absolución que le proporcionaba la cruzada. Si esta era indigna a los ojos de Dios, también lo eran sus perdones.

—Busquemos a un buen eclesiástico católico, alguien puro, que os confiese y os absuelva —le propuso Bruna—. Eso serenará vuestra alma. Yo también lo necesito.

—¿Dónde podríamos encontrar a esa persona? —inquirió Guillermo esperanzado.

—Domingo de Guzmán, el fraile castellano.

—No le conozco.

—Yo sí. Predicó varias veces en Béziers soportando burlas y, en ocasiones, insultos con humildad evangélica. Su mensaje es, en verdad, de Dios.

—¿Dónde encontrarlo?

—Es un predicador itinerante que anda descalzo los caminos por amor al Señor y a su prójimo. Tiene base en Prouille. No está muy lejos de aquí.

—Gracias, Bruna. Acepto vuestras pruebas. Quiero ser vuestro caballero.

Ella le miró sorprendida.

—¿A pesar de vuestra confusión?

—A pesar de ella. Necesito protegeros, que estéis cerca de mí. Os serviré. Pero os tengo que pedir algo.

—¿Qué es?

—Lucharé contra los cruzados, pero nunca levantaré la espada contra mi familia, contra mi clan.

—Os acepto con vuestra condición.

Guillermo hincó su rodilla en el suelo y, al estilo de la promesa feudal del vasallo al señor, juró los compromisos del caballero con su dama y ella, de pie frente a él, los aceptó jurando los de la dama con su caballero.

El corazón de Bruna latía alocado cuando él, que le cogía las manos acariciándoselas, se levantó para besarla. Se miraron a los ojos durante un tiempo infinito y un escalofrío recorrió el cuerpo de la muchacha.

Cuando se besaron, el prado, los sauces, el río, los pájaros y el sol dejaron de existir. Y Guillermo sintió que solo aquel beso valía por toda una vida.

52

Lo Reis Peyr' d'Arago fellos s'en es tornatz,
e pesa l'en son cor car nol's a deliuratz,
en Aragón s'en torna, corrosos e iratz.

[El rey Pedro de Aragón se marcha irritado
en su corazón, le pesa no haberlos liberado,
a su reino regresa, con desconsuelo, airado].

Cantar de la cruzada, III, 30

Hugo supo que se detendrían en Narbona de camino a Barcelona. Era más que una simple parada para la noche; allí tendría lugar una negociación que quizá durara días. El rey no solo tenía las arcas vacías, sino que estaba siempre hipotecado por sus numerosas campañas bélicas; en general, más de prestigio que rentables. Necesitaba dinero para sus tropas y el arzobispo Berenguer de Narbona, su tío, era el mayor de sus prestamistas y a él acudía cuando estaba en apuros. No eran esos préstamos graciosos, sino que el arzobispo bien se los cobraba, quedándose por varios años con las rentas de algunos feudos del rey y las recaudaba rigurosamente usando sus ejércitos privados, que habitualmente se excedían en la cobranza. No eran tanto los vínculos familiares lo que unía a tío y sobrino. Este despreciaba el estilo del viejo, pero le necesitaba por el dinero, mientras que el arzobispo consideraba a su sobrino algo alocado por sus tendencias a ejercer de trovador y caballero antes que de hombre de Estado, pero también lo necesitaba. Sus relaciones con el papa Inocencio III eran pésimas. El pontífice mostraba en público su desprecio por algunos de los altos eclesiásticos occitanos, pero en especial por Berenguer. El papa había dicho: «Hombres ciegos, perros sordos que no ladran... que hacen cualquier cosa por dinero..., celosos en la avaricia, amantes de los obsequios, buscadores de recompensas. El principal causante de estos males es el arzobispo de Narbona, cuyo dios es el dinero, cuyo corazón está en su tesoro y que solo se preocupa por el oro».

Pero no podía destituirlo tan fácilmente, porque el arzobispo tenía sus propias tropas y su sobrino, el rey Pedro II, le defendía.

Hugo decidió no entrar en Narbona con el rey. Había estado demasiadas veces allí como juglar y trovador, y no quería que se le reconociera junto al monarca. Además, deseaba regresar a Mataplana lo antes posible, obtener dinero para reunir una tropa de mercenarios, cruzar los Pirineos y reunirse con la resistencia occitana. Un rencor profundo le consumía y solo la venganza, la sangre de los invasores, podría mitigar su tristeza desesperada.

Pidió licencia al rey. Este sabía de las intenciones del de Mataplana y también que la excelente información que le enviaba sobre los acontecimientos occitanos le sería de vital importancia.

—Id con Dios, mi buen Huget —respondió el monarca—. Cuidaos, que el odio no os ciegue. Sed prudente.

—Señor, quiero pediros una merced.

—¿Cuál?

—El abad Arnaldo os ha ofendido y es el causante de innumerables desgracias. Es un hombre cruel, el agente del Anticristo.

Hugo se detuvo un momento y pensó en cómo frasear lo que seguía para que fuera aceptado por su señor.

—¿Y bien?

—Quiero vuestro permiso para matarle.

Pedro le miró sorprendido.

—Me infiltraré entre los cruzados —explicó el de Mataplana— y terminaré con él, aunque a mí me cueste la vida.

—No quiero su muerte a cambio de la vuestra.

—Encontraré sicarios.

—No, Huget —repuso el rey—. Soy vasallo del papa. Le debo fidelidad. No puedo causar la muerte de su legado por mucho que este me desagrade.

—No seréis vos la causa. Yo tengo mis propios agravios.

—Escuchad —el rey usaba un tono paternal—: todos saben el alto aprecio que le tengo a vuestro padre y también a vos. Si cometéis tal crimen y se os reconoce, las culpas caerán en mí. Dirán que me vengo de las ofensas que el legado me causó. Recordad que el inicio de la cruzada fue un episodio semejante. Entonces, los eclesiásticos dijeron que el culpable era el conde de Tolosa; fue excomulgado e ingeniaron un entramado de infamias y mentiras para orquestar una cruzada contra él.

—Una cruzada que después usaron contra el vizconde Trencavel —recalcó el caballero.

—Oídme —dijo el rey en tono enérgico sin reparar en el comentario de Hugo—. Vuelvo a mis tierras dolido, airado y triste. Algún día tomaré venganza por el vizconde Trencavel, por Béziers, por las ofensas de Arnaldo. Pero ese día no ha llegado. No apoyaré ahora el asesinato del abad del Císter. Otros hay sobre los que podéis dejar caer vuestra espada.

—Sí, mi señor.

—Id con Dios, Huget. Saludad a vuestro padre y cuidad de vuestra vida.

Y Hugo de Mataplana, después de despedirse de sus camaradas, picó espuelas hacia el sur. Deseaba impaciente entrar en combate.

53

Le prédicateur de la foi, l'homme de toute sainteté.

[El predicador de la fe, el hombre de toda santidad].

Fierre des Vaux-de-Cernai refiriéndose a Domingo

Prouille

Pasamos dos días descansando en aquel prado, curando nuestras heridas. Las del corazón eran mucho más profundas que las físicas, aunque a veces la tristeza dejaba paso a alguna sonrisa. Al amanecer del tercer día, preparamos nuestros bártulos y nos pusimos en camino hacia Prouille, que según mis noticias debía de estar muy cerca de Fanjeuax. Yo sentía que no todo estaba hablado, que nos quedaba mucho por decir, por sentir.

Acordamos que, para mi seguridad, yo continuaría aparentando ser un paje y que ayudaría a Guillermo en la búsqueda de los fardos de la séptima mula. Sentía una gran curiosidad por esos documentos, que aparentaban ser motivo secreto para la cruzada, y me preguntaba si tendrían algo que ver conmigo. No había razón para que Guillermo manifestara abiertamente su rebeldía con respecto al abad del Císter, de manera que fingiría continuar, de momento, bajo la obediencia de este y al servicio de los Montfort y la cruzada.

Nuestras miradas se encontraban con frecuencia durante el camino. Él sonreía y yo devolvía la sonrisa, y muchas veces sentía el rubor en mis mejillas al recordar aquel beso. Ambos sabíamos que era el único que nos daríamos, pero ninguna regla de la *fin'amor* rompíamos recordándolo con placer.

No mencionamos en ningún momento los documentos que los templarios nos dieron junto a la comida. Estaban en un bulto que Guillermo ató en el interior de su escudo, que colgaba de la silla de montar. Era un acuerdo tácito. Había que serenarse antes de abordar de nuevo la búsqueda del «testamento del diablo».

A media mañana llegamos al campamento en Carcasona. No había habido ninguna acción guerrera desde la toma del burgo de San Miguel. Los cruzados se limitaban a esperar confiados en la sed de los sitiados y se decía que el vizconde pronto se vería obligado a negociar.

Nos aprovisionamos para varios días de camino despojándonos de las enseñas de los Montfort y de las de cruzados; nos adentraríamos en territorio hereje y los lugareños no miraban con simpatía a los invasores. Prouille era un pequeño caserío en un cruce de caminos desde donde se divisaba a poca distancia, encaramado en una colina, Fanjeaux, pueblo amurallado cuya nobleza era mayoritariamente cátara.

Llegamos a Prouille al atardecer del mismo día en que salimos de Carcasona. Era un grupo de casas rodeadas por unos muros precarios que más parecían tapias. Una pequeña iglesia y una torre que en sus tiempos debió de servir de defensa, pero que ahora eran los restos de un molino de viento, quizá de los que el vizconde Trencavel ordenó destruir, dominaban el conjunto.

El lugar, en ruinas cuando fue donado a los castellanos Diego, obispo de Osma, y a su diácono Domingo hacía pocos años, había sido parcialmente reconstruido y acogía a un grupo de muchachas católicas, antiguas cátaras algunas. La superiora nos recibió con una gran sonrisa y amabilidad, más aún al identificarnos como católicos que veníamos buscando a fray Domingo.

—Ese hombre o es loco o es santo —nos confió sin que su sonrisa menguara—. Nos tiene muy inquietas. No podemos convencerle para que deje los caminos y su predicación, aunque solo sea temporalmente. Antes, cuando llevaba la palabra del Señor a lugares de herejes, y a pesar de que él siempre fue muy respetado, había quien le insultaba. Ahora las gentes están asustadas, pero también llenas de odio desde que llegaron las noticias de lo que los cruzados hicieron en Béziers y es frecuente que le arrojen barro seco y piedras. Se arriesga a que le maten en cualquier recodo del camino. Pero eso a él no le importa. —Nos guiñó un ojo—. Y no está loco; es santo.

Nos dijo que había ido a predicar a Mirepoix, donde casi todos eran cátaros, y que igual podía aparecer de regreso el día siguiente como dentro de tres o cuatro. Nos acogieron por la noche y al amanecer del día siguiente partimos en su búsqueda hacia Mirepoix.

El paisaje era accidentado, con colinas ondulantes que hacían que el camino tuviera numerosos recodos. Por eso le oímos antes de verlo. Venía cantando algún tipo de salmodia en latín junto a su *socium*, el fraile que le acompañaba.

Era de estatura media, delgado, cercano a los cuarenta y de ojos oscuros. El poco cabello que tenía, después de una gran tonsura que le dejaba casi todo el cráneo al descubierto, le asemejaba a un santo de pintura al que se le hubiera caído encima la corona, solo que la suya estaba hecha de pelos castaño rubio. Su tez era muy morena, ya que pasaba mucho tiempo a la intemperie y, por amor a Dios, no se cubría ni cuando el sol le asaba los sesos ni con lluvia ni granizo. Andaba descalzo y su túnica era de lana cruda, llena de retazos y remiendos. Tan pobre indumentaria se completaba con una capa negra y un cinto de cuerda con tantos nudos como votos había prometido, en el que llevaba un fardillo de tela que protegía el Evangelio de san Mateo y las cartas de san Pablo, únicos valores que portaba junto con una navajilla para cuando comía. No tenía donde llevar ni dinero ni provisiones; de hecho, no le preocupaban en absoluto, ya que comía de lo que le daban, si se lo daban, siguiendo las palabras de Jesús a los apóstoles cuando les dijo que no se inquietaran por su sustento, ya que no lo hacían los pájaros del cielo y que el Señor les proveería. Un báculo rústico en el que llevaba atado en la parte superior un travesaño a modo de cruz completaba su escaso equipaje.

Guillermo me comentó con posterioridad su sorpresa al verle de aquella guisa, sabiendo que el personaje provenía de una familia noble castellana emparentada con la realeza y que su educación filosófica, eclesiástica y lingüística superaba a la suya. Más impresionado quedó aún al ver la sonrisa con la que nos dio la bienvenida tan pronto nos vio. Una aureola de paz y felicidad parecía envolverle contagiando a quienes estábamos cerca.

Le dijimos que veníamos en busca de su consejo y confesión, sorprendiéndose de que hubiéramos hecho tanto camino por su persona. Era él quien acostumbraba a hacer camino al encuentro de las almas.

Era casi mediodía. Les ofrecimos compartir nuestra comida y aceptaron, Domingo serenamente y su *socium*, un muchacho joven de aspecto y modos que pretendían imitar a su maestro, con ansia. Luego supimos que andaban en ayunas desde la noche anterior, en que solo un mendrugo seco tuvieron de cena.

—Así que vos vinisteis con la cruzada —preguntó Domingo comiendo pausado, sin la prisa de su compañero.

—Sí, padre —respondió el caballero.

—Decidme, ¿es cierto lo que se cuenta sobre la matanza de Béziers? —inquirió dejando de sonreír.

Guillermo se quedó mirándole, dudando cómo abordar el tema, pero yo no me pude contener.

—Fue horrible, padre —dije con lágrimas en los ojos—. Asesinaron hasta a los sacerdotes católicos vestidos con sus ropajes de misa mayor en las iglesias. Intentaron proteger a los fieles, pero los mataron primero a ellos y después a todos los demás. No quedó nadie vivo en la ciudad.

Domingo dejó de comer, se santiguó y, cerrando los ojos, se mantuvo en silencio.

Cuando los abrió estaban húmedos y se lamentó:

—Dios me perdone por no haber podido evitarlo.

—¿Evitarlo? —se extrañó Guillermo—. ¿Cómo habríais podido evitarlo?

—Esforzándome más, siendo más elocuente, dando mejores ejemplos, convirtiendo a más herejes.

—¿Y cómo habría ayudado eso?

—Quizá el papa no se hubiera sentido tan amenazado, quizá hubiera decidido que continuaran las predicaciones en lugar de ordenar que se tomaran las armas.

—¿Qué opináis de la cruzada?

—Yo soy católico y obedezco al papa.

Una tos profunda, de lo más hondo del pecho de Domingo, interrumpió la conversación.

—¿Pero qué dice vuestro corazón? —preguntó el caballero cuando el fraile se hubo recuperado.

—Jesucristo, cuando lo llevaron preso, le dijo a Pedro que bajara su espada. Él no portaba armas. Yo sigo su ejemplo en todo lo que puedo —repuso Domingo pausado—. Dios es todopoderoso. Si hubiera querido terminar con romanos, judíos, musulmanes o herejes, lo hubiera hecho con cualquier plaga. No necesita a los cruzados.

—¿Estáis contra la cruzada?

Domingo le miró con ojos tristes.

—Pertenezco a la Iglesia católica y no puedo oponerme a las decisiones del papa —dijo en voz baja—, pero estoy en contra del asesinato de inocentes, del dolor causado a nuestros semejantes, de la falta de caridad... Y estoy a favor de la humildad, de propagar la palabra del testamento imitando a nuestro Señor. Para defender la religión, no acepto otras armas que los buenos ejemplos, la predicación y la doctrina.

Guillermo observó que, mientras todos comían conversando, Domingo había dejado de hacerlo.

—¿No coméis?

—Haré penitencia por mi culpa en la cruzada.

—¿Más penitencia? —saltó el fraile joven—. Si apenas habéis comido nada en los últimos días. ¿Y esa tos?

—Todos estamos en las manos de Dios, hermano —repuso rápido Domingo con una sonrisa forzada—. Solo él decide nuestro destino.

Se hizo el silencio mientras el *socium* aceptaba con una inclinación de cabeza.

—Padre, concededme la merced de vuestro consejo y confesión —pidió Guillermo visiblemente impresionado.

—Ruego al señor que me ilumine —repuso Domingo—. Y espero poderos ayudar.

El fraile y aquel curioso eclesiástico, que era a la vez mi caballero y mi amo, se apartaron para poder hablar en confidencia y yo continué comiendo junto al joven. El *socium* parecía tener un apetito insaciable. Me dije que el pobre no sabía cuándo comería de nuevo y que aprovechaba la ausencia de su maestro para resarcirse de la miseria.

—¡Qué admirable es fray Domingo! —comenté para darle conversación, preocupada porque no se atragantara con lo aprisa que comía.

Eso hizo que se detuviera a mirarme y, como si se le disparara un resorte, empezó a hablar entusiasmado.

—Nunca he conocido a nadie como él; es un santo. Siempre feliz, contento y predicando durante el día, cuando está con la gente, y rezando y mortificándose por Dios por la noche. No sé cuándo duerme, no le importa su cuerpo, solo el alma. Siempre está dispuesto a debatir de igual a igual con los herejes. Ha tenido cientos de coloquios y polémicas con ellos.

—Es un ser especial…

—No sé cómo resiste —continuó el fraile—. Dios le ha tocado con su gracia. A veces, me hace pensar en esos cátaros que por ser más puros se dejan morir de hambre haciendo la *endura*.

—Los extremos se tocan. Quizá esté más cerca de ellos que de Roma —repuse irónica—. ¿No creéis?

El *socium* me miró como si no entendiera.

54

Ego te absolvo a peccatis tuis,
in nomine Patris et Filli et Spiritus Sancti.

[Yo te absuelvo tus pecados
en el nombre del Padre, del Hijo y del
Espíritu Santo].

Oración de perdón

Guillermo y Domingo anduvieron unos metros para refugiarse bajo la sombra de un frondoso roble, en un altozano donde se divisaba una sucesión de pequeños valles con viñedos en las laderas y campos de trigo en las zonas llanas. La siega había terminado tiempo atrás y la cosecha estaba a buen recaudo.

—¿Es verdad que rechazasteis un obispado? —inquirió Guillermo tan pronto se sentaron.

—¿Habéis visto algún obispo con unos pies así? —dijo el fraile levantándolos y moviendo los dedos mientras reía divertido—. ¿Así de descalzos, sucios y mugrientos? Yo soy un predicador, me gustan los caminos.

—Pero la cruzada se acerca y algún resentido os puede matar.

—Y entonces sería un mártir por Jesús, como los primeros cristianos.

—No sois como ninguno de los eclesiásticos que he conocido.

—Yo obedezco a la Santa Madre Iglesia, heredera de san Pedro, y a mi corazón. Este me habla de hermandad, de predicación pacífica, de humildad y amor, tal como hizo el Salvador.

—Vos no podéis pertenecer a la misma Iglesia que el legado Arnaldo; no sois como ellos.

El fraile le miró con sonrisa de niño pillado en falta.

—La Iglesia es muy grande, hay espacio para casi todos y desde dentro yo intento empujar hacia el ejemplo de Jesús.

Guillermo contempló a aquel desarrapado que podría vivir en un palacio y lo hacía a la intemperie, y su aspecto descuidado de cuerpo y vestimenta, pero feliz. No pudo más que rendirse de una vez al encanto de aquel hombre sonriente que le miraba con caridad. Le pidió que le protegiera con el secreto de la confesión y una vez concedido este, se relajó y le abrió su alma. Le contó su peripecia desde la propuesta del legado papal a la muerte del templario y el descubrimiento de Bruna.

—Es hermoso que el lobo que ha de devorar a la oveja se convierta en cordero para amarla —dijo Domingo mirándole radiante.

—La vi como un ángel, padre. Me he enamorado de ella y no puedo dañarla por mucho que me lo pida el legado del papa. ¿Qué debo hacer? Además, maté al templario Aymeric, un verdadero hombre de Dios. ¿Cómo puedo borrar ese pecado?

—Hijo, cerrad vuestros ojos físicos y leed dentro de vuestra alma —repuso Domingo—. Hacedlo, hacedlo —insistió al ver que el caballero le miraba sorprendido—. Quedaos así un rato. ¿Qué os dice?

Guillermo se mantuvo un tiempo con los ojos cerrados,

sentado en silencio con su espalda apoyada en el tronco del roble. Solo oía el piar de los pájaros y el murmullo del aire agitando las hojas. Al principio, nada le venía a la mente, solo notaba su corazón, al que la angustia apretaba como un puño.

Pero al cabo de un tiempo, serenándose, empezó a hablar:

—Me dice que debo cumplir el encargo del abad del Císter en cuanto a recuperar la carga de la séptima mula.

—Seguid, seguid —le animó Domingo.

—Que es un crimen, un pecado matar inocentes tal como hace la cruzada y que de esas culpas no puede absolver ni siquiera el papa, porque son contra Dios.

El silencio de Domingo le animó a continuar:

—Y también que Bruna tiene alma de ángel. El Señor quiso salvarla en Béziers y fui yo su mano, e hizo que, a su vez, ella intercediera en Douzens por mí, que me rescatara de las llamas eternas cuando se juzgaba mi alma. Pero por encima de todo me dice que la amo con locura. Mi espada la protegerá, mi corazón la amará y yo le obedeceré.

Cuando se hizo el silencio, Domingo no habló. Tenía los ojos cerrados. Callado, Guillermo sintió la paz dormida del mediodía de agosto y descansando bajo la sombra del roble contempló sereno las colinas pardas, las laderas verdes de vides madurando su uva y los campos de mies con rastrojos dorados. Al fin, el fraile, que parecía dormido, suspiró y dijo:

—Que así sea. Arrodillaos, hijo.

Guillermo obedeció mientras Domingo se levantaba.

—No os preocupéis del comendador Aymeric. Vos no quisisteis matarle. Yo lo conocí; era un guerrero, fiero, pero recto. Ha sido el instrumento de Dios para haceros ver el camino. Bendecid al Señor y rezad por él. Vuestra penitencia será siete padrenuestros y cumplir con lo que vuestro corazón os pide. Dios os habla en él.

El franco recordó que, al usar el templario Aymeric aquel

mismo argumento, él le había acusado de hereje agnóstico. Esta vez humilló su cabeza, callando.

—*Ego te absolvo a peccatis tuis* —dijo el castellano, y le bendijo con el signo de la cruz— *in nomine Patris et Filli et Spiritus Sancti.*

—Amén —repuso Guillermo sintiendo una paz profunda.

55

Véalo el Criador con todos sos santos
yo más non puedo e amidos lo fago.

[Júzguelo el Creador junto a todos sus santos,
que otra cosa no puedo hacer y a mi pesar lo hago].

Poema de mio Cid

Cuando Domingo y Guillermo se reunieron con nosotros, el caballero parecía otra persona, se diría que se le hubieran pegado la sonrisa y la paz que emanaba el fraile.

Al despedirnos, quise dejar a los predicadores algunas provisiones, pero Domingo se negó contundente mientras su *socium* miraba melancólico los panes dorados regresando a nuestras alforjas.

—He visto a Dios en su mirada —me confió Guillermo cuando tomamos el camino de regreso.

—También le visteis en los ojos de Aymeric, el templario. —Aproveché que, para mi alivio, parecía contento—. Esas visiones se os están haciendo costumbre.

Guillermo se rio de buena gana.

—Pero eran distintos. El del templario era el Dios juez, el del castigo; el del fraile era el Dios de la caridad, el del perdón.

—¿Cómo es posible que vos, un cruzado, creáis en dos dioses? Igual que los cátaros —repuse también riendo—. Me oléis a hereje.

Él volvió a reír.

—Y también veo a Dios al contemplar vuestros ojos verdes.

—Definitivamente, sois hereje.

—No, no soy hereje —repuso mirándome intensamente—, solo que os amo.

—¿Cómo podéis amarme si siempre me habéis visto con ese aspecto descuidado, de muchachito?

—No necesitáis ni ropas ni aceites. —Sus ojos en mí provocaban escalofríos—. Sois bella por dentro, lo sois por fuera y vuestra voz, vuestra sonrisa…

Se puso serio y, como nuestros caballos iban al paso, se acercó un poco para poner su mano sobre la mía.

—Sois un ángel de Dios y yo, un loco humano que se atreve a enamorarse de algo divino.

A esas alturas de la conversación ya me había ruborizado hasta la raíz de mis cabellos. El caballero era seductor, demasiado, y yo deseé cambiar de tema. Me producía gran placer, pero no estaba acostumbrada últimamente a tales halagos, ni a esa proximidad física, ni a que alguien me requebrara…

—Quizá todos tengamos un poco de Dios en nuestro interior, y eso que se llama alma sea una gota que refleja ese sol inmenso que es nuestro Señor —le contesté.

—Recordando la teología estudiada, eso también me huele a hereje —dijo él.

Sonreí e intencionadamente hice que mi caballo se apartara un poco, con lo que el contacto de nuestras manos se perdió.

—¿Y qué habéis decidido hacer? —inquirí.

—Voy a terminar la misión que me encargó el abad del

Císter. —Y me miró pícaro—. Pero no temáis. Me refiero a la búsqueda de la carga de la séptima mula. Quiero leer esos pergaminos. Necesito saber los porqués que encierran. En cuanto a la Dama Ruiseñor, matarla no era asunto mío, sino de mi primo y Guillermo de Montmorency os defenderá con su vida, tal como os prometí.

En silencio degusté aquellas palabras maravillándome de cómo había cambiado nuestra relación en solo horas.

—Me muero de impaciencia por leer de una vez la carta del templario Aymeric —dijo él al rato—. ¿Contendrá la clave para encontrar la carga de la séptima mula?

Nos sentamos a la sombra de unos olivos y de inmediato Guillermo desenrolló el pergamino escrito por Aymeric y se puso a leer el texto en latín. Aunque yo entendía un poco, se detenía a tramos a traducírmelo. Quise contener mi emoción al escuchar aquellas palabras, las últimas de mi padrino, pero a duras penas lo conseguía.

> Caballero Guillermo de Montmorency: yo estaré muerto si leéis esto —empezaba—. Dios me acoja en su seno, a Él entregué mi vida desde muy joven y por su voluntad muero. Nada tengo que reprocharos, puesto que yo le pedí al Señor que fuera juez. Él dio su veredicto en la ordalía y vuestra espada lo ejecutó. Sois, pues, digno de lo que me pedisteis, aunque yo no lo creyera, y os lo doy, muy a mi pesar, porque otra cosa no puedo hacer. Cumplo la voluntad de Dios, que me juzga, y no la del legado Arnaldo, que llena de oprobio con su cruzada a los verdaderos católicos, y más a los que hemos luchado en Tierra Santa. Paso a cumplir aquí, por la salvación de mi alma y obediente hasta después de la muerte, a mi Señor lo prometido:
>
> Mi religión, mi sacrificio, me hizo digno de compartir un hermoso secreto que solo algunos caballeros del Temple y unos pocos nobles seglares conocemos. Prometimos protegerlo a la

espera del momento de manifestarse. Y uno de ellos, traidor y cobarde, cediendo a las presiones de Roma, entregó a Peyre de Castelnou los manuscritos que custodiaba y que habían sido recopilados en Tierra Santa y Occitania por generaciones de sus antecesores juramentados.

Ese traidor es el conde de Tolosa. Al saber que esos legajos eran moneda de cambio, partí hacia Saint Gilles al frente de un grupo de los míos. No podía confiar en los hermanos del Temple del lugar ni en los de las encomiendas vecinas, ya que ellos pertenecen a un grupo mayoritario dentro de la orden al que nosotros, los juramentados, nos enfrentamos. Nuestra intención era recuperar los documentos en la primera ocasión propicia, con violencia mínima y solo unos pocos, camuflados para que no se nos reconociera, intervendríamos en el asalto. Pero mientras uno de los nuestros vigilaba a distancia y los demás esperábamos emboscados, ocurrió el asesinato del legado y el robo de la séptima mula. Los ladrones iban confiados en la sorpresa del ataque y en la velocidad de sus caballos, que las mulas de los frailes nunca podrían alcanzar.

No contaban con nosotros, pero como los asesinos eran caballeros armados, tuve que hacer intervenir a todos los nuestros para arrebatarles la mula.

Custodié en Douzens esos legajos, llamados de Sion, hasta que la cruzada empezó a avanzar hacia el sur. El maestre de la Orden del Temple, obediente al papa y hermanada con los cistercienses, cuyo abad general es Arnaldo, prometió apoyar a los cruzados aunque sin intervenir, ya que nuestra misión es en Tierra Santa.

Los juramentados que antes mencioné, nos denominamos caballeros de Sion y nos oponemos a esa cruzada en tierra de cristianos. Los de Sion no obedecemos ciegamente al papa, ya que muchos pontífices han sido indignos de tal altísima posición. Nuestra Orden es secreta y también lo es nuestro gran maestre. Por eso yo he ocultado mi condición y, aunque en apariencia estoy sometido al Temple, obedezco solo a Dios y a Sión.

> Así pues, el riesgo de que se descubriera que yo custodiaba los legajos y se me ordenara entregarlos al legado Arnaldo, como vos pretendéis ahora, era demasiado alto.
>
> Carcasona era vulnerable a la cruzada, así que decidí que lo más prudente era enviarlos a Cabaret, cuyo castillo, entre gargantas profundas y los escarpados de la Montaña Negra, es casi imposible de asaltar.
>
> Allí encontraréis lo que buscáis si el Señor continúa favoreciéndoos.
>
> Orad por mi alma.

Yo tenía los ojos llenos de lágrimas y me arrodillé a rezar. Guillermo hizo lo mismo.

—¿No es Cabaret donde vive la famosa Dama Loba de Pennautier? —me interrogó cuando, acabados los rezos, me vio más serena.

—Sí —repuse—. Es la dama occitana que por su gracia y belleza más aclaman los trovadores. También es llamada Dama Grial.

—Es territorio enemigo a la cruzada. De nada me valdrá el salvoconducto del legado papal —reflexionó Guillermo—, pero si nos presentamos como juglar y trovador, incluso en este tiempo de guerra, nos recibirán bien. ¿No creéis?

Afirmé con la cabeza.

—Eso haremos. Ahora me sois indispensable. ¿Me ayudaréis?

—Ya os dije hace unos días que sí. Mantengo mi palabra —repuse.

Mientras, pensaba que tampoco tenía otra opción; si en algún lugar podía encontrar yo seguridad, ese era Cabaret. El poderoso abad Arnaldo representaba la muerte. Ahora se encontraba sitiando Carcasona y precisamente dicha ciudad estaba en el camino de Cabaret. Con un suspiro me pregunté dónde estaría Hugo.

56

N'Uget, ben sai, s'ieu moria,
c'atretan en portaria
co.l plus rics reís q.el mon sia.

[Señor Huget, bien sé que, si yo muriera,
tanto conmigo me llevara
como el más rico rey de este mundo].

Respuesta de Reculaire en la *tensó*
de Hugo de Mataplana

Mataplana

Hugo abandonó la comitiva cuando esta dejaba el curso del río Aude para dirigirse a Narbona. El camino más fácil hubiera sido cruzar la ciudad y después el puente sobre el río que la unía a su burgo, que, situado en la orilla contraria, era ya casi tan grande como la ciudad misma. Pero en su afán de no ser identificado con el séquito real buscó un vado, fácilmente practicable en agosto, que conocía.

Retomó el camino a Perpiñán unas millas más al sur de la ciudad y, una vez cruzados los Pirineos, se encaminó a Ripoll y de allí a su casa. El castillo de los Mataplana se encontraba en las estribaciones de la vertiente sur de los Pirineos, protegido de los vientos fríos del norte y rodeado de una naturaleza escarpada pero generosa. Era un hogar de trovadores y guerreros, lo habían sido por varias generaciones en las que la familia había cantado al amor, a la guerra, se había mofado de sus rivales y llorado a sus amigos muertos, siempre acompañada de un instrumento musical. También batallaban con frecuencia con los vecinos y servían fielmente, espada en mano, al conde de Barcelona y descendientes.

Contemplando los lugares familiares del camino, Hugo se dijo que no era ya el mismo hombre que anduvo aquella ruta en sentido contrario. Salió en su último viaje componiendo mentalmente un serventesio mientras tarareaba en busca de la música apropiada. Incluso, a lomos de su caballo, cuando la ruta era tranquila, descolgaba su guitarra para acompañarse cantando algo nuevo que bailaba en su mente. La primavera vencía al invierno cuando partió hacia Béziers y, entre las flores que pronto brotarían, una creció en su corazón. El amor por Bruna. No había terminado aún el verano y aquel corazón se había tornado en una piedra negra que albergaba odio. Y sufrimiento. No podía apartar de sus pensamientos la sonrisa de aquella damita ni la mirada dulce de sus ojos verdes. Ya no pensaba en canciones. Lo hacía en hierro y sangre. En venganza.

A pesar de que su señor el rey le había prohibido hacerlo, veía aquella imagen una y otra vez: él acuchillando al abad del Císter. Disfrutaba con ese pensamiento. Cerraba los ojos para oír el grito agónico y ver la sangre. Quizá encontrara la forma de hacerlo sin comprometer a su señor. Y si no la encontraba, al menos sí sabría cómo acabar con muchos de aquellos cruzados.

Aun con el corazón triste, fue hermoso regresar a Mataplana y recibir el abrazo de madre, padre, de familia y allegados. También de Reculaire, el juglar que cantaba las canciones de Hugo de Mataplana, el padre, por toda la región. Reculaire recibía su apelativo por la habilidad, que sorprendía tanto a campesinos como nobles, de hacer un salto mortal de espaldas. Ya con la edad no practicaba tal audacia con frecuencia, pero junto a otros malabarismos se la había enseñado a Hugo, el hijo, que había hecho buen uso de ella. A pesar de la poca cultura y aparente poco seso de Reculaire, Hugo le tenía un gran respeto y confianza. Fue un amigo cuando él era niño, porque con sus locuras y sandeces era capaz de ser niño cuando con ellos trataba. Y continuaba siéndolo porque, viendo el mundo con ojos distintos de los demás, siempre tenía algo sorprendente que aportar. Fue a él, compañero de infancia, a quien contó entre lágrimas la desventura del amor perdido.

—Sufrid y penad lo que preciséis —le respondió este—. Volved a Occitania y matad a tantos cuanto podáis, sin que os maten. Cuando más crudo es el invierno, antes acaba. Pero, como en los campos de labranza, el invierno del alma prepara la primavera de esta. Y en vuestro corazón volverán a crecer flores. Reculaire os lo promete.

Trató con su padre la contratación de mercenarios, pero este se opuso.

—Los mercenarios trabajan por el botín y participan en la lucha cuando ven buenas posibilidades de vencer, saquear y conservar la vida —le dijo—. Por desgracia, hoy en día, son los occitanos las víctimas fáciles para obtener botín. Los cruzados no son presa apetecible.

—¿Podemos pagar soldadas?

—La pequeña tropa que formaríais no cambiaría nada. Distinto sería que el rey participara.

—Nuestro señor Pedro II quiere reservar sus ejércitos para la lucha contra el moro.

—Y está en lo cierto —coincidió el padre—. Los cruzados

no amenazan Cataluña ni Aragón y, en la batalla contra los almohades, los Mataplana estaremos en primera línea, al lado de nuestro señor.

—¿Qué puedo hacer?

—Es una locura aceptar batalla contra un ejército superior en campo abierto, y el ejército cruzado es enorme. En unos días, cuando termine la cuarentena a que se comprometieron, la mayoría regresará a sus tierras, pero si para entonces han conquistado Carcasona, los que queden serán aún temibles.

—¿Sugerís golpes aislados?

—Exacto. Es una guerra paciente y no se puede hacer con mercenarios. Buscad a quienes odien, a quienes quieran dar la vida por venganza o por recuperar lo que les han robado.

—*¿Faidits?*

—Sí, los arruinados, los desposeídos por la cruzada. Hay bastantes que han atravesado los Pirineos para refugiarse con amigos o familia. No será difícil formar un grupo. Debilitad al enemigo, quizá llegue un momento en el que el rey quiera intervenir.

—Peyre Roger, el señor de Cabaret, resistirá —afirmó el joven Mataplana—. Nos uniremos a él.

—Id con mi bendición, Huget. Cumplid como el heredero de nuestro nombre y de nuestra águila bicéfala. Nuestro amigo Peyre Roger os acogerá bien. Llevadle a cambio de su hospitalidad poemas y canciones, tengo algunas nuevas para él y para nuestro amigo Raimon de Miraval.

Hugo no se detuvo mucho tiempo. Tan pronto consiguió reclutar un grupo con varios *faidits*, partió sin dilación hacia Carcasona, ignorando que, a su llegada, la ciudad habría caído ya en manos de los cruzados.

57

Trastotz nutz s'en isiron a cocha d'esperon
en queisas e en bragas, ses autra vestizon.
No lor laicheren als lo valent d'un boton.

[Les expulsaron desnudos y a toda prisa,
en camisa o en bragas, sin más vestido.
No les dejaron ni el valor de un botón].

Cantar de la cruzada, III, 33

Hicimos noche camino de Carcasona, pasado Montreal. Preferimos dormir en el campo antes que en el pueblo; con la cruzada a poca distancia, la gente estaba temerosa y recelaba de los extraños. Al día siguiente, al amanecer, desayunamos y emprendimos la ruta.

Pronto los vimos. Venían por docenas por el camino. Hombres y mujeres, descalzos, la cabeza descubierta bajo el sol de agosto, con tan solo una camisa por vestido. Algunos hombres, en lugar de camisa, llevaban un calzón, exponiendo su torso a la intemperie.

—¡Por el amor de Dios! —clamaron al vernos—. ¡Dadnos pan!

Instintivamente, eché mano a la alforja para socorrerlos, pero Guillermo me detuvo.

—¿De dónde venís? —les preguntó—. ¿Quiénes sois?

—Somos villanos de Carcasona.

—¿Qué ocurrió? ¿Se tomó la ciudad al asalto?

—No. Carcasona se rindió y todos hemos sido expulsados. Allí no ha quedado nadie, ni ancianos ni mujeres ni niños —dijo un joven en calzones—. No han dejado que nos lleváramos nada de lo nuestro, ni siquiera comida. Solo podíamos salir vistiendo unas bragas o camisa. Nada más.

—¡Pero al menos no os degollaron! —exclamé aliviada.

—Esto es incluso peor —clamó una muchacha que llevaba una camisa que apenas le cubría el inicio de las piernas e intentaba taparse como podía—. ¡Es también un asesinato, pero más lento! Todo el campo está arrasado hasta muchas millas de la ciudad. Nosotros somos jóvenes, podemos andar rápido y tenemos familia en Fanjeaux, quizá podamos llegar y sobrevivir, pero la mayoría no tiene dónde ir, ni qué comer y están debilitados por la sed y las enfermedades sufridas en el asedio. Morirán vagando por los caminos.

—¿Qué ha sido del vizconde Trencavel? —inquirí.

—Un caballero francés que decía ser familiar suyo le invitó a negociar, garantizándole su seguridad. La situación en la ciudad era desesperada, por eso lo hizo; confiaba en el honor de los nobles, pero al llegar al campo cruzado, le encarcelaron. Entró por su voluntad a la tienda del conde de Nevers y salió cargado de cadenas. Fue una infamia, una traición. No creemos que llegara a negociar nada. La ciudad no podía resistir más y, sin su señor, capituló.

—¡Dadnos algo de comer! —suplicó el joven.

Entonces me di cuenta de que más refugiados estaban llegando a nuestra altura y que Guillermo había desenvainado la espada amenazándolos.

—¿Qué hacéis? —inquirí sorprendida.

—Dadles solo algo y alejémonos de aquí.

Busqué un trozo de pan cortado y se lo ofrecí a la muchacha, que lo arrebató con desesperación.

—¡Vamos! —dijo Guillermo, y espoleando a mi caballo, le seguí.

—El resto del camino será muy peligroso —me aleccionó—. Nos encontraremos a miles de personas hambrientas, sin nada, desesperadas, con hijos muriéndose. Hasta el más pacífico mata por su familia, por sobrevivir. Nuestros caballos son un manjar, cualquier cosa de lo que llevamos encima les será de valor.

Nos detuvimos para vestirnos de combate. Guillermo se puso el protector de cabeza, luego el casco y me pidió que yo también me pusiera el mío y la cota de malla. Llevaba el escudo en el brazo y la espada lista para desenvainar. Me hizo que partiera el pan del zurrón en varios trozos. Acordamos que podíamos resistir sin comer hasta Carcasona y aceptó que repartiera las provisiones a aquellos que más pena me dieran, pero siempre sin ponernos en peligro.

—Aunque los grupos son más peligrosos, no dejéis que se os acerque nadie, por muy solo que lo veáis.

Cuanto más avanzábamos, más refugiados llegaban. Todos pedían comida; era angustioso. Sobre todo cuando empezamos a ver gente mayor, familias de andar lento. Suplicaban por sus hijos y yo lanzaba desde lejos lo que llevaba en mi zurrón a los que veía con niños pequeños. Aquellas súplicas, aquellas escenas me partían el corazón.

De repente, noté un tirón y vi que un hombre corpulento, vestido con camisa, había cogido las riendas de mi caballo mientras pedía comida. Clavé las espuelas en el animal, tratando de escapar, y este se encabritó.

—¡Lo tengo! —gritó el hombre sin soltar las riendas—. ¡Lo tengo!

Y vi como unos cuantos se abalanzaban sobre mi montura. El caballo se puso a dos patas de nuevo. Entonces, volví a clavar espuelas e intenté encontrar mi espada. Quería mantener el equilibrio, mientras notaba que alguien tiraba con fuerza de mi pierna para descabalgarme. Mi corazón latía aterrorizado.

—¡Fuera de aquí! —gritó Guillermo, que, girando su montura y espada en mano, se vino en mi ayuda. Pero yo veía a muchos más corriendo hacia nosotros mientras aguantaba, como podía, montada. Estaban desesperados y ni a ellos les intimidaba la amenaza, ni el caballero se detuvo. La primera estocada hizo que el tipo corpulento soltara las riendas para escabullirse, pero Guillermo continuó cargando sobre los que tenía a mi izquierda y oí un alarido de dolor. Al sentir entonces mi caballo más libre, lo espoleé de nuevo, y avanzó unos metros arrastrando a los que le sujetaban de la cola. Estos, viéndose venir a Guillermo encima, lo soltaron y fue entonces cuando noté un golpe en mi espalda que casi me derriba y un gran dolor que me hizo soltar un lamento. Clavé de nuevo las espuelas y el caballo se lanzó hacia delante, a un claro donde no había nadie. Oí un chasquido seco en el escudo de Guillermo, mientras algo volvió a impactar en mi espalda; nos lanzaban piedras. Cuando una rebotó en mi casco pensé que perdía el sentido y suerte tuve de que el de Montmorency, viéndome desconcertada, agarró las riendas de mi bruto y tirando de ellas, pudo sacarme del trance.

—Debemos llegar a Carcasona, es el único sitio seguro ahora —me dijo, lejos del camino, una vez recuperamos el aliento—. En esta situación no podemos pasar otra noche al descubierto.

Reemprendimos aquella jornada de pesadilla con las espadas en la mano y amenazando a los que venían pidiendo. Al poco, empezamos a ver grupos detenidos al lado del camino. Eran familiares desfallecidos, moribundos. Pasábamos al trote cuando veíamos a varios juntos, para que no pudieran detenernos, pero era inevitable ver. Los niños me hacían llorar. Se me partía el corazón y apenas veía con los ojos húmedos. A pocas millas de Carcasona nos encontramos con los primeros cruzados, eran infantes de las mesnadas de los nobles que, armados con varas, obligaban a los rezagados a alejarse cada vez más de la ciudad. Al identificarnos, nos franquearon el paso y nos dieron la noticia:

—Hoy, Simón de Montfort ha sido proclamado vizconde de Carcasona, Béziers y Albí.

Miré sorprendida a Guillermo, pero este ni se inmutó. A partir de este momento ya pudimos andar tranquilos el camino, pero los cadáveres que jalonaban la cuneta de tramo en tramo me recordaban continuamente la tragedia. Aquello me hizo pensar en Béziers y las lágrimas, imparables, se escurrían por mis mejillas.

58

Li abas de Cistel no cujetz que s'omblit
lo compte de Nivers en a el somonit
mas anc no i volc remandre ni estar ab nulh guit,
ni lo coms de Sant Pol, que an apres cauzit.

[El abad del Císter no estuvo ocioso
y propuso al conde de Nevers (como señor de Carcasona),
pero este de ningún modo quiso quedarse,
tampoco el conde de Saint Pol, al que después eligió].

Cantar de la cruzada, IV, 34

Carcasona

Cuando llegaron al campamento de los Montfort, lo encontraron desmantelándose. La tienda de Guillermo estaba intacta, pues Jean esperaba su regreso, pero el resto del clan se estaba ya instalando en la ciudad, ahora vacía de gente, pero repleta de enseres. A los ribaldos no se les dejaba entrar para evitar rapiñas e incendios. Solo las mesnadas de los nobles lo hacían y estos decidieron el reparto de los botines.

Guillermo dejó a su acongojado paje, lloroso y deprimido, en su tienda, con su escudero Jean encargado de que nadie le molestara. La visión de los refugiados y de los muertos le había afectado mucho.

Jean, excitado y feliz, le contó que el duque de Borgoña y los condes de Nevers y Saint Pol habían rechazado el vizcondado y, entonces, el abad del Císter se lo ofreció a Simón, que lo aceptó para servir al Señor de los cielos, aunque a condición de que los grandes nobles regresaran si él se encontrara en apuros. Estos asintieron.

En la mañana del 15 de agosto de 1209, día de la Virgen María, Simón de Montfort fue proclamado nuevo vizconde y recibió los juramentos de fidelidad de los «soldados de Cristo» que decidieron quedarse después de cumplida la cuarentena a la que el papa sometía a los que se cruzaban.

Guillermo fue a rendir honores a su tío. Lo encontró aposentado en la sala de recepciones del impresionante castillo condal, en reunión con algunos de sus nuevos caballeros.

—¡Guillermo! —gritó el viejo Montfort justo cuando entraba—. Me alegro de veros.

El joven hincó la rodilla frente a su tío en pleitesía.

—Necesito a caballeros valientes como vos. En pocos días todos los grandes nobles se habrán ido junto a sus tropas y quedaremos unos pocos rodeados de gentes hostiles, hasta finales de primavera, en que volverán los cruzados. Os necesito un tiempo y después podréis continuar vuestros estudios eclesiásticos.

—Contad conmigo, tío, pero primero tengo que terminar de servir al abad del Císter en la misión que me encomendó.

—Que así sea —acordó el nuevo vizconde.

El abad Arnaldo se había instalado en el mejor de los palacios de la ciudad, muy próximo a la catedral. Después de un rato de espera, le recibió.

Finalizados los saludos de rigor, Guillermo pasó a relatarle su encuentro con el templario, el juicio de Dios y el testamento donde mencionaba al grupo secreto de los caballeros de Sion. Omitió el descubrimiento de Bruna.

—¡Claro! Peyre Roger de Cabaret es otro de los conjurados de Sion y se encontraba aquí, en Carcasona, entre los sitiados, ayudando a su amigo. De haberlo sabido yo antes, no hubiera escapado vivo de la ciudad. Sin duda el vizconde Trencavel, ahora desposeído, es también uno de ellos, pero a este le tenemos aquí, en prisión, y le haré hablar.

—Legado, ha llegado el momento en que me contéis toda la intriga —expuso Guillermo con firmeza—. No os puedo servir bien en esa ignorancia en la que me queréis mantener. Vos sabéis mucho más de lo que admitís. ¿Qué es Sion?

—Los caballeros de Sion son un grupo secreto del que formaban parte algunos templarios y caballeros seglares. Ya os hablé de la existencia de una conjura de contaminados por la herejía arriana.

—Así que niegan la divinidad de Cristo.

—Exacto. Le consideran mensajero de Dios, pero humano. O casi. No están lejos de como lo ven los judíos y los musulmanes.

—¿Y qué contienen esos legajos?

—El conde de Tolosa Raimon IV, bisabuelo del actual, fue uno de los líderes de la primera cruzada que tomó Jerusalén. Estaba obsesionado con la búsqueda de huellas físicas de la vida de Jesús. Naturalmente, no pudo encontrar reliquias con la suficiente garantía de que pertenecieran a nuestro Señor, pero sí distintos documentos en arameo que, traducidos, hablaban de un Cristo humano. Y toda su descendencia y la de sus parientes. Trencavel que fueron a Tierra Santa como cruzados buscaron documentación complementaria. Esos legajos pretenden probar que Cristo no es Dios.

—¡Eso es terrible!

—¡Claro que lo es! —Arnaldo se había puesto en pie excitado—. Lo que nos diferencia básicamente a los buenos cristianos católicos de los arrianos es solo ese dogma. ¡Esos documentos pretenden la destrucción de nuestra Iglesia!

—¿Y qué relación tiene Sion con los cátaros? —quiso saber Guillermo.

—Ninguna. Sion cree en un Jesucristo físico y los cátaros, en uno solo espiritual. La parte física de Cristo es para ellos solo una ilusión. Para la Iglesia es mucho más peligroso el arrianismo.

—Pero la cruzada se hizo contra los cátaros.

—¡Claro! ¿Cómo íbamos a convencer a los señores del norte para cruzar contra una sociedad secreta? Los cátaros no dejan de ser herejes que merecen la hoguera. Claro que es importante erradicarlos, pero lo que me interesa verdaderamente es destruir a los conjurados de Sion. Los de Sion son nobles, algunos de ellos eclesiásticos, que quieren acabar con la Iglesia de Roma y apoderarse de las riquezas y posesiones de los obispados y las abadías. Esos son los verdaderamente peligrosos. Hay que destruir a los nobles occitanos, a todos aquellos sobre los que pueda haber duda de su fidelidad a Roma, y sustituirlos por francos.

—¿Y qué papel tenía en eso la Dama Ruiseñor?

—¿Bruna de Béziers? —se preguntó el abad como si ya se le hubiera olvidado—. Ya no importa, está muerta.

—Debo entender qué relación tenía ella con todo esto —insistió Guillermo—. ¿Por qué la queríais muerta?

—No tenía relación alguna. Ese era otro asunto. Olvidaos ahora de eso, lo importante es recuperar los documentos. De momento, Cabaret no está a nuestro alcance. Ya se intentó una escaramuza, pero aquellos pasos estrechos y valles escarpados son una trampa mortal. Fuimos derrotados. ¿Pensáis vos llegar hasta allí?

—Sí.

—¿Cómo?

—Iré fingiendo ser trovador. Sé que en Cabaret son muy bien recibidos.

—¿Trovador? Es una buena idea —comentó Arnaldo pensativo—. Pero vuestro acento os descubrirá.

—He contratado a un juglar occitano y yo me fingiré aquitano. Los juglares y trovadores viajan a grandes distancias, no se extrañarán. Además, ya hablo bastante la lengua de oc.

—Bien, bien —gruñó el legado satisfecho—. Veo que no me equivoqué con vos.

Guillermo se despidió con la bendición del abad y fue a encontrarse con su primo.

Algo le quedó muy claro en su conversación: Arnaldo continuaba ocultándole información; solo le contaba lo inevitable. No habría puesto el abad tanto interés en la muerte de Bruna si se tratase de una bobada. Pero era muy interesante lo que dijo sobre el propósito de la cruzada; a Guillermo le sorprendió que los cruzados dejaran escapar a los judíos y que no hubieran quemado a cátaros en la hoguera al tomar Carcasona. Ahora lo entendía. El abad del Císter tenía objetivos más importantes. Sin duda, era a Trencavel, personaje clave en Sion, al que Arnaldo quería. Y eran los nobles de Sion a quienes el legado deseaba muertos.

59

Cant le coms de Montfort fo en l'onor assis,
que l'an dat Carcassona e trastot lo païs.

[Una vez el conde de Montfort aceptó el honor,
le dieron Carcasona y el país entero].

Cantar de la cruzada, IV, 36

El encuentro de los primos fue ruidoso y alegre. Las cosas habían cambiado mucho en pocos días. Ahora Amaury era el heredero del vizcondado de Carcasona, Béziers y Albí.

—Y pronto mi padre también será el conde de Tolosa —le confió a su primo.

—¿Cómo es eso? Raimon VI, conde de Tolosa, es uno de los cruzados —repuso Guillermo.

—Está a punto de terminar su cuarentena, se irá a sus tierras y entonces el legado le excomulgará.

—¿Con qué motivo?

—Por no cumplir con las promesas que hizo en Saint Gilles.

—¿Lo de perseguir herejes, expulsar judíos, no contratar mercenarios...?

—Eso es.

—¡Pero si no le ha dado tiempo! —se extrañó Guillermo.

—Da igual. —Amaury se reía—. Eso ya estaba escrito.

—Así que el legado fingió perdonarle para dividir a los occitanos, para que no ayudara a su sobrino el vizconde Trencavel…

—Así es. Y nosotros unificaremos Occitania bajo un dominio católico y franco.

Guillermo quedó en silencio. Se alegraba por los suyos y por él mismo. Su obispado estaba asegurado si su tío conseguía sus propósitos. Tendría Tolosa o Béziers y quizá después el arzobispado de Narbona. Pero los escrúpulos que sintió en Béziers y su inquietud al conocer la trama del asesinato de Peyre de Castelnou se habían transformado en angustia con la muerte de Aymeric y esta fue creciendo al ver a los refugiados desesperados, moribundos por los caminos. No se contuvo y expresó sus reparos a su primo.

—Pero se hará a costa de mucha sangre inocente.

—¿Inocente? —preguntó Amaury.

—Los degollados en Béziers, los habitantes de esta ciudad vagando por los caminos, muriéndose de hambre. Mujeres, niños, ancianos…

—Son herejes. Lo merecen.

—No, no son herejes —repuso Guillermo—. La mayoría son católicos como nosotros. Recordad que la lista de Reginald de Montpeyroux, el obispo de Béziers, contenía poco más de doscientos nombres. ¡Y matamos a veinte mil!

—El legado Arnaldo dice que lo son. Él sabe.

—Aunque diga eso, ¿realmente crees que todos lo son?

Amaury consideró la pregunta por unos momentos y al final contestó sonriente:

—El problema es que tú, primo, eres un eclesiástico brillante. Sabes demasiados latines, piensas demasiado. Y si matamos a buenos católicos, ¿qué? El papa nos perdona todos nuestros pecados. Y esta es la gran oportunidad para que los Montfort consigamos posesiones que hace meses ni hubiéramos podido imaginar. Y tú, tu obispado.

Se puso a reír a carcajadas y Guillermo, contagiándose de su primo, tardó poco en acompañarle, aunque eso no le hizo olvidar sus resquemores.

—He encontrado unas barricas de vino excelente, primo —le dijo cuando terminó de reír—. Seguro que nos topamos con algún germano, flamenco, borgoñés o paisano francés con un buen botín para perder a los dados. ¿Te place?

—¡Naturalmente!

Amaury le había reservado a su primo un hermoso palacio, cercano al suyo propio, dentro de la ciudad de Carcasona. Fue entrar y vivir en él, estaba completamente equipado, ropas en los arcones, sábanas en la cama, platos en la cocina; hasta había caballos en las cuadras. Guillermo andaba ocupado instalando a sus soldados y, aunque Jean se encargaba de todo, a él le tocaba tomar algunas de las decisiones, pero todas las tardes las pasaba de celebraciones con su primo y colegas de armas.

A mí me dejó descansar en su nuevo palacio, que, fuera de Jean y una de las ribaldas con la que el escudero tenía amistad y que este había contratado como criada, se encontraba desierto. Yo estaba aún agobiada por lo visto en los caminos y sola. Aquella hermosa mansión guardaba demasiado de sus anteriores habitantes. Me sentía incómoda, notaba la ausencia de los moradores y me los imaginaba con sus camisas blancas, fantasmas en la noche, perdidos por los caminos, bajo aquella luna tan llena que se había adueñado del negro cielo, desesperados, quizá muriendo de hambre. Los detalles de su cotidianidad lo impregnaban todo, desde la bacinilla al lado de la cama hasta aquella muñeca de trapo desamparada en un rincón. Era un palacio parecido al mío en Béziers, donde vivió una familia como la mía, y no dejaba de preguntarme qué se habría hecho de la niña que tuvo que abandonar a su muñeca para salir andando descalza y desnuda a un mundo terrible. ¿Viviría aún?

No me gustaba estar allí, pero temía más reemprender el camino y encontrármelos a ellos, a los espectros de aquel lugar, más hambrientos, más desesperados, más muertos.

Mientras, Guillermo frecuentaba la corte de su tío y a su primo Amaury. Nadie le ocultaba que el vizconde Trencavel moriría pronto y que ya solo quedaría, como posible problema, su hijo de pocos años, desposeído por la cruzada, que con Agnés de Montpellier, su madre, se había refugiado en Foix, otro condado infectado por los cátaros.

Mi caballero iba sacando toda la información que podía a unos y a otros sobre nuestra próxima etapa. No era muy precisa, ya que quienes realmente conocían Cabaret habían sido expulsados de la ciudad.

—La posada de El Gallo Cantarín es la siguiente parada —me dijo—. Está a medio día de distancia, a orillas del río Orbiel y de camino a Cabaret. Nos presentaremos como juglares. Cabaret es famoso por dar buena acogida a los trovadores y la posada es lugar de paso de todos ellos. Allí haremos nuestra primera actuación en público.

Así que empezamos a ensayar con una vihuela cada uno. Adaptamos un par de sus canciones goliardas al occitano y aprendió algunas de las que yo conocía. En general, hacíamos dos voces y sonábamos bastante bien.

Guillermo avanzaba muy rápido con el occitano, tenía facilidad para las lenguas, pero su acento era aún foráneo. Quedamos en que hablaría yo y que él sería un trovador aquitano; nadie debía sospechar que era cruzado.

60

یک کوزه شراب تا به‌هم نوش کنیم
زان پیش که کوزه‌ها کنند از گل ما

[Trae un cántaro de vino y juntos bebamos
antes de que hagan cántaros de nuestros barros].

Omar Jayam

Unos días después, bien avituallados y repuestos de fuerzas, nos dispusimos a emprender viaje. Yo escondí la muñeca entre mis cosas. Era de trapo y madera; me recordaba una que tuve de niña y a la que quería mucho. No podía dejarla sola, llorosa, en aquel caserón poblado de recuerdos.

A mediodía llegamos a la posada de El Gallo Cantarín. Ofrecía protección amurallada a los viajeros y a causa de la turbulencia de aquellos días había sufrido ya varios asaltos. Nosotros no éramos conocidos y se nos dijo que no podían acoger a más. Guillermo hubiera podido mostrar el salvoconducto del nuevo vizconde que, aun garantizándonos la entrada, nos delataría como enemigos. Decidimos no usarlo y negociar, pero costó tiempo, buenas palabras y hacer brillar el oro al sol para que El Gallo Cantarín nos abriera sus puertas.

El reducto era una plazoleta rodeada de distintos edificios y enseguida los mozos se ocuparon de nuestros caballos. El posadero comentó que el lugar, al ser parada de postas, había sido protegido del vizconde Trencavel de Carcasona y que ya había enviado mensajeros para someterse al nuevo señor, Simón de Montfort. Aun así, socorría a muchos amigos expulsados de la ciudad en ruta a Cabaret, y bastantes aún continuaban allí, lo que le obligaba a hornear más pan que de costumbre varias veces al día y repartirlo. Algunas provisiones empezaban a escasear, pero por suerte disponían de abundante trigo, centeno y cebada, ya que la trilla era reciente. A los juglares se los recibía mejor que nunca; la gente necesitaba olvidar penas, aunque, dados los tiempos que corrían, los desconocidos como nosotros debían demostrar que tenían recursos y pagar.

Pasamos a la gran sala de la posada. Estaba abarrotada, pero al fin nos sentamos en un rincón junto a varios con aspecto de comerciantes. Muchas de las mesas acomodaban gentes vestidas solo con camisas y era fácil adivinar su procedencia. Sirvieron unas escudillas con un tipo de cocido con nabo, zanahorias, acelgas y poca carne junto con pan de trigo y de centeno, todo acompañado con jarras de vino y agua. Entablamos conversación con unos mercaderes que estaban a la espera de sus emisarios enviados a Carcasona para asegurarse de que serían recibidos sin daño en la ciudad y los interrogamos sobre Cabaret.

Al rato, desde el otro extremo de la sala, se empezaron a alzar voces dando vivas al antiguo vizconde Trencavel, ahora prisionero, y muertes para los cruzados de Simón de Montfort. Después, alguien subió a una mesa para cantar un serventesio loando al vizconde preso. Todos le coreaban haciendo palmas.

El corazón me dio un vuelco cuando reconocí a Hugo y su guitarra. ¡Era él! Aparecía cuando había perdido la esperanza de volverle a ver. Pero continuaba estando lejos, rodeado de gente. ¿Cómo podría acercarme? ¿Me reconocería a pesar de mi disfraz?

—Yo conozco a ese payaso —dijo entonces Guillermo entre dientes—. Cuando me lo encontré en Saint Gilles, prometí cortarle el pescuezo.

Callé, sorprendida, mientras me invadía la desesperanza.

—¿Qué ocurrió en Saint Gilles?

—Ese juglar nos atacó a mi primo y a mí, y se mofó de nosotros. Estaba a la espera de toparme con él.

¡Había deseado tanto ver a Hugo de nuevo! Fantaseaba con que, si esa feliz circunstancia sucedía alguna vez, mis temores desaparecerían con su protección, pero de repente aparecía un peligro inesperado. Las dos únicas personas en las que confiaba se odiaban entre sí. Tenía que evitar a toda costa que se mataran y me di cuenta de que mi única alternativa era convencer a Guillermo para que continuara camuflado en su apariencia de juglar, aunque eso impidiera darme a conocer a Hugo.

—Será mejor que os contengáis —le advertí—. Aquí no son favorables a los cruzados y saldríamos mal parados.

Para mi alivio pareció entenderlo.

—Tenéis razón —dijo al rato—. Ya me di cuenta en Saint Gilles de las simpatías que genera ese bribón. Debemos continuar fingiéndonos trotamundos cantarines; no me reconocerá con este aspecto. Ya encontraré ocasión más favorable para degollarle y acallar así sus gorgoritos para siempre.

Pensé que había evitado el peligro inmediato, pero me invadió la melancolía mientras me aprestaba a escuchar a Hugo. ¡Verle tan cerca y tener que renunciar a darme a conocer!

Allí estaba, encima de la mesa, tañendo su guitarra mientras cantaba una composición en la que mencionaba al juglar Reculaire.

Al terminar, se acomodó entre los que le celebraban en el otro extremo y fue entonces cuando el dueño de la posada nos invitó a cantar. De haberlo podido evitar, lo hubiera hecho, pero no quedaba más remedio y nos lanzamos a ello. Lo hicimos sin alardes, sin subirnos a mesas, confiaba en que Hugo continuara distraído bebiendo con sus amigos. Las risotadas que partían de su rincón me tranquilizaron y supe que pasaríamos desapercibidos para su grupo.

Nuestras canciones eran seguidas con interés en algunas de las mesas cercanas y con total indiferencia desde el fondo, donde la bulla de Hugo y sus amigos no había cesado. Mucho mejor, pensé, dadas las circunstancias. Conforme nos animábamos, nuestro canto mejoraba y también los aplausos de nuestros espectadores. Y al fin, alentada por ello, no me pude resistir a cantar la trova del ruiseñor:

Ruiseñor que vas a Francia, ruiseñor,
encomiéndame a mi madre, ruiseñor.

Satisfecho por la cálida acogida, Guillermo decidió, antes de exponernos a la corte de los señores de la Montaña Negra, repetir en la cena nuestro número, requiriendo mientras, discretamente, más información sobre Cabaret.

No volví a ver a Hugo y aquella noche apenas pude conciliar el sueño. Nos cedieron un rincón en una estancia llena de paja que, según decían, cambiaban semanalmente, pero que apestaba a sudor y estaba llena de parásitos. Por suerte, la noche era cálida y las ventanas quedaron abiertas. Se oían ronquidos y gentes hablando en sueños. Escuchaba, lejanos, llantos de niños que, sin duda, provenían de donde los refugiados. Intentaba dormir, pero se me llenaban los ojos de lágrimas y el pecho de suspiros pensando en que habría desaprovechado la última oportunidad de llegar hasta Hugo. Mis cortos sueños terminaban en pesadillas en las que buscaba desesperada a mi trovador por laberintos de bosques llenos de gentes perdidas, cubiertas solo con una camisa blanca, vislumbrando reflejos suyos pero sin hallarlo. La peor fue aquella en que Guillermo y Hugo luchaban a muerte, rodeados de frailes siniestros que iluminaban la noche con hachones encendidos. Yo intentaba evitarlo desesperada, pero no me oían. Me di cuenta de lo mucho que había llegado a apreciar al francés y de que me costaba sopesar en mi corazón el afecto que guardaba para cada uno de mis caballeros.

Poco antes del amanecer, después de haber dado mil vueltas sobre mi montón de paja sin conciliar el sueño, noté mi garganta seca. Estaba sedienta. Sabía que había un cántaro de agua en el pasillo y, tanteando, salí en su búsqueda. La tenue luz de un candil indicaba su presencia. Estaba atado con una cadena y al encontrarlo, lo levanté para saciarme. Fue al dejarlo en el suelo cuando, con un sobresalto, la vi. Era una niñita. Estaba desnuda y me observaba desde la penumbra.

—Hola. ¿Cómo te llamas? —le dije sonriéndole cuando me sobrepuse.

—Esclaramonda.

Se acercó para observarme. Me miraba seria, con unos grandes ojos azules, quizá más grandes en contraste con su delgada desnudez. Tenía la carita sucia, con reguerotes de lágrimas dibujados en sus mejillas. Sería uno de los niños que lloraban en la noche.

—¿Dónde están tus papás?

—Mis papás están en el cielo con Jesús.

Mi corazón se encogió y mis ojos se humedecieron. No tenía que preguntar más para saber, por su aspecto y acento, que la pequeña era uno de los refugiados.

—¿Y con quién estás?

—Con mi abuela.

La niña continuaba observándome muy seria.

—Y tú, ¿cómo te llamas? —me preguntó.

—Bruna.

Fue entonces cuando me asaltó el pensamiento. ¿Sería ella?

—¿Me esperarás aquí un momento? —le dije—. Tengo algo para ti.

Recorrí el pasillo lo más aprisa que pude y pasando por encima de los que dormían, llegué al equipaje. Guillermo continuaba durmiendo satisfecho.

—¿Conoces esta muñeca? —le pregunté al regresar.

La niña abrió más sus grandes ojos al mirarla.

—No —dijo sacudiendo su cabeza.

Por un momento me sentí decepcionada. Hubiera querido que fuera ella, la pequeña de la casa que habité, para darle algo que la reconfortara.

—¿Te gusta?

Afirmó con la cabeza.

—Es para ti —le dije, y se la di.

—¿Cómo se llama? —preguntó mientras se abrazaba a ella.

—Llámala Bruna.

—¿Como tú?

—Sí —repuse—. Y un poquito de mi amor siempre te acompañará con ella.

La niña me abrazó sin soltar a su nueva amiga. El contacto fue largo, tierno y mi corazón se hizo grande sintiendo el calor de aquella personita frágil. Después, al apartarse, me miró sonriendo por primera vez y, al hacerlo, iluminó la noche, iluminó aquel mundo oscuro, cual su propio nombre de Esclaramonda significa.

61

Antes perderá el cuerpo e dexaré el alma
pues tales malcalçados me ver çieron de batalla.

[Antes perderé mi cuerpo y lo abandonará el alma,
ya que tales desastrados me vencieron en batalla].

Poema de mio Cid

Bruna y Guillermo emprendieron el camino al poco de amanecer. Hubieran podido llegar a su destino antes de la puesta de sol del día anterior, pero no quisieron arriesgarse, dada la situación de los caminos, en caso de no ser bien recibidos en Cabaret. Así podrían ir y volver a la posada en el mismo día sin tener que pernoctar en el bosque.

Ambos llevaban su vihuela colgada a la espalda, espada al cinto y montaban caballos. Su aspecto no era el del común de los juglares trotamundos, sino más bien de un trovador noble acompañado de su propio juglar.

Bruna observó a todo el mundo antes de salir de la posada de El Gallo Cantarín ansiosa por volver a ver a Hugo y decepcionada por no encontrarle. En un instante de descuido de Guillermo, interrogó al posadero, a solas, sobre el juglar de la noche anterior y este le dijo que se había ido. Bruna se maldijo por haber perdido, a causa de sus miedos, la última oportunidad de hablar con Hugo, pero pensó que no tuvo otra opción; estaba segura de que, de haber ella hablado, uno de los dos hubiera muerto en la posada.

Guillermo le interrogó en un par de ocasiones sobre su aspecto melancólico, pero ella no quiso decirle que aquel al que él deseaba matar era su caballero rival y el hombre que consumía sus pensamientos.

No se habrían alejado un par de millas en dirección a los montes cuando el camino los llevó a un hermoso paraje con frondosos árboles que orillaban el río Orbiel. Bruna intentaba calmar su angustia con la contemplación del sol que iluminaba ya las copas de los árboles, con los reflejos de las luces en las aguas del río, remolonas en ese lugar, y con el canto de los pájaros, cuando un grito le sobresaltó.

De repente, parecía como si los árboles se desplomaran sobre ellos y Bruna notó un golpe y hojas cayendo.

—¡Huid! —le gritó Guillermo—. ¡Es una emboscada!

Les habían lanzado una red. Instintivamente, espoleó a su caballo, pero los hombres salidos de la espesura fueron más rápidos y mientras uno de ellos sujetaba las riendas para frenar el caballo, que se encabritó, otros dos tiraron de ella y la desmontaron.

Mientras, Guillermo había sido alcanzado de lleno y, aunque consiguió desenvainar su espada, se debatía atrapado en aquella maraña de cuerdas y hojas. Los asaltantes tiraron con fuerza de la malla hacia un lado, con lo que el caballero se vio arrastrado junto con su caballo, descabalgado de este y revolcado por los suelos.

—¡Huid de aquí! —volvió a gritar sin alcanzar a ver que Bruna estaba ya maniatada y amordazada.

Unos cuantos se lanzaron sobre él desarmándole, y, al poco, se encontró tan inmovilizado como la dama.

Los asaltantes hablaban occitano y entre risas, se felicitaron por el éxito de su hazaña. Les cargaron cual fardos en sus propias monturas y les condujeron, cruzando un vado cercano, al otro lado del río, hasta un lugar oculto entre árboles y rocas.

Allí, tratándoles como simples bultos, les dejaron un rato en el suelo, aún amordazados.

Bruna y Guillermo se miraban a distancia. Él, temeroso por la dama y ella, deseando hablar, sin poder.

Al poco, oyeron que llegaba alguien montado a caballo que felicitó a los bandidos. Parecía el jefe. No se entretuvo demasiado en conversaciones. De inmediato, se dirigió a Guillermo y le dijo:

—¿Creíais que nos engañaríais?

Bruna había quedado boca abajo y no pudo ver al personaje que hablaba, aunque al reconocer la voz, el corazón le dio un vuelco. Era Hugo de Mataplana.

—De nada os ha servido disfrazaros. Sois un cruzado franco —continuó—. Un estúpido al que recuerdo pavoneándose en Saint Gilles. Casi conseguís engañar a los de la posada a pesar de vuestras insistentes preguntas sobre Cabaret, pero no a mí. Yo os reconocí. Habéis caído en mi trampa y ahora os vamos a juzgar, condenar y ahorcar sin dilación.

Guillermo, que estaba boca arriba, pudo ver cómo colgaban dos sogas de las ramas de los árboles.

—Yo os juzgo —dijo Hugo solemne— y yo os condeno por cruzado. Y por invadir Occitania, por ladrón, por violador y por asesino de inocentes.

Vio que el franco se debatía. Quería hablar.

—¿Deseáis decir algo antes de morir? —continuó Hugo—. Bien, hacedlo. —E hizo signo para que le quitaran las mordazas.

—Vos y yo tenemos algo pendiente —clamó Guillermo tan pronto pudo hablar—. Y como vuestro aspecto no es del vulgo, sino de alguien con honor, os reto a un combate a muerte con la espada.

Hugo se rio.

—Estáis en lo cierto, soy caballero. Pero no voy a aceptar vuestro reto, no tengo ganancia en ello. Ser honorable no implica ser estúpido. Quedan muchos cruzados por matar y por ellos sí que arriesgaré mi vida. Vosotros no valéis el riesgo; ya estáis muertos.

—Entonces, como caballero, os suplico que dejéis libre y sin mal a mi escudero —insistió Guillermo—. Es occitano. No ha levantado su espada contra nadie y me servía forzado.

—Él también tiene su culpa —dijo Hugo observando cómo Bruna, maniatada, se debatía por girarse y poder mirarle a los ojos.

—¿Qué culpa puede tener? —inquirió sorprendido Guillermo—. Es muy joven. No hizo ningún mal a nadie. Os suplico que le liberéis sin daño.

—Se atrevió a cantar la *Canción del ruiseñor* en la posada, tal como lo hacía la dama Bruna de Béziers. Eso merece castigo.

—¿La Dama Ruiseñor? —inquirió el franco sorprendido—. ¿Conocíais a la dama?

Al fin Bruna, revolviéndose, logró situarse en una posición desde la que podía ver a Hugo, pero este ni la miró.

—Sí —repuso melancólico—, tuve la fortuna de conocerla y de que aceptara ser mi dama antes de que vosotros la asesinarais. —Su voz se quebró—. Ahora vivo para vengarla.

—¡La dama está viva!

—Mentís para salvar vuestro inmundo pellejo —gruñó Hugo encolerizado—. ¡Todos en Béziers fueron exterminados! Y ahora os ahorcaré con mis propias manos. Tiempo habrá para ver qué hacemos con el muchacho, si realmente es occitano.

Y gritó órdenes para que le ayudaran los demás en su propósito. Bruna se debatía con todas sus fuerzas para soltar sus ataduras y poder hablar. Hugo estaba tan ciego de odio hacia Guillermo que ni la miraba; las cuerdas se le clavaban en sus muñecas y los trapos en la boca no la dejaban hablar, la ahogaban. Aquel gentil trovador que conoció en Béziers se había transformado en una bestia feroz sedienta de sangre. ¡Qué tragedia! ¡Guillermo, que le había salvado la vida, iba a morir ahorcado precisamente por su asesinato! Las lágrimas le llenaban los ojos mientras se esforzaba en gritar, en hacerse notar, sin que poco más que un gemido angustiado saliera de su boca.

—¡La dama está viva! —repitió Guillermo.

—Terminemos ya con esto —cortó Hugo—. Ayudadme, muchachos. Ahorquémoslo.

Y agarrándole, empezó a tirar de él hacia el improvisado patíbulo mientras el franco se debatía. Los demás se precipitaron para sujetarle, pero al incorporarle del suelo, el de Montmorency, que se había librado de las ataduras de sus pies sin que los otros lo percibieran, logró encajar una patada en el vientre de uno de ellos. Al tiempo, de un tirón, se soltó de Hugo y precipitándose hacia delante, golpeó el pecho de otro con su cabeza y, dando tumbos entre los que pretendían sujetarle, se lanzó al lado de Bruna.

—¡La dama está viva! —volvió a gritar—. ¡Y está aquí!

Fue entonces cuando la mirada de Hugo se encontró con aquellos hermosos ojos verdes, llenos de lágrimas, que tanto amaba.

62

Dios, qué buen vasallo,
si oviesse buen señore!

[¡Oh, Dios, qué buen vasallo,
si tuviera un buen señor!].

Poema de mio Cid

—¡No quiero ver más a ese desarrapado! —gritó el abad Arnaldo a su secretario.

—Ya se lo dije, pero Renard insiste en que trae noticias que os interesan, y mucho —repuso el cisterciense.

—Hemos discutido mil veces sobre el botín —se lamentó el abad irritado—. Los ribaldos tienen lo que se merecen. Demasiado les dimos y ese rey Ribaldo es afortunado de no haber sido ahorcado después del incendio de Béziers.

Aun muriendo miles de ribaldos en la vanguardia de los asaltos a los burgos de Carcasona, la ciudad se había rendido a los nobles. Fueron estos quienes tomaron posesión de ella y de todas sus riquezas, dejando a la chusma lo justo para sobrevivir. Solo permitían la entrada a aquellos que, habiendo jurado lealtad como siervos a sus nuevos amos, se habían empleado con algún noble en servicio civil o de armas.

Renard y los suyos se encontraron tan miserables como salieron de sus países, viendo desvanecerse todos sus sueños de fortuna y riquezas. Era como siempre había sido. Los ricos eran más ricos y los poderosos, más poderosos. Los ribaldos habían muerto y sufrido por la causa de Cristo a cambio del perdón de sus pecados. Los nobles sumaban al perdón todas las riquezas.

Renard quiso, una y otra vez, negociar con el abad y el nuevo vizconde una parte justa del botín para los suyos, pero en su último encuentro con Simón de Montfort este ordenó que lo azotaran por insolente. El rey Ribaldo supo entonces que su monarquía había terminado y que los nobles solo darían una oportunidad a los que, abandonando a sus compañeros, se unieran a sus filas como siervos, casi como esclavos.

Ya no tenía nada que ofrecer en nombre de los suyos. Nunca habían estado muy cohesionados entre ellos; eran compañeros de viaje por necesidad, y aquella tropa se disgregaría.

Pero Renard no renunciaba a sus sueños: una casa, unas viñas, algún campo y poder formar una familia con aquella muchacha que esperaba un hijo suyo, aunque tuviera que aceptar vasallaje de un noble y pagarle parte de sus cosechas. La cruzada le había permitido huir del señor que le esclavizaba en el norte. Había luchado demasiado por su libertad, había visto a muchos morir por ella, para resignarse a perderla ahora que la sentía tan cerca.

Continuaba teniendo algún poder. Sabía moverse bien y conocía lo que otros ignoraban...

—Dice que no viene a hablar del botín —repuso el secretario—, sino de algo secreto que a vos preocupa mucho.

—¿Qué? —se extrañó el abad.

—Eso dijo.

El legado papal estuvo meditando un tiempo y al final se

dijo que le convenía saber lo que precisara saber, y saber lo que no necesitaba no iba a hacerle daño.

—Decidle que pase, pero que, si me hace perder el tiempo, los azotes que recibió de los Montfort le parecerán caricias en comparación a los míos.

Renard apareció por la puerta sonriente y después de hacer todas las reverencias que consideró requeridas, quiso besar el anillo del legado. Este se lo negó y le hizo permanecer de pie frente a su silla colocada en una tarima desde donde se encontraba más alto que el ribaldo.

—¿Qué deseáis? —inquirió el abad sin más preámbulos.

—Una bonita casa en Carcasona, unos campos cercanos y unas viñas —repuso este igual de directo.

—Ya hemos discutido sobre el botín. Si insistís, haré que os ablanden la espalda.

—Será a cambio de algo.

—¿Algo? ¿Qué algo tenéis que me interese?

—A mí la gente me cuenta muchas cosas; lo que oyen en el mercado, en la calle o incluso tras las puertas y las lonas de las tiendas.

—¿Y bien?

—Sé algo que os interesa y preocupa.

—¿Qué es?

—Solo si me concedéis lo que pido.

—Os lo puedo arrancar a latigazos.

—No, porque no sabéis lo que buscáis.

Arnaldo pensó unos instantes antes de replicar:

—¿Y cómo sé que lo que ofrecéis vale lo que pedís?

—Os lo diré si juráis por Dios cumplir conmigo.

—Eso es pecado.

—Pues hacedlo por la salvación de vuestra alma.

—Mucho tiene que valer lo que sabéis.

—Lo vale y, si juráis no traicionarme y cumplir con nuestro acuerdo, os lo diré en un instante.

—Bien, acabemos con esto. —El abad se impacientaba—. Tenéis mi palabra, pero solo si lo que me ofrecéis interesa.

—Prometedlo.

El abad del Císter dudó. No le gustaba aquello, pero el asunto parecía importante y no era él alguien que se rebajara a regatear con un truhan.

—Será mejor que el asunto valga la pena. Si no, lo lamentaréis.

—Os interesa y mucho.

—Lo prometo —dijo al fin.

—La Dama Ruiseñor sigue viva.

—¡No puede ser! ¡Todos murieron en Béziers!

—Está viva. Sé dónde se esconde y quién la protege.

El legado pensó. Era inútil preguntarle a aquel tipo cómo supo de su interés por Bruna de Béziers. Después, se dijo que Renard, siendo capaz de moverse con facilidad y sin escrúpulos, era válido para cualquier encargo.

—¿Cómo sé que no me engañáis?

—Pagadme por trabajo hecho. Cuando os traiga su cabeza.

Arnaldo observó de nuevo a aquel hombre en silencio. No perdía nada y, de estar el ribaldo en lo cierto, a él no le importaba darle a aquel hombre una casa y terrenos. Los vencedores tenían fincas desocupadas en abundancia y sin costo. Y quizá aquel franco mañoso pudiera ser de utilidad en el futuro.

—De acuerdo, traedme su cabeza y os daré lo que pedís.

—Y algo más.

—¿Más? —se impacientó el abad Arnaldo.

—Tengo un *socium* occitano. Es un caballero *faidit* con pequeñas propiedades a la orilla del Aude, camino de Narbona. Él ha sido desposeído y yo necesito un caballero occitano para lograr lo que busco. Se le ha de restituir.

El legado estaba muy contrariado, pero aquel hombre le traía problema y solución a la vez. No se rebajaría a negociar con aquel tipo y lo que le pedía le costaba poco.

—De acuerdo —dijo.

—Prometed que cumpliréis.

—Prometido. —Y le despidió con gesto desdeñoso.

Arnaldo quedó preocupado. Confiaba en Renard, ya que no le pedía adelanto alguno, solo recompensa por resultados. La supervivencia de la dama era una adversidad y no le gustaba depender del ribaldo. Se dijo que quizá hubiera sido mejor sacarle la información a la fuerza, pero aquel malandrín le había hecho jurar y él era hombre temeroso de Dios. Habría que rezar para que tuviera éxito.

Y Renard fue a buscar al caballero Isarn con la buena noticia. Sabía bien hacia dónde iba su presa. Partirían lo antes posible para Cabaret.

63

Espada tiene en mano e veot agujar
asi commo semeja en mi la quiere ensayar.

[Está espada en mano y la veo aguijar,
tal parece que en mí la quiere probar].

Poema de mio Cid

Yo estaba convencida de que Hugo iba a matar a Guillermo de inmediato. Estaba ciego de ira; ni siquiera le escuchaba cuando él le decía que yo seguía viva. El franco representaba para él todas las crueldades y arrogancias de los cruzados. Y tenía una venganza que cumplir. Intenté gritar. Rezaba, llorando de impotencia, y me debatía por librarme de mis ataduras y mordaza mientras me clavaba las uñas en las palmas de las manos. Bajo ningún concepto quería ver muerto a Guillermo y menos por las manos de Hugo. Fue entonces cuando Guillermo se deshizo por un instante de sus verdugos y fue a caer a mi lado. Hugo le siguió con la mirada y solo cuando repitió: «¡La dama está viva! ¡Y está aquí!», fue cuando nuestros ojos se encontraron. Su expresión furiosa se mantuvo estática por unos instantes, para mutar después en incredulidad y asombro. Le costó reaccionar y, cuando lo hizo, se apresuró a desatarme murmurando:

—¡Loado sea el Señor! ¿Sois vos, Bruna? ¿Es verdad lo que veo?

Me sorprendió que aquel joven violento, preso de un furor terrible hacía breves instantes, trocara de inmediato en tierno y acariciante. Se le llenaron los ojos de lágrimas y, cuando me quitó las mordazas, sus manos rozaron mis mejillas con un mimo.

No pude hablar. El relajo después de la tensión y aquella caricia me hicieron estallar en sollozos, mientras él tomaba mi maltrecho cuerpo entre sus brazos y me acunaba.

—¿Qué milagro es este? —exclamaba él entre hipos—. Dios me ha dado lo que jamás me atreví a pedir. Cual Lázaro, volvéis del mundo de los muertos. Mi corazón no puede soportar tanta felicidad. ¡Seré yo quien ahora muera de dicha!

Cerré los ojos dejándome llevar, abrazada a él, sin decir nada. Sentí que el mundo desaparecía por unos instantes. Fui feliz, intensamente feliz.

Al rato me di cuenta de que todos nos contemplaban en un silencio atónito, asombrado: la media docena de hombres que nos asaltaron, alguno rascándose la cabeza perplejo, y el pobre Guillermo, aún maniatado y tumbado sobre un costado.

Le pedí a Hugo que le liberara, pero se resistía. No podía entender que aquel tipo me había salvado la vida convirtiéndose en mi protector. No le gustaba él y tampoco esa idea. Al fin, ante mi insistencia, le dijo:

—Jurad ante la cruz de vuestra espada que no la usaréis contra mí ni contra mis hombres y no nos causaréis daño ni ayudaréis a ello.

—Lo juro —repuso Guillermo—. Pero cuando la dama se encuentre a salvo, cuando ningún peligro la amenace, me liberaré de mi promesa.

—Acepto —convino el catalán mostrando los dientes—. Y cuando eso ocurra os buscaré para mataros.

—Os estaré esperando —repuso el franco arrogante pese a continuar hecho un fardo en el suelo.

—¡Basta de amenazas! —intervine haciendo un esfuerzo por superar mi desfallecimiento—. Si de verdad queréis protegerme, dejad de lado esas tonterías. Hugo, os suplico que le digáis a los vuestros que se alejen. Lo que hemos de hablar nos compete solo a los tres.

Me miraron curiosos. Lucía como un muchachito, pero me estaba imponiendo como una dama. Me hubiera gustado poder vestir gonela y camisa de seda, calzar escarpines de piel de cabrito y conservar mi negra melena hasta casi la cintura. Nada de eso tenía; lo había perdido todo, pero aún me quedaba mi *paratje*, mi dignidad de señora. Me erigí orgullosa al recordar que ambos eran mis caballeros y que como tales me debían, según las leyes de la *fin'amor*, una pleitesía semejante a la del vasallo al señor.

Hugo se había quedado contemplándome. Parecía no dar aún crédito a sus ojos y, al mantenerle yo la mirada con insistencia, reaccionó como si despertara de una ensoñación, e hizo lo que le pedía.

Una vez Guillermo libre y lejos de los demás, buscamos un lugar tranquilo para relatar a Hugo mis desventuras y la forma milagrosa en la que sobreviví aun sin ocultar el encargo asesino que el de Montmorency tenía sobre mi persona. Cuando empecé a hablar de la séptima mula y de su carga, Guillermo me interrumpió.

—Ese es un secreto que no deseo compartir con este juglar.

—No es juglar, sino que es trovador y mi caballero, como vos sois también ahora. Y ya que los legajos parecen afectar mi vida, está en su derecho de saberlo. Vos no traicionáis promesa alguna. Soy yo quien decido compartir lo que yo sé.

Guillermo calló enfurruñado y fue Hugo quien habló entonces:

—Despedid a ese bufón —dijo—. A partir de ahora soy yo quien os protejo. Relevadle de su juramento y que se vaya. Es un enemigo.

—Valiente protector estáis hecho —repuso el franco airado—. Ya vi vuestra protección en Béziers. ¿En qué lugar os escondíais?

Hugo se mordió los labios: era evidente que la pulla le había herido, y echó mano al puño de su espada. Guillermo, que estaba desarmado, buscó con la mirada algo con que defenderse. Me tuve que interponer entre ambos.

Pensé con rapidez. Había fantaseado frecuentemente con la idea de encontrarme con Hugo, en cómo yo reaccionaría, cómo lo haría él y cómo Guillermo. Pero era algo que, por lo temido, había querido evitar y no estaba preparada para la realidad. Y esta era que ambos eran enemigos, más aún, se odiaban y yo resultaba ser el mayor de sus motivos. Temía que solo la muerte de uno de ellos trajera la paz. Pero yo no estaba dispuesta a renunciar a ninguno. Tenía razones para amarlos a los dos y, aun habiendo estado locamente enamorada de Hugo, valoraba en mucho el tiempo vivido con Guillermo. No quería perderlos, pero no sabía si podrían convivir sin matarse.

—¡Escuchadme ambos! —les dije enérgica—. Y escuchadme bien.

Por un momento se olvidaron el uno del otro para poner su atención en mí.

—Y en particular escuchadme vos, Hugo. Vos me pedisteis ser mi caballero y yo os acepté, pero la providencia quiso que Guillermo me salvase la vida y, cuando también me pidió lo mismo, se lo concedí porque no sabía si os volvería a ver y le necesitaba como protector. Demostró su gran devoción aceptando incluso luchar contra los cruzados mientras no pertenecieran a su clan.

—¿Que prometió luchar contra los cruzados? —se asombró Hugo.

—Sí, para probarme su amor.

Hugo frunció el ceño.

—Una dama no debiera tener dos caballeros.

—Pero estos son tiempos excepcionales y ahora os necesito a los dos. Venid con nosotros, ayudadnos a encontrar la carga de la séptima mula que los asesinos del legado Peyre Castelnou robaron.

—¿Eso buscáis? —se sorprendió Hugo.

—Sí —le respondí—, esa es nuestra búsqueda.

—¿Para entregarlos al abad Arnaldo?

—No. Para él no, sino para que yo sepa qué relación tienen conmigo y con esta monstruosa cruzada de la cual parecen ser el origen.

Me costó convencerlos. Cuando uno parecía aceptar la presencia del otro, el segundo se resistía a compartir camino y dama con el primero. Al final, Hugo dijo:

—Jamás lo conseguiríais sin mí. En la posada resultasteis sospechosos de inmediato; queríais fingiros juglares y preguntabais demasiado por Cabaret. Reconocí a Guillermo, primero, por su aspecto extranjero y, después, por haberlo visto en Saint Gilles. Fue facilísimo prepararos una emboscada con mi grupo de refugiados. Y otros *faidits* lo volverán a hacer si continuáis con ese aspecto y pretensiones.

—¿Y vos dejaréis que eso me ponga en peligro? —le pregunté con malicia.

—No, claro que no —repuso rápido—. Venid conmigo, dejadlo a él.

Y volvimos a argumentar. Al final, Hugo se dio por vencido y aceptó conducirnos a Cabaret, donde él era bien recibido, a cambio de estar a mi lado y de compartir el hallazgo de los legajos.

—Espero veros combatir a los cruzados —le espetó al

franco—. Os aseguro que tendréis ocasiones. En Cabaret se organizará la resistencia de la Montaña Negra.

—No os defraudaré —masculló Guillermo—. Ni en eso ni cuando al final venga a por vos.

64

E sitot lop m'appellatz, no m'o tenh a deshonor,
ni se.m baton li pastor ni se.m per lor casstz.

[Y aunque lobo me llaméis, no lo tengo a deshonor,
ni que los pastores me den caza ni que me apaleen].

Peyre Vidal

Los guardas en vigía desde los altos riscos que dominaban el valle del Orbiel en las primeras estribaciones de la Montaña Negra observaron a aquel curioso trío y de inmediato enviaron señal, que se transmitió de centinela a centinela hasta el cuerpo de guardia. De no montar corceles caros, al cargar sus instrumentos a la espalda, los habrían tomado por saltimbanquis o comediantes. Pero sus medios los elevaban a la categoría de juglares y, con toda seguridad, trovadores. Y estos eran siempre bienvenidos en Cabaret.

Cuando en un recodo, sin posible escapatoria, los soldados los interceptaron, el que mandaba reconoció de inmediato a Hugo y le dio la bienvenida con una amplia sonrisa.

—Es grato ver que aún llegan amigos, a pesar de los tiempos del diablo que nos toca vivir —les dijo.

El grupo reemprendió su marcha y Guillermo observaba como las señales los seguían y adelantaban mediante centinelas colocados estratégicamente a ambos lados del valle. No le sería fácil a su tío Simón apoderarse de Cabaret.

—Hay quien dice que Cabaret es el castillo del Grial —comentó al rato Hugo aprovechando la marcha tranquila.

—¿Del Grial? —respondieron a coro Bruna y Guillermo.

—Sí, y que Orbia de Pennautier, la llamada Dama Loba de Cabaret, es la Dama Grial.

—Sí, he oído hablar de ella y del grial —repuso Bruna—. ¿Y por qué la llaman también Loba? —inquirió Bruna.

—Es apodo de familia. A su padre le llamaban el Lobo de Pennautier. ¿Conocéis la historia del trovador Peyre Vidal y la Dama Loba?

—Algo oí —repuso Bruna.

—Yo no —dijo Guillermo curioso.

Hugo le miró de reojo dudando si contar la historia o no, pero al final, para no aumentar innecesariamente la tensión, decidió hacerlo.

—Peyre es uno de los trovadores occitanos más brillantes y, como tantos otros grandes señores y trovadores, llegó a Cabaret atraído por la leyenda de la belleza y virtudes de la Dama Loba. Y como la mayoría, quedó prendado de ella tan solo verla. La trovaba tanto como podía, pero ella, siempre amable y risueña, le daba largas diciéndole que él era gran poeta y práctico en la *fin'amor* y que con toda seguridad sus promesas las repartía con otras damas. Él, para demostrar que solo a ella amaba y requería, empezó a usar el lobo como divisa, vistiendo ropas en las que ese animal aparecía bordado para que todos supieran que solo era de ella. Pero la dama seguía cortés sin parecer impresionada, así que Peyre Vidal recurrió a un golpe de efecto. Se cubrió con una capa de pieles de lobo y se hizo cazar por un grupo de pastores y sus perros. Estos se tomaron el juego demasiado en serio y, después de un rato de corretear por el monte, los perros lo alcanzaron y le trataron a dentelladas. Parece que tampoco los pastores fueron amables, puesto que hicieron lo que con un lobo apresado: le apalearon. Malherido, fue acarreado hasta el castillo de Cabaret, donde Orbia y su esposo Jourdan recibieron riendo la última ocurrencia del infeliz Peyre, que dejó de ser tan infeliz cuando fue curado, en recompensa, por las manos de su dama.

—¿Y sobrevivió?

—Sí que lo hizo. A pesar de su humildad con la Dama Loba, Peyre era un tipo altanero y fanfarrón que estuvo un tiempo en la corte de Ricardo Corazón de León, otro en la del conde de Tolosa y después hizo su periplo por las cortes del norte de Italia, de Aragón y Cataluña, de León y Castilla.

—¿Tan bella es la dama? —inquirió Bruna—. ¿Qué edad tiene?

—Sí que lo es, mucho —repuso Hugo—. Nadie sabe su edad exacta. Cuando la historia de Peyre Vidal, debía de estar en los veinte. Ahora superará los treinta, aunque todo el mundo dice que está más esplendorosa que nunca. Pero el mayor atractivo en ella es su ingenio y humor. Se la llama la señora del *joy* de la *fin'amor*, y muchos dicen que el *joy* es el verdadero grial y que el castillo que vamos a visitar es el del Rey Pescador de la leyenda.

—Sí, ¿pero qué piensa el marido de una dama a la que todos trovan y cortejan? —inquirió Guillermo.

Hugo rio a gusto.

—Pues, al principio, Jourdan de Cabaret se sentía honrado con tanto trovador proclamando por toda la cristiandad que su esposa era la más bella e ingeniosa dama —repuso cuando terminó de reír— hasta que, alertados por tantas alabanzas, llegaron los grandes señores.

—¿Y qué pasó?

—Que los poderosos trajeron costosos regalos, concedieron favores y se enamoraron sin tener la contención y paciencia de los pobres trovadores. Parece que bastantes regresaron felices a sus dominios.

—¿Y qué hizo Jourdan? —quiso saber Bruna.

—Imagino que, al principio, se tragó las lágrimas. Después quiso repudiarla, pero la dama tenía ya demasiados amigos poderosos y la Iglesia no le dejó.

—¡Uff! —resopló Guillermo.

Continuaron en silencio, pero el franco no podía evitar observar los riscos, los lugares apropiados para emboscadas y los centinelas en sus puestos de los montes. Aquella ruta era difícil para cualquier intruso por potente que fuera su tropa.

Pero cuando tras un recodo del camino, bajo el sol de la tarde, vio al fin el enclave, quedó definitivamente impresionado.

Tres castillos, conectados entre sí por diferentes muros, torres y otros elementos defensivos, coronaban un grupo de montes que se elevaban escarpados por encima de la confluencia del río Orbiel y del torrente Gresilhou.

Una vegetación, dominada por cipreses y pinos, contrastaba con las piedras claras de las fortificaciones, pero, a pesar de su imponente aspecto defensivo, aquel lugar parecía lejano a la guerra, de fiesta. Pendones y gallardetes con los colores de los señores locales y de los nobles visitantes ondeaban por doquier y en especial en el mayor de los castillos, donde las ventanas lucían edredones y otras telas coloristas.

Bruna se dirigió a Hugo para exclamar:

—¡Qué hermoso!

Este sonrió amable y a la vez complacido.

—Es la patria del *joy*, de la *fin'amor*. El dominio de la Dama Loba.

65

D'un sirventes m'es pres talens,
a qand faitz er tendra.l cami
a Miraval tot dreich correns,
a.N Raimon, don ai pesanssa.

[Deseo un serventesio componer,
y cuando esté, que el camino emprenda
hacia Miraval, directo, a todo correr,
para Raimon, que me apesadumbra].

Hugo de Mataplana

Mucho había oído yo hablar sobre Cabaret, de su baluarte inexpugnable, de su riqueza en minas de hierro, plomo, plata y oro…, aunque eso poco importaba a los trovadores, que no se cansaban de elogiar a la Dama Loba. Pero, a pesar de las referencias generalmente exageradas de los juglares, la imponente vista de aquellos castillos me impresionó.

Dejamos los caballos en unas cuadras pasado el primer recinto amurallado e iniciamos la escalada hacia aquel nido de águilas que era el castillo de Cabaret. Poco a poco, el río Orbiel empequeñecía abajo, en el valle, mientras el horizonte de montes se extendía conforme trepábamos por el camino serpenteante bordeado de cipreses.

La subida bajo el sol de la tarde en pleno agosto nos hizo sudar y, una vez nos refrescamos, nos recibió Peyre Roger de Cabaret, que había participado en la defensa de Carcasona y sufrido la humillación de tener que salir de la ciudad casi desnudo dejando corceles y armas en ella. Aunque él era el barón dominante por razón de reparto de herencias, compartía señorío con su hermano Jourdan, el esposo de la Dama Loba.

—Bienvenido, Huget —dijo. Enseguida noté la familiaridad y cariño con el que se dirigía a Hugo—. ¿Cómo está vuestro padre?

—Muy bien en salud e ingenio —repuso este—. Me envía con una *tensó* para que se la cante a Raimon de Miraval.

El de Cabaret rio complacido.

—Espero con ansia esta velada —dijo—. Adivino que vuestro padre, Hugo, habrá trovado los últimos amores desgraciados del de Miraval. Resulta que lo tenemos con nosotros e imagino que no se quedará callado.

Hugo asintió con una reverencia.

—¿Y a quién traéis con vos?

—A mi izquierda tengo a un trovero aquitano, Guillermo de Limoges, y a mi derecha a un joven trovador, Peyre de Narbona. —Guillermo y yo hicimos una reverencia al ser nombrados—. Son nobles, han prometido luchar contra los cruzados y son mis amigos.

—Bienvenidos, señores —dijo Peyre Roger sonriente—. Aceptad la hospitalidad de Cabaret. Aquí la música y el ingenio nos son gratos. Y también vuestras armas. Ya encontraremos oportunidad de usar todo ello. Os invito a que hagáis sonar vuestras vihuelas después de la cena.

Los criados nos instalaron en una habitación con amplios ventanales que compartíamos con varios más. El espacio era escaso en aquel risco y habitar en el castillo era un honor y privilegio. Hugo halló allí a Raimon de Miraval componiendo, sentado en el alféizar en equilibrio sobre el vacío y celebraron el encuentro con risas y abrazos.

Las mesas de la cena, adornadas con flores y guirnaldas, se dispusieron en la amplia terraza de la fortaleza desde donde se divisaba una impresionante vista de valles y montes. La luz dorada de la tarde iluminaba los gallardetes y pendones multicolores que tremolaban al viento y una sensación de paz y belleza me invadió. ¡Qué lejos estaba el pavimento sangriento de las iglesias de Béziers, qué lejos la guerra! Allí parecía no existir. De hecho, nadie necesitaba esforzarse para crear ese mundo cortés ideal de sonrisas, cumplidos y trovas. Surgía natural. Fluía.

Le comenté a Hugo mi impresión sobre la armonía que percibía en el lugar y me dijo:

—Así será hasta el asalto final. Este es el reino del *joy* y así se mantendrá hasta que maten al último de ellos.

Presidiendo la mesa junto a Peyre Roger y esposa, estaba la famosa Dama Loba y su marido, Jourdan.

La contemplé con curiosidad. Tenía unos ojos de un bello azul transparente, una sonrisa de blancos dientes en labios anchos y carnosos, pelo rubio y una risa fácil que la identificaba a distancia. Pero quizá lo que más destacaba en ella era su forma de mirar; segura de sí misma, pícara, descarada. Conocía lo suficiente a mis dos caballeros para saber que no eran apocados frente a las mujeres, pero, aun así, me pareció que Guillermo enrojecía perdiendo parte de su aplomo cuando la dama le clavó los ojos. Era sensual aun sin proponérselo.

Incluso yo noté su voluptuosidad cuando me dijo, al presentarme Hugo:

—Sois un bello pajecillo —acariciaba con su voz—. ¿Verdad que vos también me cantaréis algo? —A pesar de ser mujer disfrazada, noté que mis mejillas se encendían.

La dama era el centro de atención de todos. Sonreía cuando no reía, pero yo quise imaginar su mirada si dejara de sonreír. Y me impresionó; había algo escrutador, algo oculto en ella.

Cenamos aún con luz de tarde. Los señores del castillo tenían invitados nobles, alguno de ellos trovador como nosotros. El propio Miraval era un señor, aunque sin excesivos recursos, ya que había heredado un castillo pequeño a compartir con sus otros tres hermanos. Después, estaban los trovadores plebeyos, aunque, si su poesía era buena, se los trataba a modo de señores, como ocurrió con Peyre Vidal. Y, al fin, quedaban los juglares y saltimbanquis que solo interpretaban y entretenían con sus juegos y acrobacias. Los de ese tipo se exponían, si alababan demasiado a una rival, a que la dama ofendida ordenara a sus criados que les zurraran. Y fueron estos quienes amenizaron la cena con malabarismos, cantos bélicos y loas a las damas, en especial, cómo no, a la Loba.

Pero flotaba en el ambiente un aire de anticipación, de fiesta especial. Y al fin fue la propia Dama Loba quien, sin disimular su impaciencia, más bien mostrándola graciosa, le dijo a Hugo:

—Mi buen señor de Mataplana, ¿hasta cuándo nos haréis esperar para oír esos serventesios que vuestro padre Hugo, al que tanto añoramos, ha compuesto celebrando los pecados amorosos de nuestro buen amigo Raimon de Miraval? —Y soltó una risita pícara que arrancó carcajadas de varios de los invitados.

Hugo se levantó ceremonioso y pidió licencia a Peyre Roger y Jourdan de Cabaret. Una vez concedida, hizo una reverencia a las damas, se tomó, parsimonioso, un tiempo en templar su guitarra, a sabiendas de que todos estaban pendientes de él, y al fin, mirándole a los ojos, se enfrentó a Miraval y entonando:

Deseo un serventesio componer,
y cuando esté, que el camino emprenda hacia Miraval,
directo, a todo correr,
para Raimon, que me apesadumbra.

Todos contenían el aliento; conocida era la historia por la cual Raimon expulsó de casa a su esposa Gaudairenca, también trovador, alegando que con uno que compusiera en la casa sobraba y bastaba. Esta hizo venir a su amante, Guillermo Bremon. Miraval se la entregó y ellos partieron juntos. Se oían risas aisladas entre los concurrentes.

Había una versión de lo sucedido que decía que el trovador se había deshecho de su joven esposa por requerimiento de una dama que no le aceptaba sin esa condición. Y cuando lo hubo hecho, esta prefirió a otro. Contaban que ese era el propio Pedro II, rey de Aragón.

Cuando Hugo cantó aconsejando a Miraval que le suplicara a su esposa que regresara y le concediera a ella un amante, la propia Dama Loba estalló en risas y aplausos coreados por los asistentes. Raimon de Miraval contemplaba impávido a Hugo, mientras se sonreía y tensaba las cuerdas de su vihuela a modo de amenaza.

Hubo aplausos y vítores cuando Hugo terminó no tanto por su mérito, sino para espolear a Miraval, del que esperaban ansiosos la respuesta.

En su encuentro de la tarde, Hugo, siguiendo reglas de amistad y juglaría, había alertado a su oponente para que pudiera responder y Raimon de Miraval tañó su vihuela un rato, mientras parecía pensar. El silencio era absoluto.

—Vuestro padre pretende enseñar al maestro, ¿eh? —murmuró entre dientes.

Y empezó a cantar:

Debo enviar mi defensa a Mataplana,
puesto que Huget se ha cruzado en mi camino
pronunciando palabras que me hieren
y porque, sin desafiarme, me acusa cantando.

Y así trovó Miraval, defendiéndose de sus supuestos pecados de amor mientras descalificaba de forma cariñosa al señor de Mataplana, al que consideraba incapacitado para entender su forma *recta de amar* a causa del gran amor y fidelidad que profesaba por su esposa Sancha.

Cuando terminó, todos celebraron el ingenio de ambos y, en especial, la diplomacia, tacto y buen humor de Miraval, que argumentaba sin ofender, esforzándose en conservar su honra, basada en los principios corteses de la *fin'amor*, a pesar del fiasco que representaba el abandono de su esposa en un infructuoso intento por poseer a su dama.

Las sombras habían caído ya sobre Cabaret y las antorchas iluminaban el castillo mientras los cantos y las risas bajaban hasta el valle rompiendo la paz de la noche de la misma forma que los trinos de los pájaros lo hacían en el día.

66

La Loba ditz que seus so et a.n ben drech e razo,
que, per ma fe, rnielhs sui sieus que no sui
d'autrui ni mieus.

[La Loba dice que suyo soy y lo hace
con derecho y con razón, pues, a fe mía,
más soy suyo que de otro o que mío].

Peyre Vidal

El caballero *faidit* Isarn, su escudero Pelet y Renard, como criado, llegaron a Cabaret a la mañana siguiente. Isarn había coincidido alguna vez con Peyre Roger, pero su feudo estaba lejano y era un caballero menor. Los tres fueron interceptados unas millas antes de las fortificaciones y, aunque se les permitió continuar, no por ello se les franqueó la entrada. El *faidit* tuvo que responder a un largo interrogatorio antes de que le permitieran el acceso y solo lo logró cuando dos de los caballeros que estaban en la fortaleza y que sabían de él dieron fe de su origen.

Isarn fue recibido por el señor de Cabaret, que le ofreció su hospitalidad a la espera de que participara en la lucha contra los cruzados. Sin embargo, alegando que la parte alta del castillo estaba demasiado llena, ubicó a los recién llegados en las defensas más cercanas al fondo del valle y próximas a las caballerizas. No era un lugar demasiado honorable, pero Isarn era un caballero desposeído y tuvo que aceptar. Para Peyre Roger la ubicación no era solo un asunto de rango, sino de seguridad. Los tiempos eran difíciles y había que cuidarse de la traición.

—Ahora hay que encontrar a la dama Bruna —dijo Renard—. Viaja con Guillermo de Montmorency y ambos se ocultan bajo algún disfraz. El cruzado es un atrevido viniendo aquí, seguramente espía para su tío Montfort. Tenemos que afanarnos; nos jugamos mucho en este envite.

Decidieron que cada uno investigaría según su rango. Isarn entre los caballeros, Renard con los criados y Pellet con los escuderos.

Ignorantes del peligro que los acechaba, Guillermo y Bruna sentían fascinación por aquel lugar único, deslumbrante. Así, cuando aquella mañana Hugo les comunicó que la Dama Loba, reina indiscutible de la corte de Cabaret, los vería en su aposento, el caballero franco se emocionó.

La alcoba de Orbia de Pennautier estaba situada en la torre principal del castillo y aquel era, sin duda, el proverbial gineceo de la *fin'amor*, el nido del amor galante. La encontraron tocando en su vihuela con arco un aire melancólico, sentada en unos almohadones sobre una gran cama. Vestía aún su camisa de dormir y aparentaba haberse despertado solo momentos antes, pero Bruna percibió en el color de sus mejillas y el rojo de sus labios que no era así, que la Loba sabía usar los afeites y que cuidaba su apariencia con esmero.

La dama continuó tocando como si no se hubiera percatado de la presencia de sus invitados y, al terminar, agradeció los aplausos del grupo con una risita cascabelera.

—Buenos días, mis jóvenes amigos —los saludó.

—Buenos días —repusieron haciendo una reverencia.

—Permitidme que me vista para recibiros como merecéis.

Y al levantarse, su fina camisa bordada insinuó con sus transparencias un hermoso cuerpo y, sin perder un segundo su sonrisa, complacida por la expectación que causaba en sus visitantes, se dirigió a un lado de la sala donde colgaba un pequeño tapiz con un espléndido unicornio. Allí y ayudada por una de sus damas, con la visión de la mayor parte de su cuerpo impedida por el mítico corcel, la Loba se despojó con parsimonia de su camisa. Bruna observó con cierto resentimiento a sus caballeros, que contemplaban embobados el espectáculo que descubría la cabeza de la dama, con la cabellera suelta, también parte de sus piernas y pies, mostrando de cuando en cuando de forma medida y estudiada los brazos y un pequeño vislumbre de cadera desnuda. Presenciar el vestir y desvestir era uno de los múltiples premios posibles, de distinta significación y naturaleza, que una dama podía ofrecer a su trovador o caballero. Sin duda, era en honor a Hugo, pero también honraba a sus amigos, ya que Guillermo y Bruna jamás hubieran merecido tal premio al ser unos recién llegados que aún no habían probado su saber trovadoresco, *paratje* y devoción.

Al fin, se mostró ante ellos con un hermoso vestido de seda rojo bordado y les hizo un gesto para que se acomodaran sobre unos cojines mientras ella lo hizo en un escabel desde donde se mantenía más alta.

—La música, el canto, el amor… ¿Qué puede haber más sublime? —los interrogó—. ¿Qué nos puede acercar más a Dios?

—El rezo —repuso Bruna, que no podía evitar, aun en su disfraz de muchacho, sentirse rival de la Loba y resentir su despliegue de seducciones.

Esta respondió con su risa bulliciosa y luego dijo:

—Es lo mismo, mi joven doncel. Las oraciones son un conjuro, un canto con su propia musicalidad y estructura. Las que más arriba llegan son las que mayor armonía contienen.

—Y también el amor a Dios, a nuestros semejantes, la caridad… —insistió Bruna recordando a Domingo de Guzmán.

—Todo ello está contenido en la *fin'amor* amplia, cuando, generado en la dama y su amante, trasciende a quienes los rodean, y después al mundo. Y esa es la misión de los que practicamos el *joy* —contestó Orbia—. Llegamos a Dios a través de los conjuros de amor contenidos en nuestro canto. Amor a nosotros mismos, a nuestra pareja, a los otros y a Él.

—¿Y qué me decís de los juegos pícaros, a veces procaces y obscenos, que se practican en nombre de la cortesía? —insistió Bruna.

La Loba volvió a reír y los caballeros le hicieron eco deseando diluir la crítica encubierta, con sabor vengativo, que Bruna mostraba al despliegue de seducciones de Orbia.

—Sirven para potenciar esa gran energía —repuso ella divertida por la actitud inquisitiva de aquel muchachito llamado Peyre—. Incitan la emoción de nuestros cuerpos, de nuestros corazones, de nuestros sexos… y así contactamos con esa mayor fuerza que lo mueve todo, la que Dios creó. ¿No seréis, joven amigo, uno de esos insensatos cátaros que creen que existen dos dioses y que el malvado, cuyo siervo es el demonio, rige nuestro cuerpo y que por lo tanto este es aborrecible? ¿O un seguidor de esos frailes católicos chiflados que lo desprecian y se hieren a propósito, que pasan hambre y miseria? Nosotros, a través de ritos y juegos, sublimamos esa energía que Dios creó y mantiene en nuestros cuerpos para transformarla en puro amor y con él nos acercamos a lo divino, al Señor y eso nos produce *joy*, que es a la vez catalizador y resultado.

—¿Y por qué os llaman también Dama Grial? —quiso saber Guillermo.

—Porque el *joy* es el verdadero grial, el que Perceval, en la obra de Chrétien de Troyes, encontró fugazmente en el castillo del Rey Pescador. —La dama mantenía su sonrisa seductora y sus ojos azules brillaban con alegría—. El *joy* es el portador de la plenitud, del júbilo, del gozo, del amor y la risa. Y la risa es el antídoto del miedo y este, la patria de lo oscuro, del demonio. Yo soy el grial porque soy la sacerdotisa del *joy*. Lo cultivo, enaltezco, alimento y sublimo.

Se hizo el silencio cuando la dama terminó de hablar. Bruna, conocedora de la cultura del *fin'amor*, entendía, aunque los cuestionara, los argumentos de la dama. Pero Guillermo trataba de asimilar aquella filosofía, quizá religión, que en mucho le era completamente nueva.

Y así continuaron conversando hasta que, al rato, Hugo, de repente, inquirió:

—Entiendo que guardáis en el castillo esos documentos que cargaba la séptima mula cuando asesinaron a Peyre de Castelnou.

Por un momento la sorpresa borró la sonrisa de la faz de Orbia.

—Muy de fiar serán vuestros compañeros cuando vos, un caballero de Sion, se atreve a mencionar eso frente a ellos —repuso la dama recuperando su semblante alegre.

Esta vez los sorprendidos fueron Guillermo y Bruna. ¿Era Hugo un caballero de la sociedad secreta de Sion? ¿Igual que Aymeric de Canet, el comendador templario?

—Son mis compañeros en la búsqueda —repuso Hugo, incómodo y extrañado de que la dama no solo conociera su secreto, sino que lo revelara tan alegremente.

—Pues llegáis tarde, puesto que el rey de Aragón, temiendo por la seguridad de Cabaret, buscó otro custodio.

—¿Mi señor el rey de Aragón?

—Sí —repuso Loba—, nuestro señor el rey de Aragón.

—¡No puede ser! —exclamó Hugo—. ¿Quién es ese nuevo custodio?

—El secreto no me pertenece —repuso la dama—. Deberéis hablar con Peyre Roger, a quien el comendador Aymeric de Canet se lo confió.

67

Guays e jausents xanti per fin'amor
car e xausit jent e plasent aymia.

[Alegre y contento canto por *fin'amor*,
ya que escogí seductora y gentil amiga].

Fray Hugo Prior

Alarmado por la noticia, Hugo, olvidándose del honor que la Dama Loba le confería al recibirlo en su alcoba, apresuró el final del encuentro para salir a la búsqueda del señor de Cabaret. Supo que este cazaba en un valle cercano y, dejando a Bruna y Guillermo en el recinto amurallado, galopó a su encuentro. Le fue fácil hallarlo; al ver un halcón atacando una paloma, solo tuvo que seguir el vuelo de este, que terminó en el puño enguantado en cuero de Peyre Roger, que se encontraba junto a otros caballeros. Después de los saludos de rigor, el joven le pidió hablarle a solas y tan pronto se alejaron del grupo, inquirió por los legajos.

—¿Cómo vos, que estáis tan cerca del rey Pedro, me preguntáis eso? —repuso Peyre Roger de Cabaret, extrañado.

—Yo creía que vos los custodiabais —contestó Hugo.

—Como caballero de Sion, sois mi hermano, conocéis su contenido y debéis conocer su paradero, puesto que su protección es vuestro deber —contestó el de Cabaret—. Me sorprende que el rey no os lo dijera.

—Vengo directamente de estar con el rey. Y de haberlo sabido él, con toda seguridad me hubiera advertido de ello.

Peyre Roger de Cabaret le miró sorprendido. La alarma se reflejaba en su mirada.

—Tengo un documento del rey que me pide que ceda la custodia de los legajos a un hermano nuestro, también caballero de Sion, naturalmente…

—¿A quién? —cortó Hugo impaciente.

—A Berenguer, arzobispo de Narbona.

—¡El tío bastardo de Pedro II!

—Sí, y además, los documentos, tanto reales como arzobispales, los trajo Elie, el mayordomo de Berenguer, al que conocemos personalmente —repuso Peyre Roger—. La carga de la séptima mula está en su poder.

—Esto es muy extraño. ¿Me permitís ver el documento?

—Naturalmente, tan pronto lleguemos al castillo.

Al mostrarle Peyre Roger el pergamino del rey, Hugo exclamó:

—Es falso el sello, es falsa la firma.

—¿Qué?

—Que conozco muy bien el estilo y los documentos de mi señor. Vos habéis visto bastantes menos que yo. Os puedo asegurar que alguien los falsificó.

—¿El arzobispo?

—Quizá.

—¿Por qué lo haría? Él es caballero de Sion.

—No lo sé —repuso Hugo—. Iré a verle para tratar de averiguarlo.

—Esperad aún unos días. Preparo mañana una expedición contra los cruzados y me gustaría que participarais.

Hugo dudó unos instantes. Deseaba salir de inmediato para Narbona, pero Guillermo le inquietaba aún más que los documentos. Se dijo que la batalla sería un buen lugar para comprobar si las promesas de Guillermo de combatir a los suyos eran ciertas. Si se echaba atrás, le mataría sin dudarlo.

Al regresar a la sala donde dormían, Hugo no halló a sus compañeros, pero sí a Raimon de Miraval tañendo su vihuela.

—Buenos días, Raimon —le dijo—. ¿Preparáis alguna *cansó* a las virtudes de la Dama Loba?

—No a ella, pero sí por su encargo.

—¿Y qué es?

—Algo muy especial y secreto.

—¿Aun para un buen amigo?

El trovador le sonrió.

—No lo debiera ser para vos, que sois de la Orden secreta de Sion.

—¿Y cómo lo sabéis si es secreto? —se extrañó Hugo, molesto.

—No hay secretos para la Dama Loba —dijo con una sonrisa triste—. No soy el único que se rinde a sus encantos, y a los hombres se nos va la lengua en los brazos del amor.

Hugo soltó un resoplido. La dama era lenguaraz. ¿Respondería aquello a un propósito oculto de la señora de Cabaret?

—¿Tanto poder tiene para que un caballero de Sion le diera el nombre de otro?

—No lo hizo uno, sino varios.

El joven caballero movió la cabeza en gesto de disgusto.

—Y la Loba confía en mí y me cuenta lo que ella quiere que yo sepa —dijo Miraval—. Pero por el amor que os tengo a vos y a vuestro padre, si me dais vuestra palabra de mantener el secreto, os diré en qué me ocupo.

—Hecho.

—¿Habéis oído hablar del número áureo?

—¿Tiene que ver con la leyenda de Pitágoras y, después, Platón?

—No es leyenda. Fueron grandes sabios.

—¿No es ese el número que rige la creación, el número de Dios?

—El número que crea la armonía de la vida —repuso Miraval—. El que marca las proporciones de nuestros cuerpos, el que coincide con el crecimiento de las espirales de los caracoles, el 1,6238.

—¿Qué ocurre con él?

—Es la fórmula del encantamiento en la música.

—¿Encantamiento?

—Exacto. —Miraval sonreía—. «Encantamiento» viene de «canto». Es encantado quien queda sometido al poder del canto o, de lo que es lo mismo, del sortilegio. Pero no cualquier música lo consigue, no cualquier canto. Solo los de la cadencia del número áureo, puesto que se acopla a nuestro ritmo interno.

—¡Pero eso es magia!

—Sí, pero magia blanca —repuso Miraval—. La magia del amor, la del *joy*.

—¿Y así Loba pretende que caigan aún más en sus redes?

—Sois cruel con ella. Solo quiere extender el *joy*, la *fin'amor*, por el mundo.

—También se hace llamar Dama Grial —contestó Hugo—. Y con el amor extiende su poder.

Hugo quedó meditabundo. La Dama Loba cultivaba su propia religión, una religión donde el amor era dios y ella, la papisa. Y tenía intenciones ocultas.

68

N'Uget, et eu vauc si nutz
que, laire si m'encontrava,
no.m toldria si no.m dava.

[Huget, voy tan desnudo que, si a un ladrón me encontrara, robarme no pudiera si antes no me daba].

Respuesta de Reculaire a Hugo de Mataplana

Aquella tarde, al iniciarse el ocaso, Peyre Roger de Cabaret se levantó de su asiento en la cabecera de la mesa en la alta terraza de la fortaleza e interrumpió los cantos y malabarismos de los juglares. Alzó su copa, que brillaba con los últimos rayos de sol, hacia sus invitados, para declamar con voz potente:

—Este es el castillo del Grial. Aquí atesoramos el honor, la poesía, la libertad de creencias y la *fin'amor*, en un mundo donde el *joy* se extingue a causa de un apocalipsis fanático y bárbaro al que llaman cruzada. Nosotros continuaremos cantando, recitando, amando hasta el último de nuestros días. Quiero recordar a nuestro señor, el vizconde Raimon Roger

Trencavel, que ahora está anillado a la pared de una mazmorra, con las argollas de sucio hierro cortándole la carne, y sufre sin luz, sin música, sin amor... Todos sabemos que nunca saldrá vivo de su prisión, que será asesinado. En honor de este modelo de caballeros, señor del *joy*, bebamos, riamos, cantemos, amemos...

Un clamor de vivas y aplausos se elevó entre los comensales. Peyre Roger reclamó silencio para continuar.

—Y también luchemos. Por él y por los desterrados de Carcasona, por todos los que murieron en los caminos. Mañana, a la amanecida, convoco a los caballeros del castillo y visitantes a una expedición de castigo contra los cruzados. ¡Por nuestro vizconde!

Sus palabras denotaban la emoción y los ojos de Peyre Roger se llenaron de lágrimas. De nuevo vítores.

El *faidit* Isarn brindó de pie, uniéndose al clamor de los demás, mientras observaba a todos los caballeros tratando de identificar al de Montmorency.

Precisamente era al mismo, a Guillermo, a quien Hugo miraba de forma torva, imaginando su muerte.

La cena terminó pronto y solo las damas continuaron la velada. Los caballeros, en especial los foráneos, se afanaron para completar el equipo, pidiendo prestado lo que les pudiera faltar, asegurándose de que cascos, espuelas, mallas y armas estuvieran en condiciones. Guillermo se ocupó particularmente de su escudo. Cuando Hugo le vio tan atareado, en compañía de un artesano local, bajo la mirada curiosa de Bruna, no pudo menos que preguntar.

—¿Qué pintáis?

—¿No lo veis? —repuso el franco—. Un ruiseñor rojo sobre un fondo gualda.

—¿Un ruiseñor? —se sorprendió el catalán.

—Naturalmente; en honor a mi dama. Esta es mi enseña a partir de ahora.

Hugo se fue murmurando; aquello no le gustaba, pero se dijo que al día siguiente solucionaría aquel asunto. A la menor duda, al menor síntoma de traición o cobardía, terminaría con él. En realidad, no necesitaba ni siquiera motivo. Le diría a Bruna que su muerte era obra de los cruzados.

No le fue fácil a Isarn completar su equipo y el de su escudero Pellet. Había llegado a Cabaret con poco más que los caballos y su espada, y tuvo que recurrir al propio Peyre Roger para que le prestara lanzas, mallas y escudos.

—Es humillante —se quejaba a Renard—. Esto es mísero y vergonzoso.

El ribaldo, que había tenido que usar toda su persuasión con el abad del Císter en Carcasona precisamente para obtener los caballos con los que habían llegado, afirmaba con la cabeza. Él conocía miserias que Isarn ni podía sospechar; de hecho, consideraba comer un lujo, pero estaba determinado a cambiar su destino.

—Una cabeza —repuso—. La hermosa cabecita de una dama es lo que cambiará nuestra suerte. Si fracasamos, vamos a continuar sin nada; pobres y podridos en la necesidad.

Renard avanzaba en su investigación, sabía ya que en los días anteriores habían llegado varios grupos a Cabaret, pero ninguna pareja de un solo caballero y escudero, tal como Guillermo y Bruna salieron de Carcasona. Necesitaba más información, pero estaba seguro de que el de Montmorency se vería obligado a unirse a la partida del día siguiente. Él estaría en las caballerizas para identificarlo y, tirando de ese hilo, descubriría a la Dama Ruiseñor.

69

«Per fe» ditz Peyr Rotgiers aisel de Cabaretz,
«per cosselh qu'ieu vos do, la fors non issiratz».

[«Por mi fe», dice Peyre Roger de Cabaret,
«que un consejo os daré, sed prudente»].

Cantar de la cruzada, II, 24

A la madrugada del día siguiente un grupo de treinta caballeros partieron de Cabaret. Los dos señores del castillo encabezaban la marcha. Más atrás, junto a Guillermo y Hugo, cabalgaba Raimon de Miraval. El trovador era uno de los llamados caballeros *faidits*, igual que Isarn, un desheredado, ya que pocos días antes el castillo de Miraval había caído en manos cruzadas, perdiendo así sus ya menguadas posesiones. La expedición la cerraban los escuderos, que lucharían al igual que sus señores. El grupo marchaba silencioso, la mayoría rumiaba rencores; todos tenían algo que vengar.

A Guillermo, aquello le recordaba una cacería de lobos. Las señales de los vigías en las rocas y puestos a través del valle hablaban un lenguaje que él no comprendía, pero sin duda significaba algo para los locales. Al rato, una vez salieron de la zona de desfiladeros y el campo se hizo abierto, trotaron en dirección a Carcasona, pero antes de llegar a la altura de la posada de El Gallo Cantarín, se desviaron hacia el este, siguiendo indicaciones de exploradores semiocultos. Llevaban ya varias millas fuera de las posesiones de los señores de Cabaret, pero el sistema de señales parecía seguir funcionando. Guillermo calculaba que ya habrían dejado Carcasona atrás a su derecha cuando cruzaron el río Orbiel por un vado y se adentraron en una zona boscosa.

—Es un grupo de refuerzo a los cruzados de Carcasona —les dijo Peyre Roger de Cabaret—. La mayoría de los señores cruzados ha cumplido su cuarentena y han regresado a sus tierras. Decidimos no atacar a los que marchan, solo a los que llegan o se quedan.

Los demás escuchaban en silencio.

—Son unos veinte a caballo y treinta a pie —continuó—. Nos superan en número, pero no esperan un ataque. Hay que eliminar a los caballeros al primer envite; aquí el camino presenta un recodo y es tan ancho que podemos cargar con cinco jinetes por línea. Caeremos sobre ellos de frente y por atrás. Seguramente los infantes se esconderán en la espesura cuando nos vean sobre ellos.

Guillermo tragó saliva. Era bueno con las armas y aquella era su oportunidad de conseguir el respeto de aquellos nobles occitanos que le veían como un extraño que se expresaba torpemente. Y también de recuperar su propia estima, deteriorada después de su humillante captura por parte de Hugo y sus *faidits* y menoscabada por su inseguridad al moverse en la corte de Cabaret. En su escudo y corazón llevaba a su dama y estaba dispuesto a que el ruiseñor grana que lucía fuera temido por los cruzados; superar con creces la prueba a la que Bruna le sometía sería la mejor forma de declararle su amor.

Se calaron las celadas dividiéndose en dos grupos; el primero esperó a que la comitiva hubiera pasado para colocarse a su retaguardia y cargar por la espalda. Lo hicieron justo cuando, al girar el recodo, los cruzados se encontraron de frente al segundo grupo que venía hacia ellos al galope. Hugo se colocó en la línea justo detrás de Guillermo, de forma que, con solo girar un pequeño ángulo su pica, esta se hundiera en la espalda del franco.

Cargaron, clavando espuelas, riendas en la mano del escudo, pero sueltas, y lanza al ristre, desde ambos extremos, gritando a todo pulmón. Guillermo, colocado en la línea de vanguardia, vio, por las expresiones de los rostros, como su acometida sorprendía por completo a los cruzados, que por su aspecto e insignias parecían borgoñeses. La mayoría no tuvo apenas tiempo de hacerse con sus escudos cuando ya habían sido ensartados y descabalgados. Hugo, siguiendo a Guillermo como su sombra, vio cómo este atravesaba con su lanza al que parecía mandar la expedición. El hombre cayó al suelo con el asta clavada en su pecho mientras el franco desenvainaba rápido su espada y empezaba a golpear a uno de los pocos cruzados que resistían sobre su montura. El choque se resolvió con una hábil estocada en el cuello y el caballero contrario se desplomó. Hugo se admiró de que su rival consiguiera herir de muerte a dos de sus contrincantes tan rápidamente y no tuvo ánimo para matarle a traición, ni oportunidad de entrar en combate con los caballeros enemigos.

Los infantes corrieron a refugiarse en el bosque, a través del cual uno de los caballeros cruzados consiguió huir, mientras los que se mantenían sobre sus monturas eran acosados por varios atacantes a la vez y de nada les sirvió su intento de defensa. Los de Cabaret no tuvieron reparo en rematar a todos los caídos y rápidamente los escuderos empezaron a quitarles sus armas, mallas y todo lo que pudiera servir para cargarlo en los caballos capturados, mientras los jinetes peinaban la parte menos espesa del bosque cercano al camino, acabando con todos los infantes enemigos que pudieron encontrar. La emboscada había sido un completo éxito y celebraron que, fuera de pequeñas heridas, todos estaban ilesos.

—Buen trabajo, Guillermo —le felicitó Peyre Roger de Cabaret—. Sois el único que derribasteis a dos.

—Continuemos por el camino hasta Carcasona —propuso Hugo, que, vigilando a su contrincante, apenas había participado y deseaba mostrar también su valía.

—Eso representa mucho riesgo —repuso el de Cabaret—. Lo que acabamos de hacer es como sorprender y derribar a un jabalí. Lo que vos queréis ahora es mucho más peligroso; sería acorralar a uno herido. Si nos topamos con una fuerza importante, tendremos bajas.

—¡Por el vizconde Trencavel! —gritó Hugo levantando su espada.

Todos le imitaron mientras vitoreaban al joven señor encarcelado en las mazmorras de la ciudad. Enardecidos por la victoria fácil, la mayoría apoyó la propuesta de Hugo y se dirigieron al trote hacia Carcasona. Los escuderos, atrás, se encargaban de conducir los caballos con las pertenencias arrebatadas a los cruzados.

En el camino se encontraron con un carro con suministros, pero sin caballeros ni peones enemigos, y lo requisaron. Sin duda, el huido estaba alertando a todos. Pero cuando tuvieron la villa a la vista, Peyre Roger se negó a ir más allá con sus hombres.

—Lleguemos hasta los muros de la ciudad —dijo Hugo—. Mostrémosles que aún podemos hacerlo, que nos teman.

—Un jinete enemigo escapó. Simón de Montfort estará preparando a sus caballeros para salir en nuestra búsqueda —dijo el señor de Cabaret—. Eso es una locura.

—Bien. Os propongo que los escuderos regresen con lo ganado y vos esperéis con vuestros hombres emboscados aquí —insistió Hugo—. Yo los iré a provocar. Si salen a por nosotros en un grupo reducido, los atacáis. Si son demasiados, emprended el camino a Cabaret y yo ya llegaré por mis medios.

Jourdan y Peyre Roger consultaron con los otros. Parecía un buen plan, pero destacaron a un par de sus jinetes en previsión de que pudieran llegar cruzados por la retaguardia. Le darían una oportunidad a Hugo.

—Hacéis honor a los Mataplana con vuestro valor —le dijo Peyre Roger—, pero no os entretengáis. Llegad cerca de los muros, gritad lo que os plazca y volved de inmediato. Sed prudente.

—Gracias, Peyre Roger —repuso dispuesto a cumplir lo dicho.

—¡Esperad! —dijo Guillermo—. Yo os acompaño.

Hugo le miró a los ojos y el franco le mantuvo la mirada.

—De acuerdo, venid —dijo con sentimientos contrapuestos.

Le alegraba tener un compañero, pero le disgustaba que fuera Guillermo. El francés sumaba demasiados méritos.

Y así, ambos, encontrándose el camino despejado, llegaron a un tiro de ballesta de las murallas, siempre atentos a una posible salida de la guarnición. Guillermo mantenía la visera del casco calada para no ser reconocido, aunque mostraba orgulloso su ruiseñor grana en el escudo para que todos lo vieran. Hugo levantó su celada y se puso a gritar:

—¡Viva el vizconde Trencavel, señor de Carcasona! ¡Mueran los cruzados!

Guillermo, al contemplar la ciudad con los gallardetes del león rampante de los Montfort, las puertas cerradas y la guarnición observándolos, se arrepintió de encontrarse allí. Mientras soportaba las fanfarronadas que su compañero gritaba a los francos, pensaba en qué ocurriría si salía su primo Amaury. Él había dejado claro que no se enfrentaría a nadie del clan Montfort, pero eso solo lo sabían Hugo y Bruna. ¿Y si por su culpa sus parientes caían en una emboscada?

Pero los cruzados se limitaron a observarlos sin que nadie saliera y al final le dijo al catalán:

—Vamos ya.

Este giró su montura y ambos, sin volver la vista atrás y a paso tranquilo, se encaminaron hacia el grupo de Cabaret.

70

Scometre.us vuoill, Recualaire:
pois vestirs no.us dura gaire
que vos etz fols e jogaire
e de putans governaire...

[Increparos quiero, Reculaire:
pues nada os duran los vestidos,
ya que sois necio y jugador,
y de putas asiduo señor].

Hugo de Mataplana a Reculaire

Les dijeron a los demás que yo era aún aprendiz de escudero, un paje, demasiado joven para participar en hechos de armas y me quedé languideciendo en el castillo, ora tañendo la vihuela, después rezando y al fin muerta de ansiedad al caer la tarde y ver que no llegaban. ¿Qué habría pasado? ¿Los habrían herido? ¿Habría caído alguno de ellos? Un sentimiento de agobio, de desamparo como el de una niña pequeña perdida en el bosque me invadió. Me di cuenta de que, aunque los de Cabaret debieran ser mi gente, me sentía mucho más cercana al catalán y al franco. Mis sentimientos hacia ellos eran intensos pero confusos. Siempre había creído que mi corazón pertenecía a Hugo desde que nuestras miradas coincidieron en nuestro primer encuentro. Pero mi convivencia hizo que de odiar a Guillermo pasara a apreciarlo, que me sintiera conmovida cuando sin desearlo mató a Aymeric y se creyera iluminado por una revelación que me hacía su ángel. Pero fueron los últimos días, desde que nos encontramos los tres, cuando al sentir la agresiva rivalidad surgida entre ellos, empecé a considerar bastante más al francés. Los comparaba constantemente y, aunque mi corazón estaba aún con Hugo, notaba que Guillermo se entregaba a mi servicio con absoluta devoción, tanta que ponía su vida en ello, mientras que sentía una difusa reserva en el primero. Eso me preocupaba y, esperándolos angustiada, daba vueltas a los más absurdos pensamientos. ¡Cuánto había cambiado mi mundo en unos días! Los quería a ambos a mi lado, pero ¿podría evitar que en cualquier descuido mío se mataran entre ellos?

Pasó el mediodía y las sombras cubrían ya el cauce del río y yo, desde la terraza del castillo, miraba ansiosa el recodo del camino que llevaba a Carcasona. Al fin vi la comitiva llegar; primero, el escudo del ruiseñor grana y, enseguida, distinguí también a Hugo. Aliviada, di gracias al Señor por haber escuchado mis rezos y me precipité hacia el camino de bajada al valle para recibirlos.

Algo había cambiado entre ellos. Hugo ya no trataba con un mal disimulado desdén a Guillermo y, cuando me contaron sus aventuras, entendí que este había obtenido el reconocimiento de todos. Fue entonces cuando Hugo propuso al francés que cantara una *tensó* con él aquella noche frente a los demás, después de la cena. Él encarnaría a su padre Hugo, que la compuso, y Guillermo daría respuesta tomando la voz del juglar Reculaire. Le advirtió que el personaje de Reculaire era divertido, pero que se trataba de un juglar algo canalla y conocido en Cabaret, ya que había visitado el castillo junto al viejo

Mataplana. El franco dijo que no le importaba, que se atrevía con ello.

La cena fue muy alegre y el *joy* señoreó de nuevo Cabaret. Yo esperaba impaciente a mis caballeros y al fin se presentaron uno frente a otro, guitarra contra vihuela.

—Quiero reprenderos, Reculaire —empezó Hugo después de introducir con su guitarra las notas de la melodía—, pues nada os duran los vestidos, ya que sois necio y jugador, y de putas asiduo señor.

Hugo continuó tañendo su guitarra sonriente, mirando a Guillermo, que le acompañaba con su vihuela, a la espera de su respuesta. Este esperó a que terminaran las risas y, una vez se hizo un silencio expectante donde solo las notas de ambos instrumentos se oían, cantó con la misma rima y un tono bajo, pretendidamente rudo:

—Señor Huget, he oído contar que vendrá un tiempo, eso creo, en que los bordados en oro y abalorios se irán con el humo, por lo que no me preocupa el dinero, del que me burlo. Todos debierais pensar así.

Hugo esperó que las exclamaciones de la audiencia y algunos aplausos terminaran para reemprender el canto. Miró fijamente a Guillermo y le retó.

El enfrentamiento trajo risas, vítores y hasta pataleos que celebraban las respuestas chuscas del juglar Reculaire, más apreciadas aún por ser soeces. Y me di cuenta de que la *tensó* del padre de Hugo con Reculaire, sin duda compuesta junto al juglar, no era una crítica moral hacia aquel hombre de pueblo convertido en filósofo epicúreo, como aparentaba, sino una difusión admirada de su forma de pensar. Y también que el *joy*, el grial de Cabaret, no era solo lo culto, lo cortés de estrictas leyes de forma, sino que admitía lo bizarro y lo popular mientras contribuyera a esa adoración de la fuerza vital que a todos mueve, de la alegría, de su disfrute sensual y gozoso.

Al terminar, Hugo se unió a las últimas estrofas del verso

cantando a dúo con Guillermo. Ambos alzaron la voz para resaltar el silencio al final.

Grandes aplausos, vítores y entusiasmo premiaron a aquellos jóvenes caballeros que se mostraban tan gallardos espada en mano como trovando. Eran los héroes del día y de la noche, todas las damas, incluida la sonriente Loba, les ponían ojos dulces. Yo, aún disfrazada de muchacho, los miraba orgullosa de que fueran míos, pero un sentimiento melancólico me decía que aquello era demasiado hermoso, un mundo brillante al borde de la extinción, como Béziers lo fue, y que más allá, pasados los desfiladeros, unas fuerzas oscuras preparaban su destrucción.

Pero en aquel momento, las risas rebosaban la terraza del castillo para invadir el valle oscuro, mientras los trovadores se inclinaban a saludar. La luna en menguante contemplaba, a la luz de las antorchas, los gallardetes al aire, los restos del festín en la mesa, altar de aquel templo del *joy* y a sus gentes con sus corazones abiertos a la música, al gozo, al amor. Allí, en el reino de la Dama Grial, ella brillaba en la noche, con su risa, sus bellos ojos azules y su incitante picardía. Aquello era hermoso, armónico, ensanchaba el corazón y me dije que había que disfrutarlo mientras durara, que solo Dios conocía nuestro destino y a él nos debíamos encomendar.

Tal como hacía Reculaire.

71

A orient exe el sol
e tornós a essa part.

[Al oriente, donde sale el sol,
hacia allí irán].

Poema de mio Cid

En los siguientes días se repitieron las incursiones bélicas donde el Caballero del Ruiseñor iba conquistando renombre, tanto entre occitanos como cruzados. Renard reconoció de inmediato en él a Guillermo y no se le escapó la relación con la dama del mismo nombre. Pero ni él ni el escudero Pellet podían acceder a la parte alta del castillo de Cabaret, donde habitaba Bruna escondida en su disfraz de Peyre. Isarn, el caballero *faidit*, al que se invitaba a las cenas del castillo, la pudo identificar en aquel paje que acompañaba a los caballeros trovadores. No iba a ser fácil obtener su cabeza; la dama gozaba de poderosos defensores.

—Tenemos dos opciones —les dijo Renard a sus camaradas—. Una es que yo pueda acceder a la parte alta de la fortaleza cuando los caballeros estéis en combate y ella esté sola...

—¿Cómo lograréis que os dejen subir? —quiso saber Isarn.

—Hay que inventar una buena excusa. Quizá un mensaje para la Dama Loba…

—Lo veo difícil; vuestro mal occitano que suena a oíl os hará sospechoso.

—Entonces, en la próxima cena en que vos estéis arriba, quizá podamos nosotros acceder a la parte superior diciéndoles a los guardas que traemos un recado urgente para vos…

—Eso está mejor —rumió Isarn—, pero hay que elaborarlo bien. Debemos apartarla de Guillermo y de Hugo; son excelentes guerreros y siempre están a su lado.

—Y hay que pensar en cómo poder salir de la fortaleza escondiendo una cabeza.

—Será difícil si alguien da la alarma —repuso el *faidit*—. Si lo hiciéramos durante el sueño, quizá nadie lo advirtiera…

—Eso es aún más complicado —dijo Renard.

Los tres se miraron interrogantes.

—Pero no os preocupéis. —El ribaldo sonreía guasón para infundir confianza a sus socios—. Os aseguro que encontraremos el medio. El hambre agudiza el ingenio y solo así saldremos de la miseria.

Guillermo pasó, junto a Hugo, a ser uno de los caballeros más requeridos en las sesiones de la corte de la *fin'amor* de la Dama Grial, donde ellas juzgaban a los varones según sus méritos galantes.

De poco le valían allí al franco sus dotes guerreras, ya que las damas ponían a prueba no solo los valores poéticos o musicales de los gentilhombres, sino también su actitud frente al amor e ingenio.

—Decidme, Guillermo —interrogaba la Loba con su sonrisa pícara—, ¿qué preferís del cuerpo femenino, la parte superior o la inferior?

Aunque ya empezaba a habituarse a esos trances, el de Montmorency no era aún diestro con la lengua de oc y sufría con los juegos de dobles sentidos y con las sutilezas que ese tipo de preguntas escondían.

—El hereje Androcio —respondió tragando saliva y queriendo ser prudente— creía que la parte superior de las mujeres era obra de Dios y la inferior, del diablo. Debiera, pues, escoger la de arriba.

Unas risitas discretas, que mostraban decepción, acompañaron la respuesta.

—Y vos, Hugo, ¿qué parte preferís?

—Yo pienso como el trovador Mir Bernat de Carcasona —repuso—, la parte superior es para el amor puro y la inferior, para el amor natural.

—Sí, y sabemos que él prefería la segunda —cortó la Loba entre las risas del resto de las señoras—. Pero, decidnos, ¿qué escogéis vos?

—Depende de la dama.

Más risas celebraron la ambigua respuesta.

—Os queréis escapar, no vale —intervino una joven damisela que, para indignación de Bruna, acosaba a Hugo todo el tiempo con la mirada—. Pensad en una dama que améis de verdad.

—Entonces, dependerá del momento. Hay momentos para Dios y otros para...

Las damas se alborotaron alegres entre grititos de fingido pudor.

—Y de mí, ¿qué parte escogeríais? —preguntó la Loba sonriendo desafiante.

—¿De vos, señora? —balbució divertido, simulando aturullo—. Es que vos sois especial...

—¿Especial?

—Sí, todas vuestras partes son obra de Dios. Imposible escoger entre perfecciones.

La Loba soltó una carcajada.

—Y vos, señor de Mataplana —repuso complacida—, sois, como vuestro padre, un pillo peligroso. Es tan difícil atraparos como haceros callar.

—Y decidme, Guillermo —intervino otra joven señora volviendo a la carga—, si una dama oprime la mano de un caballero con la suya, pisa el pie de otro riéndose y mira pícara a un tercero, ¿de cuál creéis que está enamorada?

El franco volvió a tragar saliva mientras pensaba con rapidez. Esta vez quería ser más sutil en su respuesta.

Y así volaban los días en que no se combatía, con trovas, coqueteos, juegos de palabras y risas. Era el gozo del *joy*.

Aquel mismo día, Renard le comunicó a Isarn que con lo obtenido del reparto del botín de las incursiones había conseguido comprar a un par de criados.

—En la próxima salida contra los cruzados, vos iréis con los caballeros —le dijo al *faidit*—. Pero Pellet alegará estar enfermo para quedarse conmigo. Yo subiré, haré el trabajo y desde arriba lanzaré un saco con nuestro trofeo. Pellet, lo recogerá al pie de los muros.

Isarn hizo varias preguntas hasta quedar satisfecho de la solidez del complot.

—Es un buen plan —convino—. Cuando la tengáis, salid aprisa, antes de que los caballeros regresemos. Id a la posada de El Gallo Cantarín y allí nos encontraremos.

Los días que pasamos en aquel reino del *joy*, de la Dama Loba, señora del Grial, fueron muy hermosos. Pero yo sentía que aquel mundo era irreal y que su fin estaba próximo. Pero aún más lo estaba nuestra partida. Mis caballeros, una vez satisfecha su ansia guerrera, deseaban continuar la búsqueda. El franco fue el primero en abordar el tema.

—Hugo —le interpeló Guillermo en un momento en que nos encontrábamos los tres solos en aquella estancia de ventanales colgados sobre el vacío que compartíamos con Miraval y otros visitantes nobles—, hace días que nos debéis una explicación.

El de Mataplana se le quedó mirando interrogante.

—No os la pedí antes porque quise probar mi valía con las armas y mi fidelidad a mi dama. Pienso que he cumplido y que ahora debéis considerarme como igual —hablaba sereno, digno, sin arrogancia—. Sois caballero de esa misteriosa Orden de Sion y tenéis acceso privilegiado al rey de Aragón. Sin duda, vuestro disfraz de juglar oculta un hábil agente del monarca, un espía —continuó el de Montmorency—. ¿Qué escondéis en esta historia? ¿Qué os dijo Peyre Roger sobre la carga de la séptima mula? ¿Cuál es vuestro interés por ella?

Hugo le contempló unos instantes pensativo y después, antes de responder, buscó mi mirada.

—De acuerdo —admitió—, os habéis ganado una respuesta, pero antes se la debo a mi dama y a ella se la dirijo.

Y pasó a relatar que su misión como caballero de la orden era asegurar la custodia de los documentos y que esta era independiente del servicio que le debía a su rey. Fue entonces cuando les explicó lo averiguado y el engaño usado por el arzobispo de Narbona para apoderarse de la «herencia del diablo».

—¿Y por qué quiere los documentos?

—Lo desconozco —repuso Hugo—, pero, sin duda, actúa en contra de los designios de la hermandad de Sion.

—¿De qué tratan esos documentos? —preguntó Guillermo.

—No lo sé.

—¿Cómo no lo vais a saber si se supone debéis protegerlos?

—Y vos, ¿por qué ignoráis el contenido de vuestra búsqueda?

—Porque el abad del Císter no me lo quiso confiar.

—Estamos igual.

Ambos se miraron tensos.

—Y decidme, Hugo, ¿cuáles son vuestros propósitos? ¿Qué vais a hacer ahora? —le interrogó el de Montmorency.

—Quiero recuperar los documentos.

—¿Para qué?

—Para entregarlos a quien debe tenerlos.

—¿El rey de Aragón?

—¿Qué os hace suponer eso?

—Demasiados de sus vasallos sois caballeros de Sion.

—Esa es una orden secreta; además, el conde de Tolosa, caballero de Sion, fue enemigo de Aragón durante muchos años. Tampoco tiene por qué obedecer al rey el arzobispo de Narbona. Narbona no es feudo aragonés y se ha sometido a los cruzados.

—¿A quién se los daríais?

—No os importa. En cambio, sé bien que con vos su destino sería el abad del Císter. ¿No era esa vuestra misión?

—Lo era antes —repuso pensativo Guillermo—, pero ahora solo quiero saber qué contienen. ¿Qué secreto justifica una cruzada? ¿Qué merece la muerte de tantos, ya sean católicos, judíos o herejes? Después decidiré.

—Noble curiosidad —comentó Hugo escéptico, pero, en todo caso, ambos los queremos. Tenemos otro motivo que nos enfrenta.

—Pero hay uno que os une —interrumpí—; ambos sois mis caballeros y habéis jurado protegerme.

Me miraron como si se sorprendieran de que estuviera ahí. Pensé que tan enzarzados estaban en su disputa que se habían olvidado por completo de mi presencia.

—Es cierto —admitió Hugo— y, aunque por un tiempo deba aceptar a ese cruzado, lo haré porque mejora vuestra seguridad, pero cuando llegue el momento, de los dos quedará solo uno y ese espero ser yo.

—Lo mismo digo —concurrió el de Montmorency.

—Y vos, señora —inquirió Hugo—, ¿cuáles son vuestros deseos?

Me quedé pensando. Mis deseos. ¿Podía desear que las últimas semanas fueran solo una pesadilla, que mi familia aún viviera, que jamás hubiera habido una cruzada? No, esos eran deseos imposibles; el tiempo no vuelve atrás. Y ahora, ¿qué me estaba permitido desear?

—También quiero saber cuál es la causa de esa matanza —repuse al fin—. Necesito comprender. Pero aún más deseo estar con ambos; sois ahora mi única familia.

Los dos jóvenes se midieron de nuevo con la mirada. Después, Hugo hizo un gesto afirmativo y Guillermo le correspondió.

—Contad conmigo, señora —dijo este—. Mientras me quede una sola gota de sangre en las venas, nada ni nadie os dañará.

—Mi vida os pertenece —afirmó Hugo—. Y ya que todos deseamos lo mismo, propongo que mañana partamos hacia Narbona para arrebatar, como sea, al arzobispo esos documentos.

Los demás estuvimos de acuerdo.

72

E cela ost jutgero mot eretge arder
e mota bela eretga ins en lo foc giter.

[Y esa hueste a mucho hereje a
arder condenó y a muchas nobles
herejes al fuego arrojó].

Cantar de la cruzada, I, 14

A la mañana siguiente, amaneciendo, los dos caballeros y su singular escudero salieron de Cabaret rumbo a Narbona.

Mientras trotaban por los desfiladeros del río, las señales de los vigías en las rocas los acompañaban indicando que el paso estaba libre, sin peligros. Cuando el camino se estrechaba, el de Mataplana, familiarizado con la ruta, se ponía al frente.

—Decidme, Hugo —inquirió Bruna en un momento en el que el ancho de la vía permitía cabalgar a su lado—, ¿qué hubiera ocurrido con el *joy* si Guillermo o vos hubierais muerto en alguna de esas escaramuzas contra los cruzados?

—Que en lugar de una *tensó*, se cantaría un *plany* —repuso este—. Se hubiera llorado en honor a los muertos, pero después alguien habría traído un estribillo pícaro, sarcástico o amoroso para que los instrumentos sonaran de nuevo alegres.

Al salir de los desfiladeros protegidos por los de Cabaret, Guillermo tomó la primera posición, ya que, de acontecer algún peligro, este vendría de los cruzados. Llevaba su escudo colgado de la montura con el ruiseñor cubierto con un cuero, puesto que la enseña era ya demasiado popular entre sus camaradas del *negotium pacis et fidei*.

Había algo inquietante en el aire de aquella mañana tranquila de verano y el recorrido hasta la posada de El Gallo Cantarín estaba desierto. Lo primero que notaron fue el olor a quemado y después, cuando el camino salió de la arboleda, vieron en un prado situado a poca distancia de los edificios una pira rodeada de varios grupos de gentes. En el centro, atados en dos postes verticales, espalda contra espalda, estaban dos hombres barbudos y dos mujeres, una joven y otra de mediana edad. Los cuatro vestían una especie de hábito gris y se ceñían con una cuerda anudada semejante a la que Domingo y su *socium* portaban. El humo salía de la leña apilada a sus pies y pronto algunas llamas aparecieron a su alrededor. Los condenados murmuraban un padrenuestro a coro mientras media docena de frailes cistercienses, enarbolando largas cruces, cantaban el *Dies irae*.

Sin bajar de sus caballos, Bruna y los suyos contemplaron compungidos la escena. Una cincuentena de soldados junto a diez caballeros cruzados presenciaban la ejecución, y aunque Guillermo reconoció a la mayoría, en lugar de acercarse a saludar, lo hizo a distancia. También había un buen grupo de lugareños, entre los que se encontraban el posadero, su familia y empleados que asistían con expresión asustada a la escena. La humareda se hizo más densa conforme las llamas crecían; sin duda habían puesto leña verde y Bruna rezó para que aquellos infelices murieran antes asfixiados que quemados.

Sin embargo, las llamas crecían inexorablemente, los reos continuaban con sus rezos a pesar de las toses y los frailes iban aumentando el volumen de su canto en una aparente sincronía con el fuego.

Unos soldados con largas pértigas se encargaban de animar la hoguera y las llamas crepitaron, salvajes, en medio del humo. Bruna quiso irse de allí, no ver aquel suplicio, pero, al igual que a sus compañeros, una malsana fascinación le impedía moverse. Cuando las llamas alcanzaron a los reos, el más joven se puso a gritar, mientras que las mujeres gemían intentando acompañar el rezo del anciano, de barbas blancas, que musitaba aún sus oraciones mirando al cielo. En poco tiempo, cabellos, barbas y cuerpos eran fuego, aquellos gritos espeluznantes cesaron y también el movimiento. Entonces, los frailes interrumpieron el *Dies irae*, el canto de la ira.

No fue hasta media mañana cuando Renard descubrió la partida de su presa.

—¡Maldita sea, Pellet! —increpó al escudero—. ¿Cómo no visteis que no estaban sus caballos?

—¿Y por qué no lo mirasteis vos? —repuso este.

Renard comprendió que nada ganaba discutiendo.

—¡Es verdad! Tenéis razón —Y soltó una risotada para relajar la tensión—. Pues nos vamos a tener que mover aprisa.

—¿Dónde diablos habrán ido? —se preguntó el *faidit* Isarn.

—Hay que encontrar respuesta a eso —dijo Renard—. Aún los podemos coger en el camino.

Y el ribaldo organizó las pesquisas del grupo. No estaba dispuesto a perder la libertad de su familia, su casa, sus campos y sus viñas.

—Cuando llegaron, tomaron lo que quisieron como si fuera suyo e interrogaron a todos —les confió el posadero que, después de servir el vino, se sentó junto a ellos. Confiaba en Hugo—. Esos se alojaban junto a los refugiados que aún mantengo y sin ningún reparo confesaron que eran «buenos cristianos», como les gusta a ellos llamarse. Nosotros lo sabíamos porque pasaban frecuentemente por aquí, iban predicando, pero también tejían y vendían su trabajo a cambio de sustento. Hay otros que, además, son buenos médicos y los esperamos para que curen nuestros males.

Bruna apenas pudo comer y sus compañeros lo hicieron con moderación. Los caballeros franceses se acercaron a saludar a Guillermo y este correspondió amable, pero incómodo. Al poco, continuaron su camino al este por la margen norte del río Aude en una ruta más larga que evitaba la cercanía de Carcasona.

Hugo y Guillermo hablaban lo imprescindible entre ellos durante el trayecto pero, una vez los tres solos, y no temiendo por la seguridad de Bruna, competían en tratarla como a una señora rivalizando en galanterías. Muchas cosas inquietaban a la dama en aquel viaje y la mayor era la descoordinación y agresividad entre sus protectores. En Cabaret, cada uno estableció su postura y deseos, pero nada se habló de cómo conseguirlos. Así que, cuando acamparon para la noche y encendieron un pequeño fuego, decidió sin más demoras abordar el asunto.

—¿Cómo conseguiremos que el arzobispo nos ceda la carga de la séptima mula? —preguntó—. ¿Qué planes tenéis?

Los jóvenes se miraron como esperando que el otro hablara, pero ninguno se atrevía a hacerlo.

—No tenéis planes —concluyó ella decepcionada.

Silencio.

—Malgastáis el tiempo vigilándoos el uno al otro y compitiendo a ver quién luce mejor —estalló al fin—. ¡Y claro, después os faltan sesos para pensar un plan!

Ellos se encogieron mirando al fuego como niños pillados en falta; esas no eran formas corteses de trato de una dama a su caballero, pero ella tenía razón.

—Esperaba a llegar a Narbona para ver la situación sobre el terreno —se excusó Hugo.

—Habéis estado en Narbona decenas de veces y, además, seguro que trovando a otras damas —le increpó ella—. Sabéis lo suficiente del terreno como para haber pensado algo.

Hugo se rascó la cabeza a la vez incómodo y pensativo, mientras Guillermo le observaba sin poder contener una sonrisa al ver que la carga del reproche recaía en su rival.

—Bien, de acuerdo —aceptó Hugo al fin—, os contaré todo lo que sé sobre el arzobispo. Pensemos juntos.

Se acomodaron para escuchar.

—El arzobispo es hijo natural del último conde de Barcelona independiente, Ramón Berenguer IV, que se casó con Petronila de Aragón cuando esta tenía solo un año. El padre de Petronila, Ramiro, llamado el Monje, salió del monasterio donde se dedicaba a la vida contemplativa a la muerte de su hermano para cumplir con el reino. Lo hizo casándose con una princesa franca para procrear un heredero. Regresó al convento después de dar a Petronila en matrimonio a Ramón Berenguer, al que cedió la regencia, aunque reservándose él el título de rey hasta su muerte. Ramón Berenguer, como príncipe de Aragón y conde de Barcelona, tuvo que negociar con las tres órdenes militares, sepulcristas, hospitalarios y templarios, a las que el hermano de Ramiro había cedido el reino en herencia. Al fin recuperó la independencia del reino de Aragón y lo cedió a Alfonso II, su primer hijo de su matrimonio con Petronila. Sumándole las posesiones del gran condado de Barcelona y vasallajes, Alfonso, el padre de mi señor, el rey Pedro II, pasó a ser señor de Aragón, de toda Cataluña y grandes feudos en Occitania. Pero antes, mientras Petronila crecía, Ramón Berenguer vivió un amor apasionado con una dama provenzal, con la que se hubiera casado de no existir el pacto con Aragón, y tuvo con ella a Berenguer, cuyo destino era ser su heredero, pero que terminó siendo solo un bastardo oficialmente reconocido. En otras palabras; si la alianza matrimonial de Aragón-Cataluña no se hubiera consumado, ahora Berenguer sería conde de Barcelona y, de haber continuado extendiéndose el poderío de su casa, quizá rey de Cataluña, Provenza y de otras posesiones occitanas. Berenguer fue destinado a la carrera eclesiástica sin que él considerara ese un destino justo. Antes fue abad de Montearagón, obispo de Tarazona, obispo de Lérida y, finalmente, arzobispo en Narbona, y aunque en algunos aspectos es un hombre de religión, en otros actúa como un monarca. Tiene numerosas tropas a su servicio y su poder militar supera en mucho al del vizconde de Lara, con el que comparte la señoría de Narbona. Narbona era antes feudo del conde de Tolosa y ahora, al someterse a la cruzada, lo sería de Simón de Monfort.

—No exactamente —intervino Guillermo—, el conde Raimon VI perdió Narbona bajo el punto de vista del papado cuando fue excomulgado. Y recuperó sus derechos cuando se le perdonó en Saint Gilles, pero ese perdón no fue más que una estrategia para ganar tiempo por parte del abad del Císter, Arnaldo. Así, la cruzada solo ha tenido que luchar, en esta fase, contra el vizconde Trencavel y no contra una alianza occitana. Estoy seguro de que en cuestión de meses le volverán a excomulgar y Narbona pasará a depender de mi tío.

—¿Y por qué creéis que el arzobispo quiere la carga de la séptima mula? —cortó Bruna, que consideraba aburrida la política de las complejas relaciones de vasallaje feudal.

—No lo sé —repuso Hugo—, pero lo más extraño es el método que ha usado; falsificar un documento del rey es muy serio.

—¿Qué necesidad tiene de enfrentarse a su sobrino? —insistió ella.

—Es un hombre extraño —continuó el de Mataplana—. Debe de poseer una gran fortuna; sus mercenarios exprimen a comerciantes y campesinos con grandes impuestos. De hecho, su propio sobrino, el rey de Aragón, le debe una fortuna. El papa le tiene en muy poca estima; le ha llamado «perro que no sabe morder» porque se le resiste y no quiere tomar medidas contra los judíos y contra herejes de todo tipo. Pero no solo esos son sus protegidos, se habla también de brujos. Tiene fama de nigromante.

—Pero ¿por qué corre esos riesgos?

—No se arriesga porque es demasiado poderoso y por lo tanto inmune. Pero quiere más poder.

—¿Para qué querrá esos documentos, «la herencia del diablo», como la llama el abad del Císter? —se preguntó Guillermo.

—Muy importantes deben de ser esos escritos si son la causa de la cruzada —dijo Bruna—. Y si el arzobispo ha jugado tan fuerte para conseguirlos, dudo que nos los dé sin más.

—No nos los dará —afirmó Hugo—, habrá que quitárselos.

—¿Para qué quitárselos? —inquirió ella—. ¿No nos basta con saber el porqué de la cruzada?

—Contienen un secreto de poder —repuso el de Mataplana— y yo sí tengo obligación de recuperarlos.

—Pues pedid ayuda a vuestros colegas de Sion —propuso Guillermo en tono malicioso.

—Los caballeros de Sion son pocos y alguno lo ha sido por herencia y no por mérito. Este es el caso de Raimon VI, conde de Tolosa, que traicionó a la orden al verse en peligro. Aymeric de Canet murió bajo vuestra espada y el vizconde Trencavel está atado con grilletes y vivirá poco. Por otra parte, Peyre Roger de Cabaret está suficientemente ocupado sosteniendo la lucha occitana contra los cruzados. Solo cuento aquí con mis fuerzas.

—Aún quedarán caballeros de Sión ocultos —insistió Guillermo.

—Deben continuar ocultos y los que yo conozco no pueden ayudarnos.

Los tres quedaron en un silencio pensativo.

—Le exigiré esos escritos en nombre del abad del Císter —dijo Guillermo al rato.

—Negará que los tiene.

—Le diré que Arnaldo sabe que él los tiene y que le debe obediencia por ser legado papal —insistió el de Montmorency—. Seguro que ni mostrándole mis credenciales querrá devolver los documentos. Pero al menos veremos su reacción y, con suerte, averiguaremos dónde los guarda.

—De acuerdo —coincidió Hugo—. A falta de algo mejor, al menos es una buena forma de obtener información. Cuando sepamos más, podremos establecer un plan definitivo. ¿Qué opináis, señora?

Bruna aceptó.

73

Per q'ieu sec mas volontatz,
e jogui ab los tres datz
e prend ab los conz paria
et ab bon vin on q'ieu sia.

[Por eso hago lo que me viene en gana,
y juego con tres dados,
y me acompaño de conos
y de buen vino donde quiera que vaya].

Respuesta de Reculaire a Hugo de Mataplana

Establecer un plan de acción conjunto, aunque pobre y deshilvanado, pareció suavizar las relaciones entre mis caballeros. Continuaban compitiendo por mi atención y se mostraban celosos cuando, usando algo de lo aprendido en Cabaret, mantenía una mirada o sonrisa demasiado prolongada en el otro, le acariciaba el pelo al primero y le daba a besar mi mano, o le dirigía un elogio al segundo. Entendía a la Loba, la Dama Grial, y me daba cuenta de cuán satisfactorios podían ser esos juegos amorosos y lo poderosa que hacían a la dama que los sabía jugar.

Creía tenerlos bajo control cuando el tercer día de viaje llegamos a un molino en la orilla norte del Aude. Me dijeron que tenían que hacer, que aquel no era lugar para señoras y que me quedara vigilando caballos y bagajes. Pero en los últimos días, al viajar solos, había podido mostrarme como dama; ese era mi papel natural, me encontraba muy bien en él y no entraba en mis planes, del momento, retomar el personaje de escudero. Juzgué poco cortés su propuesta, pero acepté, quizá sorprendida al ver que ambos se mostraban de acuerdo, ya que mantenía el temor de que un día saltara esa chispa y se mataran. Eso me aliviaba, pero a la vez me pasmaba. ¿Habrían hablado por el camino sin yo saberlo?

Así que me dejaron con los caballos y me puse a rumiar. Yo era joven e inocente, pero no tanto como para no sospechar lo que ocurría en algunos molinos o tabernas. Y me mataba la curiosidad. Así que al rato de esperar, me acerqué a las cabañas de madera adosadas al molino y pude oír las risas, murmullos y chillidos, ninguno recatado. Parecía que en aquellos frágiles cuchitriles, que estaban pegados el uno al otro, tumbados con sendas mujeres, Hugo y Guillermo continuaban compitiendo, esta vez en demostrar su hombría y disfrute. Mientras ellas, seguramente esperando de su generosidad, se unían al barullo gritando en el más soez de los lenguajes.

Yo había visto en mi casa caballos montando a yeguas, perros unidos a perras y oído el cortejo escandaloso de los gatos en enero. También recordaba cuando mi padre deseaba satisfacerse con mi madre y entraba en su alcoba, separada solo por una cortina de donde las damas dormíamos. Y también que ella le recibía con risas y, pienso, disfrutaba de aquellos encuentros, a pesar de amar a su trovador.

No sé qué me aconteció, pero aquello me sentó mal. Más que mal, fatal. Aquellos eran mis caballeros, me habían prometido ambos su amor y yo les correspondía confusa en mis sentimientos, pero vehementemente. Claro que el amor que me prometieron era espiritual, todo lo contrario de lo que yo, por la barahúnda que aquellos cuatro montaban, imaginaba estaba ocurriendo.

Y me sentí ofendida, muy ofendida. Y la indignación iba creciendo en mí.

¿Me dejaban sola, cuidando los caballos y su carga para ellos hacer eso? Quizá no tenía derecho a considerarme agraviada, pero un rencor desconocido, una bilis amarga me subía del estómago y se me anudaba en la garganta como si me quisiera estrangular. Ellos eran mis caballeros, me habían prometido fidelidad y yo desde niña me había propuesto que a mí no me ocurriría lo que le pasó a mi madre. El hombre que tuviera mi corazón tendría mi cuerpo y que nadie tendría mi cuerpo sin antes haber conquistado mi corazón. No viviría la infelicidad de mi madre.

Sabía que obtener de cualquier caballero lo recíproco era muy difícil, si no imposible, pero yo estaba dispuesta, cuando llegara el momento, a intentarlo. El momento no había llegado, ninguno de los dos me había pedido matrimonio y lo único que nos unía era una promesa de amor cortés.

Y lo que yo estaba oyendo era todo lo opuesto a ese tipo de amor; nada me habían prometido que les impidiera hacer lo que hacían, pero eso no importaba. Yo me sentía igualmente ofendida y nerviosa, muy nerviosa, con una excitación que me cuesta explicar. No podía soportar aquello; quería que terminaran ya, que dejaran a aquellas mujeres. Y entonces se me ocurrió:

—¡Nos roban los caballos! —grité—. ¡Ayuda, que se los llevan!

Estaba separada de los ventanucos de los chamizos por una amplia porqueriza, aunque sin duda me oyeron porque, para mi satisfacción, se hizo el silencio.

—¡Socorro! —volví a gritar—. ¡Ayuda, se llevan los caballos!

—¡Voy! —oí, al fin, vocear a Hugo.

—Yo también —clamó Guillermo.

Y me sentí feliz, al tiempo que algo inquieta, porque anticipaba que no les gustaría la broma y, cuando los ventanucos se abrieron, eché a correr hacia los caballos, que continuaban atados sin novedad. Me giré a ver cómo saltaban por las ventanas. Cayeron dentro de la porqueriza, espada en mano y desnudos, fuera de un paño de cama con que Guillermo cubría sus vergüenzas, mientras que Hugo usaba una camisa con el mismo fin. Tuve que dejar de correr para verles; aquello era demasiado gracioso. Ocurrió que un cerdo enorme, quizá asustado por los gritos, cruzó a toda velocidad por delante de ellos justo cuando pasaban. Hugo tuvo la fortuna de poderlo evitar, pero no así Guillermo, al que hizo volar por los aires con su embestida. Asombrada, contemplé como aun dándose un buen batacazo, al caer desnudo en medio de aquel estercolero, no soltó para nada su espada. No pude evitar reírme y al verme la cara Hugo, que estaba a punto de saltar la valla de la porqueriza para salir del fangal, adivinó mi treta y sonrió divertido. Al girarse y ver el mísero aspecto del caído, le dio la risa y le espetó entre carcajadas:

—Caballero Guillermo, ¡con esa ridícula arma que tenéis entre piernas no asustaréis a ningún ladrón! ¡Vaya menudencia!

Humillado, desnudo y sucio, Guillermo se incorporaba lentamente haciendo gestos de dolor mientras el otro continuaba riendo. Yo me preocupé pensando si se habría roto algo y solo me di cuenta de que se encontraba bien cuando, de repente, saltó como un gato sobre Hugo, le tumbó de un tremendo cabezazo en el estómago y, colocándosele encima, empezó a golpearle con saña. Yo temía que le asesinara, ya fuera a golpes o ahogándolo en aquel barro inmundo, pero este logró zafarse, se colocó de pie y pasó a contraatacar a puñetazos. Yo gritaba que pararan, mientras rezaba a la Virgen para que no se mataran, al tiempo que le daba gracias porque no se les hubiera ocurrido usar las espadas. Me recordaban a lo que se cuenta de los jabalís peleando por su hembra, solo que estos estaban pelados, ya que Hugo también había perdido la camisa en la trifulca; pero rugían de rabia y no parecía que fueran a detenerse. Todo valía para golpear: cabeza, pies, rodillas, codos… Rodaban por el cieno, se incorporaban y volvían a caer…

De nuevo me asusté al pensar que terminarían matándose y cuando quise imaginar al superviviente, no pude desear la vida de uno por encima de la del otro. ¡Qué confusos estaban mis sentimientos! Volví a gritar que se detuvieran y me di cuenta de que algo se rompía para siempre; aquella camaradería que habíamos vivido los tres los últimos días no se repetiría.

Las mujeres, ya vestidas, salieron a ver la pelea junto a los hombres que habían llegado al molino acarreando grano, deseo o ambas cosas, y jaleaban a los contendientes. Estos continuaban zurrándose sin que ninguno pudiera cantar victoria. Al fin dejaron de golpearse y, agarrados en un abrazo untoso y resbaladizo, intentaban sumergirse la cabeza en la porquería. Eso me alivió; al menos si sobrevivían no estarían tan estropeados como para quedar tullidos.

Y así continuaron un rato más, los rugidos de furia fueron sustituidos por bufidos cansados y, conforme sus movimientos se hacían lentos, yo me iba tranquilizando. Los villanos habían dejado de vitorearlos, la pelea ya no emocionaba y esperaban curiosos para ver cómo terminaba el asunto. Fue entonces cuando salté al barro intentando separarles sin éxito; se continuaban agarrando en su forcejeo inútil, cerril. Superados los miedos, me vino el enfado y les espeté en voz lo suficientemente baja para que no me oyera la chusma:

—¡Ya basta! —Y volví a empujarlos para que se separaran—. ¿No os da vergüenza pelear como patanes? ¡Dejadlo!

Ni caso. Estaban agotados, pero aún querían hacer un último esfuerzo para tumbar al rival.

—¡Basta! —Mi enfado crecía y también el volumen de mi voz—. ¡Qué espectáculo dais vosotros, dos nobles, a los villanos! ¡Miraos, desnudos, malolientes, llenos de porquería hasta las orejas!

Ellos continuaban, pero de forma tan pesada que parecían haberse quedado inmóviles.

—¡Soy vuestra dama! ¡Os ordeno que os detengáis! —Y me salió un alarido de enfado—: ¡¡¡Ya!!!

Y entonces, lentamente, tambaleantes, se fueron soltando.

74

El rossinyol a l'apuntà el dia,
canta a l'aurora i es riu d'això.

[El ruiseñor al amanecer
canta a la aurora y se ríe de esto.]

Canción popular

En un remanso del río, al borde de una pradera mustia rodeada de sauces verdes, dos hombres jóvenes, metidos hasta la cintura en el agua, se lavaban con movimientos cansinos.

—Debierais avergonzaros —los increpaba un muchacho con voz femenina desde la orilla—. ¡Abusasteis de unas pobres damas, expulsadas de Carcasona por los cruzados y que viven en necesidad!

—Que no eran damas —repuso Hugo con fatiga—. Esas han estado en el molino desde siempre. Aprovechan que vienen los hombres con grano y ellas se llevan su parte.

—¡Es igual! —repuso el chico—. Es igual de indecente.

Ninguno respondió y continuaron con su aseo, pero al rato empezó de nuevo.

—¿No sois mis caballeros? —les reprochaba—. ¿Y me dejáis cuidando los caballos para ir a hacer eso con unas barraganas?

Guillermo le lanzó una mirada a Hugo y este se encogió de hombros callándose, aunque ella no parecía tener intención de hacerlo.

—¡Me habéis humillado!

—Pero, Bruna —dijo Guillermo—, si habéis cuidado mi caballo muchas veces, como escudero, ¿cómo os humilláis ahora?

—¡Porque me habíais prometido amor! —repuso ella con un sollozo, y se fue corriendo en llanto.

Guillermo la miró asombrado y al rato, pensativo, se giró hacia Hugo.

—¿Y qué tendrán que ver los caballos con el amor? —dijo en voz alta como hablándose a sí mismo.

—Yo creo que no se refiere a los caballos, sino a las mujeres del molino.

—Pues no lo entiendo.

—Yo tampoco mucho —repuso Hugo, y, saliendo del río, fue a recoger su camisa para lavarla—. Es que las damas occitanas son así de caprichosas.

Una vez limpios, ya en el claro, comprobaron que las heridas, aunque abundantes en brazos, piernas, torso y cara, no eran serias, pero las contusiones, considerables. En pocas horas los caballeros pasarían de púrpura a morado.

Bruna había comprado en el molino ungüento de belladona para aliviar el dolor y mejor sanar las magulladuras. Al terminar la trifulca, se había mostrado preocupada y les ayudó a encontrar sus cosas y a montar a caballo. Se avituallaron en el molino y dieron por hecho que tendrían que pasar unos días de descanso y recuperación.

Pero eso fue antes de que empezara a enfadarse, lo cual ocurrió casi de inmediato. Les espetaba que su comportamiento insensato había humillado a los tres frente a la chusma del molino, poniendo además la seguridad de ella, a la que habían prometido proteger por todos los medios, en peligro. Y dejó de hablarles durante el tiempo en que Hugo, que conocía la zona, les condujo hasta aquel bello paraje donde acampar. Allí les volvió a increpar cuando se lavaban en el río. Luego, se encerró de nuevo en su fiero mutismo, apartándose de ellos. Después, se puso a limpiar los caballos.

—Bruna —le pidió elevando la voz Hugo para que le oyera pese a la distancia en que ella se había instalado—, me duele mucho la espalda y no puedo aplicarme el ungüento. ¿Quisierais ayudarme vos?

—Ni hablar de ello —repuso ella en tono airado—. ¿No os lo hizo Guillermo? Pues pedídselo a él.

Hugo se quedó tumbado boca abajo en la hierba rala como si ya le hubieran abandonado todas sus fuerzas. Guillermo le miró, vio a Bruna, que frotaba con exceso de energía los flancos de los caballos y que les lanzaba intermitentemente miradas incendiarias. Sin decir nada, se levantó penosamente para aplicar el ungüento en la espalda de su rival. Este le miró sorprendido. Se dejó hacer y se mantuvo callado por un rato.

—Gracias, Guillermo —dijo después de un largo silencio—. Pero aún pienso que lo que tenéis entre piernas no vale nada.

El francés se detuvo un momento considerando la situación. Su enemigo le ofrecía la espalda. ¿Qué mejor ocasión para acogotarle? Pero no lo hizo, continuó frotándole, aunque respondió:

—Ya que también pude ver la vuestra, debo decir que es bastante peor que la mía.

Hubo un segundo de silencio y, de pronto, Hugo estalló en carcajadas. El otro se unió estrepitosamente a las risas.

Ella los miró con recelo; no podía entender cómo aquel par de energúmenos se reían juntos y bromeaban sobre sus penes cuando unas horas antes se estaban matando exactamente por el mismo asunto. Pero aquella inesperada camaradería la aliviaba y, sacudiendo la cabeza incrédula, masculló algo sobre la pareja de cretinos que el destino le obligaba a soportar.

Después, al pensar en que se tenían bien merecido el vapuleo, miró hacia otro lado para que no la vieran, se tapó la boca y no pudo evitar una risita al recordar su travesura.

75

El rossinyol amb sa melodia
canta la prosa que Déu els perdó.

[El ruiseñor con su melodía
canta pidiendo que Dios les perdone].

Canción popular

Poco antes de caer la tarde, dos personajes asomaron en el claro. Se sorprendieron al encontrar a aquellos dos caballeros dolientes tumbados en la hierba, y a mí, al que supusieron su joven escudero, trajinando entre los caballos sin hacerles el menor caso.

—La paz del Buen Dios esté con vosotros —saludó el más anciano, que lucía barbas canosas.

Habían entrado por el lado en que yo me encontraba y en un principio recelé por su inesperada aparición en aquel lugar apartado del camino.

Después lo entendí al adivinar por su aspecto que eran un par de «buenos hombres» itinerantes, de aquellos que llevaban las prédicas cátaras por pueblos y granjas. No era de extrañar que evitaran el camino principal de Carcasona a Narbona, habida cuenta del trato que vimos dispensar a sus hermanos por parte de los cruzados.

—Buenas tardes —respondí.

Ellos observaron a los apaleados y, acercándoseles, exclamaron:

—¡Buen Dios!, ¿habéis sido asaltados? Estáis cubiertos de heridas y contusiones.

—Ha sido un accidente —murmuró Hugo.

—Tenemos conocimientos de medicina. Dejadnos que os ayudemos.

Los dolientes consintieron encantados sin hacerse rogar y los recién llegados desataron un fardo que portaban y sacaron distintos tarros. El más anciano dio instrucciones al otro, que recogió unas hierbas después de recorrer el claro. Encendieron un fuego para preparar una cocción con lo encontrado, algo de lo que llevaban y agua del río.

Yo estaba acostumbrada a ver predicadores cátaros en Béziers e, incluso, los había oído en alguna ocasión disertando en la plaza pública cuando doña Bernarda se descuidaba. Me di cuenta de que fuera de sus barbas crecidas y de su cabeza sin tonsura, ni en modos ni aspecto se distinguían demasiado de fray Domingo de Guzmán y de su *socium*.

Oscurecía cuando con sus heridas curadas y con varias cataplasmas pegadas al cuerpo, mis caballeros fueron capaces de compartir cena conmigo y con nuestros invitados. Estos usaron sus propios utensilios, pues ni comían carne ni cocinaban con cacharros que la hubieran contenido. Guillermo, en particular, los miraba curioso; jamás había coincidido antes con un cátaro, fuera de los que vio quemar, y dada su formación teológica y su mente inquisitiva, no se cansaba de preguntarles.

—Existe un dios malvado que es el creador de este mundo físico y cuyo sirviente es el diablo —empezó a explicar el más anciano—. Es el que aparece en el Antiguo Testamento y que a veces ordena robar, matar y violar al enemigo. Es el dios de la cólera y del rencor. ¿Cómo si no se explican los grandes males que nos asolan? ¿Cómo los permitiría un Dios misericordioso? Matanzas indiscriminadas de hombres, mujeres y niños, destrucción, hambre, enfermedad, injusticia… Pero existe también el Dios bueno. Es el creador del alma, es el Dios del amor, es el Dios del Nuevo Testamento, es el Dios de Jesús.

—¿Y cuál es más poderoso? —inquirió Guillermo—. ¿Cuál vencerá?

—El Dios bueno, el Dios del espíritu terminará imponiéndose al dios de la materia, a pesar de que muchas veces el malo venza temporalmente.

—Entonces, nuestro cuerpo…

—El cuerpo del hombre es obra del Ser Maligno que aprisionó en él a nuestra alma que fue creada por el Buen Dios.

—Con lo que hoy me duele el cuerpo, no me sorprende su origen infernal —bromeó Hugo.

—¿Y qué ocurre cuando en la muerte el cuerpo y alma se separan? —insistió el de Montmorency.

—La mayor parte de las almas vuelven a este mundo al cabo del tiempo reencarnadas en otro cuerpo en el que Satanás las encierra. Este depende del avance espiritual alcanzado. Los que han tenido mala vida y su alma se ha ensuciado pueden, incluso, regresar en el cuerpo de un animal. Solo son muy pocos los que gracias a una existencia pura y consciente consiguen quedarse con el Dios bueno para siempre y no regresar.

—Y los realmente malos, ¿no van al infierno?

—El infierno es este mundo —dijo sonriendo el más viejo—. Aquí es donde sufrimos, este es el reino del dios malo. Nada hay que temer del más allá. Todo el miedo, el dolor, la pena vive aquí, junto al cuerpo.

—¿Qué opináis de la cruzada? —los interrogó Hugo.

—Es la obra máxima del mal dios. Cristianos asesinando a cristianos, robando, torturando, destruyendo... ¿Qué mayor prueba queréis de que la cruzada es obra del Maligno?

—Así que la Iglesia católica... —insinuó Guillermo.

—Está demostrando ser lo que es —repuso el anciano—. La Iglesia de Roma es lo contrario al amor. Si no, leer AMOR al revés y veréis ROMA. El papa es el gran sacerdote del Maligno.

—No me extraña que os quemen en la hoguera con lo que decís —murmuró el de Montmorency—. No solo desprestigiáis a la Iglesia católica, sino peor aún; al negar el infierno, quitáis la llave de la mano de san Pedro. Si la Iglesia deja de ser el portero del cielo, si pierde las llaves de la eternidad, entonces pierde todo su poder.

Y así, en esas disertaciones, continuaron parte de la noche. Oyendo su conversación plácida, me sentía segura, protegida, en completa paz.

Miré hacia el firmamento estrellado, a las sombras de los sauces, al fuego saltarín que con llamas amarillas, rojas y tonos azulones nos iluminaba y contemplé las facciones amadas de Hugo, las de Guillermo y me dije que había mucha belleza en el mundo que Dios creó. No podía aceptar que lo que veía fuera el infierno. Aquellos hombres se equivocaban.

Pensé que, a pesar de las terribles pérdidas experimentadas, era aún capaz de encontrar pequeños momentos de dicha, que continuaba amando la vida y daba gracias por ella al Creador. Y deseé que Dios, y no una hoguera, terminara iluminando a nuestros visitantes herejes.

Despreocupándome de las prédicas del anciano y de su *socium*, me acomodé unos metros más allá. Arrullada por las voces de plática tranquila y el rumor del viento en las hojas de los árboles, musitando una oración, busqué el sueño.

76

Prenda.us merces, pus tot bes, dompna
.n vos es, que no m'alçiats desiran.

[Tened piedad, señora, ya que todo bien
en vos está, no me matéis de deseo].

Cançoneret de Ripoll

Continuamos nuestro camino por la margen norte del Aude, rumbo a su desembocadura al este, pero cuando el curso empezaba a describir un amplio meandro de casi media circunferencia, poco antes de divisar Narbona, abandonamos la vía cercana al río. Desde allí anduvimos hasta la puerta Real, situada al norte de la ciudad, y esta apareció ante nosotros con sus muros flanqueados de torres y con bulliciosa actividad. Hugo nos contó que la calle mayor, que nacía en la puerta Real, terminaba al otro extremo de la villa, justo sobre el río Aude, y que cruzado el puente crecía un burgo amurallado que pronto sería tan grande como la propia ciudad. También nos dijo que mientras la mayoría de Narbona era feudo del vizconde de Lara y solo una pequeña parte pertenecía al arzobispo Berenguer, lo contrario ocurría con el burgo y que eso probaba cómo había cambiado la relación de poder entre los dos señores. Siglos antes, cuando la rebelión de judíos y godos expulsó a los musulmanes de la ciudad creando un condado, prácticamente un reino independiente aliado de los carolingios que algunos llamaron el reino judío de Septimania, el arzobispo era nombrado por el conde. Ahora la situación era muy distinta; el poder eclesiástico había aumentado tanto que el arzobispo dominaba sin apenas oposición.

Decidimos separarnos a nuestra entrada en Narbona. No sabíamos que podría ocurrir en la ciudad y creímos más prudente que no supieran que estábamos juntos. Yo continuaría ejerciendo el papel de paje y Guillermo el de emisario del legado papal y sobrino del nuevo vizconde de Carcasona, Béziers y Albí, Simón de Montfort. Así nos presentamos a los guardas de la llamada puerta Real. Hugo entró momentos después y nos siguió por la calle que conducía a la plaza del mercado situada frente a la iglesia de San Sebastián. El bullicio de los parroquianos, los gritos de los vendedores anunciando su mercancía desde tenderetes multicolores, la música de juglares saltimbanquis, los olores de la comida que vendían desde pequeñas cocinas, todo me recordaba a mi Béziers cuando era una ciudad viva. No pude evitar unas tristes lágrimas en memoria de mis gentes y de aquel hermoso mundo muerto, ahora tan lejano.

El mercado era fronterizo entre la parte occidental de la ciudad que pertenecía al arzobispo y la vizcondal. De ese lado estaba la posada de San Sebastián, donde nos instalamos. Tenía un amplio establo con palafreneros que cuidaban de los caballos y nos hospedamos, gracias al rango de Guillermo, en una de las pocas habitaciones que daban a la plaza.

Evitamos coincidir con Hugo, que se instaló en una de las estancias comunes donde pernoctaban los mercaderes, una vez llegó a un acuerdo con el hostelero de un hospedaje, digno pero económico, a cambio de trovar en la taberna de la posada. Su rango y su bolsa le hubieran permitido acomodarse de forma semejante a la nuestra, pero nuestro plan le obligaba a seguir su costumbre de mezclarse con burgueses y criados para hablar con unos y otros sin que supieran de su estamento y así conocer los rumores y comidillas que circulaban por la ciudad. Cualquier información podía ser muy valiosa para nuestra misión. Durante la cena cantó para los huéspedes de la posada mientras Guillermo y yo comíamos, pero su cantar no era alegre. Vi que nos miraba de forma extraña y, justo al terminar una canción, se acercó a nuestra mesa, que estaba situada al lado de una de las paredes. Aún sonaba la última nota de su guitarra cuando tomó un cuchillo y, en un movimiento súbito, se lo puso a Guillermo en la garganta y le pinchó. Me dio tal susto que apenas pude evitar un chillido. El franco también se sobresaltó, pues se quedó inmóvil mirando a su contrincante con la barbilla levantada, intentando evitar la presión del filo. Un momento después movía ostensiblemente su nuez de Adán para tragar lo que había mantenido en su boca.

—Como esta noche os propaséis lo más mínimo con la dama, os arranco el alma —dijo entre dientes Hugo.

Su cuerpo impedía la visión de lo que estaba ocurriendo al resto de los comensales, que debían de pensar que estaba conversando con nosotros o que quizá pedía unas monedas. Guillermo no respondió y le mantuvo la mirada.

—Juradme por Dios y por vuestra salvación eterna que no le tocareis ni un cabello.

El franco no contestó, pero había desafío en sus ojos.

—¡Jurad u os degüello aquí mismo! —gruño el de Mataplana presionando con el cuchillo hasta hacerle sangre.

Yo estaba aterrorizada. No tenía ninguna duda de que si no obtenía satisfacción cumpliría su amenaza. Aquella mirada rara que aprecié era de celos, de unos celos violentos.

—Me ofendéis con vuestra sospecha —repuso Guillermo

cuando habló—. Podéis matarme ahora mismo porque no pienso jurar por Dios lo que como caballero he de cumplir igualmente.

La expresión del rostro del de Mataplana cambió al instante de oír eso. Sus mandíbulas se relajaron. Miró el cuchillo con el que hería la garganta del franco y aflojó la presión. Sus ojos encontraron los míos y me di cuenta de que se sentía avergonzado de su arranque. Enseguida puso el arma sobre la mesa. Por un momento pensé que, incluso, se disculparía, pero no lo hizo. Solo suavizó sus maneras.

—De acuerdo —dijo—, me basta con vuestra palabra de caballero.

—La tenéis.

—Decid que por vuestro honor de caballero respetaréis a la dama.

—Por mi honor que la he de respetar.

Los ojos de Guillermo estaban húmedos cuando apretando con su mano el antebrazo de su rival dijo:

—Gracias.

Después, me miró tratando de explicarse:

—Lo siento, mi señora, pero mi corazón pena por vos.

Inclinó su cabeza en saludo y abandonó el salón sin cantar más.

Si no hubiera sido por el arranque de Hugo, yo no le hubiera dado ninguna importancia a pasar la noche sola con el de Montmorency. Habíamos pernoctado juntos no solo cuando Guillermo creía que yo era un muchacho, sino también sabiéndome mujer, pero pronto me di cuenta de que eso fue estando él bajo los efectos del arrebato místico en el que me veía como el ángel que salvó su alma en la ordalía.

Rezamos nuestras oraciones antes de meternos cada uno en su cama sin yo sospechar, en especial después de la escena con Hugo en el comedor, lo que iba a ocurrir. Porque enseguida comprendí que la presencia de un rival y el tiempo transcurrido habían hecho olvidar a Guillermo mis aspectos angelicales para verme como mujer. Así que al poco de quedarnos callados y reducir la luz del candil a un mínimo, empezó a cortejarme.

Se arrodillaba ante mí pidiéndome solo un beso y una caricia y, al no dárselas, quiso obsequiármelos él.

—¡Guillermo! —le reproché—, habéis comprometido vuestra palabra de honor de que me respetaríais.

—Y os respeto como a nadie en el mundo —respondió—, pero os amo con locura.

—Ateneos a vuestra palabra.

—Un enamorado no tiene ni honor ni palabra.

Y así empezamos la noche. Yo le apartaba y le pedía que se comportara como caballero, y él respondía que así se comportaban los caballeros en su tierra y que eso de la *fin'amor* era un invento occitano antinatural, que un verdadero enamorado no podía resistirse, ni gobernarse por tales simplezas.

Por un momento temí que me tomara por la fuerza, sintiendo una mezcla de miedo y deseo. Pero el recuerdo de Hugo estaba presente en mí y, aun gozando de las caricias del franco, le apartaba una y otra vez. Guillermo era insistente, aunque respetaba mi voluntad, que se debilitaba por momentos. Y así porfiamos gran parte de la noche hasta que el cansancio del camino y del dulce combate terminó por vencernos, salvando yo mi honra.

Al día siguiente estábamos ojerosos, pero Guillermo lucía sus mejores galas: cota de malla, espada al cinto y el león rampante de los Montfort en su sobrevesta con la cruz roja bordada en el lado izquierdo del pecho. De igual guisa vestí yo, como su escudero, y al paso pausado de nuestros caballos, nos dirigimos hacia el río por la calle mayor.

El palacio del arzobispo se encuentra poco antes de la plaza de La Caularia, donde se levanta el palacio del vizconde, situado al lado de la puerta que, a través de los muros, se abre al puente sobre el río Orbiel por donde se cruza al burgo. Toda la zona de las murallas del río está habitada por numerosos judíos, que en Narbona conservan privilegios desde la época de su reino independiente, tales como ser los propietarios legales de casas y terrenos, incluso armas. También es el único lugar donde pueden contratar sirvientes y empleados cristianos.

Guillermo esperó montado en su caballo a la puerta del palacio de Berenguer mientras yo anunciaba a la guardia que mi señor quería ver al arzobispo por mandato del legado papal. Nuestra visita no debió de sorprender, ya que nos hicieron pasar a un amplio patio interior que forma el palacio, el sistema defensivo de torres y muros y la iglesia de Saint Just.

Allí me esperaba una sorpresa. Habíamos descabalgado y estaban los palafreneros del arzobispo atendiendo a nuestros caballos cuando vi a Sara, la judía. Ella se dirigía a la salida cuando se fijó en nosotros. Me clavó su mirada por unos instantes que me parecieron eternos y sentí un profundo temor. ¿Me habría reconocido?

77

Des ore cumencet le cunseill que mal prist.

[Comienza entonces la discusión
que acarrearía tanto infortunio].

La Chanson de Roland, XII

El arzobispo Berenguer recibió a Guillermo en un salón abovedado con esbeltos arcos ojivales y que se abría en airosos ventanales orientados al patio, mientras que se cerraba en lucernas defensivas hacia la plaza de La Caularia. Pasaba de los sesenta años, era grueso y estaba apoltronado en una silla colocada sobre un dosel a modo de trono. En realidad, nada en la estancia desmerecía al salón de audiencias de un gran noble y tanto las paredes como los techos estaban lujosamente decorados por pinturas multicolores de árboles, cazadores y fieras.

Hombres de armas guardaban la puerta y protegían los flancos del prelado. Un chambelán anunció a Guillermo como caballero de Montmorency, sobrino de Montfort y enviado del legado papal, después de que en la sala de espera fuéramos requeridos a mostrar la carta credencial del abad del Císter.

Guillermo avanzó con paso audaz recorriendo tres cuartos de la sala en dirección al arzobispo y allí hizo una reverencia:

—Dios os guarde, arzobispo Berenguer.

—Sed bienvenido y que Dios os bendiga —repuso el arzobispo haciéndole gesto para que se acercara, al tiempo que tendía su grueso anillo, en el que brillaba un rubí.

Guillermo se inclinó, obligado por la cortesía, para besar el anillo, a pesar del disgusto que le causaba ese segundo gesto de sumisión frente al que intuía su contrincante.

—Sentaos, por favor —dijo el prelado.

Un pajecillo apareció con un escabel y el caballero se sentó comprobando que quedaba muy por debajo de Berenguer, con lo que tenía que alzar la cabeza para mirarle.

—Decidme, caballero de Montmorency, ¿a qué debo el honor de vuestra visita?

Guillermo examinó la mirada de ojos entornados y escrutadores del arzobispo y decidió que sobraban ya las reverencias, que sería difícil obtener algo de aquel hombre por las buenas y que era el momento de usar la autoridad del legado.

—Ha llegado a los oídos del abad Arnaldo que los fardos que cargaba la séptima mula robada, cuando el legado Peyre de Castelnou fue asesinado, están en vuestro poder.

Y calló para observar al viejo. Este abrió sus ojos por unos instantes, en desconcierto y alarma, pero los entornó de inmediato. Guillermo supo que había conseguido sorprenderlo.

—Le informaron mal al abad del Císter. —Forzó una sonrisa que mostraba una boca de escasos dientes—. Yo no tengo nada de eso.

—Haced memoria, señor —insistió el caballero—. Existe en Cabaret una carta con firma y sellos auténticos vuestros y falsos del rey de Aragón.

El arzobispo descubrió otra vez los huecos faltos de dientes de su boca al abrirla estupefacto. Sus manos se aferraban tensas a los brazos de su silla y los cuatro cortesanos que observaban sentados en los laterales del salón se movieron inquietos. Guillermo, que no se había perdido detalle, se dijo que su dardo acababa de acertar el centro de la diana.

Un silencio sepulcral se hizo en la sala y el caballero esperó a que su rival hablara.

—Y... ¿qué dice la carta? —preguntó el arzobispo al fin.

—Bien lo sabéis, ya que la firmasteis. El rey de Aragón le pide a Peyre Roger de Cabaret que os entregue los legajos a través de vuestro mayordomo. Peyre Roger le conoce y por eso, engañado y confiando en vos, le entregó lo que el abad Arnaldo llama «la herencia del diablo».

—Imposible, sois víctima de un engaño.

—He visto la carta con mis propios ojos —mintió Guillermo.

—¿Vos? —se sorprendió el arzobispo—. ¿La visteis en Cabaret? Es imposible, el castillo continúa inexpugnable.

—No os diré de qué medios me he valido —dijo Guillermo levantándose del escabel con tal energía que hizo poner a los soldados que custodiaban al prelado en guardia—, pero os diré que el legado Arnaldo lo sabe y que, de ocurrirme algo a mí, tiene ya preparada la excomunión papal para vos y la destitución inmediata del arzobispado. También tiene tropas cruzadas listas para hacer cumplir su voluntad en Narbona. Quiero pensar que la memoria os falla por vuestra edad y os daré un día para que recordéis. Mañana a estas horas os visitaré de nuevo y por la tarde saldré rumbo a Carcasona con la carga de la séptima mula y una escolta vuestra que me protegerá hasta el lugar del camino que yo decida. O ateneos a lo dicho. Quedad con Dios, arzobispo.

Sin esperar respuesta, Guillermo, altanero y gallardo, se dirigió a la puerta sin que nadie le impidiera el paso.

Bruna, perpleja al ver a Sara, quiso disimular actuando igual a como lo haría un paje y acompañó a los palafreneros con los caballos. Al no ver a la judía a su regreso, se dijo que esta no la habría reconocido y que la mujer estaría ya fuera del palacio. Después, refugiándose del sol de mediodía en los porches, a la espera de Guillermo, se preguntó por qué se había asustado tanto al verla si precisamente Sara, con su extraña predicción, propició que salvara la vida de forma tan milagrosa en Béziers.

Pero ese pensamiento no pudo impedir que se sobresaltara, hasta casi gritar, cuando alguien que salía de detrás de una columna la sujetó del brazo. Era Sara.

—¿Sois vos, señora? —dijo la mujer en un susurro.

Bruna, con el corazón latiendo alocado, tardó en responder, sintiendo la mirada de la vieja clavada en sus ojos.

—¿Yo?

—Sí, vos, Bruna de Béziers.

—No, yo...

—Sí, sí, lo sois. Tal como os había visto en mi vaticinio: con cabello de paje y vestido de malla.

—Por favor, no me delatéis.

—¿No es esa la insignia de Simón de Montfort? —insistió la mujer—. ¿No es esa la cruz de cruzado?

—Tengo unos sueldos en mi bolsa. Os los daré a cambio de vuestro silencio.

—Será a cambio de un consejo para vuestro bien.

Y la mujer desató un hatillo que llevaba en la cintura y aprovechando la sombra de la columna, como hizo en Béziers, extendió el pañuelo negro con la estrella de seis puntas y lanzó los huesecillos.

—Salid de Narbona —le dijo la mujer—. Vuestra vida corre peligro.

—¿Pero cómo...?

Sara ya había recogido los huesos dentro de su pañuelo, que pendían de nuevo de su cinto. Extendió su mano huesuda. Como un autómata, Bruna depositó una moneda en la mano. La mujer la cerró de inmediato y se apresuró a salir del palacio.

Cuando Guillermo, ufano por su actuación, fue a pedir los caballos, se encontró a Bruna lívida.

—¿Qué os ocurre, señora? —quiso saber, sorprendido.

Solo entonces, el escudero pareció reaccionar y se puso a correr hacia las caballerizas.

78

Que el meu galan m'hi espera
i l'amor me'n vol robar.

[Que mi galán me espera
y arrebatarme el amor desea].

Canción popular

Aún continuaba sobresaltada cuando llegamos a la posada después de recorrer pausadamente la calle mayor en sentido contrario, abriéndonos paso entre el gentío mientras lucíamos las insignias de los Montfort. Había pasado tanto tiempo refugiada tras mi disfraz de paje que el hecho de que alguien fuera capaz de ver a través de él, reconociendo a la Dama Ruiseñor, me inquietaba, me hacía sentir insegura. Y con razón; aún pesaba sobre mi cabeza la condena a muerte lanzada por el abad del Císter.

No quise permanecer demasiado tiempo en la habitación para evitar que Guillermo se sintiera tentado de obsequiarme con otra sesión amorosa. No temía en absoluto que usara la fuerza para imponer su apetito, pero me asustaba el deseo de ceder que me embriagó la noche anterior. Aún recordaba las caricias de sus manos, los besos de su boca y me turbaba pensar que aquel contacto cálido suyo había logrado agitar de tal forma mis sentimientos que me hizo dudar de ellos. Estaba confusa. Hugo había dejado de ser el favorito de mi corazón, Guillermo me hacía vibrar y mi estima por él había crecido tanto que en aquel momento superaba al de Mataplana. Pero aún no podía decidirme.

Así que pasé el resto de la mañana en la taberna, acompañada de Guillermo, sin atreverme tampoco a salir a la calle a causa de la advertencia de Sara. Antes de la comida apareció Hugo y disimuladamente nos susurró al oído:

—Hablemos en vuestra habitación después del almuerzo.

—Recuerdo a Sara —dijo Hugo, una vez hube relatado mi sorprendente encuentro de la mañana—. Era esa mujer que vendía hierbas y condimentos en el mercado, ¿verdad?

—Sí.

—Extraño lugar para encontrarse con una judía —me dijo Guillermo—. Nada menos que el palacio del arzobispo.

—Nos contasteis que los hebreos habitan la zona de la ciudad que orilla el río —dije—. El palacio está en ese lado.

—Sí, pero eso no explica la presencia de una mujer judía allí —insistió Hugo—. Si fuera un rabino o uno de sus líderes, entendería que estuviera tratando negocios con el arzobispo, que, además, es señor de la villa.

—¿Y decís que os ha advertido que vuestra vida peligra estando en Narbona? —inquirió Guillermo.

Afirmé con la cabeza.

—Después de su acierto en Béziers, debiéramos tomarla en serio —dijo Hugo.

—Si todo sale como espero, mañana el arzobispo nos dará los legajos y podremos salir de inmediato —afirmó el francés—. Mientras, no me moveré del lado de Bruna.

Yo temía la noche, más aún por el ardor de Guillermo y mi excitación que por las amenazas de Sara. Anticipaba otra batalla contra él y contra mi deseo, no quería encerrarme en la habitación y miraba implorante a Hugo. ¿No se daba cuenta de que me dejaba en brazos de su rival? ¿Tan alto era su sentido de lo caballeresco que no se enteraba de que un hombre enamorado es capaz de romper toda promesa? Entendía que lo acordado, que yo estuviera con Guillermo, era lo más sensato; ya que si se quedaban ambos conmigo, vigilándose mutuamente, no avanzaríamos en nuestro propósito.

Sí, todo era lógico, todo según acordamos, pero mi corazón me decía que Hugo debía despreciar la lógica y le hubiera preferido a él reclamándome en sus brazos. Me di cuenta de que culpaba a Hugo del deseo que sentía por el franco. Aquel estúpido honesto me estaba perdiendo en cada caricia de su rival. ¡Y se creyó que Guillermo se ceñiría a su palabra de caballero! Pero ¿qué otra cosa podía hacer Hugo en esa situación? Y por mi parte, yo no podía denunciar la actitud de su contrincante porque brillaría el acero de las espadas, habría sangre y muerte. Tenía que callarme.

—¿Realmente creéis que el arzobispo Berenguer va a doblegarse tan fácilmente a la carta del legado Arnaldo y al arrogante león rojo de los Montfort? —inquirió Hugo con sonrisa cínica, sin sospechar en qué se ocupaban mis pensamientos.

—Posiblemente no —repuso Guillermo—. En cualquier caso, pase lo que pase, sacaremos a Bruna mañana de Narbona.

—De acuerdo —convino Hugo.

—¿Y qué habéis averiguado trovando? —le pregunté con un toquecillo burlón.

—Mucho —repuso el de Mataplana—. Narbona está al borde de un enfrentamiento interno, o quizá de una sublevación.

—¿Contra el arzobispo o contra el vizconde? —preguntó Guillermo.

—Una sublevación judía.

—¿Los judíos? —me asombré.

—Son muy numerosos en la ciudad y su presencia aquí es anterior a la de los propios cristianos, de cuando esta tierra era pagana —repuso Hugo—. Son anteriores a los visigodos, a los merovingios y a los carolingios. Mientras los visigodos fueron arrianos, los trataron bien, pero al convertirse al catolicismo, empezaron a perseguirlos. Fue una sublevación de los judíos, hartos de esa opresión, la que llevó a los musulmanes a conquistar la ciudad. Los mahometanos aceptaron que tanto arrianos como católicos y judíos, al ser de las religiones llamadas «del libro», pudieran practicar libremente su fe a cambio de pagar impuestos más altos. Al retroceder el islam, los carolingios intentaron, una y otra vez, la reconquista de Narbona, que, teniendo puerto de mar y apoyada por la flota musulmana, señora del Mediterráneo en la época, estaba bien abastecida. Siempre fueron derrotados. Al fin, los judíos y godos de Narbona decidieron cambiar de bando y se sublevaron, tomaron el poder y expulsaron a los musulmanes. A través de un pacto con los carolingios, pasaron a ser un estado independiente en la frontera entre el islam y la cristiandad. El que se llamó reino judío de Septimania. Y aunque los descendientes del rey judío, que reclamaba ser de la estirpe de David, por presiones políticas se convirtieron formalmente al catolicismo y pasaron a ser nobles vasallos del imperio, hay dudas de que lo hicieran realmente. Se sospecha que fue un ardid para proteger a los suyos. Y Narbona se convirtió en la base para la reconquista de la llamada por Carlomagno Marca Hispana, que hoy es gran parte de la Cataluña vieja, Aragón y Navarra. En las venas de la nobleza occitana y catalana corre sangre judía y por eso los nobles, conscientes de ello, han protegido siempre a los hebreos en mayor o menor grado, a pesar de las soflamas lanzadas por la Iglesia de Roma.

—No es de extrañar que los judíos, musulmanes y arrianos se entiendan mejor entre ellos que con los católicos —intervino Guillermo—. Todos niegan la Santísima Trinidad y consideran a Jesucristo de naturaleza distinta al Padre, hombre en muchos casos, aunque a veces con características divinas.

—¿Y qué me decís de los adopcionistas? —dijo Hugo—. Los mozárabes en las Españas ocupadas por los árabes, y en especial en Toledo, se desviaron en su mayoría del catolicismo. Creían que Jesús nació humano y que después fue adoptado por Dios. Y Roma no podía hacer nada contra ellos, ya que el al-Ándalus estaba bajo control musulmán y los cristianos eran independientes. Aún hoy, siglos después de que los católicos reconquistaran Castilla, la misa en Toledo se hace en rito mozárabe a pesar de la oposición del papa. Dos veces se llevó la cuestión al juicio de Dios. En una de ellas, el paladín mozárabe venció en combate al católico y en la segunda, que fue una ordalía de fuego, el misal católico se quemó y el mozárabe fue respetado por las llamas. En vista de ello, el rey se vio obligado a aceptar el rito mozárabe aun aplicando el dogma católico.

—Y los adopcionistas también se debieron de entender bien con los judíos —dijo Guillermo—. En realidad, el gran punto de disputa entre las religiones es la divinidad de Jesucristo.

—Pero este no es el caso de los cátaros —repuso Hugo.

—En efecto —coincidió el de Montmorency—. Precisamente la humanidad de Jesucristo es lo que niegan los cátaros. Para ellos es un espíritu puro, parte del Dios bueno, que jamás pudo ser contaminado por un cuerpo humano regido por el dios malo. Su cuerpo no era real, era solo una apariencia.

Se hizo un silencio en el que ambos caballeros quedaron pensativos, pero con expresión satisfecha en sus semblantes. Yo no me podía creer que en semejantes circunstancias aquel par estuviera de tertulia para demostrarse mutuamente sus conocimientos teológicos. Hasta en eso competían, aunque sosegadamente, con placer. Irritada, estuve a punto de decirles que si tanto se gustaban, para qué querían a una dama. Se habían olvidado de mí y de la amenaza que pesaba sobre mi cabeza. Quizá ellos no le dieran mucho crédito a Sara, pero yo sí tenía motivos para creerla.

—¿Y qué tiene que ver toda esa disertación religiosa con lo que tratábamos? —estallé al fin.

Otra vez vi en sus semblantes esa mirada de asombro; como si en ese momento se percataran de que yo estaba allí.

—¿Qué es lo que habéis averiguado que nos ayude a conseguir la carga de la séptima mula, lo que el abad del Císter llama «el testamento del diablo»? —insistí.

—Decía que todo apunta a que los judíos piensan sublevarse —explicó Hugo—. Están haciendo acopio de armas. Saben que tarde o temprano serán víctimas de los cruzados. Los hebreos de Béziers escaparon de la muerte al huir de la cruzada. Parecía que supieran lo que iba a ocurrir, pero ahora son despojados de todos sus bienes como pago al arzobispo y al vizconde de Narbona de los víveres que estos suministraron al *negotium pacis et fidei*.

—¡Están locos! —exclamó Guillermo—. No saben de armas, no tienen gentes con experiencia de combate. Son buenos artesanos, banqueros y comerciantes, pero jamás he sabido de un judío manejando la espada.

—Ellos opinan distinto —repuso Hugo—. Recordad que la Biblia habla de grandes reyes guerreros.

—Sí, pero de eso hace miles de años y…

—¡Ya basta de coloquios! —corté impaciente al ver que iban a entrar en una discusión teórica sobre el asunto—. ¿Qué tiene que ver el asunto hebreo con lo nuestro?

Otra vez me miraron con sorpresa y ahora con cierto resentimiento. Me di cuenta de que no me había comportado como ellos esperaban hiciera una dama.

—Señores, no tenemos mucho tiempo —dije intentando arreglarlo con una sonrisa.

—Se dice que Raimon VI, que además de conde de Tolosa, es el duque de Narbona, será excomulgado de nuevo —continuó Hugo—. Cuando eso ocurra, será desposeído y Simón de Montfort pasará a ser también el señor de Tolosa, Saint Gilles y Narbona. Si la cruzada entrara en esta ciudad, se produciría el exterminio, o exilio en el mejor de los casos, de los judíos.

Pero como se descubrió en Béziers, ellos parecen tener visión de lo que va a suceder. Son muchos en Narbona y esta vez han decidido no huir.

—No lo veo factible —dijo Guillermo—. No podrán hacer nada.

—Tienen aliados poderosos.

—¿Quiénes?

Hugo bajó la voz como si temiera que alguien nos escuchara.

—El propio arzobispo.

Guillermo y yo nos miramos sorprendidos.

—¿Que el arzobispo se aliaría con los judíos contra la cruzada? —exclamó Guillermo—. Eso no tiene sentido.

—El arzobispo y el papa se llevan muy mal —aclaró Hugo—. Es más, se odian. Berenguer sabe que el papa lo destituirá tan pronto como pueda y que, cuando la cruzada ponga sus ojos en Narbona, su futuro será poco mejor que el de los judíos. No asistió a la penitencia del conde Raimon en Saint Gilles y la única razón por la que se sometió a la cruzada fue porque no estaba preparado y prefería que esta, entonces envalentonada por la victoria de Béziers y en su plenitud de fuerzas, se dirigiera a Carcasona.

—¿Qué tiene que ver todo eso con los legajos? —inquirí.

—Mucho. —Hugo me miraba con esos ojos que yo amaba—. Parece que serían la base legal para el nuevo reino judío de Septimania.

No supe reaccionar frente a esa revelación. Era increíble y contemplé sus rasgos, en los que se dibujaba la sonrisa que me enamoró. Me había dejado boquiabierta.

—No puede ser —dijo Guillermo anticipando mi pensamiento.

—Sí lo es —afirmó Hugo—. Y esta noche, alguien, por mi amistad y algunas monedas, me dará los detalles.

79

El hombre es fuego,
y la mujer estopa.
Llega el diablo y sopla.

Dicho popular

Cuando Guillermo y Bruna, erguidos en sus caballos y luciendo el rojo león rampante en sus pechos, salieron del palacio del arzobispo, Renard el ribaldo, junto a su compadre el *faidit* Isarn y el escudero de este, Pelet, los observaban.

Gracias a las mañas de Renard, consiguieron al fin informarse en Cabaret de hacia dónde se había dirigido el grupo. El ribaldo pensó que sería muy difícil encontrar y sorprender a su presa en el camino, pues sospechaba que viajarían por rutas secundarias evitando el encuentro con los cruzados. Además, aquella presa tenía muy buenos dientes, era peligrosa, y solo sorprendiéndolos podrían hacer de sus sueños realidad. Narbona era un mejor escenario para una emboscada y Renard sabía cómo encontrar en cualquier ciudad a quienes están dispuestos a todo a cambio de unas monedas. Él mismo se había contratado a veces para cualquier tipo de trabajo.

Prometió una propina a unos muchachos si divisaban las

insignias de los Montfort, de los Mataplana o del Ruiseñor. No fue difícil. Tan pronto Guillermo y Bruna se encaminaban hacia el palacio del arzobispo, un par de mozalbetes corría a reclamar el pago.

Renard y su grupo los esperaron a la salida del palacio, evitando este que Bruna le viera.

—Son ellos, la fortuna nos sonríe —le dijo a Isarn—. Fíjate en esa linda carita, las suaves curvas de esa cabecita. Solo tenemos que separarla del cuerpo y entregársela a Arnaldo, el abad del Císter. Vos recuperaréis vuestras posesiones y yo tendré mi feudo en Carcasona.

—Un asunto desagradable —repuso el otro—, pero rentable.

Siguieron a los jinetes, a cierta distancia, por la calle principal que llevaba al mercado y a la puerta Real hasta llegar a la posada de San Sebastián. Allí dejaron que Pelet se encargara de informarse con los criados de dónde y cómo se alojaban los de Montfort mientras ellos fueron a contratar un par de matones para el asalto.

A pesar de que ya era noche cerrada, la taberna de la posada continuaba abierta, pero Renard y los suyos prefirieron entrar a través de las caballerizas que un criado sobornado les abrió y de allí subieron a las habitaciones del primer piso. Todo estaba calculado; la resistencia de la puerta, el tronco que usarían como ariete, qué hacer con Guillermo y qué con Bruna. En pocos instantes terminarían su trabajo y al día siguiente, tan pronto abrieran las puertas de la ciudad, cabalgarían hacia Carcasona en busca de su recompensa.

Mientras, con Hugo indagando en la judería de la ciudad, Guillermo se sentía seguro en la habitación de la posada, con una sólida puerta bien atrancada y su espada al alcance de la mano. Ignorante de las cinco sombras que se deslizaban en la oscuridad, su único pensamiento estaba en Bruna y en su amor.

Arrodillado, le besaba la mano mientras ella, sentada en la cama, gozaba del contacto cálido de su enamorado, de sus caricias, que no por rechazadas dejaban de llenarla de placer. Ansiaba que terminara ya la noche, salir de aquella posada y huir de la tentación.

—Tendámonos en la cama desnudos, con mi espada entre ambos —le decía Guillermo— y así veréis que, como los mejores trovadores de la *fin'amor*, seré capaz de no tocaros y esa será la mayor prueba de mi puro amor.

—Prefiero no probarlo.

—Pues tendámonos vestidos y mi espada será la frontera que jamás cruzaré.

—Tampoco.

—¡Pero si solo quiero demostraros mi amor! —insistió él en tono de reproche—. Esperaba que me correspondierais, como toca a una dama, aceptando mi juego galante.

—¿Pero de dónde habéis sacado esas pamplinas? —repuso ella irritada—. ¿Os creéis que toda Occitania es como Cabaret? Mi madre fue cortejada por un trovador muchos años, se amaban con buen amor y jamás necesitaron hacer eso.

Pero Guillermo pronto supo calmar la irritación, más fingida que real, de su dama. Regresaba a besarle la mano, las mejillas, la acariciaba, mientras Bruna, angustiada, se daba cuenta de que poco a poco cedía a los avances del caballero. Era superior a sus fuerzas. Su pensamiento iba con Hugo y le maldecía. ¿Por qué no estaba en ese momento con ella? ¿Por qué la abandonaba en ese trance?

Pronto se encontró en los brazos de Guillermo y se dio cuenta de que sin quererlo respondía a sus besos. Era un tierno arrobo que superaba la inmensa culpa que sentía al traicionar a Hugo.

—Dejadme —suplicó—, por piedad.

—No puedo, mi señora. —El instinto del caballero le impedía abandonar, sin tomarla, una plaza rendida.

El siguiente beso hizo que se desplomaran en la cama, abrazados y las manos de él empezaron a acariciarla bajo las ropas.

Bruna caía en una semiinconsciencia en la que sus fuerzas la abandonaban, pero en un momento de lucidez, haciendo acopio de ellas, empujó a Guillermo y consiguió apartarlo.

—Disteis vuestra palabra. ¡Cumplidla! —le ordenó.

—Soy incapaz, mi señora...

Guillermo no pudo terminar, pues de repente, con un gran estruendo, las tablas de la puerta saltaron hechas añicos y esta se abrió de par en par. Tres individuos se abalanzaron sobre el caballero, que, atontado, no tuvo tiempo de alcanzar su espada y sin ningún miramiento le ataron.

Bruna, pasando de sueño a pesadilla, se quedó mirando a Renard sin dar crédito a lo que veía. Este le sonrió.

—Lo siento, Dama Ruiseñor —le dijo—, pero necesito vuestra cabeza.

—¡Suéltala, cobarde! —le gritó el de Montmorency, al que habían dejado tumbado en un rincón—. Atrévete conmigo.

—Suerte tenéis de ser sobrino de quien sois y de que no quiero más líos con él, mentecato —repuso Renard.

—¡Ayuda! —vociferó Guillermo.

—¡Que se calle y terminemos ya!

Un par de rufianes se abalanzaron sobre el caballero, que se resistió a pesar de sus ataduras, y mientras le golpeaban, le introdujeron unos trapos en la boca. Al contrario, Bruna, que al fin comprendía la situación, considerando que no tenía escape posible, afrontó su destino con dignidad. Se dijo que ese era el castigo que recibía por mostrarse débil con Guillermo. Dos de los hombres la sujetaron por los brazos y Renard, tirando de sus cabellos, colocó su cabeza sobre una banqueta de forma que quedaba el cuello al descubierto.

Isarn desenfundó la espada, la sujetó con ambas manos y la elevó por encima de su cabeza. Calculaba con cuidado, quería que fuera un corte limpio, un solo golpe.

El de Montmorency se debatía desesperado clavando las cuerdas en sus carnes. Un sentimiento de impotencia y fatalidad le invadió. Iban a matar a Bruna por un error suyo. No había sabido defenderla. La culpa y la angustia le atenazaron la garganta y quiso morir.

Bruna, aplastada su mejilla derecha contra la banqueta, podía ver al fondo de la habitación a Guillermo retorciéndose desesperado y notó una extraña sensación en su cuello, preludio del tajo. Entonces, se sintió desfallecer. Por unos instantes le vinieron las imágenes de los hermosos tiempos pasados, de flores y cantos, de su primavera, pero ante la inminencia de la muerte se concentró en murmurar un rezo:

Kýrie eléison
Chríste eléison.

[Señor, ten piedad,
Cristo, ten piedad].

80

Señor noble rrey alto oyd este sermón
que vos dise don Santo, judio de Carrión.

[Señor, noble y alto rey, escuchad las razones
que os dirige don Santo, judío de Carrión].

Rabí Sem Tob

Mientras, en el extremo sur de la ciudad, cerca de la sinagoga nueva, Hugo había localizado a Yehudá, el pariente de un comerciante judío establecido en las cercanías de Mataplana y que era vasallo de su padre. Hugo le traía con frecuencia recados de su familia en Cataluña y había un vínculo de amistad entre ambos.

—Yehudá, habladme sobre la sublevación judía —le pidió—. La vida de alguien a quien mucho quiero depende de ello y nada sabrán por mí ni el arzobispo ni el vizconde.

—Lo haré por lo mucho que os debe mi familia —repuso este después de rumiar un rato—. Pero antes prometedme por vuestro Dios que lo que os cuente no será usado contra mi pueblo.

—Lo prometo, Yehudá.

—Existe una gran discordia entre los judíos, tanto de Narbona como los refugiados de Béziers y los de otras localidades de la región —explicaba el hebreo—. Al contrario que en el norte de Europa, aquí y en Sefarad a los judíos se nos ha permitido, durante siglos, profesar nuestra religión y vivir en paz. No tenemos los mismos derechos que los católicos, pero algunos de los nuestros han obtenido incluso posiciones de alto rango en las administraciones de nobles y señores, incluidos grandes eclesiásticos, que nos han protegido de los cristianos más fanáticos. Pero la cruzada lo ha cambiado todo. Anteriores cruzadas dirigidas a Tierra Santa han dejado un reguero sangriento de matanzas de judíos como huella de su paso. Parece que lo mismo va a ocurrir en esta. Uno de los crímenes de los que el papa acusa al conde de Tolosa y al vizconde Trencavel de Carcasona es precisamente el de dar puestos de responsabilidad a los nuestros. Las propiedades de los judíos de Béziers han sido confiscadas y dadas a cambio de suministros para la cruzada. Ya no tenemos ninguna garantía ni para nuestros bienes ni para nuestras vidas.

—Y siguiendo la tradición hebrea de Narbona, habéis decidido defenderos con las armas —dedujo Hugo.

Simón le miró dubitativo unos momentos y le respondió:

—Narbona se puede traducir al hebreo como *Ner binah*, que significa «luz e inteligencia». De aquí salió la Torá, que se extendió por todo el país, y muchas otras joyas del pensamiento y de la espiritualidad hebraica. Nuestra escuela se puede comparar con la de Babilonia. La tradición de los judíos de Narbona es la del saber profundo y la espiritualidad, no la guerra.

Hugo se limitó a afirmar con la cabeza, pero un esbozo de sonrisa en su faz denotaba que continuaba creyendo en la sublevación.

—¿Creéis que tenemos alguna posibilidad con las armas? —preguntó Yehudá después de un pensativo silencio.

—Ninguna.

—Ese es el gran debate. La mayoría de los rabinos dice que debemos esperar, ver y, si las cosas se ponen muy mal, huir a los reinos hispanos, a la tierra que nosotros llamamos Sefarad. Dicen que si nos levantamos en armas, seremos derrotados y que entonces se nos exterminará sin piedad.

—Tienen razón.

—Pero hay un rabino, un tal Abraham bar Isaac, que no piensa así. Dice que ya hemos huido demasiado y que estamos aquí desde antes de que naciera Cristo. Esta tierra es más nuestra que de los católicos y dice que debemos usar nuestras mejores armas para combatir y defendernos. Y los más jóvenes están con él. Pone el ejemplo de Masada, la fortaleza judía que resistió a los romanos hasta el exterminio del último de los defensores.

—Por eso el barrio judío se está armando, ¿verdad?

—Sí, pero Abraham dice que, aunque habrá que usar espada y lanza, nuestra mayor arma será el espíritu.

Hugo rio.

—¿Y qué va a hacer vuestro espíritu frente a la caballería de Simón de Montfort?

—Abraham es maestro en cábala, ese conocimiento profundo nacido aquí y en Sefarad. Él practica el saber de la columna izquierda de la cábala, el del que toma. Y la cábala de la izquierda tiene una parte oculta, terrible. Abraham hará uso de ella para defender a nuestro pueblo.

—¿Qué?

—Que Abraham y los suyos usarán armas de espíritu junto con las de acero. Y no solo eso, tienen aliados cristianos.

—¿El obispo Berenguer?

—Vos lo habéis dicho.

—¿Abraham y Berenguer usarán la magia para derrotar a los cruzados?

—Vos lo habéis dicho.

El de Mataplana cerró los ojos como tratando de asimilar todo aquello. Y en aquel momento una terrible inquietud le asaltó.

—¿Conocéis a una mujer mayor llamada Sara, que vende hierbas, condimentos y remedios?

—Sí. Dios le ha dado a Sara el don de la videncia.

—Sara estaba esta mañana en el palacio del arzobispo. Me pareció muy extraño. ¿Os lo explicáis vos?

—Ella está muy cercana a Abraham, por lo tanto, también al arzobispo. Quizá le llevara algún mensaje.

El caballero, cada vez más angustiado, dedujo que si Sara había reconocido a Bruna, y se lo dijo a Abraham, este se lo contaría a su aliado el arzobispo Berenguer.

—Gracias, Simón —dijo Hugo levantándose casi en un salto—. Me tengo que ir, mis amigos están en peligro.

Y salió precipitadamente a la calle para correr en dirección a la posada. Tuvo la suerte de no encontrar ninguna patrulla nocturna del vizconde o del arzobispo, pero la desdicha de llegar tarde a su destino.

81

אַל־תַּעַלְזוּ נַפְשָׁם הָאֹמְרִים: תֵּאָשֵׁם
צִיּוֹן? וְהִנֵּה שָׁם לִבִּי וְשָׁם עֵינָי.

[No se regocijen diciendo «asolada está Sion»,
pues allí están mis ojos, allí mi corazón].

Yehudá ha-Leví, *Poemas*, 100

Isarn levantó su espada sobre el cuello desnudo de Bruna, pero, cuando iba a descargar el golpe, una gruesa azcona proveniente de la puerta, que había quedado abierta, se clavó en su pecho y le hizo caer de espaldas. Renard y los suyos empuñaron sus armas, pero los dos mercenarios fueron ensartados por lanzas y un tropel de soldados armados hasta los dientes penetró en la habitación.

Renard, comprendiendo al instante que era imposible resistir, saltó por la ventana abierta hacia la noche y Pelet le siguió de inmediato.

—Coged al muchacho —dijo el que parecía mandar.

Y sin preocuparse por Guillermo, testigo maniatado e impotente en un rincón, ni por los huidos, los soldados, después de recoger sus azconas, salieron a la calle llevándose a Bruna.

La dama había recuperado sus sentidos lo suficiente para observar, cuando la arrastraban hacia afuera, que el líder del grupo tenía tatuado en su brazo una estrella de seis puntas encerrada en un círculo. Aquel hombre era el mismo que unos meses antes intentó secuestrarla en Béziers.

Hugo se maldijo por haber dejado el caballo en la posada en su intento de pasar desapercibido en el barrio judío. Ni siquiera llevaba su espada, solo una daga. Así que emprendió su carrera, casi a ciegas, a veces perdido, por un entramado de callejuelas oscuras por las que al final logró llegar a la plaza del mercado.

Jadeante, pudo ver que algo había ocurrido y rezó por llegar a tiempo. Un grupo de gentes se perdía en la oscuridad por una de las calles laterales y la posada estaba en silencio, puertas abiertas, con luz en su interior. Se precipitó dentro, encontrando al posadero, las criadas y algunos parroquianos en las mesas, pasmados a la luz de las lámparas de aceite, sin atreverse a ningún movimiento. La muerte había visitado el piso de arriba. Solo cuando Hugo, cogiendo uno de los candiles, se lanzó a las escaleras salieron de su letargo para seguirle.

Había cuatro cuerpos en el suelo, tres inmóviles y uno retorciéndose. Hugo usó su daga para liberar a Guillermo y, mientras al posadero impartía instrucciones sobre los cadáveres, ellos salieron a la oscuridad de la calle. Allí, entre lágrimas de impotencia y culpa, el de Montmorency relató al de Mataplana lo ocurrido en el asalto.

—Mi confidente judío me dio la clave de lo que iba a pasar —se lamentó Hugo—. Corrí lo que pude, pero llegué tarde. No tenía ni idea de ese Renard que mencionáis, pero comprendí que el arzobispo iba a secuestrar a Bruna.

—Pues tuvimos suerte dentro de la desgracia —dijo Guillermo—. Fue horrible. Querían decapitar a la Dama. La espada estaba a punto de caer sobre su cuello cuando los del arzobispo, si lo son, llegaron salvándole la vida.

—Sí que son los del arzobispo —insistió Hugo—. Hace tiempo ya quiso secuestrarla en Béziers, pero yo pensaba que estaba segura en su disfraz de escudero. Por eso me callé. Cuando nos dijo ayer que vio a Sara, esa hechicera judía, no fui capaz de establecer la relación, pero ahora sé que esa mujer trabaja para el arzobispo y estoy seguro de que ella la delató.

—Pero al menos está viva.

—Quizá —repuso dubitativo Hugo—, pero en manos del arzobispo no está a salvo. Puede ocurrirle algo peor.

—¿Por qué? ¿Qué tiene el arzobispo contra ella? ¿Qué puede ser peor?

—Volvamos a la posada —propuso el de Mataplana—, hay mucho que contar.

Sentados en una mesa, rodeados de tinieblas, frente a unos cuencos de vino y un candil de aceite que iluminaba sus caras, Hugo inició su relato:

—Os mentí al deciros que desconocía el contenido de la carga de la séptima mula.

—No os creí. Si pertenecéis a esa hermandad secreta cuyo objetivo era su protección, debéis conocer lo que guardabais.

—Era mi obligación mantener el secreto —repuso Hugo—, pero ahora que solo cuento con vos para ayudarme, os lo he de confiar para proteger un bien mayor: a nuestra dama.

—Hablad, pues.

—Es una larga historia que intentaré acortar. Empieza incluso antes de la conquista cristiana de Jerusalén. Sabéis que Godofredo de Buillón fue proclamado defensor de los Santos Lugares al no querer el título de rey, pero que su hermano no tuvo reparos en proclamarse como tal cuando el primero murió.

Guillermo afirmó con la cabeza.

—Godofredo no fue el único líder de la cruzada, pero sí el

elegido por el papado por su supuesta ascendencia merovingia. La leyenda supone a los merovingios emparentados por sangre a lo divino y esa oscura conexión aparece precisamente gracias a un contacto mítico con la divinidad en tierras provenzales y narbonenses. De aquí habría salido esa supuesta sangre merovingia relacionada con Jesucristo.

—¡Jesucristo! —exclamó Guillermo—. ¡Eso es herético!

—Precisamente. La mejor forma de exterminar una herejía es acomodarla al dogma y tratarla como una curiosa leyenda. Parece que el papado tuvo un pacto con los merovingios al tomar estos el poder en las Galias y posteriormente les traicionaron al apoyar a los carolingios cuando arrebataron el trono a los primeros. Al conceder a Godofredo, heredero de los merovingios, Tierra Santa, su legítimo patrimonio como descendientes míticos de Cristo, esa deuda moral quedaba condonada. Pero no a todo el mundo satisfizo el arreglo. Previo a la llegada de los cruzados, ya existía un grupo secreto denominado de Sion, que quiere decir hermandad judaica, buscando en Tierra Santa la genealogía de Cristo. Al llegar los cruzados, un grupo de siete caballeros, protegidos por los líderes civiles y religiosos de Jerusalén, se dedicaron a ello y posteriormente fundaron la llamada Orden del Temple, que, apoyada desde Francia por Raimon de Claraval, se convirtió de hecho en la cobertura oficial de esa búsqueda. Las órdenes militares se pusieron de moda y en particular la del Temple, que creció mucho más rápido de lo que sus fundadores esperaban. Solo unos pocos sabían de su objetivo secreto y esos vieron como el propio tamaño, poder y vinculación al papado que adquiría el Temple les iba distanciando de su misión. Así a raíz de la derrota de los cristianos en Tierra Santa en la batalla de Hattin y al tremendo descalabro que sufrieron los templarios en ella, conducidos por un líder incompetente impuesto por presiones nobiliarias y papales, el grupo de Sion, que siempre había mantenido miembros fuera de la orden, decidió escindirse de esta. Pero los que ya llevaban muchos años, como Aymeric de Canet, continuaron en el Temple de forma encubierta. Por entonces, los de Sion habían recogido gran cantidad de información gracias a manuscritos antiguos, a traductores y a sabios, tanto en Tierra Santa como en Egipto y Occitania. Precisamente fue el conde de Tolosa, líder junto a Godofredo de la primera cruzada, quien empujó esa búsqueda con más ansia.

—¿Despechado porque no se le concediera a él el reino de Jerusalén? —inquirió Guillermo.

—Quizá. Seguramente quiso probar que su ascendencia era más digna de tal honor que la de Godofredo —repuso Hugo.

—Pero la búsqueda de la estirpe de Cristo es herética en sí misma.

—Lo es para la Iglesia romana tal y como la conocemos hoy —continuó el de Mataplana—. Pero los primeros cristianos no parece que dudaran de la naturaleza humana de su líder. Y siendo hombre, podía tener descendencia y esta representaría el linaje más alto de la humanidad y una amenaza para el obispo de Roma. Los llamados descendientes de Pedro, los obispos romanos, asumieron el liderazgo de la Iglesia católica gracias al poder imperial que los apoyaba y que, prácticamente, les nombraba. El proceso de divinización de Cristo fue político. En los tiempos de la Roma antigua, donde los emperadores eran divinizados y adorados, ¿cómo podía tener Cristo un rango inferior, solo humano?

Guillermo quedó pensativo y al rato respondió:

—La Iglesia lleva siglos de debate contra las herejías que buscan la humanidad de Cristo, los arrianos, los adopcionistas…, de nada sirve que lo discutamos nosotros. Al fin, es un asunto de fe.

—Precisamente —repuso Hugo—, la clave está en lo que la gente crea o pueda llegar a creer. Y en esta tierra de Occitania, sembrada de arrianismo y adopcionismo, si se cultiva la creencia de forma adecuada, brotará otra vez con fuerza y el resultado será contrario al poder espiritual de Roma y al temporal de los reyes franceses, sus aliados naturales, ya que descienden de Carlomagno, protector de papas.

—Entonces la carga de la séptima mula…

—Contiene la genealogía de los descendientes de Cristo, llegando hasta nuestra generación —explicó el de Mataplana—. Y los caballeros de Sion somos los protectores de este linaje y también de los documentos que lo demuestran. Por eso, el legado Arnaldo llama a esos documentos «la herencia del diablo», porque pueden destruir la Iglesia católica.

—Entonces, Bruna…

—Bruna es, sin saberlo ella, la descendiente de Cristo. No solo eso, sino que en los cien últimos años los caballeros de Sion nos aseguramos que las distintas líneas genealógicas se unieran en matrimonios de forma que en Bruna se concentraran los distintos linajes. Por sus venas corre la sangre más pura del Redentor que murió en la cruz para salvarnos de nuestros pecados.

Guillermo de Montmorency se quedó boquiabierto mirando a la faz, pobremente iluminada por el candil, del de Mataplana.

82

Deus! Que purrat ço estre?
De cest message nos avendrat grant perte!

[¡Dios! ¿Qué augurio es este?
¡Grandes males habrá de acarrearnos
esta empresa!].

La Chanson de Roland, XXV

Guillermo, abrumado, guardó un largo silencio pensativo. Mientras, Hugo contemplaba a ese rival, a ese enemigo que extrañamente se había convertido en su único posible confidente y aliado en aquella situación. Le había contado lo que prometió no revelar a nadie fuera de Sion, pero Bruna estaba antes que el secreto; su vida era preciosa y el arzobispo demostraba intenciones siniestras. Conocía ya lo suficiente al franco para saber que la Dama Ruiseñor era lo primero para él, que daría su vida por ella.

—La existencia de un descendiente de Cristo… —balbució Guillermo—. Si se pudiera probar que un descendiente de Cristo vive…, lo cambiaría todo. Sería una revolución.

—Exacto —afirmó Hugo—. Nuestra sociedad se rige por

los derechos dinásticos. La nobleza y sus privilegios se pasan de padre a hijo.

—¿Cuál sería el derecho dinástico de un descendiente de Cristo? —continuó Guillermo.

—¿El papado?

—El papado es electivo.

—Aunque forzado por nobles poderosos, en especial las grandes familias romanas…

—¿A quién obedecería antes la cristiandad —se preguntó Guillermo—, al papa o al sucesor genético de Jesucristo?

—Sin duda, al sucesor —repuso Hugo—; y toda la estructura de poderes de la Iglesia se desmoronaría de probarse su existencia.

—Ahora entiendo por qué el legado Arnaldo quiso la muerte de Bernard de Béziers y quiere la de su hija. ¿Pero qué necesidad tenían de predicar una cruzada? ¿Por qué la matanza de tanta gente?

—Es una guerra de exterminio —contestó Hugo—. Ni Bernard ni su hija son en realidad tan importantes. Mayor importancia tienen los documentos de la séptima mula, «el testamento del diablo», según Arnaldo.

—¿Por qué?

—Porque, sin esos documentos, la Dama Ruiseñor y su padre serían solo pequeños nobles al servicio del vizconde Trencavel.

—Sí, pero los documentos por sí solos tampoco tienen gran valor —dijo Guillermo pensativo—. ¿Quién puede demostrar su autenticidad? Pueden ser una hábil falsificación de cuando se tomó Jerusalén hace cien años o quizá de hace mil. ¿Quién lo distinguiría?

—Exacto —sonrió el de Mataplana.

—Porque para imponer su autenticidad, se precisa poder. El poder de las armas —continuó el de Montmorency—, y en ese caso, los que aportáis ese poder sois la Orden secreta de Sion.

Los dos caballeros se miraron a los ojos en la penumbra y, después, Guillermo echó un trago de su vino y continuó con su cábala:

—El conde de Tolosa, el vizconde Trencavel y los demás de Sion que se mantienen ocultos; ese es el objetivo de la cruzada; debilitarlos, acabar con ellos, que dejen de ser peligrosos...

—Y no solo con ellos, sino con sus dinastías —añadió Hugo—. Y también con los súbditos que los apoyan. Por eso el exterminio en Béziers, por eso el destierro sin medios de subsistencia de los de Carcasona. Quieren sustituir a los nobles occitanos por nobles francos, fieles al papado, e importar población del norte.

Guillermo miró el fondo de su tazón pensativo, bebiendo al cabo de un rato. Hugo le imitó observándole con atención. Sus pensamientos seguían con Bruna. ¿Dónde estaría? ¿Qué podrían hacer para rescatarla? Sus ojos estaban húmedos.

—Yo deseaba saber qué contenía la carga de la séptima mula —habló al fin, después de una larga pausa meditabunda el franco—. Quisiera saber qué podía motivar que un hombre de Dios ordenara una matanza tan horrible. Ahora ya lo sé.

Hugo, que le miraba con una sonrisa triste, continuó en silencio, pero afirmó ligeramente con la cabeza animándole a hablar.

—El miedo —dijo Guillermo—. Es el miedo; el miedo a perder el poder, a perder las posesiones materiales, a perder prestigio o influencia. Miedo a quién sabe qué más. El miedo es el asesino.

—¿Así que pensáis que los herejes no merecen la muerte? —quiso saber Hugo.

—Cristo, en su naturaleza divina, hubiera podido acabar con todos los fariseos y romanos; dejar solo con vida a los suyos. Si no lo hizo, fue porque quiso la conversión voluntaria, la predicación pacífica... La cruzada no sigue a Cristo. El legado papal Arnaldo no sigue a Cristo...

—No hace falta que me prediquéis, yo ya sé eso.

Guillermo sirvió más vino de la jarra y tragó de su tazón para sumirse de nuevo en sus pensamientos y, como el catalán se mantuvo en silencio, reanudó su discurso al rato:

—Así pues —resumió—, se precisa la combinación de un descendiente de Cristo, los documentos convincentes que lo avalen y la fuerza política y militar para imponer su autenticidad. Solo así «la herencia del diablo» representa una amenaza para los poderes establecidos.

—Eso es.

—Pues bien —continuó el franco—, puesto que el vizconde Trencavel cayó y el conde de Tolosa está sometido, Bruna ya no es un peligro para el papado.

—Lo dejaría de ser si Sion no existiera —concedió Hugo—, pero hay algo más.

—¿Qué? —inquirió Guillermo.

—Imaginad que todo es verdad y que por la venas de Bruna corre la verdadera sangre de Cristo...

En la faz de Guillermo apareció una expresión de sorpresa. Parecía como si hasta el momento no hubiera considerado seriamente esa posibilidad.

—Se trataría de algo sagrado...

—Efectivamente —repuso Hugo—. La lanza de Longinos, la que traspasó a Cristo en la cruz, se supone que fue encontrada milagrosamente cuando los primeros cruzados estaban a punto de ser derrotados en el sitio de Antioquía, y solo su presunto contacto con la sangre del Señor hizo que los nuestros vencieran. ¡Qué inmenso poder debe de tener esa lanza para ganar batallas perdidas! Las reliquias de los santos tienen un gran valor espiritual, pero el de las referidas a Jesucristo es inmenso. ¿Os podéis imaginar la sangre viva del Redentor?

—Tendría un poder inconmensurable.

—Exacto.

—¿Y…? —inquirió Guillermo.

—Que alguien pudiera querer usar ese poder de la forma inadecuada…

—¿Quién?

—El arzobispo Berenguer.

—¿De qué forma?

—Magia negra.

—¿Qué insinuáis? —Los ojos de Guillermo se abrieron con alarma.

—Que el arzobispo ha secuestrado a Bruna por su sangre. Ya lo intentó en Béziers hace unos meses y fracasó.

—¿Pero se puede usar la mayor reliquia de la cristiandad en nigromancia? ¿Es eso posible?

—No lo sé —dijo Hugo—, pero sospecho que Berenguer cree tener la fórmula.

83

Si li ad dit: «Vos estes vifs diables
el cors vos est entree mortel rage».

[Y le dice: «Sois un verdadero demonio,
un odio mortal posee vuestro cuerpo»].

La Chanson de Roland, LVII

En un instante pasé del arrobo del amor a la angustia de la muerte. Recuerdo a Guillermo suplicándome enamorado y yo, llena de culpa, sin querer, cediendo poco a poco, entre goce y temor, a sus besos. Y sin saber realmente qué ocurría, unos instantes después estaba con la mejilla aplastada contra una banqueta desde donde solo podía ver a mi caballero debatiéndose impotente, desesperado, lloroso, clavándose las cuerdas de sus ataduras en sus carnes en un intento vano por socorrerme. Sentía en mi cuello, sobre el que se levantaba la espada, una extraña sensación, preludio del tajo. Me noté desfallecer, quería rezar.

En mi siguiente recuerdo, me transportaban como un fardo por las oscuras calles de Narbona hasta una casa que abrió su puerta para tragarme para siempre. Durante todo ese tiempo, que no sabría decir si fue corto, largo o infinito, hubo gritos, sangre, confusión y miedo. No sabía adónde iba; estaba aterrada pensando que jamás volvería a ver a mis caballeros.

—Tranquilizaos, dama Bruna —me dijo el jefe de mis captores.

Lo recordaba; era el mismo que quiso secuestrarme en Béziers; reconocí la estrella de seis puntas encerrada en un círculo, tatuada en el brazo. Y no pude tranquilizarme, en especial cuando vi que esta vez ni se molestaban en amordazarme. ¡Tan seguros estaban de que su presa no escaparía!

Una vez en la casa, con la puerta cerrada cual condena a perpetuidad, me bajaron al sótano y después, a través de una trampilla, accedimos a un lugar más hondo. Una tumba. Pensé que aquello estaba fuera del mundo; era subterráneo y antiguo, muy antiguo. También era frío. El calor del verano era señor de la noche arriba, pero un frío de otoño rezumaba en aquel interior profundo. Olía a moho, a humedad, a tierra. Entre las paredes, los arcos y bóvedas desconchadas, a veces de ladrillo visto ennegrecido por el tiempo o de piedra tallada, había estatuas en mármol de seres paganos. Me dije que aquel era un lugar de muertos, quizá de culto. Me recordó las catacumbas romanas que los sacerdotes describían a veces, refugio y cementerio bajo el suelo de los primeros cristianos.

El hombre del hexagrama tatuado me condujo, sujetándome del brazo casi con delicadeza, con un extraño respeto, por un entramado de pasadizos oscuros que solo la luz de los candiles iluminaba. Veía arcos en sombras que llevaban a pasadizos solo adivinados, cubiertos de tinieblas, guarida de miedos, que se descubrían a nuestro paso y se cerraban en lo opaco al alejarnos.

Al fin, se detuvieron frente a una celda constituida por un cubículo abovedado y la reja que la separaba del pasillo. En contraste a lo visto en el lúgubre recorrido hasta allí, aquella estancia era incluso confortable. Había un camastro con frazadas y tapices que lo protegían de la pared húmeda. También una mesita con una jarra de agua, un cuenco y un candil de aceite.

—Quedaos aquí, señora —dijo el hombre, que continuaba respetuoso—. Pronto tendréis visita.

Me hizo una profunda reverencia antes de salir y aseguró la reja, que chirriaba siniestra, con dos vueltas de llave. Un guarda quedó fuera con su lámpara, sentado en una banqueta, vigilándome.

Revisando la cámara, me repetía que aquello se asemejaba a una tumba y me fijé en la estatua adosada a la pared. Era un toro de mármol blanco, pero al acercarme vi que tenía los cuernos muy poco desarrollados. Sería un animal joven, posiblemente un ternero. Después me fijé en la cinta que ceñía su frente y en los mantos, flores y lazos que mostraba la escultura. Quizá fuera parte de una ceremonia pagana, quizá fuera la víctima de un sacrificio ritual. Sentí compasión por aquel animal de piedra, por el modelo de carne y hueso que siglos atrás pereció en aras de cualquier quimera humana en busca de lo divino. Tuve miedo al saber, en una intuición terrible, que compartíamos destino.

La visita tardó. Había perdido la noción del tiempo, pero ya sería de día en el exterior cuando vino el arzobispo. Yo estaba tendida en el camastro dormitando vestida y desperté, sin saber dónde estaba, sobresaltada con el chirrido de la reja.

Vi a aquel hombre grueso, entrado en años, vestido con lujo y que contemplaba mis esfuerzos por recuperar los sentidos. El personaje había quedado de pie, en el centro de la estancia y, cuando yo logré incorporarme y sentarme en el borde del camastro, él me tendió su mano enguantada en blanco mostrando su gran anillo de oro con un rubí montado en él.

Lo hizo por costumbre; tan habituado estaba de que se le saludara besándole la mano. Pero yo no quise hacerlo. ¿Qué necesidad tenía de rendirle pleitesía alguna?

—Así que vos sois la famosa dama Bruna, la hija de Bernard de Béziers —dijo cuando habló—, la también llamada Dama Ruiseñor…

Hizo un gesto. Le trajeron una banqueta y, sentándose, quedó a la espera de la respuesta a una pregunta que ni siquiera me había hecho. Yo, simplemente, afirmé con la cabeza.

—Decidme, ¿cómo se llamaban vuestros abuelos paternos?

Me quedé mirándolo y consideré si responder o no. Pronto comprendí que aquel hombre tenía el poder para sacarme las respuestas con agrado o por la fuerza. De nada serviría resistirme.

—Pons de Béziers y Adelais de Carcasona.

El arzobispo Berenguer afirmó complacido.

—¿Y los maternos?

—Pierre de Lorena y Marquesia de Montpellier.

—Esa es la conexión merovingia —dijo satisfecho—. Todo coincide, todo encaja. Sois vos, sin duda.

—Y vos, ¿quién sois? —inquirí, aunque sabía la respuesta—. ¿Qué es lo que coincide? ¿Qué es lo que encaja?

—Soy el arzobispo Berenguer III de Narbona —repuso—. Mi padre fue Ramón Berenguer IV, conde de Barcelona y príncipe soberano de Aragón. Mi madre Esclaramonda de Narbona. Vos y yo somos parientes, muchos de nuestros ancestros coinciden, pertenecemos al linaje hebreo de David y Benjamín.

—¿Y de dónde sacáis todo eso?

—Es algo que ha ido de boca en boca, de generación tras generación en mi familia —repuso el eclesiástico—. Sabía de la existencia de constatación documental, pero hasta hace poco no llegó a mi poder…

—¿De qué habláis? —interrumpí—. ¿Qué documentos son esos?

—Son los legajos que cargaba la séptima mula. La que perdió Peyre de Castelnou.

—¿Y qué dicen?

—Que las últimas generaciones de vuestra familia se han ido enlazando con el objeto de unir de nuevo las ramas más importantes que proceden de una familia judía llegada hacia los años cuarenta de la era cristiana y que procedía de Alejandría.

—¿De qué familia habláis?

—De la familia de Cristo.

Pensé que aquel hombre había perdido la razón y me quedé observándolo mientras intentaba encajar aquello. Nunca había oído hablar de otra familia de Cristo que no fuera la de san José y la Virgen María.

—¿La familia de Cristo? —repetí al cabo confiando en que Berenguer diría más.

—Sí. Los legajos, en arameo, encontrados después de la primera cruzada cuentan la historia. El conde de Tolosa y los demás caballeros de Sion los hicieron traducir al latín y buscaron toda la información posible en Tierra Santa, Egipto y Occitania.

Había oído sobre Sion, sabía que tanto Hugo como Berenguer eran caballeros de la orden secreta y esa mención me hizo escuchar más atentamente lo que el arzobispo contaba.

—Cristo no tuvo hijos varones, pero sí una mujer que, junto a su madre, la Magdalena, se refugió en Alejandría, Egipto, después de su muerte. El hecho de ser hembras las excluyó casi por completo de la historia oficial escrita. De haber tenido hijo varón, este hubiera sido rabino y, con toda seguridad, sucesor en la predicación del padre. Habría mucho escrito sobre él. En cambio, las mujeres fueron silenciadas y tuvieron que esconderse de los enemigos de Jesús. Conforme el mensaje se difundía, también aumentaba el peligro para ellas y, al fin, el rico amigo del Mesías, el protector de su descendencia, José de Arimatea, decidió huir de Egipto para llevarlas a un lugar donde la comunidad hebrea crecía libre y salva: el sur de las

Galias, Occitania. Y así llegaron a nuestras costas, donde la estirpe de Cristo medró entre los judíos, algunos convertidos a la nueva religión y otros no. Se reconoció a María Magdalena, a veces confundida con la propia Virgen María, y a su muerte su culto se extendió ampliamente por la región y ha llegado, vigoroso, hasta nuestros días. En un momento determinado, esta estirpe se cruzó con la de los merovingios, o así ellos quisieron hacerlo creer, y les dio cierta legitimidad, aunque, en nuestra opinión, dudosa. Pero los verdaderos descendientes permanecimos ocultos, sin duda para salvarnos de las persecuciones que los cristianos sufrieron. Sin esa invisibilidad, la estirpe de Jesús hubiera sido exterminada. Pero la ocultación llevó al olvido, convirtiéndose en rumor y leyenda, hasta que los caballeros de Sion emprendieron la búsqueda.

—¿Y qué tiene que ver eso conmigo?

—Vos sois el resultado de una serie de matrimonios, cuidadosamente preparados por los de Sion, para que vuestra sangre sea la más pura, la más parecida a la de Jesús.

—¿Queréis decir que mis bisabuelos, abuelos y padres han sido seleccionados como se hace con los galgos para mejorar su raza?

—Eso afirmo.

—¿Pero para qué?

—¿No lo entendéis? —se asombró Berenguer—. Como única descendiente pura de Cristo, podríais reclamar tronos, coronas y tiaras. Pero hay algo en vos mucho más valioso.

—¿Qué?

—Vuestra sangre.

En aquel momento me di cuenta de la locura de aquel hombre y no pude evitar mirar la estatua del ternero para el sacrificio.

—¿Qué le ocurre a mi sangre?

—Si las reliquias tienen poder, la sangre del Señor, la derramada para la salvación de la humanidad es la más poderosa de todas. Vos sois la copa que la contiene. Vos sois el mítico grial.

—¡Pero si la Dama Grial es la Loba de Cabaret! —dije resistiéndome tontamente a mi destino.

—Bobadas —repuso—. Ya he oído esa pamplina de los trovadores. El *joy* no es el santo grial. Al menos, no es el que yo busco. «Santo grial» proviene de *sang reial, sangreial.* No hay una sangre más real que la de Cristo.

Le miré con temor intentando adivinar en sus ojos sus intenciones.

—Con vuestra sangre, que es la más poderosa de las reliquias, y el poder espiritual que controlo, podré resucitar a los muertos, crear ejércitos y las naciones me obedecerán.

El brillo febril de sus pupilas, su sonrisa codiciosa y su cháchara demente me hicieron temblar.

—Seré papa —añadió.

84

עַזָּה כַּמָּוֶת אַהֲבָה!

[¡Fuerte como la muerte es el amor!].

Yehudá ha-Leví, 96

Los caballeros se miraron a la tenue luz del candil, que empezaba a parpadear por falta de aceite. Hugo tragó más vino de su tazón y Guillermo inquirió angustiado:

—¿Dónde estará? ¿Qué podemos hacer para rescatarla?

—La tiene el arzobispo. Eso es seguro, pero no puedo decir dónde.

—Quizá encerrada en su palacio —especuló Guillermo.

—Cuando llegué, vi a un grupo alejarse. Eran ellos, pero no se dirigían a la plaza de La Caularia; no creo que esté en el palacio. Debí de haberlos seguido en lugar de venir a la posada, pero no sabía que se llevaban a Bruna.

—¿Qué haremos? —preguntó otra vez el de Montmorency.

—Intentar dormir lo que quede de noche. No hay más opción hasta el amanecer.

—Volveré a ver al arzobispo. Le amenazaré.

—Es un juego peligroso —repuso Hugo—. Ya visteis

que no tiene reparos en haceros asaltar, pudo ordenar, incluso, que os mataran.

—No creo que se atreva. Él continúa creyendo que estoy comisionado por el abad Arnaldo y mi tío Simón. Los teme.

—Es un hombre peligroso, no se detiene ante nada. Se resiste al papa, falsifica los sellos y la firma del rey de Aragón. Si lo amenazáis, os puede hacer matar.

—¿Qué otra opción tengo? —dijo Guillermo desconsolado.

—No lo sé.

Y Hugo cerró los ojos para rememorar la faz de su amada. Cuando los abrió, había lágrimas en ellos. Puso su mano sobre la que el francés tenía sobre la mesa y le dijo:

—Yo también temo por ella, también la amo. ¿Qué no daría porque fuera ayer y estuviera aún aquí con nosotros?

—Vengo a recoger los legajos, arzobispo.

La figura de Guillermo, con el león rojo rampante en su pecho, se alzaba gallarda en el centro de la sala de audiencias de Berenguer. Sin embargo, aunque el joven intentara ocultarlo, había una gran diferencia con el día anterior, hoy se sentía inseguro y temeroso por Bruna. Invocaba la autoridad del legado papal y la de su tío, y pretendía, si no conseguir los documentos, al menos negociar con el eclesiástico la libertad de su dama a cambio de entregarlos.

—A fe que sois arrogante, jovenzuelo —repuso Berenguer, que, sentado en su trono, entornaba los ojos mientras una sonrisa bailaba en sus labios—. Recordadme la razón por la que os los debía entregar…

—Porque el legado papal, el abad del Císter Arnaldo, y mi tío, el vizconde de Carcasona, Béziers y Albí, comandante general de la cruzada, así os lo piden. Vos no podéis retenerlos, pertenecen al papa.

—¿Y ellos saben que estáis aquí?

—Naturalmente.

—¿Y saben que yo tengo la carga de la séptima mula?

—Claro.

—¿Y que disfrazada como vuestro escudero se escondía Bruna de Béziers, la Dama Ruiseñor, a cuya cabeza el legado papal ha puesto precio?

—Bruna de Béziers murió en el asalto a su ciudad.

El arzobispo se puso a reír con carcajadas aparatosas. La inquietud de Guillermo aumentaba.

—Me estáis mintiendo. Ni el legado, ni Simón de Montfort saben que tengo los legajos; ni siquiera saben que estáis aquí —dijo cuando terminó su risa—. Así que puedo haceros desaparecer sin temor a represalias.

Guillermo comprendió que estaba perdido. Su única fuerza, el temor del arzobispo a los cruzados, se había desvanecido. ¿Cómo sabía Berenguer que actuaba sin que lo supiera el legado? Bruna nunca le habría delatado, no al menos voluntariamente. ¿La torturaron? Consideró la posibilidad de desenfundar su espada e intentar abrirse paso a mandobles hasta su caballo. Era hacer que le mataran; cualquier ballestero le podría ensartar por la espalda. Pensó que había un pequeño resquicio para la esperanza; quizá el arzobispo solo intuyera lo dicho, quizá no lo supiera seguro y repuso:

—Claro que lo saben —mintió—. Les mandé mi último mensaje antes de entrar en la ciudad.

El arzobispo resopló y, a una seña suya, uno de sus eclesiásticos tiró de una cinta que hizo sonar una campanilla en la habitación contigua. Al momento, entró el cuerpo de guardia.

—Entregad vuestras armas ahora mismo —dijo Berenguer—. Sois mi prisionero. Ya veré qué hago con vos.

Guillermo obedeció, no sin antes advertir al arzobispo que se arrepentiría de aquello, y fue conducido a los sótanos del edificio donde se encontraban las mazmorras. Una luz de esperanza brilló en su oscuridad. ¡Al menos se encontraría con Bruna! Pero, para su desencanto, no vio ni rastro de la doncella. En lugar de eso, en el calabozo contiguo al suyo, pudo distinguir, maltrecho, a Renard, que le saludó:

—Buenos días, señor de Montmorency. —Mostraba su sonrisa desdentada—. ¡Qué alegría veros de nuevo! Al menos, podré hablar oíl con alguien.

Entonces, Guillermo lo supo todo. El arzobispo había capturado a Renard, que trabajaba para el legado Arnaldo; fue él quien le privó de argumentos al contarle al arzobispo todo lo que sabía. Y se dio cuenta de lo difícil de su situación.

Hugo no creía que Guillermo pudiera asustar al arzobispo, pero él carecía de un plan mejor y algo había que hacer para rescatar a Bruna. Encargó a un muchacho que le avisara cuando le viera salir del palacio arzobispal para dedicarse él a la única pista que le quedaba: Sara.

Comprendía ahora que fue ella quien informó en Béziers a los sicarios del arzobispo, y lo mismo hizo aquí. Era el enemigo. Pero él sabía arrancar confesiones hundiendo la punta de su daga en ciertos lugares del cuerpo. Precisaba saber dónde se encontraba Bruna y cómo se accedía al lugar... Sin duda, Sara conocía esa información y la haría hablar a cualquier precio, ya fuera a hierro o a fuego.

Inquirió a su amigo Yehudá, buscó por el barrio judío, pero la mujer no estaba en ninguno de los lugares de costumbre. Ni siquiera en el mercado adonde iba a vender por las mañanas. Había desaparecido. Y con ella toda esperanza.

Cuando pasado el mediodía su vigía apostado en la plaza de La Caularia le dijo que Guillermo llevaba horas sin salir, se le hizo un nudo en la garganta y otro en el estómago. Todo estaba perdido.

85

Ço dist li quens «or sai jo veirement
que hoi murrum per le mien escient».

[Y dice: «En verdad lo sé:
hoy será el día en que muramos»].

La Chanson de Roland, CXLIV

La visita de Berenguer me turbó tanto que apenas pude probar bocado del suntuoso desayuno que me sirvieron. ¡Qué relato demente! ¿Dama Grial? ¡Qué enorme chifladura! Aquel hombre estaba completamente loco. Pero continué rumiando y al cabo me dije que quizá eso resolviera el enigma de por qué el legado papal quería que yo muriera. «Podríais reclamar tronos, coronas y tierras, dijo el arzobispo, y eso, sin duda, amenazaba a muchos. ¿Habría algo real en esa historia?

Pero no tuve mucho tiempo para meditar. Al poco regresó Elie, mi secuestrador y mayordomo del arzobispo, junto a otros dos hombres armados y cortésmente me invitó a acompañarlo. A la luz de los candiles me condujeron por aquellos pasillos laberínticos con rumbo y destino desconocidos.

Varias veces nos cruzamos con unos extraños guardianes

que parecían estatuas. Iban armados, su aspecto era ceniciento y afirmaban con la cabeza, sin hablar, al pasar nosotros. Eran parcos en movimientos, estaban erguidos y mis acompañantes no les dirigían la palabra. Al alejarnos, se quedaban allí, montando guardia en la oscuridad, y pensé que debían de ser algo lerdos para aceptar semejante trato. Pero, para mi mayor extrañeza, aquellos seres insólitos lucían unos curiosos signos en su frente. Eso aumentó mi sensación de que algo muy siniestro moraba en aquellos subterráneos y con ello creció mi aprensión. Tenía miedo. ¿Qué querrían de mí?

Cruzamos galerías, pasillos, arcadas, tomamos izquierda, luego derecha y después otro giro en un trayecto imposible de recordar, pero igual de oscuro y siniestro. Al fin llegamos a una amplia sala iluminada por hachones que pendían de las paredes. Lo primero que llamó mi atención fue un ejército formado por centenares de estatuas dispuestas militarmente. Vestían ropas de tela, mallas de acero e iban armados con escudos y espada. Estaban de espaldas a nosotros y me di cuenta de que entrábamos por una estancia de base rectangular de altura igual a su ancho y que desembocaba en otra bastante mayor y de proporciones semejantes. Cuando avanzamos, bordeando aquel ejército inmóvil, vi que en el otro extremo de la gran sala había otra tercera, idéntica a la primera. Todo guardaba una extraña cadencia, ya que el ancho de la mayor era igual al largo de las dos salas menores. Me dije que aquella arquitectura no era casual.

Los pasillos laterales a aquella tropa inmóvil estaban custodiados por los extraños guardas mudos que había visto en los corredores. Al llegar a la sala menor situada en el extremo opuesto, hacia donde la formación miraba, distinguí a Berenguer, a varios de sus soldados y a un grupo de hombres barbados tocados con un bonete y que lucían una túnica blanca de ceremonia. También el arzobispo vestía galas eclesiásticas, casulla, tiara y demás. A su lado vi a Sara; no me asombró su presencia.

Los hombres me condujeron hacia Berenguer y, entonces, me di cuenta de que a sus espaldas se alzaba un altar y tras él una cruz de madera.

No quise saludar a la judía, pero al cruzarme con ella me musitó al oído:

—Ya os lo advertí. Os dije que corríais peligro de muerte en Narbona. —La miré a los ojos y ella clavó los suyos, febriles, en los míos. Me sujetaba del brazo—. Debisteis iros cuando aún podíais —añadió.

Semejante recibimiento me hizo desfallecer. Mis peores temores se confirmaban, pero Elie impidió que me detuviera y cuando él me tomó del brazo y tiró de mí hacia Berenguer, Sara me soltó del otro. Y así fui presentada al arzobispo.

—Bienvenida, dama Bruna —sonreía levemente—. Hoy es un día muy importante y vais a presenciar algo único; un ritual que solo yo y mis acólitos somos capaces de practicar. Vos seréis la protagonista y la pureza de vuestra sangre se pondrá a prueba.

Entonces me di cuenta de que en uno de los extremos de aquella sala pequeña había unas mesas con un caldero que cocía al fuego. Sus destilados se recogían a través de varios tubos y de estos pasaban a alambiques y retortas de alquimista.

—¿Qué queréis de mí? —musité.

—Vuestra sangre.

Elie aún me sujetaba, pero de una sacudida me solté. Mis temores se confirmaban y supe que mi única oportunidad era imponerme gracias a su propia creencia.

—Si creéis que soy la Dama Grial, que mi sangre es la de Cristo, debéis respetarme. Y obedecerme. ¡Dejadme ir ahora mismo!

—También tengo yo sangre de Cristo y de reyes en mis venas. Recordad que somos parientes. Solo que vuestra sangre es mucho más pura y la necesito.

—¡Os ordeno que me dejéis ir!

—Desnudaos.

—¿Qué?

—Que os desnudéis de buen grado o lo haréis a la fuerza.

—No os atreveréis con la descendiente de Cristo.

—Sara, Elie y los tuyos, desnudadla —ordenó Berenguer.

Hasta el momento había podido disimular mi miedo, pero entonces sentí terror. ¿Qué quería hacerme?

Me sujetaron y Sara me quitó la ropa hasta dejarme con solo un paño que, sujeto a mis caderas, cubría escasamente mi pubis. No pude evitarlo, me puse a temblar. Me arrastraron a la cruz y vi, a sus pies, un martillo y unos largos clavos de hierro. Fue entonces cuando luché para soltarme. No pude. Me di cuenta de que pretendían crucificarme y que nadie me ayudaría. Sentí terror. La cruz se sujetaba al pavimento por una ranura en la que encajaba perfectamente. La sacaron de su base y la tendieron en el suelo. Me ataron a ella. Tenía un apoyadero y allí pusieron mis pies. Asieron mis brazos y aseguraron mi cintura con una cuerda. Cerré los ojos cuando vi que Elie cogía los clavos y el martillo.

—No la claves aún —ordenó Berenguer.

Sentí alivio, aunque momentáneo, porque aquello se puso en movimiento y noté que levantaban la cruz. Yo atada a ella. La colocaron de nuevo erguida en su ranura. La estancia pequeña, al igual que su simétrica del otro lado, se elevaba sobre el suelo de la mayor, pero sin llegar a su techo y, aunque la cruz no se destacaba en exceso, al abrir los ojos contemplé la panorámica general. El ejército pétreo en formación, con una de las figuras más adelantada, el grupo de Sara, Elie y los soldados, las retortas soltando vapores y los hombres barbudos, tocados de bonete, de pie a los lados del altar. En aquel momento se pusieron a cantar una salmodia incomprensible, que no era occitano ni latín. Fue entonces cuando el arzobispo, vestido de casulla, empezó a oficiar una extraña misa entre cantos y efluvios.

En un momento determinado, Berenguer tomó el cáliz, sacó una daga de su cinto y, acercándose a mí, me cortó en las venas de la muñeca derecha que mis ataduras dejaban al descubierto. Inmediatamente la sangre empezó a brotar abundante y él la recogió con el cáliz. Cuando tuvo suficiente, hizo un signo a Sara para que acudiera con una venda a detener la hemorragia. Yo me sentía desfallecer, más de angustia que de dolor. ¿Qué hacía aquel hombre?

Berenguer levantó el copón hacia mí y después, musitando oraciones o conjuros, lo hizo hacia la sala para depositarlo en el altar al tiempo que uno de los barbudos, el que parecía al mando, hacía lo mismo con otro cáliz en que había recogido los destilados de las retortas. Los cantantes callaron mientras el arzobispo mezcló el contenido de ambos recipientes en uno de los cálices y lo removió con un pequeño hisopo. Después, levantó la mezcla hacia mí declamando en latín.

Y repitió la maniobra mirando a la sala. A continuación, bajando los peldaños que conducían al ejército, se plantó frente a la estatua adelantada del resto y mojando el dedo en el contenido de la copa, trazó unos dibujos en su frente. El hombre de la barba depositó algo que parecía un trocito de pergamino en la boca de aquella figura y Berenguer le hisopó la cabeza. Después, le mojó en distintos puntos, de arriba abajo, empezando por el corazón y continuando con el estómago. Cuando se sintió satisfecho, vino de vuelta al altar, se arrodilló y levantó el cáliz hacia mí recitando más de aquellos rezos. Al fin, depositó el copón en el ara, se giró hacia la sala y, levantando la voz, pronunció unas frases en aquella lengua extraña, con una cadencia rítmica. Los hombres de las barbas las repitieron a coro. Al continuar Berenguer, ellos se unieron a él con una métrica constante. Pronto noté que había cuatro grupos que entraban repitiendo los mismos sonidos en momentos precisos y en distintos tonos. Era solemne; ahora amenazante, después suplicante, y, al fin, se concretó en un ritmo regular que lo fue llenando todo. Las voces de unos se sumaban a las de los otros. Era hipnótico, repetitivo y desde mi cruz sentía una vibración intensa, poderosa, que retumbaba en las paredes y crecía a cada momento inundando el espacio. Era energía de fuerza, energía de espíritu, y mi cuerpo se puso a temblar de nuevo como hoja sacudida por aquel viento diabólico. Pero no era yo la única cuyo cuerpo se agitaba. La figura a la que el arzobispo había mojado con el contenido del cáliz empezó a vibrar y con gran estrépito, el escudo que llevaba sujeto cayó por los suelos mientras aquello se zarandeaba de forma descompasada. No podía dar crédito a mis ojos. ¡Berenguer estaba dando vida a la estatua! No había sentido tanto terror ni cuando vi los clavos y el martillo al pie de la cruz. ¡Satanás se ocultaba detrás de aquello! Y yo era la víctima. Ya no temía por mi vida, sino por mi alma. ¿Iría al cielo siendo sacrificada en aquel aquelarre? Recé y recé sin que el temblor me dejara. Las lágrimas resbalaban por mis mejillas al tiempo que un hilillo de sangre continuaba bajando desde la herida por mi brazo. ¿Qué hacía aquel nigromante con mi sangre? No quería ser parte de aquello, no quería que el contenido de mis venas diera vida al monstruo, y me preguntaba si sería cierto que yo era un ser especial. Rezaba de nuevo para que no ocurriera lo que iba a ocurrir. Pero pasó.

Los hombres de las túnicas y el birrete continuaban pronunciando las terribles palabras a coro mientras la vibración no cesaba, pero el arzobispo tomó de nuevo el cáliz y el hisopo y se acercó a aquella figura de espanto. Sopló y aquel cuerpo dejó de sacudirse para quedarse inmóvil. Entonces, Berenguer le roció en la cabeza con el hisopo mientras le decía:

—Yo soy tu creador y te bautizo con la sangre santa.

Lo pronunció alto y claro. Entonces me di cuenta de que los demás habían callado y el silencio era absoluto.

—Te llamarás Adán, porque eres el primero de tu especie. Y me obedecerás porque soy tu creador y tengo el poder sobre tu vida y tu muerte.

No hubo movimiento por parte de aquella cosa y el arzobispo se quedó mirándole. Era muy alto, bastante más que un hombre medio, y corpulento, muy corpulento.

—Te ordeno que me respondas. ¿Cómo te llamas?

Dejé de respirar para escuchar mejor y creo que todos los demás estaban igual de expectantes. Al final, una voz gutural respondió.

—Adán.

No podía dar crédito a mis oídos. Pensé que aquella voz había podido salir de cualquier lugar, aunque sonaba que provenía del ser. Entonces, Berenguer dijo:

—Adán, coge tu escudo y saca la espada.

Primero se inclinó lentamente y recogió la defensa del suelo, después, tomando velocidad en sus movimientos, desenfundó de un golpe. Su aspecto era siniestro, amenazante y seguro. Fue cuando el arzobispo llamó a aquellos otros seres extraños que montaban guardia en los flancos de la formación. Berenguer señaló a Adán y les dijo:

—Matad.

Después, ordenó al recién nacido:

—Acaba con ellos.

Aquellos entes mudos y torpes se acercaron a Adán. Trataban de rodearle mientras este giraba sobre sí mismo, observándolos, protegido con su coraza. Parecía que ya lo tenían cercado cuando este se abalanzó sobre uno de ellos, se cruzó para situarse a su espalda y, al hacerlo, descargó un golpe tan tremendo que rajó el escudo de su oponente. No había podido aún reaccionar el otro cuando girándose rápido Adán le lanzó por atrás un tajo en el cuello y, literalmente, se lo cercenó. Para mi asombro, aquella cosa en forma de guerrero se deshizo en un montón de tierra, de barro seco, dentro de sus ropas y malla de hierro.

No solo el recién nacido se había librado del cerco y de uno de sus enemigos, sino que ahora estaba con la espalda protegida contra la pared. Los otros tres seres que quedaban no se detuvieron; con su paso cansino y algo renqueante, volvieron a acosar a su enemigo, que repitió una acción muy semejante; empujando con fuerza superior a otro de aquellos seres, se colocó detrás y desde ahí le atacó. Al poco, caía también este.

—Deteneos —dijo el arzobispo al comprender que los dos que restaban no tenían posibilidad alguna—. Volved a vuestras posiciones.

—Es rapidísimo y mucho más fuerte; no son rivales para él —comentó uno de los hombres barbados.

Berenguer pensó unos momentos e interpeló a los soldados.

—Pagaré cien sueldos al que combata contra Adán.

Todos callaron.

—Ánimo. Dos a la vez; pagaré doscientos a cada uno.

Los soldados parecían encogerse y uno negó con la cabeza.

—Tres a la vez. Pago trescientos a cada uno.

Estaban aterrados, quizá tanto como yo. Aquel ser era hijo del demonio y luchaba como un verdadero diablo. Miré a la formación de sus semejantes inmóviles y cerré los ojos con fuerza para no imaginar qué podría hacer un ejército como Adán.

Una sonrisa de triunfo iluminó entonces el semblante del arzobispo, que exclamó mirando al hombre que lideraba a los barbudos:

—¡Lo conseguimos, Salomón!

Se acercaron para besarse en ambas mejillas.

—Vos seréis el nuevo rey judío de Septimania y yo, papa —afirmó Berenguer radiante.

86

Enantes que yo muera algún bien vos pueda far.

[Antes que yo muera, os he de recompensar].

Poema de mio Cid

Llevaba un tiempo Guillermo en su mazmorra cuando oyó ruido de cancelas y el rumor de un grupo de gente que bajaba desde el palacio. Eran hombres de armas, el arzobispo y un grupo de judíos entre los que había una mujer que de inmediato pensó que sería aquella Sara que Bruna había mencionado.

Berenguer se detuvo frente al calabozo del franco, hizo que el carcelero acercara la luz del candil para verle y le dijo:

—Espero que estéis cómodo, arrogante jovencito de Montfort. Siento no daros una habitación más acorde a vuestro rango, pero tengo muchos invitados en el palacio.

El mayordomo soltó una carcajada y los soldados le secundaron. Sin detenerse más, continuaron hacia un oscuro arco al fondo del corredor que parecía llevar a las entrañas de la tierra.

—Así se resbale en un escalón y se parta la crisma —oyó decir a Renard.

Estaban en celdas contiguas y tenían al frente un carcelero que los vigilaba desde el pasillo, recostado en un banco. Aunque no se veían, sí se podían oír, pero los intentos para entablar conversación por parte del parlanchín rey Ribaldo fueron vanos. En las pupilas de Guillermo estaba grabada la terrible imagen del *faidit* Isarn levantando su espada sobre el cuello de Bruna. Cerraba los ojos y aún podía ver aquella escena. Jamás la olvidaría en su vida.

—Yo soy quien peor lo tiene —le confió Renard a Guillermo—. Si el arzobispo ordena matarme, nadie se preocupará. Pero si os mata a vos, también me matará a mí para que no se lo cuente a vuestro tío. Y si mata a la Dama Ruiseñor, os tendrá que matar a vos para evitar vuestra venganza. Y claro, a mí también para que no hable. Así que es fácil que deje aquí mi pellejo.

Guillermo no pudo evitar una sonrisa ante la lógica del ribaldo, pero continuó sin hablarle.

—En cambio, estoy más que dispuesto a jugarme el cuello intentando escapar, e imagino que vos también —susurró Renard en voz baja a través de una grieta entre las dos mazmorras que dejaba pasar bien la voz.

Guillermo no pudo evitar responder:

—¿Tenéis un plan? —musitó. Estaba seguro de que el carcelero no entendía la lengua de oíl, pero, aun así, prefería no arriesgarse.

—¿Conque ahora sí os dignáis a hablar con este ribaldo, verdad?

—¿Tenéis un plan o no? —insistió Guillermo.

—No, pero entre dos tenemos más posibilidades de pensar y de actuar —repuso Renard—. Además, en una celda más allá está mi amigo Pelet.

—¿Cómo sé que me puedo fiar?

—Ya os he contado que soy yo quien más peligro corre.

—¿Cómo sé que no me venderéis al arzobispo o al legado papal?

—El arzobispo no es cliente. No tengo nada que venderle. Fuera de la posada estaban apostados hombres suyos y me echaron el guante tan pronto logré saltar por la ventana. Me trajeron aquí y les conté todo lo que quisieron saber, sin resistirme a nada. Que vuestro escudero era Bruna de Béziers, la llamada Dama Ruiseñor, que el legado papal quiere su cabeza y que ni él ni Simón de Montfort sabían que estáis aquí. Vamos, que actuáis por vuestra cuenta. Aun así, me golpearon, pero estoy acostumbrado a eso y me doy con un canto en los dientes de cómo he quedado.

—¿Cómo descubristeis a Bruna?

—Es una larga historia. Que os sirva que tengo muchos amigos y me cuentan lo que oyen cuando escuchan detrás de las puertas y las lonas de las tiendas.

—¿Qué trato tenéis con el abad Arnaldo?

—El abad del Císter y vuestro tío han sido muy cicateros con nosotros. Miles de los nuestros murieron, pero del enorme botín conseguido solo nos dieron lo mínimo para sobrevivir. Quieren que seamos siervos, casi esclavos, aquí, igual que lo éramos en el norte. Pero cuando conoces la libertad, no hay vuelta atrás; al menos, no voluntaria. Al tomar Carcasona, se terminó el botín para este año. Nos han esquilmado; solo nos dieron las migajas y ni siquiera yo, el rey de los ribaldos, pude apenas escamotear algo.

—Acortad. ¿Qué trato hay con el legado?

—Una casa decente en Carcasona y unos campos cercanos a la ciudad y viñas a cambio de la cabeza de Bruna.

—¿Y cómo sabéis que cumplirá?

—Juró por la salvación de su alma y teme al infierno, pero, aun así, todo negocio tiene su riesgo.

—¿Y si yo os doy más?

—Seré vuestro fiel servidor, en la salud y en la enfermedad, en la fortuna y en la desgracia, hasta que la muerte nos separe.

—Sois un sinvergüenza.

—Yo sí, pero vos sois un noble. Me fío de vuestra palabra. ¿Me daríais más que el abad?

Guillermo quedó en silencio. Siendo un Montfort, tendría patrimonio más que suficiente de su parte en el botín de Carcasona para comprar al ribaldo, pero, aun así, la palabra dada a la chusma no valía demasiado para un noble. Tenía poco que perder y mucho que ganar si aquel hombre, que había demostrado tener todo tipo de recursos, le apoyaba. Además, era improbable que lograran escapar. Poco le costaba prometer.

Entonces, algo distrajo su atención. Una vibración extraña parecía sacudir las paredes del subterráneo e iba creciendo.

—¿Me dais más? —insistió Renard.

—¡Callad! ¿No notáis algo extraño?

En el silencio, el temblor se hizo perceptible y tomó una frecuencia más constante. Parecía que, incluso, llegaban murmullos muy lejanos a través del arco oscuro que conducía a aquel profundo más allá. Guillermo vio que el carcelero se había levantado inquieto, palpando las paredes. La llama de su lámpara de aceite parecía sentir la vibración y parpadeaba, haciendo que las sombras oscilaran.

—¡Válgame la santa Virgen María! —exclamó Renard—. Ese es el arzobispo haciendo sus brujerías.

Se mantuvieron todos en absoluto mutismo mientras pretendían adivinar por el sonido, la vibración y la escasa luz de la lámpara lo que ocurría en las profundidades. Al fin aquello se detuvo y su aprensión aumentó.

Al rato, oyeron ruidos abajo y la comitiva apareció de nuevo, pero ahora venía con más soldados, que portaban unas parihuelas. Guillermo se acercó a las rejas, aunque el arzobispo, que marchaba ufano, no se dignó a hablarle. Entonces, su corazón se encogió cuando vio a quién llevaban. ¡Era Bruna!

—¡Bruna! —gritó pegándose a los barrotes.

Un movimiento de la dama, cuyos blancos brazos se mostraban fuera de las cobijas que la cubrían, probó que estaba viva y un gesto de su mano, que había reconocido su nombre. Pero nada dijo, desapareciendo la comitiva escaleras arriba hacia el palacio.

Guillermo se desesperó.

—¡Tenemos que salir de aquí, hay que ayudarle!

—¿Me dais más? —repuso Renard.

—¡Sí que os doy más! ¡Maldito seáis! Pero haced que salga de aquí.

—Escuchad bien, acercaos a la grieta.

Ambos estaban en la oscuridad, puesto que la luz del candil alumbraba pobremente la zona del guardián. Este no les podía ver, pero en aquel silencio sí podía oír su cuchicheo, y ambos intentaron hablar lo más quedo posible.

—Nuestra única posibilidad es sorprender al carcelero. Las llaves cuelgan de la pared y, si consigo que se acerque lo suficiente, le puedo agarrar del cuello a través de los barrotes. Lo haré del lado más próximo a vuestra celda para que vos, mientras yo le entretengo, le arrebatéis, a través de los barrotes, la azcona que nunca suelta. Si logramos eso, aunque saque su puñal, podremos acabar con él. Yo le estrangularé y vos le ensartáis con el arma. Con vuestro brazo extendido a tope y sujetando la lanza, alcanzaréis hasta donde tiene colgadas las llaves. Las traéis aquí y nos libramos. ¿Qué os parece?

—Que es muy arriesgado. Os traspasará el corazón con su daga antes de que podáis ahogarle.

—Ese es mi problema. Tengo manos grandes y sé de estos lances. ¿Tenéis vos una idea mejor?

—No.

—¿Estáis conmigo?

—Sí.

—¿Juráis por Dios que me daréis casa, campos y viñas en Carcasona para que pueda vivir decentemente con mi familia?

Guillermo vaciló.

—¡Jurad!

—De acuerdo, juro.

—¿Y que si yo muero, se lo daréis a mi mujer y a mi hijo?

—De acuerdo.

—Decid que juráis por Jesucristo, la Virgen, todos los santos y que vuestra alma se condenará para siempre si no cumplís.

El de Montmorency tragó saliva, negoció que solo scría en el caso de salir gracias a Renard y terminó prometiendo lo que el otro quiso.

Entonces, el ribaldo pasó a la acción indicándole al carcelero que no le había dicho al arzobispo algo importantísimo y que la vida de Berenguer dependía de ello. Era muy secreto y tenía que contarlo al oído para evitar que nadie más se enterara, en especial el sobrino de Montfort.

Sin embargo, por mucho que insistía, el guardián no se dejaba convencer. Contestaba que ya se lo contaría a su superior cuando cambiaran la guardia. No hubo forma, el plan fracasaba.

El corazón de Guillermo se llenó de desesperanza.

87

דִּבְרֵי חֲיָמִים / נִפְתְּרוּ לַחֲכָמִים,
וְקִצִּים נַעֲלָמִים / סְתוּמִים וַחֲתוּמִים.

[Todo lo acontecido fue desvelado a los sabios,
mas el final está oculto, cerrado y sellado].

Yehudá ha-Leví, 104

Angustiado, Hugo continuó su búsqueda interrogando a unos y a otros. Prometió propinas a varios golfillos que conocían a Sara si le conducían a ella. Pero no por ello detuvo sus pesquisas. ¿Dónde podría esconder el arzobispo a alguien si no era en su palacio fortaleza? Había rumores de construcciones subterráneas que minaban la ciudad y que estaban allí desde hacía mil años, desde el tiempo de los paganos. También sobre unos seres ni vivos ni muertos que habitaban aquellas cavernas. Pero nadie sabía o quería hablar de los posibles accesos.

Cuando pasado el mediodía un muchachito descalzo y con la carita sucia llegó anunciando que había visto a la hebrea, Hugo se puso a correr tras él por las calles rezando para que fuera verdad. Otro chiquillo informó al primero que la mujer había entrado en una casa del barrio judío. Le dijo que aquella era su vivienda y que habitaba con su hija de quince años. Hugo se alegró; si la chica se encontraba en casa, tendría con qué amenazarla. La puerta, como muchas en el barrio, permanecía abierta durante el día y Hugo se deslizó dentro desenfundando su daga.

Estaba en una estancia dominada por un gran cono lleno de hollín pegado a la pared y que hacía de chimenea, de la que colgaban matojos de hierbas secándose; era a la vez cocina, comedor y sala. Hugo avanzó hacia la habitación anexa, se asomó y vio a la mujer, que preparaba un hatillo. Al oír un ruido, ella se giró y sus ojos fueron desde los de Hugo a la daga que este enarbolaba. El de Mataplana la sujetó, agarrándola de camisa, al tiempo que le ponía el cuchillo al cuello.

—Os voy a matar, bruja judía —le dijo sin más preámbulos.

Ella le miró a los ojos y repuso serena:

—Si quisierais morderme, señor de Mataplana, no me ladraríais. ¿Qué deseáis?

—Habéis vendido a la Dama Ruiseñor al arzobispo. Vos sabéis dónde está. Ella, a cambio de vuestra vida y la de vuestra hija.

—Nada le podéis hacer a mi hija, está en otra ciudad, con parientes.

Hugo colocó la daga bajo el pecho de la mujer para presionar con ella, pinchándole. Sara le cogió de la muñeca.

—Soy vuestra única esperanza de recuperar a la dama, ¿verdad?

Hugo continuó hiriéndola a pesar de que ella se resistía sujetándole la muñeca. Sin embargo, ninguno se esforzaba en ir más allá. Era una negociación física.

—Queréis salvar a Bruna de Béziers —continuó Sara al rato— y no tenéis la más mínima idea de cómo hacerlo. ¿Por qué no dejáis de portaros como un chiquillo jugando con cuchillos y tratamos el asunto con seriedad? Al fin y al cabo, yo soy vuestra única esperanza.

El de Mataplana aflojó la presión y la miró sorprendido. No estaba acostumbrado a que le hablaran así y le sorprendía esa reacción de la mujer.

—¿Es que tenéis algo que tratar?

—Sí, y soltadme —dijo ella librándose de Hugo de un manotazo.

—¿Queréis dinero?

—Dinero no me iría mal, pero hay algo más importante. Sentaos en ese taburete.

Hugo obedeció mientras ella se acomodaba en un banco.

—¿Qué es? —preguntó él.

—Esta noche Berenguer crucificará a Bruna a semejanza del suplicio de Jesús.

—¿Qué? —Hugo se levantó de un salto.

—Un rito de sangre, un sacrificio humano.

—¿Por qué?

Sara le sujetó por el brazo indicándole que se sentara de nuevo, y Hugo obedeció.

—Porque él cree que ella es descendiente directa de Cristo y que en sus venas corre casi la misma sangre. Así como el sacrificio de Cristo trajo, según la creencia católica, la salvación de la humanidad, él quiere hacer lo mismo con Bruna.

—¿Qué busca?

—La creación de algo parecido a seres humanos.

—¡Está loco! —exclamó Hugo estupefacto—. ¿Se cree Dios?

—Exacto, eso parece —repuso Sara—. Para los judíos el mal procede de la cólera del Creador, de Adonai. Temo que las acciones de Berenguer, pretendiendo actuar como Dios, desaten las iras de Este y que mayores males caigan sobre nuestro pueblo de Israel.

—¿Y qué tienen que ver sus actos con vuestra gente?

—Mucho. Él mismo se cree descendiente de Cristo a través de una compleja genealogía que empieza con Jesús de Nazaret, María Magdalena y de la hija de ambos, y que continúa hasta los reyes judíos de Septimania, cuya capital, hace cuatrocientos años, era precisamente Narbona. Algunos cruzados recuperaron en Jerusalén y Alejandría documentos que fueron escritos, al parecer, poco después de la muerte de Cristo y...

—Sí, eso ya lo sé —cortó Hugo impaciente—; esa era la carga de la séptima mula. ¿Sabéis dónde guarda el arzobispo esos documentos?

—Sí.

Hugo calló pensativo. Le extrañaba que Sara le hablara tan abiertamente, sin necesidad de amenazas, e intuía que la mujer, sin saber aún por qué, estaba dispuesta a ayudarle y que esa era la única posibilidad para él de salvar a Bruna.

—El arzobispo cree que la Dama Ruiseñor posee una pureza de sangre mucho mayor que la suya con respecto a Cristo —continuó Sara, que, ante el silencio del caballero, parecía no querer perder tiempo— y que él, entre todos los grandes nobles, es genealógicamente el más cercano al Salvador cristiano. Y que eso le confiere derechos reales. Considera una usurpación que el título de conde de Barcelona pasara a su hermano menor junto al título de rey de Aragón, máxime cuando dicho reino le fue entregado a su padre como príncipe en el momento que se pactó el matrimonio con Petronila. Berenguer debiera haber sido conde, aunque vasallo de su hermano. Además, al mezclarse la sangre judía y merovingia de Barcelona con la de Aragón, alega que su hermanastro se alejó de la genealogía de Cristo. Y peor aún es el caso de su sobrino, el rey Pedro II, ya que su madre, princesa castellana, aportó más sangre visigoda.

—¿Y qué es lo que pretende?

—Quiere el papado —repuso Sara—, pero no uno cualquiera; desea dominar Europa como un papa-emperador cuyos súbditos serían los reyes cristianos. Su genealogía, los documentos de la séptima mula, le darían la legitimidad.

Hugo quedó de nuevo en silencio. Locura o no, ahora entendía al arzobispo y al legado papal, solo que el abad del Císter veía el peligro en Bruna y en los nobles occitanos que apoyaban a Sion, sin darse cuenta de que la carga de la séptima mula también podía favorecer a otros como Berenguer y darles legalidad.

—Por eso quiere sacrificar a Bruna, ¿verdad? —dijo Hugo al rato—, para eliminar competencia.

—No es ese su motivo. Quiere su sangre para ejecutar un rito de poder máximo.

—¿Y qué papel tenéis vos y los vuestros en ello?

—Uno importante. Berenguer, consciente de su ascendencia semita, siempre nos ha protegido. Cuando propuso a los líderes de mi comunidad la resurrección del reino judío de Septimania, causó entusiasmo en unos y recelo en otros. Yo estaba entre los que le apoyaron sin reservas. Es más, vigilé a Bruna en Béziers e informé a Elie, el mayordomo de Berenguer, que organizó la intentona de secuestro que vos desbaratasteis. Conozco de hierbas y el Señor me ha dado poderes de videncia y eso le interesa mucho a Berenguer, cuya busca de poder le ha llevado a practicar alquimia y a proteger a los cabalistas que se dicen capaces de ciertas prácticas ocultas. Al iniciarse la cruzada, nuestra comunidad se vio más amenazada y, cuando el proyecto del arzobispo se concretó, se radicalizaron las posturas a favor y en contra. Cuando vi a Bruna disfrazada de paje, nada le dije a Berenguer, puesto que sus prácticas me producían ya rechazo, pero sí a Salomón, mi rabino. Y este, que espera ser el nuevo rey judío de Septimania, se lo contó a Berenguer. Yo desconocía por completo los planes del arzobispo para oficiar un rito de sangre y sacrificio humano con Bruna. Será igual que Isaac con su hijo, solo que en esta ocasión no habrá ángel que detenga la mano asesina.

—No entiendo. ¿Por qué renunciáis a la protección de Berenguer?

—Lo entenderíais si hubierais visto lo que yo esta mañana.

—¿Qué visteis?

—La peor de las magias negras. Jamás pensé que el arzobispo pudiera llegar a eso y yo no quiero formar parte de ello. Adonai estallará en cólera y todos los males caerán sobre la Tierra, en especial sobre los que ayudemos en ese rito sacrílego y sobre nuestras familias, las del pueblo judío. Porque nosotros fuimos los escogidos para traer la gracia de Adonai al mundo, somos más conscientes que el resto de las naciones y, por lo tanto, somos más responsables.

—¿De qué se trata esa nigromancia?

—¿Habéis oído hablar alguna vez de los gólems?

—No.

—Hace un tiempo, un estudioso profundo del *Sefer Yetzirah*, nuestro libro de la creación, habiendo llegado a un nivel muy alto de misticismo y pureza, quiso imitar la creación del hombre por Dios. Construyó una figura de barro, tal como era Adán en sus orígenes, escribió en su frente *emeth*, que quiere decir «verdad», y usando el verbo consiguió darle vida.

—¿Vida a una figura de barro?

—Sí.

—No lo puedo creer.

—Pues mejor será que lo creáis, porque pronto tendréis que enfrentaros a ellos.

Hugo se rascó la cabeza escéptico, pero no quiso cuestionar a Sara, ya que ella era su único vínculo con Bruna.

—¿Qué es eso del verbo?

—El verbo es la acción, es el deseo, el poder, y los maestros de cábala lo representan por combinaciones de letras y sus sonidos. Unas son fuego; otras, agua; otras, tierra y otras, aire. Cuando se conoce el nombre secreto de una cosa, la combinación de los cuatro elementos, sus letras, pronunciación y volumen, se controla y posee aquella cosa.

—¿Y con ello se da vida a una estatua de barro?

—Con eso y más. Los gólems antiguos han sido torpes y los pocos grandes maestros que los tuvieron los usaban como criados. Eso era todo. Pero Berenguer, con la ayuda de Salomón ben Abraham, ha transgredido todo al hacerlos soldados. Sin embargo, por el momento solo había conseguido lo mismo que maestros anteriores: seres torpes y mudos que, a pesar de manejar las armas, eran pobres guerreros. Eso hasta hoy.

—¿Hasta hoy qué?

—Hoy ha usado el verbo dentro de una gran sala de proporciones áureas; las del número de oro, el número de la creación...

—Sí, lo conozco; es el número de la cadencia que convierte el canto en encantamiento. Sé que algún trovador también lo busca.

—Ciertamente. En el subsuelo de la ciudad se esconden unas extensas catacumbas que datan de tiempos paganos. En el centro del laberinto que forman, existen tres salas conectadas entre sí. Mantienen proporciones áureas, el número 1,6238, entre la mayor y las dos menores, y en sus dimensiones de largo, ancho y altura. Pero, además, también usa el número de oro en la métrica, en cómo se declaman las palabras secretas, y de esa forma logra la resonancia que maximiza el poder del verbo, conecta con la fuerza de la creación, y pretende dirigirla...

—Eso es acercarse demasiado a Dios...

—Así es; demasiado —le cortó Sara—. Lo que hoy he visto sobrepasa todos los límites. Hasta el momento nadie podía crear un gólem que se asemejara al hombre simplemente porque ningún hombre puede imitar a Adonai, el Creador. Pero hoy, Berenguer lo consiguió.

—¿Qué? —Hugo se sorprendió aún más—. ¿Gracias al verbo en proporciones áureas?

—Una combinación de cábala, sonido y alquimia, pero sobre todo de sangre. La sangre de Cristo; la más poderosa de las reliquias.

—¡La sangre de Bruna!

—Sí, la sangre de Bruna.

—¡Entonces, es verdad! ¡Ella es la verdadera Dama Grial, la descendiente directa de Cristo!

Sara quedó pensativa y movió la cabeza negativamente.

—No necesariamente —dijo al fin—. Eso equivaldría a afirmar la naturaleza divina de Cristo y que esa naturaleza divina pudiera pasar de un cuerpo físico a otro, procreando Dios con los humanos. Eso reduciría a Adonai a condición humana.

Hugo calló y trató de asimilar todo aquello. Estaba confundido.

—Entonces ¿qué otra explicación hay?

—La fe —repuso ella—. La convicción del nigromante. Si Berenguer cree estar usando algo verdaderamente divino, su hechizo adquiere una fuerza sin parangón.

—¿Y ha conseguido seres casi humanos?

—Ha logrado un ser terrible al que ha llamado Adán, por ser el primero creado de la nueva especie. Es más alto, más fuerte que un hombre normal y casi invulnerable. Nace sabiendo luchar como un guerrero consumado; es invencible. Y esta noche el arzobispo dará vida a todo un ejército de sus iguales que tiene en espera. Muchos humanos, por convicción, temor o codicia de botines y tierras, están deseando unirse a ese ejército inexpugnable y resucitar el reino judío de Septimania. Berenguer espera que los nobles occitanos se unan a él y también que lo haga su sobrino, el rey de Aragón; juntos arrasarán a los cruzados.

—No entiendo —repuso Hugo anonadado—. ¿Cómo puede hacer eso? Dios puso un alma en el hombre y esa es su realidad última. ¿Cómo pueden esos monstruos ser solo de materia, no tener espíritu?

—Sí tienen alma.

—¿Qué?

—Es la parte más terrible del ritual. —Sara miró intensamente a Hugo—. Su cuerpo es barro que se transforma en una especie de materia semejante a la carne y al hueso, pero en el proceso se encarcela un alma dentro de ese organismo.

—¿Y de dónde sale el alma?

—Son almas de difuntos que aún están en la Tierra, que no se han elevado. Para un católico serían algo así como entidades del purgatorio. Berenguer atrae a las de soldados que han muerto recientemente y llevan consigo el saber de armas. Ese saber se multiplica por su sortilegio.

—Pero ¿y si ellos no quieren regresar?

—No importa lo que ellos quieran, el poder del verbo, de la alquimia y de la sangre les supera. Pierden toda conciencia anterior y obedecen ciegamente a su creador. Y este es Berenguer.

Hugo cerró los ojos; le costaba un gran esfuerzo asimilar el relato de la bruja, aquella historia de magia negra, y oscilaba entre la incredulidad y el temor. Poco miedo acostumbraba a tenerles a los vivos, pero los difuntos le causaban un pavor supersticioso. Al poco, venciéndole su aprensión hacia aquella nigromancia que resucitaba muertos, un visible temblor sacudió su cuerpo.

—Tomad —le dijo Sara pasándole un vaso de vino—. Dejad de temblar, recuperad el ánimo. Bruna os necesita con todo vuestro coraje y yo también. Vos queréis salvarla. Yo y la mayoría de los míos queremos impedir ese insulto a Adonai y que su ira caiga de nuevo sobre el pueblo de Israel.

El de Mataplana bebió el vino de un trago y lamentó no tener con él a Guillermo.

—Así; tomad valor —le dijo la mujer—, que esta noche deberéis enfrentaros a vuestros mayores miedos.

88

הֵיךְ תִּמְשִׁינִי בְּתַיּוֹם
בְּבוֹר מְצוּקוֹת לְבַדִּי?

[¿Cómo me has dejado ese día
sola en el pozo de las desdichas?].

Yehudá ha-Leví, 91

Cuando bajaron la cruz, me sentí desfallecer y, al desatarme, quedé desmadejada. El miedo, el frío, el dolor, la contemplación de algo tan horrible habían podido conmigo. Sara le dijo al arzobispo que yo no podía andar y con unas lanzas y cobijas construyeron unas parihuelas donde me depositaron para después cubrirme con frazadas. Berenguer ordenó a Adán quedarse de guardia. Formaron una hilera que encabezaban los soldados y el arzobispo y salimos de allí. Por el camino oí que alguien gritaba mi nombre y pensé que quizá fuera alguno de mis caballeros y quise saludar con la mano. ¿Estarían presos?

Cuando terminamos de subir escaleras, pensé que aquello debía de ser el palacio del arzobispo y me dejaron en una habitación que, aun bien amueblada, solo tenía un tragaluz muy arriba y estaba en penumbra a pesar de que era de día. Allí ya no hacía frío y Sara me dio a beber un vino aguado con miel. Dijo que me traerían algo de comer y me ayudó a acostarme. Caí en un sopor profundo.

No sé cuánto tiempo dormí, pero al despertarme el ventanuco no daba luz. Había alimentos en la mesa y un candil. Apenas había tomado algo en la mañana, pero no tenía apetito y solo pude comer una manzana. Después, me arrodillé frente a la cama, me apoyé en ella y me puse a rezar al Todopoderoso; por mí, por mis caballeros y por las almas de mi familia. Continué pidiendo por mis vecinos de Béziers y por los desterrados de Carcasona que perecieron famélicos por los caminos.

¡Qué tiempo tan terrible me tocaba vivir! Presentía que aquella noche podía ser la última y le pedí a la Virgen su intercesión con el Señor y que no les permitiera a Satanás y a Berenguer, su acólito, robar mi alma de la misma forma que robaron mi cuerpo, que me acogiera en mis momentos finales y que estuviera a mi lado cuando el arcángel pesara mis culpas y me guiara al cielo. Creía no haber cometido ningún gran pecado en mi vida, a no ser que amar a dos caballeros a la vez lo fuera. Pero era algo que yo no podía evitar; el corazón me vencía. Recé para que se me perdonara ese exceso de amor.

Cuando sonaron los golpes en la puerta y esta se abrió, aparecieron Sara y Elie con sus esbirros. Yo estaba serena, aun a sabiendas de que me llevaban al calvario. En los últimos días había aprendido que la muerte, aunque invisible, siempre está con nosotros. Me erguí y los acompañé con la dignidad propia de la Dama Ruiseñor, aunque el miedo volvió, hasta el punto de que, al unirse nuestro grupo con la comitiva de Berenguer, me estremecí al verle.

Bajamos hacia las mazmorras, precedidos por los soldados, Elie y el arzobispo, mientras los hombres de barba y bonete nos seguían.

Al cruzarme con el carcelero, que se había levantado de su banco al ver la comitiva, desde las rejas en oscuridad de mi derecha, oí que alguien gritaba:

—¡Bruna!

Recordaba el mismo grito y estaba atenta por si se repetía. Vi un movimiento en la oscuridad y me lancé hacia allí. Noté los barrotes duros y fríos, y unos brazos cálidos que me esperaban.

—¡Bruna, os amo!

Entonces supe que era Guillermo. Nos abrazamos y besamos con toda la intensidad del amor roto, de una despedida. Él lloraba y yo también. En mis labios notaba el sabor salado de las lágrimas, de las suyas y de las mías.

—¡Os amo, Guillermo!

Fueron unos instantes eternos, maravillosos, trágicos, tristes, en los que mi corazón casi se rompe dentro del pecho de tanto sentir. No quise entretener mis labios en decir adiós, solo en besar. La reacción de los sorprendidos verdugos tardó, pero después nos separaron brutalmente. El carcelero clavó su azcona en Guillermo para apartarle de mí, mientras otros tiraban de mi cuerpo. Nos resistimos con desesperación, pero al fin deshicieron nuestro abrazo.

—Decidle a Hugo que también le quiero —grité cuando me llevaban.

—¡Os amo, Bruna! —repitió él.

No me quedó más remedio que, sollozando, seguir a la comitiva.

De nuevo llegamos al entramado de túneles y pasadizos, de arcos y de pasillos que conducían a paredes ciegas. Los vigilantes silenciosos continuaban allí siniestros y yo los entreveía semiocultos en las sombras. La entrada al corazón del laberinto la hicimos esta vez por un extremo de la sala grande, por delante de la formación del ejército. Allí estaba Adán, que respondió al saludo de Berenguer, su amo y creador. Todos se colocaron en sus lugares de la mañana y a mí me volvieron a desnudar. Un fuerte temblor me sacudió cuando me quitaban la ropa; más que frío, era la impresión de ver, de nuevo, los clavos y el martillo. Pero tampoco los usaron. Me sujetaron a la cruz solo con cuerdas. Después, la levantaron entre varios hombres.

Otra vez los cánticos, el burbujeo vaporoso de las retortas, el arzobispo luciendo sus ornamentos litúrgicos mientras oficiaba la misa sacrílega en cuyo final ejercería de Dios. Al fin llegó el momento que yo más temía. Berenguer sacó su puñal del cinto y se vino hacia mí mientras aquel hombre al que llamaban Salomón le seguía portando, al igual que el arzobispo, un cáliz. Buscó en mis pies, noté el corte y el contacto frío del copón. Entonces, Berenguer se irguió para llegar con su estilete a mi muñeca derecha. Cortó también allí para recoger mi sangre.

El tiempo se hizo eterno mientras yo sentía que la vida se iba junto a mi fluido vital y que mi cuerpo languidecía en un camino sin retorno hacia la muerte.

89

יוֹם חַיָּה, / אֲבָל יוֹם הַמֵּית

[Un día da la vida, otro, la muerte].

Yehudá ha-Leví, 14

Guillermo se quedó agarrado a los barrotes de su celda hasta mucho después de que desapareciera la comitiva hacia las profundidades. El carcelero había regresado a su banco con el candil. La oscuridad era otra vez dueña de su celda. Renard callaba.

El de Montmorency fue entonces consciente del dolor en el pecho, entre las costillas, cuando recordó que el celador le había clavado su chuzo para separarlo de Bruna. Se llevó la mano allí; su camisa tenía un desgarro y le pareció notar la humedad de la sangre.

—Me gustaría llegar a tener una casa en Carcasona, campos y unas viñas para poder vivir libre con la mujer que amo y el chiquillo que espera —Renard empezó a parlotear—. Yo sé del amor y sé cuánto sufrís. Quiero vivir con ella, tener más hijos, ser feliz...

Guillermo se dijo que él también lo daría todo por lo mismo con Bruna. Sus ojos aún estaban húmedos y una vez más trató de sacudir los barrotes de la celda sin éxito. ¿Qué sería de la Dama Ruiseñor? ¿Qué sería de él sin ella?

Pero al ir a buscar a tientas el banco de piedra del fondo de la celda, sus pies tropezaron en algo y se sorprendió. Había recorrido las pequeñas dimensiones de su mazmorra arriba y abajo como león enjaulado muchas veces desde su encierro sin topar con nada. Quizá fuera una piedra y pudiera usarla como arma contra el carcelero, aunque no le había dado esa impresión al tropezar con ella. Se puso a buscar hasta tocar algo con su pie y, agachándose, se encontró con un pañuelo anudado a algo que parecía un pan.

Mientras, Renard continuaba contando en voz alta que quería sentar cabeza y la bucólica vida que deseaba vivir hasta el fin de sus días. Era un pan extraño, pesaba demasiado, se dijo el caballero. Lo desenvolvió y encontró una apertura en la corteza. En su interior había algo duro con tacto frío metálico. Su corazón se aceleró. Tirando de aquello, sacó dos piezas de hierro; una era un pequeño estilete y la otra, una llave grande. ¡Tenía que ser la de las rejas de la mazmorra! La emoción le anudaba la garganta mientras intentaba evaluar hasta qué punto aquello mejoraba su estado. Tenía la posibilidad de escapar y, aunque difícil, la de rescatar a Bruna. ¿Quién era el amigo que le había lanzado el pan a la celda? Bruna no fue, no llevaba nada, y tampoco tendría acceso a una copia de la llave. Pero, sin duda, alguien echó aquello en su mazmorra aprovechando el tumulto que provocaron al abrazarse.

Se acercó a la cerradura, palpando el único ojo de esta, que se abría hacia el pasillo. Era del mismo tamaño que la llave, pero, aunque la luz de la pobre linterna del carcelero no llegaba hasta allí, no se atrevió a colocarla, ya que el movimiento le delataría y sería muy fácil para el celador arrebatarle la llave colocada en la parte de fuera antes de que pudiera abrir. Solo tendría una oportunidad y solo una. No había lugar para errores.

Se acercó a la grieta que le separaba de la celda contigua e intentó llamar la atención a Renard, que continuaba soñando en voz alta.

—Cultivaría mis viñas y mi vino sería el mejor de la zona…

—Renard —musitó Guillermo.

—Quiero una casa con un buen sótano para guardar barricas…

—¡Renard!

—Invitaría a mis amigos y…

—¡Renard!

El ribaldo calló y el carcelero miró receloso hacia la oscuridad donde estaban.

—¿Qué queréis? —repuso el ribaldo dándose al fin por enterado.

—Bajad la voz y escuchad —cuchicheó Guillermo.

—Tengo la oreja pegada a la pared.

—Ved si podéis distraer a ese tipo, creo que tengo la forma de salir.

—¿Qué tramáis? —los increpó el carcelero, que los había oído susurrar.

El hombre se levantó elevando el candil para acercarlo a las celdas y ver a sus prisioneros. La guardia había cambiado antes de que Bruna pasara por segunda vez rumbo a las catacumbas y el vigilante nuevo era un tipo de carácter colérico, el mismo que había herido con su azcona a Guillermo.

—Decíamos que sois un borrico —repuso Renard en occitano.

El hombre miró al ribaldo, que se sonreía, y después a Guillermo, que también.

—Tenéis cara de rata de tanto vivir en estas cuevas y os lo montáis con una rata gorda, fofa y de cola larga. Eso es lo que es vuestra mujer.

—¡Cállate, desgraciado!

Pero el ribaldo continuó insultándole a gritos y Pelet, que se encontraba en una celda más alejada, empezó a corearle, riendo a carcajadas las gracias. Guillermo decidió ser moderado con sus risas, ya que la atención debía recaer en Renard.

El repertorio de insultos de este en occitano admiró al caballero; había algunos que ni siquiera había oído. El celador intentaba devolverle las ofensas, pero incluso en lengua extraña el ribaldo mostraba una habilidad y práctica inusual. En unos segundos una retahíla de los peores improperios imaginables mentaba a varias generaciones de la familia de aquel hombre.

El carcelero daba muestras de estar perdiendo su poca paciencia y empezó a golpear las rejas de Renard con su azcona sin que eso detuviera el torrente de injurias que este le lanzaba ni las risas e insultos con las que le coreaba Pelet.

El ribaldo se colocó de forma que, si el celador le quería ver, debía situar el candil en un lugar que quitaba la luz de la zona de Guillermo. Iba acercándose a las rejas haciendo muecas, insultándole, y luego se alejaba de ellas a toda velocidad cuando el hombre intentaba herirle con su lanza corta. El tipo estaba enfurecido, deseaba dar un escarmiento a aquel sinvergüenza, pero se guardaba bien de ofrecerle la oportunidad de que en uno de sus envites le pudiera arrebatar la azcona.

Guillermo vio tan entregado al hombre en vengarse del prisionero que decidió que el momento había llegado y colocó la gran llave en el ojo de la cerradura que se abría al exterior. El gesto era muy incómodo, ya que debía doblar la muñeca de forma antinatural y, al poco de intentarlo, se dio cuenta de que en esa posición le era imposible hacer girar la llave dentro de su cerrojo.

El desánimo le invadió. Lo volvió a intentar una y otra vez mientras se preguntaba cuánto tiempo más podría Renard distraer al guardián. Incluso dudó de que la llave fuera la adecuada. Después, se dijo que para qué si no se la habían arrojado. Debía de ser la llave correcta. Al fin, recordó el estilete. Estaba sobre el banco de piedra y lo puso en el ojo de la llave de forma que, agarrándolo por sus dos extremos, pudo hacer palanca. En unos momentos sonó un chasquido que, a pesar de la barahúnda que Renard organizaba, se pudo oír con toda claridad. Guillermo recuperó el estilete, abrió de una patada la reja y se enfrentó al carcelero, que ya le amenazaba con su azcona. Pero el hombre se había descuidado al girarse con premura, Renard le agarró de la camisa y al tirar de él hacia las rejas, coartó sus movimientos. Guillermo se abalanzó sobre el individuo, sujetó el chuzo con su mano izquierda y hundió de inmediato el estilete en el corazón del infeliz, que se derrumbó al instante.

—A pesar de ser un noble, os podríais defender bien en una pelea de taberna —elogió Renard.

—¿Apostáis algo a los dados? —repuso Guillermo casi sonriendo.

En unos momentos liberó a Renard y a Pelet. El caballero se armó con la espada y los otros con la azcona y la daga del hombre.

—Ahora estamos con él —le aclaró el ribaldo al escudero señalándole al noble—. Es nuestro señor.

—Salgamos de aquí lo antes posible —dijo el escudero.

—Hay que rescatar a la dama —contestó Guillermo.

—Lo que hay que hacer es salvar el pellejo —afirmó Pelet, al que parecía importarle poco su nuevo señor.

—Arriba está el palacio del arzobispo —expuso Renard—. Está lleno de soldados y vais solo. Si podéis escapar, cosa que dudo, será sin ganar nada en la aventura. Yo sigo al caballero, ahora él es mi patrón y si muero, que sea intentando alcanzar mis sueños.

Al fin Pelet decidió unirse a los otros dos, pero antes de enfrentarse a la oscuridad, Guillermo los detuvo.

—Esperad, tiene que haber algo más.

—¿Más qué? —quiso saber Renard.

—Quien me haya enviado el pan quiere algo más, aparte de que escapemos. No me consta que tenga yo amigos en el palacio del arzobispo.

—¿Y bien?

—Pues que una llave y un arma no bastan. Debiera haber una instrucción, un mensaje.

—¿Lo había?

—No, que yo haya notado. Vamos a revisar.

Entraron en la celda de Guillermo y desmigajaron el pan sin encontrar nada. Al fin, este exclamó.

—¡El pañuelo!

Y efectivamente, en él estaba dibujado un mapa de cómo orientarse en algo parecido a un laberinto. También unas frases: «Cuidaos de los hombres oscuros del laberinto. Solo son vulnerables si se les hiere en la nuca o se les borra la primera letra de la izquierda de la palabra escrita en sus frentes».

—¿Qué quiere decir con los hombres oscuros? —preguntó Pelet.

—¿Borrando la primera letra de una palabra en su frente? —se extrañó Guillermo.

—Ahora lo sabremos —repuso Renard tomando el candil y cruzando el arco que conducía a las escaleras de bajada.

90

Bataille avrez, unches mais tel ne fut.
«Dehet ait ki s'en fuit».

[Habréis de dar una batalla como jamás se ha visto.
«Mal haya quien huya»].

La Chanson de Roland, LXXXII

Era ya de noche cuando, en el patio de una casa del barrio judío, unos hombres movieron las losas que dejaban al descubierto un lúgubre pozo. Habilitaron un caballete del que colgaron una polea y unas cuerdas con un soporte de madera en su extremo. Varios sujetaron los cabos y Hugo de Mataplana, protegido con mallas de acero, espada al cinto y escudo sujeto a su espalda, se subió al soporte agarrándose a las sogas. Le dieron un candil y lentamente le descolgaron hacia las tinieblas. Había cambiado su yelmo por un casco que le cubría solo el cráneo para tener la máxima visibilidad posible. Era un caballero acostumbrado al campo abierto, aterrado por lo que le podía esperar allí abajo, en las tinieblas, pero Bruna se encontraba en algún lugar en aquellas profundidades y le horrorizaba la sola idea de perderla. Prefería sufrir la muerte más espantosa a que le ocurriera algo a ella y vivir una vida miserable culpándose de no haber hecho lo imposible por rescatarla.

El trayecto le pareció interminable. Se sentía descendiendo a los infiernos, pero, al tocar suelo, su seguridad aumentó. La luz del candil solo mostraba un pasillo con bovedillas de ladrillo descolorido por el tiempo y oscuridad en ambos extremos.

—¡O Bruna viva o yo muerto! —se dijo para animarse.

Después, descendió un joven llamado Benjamín y luego tantos hombres que los primeros en bajar tuvieron que avanzar por el pasillo. Todos iban armados con una daga y, además, una veintena, los más jóvenes, con espada y escudo, pero eso no tranquilizó a Hugo. En el grupo había muchos relativamente ancianos comandados por el rabino David Quimhi, al que Sara le había presentado como sabio y líder de los opositores a Salomón ben Abraham, el aliado del arzobispo.

—Ellos hubieran bajado igualmente esta noche a las catacumbas para intentar detener a Salomón y Berenguer —le había dicho Sara antes de partir en la tarde para el palacio del arzobispo—. Desafortunadamente, la mayoría de nuestros jóvenes están más dispuestos a unirse al nuevo ejército de Berenguer y marchar contra los cruzados. Pero los rabinos más sabios temen la cólera de Adonai, el Creador, por la profanación que Salomón quiere cometer en nombre de nuestro pueblo y están decididos a morir en el intento de evitarlo. Salomón es un cabalista de la columna izquierda del árbol de la vida, la de la magia negra, y David crece en la columna derecha. Solo hemos podido convencer a estos jóvenes y os vais a enfrentar a fuerzas superiores. Es bueno que un caballero católico, noble y experto en armas comande el grupo; a la postre, nos enfrentamos a un arzobispo católico y las represalias contra los nuestros pudieran ser muy crueles.

Poco le importaban al de Mataplana las represalias. Pensaba que era muy improbable que nadie regresara pozo arriba. O salían por el palacio del arzobispo victoriosos o les exterminarían en la oscuridad del laberinto. Le preocupaba más la calidad de su tropa. Le había bastado intercambiar algunas palabras con su hueste para darse cuenta de que ninguno tenía experiencia en armas, pero se consoló pensando que mejor era eso que ir solo. Además, eran aliados con distintos intereses; ellos querían evitar la cólera divina y él solo deseaba salvar a su dama de las garras del diablo materializado en Berenguer. Sus conceptos del mal eran distintos.

Sara había dibujado un plano parcial de las galerías y Hugo dispuso el grupo de forma que dos de los hombres armados abrieran camino con Benjamín guiándoles con el mapa y él justo detrás para evitar que le sorprendieran. La comitiva la cerraban seis de los jóvenes con espadas. Otros iban intercalados en la comitiva. Ella les advirtió que «los hombres oscuros» podrían aparecer en cualquier lugar.

Al principio, el trayecto era un extenso corredor que había sufrido algún derrumbe a lo largo del tiempo, aunque eso solo representaba una pequeña dificultad. Avanzaban en un silencio temeroso y, girándose en los trayectos rectos, Hugo veía la larga hilera formada por las llamas de los candiles que iluminaban arcos, techos y los rostros de aquellos hombres que reflejaban en sus facciones duras la angustia de enfrentarse a algo superior, que les atemorizaba. Hugo no se sentía más seguro. La oscuridad, los lugares cerrados y la magia negra que Sara le dijo se escondía allí le producían pánico. Pero, determinado a salvar a su dama, aceptó capitanear el grupo y eso le obligaba a aparentar una seguridad, un control que no sentía. Todos se fijaban en el caballero como ejemplo y guía en medio de su angustia. Hugo se asombraba de cómo la responsabilidad sobre el destino de aquella pequeña tropa le hacía fingir valor y ese fingimiento, a la vez, se lo confería.

Al rato llegaron a la primera bifurcación y Benjamín indicó:

—De frente.

Unas figuras moviéndose a la vacilante luz de las lámparas de aceite sobresaltaron a la vanguardia.

—Son estatuas —dijo Hugo tranquilizador.

Tenían una postura forzada y parecían sostener el techo de la galería.

—Son muy antiguas, paganas —informó el rabino David Quimhi, que se había adelantado para observar el hallazgo—. Nos encontraremos con más de estas, pero seguramente también con otras de especie distinta…, de las que llamamos gólems.

Continuaron el trayecto, no sin que antes Hugo pinchara aquellas figuras. Paganas o no, se sintió más seguro viendo que no se movían al filo de su daga. Se encontraron con más cruces de galerías, pasillos que se perdían en la oscuridad, plazoletas caprichosas con estatuas idólatras en su centro y varios arcos que conducían a otros tantos túneles. En todas las ocasiones, Benjamín parecía hallar fácilmente el camino correcto gracias a su plano.

Pero conforme se acercaban al corazón del laberinto, un suave ronroneo empezó a acompañarlos y, al poco, se convirtió en vibración, y el rabino David murmuró:

—Ya empieza, debemos darnos prisa.

Fue en el siguiente recodo cuando vieron aquellas figuras cenicientas. Eran dos centinelas armados, inmóviles. Los que abrían la marcha se pararon, pero, sin mediar palabra, aquellos entes, de repente, se dirigieron a ellos desenfundando espadas.

—¡Ayuda! —gritó uno de los atacados.

Y los golpes de los siniestros enemigos mudos empezaron a sonar contra hierros y escudos mientras la luz oscilante de los candiles apenas permitía ver. Lo estrecho del pasadizo impedía que más de dos lucharan hombro contra hombro y los gólems, aunque más lentos, descargaban tajos peligrosos. Parecían inmunes a la fatiga.

—Dejadme sitio —ordenó Hugo a los que iluminaban la escena con candiles.

Y colocándose detrás de los dos hombres que intentaban frenar a aquellos seres, aguardó a que uno de ellos descargara su mandoble para saltar hacia delante y soltarle un tajo con todas sus fuerzas sobre el brazo que sostenía la espada. Y se lo amputó. Fue como cortar una especie de carne con consistencia de madera verde. Miembro y espada del gólem cayeron al suelo. Pero, horrorizados, vieron como aquel ser manco continuaba en su lucha. Arrojó el escudo y tomó la espada caída con su mano izquierda sin que los golpes que recibía en la cabeza y hombros parecieran alterarle. Mientras, el otro ente había herido de una cuchillada en el hombro a su oponente judío, que retrocedía ante su empuje. Alarmado, Hugo comprendió que contra aquellos seres, aun siendo más lentos, no se podía luchar como estaba acostumbrado y que tenían las de perder. Se protegió detrás del hombre que trataba de contener al mutilado y, sin ayudar al muchacho herido, que retrocedía acosado por su rival, dejó que el ser que le atacaba, concentrado con fría furia solo en su oponente, se pusiera a su lado. En ese momento le fue fácil enviarle, tal como le había indicado Sara, un tajo certero al cuello y, para su sorpresa, el ser, con la cabeza casi cercenada, se detuvo un momento, estupefacto, y se desmoronó poco después hecho un montón de tierra. A continuación, se puso a la espalda del gólem manco, que aún luchaba sin descanso con su único brazo, y de un solo golpe en la nuca se deshizo de él.

Uno de los rabinos más jóvenes tomó las armas del herido, mientras otro le ayudaba a andar. Hugo hizo detener al grupo en el próximo espacio ancho, cruce de varios túneles.

—Hay que estar muy alerta —dijo—. Conforme nos acerquemos al centro del laberinto, el riesgo de toparnos con ellos es mucho mayor. Pueden salir desde cualquier pasillo o rincón, delante o atrás. Pero no son invencibles y si se mantiene la calma, podremos con ellos.

—Los gólems son seres torpes, pero fuertes, pertinaces e insensibles al dolor —añadió el rabino David—. No sienten miedo, nada les detiene. Son perros de presa. Pero, recordad, tienen dos puntos débiles. El primero es un golpe en la base del cráneo, puesto que, al romperse la vinculación entre cabeza y cuerpo, hace que se desmoronen. Y el otro, borrar la última letra de la palabra אמת, «verdad» escrita en hebreo en su frente. Es la de la izquierda. Entonces se puede leer מת, «muere», y el gólem queda inmóvil, muerto.

Hugo calló sus pensamientos. ¿Quién podría borrar esa letra de la frente de un gólem mientras este atacaba con la espada? Aquellos seres eran algo torpes, pero fuertes e incansables. No quería ni imaginar a ese Adán que Sara le mencionó y que les superaba en todo. Hábil, rápido, diestro con las armas, inmune al temor, imparable y con el don de la palabra. ¿Qué no podría hacer un ejército de aquellos individuos? Si no llegaban a tiempo y lograban detener aquello, algo terrible ocurriría. Y no solo a Bruna.

91

הַאַתְּ מְקֹרָא מַם מַסַּרְל רַבְרְבָן
וַאְשֶׁר בְּקָרִישֵׁי וְבוּל נִלְחַמְתָּ,

[Tú, apodado «boca que profiere grandes cosas»,
tú, que has luchado contra los santos del cielo].

Yehudá ha-Leví, 86

Bruna desfalleció en la cruz mientras Berenguer y Salomón levantaban, rezando a coro, los cálices con la sangre de la muchacha; primero hacia la dama, y después, en dirección a la sala. Sara intentó cerrar las heridas sangrantes con unos vendajes impregnados con una pasta cicatrizante de su preparación. Si no se detenían las hemorragias, la Dama Grial moriría.

Mientras, los oficiantes continuaban su rito. Tomaron en recipientes de plata y oro los destilados finales de las retortas y los derramaron dentro de un gran cuenco dorado, mientras recitaban conjuros ininteligibles. Los hombres barbudos dejaron de cantar. Cuando Berenguer estuvo satisfecho con el preparado, vertió en su interior la sangre de la dama, cuidando de enjuagar las copas para aprovecharla al máximo, y lo mezcló todo con su hisopo, sin detener su murmullo nigromante.

Berenguer se giró de espaldas al altar, miró a la mayor de las salas, donde formaba el ejército, puso sus brazos en cruz y se mostró imponente dentro de su casulla bordada en oro y pedrerías.

—Esta es la noche primigenia de la nueva era —declamó—. La noche en que al fin la semilla, crecida hasta dar fruto, se prepara para salir a la luz. Este es el momento del parto. Hoy un ejército invencible volverá a la vida, en pocos días crearemos otro ejército y así hasta que yo lo crea necesario. Mañana se nos unirán miles de hombres. Narbona y su región serán nuestras y renacerá el reino judío de Septimania. Pronto marcharemos sobre Carcasona, y después sobre Roma, París y el mundo.

Hizo una pausa majestuosa y sin moverse de su postura, continuó.

—Los que tenéis conciencia y vivís este momento, recordaréis la noche en la que el Mesías Berenguer dio vida a los cuerpos de barro, como hizo Dios con Adán, y resucitó a los muertos, tal como su antecesor, Cristo, hizo con Lázaro.

Se santiguó y girándose al altar, llenó con un cacillo dorado los cálices, con sumo cuidado para no derramar la mezcla, tomando él uno y otro Salomón. Entonces, ambos declamaron su conjuro a coro, levantándolos hacia Bruna y después hacia la sala.

Ambos bajaron a la vez los escalones y empezaron a escribir אמת, «verdad», en las frentes de las figuras, al tiempo que introducían en las bocas un pequeño trozo de pergamino con el nombre secreto de Adonai. Después hisoparon la mezcla del cáliz en la cabeza, cuello, corazón, estómago, vísceras y sexo de cada uno de aquellos seres inmóviles, hilera tras hilera.

Había muchos de aquellos muñecos de barro y tenían que regresar a rellenar el copón. En esa operación estaban cuando Bruna recuperó la conciencia en su cruz. Se notaba débil, con la mente turbia, sedienta, pero al ver a Salomón y al arzobispo en su quehacer, sintió pavor al imaginar a cientos de guerreros como Adán.

De regreso al altar, los oficiantes levantaron sus cálices hacia ella pronunciando frases incomprensibles y al girarse hacia la sala, empezaron su recitación de rítmica cadencia a coro. Acto seguido, los hombres barbados se les unieron y aquella vibración de la mañana volvió a sacudir el aire, el suelo y las paredes. Extrañada, la dama se preguntaba cómo el verbo podía tener tal poder y con alarma observó que el ejército, impregnándose de aquella fuerza, empezaba a estremecerse mientras caían con estrépito al suelo algunas de las armas. Bruna supo lo que iba a ocurrir y que nadie podría impedirlo. Se dijo que en aquellos días aciagos había presenciado atrocidades que jamás pensó se pudieran dar, pero sabía que lo que le quedaba por ver iba a superar el horror. Cerró los ojos para dedicar sus menguadas fuerzas al rezo.

92

Per Deu vos pri, bien seiez purpensez
de colps ferir, de receivre a de duner!

[En nombre de Dios os exhorto a bien herir.
¡Golpe dado por golpe recibido!].

La Chanson de Roland, XCII

Avanzaron cautelosos siguiendo el plano del pañuelo de Guillermo, que había tomado la delantera e iluminaba el camino con el candil a la vez que decidía la ruta trazada en aquel extraño mapa. La referencia a «los hombres oscuros» les inquietaba, pero el de Montmorency no tenía dudas: encontraría a Bruna aunque fuera lo último que hiciera. Pronto se dieron cuenta de que aquello era una maraña de pasadizos, algunos anchos, otros estrechos con plazoletas subterráneas, cruces y bifurcaciones, construidos a veces en adobes viejos o en piedra. También había estatuas y Guillermo no tuvo que recurrir a sus estudios de teología para saber que eran paganas. La luz titubeante de su lámpara les mostró al final de un pasadizo recto dos de aquellas estatuas. Eran guerreros y tenían un aspecto gris ceniciento, oscuro.

—¡Fijaos! —gritó Renard—. ¡Se han movido!

—¡Son los hombres oscuros! —dijo Guillermo.

Se quedaron inmóviles, pero de nada les valió, ya que aquellos seres empezaron a acercarse amenazantes mientras desenfundaban espadas.

—¡Salgamos de aquí! —chilló Pelet.

—Idos solo si queréis y veremos cómo os apañáis cuando los volváis a encontrar en vuestro camino —repuso Guillermo—. Nos enfrentaremos a ellos juntos y venceremos.

El franco ya tenía encima a uno de aquellos seres, que le embistió espada en ristre. No le fue difícil protegerse del golpe, que devolvió para tantear al rival. Mientras, Renard se defendía de la acometida del segundo con la lanza corta del carcelero y Pelet los observaba a la retaguardia sosteniendo el candil que el franco le había pasado. Le era difícil al ribaldo mantener a raya a su enemigo, mejor armado que él, por lo que perdía un terreno que aquel ser le robaba sin que le quedara más opción que recular. Decidió que debía arriesgarse y, haciendo una finta con su lanza, consiguió que el guerrero descubriera su guardia y le hundió la azcona en el pecho. Pero aquel cuerpo, en lugar de derrumbarse malherido, sorprendió a Renard con un mandoble que apenas pudo esquivar, mientras trataba de recuperar su lanza desclavándola de lo que, por su consistencia, casi parecía un pedazo de madera.

—¡No sienten las heridas! —vociferó el ribaldo.

—Hay que golpearles en los huesos del cuello o borrarles la primera letra de la izquierda en la palabra escrita en sus frentes —le contestó Guillermo.

—¿Quién se atreve a tocarle la frente a uno de esos monstruos? —se lamentó el ribaldo.

Pelet se dijo que poco podía hacer con solo una daga frente a aquellas cosas torpes, pero de tal constitución que las heridas parecían no afectarles. Pero también que, si él no entraba en acción, tenían las de perder. Entonces, jugándoselo todo a un envite, dejó la lámpara en el suelo y tomó carrerilla para lanzarse, por el espacio que dejaban sus compañeros, a los pies del rival de Guillermo, de forma que al perder este el equilibrio cayera hacia delante, encima del propio Pelet. Tuvo éxito en su propósito y la nuca del ser quedó a la vista del de Montmorency, que le descargó un tajo con todas sus fuerzas. Para su sorpresa, el enemigo se desmoronó como un saco de tierra.

No se entretuvieron en averiguaciones, puesto que el ribaldo estaba en una situación crítica, tratando de contener con su azcona a un enemigo inmune a ella. Aquel ente extraño no reaccionó para defender su espalda al oír el grito de triunfo de Guillermo, persistiendo en su intento de acabar con su rival. Al no llevar casco, con un solo golpe en el cogote, el franco se libró de él.

Se miraron entre ellos dudando de que aquello fuera real, pero Guillermo, inquieto por Bruna, les dijo perentorio:

—Tomad sus armas y prosigamos. No hay tiempo para charlas.

El francés apresuró el paso del grupo. Deseaba llegar donde su dama estuviera y, cuando aparecieron dos más de aquellos seres al fondo de un corredor, cedió el candil a Pelet, que le seguía, y se enfrentó a los seres, hombro con hombro con Renard. Esta vez iban bien armados.

—Vamos a por ellos. Pelet debe ganarles la espalda mientras nosotros les resistimos de frente.

Pero al entrar en contacto con sus mudos enemigos, Pelet, que se encontraba atrás, gritó:

—¡Hay otros aquí!

En efecto, atrás habían dejado una bifurcación de tenebrosas galerías y por allí aparecieron un par de aquellos engendros que con su pertinaz determinación atacaron a Pelet. Este, con el candil en la mano, retrocedió apresurado, intentando cubrirse. Apenas había logrado desenfundar su espada cuando el candil de barro cocido y su vacilante llama se fueron al suelo rompiéndose en pedazos. Y se hizo la oscuridad más profunda.

Guillermo no había previsto aquella eventualidad y pensó que estaban perdidos. Ni las tinieblas detenían a aquellos seres que continuaron golpeando, aunque pronto percibió que lo hacían a ciegas. Sus espadas chocaban tanto contra los escudos como contra las paredes, haciendo saltar chorros de chispas cuando el hierro acertaba en una piedra pedernal. Intentó solo cubrirse. De nada le servía luchar, si solo un golpe preciso podía acabar con aquellos engendros incansables. Sin luz era imposible acertar. ¿Cuánto tiempo resistirían antes de sucumbir? Se dijo que jamás saldrían de aquel laberinto tenebroso.

93

צָרֵרִים נִלְחָמִים / בְּפָרִיצֵי חַיּוֹת,

[Nuestros enemigos combaten
como bestias feroces].

Yehudá ha-Leví, 102

Después de su encuentro con los gólems, el grupo de Hugo reanudó su marcha, presuroso, en una larga hilera de luces de candil que les asemejaba a una luciérnaga gigante deslizándose por los túneles. Por momentos, aquella vibración subterránea parecía aumentar y eso inquietaba al rabino David, que les decía:

—Deprisa, si llegamos tarde, será una catástrofe.

Pero lo que temían, ocurrió. En una encrucijada se encontraron con varios de aquellos seres de frente, mientras otros los atacaban por los flancos y retaguardia. La lucha se generalizó y las espadas entrechocaban entre gritos de los asaltados, algunos de dolor, otros dándose ánimos e instrucciones, mientras que aquellos entes se movían determinados, como perros de presa pero silenciosos.

En la vanguardia, el de Mataplana envió a cuatro de sus

hombres a enfrentarse a otros tantos enemigos y con otros tres hizo una cuña que, infiltrándose entre los combatientes, les ganó la espalda. Aquellos gólems, casi invencibles de frente, eran incapaces de protegerse frente a dos enemigos y, uno a uno, fueron cayendo.

Pero el ataque estaba causando estragos en otros lugares y Hugo corrió con sus compañeros a socorrer a los que se encontraban en apuros. Habituados a la torpeza de aquellos seres y conociendo su vulnerabilidad, no era difícil eliminarlos. Cuando el último cayó, no hubo tiempo de recuperar el aliento. Había ayes de heridos, lágrimas y lamentos por los muertos. Uno de los ataques laterales había tomado a los rabinos por sorpresa y tres cayeron bajo los tajos enemigos antes de que pudieran reaccionar ni recibir socorro. Dos muchachos habían muerto combatiendo y había cuatro heridos, de los cuales dos no podrían seguir al grupo. Hugo contó los restos de diez gólems y quiso que los rabinos tomaran las armas de aquellos seres para protegerse.

—No podemos permitir que esto nos ocurra de nuevo —les dijo—. En el peor de los casos, debéis estar listos para protegeros de los primeros golpes hasta que os llegue ayuda.

—No nos entretengamos —insistió el rabino David—. Habrá que dejar aquí, junto a los cadáveres, a quien no pueda seguir.

—He perdido mi plano —dijo Benjamín angustiado. Sangraba levemente de un brazo—. Ni siquiera sé en qué dirección íbamos.

El ataque había desconcertado a la pequeña tropa y Hugo ordenó que se buscara el documento. La lucha se había extendido por alguno de los corredores laterales de la plazoleta subterránea donde fueron asaltados y la mayoría estaban aún bajo la impresión, desorientados.

—Siento la vibración, la energía del rito —dijo David Quimhi. Y señaló—: Íbamos en esa dirección.

Efectivamente, un rumor profundo iba llenando los túneles y parecía aumentar paulatinamente.

—Tenemos que apresurarnos —insistió el rabino—. No podemos llegar tarde.

—¡Aquí está! —gritó uno de los hombres de edad mostrando un pergamino.

Y sin esperar más, emprendieron la marcha a paso rápido. Al poco sintieron crecer la energía, que parecía llegar a ellos en el aire a modo de olas vibrantes, mientras oían a murmullos las voces a coro declamando las frases secretas.

—Estamos llegando —musitó Benjamín.

—Preparaos para combatir a esos seres —advirtió Hugo.

Pero no toparon con ninguno de aquellos entes tenebrosos. Pronto vieron claridad y en el siguiente recodo irrumpieron en una sala que daba a otra mayor, iluminada por teas, y en ella, a sus pies, todo un ejército formado de espaldas.

—Hemos llegado al corazón del laberinto —dijo el rabino—. Ahora es cuando debemos demostrar nuestro valor. ¡Que Adonai nos ayude!

Aquellas figuras en formación estaban poseídas de un extraño temblor y en el otro extremo, en una sala parecida, también elevada sobre la mayor y a la misma altura que la suya, vieron un altar y una cruz con una mujer desnuda en ella. Un grupo de hombres recitaban a coro, a cuatro tiempos, con una fuerza y un poder extraordinarios, una salmodia en hebreo antiguo. Frente al altar, estaba el arzobispo con su casulla de pedrerías y los brazos en cruz.

—¡Quiera el Señor que no sea demasiado tarde! —exclamó el rabino.

Los más ancianos se agruparon y David Quimhi, después de escuchar con atención a los del otro lado, se puso a recitar rítmicamente otras invocaciones incomprensibles para Hugo. Enseguida se le unieron, a coro, los demás. Sus voces empezaron a subir en volumen y hacían contrapunto a los cuatro tiempos de los contrarios. Pronto, aquel ámbito subterráneo se llenó de resonancias cruzadas y la vibración se hizo insoportable. Los soldados de barro se sacudían más aún, de forma espasmódica, como si un terrible sufrimiento les aquejara.

—¡Dios mío! —exclamó Hugo, que, preocupado en colocar a su pequeña tropa para la defensa, no se había fijado al llegar en lo que ocurría en la sala más lejana—. ¡Están crucificando a Bruna!

—¡No vayáis! —dijo Benjamín sujetándolo del codo—. ¡Tenéis que quedaros aquí!

—¡Venid, ayudadme a rescatar a mi dama! —repuso Hugo sacudiéndose de encima su mano.

—¿Pero no veis lo que ocurre? —le advirtió el joven Benjamín—. Es el verbo contra el verbo. Es el poder de la creación en lucha. Estamos impidiendo el conjuro, estamos frenando a las almas a punto de poseer los cuerpos. ¡Debemos proteger a los ancianos, que no se los interrumpa! Si fracasamos, la peor de las catástrofes caerá sobre el mundo.

—¡A mí solo me importa mi dama!

—¡Deteneos! Si impedimos los planes del arzobispo, tendréis a vuestra dama. Si triunfa, ella también estará perdida.

Y señalando al otro lado, Benjamín dijo:

—Fijaos.

Berenguer notó de inmediato la disrupción, el contrapunto destructivo que los recién llegados conferían a su cadencia áurea y dio instrucciones a Elie. Este tomó a la mayor parte de la guardia y corrieron hacia el grupo del rabino David. Los muchachos, con Hugo al frente, se enfrentaron a las tropas del arzobispo mientras los mayores declamaban aquellas terribles frases de fuerza inusitada.

Los oradores del verbo recitaban, como en éxtasis, indiferentes al peligro, mientras que los soldados de Berenguer intentaban matarlos y los jóvenes hebreos, con más valor que habilidad, protegerlos. De cuando en cuando, uno de los sicarios llegaba a ellos y los hería, incluso derribaba a alguno sobre un charco de su propia sangre, pero, impávidos, los supervivientes continuaban entonando el verbo como si su vida no importara. Hugo vio que tenían las de perder; era el primer combate para la mayoría de aquellos chicos, no aguantarían. Y decidió que, al igual que a los gólems, a aquel enemigo había que golpearle en la nuca. Así que gritó:

—¡A por el arzobispo!

Y empujando a su rival, se abrió paso a golpes de espada, saltó al suelo de la sala mayor y fue corriendo en busca de Berenguer. Elie se dio cuenta del peligro y ordenó a varios de los suyos que le acompañaran en la persecución de Hugo. El plan había funcionado y de momento la lucha en la zona de David y sus rabinos quedó igualada.

94

Sabed bien que si ellos le vidiessen
non escapara de muort.

[Sabed que si ellos le vieran,
no saldría vivo].

Poema de mio Cid

Sumidos en la oscuridad, Guillermo, Renard y Pelet intentaban cubrirse de los golpes que los incansables «hombres oscuros» asestaban. El de Montmorency comprendió que era inútil devolver los tajos, puesto que nunca les alcanzarían donde eran vulnerables, mientras que ellos los podían herir o matar en cualquier envite. Reparó entonces en que ninguno de aquellos engendros había hablado y supuso, por el desacierto de sus golpes, que tampoco veían en la oscuridad. Serían mudos y quizá también sordos. Y si oían, no tenían por qué entender una lengua extranjera como lo era la de oíl.

Así que Guillermo decidió correr el riesgo:

—Enfundemos las espadas, que de nada nos sirven, y salgamos de aquí a gatas, con el escudo en la espalda, rápidos para confundirlos, evitando que nos hieran.

—¿En qué dirección? —preguntó Pelet—. Estoy desorientado.

—En la mía —repuso Renard—. Era la que llevábamos. Encontrémonos a cuarenta pasos de aquí.

Guillermo supo de inmediato que los entes sí oían, puesto que un chorro de chispas muy cercano a su cabeza confirmó que la espada, que había chocado contra un pedernal del muro contra el que se protegía, le buscaba.

El tenue destello le dejo ver que otro de aquellos seres, a la derecha, levantaba su arma para herirle. Rápido, protegido de nuevo por las tinieblas, se lanzó al suelo y esquivó el golpe que, a juzgar por el sonido, debió de impactar en su atacante de la izquierda. Gateando en la dirección en que había oído a Renard e intentando protegerse la espalda con el escudo, dedujo por el estruendo que sus dos agresores se habían enzarzado en una muda, pero estrepitosa batalla entre ellos, creyendo que era a él a quien atacaban. En su carrera a gatas, dio con lo que le parecieron unos pies y rápidamente se hizo a un lado continuando su huida. El sonido casi inmediato del metal contra la piedra del pavimento le indicó que había chocado con otro de los «hombres oscuros». Su carrera se truncó al golpearse contra un muro con tanto vigor que casi, a pesar del casco robado al carcelero, estuvo a punto de perder el conocimiento. Juzgando que el peligro más inmediato había pasado, se levantó consciente de que aquella era la dirección en la que había oído a Renard. Tanteando la pared, reconoció la orientación del pasadizo y la siguió cauteloso por treinta pasos. Por el barullo que oía atrás, pensó que aquellos seres continuaban con su trifulca y, cubriéndose con su escudo y con su brazo derecho extendido, fue palpando el muro en silencio hasta que topó con algo que se movía. Dando un salto hacia atrás y protegiéndose con su defensa, susurró:

—¿Quién sois?

—Pelet —repuso este en un cuchicheo.

—¿Y Renard?

—Aquí —oyó a distancia de unos pasos.

—Creo que los hemos despistado —musitó Guillermo, y callando unos momentos para escuchar los ruidos distantes en el túnel, continuó—, pero estamos perdidos.

—Yo no —dijo el ribaldo—. Venid a mi lado y después seguidme. A unos treinta pasos a la derecha tiene que haber un pasadizo.

—¿Cómo podéis estar tan seguro? —inquirió Guillermo.

—Tengo buen sentido de la orientación y siempre me han fascinado los planos. Lo guardo en mi memoria, señor.

En hilera de ciegos, apoyando la mano en el hombro del de delante, se dejaron guiar por el ribaldo, que tanteaba unas paredes que parecían vivas por un tenue temblor creciente que las sacudía, haciendo que todo el pasadizo retumbara.

—¿Qué será eso? —se preguntaba Renard.

—No lo sé, pero sospecho que es obra de Berenguer —le contestó Guillermo.

Pero la vibración iba en aumento y, en un recodo, el ribaldo se detuvo vacilante.

—¿Qué ocurre?

—Estoy intentando recordar. Ese giro del pasadizo no me consta. Esperadme aquí.

Y se puso a palpar las paredes mientras Guillermo se debatía entre la impaciencia de encontrar a Bruna, sus oraciones para que estuviera bien y la inquietud de perderse en aquel lugar tenebroso y nunca más ver la luz del día.

—Probemos a la derecha —dijo Renard.

Y la fila de invidentes se puso de nuevo en marcha. Poco a poco, el aire rancio con olor a moho de las galerías empezó a mostrar un aumento de energía que se transmitía por las paredes y crecía en forma de temblor. Guillermo se dijo que iban en la dirección correcta. Aquello debía de proceder del centro del laberinto. Allí estarían Bruna y el arzobispo. ¿La encontraría con vida?

95

מת אמת

[Verdad, Muere].

Conjuro cabalista

Hugo se dio cuenta de que no podrían resistir el ataque de los hombres del arzobispo y decidió acometerle a él directamente. Como al rey del ajedrez, si le hacía mate, la partida estaba ganada. Librándose de sus adversarios y evitando la escalera de piedra, saltó a la sala mayor, cuyo piso estaba más bajo, y corrió hacia Berenguer. Elie, el mayordomo de este, comprendiendo sus intenciones, abandonó el ataque para seguirle junto a varios de los suyos.

Mientras, otra batalla se libraba a un nivel muy distinto. Las voces de un extremo hacían contrapunto con las del otro en su rítmico lenguaje secreto de poder, origen de la vibración que lo sumía todo. Era la fuerza del verbo y del contraverbo. Al mismo tiempo, en la sala mayor, la del centro, las figuras de aquel ejército naciente se retorcían cual presas de gran dolor.

Al llegar al otro extremo, Hugo vio arriba, detrás del altar, a Bruna en la cruz y, frente a esta, al arzobispo. Le pareció que la muchacha tenía los ojos entreabiertos y pidió al cielo que estuviera viva. Contemplar a su amada en esa guisa le enfureció, pero tuvo que contenerse cuando vio que Berenguer estaba protegido por dos soldados de guardia y que Elie le seguía junto a un par más. No tendría la menor posibilidad contra cinco.

Decidió atacar a los hombres barbados que recitaban letanías. Quizá pudiera causar estragos en ellos e interrumpir así la nigromancia, aunque, con sus perseguidores pisándole los talones, apenas podría repartir algunos mandobles antes de que le mataran. Pero llegando a ellos la guardia que protegía al arzobispo, situada, al igual que los barbados, en el plano superior de la sala pequeña de aquel extremo, se apresuró a interceptarle el paso. ¡Estaba perdido! No tenía tiempo para pensar, menos aún para lamentarse, pero sintió una gran pena por el triste final que le esperaba a Bruna por su fracaso. Decidió dar la vuelta y enfrentarse a sus perseguidores. Eran tres contra uno, pero si subía al nivel superior, serían cinco.

Se colocó en el desnivel entre salas, en un lugar sin escaleras para evitar que le rodearan, pero, aun así, Elie y los otros dos empezaron a golpearle mientras él trataba de herir al mayordomo con más audacia que esperanza. Entonces comprendió que su fin había llegado.

Cuando la vibración se convirtió en voces, Guillermo supo que llegaban al centro del laberinto. Estaba angustiado, se habían entretenido demasiado con «los hombres oscuros» y rezaba para llegar a tiempo.

Al fin vieron luz y, primero a tientas y después ya seguros, corrieron hacia el lugar de donde todo partía.

El de Montmorency, espada en mano, tuvo que refrenar su primer impulso de lanzarse a la acción para comprender qué estaba pasando. Era una enorme estancia subterránea donde los hachones iluminaban una escena horrible de cientos de seres, mitad persona, mitad estatua, vestidos, armados y en formación como soldados, retorciéndose y gruñendo en lo que parecía un gran dolor. En los dos extremos del recinto había sendas piezas de las mismas proporciones, más elevadas, más pequeñas, colocadas simétricamente. En ambas, grupos de hombres recitaban letanías incomprensibles en dirección a la estancia central con una cadencia muy particular. Aquel era el origen de la vibración, de la fuerza. Habían entrado cercanos a la sala en la que había un altar y tras él Guillermo vio horrorizado a Bruna crucificada. Allí estaba también el arzobispo Berenguer junto a Sara, contemplando a un guerrero que, de espaldas a la pared, se batía contra tres. El franco reconoció a Hugo y su instinto le dijo que era a él a quien debía ayudar y al grito de: «Por la Dama Ruiseñor», se lanzó, seguido por Renard y Pelet, sobre quienes acosaban al de Mataplana.

Los de Guillermo estaban más bregados en batallas que los soldados de Elie y al primer envite mataron a uno. Fue entonces cuando Berenguer, viéndose en peligro, gritó:

—¡Adán, despierta! ¡Acaba con ellos!

Y un guerrero, que hasta el momento había formado impávido e inmóvil frente al convulso ejército de sus semejantes, se puso de inmediato en movimiento. Fue Pelet quien lo vio llegar por atrás y le recibió cubriéndose con su escudo, mientras sus compañeros acababan con los hombres del arzobispo.

El primer golpe de Adán partió en dos el escudo, sin que el brazo de Pelet, que lo sujetaba, resultara herido. Impresionado por tanta fuerza, este dio un paso atrás, que aprovechó el gólem para acercarse. Pelet creyó ver un hueco, estiró su brazo con toda su fuerza y hundió su espada rasa en el pecho de aquel ser. Adán, sin dar muestra de dolor alguno, descargó un mandoble en la cabeza del infeliz matándole al instante.

Los dos hombres que protegían al arzobispo bajaron en ayuda de Elie, ya solo frente a Hugo y Guillermo, y Renard tuvo que encararse con Adán. Lo hacía con precaución, en vista de lo ocurrido a su camarada. Se limitaba a esquivar los golpes y, adivinando la naturaleza de aquel ser, intentaba ganarle la espalda como hicieron con los del laberinto. Pero este era mucho más ágil; en realidad le superaba a él con creces y en pocos instantes había recibido dos golpes que dejaron su escudo destrozado y su brazo casi insensible.

—¡Ayudadme, mi señor! —gritó angustiado el ribaldo al ver que no tenía posibilidades.

Elie ya había caído y, junto a Hugo, Guillermo acometía a los dos soldados que llegaban, pero, juzgando que el de Mataplana podía contenerlos, le abandonó para socorrer al ribaldo. Llegó por la espalda de Adán con la intención de golpearle en la nuca, pero este, como adivinándole, se giró haciendo molinete con su arma y obligó al de Montmorency a echarse hacia atrás. Con otro medio giro golpeó a Renard, que pretendía herirle aprovechando su distracción, pero fue él el sorprendido por la increíble agilidad del monstruo, que lo derribó de un tajo sobre su maltrecho escudo y brazo. Rodó sobre sí mismo y consiguió escapar por muy poco del siguiente ataque de Adán. Este no se distrajo y, girándose, detuvo con su espada el golpe que Guillermo le lanzó con la suya. Rápido, el gólem, que dada su naturaleza no necesitaba escudo, sujetó el brazo de la espada del francés con su otra mano y retorciéndoselo brutalmente, le hizo soltar el arma. El de Montmorency quedó a merced de aquel ser que sujetaba su muñeca, con la única defensa de un escudo, ridículo para la fuerza de su oponente. Adán empezó a golpearle brutalmente.

Renard hizo un esfuerzo por incorporarse. Aun herido, podía huir, pero quiso salvar a su señor. Su libertad, la de su familia, sus sueños de amor, hijos, viñas y amigos dependían de que este sobreviviera. Y empuñando su espada con las dos manos, se lanzó a golpear la nuca de aquel ser infernal.

Pero este, que parecía estarlo vigilando con el rabillo del

ojo, tiró de la muñeca de Guillermo como si de un pelele se tratara y dejó de golpearle para partir de un certero mandoble la espada de Renard.

Este, otra vez sorprendido y torpe por sus heridas, no fue capaz de reaccionar y un segundo tajo le penetró profundo entre el hombro y el cuello. Renard soltó un gemido y se desplomó.

Guillermo tuvo el tiempo justo de librarse del inútil escudo y sujetar el brazo con el que Adán asía su espada. Pero empujado por este, perdió el equilibrio, cayó de espaldas mientras ambos se sujetaban el brazo.

El franco comprendió que estaba perdido. No poseía ímpetu para frenar a aquel enemigo, que, encima y dirigiendo la punta de la espada a su pecho, la forzó hasta tocar su malla de acero. Guillermo quiso sacar fuerzas de su desesperación, pero era incapaz de detener el avance del filo que, poco a poco, se le clavaba. Sabía que Hugo, mientras, luchaba contra los soldados que quedaban y no podía contar con su ayuda.

Miró la cara angulosa de aquel ser, sus ojos oscuros sin brillo y lamentó desesperado no haber sido capaz de rescatar a su dama. La espada ya rompía la malla y penetraba en su pecho cuando algo distrajo su mirada clavada en los ojos inertes del ente. Era un pañuelo. ¡Un pañuelo frotando la última letra de la palabra אמת, «verdad», en la frente del ser! Y la convirtió en מת, «muere».

Adán se detuvo inmovilizado, la espada quedó quieta unos instantes, después, cayó con estrépito al suelo y el cuerpo se desplomó pesadamente sobre Guillermo.

96

Pulvis es et in pulverem reverteris.

[Polvo eres y al polvo volverás].

Libro del Génesis, III, 19

Desde mi cruz, entre sueños desvanecidos y realidad, contemplaba aquel espectáculo increíble del ejército tembloroso y sufriente, de la invocación, de la nigromancia, de la lucha del verbo y del combate con espada...

Me sentía morir poco a poco, con cada gota de sangre perdida, y llegó un momento en que dejé de esforzarme por la vida para, encomendándome al Señor, pedirle perdón por mis pecados. Me abandoné en sus brazos. La muerte me parecía un alivio y quise cerrar los ojos para siempre. Pero algo estaba reteniéndome, algo me hacía conservar la vida y eran mis caballeros. Recobré mis sentidos y recé por ellos. Entreabrí los ojos y vi a Hugo batallando a poca distancia. Después a Guillermo, que se unía a él. Y la esperanza floreció cual primavera para decaer cuando vi aquella imitación de hombre que Berenguer había creado, que ahora se cebaba en los compañeros de Guillermo y luego en él.

Fue algo tan suave como el pañuelo de Sara lo que dio muerte a aquel ser poderoso y terrible cuyo nombre era Adán, así llamado porque debía ser el primero de una raza que, por fortuna para el mundo, empezó y terminó en él.

El cuerpo del gólem permaneció unos instantes sobre Guillermo. Luego, dejó caer la espada y se colapsó. El de Montmorency quedó inmóvil, debajo, tanto tiempo que yo temí que estuviera herido o muerto. Pero a continuación, se recuperó y se unió a la lucha que Hugo sostenía con los dos soldados, hasta que uno de ellos cayó herido y el otro decidió huir. Sin nadie que los detuviera, se lanzaron sobre el líder de los que declamaban a coro, el rabino llamado Salomón ben Abraham. El hombre no hizo intento de huir y continuó con sus salmodias hasta que las espadas le hicieron callar. Después, los caballeros golpearon a un par más y eso provocó que el resto se dispersara, al principio, aún declamando sus oraciones, pero al fin callaron uno a uno, conforme Hugo y Guillermo les acometían. Entonces, la resonancia del verbo que venía de la sala opuesta lo llenó todo en olas de voz, de fuerza.

Mis caballeros, espadas en mano, se fueron a Berenguer con intención de acabar con su vida y este no trató de huir. Hugo levantaba ya su arma contra él cuando Sara de detuvo.

—Dejadle —le dijo—. Le necesitamos vivo. Las almas tomarán venganza por el dolor de nacimiento y muerte que ese hombre les ha obligado a experimentar.

El arzobispo, con la mirada extraviada, contemplaba el infinito cual reo esperando el golpe del verdugo en su cuerpo.

Aquellos seres vestidos de soldado dejaron de retorcerse cuando los hombres de Salomón callaron y, uno tras otro, con estrépito, fueron cayendo al suelo, convertidos en tierra cenicienta. Entonces, una nube de polvo se elevó en la gran estancia central hasta convertirse en algo casi sólido que empezó a girar en torbellino. Contemplábamos fascinados y temerosos aquel fenómeno terrible. Al final, aquel polvo vivo pareció, por unos instantes, tomar el aspecto de faz colérica y, después, cual enjambre de saetas y a gran velocidad, se lanzó sobre el arzobispo Berenguer. Mis caballeros, espantados, se apartaron de un salto y el hombre empezó a retorcerse en el suelo, convulso, como antes hicieran los gólems. Parecía sufrir un inmenso dolor y se agitaba entre gemidos estremecedores.

Era el castigo, como Sara nos diría después, al rabino que, con una arrogancia inaudita, se creyó capaz de emular a Adonai, el Creador. Capturó almas desencarnadas y las quiso esclavizar en un cuerpo de barro. Ahora ellas, llenas de cólera, habían tomado venganza por los sufrimientos pasados. Por eso quería al arzobispo aún vivo, para que fuera su víctima y evitar así que otros sufriéramos aquel odio.

Cuando Hugo y Guillermo se recuperaron del estupor que tal escena les causó y vieron que ningún peligro nos acechaba, se apresuraron a bajarme de la cruz. Entonces fui consciente de mi desnudez y me avergoncé. Sara los guio explicándoles cómo moverme. Me desataron con cuidado, extendieron su manto en el suelo y me depositaron sobre él. La mujer midió mi pulso, escuchó mi corazón, besó mi frente y, al buscar el calor entre mis pechos, dijo:

—Creo que hemos llegado a tiempo. Está muy débil, pero vuestra dama vivirá.

Ellos suspiraron aliviados y vinieron a besarme en frente y mejillas, asegurándome su devoción. Yo apenas pude musitar un gracias.

Sara aseguró mis vendas para contener de una vez las hemorragias. Recuperó mis vestidos y me los puso, ya que yo era incapaz de moverme. Empezaban a preparar unas parihuelas cuando el rabino David Quimhi llegó con los supervivientes de su grupo. Sus voces habían callado al derrumbarse el ejército. El rabino abrazó a Sara y a Hugo. Después, entonaron junto a la mujer y los suyos una oración de gracias y alabanza al Altísimo.

—Os doy las gracias, Hugo de Mataplana, por la ayuda que nos disteis —dijo el rabino—. Sin vosotros, no hubiéramos podido detener al arzobispo y al rabino Salomón.

Hugo repuso que sin ellos no hubiera podido rescatarme y apreció su valor.

—Que Adonai os conceda vuestros deseos —concluyó David Quimhi.

Sara sonrió al oír la frase y a continuación inquirió:

—¿Y qué deseabais? ¿En busca de qué vinisteis a Narbona?

Hugo y Guillermo se miraron sorprendidos. El único propósito que recordaban era rescatarme, y tanto se empeñaron en ello que habían olvidado lo que les trajo a la ciudad.

—La carga de la séptima mula —repuso al fin Hugo.

—Levantad la piedra del ara —dijo la mujer.

Quitaron el lienzo que vestía el altar y vieron que este estaba formado por una gran losa rectangular que cubría lo que tenía aspecto de un sarcófago. Al quitar la lápida, vieron en su interior, colocados en rollos, los documentos que buscaban.

Guillermo y Hugo se miraron con una sonrisa incrédula. Allí estaba la carga de la séptima mula; «la herencia del diablo».

97

גָּלוּת צִיּוֹן אֲשֶׁר בִּסְפָרַד!

[¡Desterrados de Sion que están en Sefarad!].

Yehudá ha-Leví, 121

Otra urgencia impedía a Guillermo ver el contenido de aquellos documentos tan ansiados y corrió al lugar donde Renard había caído. Este yacía sobre un gran charco de sangre. El tajo que recibió de Adán era terrible y Guillermo, solo al verlo, supo que se moría. Sus ojos vidriosos reconocieron al caballero y trabajosamente quiso levantar su mano. Este la tomó. El ribaldo quería hablar y le escuchó atento.

Pero Renard fue incapaz de pronunciar palabra y Guillermo le dijo:

—No paséis cuidado, que he de cumplir lo prometido. Protegeré a los vuestros.

Una sonrisa acudió a los labios de Renard y expiró. El de Montmorency se arrodilló frente al cuerpo musitando una oración al tiempo que recordaba el desdén y desprecio que antes sentía por los ribaldos. Se percató de la ironía de que fuera uno de ellos, fiel a su palabra e increíblemente leal, quien diera la vida para salvar la suya.

—Pocos caballeros hubieran sabido ser tan bravos y gallardos —susurró al muerto—. Os prometo que, cuando llegue a Carcasona, nada le ha de faltar a vuestra mujer e hijo.

Los supervivientes salieron por el camino de las mazmorras en una gran comitiva. Guillermo y Hugo llevaban como rehén al arzobispo Berenguer, que murmuraba incoherencias y parecía haber enloquecido.

—Lo que le ha ocurrido es pavoroso —les dijo el rabino—. Nunca recuperará la razón, nunca volverá a ser el mismo.

Bruna pensó que eso era un alivio. El camino de regreso fue lento debido a los heridos, algunos de los cuales debían ser transportados en parihuelas. No tuvieron ningún mal encuentro en los pasadizos. Los seres creados por Salomón y Berenguer habían desaparecido, quizá para siempre. La guardia del palacio se sorprendió al ver aquel gentío que salía de las mazmorras y al arzobispo, que, sumiso, acataba las órdenes de un joven caballero que hablaba con su mismo acento. Ellos también se apresuraron a obedecer y así todos regresaron a sus casas sin contratiempos.

Pasaron un tiempo en Narbona mientras la salud de Bruna mejoraba con los cuidados de Sara. El rabino David y Hugo tuvieron una extraña negociación con el nuevo mayordomo del arzobispo. Berenguer casi no hablaba y cuando lo hacía era para soltar sandeces. Al morir Elie, la responsabilidad recayó sobre el segundo mayordomo. A este le asustaban las nigromancias y siempre había intentado mantenerse al margen. Escuchó, incrédulo y horrorizado, el relato de los soldados que sobrevivieron y vio que su señor había perdido la razón. Después, accedió a que los judíos sacaran a sus muertos, enterró discretamente a los cristianos y pactó silencio sobre lo ocurrido. Hizo tapiar la entrada del laberinto, tanto desde el palacio como desde cualquier otro acceso conocido. Nada había ocurrido, según él, y los pasadizos subterráneos se convirtieron en leyenda.

Tampoco al rabino David le convenía proclamar los hechos, en especial el papel del rabino Salomón en ellos y la posibilidad de que alguien creara gólems.

—Suficiente presión ejercen los señores cristianos y la Iglesia católica sobre nosotros —decía—, para que se nos cuelgue el sambenito de brujos.

—¿Por qué os habéis opuesto a los planes del arzobispo? —quiso saber Guillermo—. Hubiera mejorado la situación de vuestro pueblo.

—¿A cambio de qué? —se interrogaba el rabino—. ¿De construir una vida basada en la nigromancia? ¿De ofender a Adonai tratando de crear como Él? Sabed que el poder y la conciencia suelen progresar juntos conforme el espíritu del ser humano lo hace. Pero hay excepciones. Hay quien obtiene un gran poder antes de alcanzar la conciencia necesaria y, entonces, hace mal uso de su fuerza, a veces con resultados desastrosos para la humanidad. Ved si no al abad del Císter Arnaldo. Es un caso de poder físico, de fuerza de armas. Sus crueldades horrorizan. Lo mismo hubiera ocurrido con Berenguer y Salomón, solo que el origen de su poder era la energía sutil, espiritual, que ellos hubieran ensuciado transformándola en fuerza física, en violencia y muerte.

—¿Así que os resignáis a que vuestro pueblo continúe sometido —dijo Hugo—, a que os ultrajen e, incluso, asesinen?

—¡No, claro que no! —repuso el rabino—. Nos defenderemos a toda costa, pero acatando la voluntad de Adonai. Y cuando Él nos conceda un mayor poder espiritual, lo usaremos para su mayor gloria, nunca para insultarle queriendo crear como Él. Tememos su cólera, fuente de todo mal. No, jamás el reino judío de Septimania retornará, al menos no a ese precio, y, si sobre nosotros cae una persecución terrible, nos desterraremos a Sefarad.

La vida de los tres tomó por primera vez un aire de rutina

durante los días de recuperación de Bruna. Solo unos pocos en la comunidad judía conocían su estancia en casa de Sara y su identidad estaba protegida. Hugo y Guillermo se restablecieron de sus heridas al cuidado de los hábiles médicos judíos y se instalaron en la posada con sus papeles anteriores. Uno como caballero cruzado y el otro como trovador que jamás se cansaba ni de conversar ni de preguntar. Pero constantemente visitaban a Sara, para cortejar a Bruna, y también al rabino David, que junto a otros sabios de su comunidad, les ayudaba a revisar los documentos. Aunque todos tenían traducciones latinas, aquellos hombres cultos identificaron los escritos en arameo, la lengua que habló Cristo, encontrando nuevos significados a lo traducido.

—Faltan los documentos más recientes —les advirtió Sara.

—¿Cómo lo sabéis? —quiso saber Hugo.

—Porque lo comentó el arzobispo. Se trata de las genealogías directas de la dama Bruna de Béziers. Por eso, lo primero que le preguntó Berenguer fue por sus abuelos paternos y maternos.

—¿Qué ocurrió con esos escritos?

—Se los quedó la Loba de Cabaret.

—¿Ella? —se extrañó Hugo—. ¿Y por qué?

—El arzobispo pensaba que sustrajo esos documentos por envidia. No quería que ninguna otra dama pudiera llevar el apodo de Dama Grial. Ella identifica el grial con el *joy*, pero una mayoría lo haría con la «Sangre real» del sucesor de Cristo.

—Habrá que recuperarlos —dijo el de Mataplana.

Durante los últimos días, solo el presente, o quizá el próximo instante, había ocupado la mente de los caballeros, pero conforme Bruna se recuperaba, el futuro más lejano empezó a preocuparles. Cada uno lo rumiaba por su cuenta, hasta que al fin la Dama Ruiseñor abrió el debate.

—¿Y ahora qué vamos a hacer?

—Recuperar el resto de los documentos —repuso Hugo.

—Quizá eso sea importante para un caballero de Sion —contestó Guillermo—, pero no para mí. Yo ya sé todo lo que preciso. Mis tres enigmas se han resuelto. Hemos encontrado los documentos, conozco su contenido y sé por qué Arnaldo quería asesinar a Bruna.

—¿Y qué vais a hacer ahora? —inquirió ella.

—No lo sé, pero no pienso separarme de vos. Os amo y os protegeré con mi vida.

A Bruna le enterneció esa nueva declaración hasta el punto de que sus ojos se humedecieron. Y calló a la espera de que Hugo se manifestara.

—Yo también os amo —dijo el de Mataplana.

—¿Me amáis o es solo vuestro deber de protegerme?

La dama sentía que, mientras Guillermo le dedicaba una devoción incondicional, la posición de Hugo no era tan comprometida.

—Es mi deber y es mi amor, mi señora.

—Bonita respuesta galante, propia de un trovador de la *fin'amor* —repuso ella con resentimiento.

Pero notó en sus manos el contacto de las del de Mataplana, que le miraba con intensidad.

—No os equivoquéis, mi señora. Que no os confunda el *joy* y la galanura; os amo mucho más que a mi vida. Y no deseo otra cosa que poderla vivir con vos.

98

Nos espees sunt bones e trenchant;
nus les feruns vermeilles de chald sanc.

[Son buenas y tajantes nuestras espadas;
rojas las teñiremos de cálida sangre].

La Chanson de Roland, LXXVI

Llegó el día de dejar Narbona y lo hice con pena. El tiempo de mi recuperación fue de música, canto, amor y una intensa felicidad. Más intensa cuando yo la presentía breve y la disfrutaba apurándola hasta la última gota.

Cuando nos despedimos de nuestros amigos Sara, el rabino David y los demás, no había noticias del arzobispo, nadie le había visto en público y los rumores decían que no estaba bien. Se confirmaba lo esperado. Salimos los tres juntos por la misma puerta por la que entramos, la Real. De nuevo, andábamos el camino, yo otra vez disfrazada de escudero; todo parecía igual, pero ya no lo era.

Llegamos a Narbona en búsqueda de respuestas a nuestras preguntas y ahora las teníamos. De alguna forma, nuestra misión, la razón para estar juntos, había dejado de existir y comprendí que el viaje a Cabaret para recuperar los documentos sustraídos por la Dama Loba no era más que una excusa. Quizá Hugo tuviera motivos para ir, porque era caballero de Sion, pero Guillermo no. La única razón de Guillermo era su amor por mí, un amor que le forzaba a luchar contra los suyos, a traicionar al legado papal. Por un tiempo, su entrega, su pasión, lo convirtió en mi favorito. Pero Hugo, del que llegué a dudar, estaba más solícito que nunca y no ocultaba los celos desesperados que a veces le arrebataban. Me declaraba su devoción siempre que podía mostrando ahora tanto cariño o más que su rival.

Solo quedaba algo por hacer; que yo tomara partido por uno de ellos. Una dama con dos galanes paseándose por la ensangrentada tierra occitana era un absurdo; aquello no podía continuar. Debía decidirme, de lo contrario, quizá terminaran por matarse al primer envite. Pero me tranquilizaba pensar que ese peligro quedaba atrás; habíamos pasado demasiado juntos. De cuando en cuando, se decían uno al otro: «Lamentaré mataros cuando lo haga», y la respuesta sonriente era: «Fatuo catalán; seré yo quien os mate», pero yo sabía que bromeaban, que eran camaradas y que había mucho de hermanos entre ellos.

Pero era incapaz de decidirme. Guillermo suplicaba para que le acompañara a su país. Me decía que renunciaría a su carrera eclesiástica, que allí estaría segura, que todo lo suyo era mío y que si algún temor me quedaba, nos iríamos a Tierra Santa. Hugo quería llevarme a Cataluña, al castillo de su padre en Mataplana. Me aseguraba que allí sería reina, que era lugar de trovadores y que todos me cantarían. Yo sonreía diciendo que primero debíamos recuperar los documentos perdidos, pero en realidad nada me importaban; era una excusa para no renunciar a uno de ellos.

A veces miraba a Hugo y pensaba que era él. Había sido mi primer amor y jamás dejó de serlo. Mi corazón aún se acelcraba cuando a veces nos rozábamos sin pretenderlo y me invadía una gran ansia por besarle, por abrazarle, por unir mi cuerpo al suyo.

Pero allí estaba Guillermo y su presencia evitaba que me decidiera por el de Mataplana, porque la devoción que me ofrecía el franco, el amor que me manifestaba era infinito. Le había temido y odiado al conocerle, pero, poco a poco, otros sentimientos me vencieron. Lo nuestro fue creciendo, incluso superando, a ratos, lo de Hugo. Me sentía confusa, muy confusa.

Y así me debatía sumida en mis pensamientos. Debía decidirme. Pero ¿por cuál? En realidad deseaba que aquel tiempo de los tres juntos no terminara nunca, que fuera infinito. Vivíamos una época horrible donde el diablo y la muerte cabalgaban juntos, arrasando campos y ciudades, pero para mí era el tiempo del amor. Yo no lo había querido así. Pero así era.

Hacíamos nuestro camino, tranquilos, sin prisa. Acampábamos en los lugares más bellos, a veces solo unos momentos, para la contemplación: en las orillas de los remansos del Aude, en los prados, en los bosques donde los rayos del sol se filtraban a través de las hojas aún verdes de los árboles... La guerra había dejado de existir para nosotros y, al poco de detenernos, sonaban las vihuelas y la guitarra, cantábamos, reíamos, gozábamos de nuestra compañía y del momento efímero.

Pero con frecuencia, al igual que las primeras señales de otoño, que daba ya noches frías y alguna hoja amarillenta, nos topábamos con las huellas de la tragedia que tan ajena queríamos suponer. En ocasiones, era el encuentro macabro de un cadáver que llevaba semanas insepulto; otras, simples noticias que nos transmitían los caminantes.

Fueron unos mercaderes escoltados por una potente tropa, para protegerse de los muchos desesperados que aún rondaban los caminos, quienes nos lo dijeron.

El legado papal Arnaldo había excomulgado de nuevo al conde de Tolosa.

No por anticipada, la noticia dejó indiferentes a mis caballeros. Hugo se indignó, lamentándose de la naturaleza traidora del abad del Císter, que, habiendo derrotado al vizconde Trencavel, atacaba ahora al conde de Tolosa con la excusa de que no había cumplido con sus compromisos de Saint Gilles, sin haberle dado tiempo para hacerlo, ya que, hasta hacía pocos días, este estuvo junto a los cruzados.

—El arte de la guerra —comentó Guillermo con una sonrisa.

—Sí, una jugada maestra de traición —repuso Hugo iracundo—. Pero no tiene nada que ver con Dios, con el Dios que Arnaldo dice representar.

—¿Hay alguna guerra de Dios? —quise saber.

Me miraron en silencio. Aún les sorprendía al intervenir en conversaciones políticas.

—No lo sé —repuso Hugo al fin—. Pero hay guerras justas. Y esta es muy injusta.

—La cruzada sigue y eso no le gustará a vuestro rey Pedro —dijo Guillermo con un tonillo irónico.

—¿Os dais cuenta de que quiere terminar con todos los caballeros de Sion de los que conoce su identidad? —insistió el de Mataplana.

—¿Y ese es el motivo de la excomunión? —interrogué.

—¿Cuál si no?

Y la pregunta quedó en el aire, sin respuesta.

Aquellos días hermosos terminaron bruscamente. Estábamos a poco menos de un día de camino de Cabaret cuando un trino, que resultó no ser de un pájaro, alertó a Hugo.

—Nos están vigilando —dijo.

—¿Quién? —inquirió Guillermo.

—Son rastreadores de Peyre Roger de Cabaret. Nuestro amigo debe de estar preparando algo.

Yo sentí aprensión, pero mis dos caballeros, quizá aburridos de tanta música y paz, se mostraron excitados. Se fueron hacia un grupo de matojos cercanos a un bosque y consiguieron localizar al falso pájaro. Conocidos de Cabaret, el hombre no tuvo inconveniente en indicarles por dónde la partida de su señor trotaba.

Fuimos a su encuentro y, cuando Peyre Roger y los suyos vieron a Hugo y al Caballero del Ruiseñor, nos recibieron con grandes muestras de alegría. Eran unos veinticinco jinetes que venían muy contentos. Acababan de asaltar una unidad de aprovisionamiento de los cruzados y llevaban con ellos un buen botín en caballos, armas y vituallas.

—Nuestros exploradores han localizado, a un par de millas en dirección a Carcasona, otra presa interesante —nos dijo el de Cabaret después de los saludos—. Os invitamos a uniros a nosotros. Echábamos en falta a Hugo de Mataplana y a su amigo el Caballero del Ruiseñor.

Ambos aceptaron encantados y Guillermo quitó el cuero que cubría su escudo para que el ruiseñor rojo, representado elevando su pico para cantar, se mostrara de nuevo.

Me hicieron quedar con dos escuderos que no entraban en combate porque vigilaban el botín y se despidieron de mí sin ni siquiera darme la mano para no delatar mi condición. Y se fueron felices, bromeando, dejándome con una angustia infinita.

Troté hasta una colina cercana para verles más tiempo, pero al poco desaparecieron por el camino. Después, mientras vigilaba el caballo cargado con los legajos, contemplé melancólica a la silenciosa guitarra y a la vihuela callada, sujetas encima de los fardos.

99

Sun cheval brochent, laiset curre a esforz
vait le ferir li quens quanque il pout.

[Espolea a su caballo, da rienda suelta a su fuerza,
corre a herirle todo cuanto pueda].

La Chanson de Roland, XCIII

Hugo confiaba en el buen criterio militar de Peyre Roger de Cabaret, pero se dijo que aquella correría los llevaba muy cerca de Carcasona. Eran una docena de jinetes que protegían un carromato tirado por mulas, y el asalto se inició con una persecución.

—No me gusta. Debiéramos haberles emboscado en lugar de correr tras ellos —le dijo a Guillermo.

No supo si este le oyó debido al fragor de la carga y a que ambos tenían el yelmo calado.

Los caballeros cruzados huyeron adelantándose al carro y los de Cabaret, al alcanzar el vehículo, ordenaron a los conductores que lo detuvieran. Fue entonces, al parar este, cuando los cueros que cubrían la carga cayeron mostrando algo parecido a una pequeña fortificación de madera y, protegidos detrás de ella, una docena de soldados. Estaban provistos de ballestas y picas, y de inmediato asaetearon a los caballeros occitanos. Al mismo tiempo, los perseguidos giraron sus monturas cargando contra ellos.

—¡Maldita sea! Me lo figuraba —murmuró Hugo entre dientes—. ¡Es una trampa!

Pero era demasiado tarde para dar la vuelta. La vanguardia, con Peyre Roger, Guillermo y Hugo al frente, chocó, lanza al ristre, contra los jinetes cruzados con estrépito de hierros y gritos. Mientras, los caballeros de Cabaret que iban atrás intentaban acabar con los ballesteros protegidos en su castillete de madera dentro del carro, pero estos les mantenían a raya con sus picas. Algunos caían asaetados mientras intentaban derribar a los soldados a sablazos. Hugo, después de un intercambio de golpes con su oponente, logró herir en un brazo al hombre, que, rehuyendo el combate, clavó espuelas y escapó. Vio que Guillermo había derribado al suyo y le gritó:

—Debiéramos retirarnos ahora que podemos. —Su voz resonaba dentro de la celada—. Están a punto de llegar los suyos emboscados.

—Tenéis razón —repuso el Caballero del Ruiseñor.

Pero fue entonces cuando oyeron un griterío a su espalda y Hugo supo que era demasiado tarde. Peyre Roger ordenó cargar contra los que llegaban y, dando la vuelta, tuvieron que cruzar por donde se luchaba contra el carro fortificado. En la carga, Hugo vio que los recién llegados les superaban en número, pero el choque fue inmediato, sin tiempo para reaccionar. Ya estaba enzarzado en la lucha cuando vio el león rampante de los Montfort luciendo en un escudo y túnica. Pensó que no podía ser Simón, pero que con toda probabilidad sería su hijo Amaury.

Habían caído en una trampa. La incursión acabaría en un trágico fracaso, pero Hugo se dijo que, si mataba al heredero del usurpador del vizcondado, la convertiría en una gran victoria. El de Montfort intercambiaba mandobles con uno de los de Cabaret.

Hugo lo tenía cerca. Decidió jugarlo todo a un solo envite. Clavó espuelas a su *destrer* y lo lanzó sobre Amaury. Con la espada alzada, encontró el hueco y le descargó con todas sus fuerzas un golpe mortal en el cuello.

—¡No! —oyó.

Y en el último instante, en lugar de hundirse su arma en el cuerpo del enemigo, sintió con un gran estruendo el fortísimo impacto de hierro chocando contra hierro. Era Guillermo, que con su espada había detenido la suya. La reacción de Amaury fue muy rápida. Su oponente recibió el ataque de otro cruzado y eso le permitió revolverse y cambiar de lado y dio con su zurda un tremendo tajo a su propio primo, sin saber quién era y sin darse cuenta de que le acababa de salvar la vida.

Mientras Guillermo se desplomaba, Amaury soltó un alarido de victoria al advertir que había derribado al famoso Caballero del Ruiseñor.

—¡Huyamos de aquí! —gritó el de Cabaret.

Hugo vio a varios caballeros cruzados que rodeaban a Amaury de Montfort celebrando su éxito. Comprendió que había perdido la oportunidad de terminar con él y apenado, se unió a la cuña que formaban los de Peyre Roger y, abriéndose paso a mandobles, rompieron las filas cruzadas en busca del camino a Cabaret, el refugio inexpugnable de la Montaña Negra.

Fue solo entonces cuando Hugo se percató de la tragedia. Atrás dejaba a su compañero, su rival, pero más que nada a su amigo. Y notó sus ojos llenándose de lágrimas, pensando que jamás volverían a bromear, a competir cantando, a correr aventuras, a reír juntos. Sintió una terrible tristeza y un rencor profundo hacia Amaury, que tan mal pagaba a quien le salvó la vida. Él era el símbolo de lo que los cruzados representaban, de su crueldad, de su fanatismo, de la rapiña, de la destrucción que sembraban en Occitania.

Dio un tirón de bridas y frenó su caballo.

—Hugo, ¿qué hacéis? —inquirió Peyre Roger deteniendo su montura mientras los supervivientes de la partida continuaban en su huida.

Pero Hugo apenas escuchaba. Su vista buscaba a Guillermo. Vio su cuerpo y al ruiseñor rojo tendidos en el suelo, rodeado de enemigos, y se preguntó si de verdad estaba muerto y si algo podría hacer todavía por él.

—Lo siento por vuestro amigo y por los nuestros que han caído —insistió el de Cabaret—, pero venid con nosotros, rápido, en cualquier momento saldrán a perseguirnos, son muchos más. La venganza deberá esperar.

Pero el de Mataplana observaba la celebración, los parabienes de los cruzados a Amaury y vio como este, rodeado de los suyos, descendía del caballo y se quitaba la celada. Los cruzados querían ver el rostro al famoso Caballero del Ruiseñor. Entonces, se dio cuenta de que aún tenía una posibilidad de cargar y decapitar de un tajo al hijo de Montfort. Estaba desprotegido y quizá fuera aquella la única oportunidad de vengar a su amigo. Y dirigió su caballo de vuelta al campo de batalla.

—Hugo, ¡no seáis loco! —le gritó Peyre Roger—. ¡Venid conmigo! Es un suicidio. Quizá podáis entrar en ese círculo, pero nunca saldréis.

Pero el caballero, con el corazón encogido de pena y las lágrimas corriendo por sus mejillas, no le escuchaba. Poco a poco, puso al trote su *destrer* y otra vez desenfundó la espada.

—¡Por Dios, qué hermosa locura! —se dijo Peyre Roger notando sus propios ojos húmedos—. Que Jesucristo os acoja en su seno, buen amigo.

Su instinto le pedía acompañar a Hugo, pero su razón le hablaba de su responsabilidad sobre su gente. Giró el caballo y lo puso al galope para alcanzar a los suyos, mientras rezaba por el catalán.

Iniciando el galope, Hugo supo que no había marcha atrás, vio el hueco por donde entrar y la cabeza que quería cercenar. También supo que Peyre Roger de Cabaret tenía razón; eran demasiados. Si cargaba dentro de aquel círculo, jamás saldría vivo.

Amaury consiguió al fin quitarle la celada al Caballero del Ruiseñor y se encontró con el rostro lívido de su querido primo. La vida se le escapaba a chorros por la herida del cuello. Se arrodilló y lo sostuvo sin dar crédito a lo que sus ojos veían. Después de unos cuantos susurros, un silencio sepulcral se abatió sobre los caballeros cruzados. Todos le reconocieron, era su camarada.

—Te quiero, primo —musitó Guillermo mirando con ojos ya vidriosos a Amaury.

Este se quedó inmóvil. Ni siquiera oía el golpeteo de los cascos del *destrer* avisándole de que su verdugo se acercaba. La mirada del de Montmorency quedó fija en el cielo. Amaury supo que acababa de morir y un aullido de dolor infrahumano surgió de su garganta hasta casi romper sus cuerdas vocales. Jamás había sentido una pena tan grande, una culpa tan horrenda. Notaba que el infierno ardía en su pecho, que deseaba poder dar su propia vida a cambio de retroceder en el tiempo, aunque fuera solo por un momento, y cambiar aquel destino injusto y terrible.

Pero Hugo ya estaba encima de él con la espada levantada. Sabía que no había salida para ninguno de los dos. Rompió el círculo que formaban los atónitos cruzados y no tuvo piedad de él.

100

Ab sels de Cabaretz s'es lo jorn encontretz
e los an durament feritz e essaretz
que d'una part e d'autra n'i a motz de tuetz.

[Y con los de Cabaret aquel día se enfrentaron
y con tanta dureza hirieron y atacaron
que murieron muchos de uno y otro bando].

Cantar de la cruzada, III, 41

La noticia de que algo iba mal la dio uno de los escuderos que llegó al galope y avisó:

—Hemos caído en una trampa. Salid con el botín hacia Cabaret, los supervivientes se os unirán por el camino.

—¿Ha habido muertos? —inquirí.

El hombre me miró como admirándose de la estupidez de mi pregunta.

—Pues claro —repuso—. Han matado, al menos, a uno de vuestros caballeros. Juntaos con los otros, partid, salvad la vida, seguro que nos perseguirán. Yo me quedo aquí por si tengo que ayudar.

Los otros dos escuderos partieron al instante, su misión

era que el botín llegara bien a Cabaret. Pero no los acompañé. Sin mis caballeros no tenía adonde ir y, presa de una angustia terrible, subí a la colina, llevando conmigo el caballo que cargaba los manuscritos y los instrumentos musicales. Clavé la vista en el recodo por donde se perdía el camino entre los árboles y me pregunté compungida quién sería. Rezaba para que al menos regresara uno. No sabía a cuál deseaba ver con más ansia y agitaba mi cabeza en negación para ahuyentar el pensamiento. No podía escoger; sería como decidir sobre la vida o la muerte de quienes tanto amaba. Pasó un tiempo infinito hasta que aparecieron varios jinetes que regresaban al galope. Conté una docena solo. Alguno apenas se sostenía en su montura y varios mostraban heridas o, incluso, saetas clavadas en sus cuerpos.

Los que estaban en buenas condiciones prepararon una línea de defensa, protegiendo a los demás en caso de ataque, y los escuderos ayudaron a descabalgar a los heridos para sacarles las flechas o, al menos, las astas y tapar las hemorragias y así poder regresar a Cabaret. Me pidieron que hiciera de vigía por si llegaban los cruzados y, al ver aparecer unos jinetes por el recodo, di la alarma. Rectifiqué de inmediato al comprobar que solo eran tres y que eran de los nuestros. Pero ninguno mío.

Con los ojos llenos de lágrimas, continué escrutando el horizonte y pidiendo a Dios que no me desamparara, que les permitiera vivir. Al menos a uno. Ni siquiera importaba a quién. Miraba la guitarra y la vihuela sujetas en el caballo, encima de aquella «herencia del diablo», y me preguntaba si algún día volverían a sonar. Sentía la muerte en mi interior.

Otro caballero apareció y el corazón me dio un brinco emocionado, pero enseguida vi que era Peyre Roger de Cabaret y sentí que la esperanza me abandonaba.

Le vitorearon contentos de que él estuviera a salvo y se puso a dar instrucciones. Dijo que no creía que los cruzados nos persiguieran de inmediato; temerían una emboscada como tantas en las que los de Cabaret les habían hecho caer. Aun así, preparó a los suyos por si llegaban y me mantuvo a mí de vigía. Una vez revisó el estado de cada uno de sus hombres y estuvo satisfecho de los preparativos, subió hasta donde yo me encontraba para observar el recodo. O quizá solo lo hizo para hablarme:

—Lo siento mucho, Peyre —dijo—, los dos han muerto. —Un sollozo se escapó de su pecho—. Eran unos bravos caballeros, eran brillantes trovadores. Hoy el *joy* ha perdido a alguno de los más grandes.

No me pude contener y, cuando le noté a él las lágrimas, me puse a llorar desconsolada. Él puso su mano en mi hombro para darme ánimos.

—Venid con nosotros a Cabaret. Allí estaréis seguro y protegido. Quería a Huget como a un hijo, os trataré a vos como tal en su honor.

No respondí y por unos momentos los dos estuvimos mirando el camino y al final él dijo:

—Tenemos que irnos. Pueden caer sobre nosotros en cualquier momento. Suficientes pérdidas hemos tenido hoy.

—Yo voy a esperarlos.

El de Cabaret movió su cabeza en negación, entristecido.

—Están muertos y los cruzados os matarán a vos también. Sois demasiado joven para morir.

Sabía que tenía razón, pero no podía renunciar a una última esperanza y nada me importaba sin ellos.

—¿Los visteis muertos? —le pregunté.

—En un combate como ese no hay tiempo para verificar cadáveres. Los vi ir hacia la muerte, los vi morir.

—Así que no podéis estar seguro.

—He luchado en muchas escaramuzas, Peyre. Aun estando malheridos, perecerían; bien porque les rematarán o entregando su alma en el camino de regreso. Da igual lo uno que lo otro, el final es el mismo. Creedme, por desgracia sé de eso. Están muertos. Salvaos vos.

—Dejadme, pues, aquí con mi esperanza. Si ella muere, yo también lo haré.

Contempló mis ojos unos instantes. Después, miró hacia abajo y vio que habían montado a los heridos en sus caballos y que estaban listos para partir.

—Quedad con Dios —me dijo—. Sabed que en Cabaret tenéis amigos.

Y espoleando a su caballo, bajó la colina hasta el vallecillo. Yo clavé mis ojos en los árboles donde se perdía el camino viendo descorazonada cómo el aire hacía bailar algunas hojas de cuando en cuando. Rezaba por ellos, por todos los míos que murieron antes, y me decía que aquel era el último golpe, que no podía aguantar más.

101

E voil sachaz ch'eu soi.l diable,
le plus crudel e.l plus penable.

[Pues sabed que soy el diablo,
el más cruel y el más implacable].

Hugo de Mataplana

Toda la atención de los cruzados se concentraba en la terrible escena de Guillermo de Montmorency agonizando en los brazos de Amaury. Bien sabían cuánto los primos, que siempre andaban juntos, se amaban. Habían formado un círculo respetuoso y contemplaban desde sus caballos la desesperación del joven Montfort, que, al matar al Caballero del Ruiseñor, creyó librarse del mayor de sus enemigos, pero, que en lugar de gloria, sufría el peor de los castigos.

Los que repararon en el ruido de los cascos del caballo de Hugo de Mataplana lo hicieron demasiado tarde y no supieron reaccionar. El caballero entró por un hueco entre dos jinetes y, con la espada levantada, enfiló a Amaury para cercenarle la cabeza de un solo tajo. Sabía que era su único golpe posible antes de que los demás se abatieran sobre él.

Justo entonces oyó un grito desgarrado, conmovedor, de una pena terrible. Y a través de las ranuras de su celada pudo ver a su querido amigo con los ojos abiertos al cielo, inmóvil, ensangrentado y al de Montfort sosteniéndolo en su regazo, manchado con la sangre de su primo. Amaury también alzaba su vista a las alturas y parecía preguntar por qué, clamando con la boca abierta, en un rictus crispado, soltando un aullido de dolor infinito por ella.

Y supo que Amaury estaba condenado al peor de los infiernos por el resto de su vida. El sabor del vino ya no sería el mismo para él, ni respiraría el aire fresco en las mañanas diáfanas y ni siquiera el calor del cuerpo de las damas lograría fundir el hielo de su corazón. La visión de los ojos vidriosos de Guillermo acudiría a los suyos cada vez que los cerrara.

Y no tuvo piedad de él. Y lo dejó vivir.

Mantuvo su espada en lo alto, pero ahorró el golpe, y lo descargó en uno de los caballeros que tímidamente intentaba cerrarle el paso del otro lado y que, sorprendido por aquellos sucesos extraordinarios y por la finta de Hugo, apenas reaccionó para cubrirse del impacto y fue derribado. Los demás, en acto casi reflejo, quisieron herir al de Mataplana, que, a pesar de recibir golpes y tajos, alguno incluso traspasando su malla, había conseguido, gracias a la caída del rival al que agredió, abrir el hueco necesario para salir del círculo de enemigos. Huyó a galope y varios hicieron ademán de salir en su persecución, pero nadie fue capaz de sustraerse a la contemplación apenada de los dos jóvenes primos. Amaury, sin que la muerte que Hugo le traía pareciera haberle importado en absoluto, sollozaba abrazado al cuerpo de Guillermo y las lágrimas surcaban las caras curtidas de los cruzados, que, respetuosamente, iban bajando uno a uno de sus caballos para hincar su rodilla en el suelo.

Y así, el tajo que debía acabar con Amaury de Montfort, el único que tenía la oportunidad de dar Hugo de Mataplana, fue el que le salvó la vida a él, en un último instante cambió la muerte de ambos por la vida y no fue ni por piedad ni por temor, sino porque supo que ningún castigo, ninguna venganza, podía superar la pena terrible que el destino había impuesto al joven Montfort.

102

Tinc el galan a la guerra,
no sé si me'l mataran.

[En la guerra tengo a mi galán,
no sé si lo matarán].

Canción popular

Me faltó el valor para llegar a ese recodo arbolado y después, más allá, hasta el campo de batalla para verles, para abrazarme a sus cuerpos tal como ansiaba. Pero temía ser apresada y que el abad del Císter, conocedor de mi disfraz, me condenara a muerte.

Eso no me preocupaba tanto como lo que ello conllevaba. Arnaldo se saldría con la suya al recuperar la carga de la séptima mula y librarse de la Dama Ruiseñor. Era eso precisamente lo que mis caballeros querían impedir y lo que yo debía evitar en su honor y memoria.

Supe entonces que mi obligación era proteger esos documentos, ir a Cabaret y contárselo todo a Peyre Roger, que aún ignoraba quién era yo. Él era caballero de Sion, él sabría qué hacer.

Pero me aferré a la esperanza y, clavando otra vez mi vista en la arboleda donde se perdía el camino, recé recordando los tiempos felices que vivimos los tres juntos.

Pero al fin comprendí que todo había terminado y que solo me quedaba cumplir con la voluntad de mis caballeros. Me disponía ya a seguir la ruta a Cabaret cuando alguien salió del recodo. Era un jinete de aspecto maltrecho al que reconocí de inmediato. ¡Hugo! El corazón saltó en mi pecho. Espoloneé mi caballo y fui a su encuentro.

Tuve que ayudarle a mantenerse sobre su montura y nos encaminamos a una frondosidad de árboles y matas apartada del camino para ocultarnos.

Después de quitarle la celada, abollada por los golpes, vi un tajo en su espalda que había roto la malla y que sangraba mucho. Sus ojos estaban enrojecidos, sus mejillas, húmedas, necesitó de mi ayuda para descabalgar y entonces nos abrazamos compartiendo el llanto.

—Guillermo ha muerto —me dijo.

Yo le apreté contra mi cuerpo y noté la calidez de su sangre. Su afirmación no era ya la mala noticia de la muerte, sino la buena de la vida. ¡Hugo vivía! Su presencia era un regalo del cielo, como un amanecer brillante después de una noche tétrica, y en plena desgracia me sentía feliz, muy feliz.

No quise tentar la suerte y contra mis deseos interrumpí el abrazo para cuidar de sus heridas. Una vez le quité las mallas, vi que las lesiones eran más aparatosas por lo sangrientas que graves y que ninguno de los golpes le había roto nada. Vendé sus heridas y conseguí detener las hemorragias. Después de un reposo, logré que bebiera vino con agua y que comiera algo. Parecía que los cruzados estaban demasiado ocupados en su propio duelo para perseguirnos y, poco antes de caer la tarde, pausados, emprendimos el camino a Cabaret.

Había sido un día terrible e intenso. Nos detuvimos a ver cómo el sol se ponía entre unas nubéculas en un espectáculo de reflejos rojizos y dorados y me dije que los cátaros tenían razón a medias. El mundo podía ser el infierno a veces. Pero otras, tenía la belleza del cielo. Tomé de la mano a Hugo y le dije:

—Os amo.

103

Consiros cant e planc e plor
pel dol qe.m a sasit e pres
al cor per la mort...

[Triste canto, me lamento y lloro,
por el dolor que arrebata y llena
mi corazón por la muerte...].

Plany de Guillem de Berguedà a la muerte
de Pons de Mataplana

Septiembre terminaba. Las noches eran ya frescas, pero pernoctamos en el camino para evitar la posada de El Gallo Cantarín, no queríamos un mal encuentro con algún retén cruzado.

Hugo tuvo calentura y deliró sobre los gólems, me llamaba por mi nombre, como Dama Ruiseñor y Dama Grial. A pesar de los posibles peligros, encendí un fuego en un lugar que pensaba no era visible desde el camino y le daba calor con mi cuerpo cuando tiritaba. Apenas dormí, y cuando en la mañana su temperatura bajó, pudimos, maltrechos, emprender el camino.

Me sentía insegura. Éramos muy vulnerables; cualquier salteador podría atacarnos y llevarse el caballo que cargaba la «herencia del diablo». Por eso andábamos por senderos que Hugo conocía de sus incursiones guerreras. Al mediodía, nos acercamos a las estribaciones de la Montaña Negra, tomamos la vía principal y pronto reconocimos las señales de los vigías que desde distintos lugares en los montes avisaban de nuestra presencia. Antes de haber recorrido la mitad del camino, vimos acercarse un tropel de jinetes; era Peyre Roger de Cabaret y algunos de sus caballeros, que, al saber de nuestra llegada, salieron a recibirnos y escoltarnos. Nada más vernos, aclamaron a Hugo. En sus caras y sonrisas se leía que estaban necesitados de buenas noticias y que aquella era excelente.

—Loado sea el Señor —repetía Peyre Roger—. Por mi fe que os daba por muerto. Era imposible salir con vida del enjambre de enemigos sobre el que os lanzasteis.

Hugo, fatigado, casi sin poder hablar, musitó:

—Ha sido la misericordia del Altísimo.

—Tenéis un valiente escudero —dijo después—. Os esperó sin esperanza, a riesgo de su vida y gracias a él habéis salvado la vuestra.

—Lo sé, lo sé —repuso el de Mataplana.

Llegamos a Cabaret cuando el valle estaba ya en sombras, mientras que sobre los castillos, allí en lo alto, aún brillaba la luz dorada del sol de la tarde. Los imponentes edificios lucían los coloridos gallardetes y los pendones tremolaban alegres con la brisa. Era la hermosa imagen que yo guardaba en mis recuerdos. Parecía un lugar fuera del mundo, de leyenda, y me sorprendió no ver señales de luto. Interrogué a su señor y este repuso:

—Llorar a nuestros muertos es un deber y todos lo hacemos. Pero la renuncia al *joy*, a lo bello de la vida, es traición en Cabaret.

Gracias a los buenos cuidados y el cariño de todos los del lugar, y en especial el mío, Hugo inició una rápida recuperación. Hasta el punto de que, al día siguiente de nuestra llegada, me pidió su guitarra. Yo acudí también con mi vihuela, pero él no buscaba reconfortar los sentidos, sino el alma. Empezó a componer un *plany* en memoria de Guillermo de Montmorency, el Caballero del Ruiseñor.

Días después, al terminar la cena, aún al aire libre, pero con ropa de abrigo, Hugo presentó su composición:

Triste canto, me lamento y lloro,
con dolor que desborda, derramándose
de mi corazón, por la muerte de
Guillermo de Montmorency, mi amigo.
Que era franco, liberal y cortés,
que con todos era justo, que obraba bien,
y era reputado como el mejor
de los que en la Île de France ha habido,
y de sus tierras llanas rodeadas de ríos.[5]

En ninguna de las veladas anteriores había presenciado tal silencio. No se oía ni siquiera el golpe de una copa en un plato y solo los lejanos grillos ponían contrapunto a las melancólicas notas que Hugo arrancaba de su guitarra antes de lanzarse al siguiente grupo de versos.

Qué gran angustia, dolor insufrible y vacío
ha dejado entre nosotros sus amigos.
Y tampoco queda consuelo entre los de su clan,
puesto que ya no existe, ha muerto
Guillermo, el Caballero del Ruiseñor.
Sin saber, Amaury el de Montfort, su primo,

5. Imita el *plany* que compuso Guillem de Berguedà lamentando la muerte de su antiguo enemigo y vecino Pons de Mataplana, tío del protagonista.

le mató cuando él la vida le salvaba,
demostrando en combate valiente y audaz
que fue generoso hasta el último extremo.

Vi que en las mejillas de la Dama Loba se escurrían lágrimas cual perlas de cristal y me di cuenta de que yo también lloraba, conteniendo a duras penas los sollozos.

Camarada, si un día os odié y quise mal,
y mala muerte os buscaba por ser rival,
Dios quiso que el rencor en amistad trocara.
Que juntos fuéramos por los campos,
Que juntos cantáramos al amor, a lo bello,
y que juntos venciéramos mil peligros.
Siempre daré gracias al Señor por hacer
de mi noble enemigo, mi más grande amigo
Siempre estaréis en mi corazón y en el de nuestra dama.

Ya en la mitad de aquellos versos alguien no pudo contener un hipo de llanto y fue como si de repente se permitiera manifestar el dolor. Las damas empezaron a sollozar y muchos de los hombres también.

Hugo, con la voz tomada, se esforzó en continuar. La emoción le embargaba.

Vos, caballero estudioso de religión,
a tantos enseñasteis cuando supisteis escoger,
optando por la verdad, la compasión, el amor.
Y contra las órdenes del abad del Císter,
buscasteis el corazón antes que el poder.
Dios Nuestro Señor, que os tomó a su lado,
sabrá perdonaros grandes y pequeños todos
vuestros pecados, porque los ángeles
fueron testigos de que nunca traicionasteis vuestra fe.

Al terminar Hugo, Peyre Roger de Cabaret dejó un tiempo para el llanto y, al fin, se levantó y dijo:

—Guillermo, el Caballero del Ruiseñor ha muerto, pero vivirá siempre como héroe en las canciones de los trovadores. ¡Viva el Caballero del Ruiseñor!

Todos gritaron vivas y el señor del castillo invitó a un sacerdote para que dirigiera una oración por el alma de Guillermo.

Otra vez Cabaret me sorprendía al ver como se arrodillaban, aún con la mesa del festín puesta, para rezar con fervor todo lo que el cura les hizo rezar.

Cuando las plegarias terminaron, fue Orbia, la Dama Loba, quién habló:

—Guillermo, el del Ruiseñor era un hermoso y gentil caballero, amante del *joy*. —Y levantando los brazos, dijo—: ¡Que haya *joy* en su honor!

Y al punto sonaron vihuelas, salterios, flautas y tamboriles. Un grupo de músicos surgió del castillo mientras un muchacho y una chica ataviados de comediantes se pusieron a bailar al son. Los asistentes empezaron a dar palmas siguiendo la música y alguna sonrisa afloró mientras los ojos aún lloraban.

La Dama Loba había conseguido hacer brillar, otra vez, su grial. El *joy* había regresado.

104

Qe.l cor n'ai trist e.n vauc dolens
car no fui al vostre socors...

[Tengo el corazón triste y doliente
puesto que no acudí a ayudaros...].

Guillem de Berguedà a la muerte
de Ports de Mataplana

Cuidé de mi caballero con devoción. Me gustaba tocarle, darle mis caricias cuando nadie nos veía, y él respondía tierno. Notaba el amor creciendo en mi pecho, ahora sin trabas, sin obstáculos. Cuando Hugo se sintió recuperado, me propuso que dejáramos Cabaret y que fuera con él a su tierra, repitiéndome que sería recibida en Mataplana como una reina. Comprendí que abandonar la seguridad de aquel lugar, los baluartes encaramados en el monte, su mundo de música, amor y *joy* me entristecía. Pero todos, y los señores del castillo los primeros, sabían que aquel universo bello no duraría mucho, que era efímero, y la anticipación de la añoranza acrecentaba el gozo del momento.

—Crucemos los Pirineos por Foix antes de que llegue el

invierno —me decía mi amado—. Del otro lado reina la paz. Hace cientos de años que no hay incursiones sarracenas en las tierras de mis padres. Allí estaréis a salvo.

Me inquietaba pensar en cómo me recibiría su familia y muchas veces me sorprendía contemplando el camino que serpenteaba por el valle y que conducía, lejos de la seguridad de Cabaret, al mundo y a Mataplana.

Naturalmente, acepté. Mis ojos se llenaban de lágrimas al pensar en Guillermo, pero el destino había decidido por mí. Entonces comprendía lo mucho que quise al franco, pero también que amaba a Hugo más aún, y que ahora todo mi cariño era suyo. También deseaba volver a vestir como una dama, comportarme como una dama, coquetear como lo hacía Orbia, aunque con mucho más recato. Deseaba y temía salir de aquel lugar irreal, irrepetible por lo hermoso, por el hechizo de amor que parecía protegerle.

No obstante, había que enfrentarse al exterior. Deseaba encontrarme a solas con mi amado, fuera del ámbito indiscreto de Cabaret, donde se vivía a la vista de los demás, para caer en sus brazos y ofrecerle todo lo que yo era y tenía a cambio de recibir lo mismo suyo.

Pero teníamos una misión que cumplir antes de abandonar Cabaret y Hugo le pidió a su amigo, el señor del lugar, los documentos que faltaban.

—Si la Dama Loba los tomó, ella os los debe devolver —repuso Peyre Roger—. Es con la Dama con quien tenéis que hablar.

Hugo solicitó una entrevista y fue recibido con toda la galantería que sabía desplegar Orbia de Pennautier. La encontró como ella esperaba a sus visitas, tocando la vihuela con arco en aquel su salón dormitorio donde reinaba el unicornio. Después de hacerle una reverencia, el caballero aguardó paciente a que la dama terminara. Era una excelente intérprete.

El de Mataplana quiso, aun manteniendo los modales que

su nobleza y la *fin'amor* exigían, ir directo al asunto que le ocupaba.

—Señora —le dijo después de todos los saludos y cortesías protocolarias—, en nombre de Sion he de pediros que me entreguéis los documentos que guardáis y que formaban parte de los legajos que Aymeric de Canet, el maestre del Temple, confió a vuestro cuñado Peyre Roger.

—¿Los escritos de la séptima mula? —repuso ella sonriente después de una pausa.

—A esos me refiero, señora.

La Dama Loba rio.

—Mi buen Huget, bien sabéis cuánto os aprecio. Y también a vuestro padre. Y en nombre de este amor, os emplazo a que me digáis cuál es vuestro derecho para pedírmelos.

—Luego no negáis su posesión.

Orbia volvió a reír mostrando sus blancos dientes, entrecerrando sus ojos azules y echando su cabellera rubia atrás. Su tenue camisón sugería unos hermosos pechos que se movían libres debajo.

—¿Para qué negar lo que sabéis? —dijo al terminar—. Vos y yo nos apreciamos demasiado. Solo os pido que me digáis cuál es vuestro derecho a esos documentos.

—No es mi derecho, sino el del señor que me envía y que represento. El gran maestre de Sion.

—¡Ah! —exclamó la dama—. Así que es él…

Hugo afirmó con la cabeza. Y dejando que su mirada huyera por uno de los grandes ventanales de su torre, Orbia suspiró.

—No tengo más opción que daros lo que me pedís. —La picardía había regresado a su sonrisa—. ¿Verdad?

Hugo respondió inclinando la cabeza, cortés.

—Pues no os los daré —una risita contenida acompañaba la negación.

Él la miró sorprendido.

—Me los tendrá que pedir vuestro escudero —añadió la dama.

Fui a visitar a la Dama Loba con mi malla de hierro puesta para disimular mis formas y vistiendo mi disfraz de pajecillo encima. La encontré como siempre, tocando un instrumento, esta vez un salterio. Por el contrario, ella sí se encargaba de resaltar, aunque discreta, sus curvas femeninas. Todo en aquel lugar estaba pensado para la seducción, para el juego amoroso, para el goce infinito del *joy*.

—Bienvenido seáis, Peyre —dijo al verme.

Aún pulsó unas cuantas notas más y al fin se levantó a recibirme. Yo hice una cortés reverencia como correspondía a un paje frente a la dama del castillo. Ella imitó riendo mi saludo y, cogiéndome la mano, me invitó a sentarme en unos almohadones que estaban colocados encima de su cama. Por un momento pensé que pretendía seducirme y aquello me puso muy nerviosa. Mi alarma creció al empezar ella a hablarme en tono amoroso mientras sus cálidas manos tomaban las mías.

—¿Sabéis que sois un hermoso pajecillo?

Pensé que enrojecería.

—Gracias, señora —repuse—. ¿Qué queréis de mí?

—Vuestro caballero me ha pedido ciertos documentos...

Calló aguardando que yo hablase, pero me mantuve en silencio a la espera de que continuara.

—Y le dije que solo os los daría a vos...

—Pues dádmelos —repuse con sequedad.

Ella volvió a reír.

—¿Sabéis? Siempre percibí cierto antagonismo en vos.

—¿Por qué no me rendía a vuestros encantos como los demás hombres?

Otra vez su risa cantarina. De no saber que eso era lo esperado en una dama practicante de la *fin'amor*, hubiera pensado que se burlaba de mí.

—Sí, por eso y porque con ese sexto sentido que tenemos algunas mujeres percibía vuestra rivalidad.

—¿Rivalidad?

—Exacto, rivalidad. —Sonreía con la boca, con sus ojos azules, con sus bucles dorados. No me sorprendía que fuera la reina de la seducción—. La misma rivalidad que sentiría una doncella si una dama coqueteara con su caballero.

—¿Dudáis de mi rectitud moral? —repuse escandalizada—. ¿Creéis que soy uno de esos pajes que complacen a sus señores?

—No. Creo que sois una dama.

Me quedé callada. Cierto era que había barajado la posibilidad de que la perspicaz señora me descubriera, pero aun así me sorprendió.

—Y no sois una dama cualquiera —insistió—. Sois Bruna de Béziers, la llamada Dama Ruiseñor, aunque, según los documentos en mi poder, se os debiera llamar Dama Grial.

—¿Qué os hace suponer eso? —inquirí tratando aún de disimular.

—Yo sé muchas cosas, querida señora. A los hombres les gusta hablar cuando están enamorados, quieren impresionar a su dama o necesitan desahogarse. Y sus escuderos lo hacen con mis criadas. Por aquí vino un caballero *faidit*, su escudero y un franco e hicieron muchas preguntas. Creían ser discretos, que nadie sospecharía. Preguntaban por Guillermo de Montmorency y por vos.

De nuevo me miró por un rato mientras yo callaba, considerando que era estúpido fingir frente a ella.

—Y se enteraron de que íbamos a Narbona —dije.

—Siento si eso os puso en peligro, pero yo no lo supe hasta que me lo contaron mis damas. Aquí todo el mundo os conocía y no era un secreto dónde ibais.

Orbia se levantó, anduvo unos metros hasta un arcón y extrajo un par de hatillos de documentos. Al volver a sentarse junto a mí, me miró intensamente a los ojos y me dijo:

—Como sabréis, Aymeric de Canet, el templario, quiso poner en lugar seguro la carga de esa séptima mula que arrebató a los asesinos del legado Peyre de Castelnou y se la confió a mi cuñado al ser este caballero de Sion y considerar Cabaret un lugar seguro frente a los invasores. Pronto lo supe todo y confieso que, al enterarme de la naturaleza del secreto, sentí envidia. Mucha gente me llama a mí la Dama Grial, identificando al *joy* como tal. Y ciertamente he estado orgullosa de ese título. Sin que mi cuñado se enterara, accedí a los legajos y supe que una tal Bruna de Béziers era descendiente directa de Cristo, que por sus venas corría su sangre. Y supe que la Dama Grial era ella, por razones muy distintas y más poderosas que las mías. Por eso guardé conmigo parte de los documentos, precisamente los que certifican las últimas generaciones de vuestros ancestros hasta llegar a vuestros padres.

Y me entregó los pliegos.

—Aquí los tenéis; son vuestros. Confieso mi arranque de celos y os pido perdón. Ahora que os conozco y que sé más, no envidio vuestro destino. Vos sois la Dama Grial.

Me quedé mirando su rostro. Pocas veces había visto a Orbia con ademán serio. Y estando tan cerca aprecié que, en la blanca piel de la reina del *joy*, se dibujaban unas arruguitas en la frente y a los lados de los ojos. Fue entonces cuando me di cuenta de que también yo, después de detestarla, había sucumbido al encanto de la Dama Loba. Ahora que renunciaba ella a su aire de reina, que se me ofrecía humana, era cuando tocaba mi corazón.

Tomé su mano y la besé. Y ella me abrazó y, a pesar de lo molesto de las mallas de hierro, notaba su contacto cálido, perfumado, tranquilizador. Estallé en llanto. Ya no era mi rival, la sentía como madre y supe que no era famosa solo por su belleza, ingenio y gracia, sino también por la ternura que sabía dar.

—Vos sois la verdadera Dama Grial —le dije una vez hube desahogado mi tensión en sus brazos—. Yo no quiero ese título.

—No, vos lo sois. Por vuestras venas corre la verdadera sangre real, la más «sangreal» que puede existir. La sangre de Cristo.

—Pero es a vos a quien la gente llama así.

—Son cosas muy distintas. Por eso al principio sentí envidia y ahora ya no. Son griales de naturalezas diferentes. Muchos poetas hablan del «grial» y pocos se ponen de acuerdo en qué es realmente, porque cada uno anda caminos distintos en la vida y su búsqueda es distinta. El grial varía con cada persona, porque es un espejo que refleja nuestras ansias.

Nos quedamos en silencio, pensativas, con nuestras manos aún unidas.

—Vuestra vida, vuestra sangre es preciosa, Bruna —dijo al rato—. Cuidaos.

—Gracias, señora.

—Pero recordad que más vale el amor, porque vuestra sangre, aunque algunos la crean divina, no deja de ser solo cuerpo, y este es mortal, y según dicen los cátaros, pertenece al diablo. El amor es el valor último. Ese es mi grial.

Cuando nos despedimos, la hermosa Loba de Cabaret hincó la rodilla ante aquel jovenzuelo, abrumado por el secreto de su propio origen, y le besó la mano, reverente.

105

Gran señor es el amor.

Dicho popular

Prouille

La faz del abad Arnaldo enrojecía conforme aumentaba su cólera.

—Era él. ¡Él era ese maldito Caballero del Ruiseñor! —gritaba—. ¿Cómo pudo hacer algo así? ¡Loco! Esos herejes debieron de volverle loco. ¡Y lo hizo por una mujer!

Dio varias zancadas hasta el otro extremo de la habitación. Y dando la vuelta, se encaró con Domingo de Guzmán, que le escuchaba de pie, la cabeza ligeramente baja, humilde, y con sus manos escondidas en las mangas de su burdo hábito gris.

Los cruzados habían tomado Fanjeaux sin resistencia, ya que sus señores feudales, creyentes cátaros manifiestos, huyeron ante el avance de los de Montfort. El propio Simón se reservó el castillo, al frente del cual puso a uno de sus lugartenientes. Con ello, el caserío cercano de Prouille, donde Domingo tenía su base, quedó bajo la protección de los invasores. Y allí fue donde el abad del Císter acudió a visitar a su antiguo colega de predicación, con el que tanto discrepaba en cuanto al método, para evidenciarle su triunfo.

Pero en el camino supo la noticia de la muerte del Caballero del Ruiseñor y de la identidad de este. El sabor dulce de la victoria se le había amargado.

—¡Y lo que es peor! —El abad extendió sus brazos cual Jesús crucificado. Sabía que su altura y sus amplios ropajes lujosos le conferían un aspecto imponente—. ¡Ha traicionado a nuestra santa misión, a la cruzada, al *negotium pacis et fidei* —tronó.

Dio dos pasos más y se acercó al fraile, que continuaba inmóvil, y en tono más bajo, moviendo la cabeza incrédulo, continuó:

—Era brillante, lo tenía todo, habría sido obispo, quizá hubiera podido llegar a arzobispo. ¿Cómo pudo hacer eso? ¿Por qué se unió a los herejes?

Se alejó un par más de zancadas, se giró y se encaró de nuevo con Domingo.

—¡Ha traicionado al papa de Roma! ¡Al más alto señor en la tierra! ¡Al santo pontífice! ¡Y también a su señor el rey de Francia!

Domingo recordaba a aquel caballero con quien compartió pan y confidencias, su confesión, sus escrúpulos y reparos. También a su joven escudero y la forma en que ambos se miraban. Ahora sabía quién era el paje y adivinaba todo lo demás.

Musitó con sonrisa triste:

—Mayor señor es el amor.

Arnaldo clavó sus ojos en los del fraile; echaban chispas. El castellano mantuvo la mirada y el abad del Císter creyó que la sonrisa del de Guzmán se ampliaba. Ya no era humilde, era de triunfo.

—A veces me parecéis hereje, Domingo —gruñó.

Se había acercado tanto a Guzmán que este pudo oler sus

afeites. Quizá fueran de rosas y tomillo, pensó el castellano, pero a él le apestaban a azufre.

—¿De qué bando estáis? —gritó el abad del Císter.

Y sin esperar respuesta, Arnaldo salió furibundo por la puerta. La mirada del fraile buscó en los bajos de los amplios ropajes del legado papal por si asomaba el rabo del Maligno.

—Del bando de Dios —se respondió Domingo—. Del Dios del amor.

106

Mas en s'amistat retener
met be la fors'e la valor.

[En mantener su amor,
pongo mi fuerza y valor].

Alfonso I, rey de Aragón

Partimos de Cabaret una mañana clara. Ya había amanecido detrás de las montañas, pero el sol aún no acariciaba los muros de las fortificaciones. Las altivas torres del reino del *joy* continuaban luciendo sus gallardetes e insignias en cromático contraste con la piedra y los cipreses que se encaramaban por los contrafuertes. Una lágrima de nostalgia temprana recorrió mi mejilla. Sentía que jamás iba a regresar a aquel lugar mágico, que cuando lo perdiera de vista en el siguiente recodo dejaría de existir en la realidad para habitar solo en mis recuerdos.

Sabía que, al igual que el Béziers maravilloso que atesoraba en mis remembranzas, Cabaret terminaría sucumbiendo a aquella infausta marea de sangre de la cruzada de Arnaldo y Montfort. Eso llenaba mi corazón de pena.

Pero partía ilusionada, feliz, y al mirar a Hugo notaba extraños estallidos de alegría que subían de la boca de mi estómago. Cuando nuestras miradas coincidían, las sonrisas afloraban. Yo reía por nada, por estar viva, por sentir, por amar, para que él me acompañara en mis risas.

Íbamos abrigados, yo aún vestida, por mi seguridad, de paje. Pero había guardado la malla de hierro en una alforja cargada en el caballo que transportaba los legajos. Rezaba al Señor por no tener que usar de nuevo aquella protección que negaba mi feminidad. Quería ser otra vez dama, sin tener que cuidar mis gestos, mi voz, mi forma de hablar.

El otoño desplegaba sus colores amarillos y rojos, que poco a poco iban superando a los verdes de los árboles del valle.

Yo había aprendido a distinguir a los vigías entre los riscos y estos, conociéndonos, no se esforzaban en ocultarse. Saludé a uno con mi mano y él respondió. Era mi último adiós al mundo hermoso de Cabaret.

Durante aquel tiempo en el castillo, mientras Hugo iba tomando fuerzas y los dos llorábamos a Guillermo, mi amor por el de Mataplana se fue consolidando. Cada día era más fuerte y yo estaba ansiosa por dejar atrás los valles para detenernos donde nadie nos viera, ni siquiera los vigías, y abrazar a Hugo y besarle.

Estábamos saliendo de las estribaciones de la Montaña Negra cuando paramos a comer. Buscamos un lugar recogido y discreto donde estuviéramos protegidos. Lo encontramos en un bosquecillo algo alejado del camino y al bajar del caballo, ansiosa, caí en sus brazos. Nuestras bocas se unieron en un dulce beso y yo sentí ese abandono que hace perder la conciencia de todo lo que nos rodea. Solo existía él, su calor, su caricia. El mundo había desaparecido.

Después de comer, cantamos con vihuela y guitarra, repitiendo aquellos besos y el cálido abrazo que tanto nos alteraban. Pero al retomar el camino, en uno de los momentos de silencio en los que Hugo husmeaba vigilante posibles peligros, sentí que aquello no era tal como yo esperaba. Algo iba mal.

Era yo quien iniciaba los besos, la que buscaba refugiarme entre su pecho y sus brazos, la que se entregaba. Y era correspondida, pero no con la plenitud que hubiera deseado. Me abrazaba, me besaba, pero siempre era yo quien ofrecía su amor, la que iba a su encuentro. Era como si lo hiciera por cortesía. Y recordé aquel difuso sentimiento de distancia que notaba en él frente al ansia que Guillermo derrochaba por mí.

Estábamos cerca de Carcasona, en guerra, y me dije que el caballero tenía que estar en alerta permanente para proteger a su dama, mientras que a mí me bastaba con mirarle, amarle y confiar en él. Pensé que, conforme pasáramos Fanjeaux y Mirepoix, cuando nos acercáramos a Foix, se relajaría, que él me buscaría y yo sentiría su calidez.

Aquel otoño de espléndidos días dorados y noches plácidas hubiera sido muy bello a no ser por la guerra. Evitamos los caminos más concurridos al cruzar las tierras entre los dos bandos. Huíamos al galope de los cruzados a pesar de que con toda probabilidad hubieran acatado el salvoconducto del rey de Aragón que Hugo portaba. Pero todo estaba plagado de desesperados. Algunos eran ribaldos, otros eran *faidits*, otros *routiers*, mercenarios a sueldo del conde de Tolosa, que de nuevo estaba en guerra. Todos eran peligrosos.

Había cadáveres corrompidos en los parajes más bellos; las alimañas no daban abasto a devorarlos. Vimos siniestros círculos negros llenos de cenizas, testigos de las hogueras y del suplicio en nombre de Dios. Y los otrora cuidados viñedos mostraban las cepas arrancadas, que exponían sus raíces al cielo cual manos en crispación, clamando por su muerte. Los cruzados las devastaban para condenar al hambre a los que aún resistían, a sus futuras víctimas.

Ver aquello me llenaba de zozobra y mi inquietud fue creciendo en las siguientes jornadas conforme nos alejábamos de los territorios conquistados por los cruzados. Un pensamiento empezó a acuciarme: Hugo no me había pedido en matrimonio. Hasta entonces aquello me había parecido irrelevante; estaba más preocupada de definir mis sentimientos entre mis dos caballeros primero, después del duelo por Guillermo y al final de la cura del superviviente.

Se decía enamorado de mí, muy enamorado, y yo daba el matrimonio por hecho. Pero lo cierto era que ni por un momento mencionó la boda. Me llevaba a su tierra, decía que allí estaría segura, que viviría feliz y que me amaba. ¿Por qué entonces no me pedía en matrimonio? ¿Cómo si no podía continuar nuestra relación? ¿O lo daba tan por hecho que ni siquiera consideraba pedirlo?

La noche caía cuando a la salida de Bram decidimos buscar un lugar apartado, discreto y protegido, donde descansar. Tomamos una cena escueta sin encender fuego y tendimos nuestras frazadas sobre la hierba para acurrucarnos el uno contra el otro en busca de calor. Era una noche despejada, espléndida y veía miles de estrellas palpitando en el firmamento. Nuestros caballos bufaban de vez en cuando, estaban tranquilos y el cricar de los grillos nos acunaba. Todo invitaba a la paz y al sosiego cuando salió la luna. Era rojiza al principio, después, conforme se elevaba, fue empalideciendo. Estaba creciente y, casi girada hacia arriba, mostrando cuernos pronunciados. Desde mi posición, ladeada y con Hugo abrazándome por la espalda, la veía. Pero estaba inquieta, no podía dormir. Mis preocupaciones del día se habían multiplicado por la noche y de pronto sentí la luna como un mal augurio. Mostraba los cuernos del diablo. Y relacioné ese mal agüero con la carga de la séptima mula. ¿No decían los monjes del Císter que su contenido era obra del Maligno? Me estremecí. No pude aguantar más. Llevaba rato sintiendo la respiración pausada de Hugo, que dormía. Quizá debiera haber abordado el asunto que me angustiaba en el día, esperar a la mañana, pero un terrible presentimiento me abrumaba y no pude dejar de hacer lo que hice.

—Hugo —dije bajito.

No hubo respuesta ni su respiración sufrió cambio alguno.

—¡Hugo! —repetí más alto, sin que él se moviera.

Entonces me giré y le sacudí.

—¡Hugo!

De un salto se incorporó con la espada, que siempre tenía a su lado, desenfundada y en posición de guardia. Buscaba, ciego como un topo, en qué dirección defenderse de enemigos imaginados.

—Tranquilo, Hugo. Nada nos amenaza.

—¿Qué pasa? ¿Qué ocurre?

—Calmaos, Hugo. Dejad la espada, no hay ningún peligro.

Tardó tiempo en reaccionar. Debía de estar profundamente dormido cuando le desperté y ahora lo lamentaba.

—¿Qué me ha sobresaltado tanto?

—He sido yo. Lo siento. Quise hacerlo con suavidad, no quería alarmaros.

—Es mi culpa —admitió él—. En este territorio hay que dormir con un ojo abierto y yo lo hacía como un tronco.

—No podía conciliar el sueño; estoy muy inquieta —le dije.

Él dejó su espada y me cogió las manos, cariñoso. Me hizo volver a nuestro lecho, arropándome con las frazadas.

—¿Qué os ocurre, mi dama?

—Os amo. Vos también a mí. Viajamos a vuestras tierras… eso me hace muy feliz.

—Entonces ¿de dónde viene vuestra inquietud?

—No me habéis pedido en matrimonio.

El caballero quedó en silencio y de inmediato supe que los malos augurios se cumplirían.

—Dije que no me habéis pedido en matrimonio —insistí elevando la voz.

—Ni lo haré.

—¿Por qué? —musité con un hilillo de voz.

—Porque vos y yo no nos podemos casar.

Mis ojos buscaron su rostro en la oscuridad mientras sentía que lo único que me quedaba en el mundo se derrumbaba con estrépito.

107

Per què ets tan plorosa?
No en tinc que estar jo,
si em casen per força!

[¿Por qué estás tan llorosa?
¡No he de estarlo yo
si a la fuerza me desposa!].

Canción popular

Su negativa fue un golpe brutal y el vago presentimiento que me lo había anticipado no ayudó a mitigar el dolor. Estaba anonadada; había asumido el matrimonio con Hugo de Mataplana como la conclusión natural de nuestra relación, de su competencia contra Guillermo por mí, de sus promesas de amor. No podía entenderlo.

Aparté mis manos de las suyas y le increpé:

—Pero me jurasteis que me amabais, que me querríais siempre.

—Y os amo y os quiero. Más que a nada en el mundo.

—Entonces ¿por qué no os queréis casar? —inquirí en un lamento.

—Porque no puedo.

—Eso lo dijisteis antes. ¿Queréis explicarme cómo un noble como vos, heredero de tierras y título, no se puede casar con la dama a la que ama?

—Porque esa dama ya tiene compromiso.

—¿Quién? ¿Yo?

—Sí, vos.

—Yo soy libre —le dije—. Más aún, porque el único que podría darme en matrimonio contrariando mis deseos sería mi padre y, por desgracia, fue asesinado.

—Vuestro padre ya había elegido.

Aquello me dejó sin habla. ¿Que mi padre había elegido esposo para mí? ¿Sin decírmelo? No era posible.

—No me creo eso. Mi padre me quería muchísimo, me adoraba —repuse al rato—. Él me hubiera consultado; deseaba mi felicidad.

—Él no podía comentarlo. Era secreto.

Estaba a punto de llorar de tristeza, de coraje. Toda aquella conversación me apenaba y enfadaba a la vez. Continuaba sin entender.

—Aun si fuera cierto, vos, que sois mi caballero, al que yo amo y que dice amarme, debierais rescatarme. —Aquí se me escapó un sollozo—. Debierais evitar esa boda.

—No puedo —repuso cabizbajo, en un susurro.

—¡¿Por qué?! —grité exasperada.

—Porque él es mi señor. Pedro II, rey de Aragón y conde de Barcelona.

Me quedé muda de sorpresa. Todo estaba en el mismo lugar; las frazadas, las sombras de los árboles, los caballos, las estrellas, aquella luna maléfica y el canto de los grillos. Pero el mundo había cambiado de repente.

Intenté superar el asombro, el terrible golpe, y empecé a pensar rápidamente. El rey era mucho mayor y estaba casado. Aquello no tenía sentido.

—¿Qué interés podría sentir el rey hacia una dama como yo?

—Sois la Dama Grial. Vuestra sangre es la de Cristo. ¿Qué mayor alianza para un rey cristiano que unirse a la familia del Redentor?

—Eso es una insensatez.

—No, no lo es. Pedro II es descendiente directo, por parte del conde de Barcelona, su abuelo, de la estirpe real judía occitana y de los merovingios, ambas ramas sucesoras de María Magdalena y su descendencia. Pero en menor medida que el arzobispo Berenguer, ya que las sangres de su abuela y madre son mayoritariamente visigodas. Por mucho que los legajos reconozcan su estirpe, está más alejada de Cristo que la vuestra, que fue cruzada a propósito, seleccionando los linajes más puros, bajo el cuidado y protección de la Orden de Sion.

—Como perros de raza.

Hugo quedó en silencio frente a mi resentida observación esperando a que yo hablara de nuevo.

—¿Y qué pretende lograr casándose conmigo?

—Que sus descendientes pertenezcan a la estirpe de Cristo.

—¡Pero si está ya casado y tiene un hijo!

—Hace mucho tiempo que desea divorciarse de María de Montpellier, pero el papa Inocencio III se lo impide. María consiguió, en una de las visitas del rey a Montpellier, que le engendrara ese hijo gracias a un engaño por el cual Pedro creía que se acostaba con una hermosa dama en lugar de con su esposa. Ese hijo no es fruto del deseo, sino del engaño.

—Entonces, no puede casarse conmigo —dije esperanzada—, a no ser que quiera enfrentarse al papa.

—El enfrentamiento es inevitable. En cuanto repudie a María y proclame su matrimonio con la descendiente directa de Cristo, el papa le excomulgará.

—Entonces los cruzados caerán sobre Provenza, Montpellier, Cataluña y Aragón. Inocencio III les azuzará contra el rey.

—Sí, habrá una guerra —reconoció Hugo.

—Pedro II tiene las de perder.

—¿Más que ahora?

Desconsolada, pude notar el ardor que aparecía en la voz de mi caballero al defender a su rey.

—El papa le ha puesto en la peor situación posible, y ha despreciado el que Pedro se esforzara por ganarse su apoyo —continuó él—. Se hizo vasallo del pontífice cuando este le coronó en Roma y paga un cuantioso tributo anual. Ha expandido la cristiandad en continuo combate contra los musulmanes, no solo en sus reinos, sino también ayudando a su primo de Castilla. Bien que se ha ganado sobrenombre de «el Católico». Pero Inocencio prefirió apoyar al rey francés y seguir la tradicional alianza del papado con francos y carolingios. Y ahora la cruzada cae sobre los vasallos de Pedro sin que este pueda hacer nada para ayudarles. Tuvo que soportar la humillación de Arnaldo en Carcasona y contempla impotente cómo destrozan al vizconde y a los suyos. Esas son las gotas que colman su vaso.

—Se pondrá a toda la cristiandad en su contra —le advertí—. No podrá con todos.

—No luchará contra todos. Ya hay alianzas preparadas. Se trata de derrocar a ese ambicioso noble romano llamado Lotario dei Conti di Segni, que es papa con el nombre de Inocencio III gracias a que su tío también lo fue y al que no le basta con dominar Roma, sino que ahora quiere gobernar Europa. El rey inglés estará a favor del nuestro o será neutral a causa de su oposición a los franceses, aliados tradicionales del papa. Lo mismo hará el emperador de Alemania, que siempre ha estado enfrentado a ese pontífice. Y el rey de Castilla es primo de Pedro y les une gran amistad. También le apoyará. Os casaréis con o sin consentimiento de Inocencio III.

Me di cuenta de que me había quedado sin argumentos en mi fútil intento de convencer a Hugo de la insensatez de aquel matrimonio. Todo estaba decidido de antemano y mi opinión, mis sentimientos, mi amor no contaban para nada. Yo era el centro de la intriga, pero mi voz no tenía valor alguno. Era la culminación del esfuerzo de Sion y mi destino estaba trazado.

¡Qué estupidez!, pensé. Les importa solo el cuerpo, lo humano, cuando era el espíritu, era la divinidad lo que diferenciaba al Redentor. Pretenden aplicar el sistema feudal, donde los derechos hereditarios vienen dados por la descendencia a través del semen, a algo tan puro como es el espíritu.

¿Quién podría creer que la divinidad se transmitiera a través del cuerpo humano? Era absurdo. Yo jamás me sentí distinta a mi prima o a cualquier dama de mi edad. Pero esa llamada Orden de Sion aprovechaba el arraigo de lo hereditario, en pueblo y nobleza, para traspasarlo a lo divino, causando un cataclismo que podía cambiar el mundo.

—Entonces, Guillermo tenía razón al decir que el rey Pedro era el gran maestre de Sion —afirmé súbitamente al asaltarme tal pensamiento.

—Sí, estaba en lo cierto, pero en aquel momento lo tuve que negar.

Me sumí en el silencio. Me envolví en las frazadas y me tumbé como si fuera a dormir, pero sabía que difícilmente lo haría. Hugo hizo lo mismo y quiso abrazarme por la espalda, como antes, para darme calor.

—Dejadme. No me toquéis —le espeté.

Él obedeció, apartándose de mí.

—Lo siento mucho —dijo—. Os amo como a nada en el mundo; más que a mi vida, pero debo cumplir con mi honor, con mi palabra, con mi juramento de fidelidad.

Aquello desató lo que tanto tiempo llevaba conteniendo; el llanto.

—Ojalá los cruzados os hubieran matado a vos en lugar de a Guillermo —le dije entre sollozos.

Él no respondió y yo me arrepentí de inmediato de lo dicho. Acurrucada, sola en la noche a pesar de Hugo, lloré desconsoladamente por este último revés, por la pérdida de mi amor y por todas las pérdidas que había sufrido en los últimos días. Aquel era el golpe final y me desmoroné. Solo al cabo de mucho tiempo, agotada, caí en un sueño profundo.

108

El rossinyolet s'es mort,
tres dies ha que no canta.

[El pequeño ruiseñor murió,
hace tres días que no canta].

Canción popular

Cuando desperté la mañana siguiente, ya había amanecido y Hugo preparaba los caballos para emprender el camino. Estaba ojeroso, seguramente se mantuvo en vela o había dormido aún menos que yo. Me ofreció lo que llevábamos en las alforjas para desayunar. Tomé un poco de pan y comimos con frugalidad, en silencio.

—Cualquier dama lo daría todo por ser reina —dijo al fin—. Nadie de nuestro rango se casa por amor. Todo son alianzas políticas. El amor va por otro camino. Yo os amaré, seré vuestro trovador, nadie ni nada me apartarán de vuestro lado.

No le respondí. Me ocupé de recoger las últimas cosas mientras rumiaba y al final repuse:

—Yo no quiero ni Cataluña ni Aragón ni la Occitania ni

los reinos de Sefarad y al-Ándalus. Os quiero a vos. A vos es a quien amo y con vos quiero casarme.

—Bruna, sed razonable. Vuestro destino es espléndido, único. Seréis reina... y yo, yo no soy nadie para vos.

Monté en mi caballo, lo azucé hacia el camino y él me siguió tirando de las monturas que transportaban legajos y equipaje. Al ver que no le respondía, se mantuvo en un silencio cariacontecido y yo me puse a pensar en la triste situación que vivíamos.

Recordaba mi despedida de la Dama Loba. Solo cuando la orgullosa Orbia se arrodilló ante mí, me di cuenta del significado de mi sangre real, del «Sangreal».

Me dijo: «Confieso mi arranque de celos y os pido perdón. Ahora que os conozco y que sé más, no envidio vuestro destino. Vos sois la Dama del santo grial».

¿Cómo podría envidiar mi destino la reina del amor, la señora del *joy*. Sentía que su calidez, que su culto al amor, era el verdadero grial. Ella era la Dama Grial y no yo.

Quizá Hugo tuviera razón cuando me decía que mi pretensión de unir matrimonio con amor era extravagante en gente como nosotros, que le sorprendiera mi insistencia. Pero tenía grabada en mi memoria la triste historia de mi madre y su trovador, tan juntos en el corazón, tan unidos en el amor, pero tan alejados sus cuerpos. Yo no quería vivir esa angustia, quería el amor en toda su belleza. Como sospechaba que Orbia sabía gozarlo. Con uno o con varios.

No renunciaría a ello, no pensaba resignarme y decidí hacer lo imposible: convencer a Hugo para que no me entregara a su rey, para que me amara como yo quería que lo hiciera.

—Hugo.

—Decidme, señora —repuso él, solícito.

—¿Por qué me hicisteis la corte? ¿Por qué me pedisteis que fuera vuestra dama?

—Yo cumplía varias misiones. Por una parte, obtenía información para mi señor en mi disfraz de juglar, para lo que me mezclaba con todo tipo de gentes. Pero también era su portavoz para los grandes nobles occitanos y como caballero de Sion debía velar por vos y por los legajos. Estos, una vez fueron recuperados por el templario Aymeric de Canet, dejaron de preocuparme por ser él uno de los más sólidos entre los nuestros. Estaba en frecuente contacto con vuestro padre, con quien se acordó el matrimonio con Pedro II tan pronto las condiciones políticas lo propiciaran. Yo no os había tratado hasta coincidir, en uno de mis viajes, en aquella recepción de trovadores que vuestro padre organizó. Y me enamoré con locura. Solo después supe quién erais, y me sorprendió que aquella niña que apenas recordaba se hubiera convertido en tan espléndida mujer. Pensé que no había nada de malo en que os cortejara como dama bajo las reglas de la *fin'amor*. Vuestro padre me autorizó y yo os entregué mi corazón. Era una buena excusa para estar a vuestro lado, protegeros, saber que estabais bien. A la vez, servía a mi señor.

—¡¿Me disteis vuestro corazón por servicio al rey?! —me escandalicé.

—Lo hice durante mi servicio al rey, pero yo lo deseaba más que nada en este mundo. El rey no tiene que ver con mi amor.

—¿Cómo que no? —Me estaba indignando—. ¿Me hacéis vuestra dama y me enamoráis para después entregarme a otro hombre?

—Continuaré siendo vuestro caballero, vuestro trovador. Seréis mi dama y mi reina.

—Sois un desleal en el amor, un felón. Eso es lo que sois —le reproché—. Me tuvisteis engañada. Yo creía que erais libre para amar, por eso os di mi amor.

Él calló ante mi indignación, pero yo fui incapaz de hacerlo.

—Y decíais que en Mataplana estaría segura, que sería tratada como una reina. ¡Qué cinismo! Claro, pensabais sacrificarme a vuestro rey. ¡Qué burla!

—Soy libre para amar —dijo en tono paciente—. Os amo, Bruna. Siempre lo haré, pero el matrimonio es otra cosa.

—¡Sois un alcahuete! —repuse furiosa—. Me enamoráis para cederme a otro. ¿Qué vais a hacer? ¿Taňeréis vuestra guitarra en la alcoba nupcial para enternecerme cuando me entreguéis a vuestro señor? ¿Tendré que imaginar que él sois vos? ¿Estaréis allí cuando me posea? ¿Cantaréis tras una cortina o no hará falta esta?

Él no respondió y yo callé. Me di cuenta de que estaba yendo más allá de lo que yo misma quería, que mis insultos no podían ser más humillantes para un enamorado y cuando, al oír un suspiro contenido suyo, giré mis ojos hacia él, vi una lágrima resbalar por su mejilla. Se tapó la cara para esconder el llanto. Al poco, sollozaba. Entonces supe que él también sufría y sentí mucha pena por ambos.

Continuamos el camino en silencio mientras yo reflexionaba. Veía a Hugo inamovible en el propósito de cumplir su misión conmigo, pero yo no me resignaba. ¿Cómo podría cambiar mi destino? Estaba dispuesta a lo que fuera. Me di cuenta de que con mis reproches no conseguiría nada. Hacían que se retrajera, que se pusiera a la defensiva. Le alejaban de mí.

Decidí cambiar de táctica cuando nos detuvimos a comer. Nos apartamos del camino siguiendo un riachuelo que bajaba cantarín, hasta encontrar una pequeña pradera donde los árboles daban sombra y había espacios de sol. Le miré a los ojos y le dije:

—Hugo, os amo con locura.

—Yo también, mi señora.

Le abracé, le besé y él correspondió a mis caricias. Fue un estallido de pasión, más fuerte si cabe por el placer de nuestra reconciliación y al poco nos acariciábamos tumbados en la hierba entre besos y susurros de amantes. Rodábamos por el suelo, ahora yo encima de él, después él arriba, y empecé a despojarme de mis ropas.

—Hacedme lo que a la muchacha del molino —le pedí—. Os lo quiero dar todo.

Eso hizo que él se detuviera. Después de un momento de silencio, dijo:

—No os podéis imaginar cuánto lo deseo, pero lo siento; no puedo tomaros, eso sería traición al rey.

Le besé intentando borrar de sus labios esas palabras y después, desesperada, empecé a suplicarle que me hiciera suya, pero él se mantenía inflexible. Le tocaba notando su excitación y le besaba otra vez deseando ser la Dama Loba, la maestra de las seducciones. Yo era virgen y torpe. Sospechaba cómo se hacía el amor carnal, pero, fuera de los besos y alguna caricia, no tenía idea de cómo llevarlo a la práctica y menos con un hombre que se resistía. Estaba segura de que la reina del *joy* en mi situación conseguiría que el caballero la poseyera. Maldije mi inexperiencia y al fin dejé de luchar, estallando en lágrimas.

—Aunque sea una sola vez, quiero sentir, en el cuerpo y en el alma, al mismo tiempo, el amor —le supliqué—. Quiero conocer el amor absoluto y después haced conmigo lo que queráis, matadme o entregadme al rey. Aceptaré sumisa mi destino.

Él se puso también a llorar.

—¡Por favor, tened piedad! —le dije.

—No puedo. Eso sería romper mi juramento. Sería traición y condenaría mi alma.

—Poco le ha de importar al rey que yo haya perdido mi virginidad. Lo que busca es mi título de Dama del Santo Grial —argumenté—. Al casarse con María, no le importó que ella no fuera virgen, que estuviera divorciada y que su anterior marido fuera su propio vasallo, el conde de Cominges. Lo único que quería era la posesión de Montpellier. Virgen o no, me tomará igualmente.

—¿Y si quedáis embarazada?

—Sería maravilloso. Mi hijo permanecería con vos.

—No puedo. Vuestro útero es sagrado. No es mi privilegio probarlo.

—El rey de Aragón es igual que su tío el arzobispo Berenguer —dije despechada—. Solo desea mi cuerpo. Uno quería mi sangre. Otro, mi matriz.

Me di cuenta de que no podía odiar a aquel caballero estúpido. Lo amaba demasiado. Por un momento pensé en volver al insulto, a soltar mi desesperación en palabras, pero decidí que era inútil. Eso solo le alejaría de mí.

Pensé de nuevo en mi franco de Montmorency. Si Hugo hubiera muerto en la escaramuza con Amaury de Montfort en lugar de Guillermo, este me hubiera hecho suya sin vacilar lo más mínimo. Ahora entendía por qué notaba algo extraño en Hugo que le impedía entregarse como lo hacía el otro. Y me arrepentí de haberme resistido en Narbona. Él sí que me hubiera hecho conocer la pasión física, el amor pleno. Pero el tiempo no vuelve atrás.

Cuando reemprendimos el camino, me sentía derrotada. No había logrado que Hugo se desprendiera de su lealtad a su señor ni por un instante, ni siquiera provocándole al límite. Me dije que no lo intentaría de nuevo; la batalla anterior nos había producido mucho dolor a ambos. Debía resignarme a ser poseída por un hombre y a amar a otro. Le miré en silencio mientras hacíamos el camino y recé a Dios para que aquel estúpido estuviera siempre cerca de mí.

109

Ai! Que el meu cor se'm nua
com un pom de clavells!

[¡Ay! Que mi corazón se anuda,
como un manojo de claveles].

Canción popular

Aquella noche dormimos profundamente. La jornada de viaje, la tensión, el llanto y el poco sueño de la noche anterior hizo que nos derrumbáramos en nuestra cama de frazadas. Yo le buscaba a él. Él me rehuía a pesar del frío relente. No volví a intentar provocarle. Aquello se había terminado.

Amanecimos el día siguiente en calma, reanudando nuestro viaje sin mencionar lo ocurrido, como si no hubiera pasado nada. En el camino, yo veía las estribaciones de los Pirineos haciéndose cada vez más altas y temía mi destino al otro lado. Conversábamos apaciblemente al detenernos o sobre las monturas, cuando el camino lo permitía, pero yo no dejaba de pensar en el triste desenlace que nos aguardaba.

—¿Qué es el grial? —le pregunté de repente.

Me miró sorprendido.

—¿El santo grial?

—El grial, sea santo o no.

—Vos lo sois. ¿Por qué me lo preguntáis? Bien lo sabéis.

—Y lo soy porque, a semejanza de la copa con la que José de Arimatea recogió la sangre de Cristo, yo también contengo la sangre sagrada, ¿verdad?

—Así es.

—Entonces, ¿por qué también llaman Dama Grial a la Loba de Cabaret?

—Eso es distinto —repuso él—. La llaman así los que adoran el amor cortés, la *fin'amor*, el *joy*. Identifican el gozo del amor, el *joy*, como el grial.

—¿Puede haber más de un grial?

—No, solo hay un grial. Pero algunos discrepan sobre su verdadera naturaleza.

—Eso quiere decir que hay griales distintos dependiendo de la persona, ¿verdad?

Hugo se encogió de hombros antes de responder.

—Algún poeta lo identificó con un pájaro, otros, con un caldero mágico.

—Entonces ¿qué es eso llamado «grial» que acepta tantas versiones?

—No lo sé. Para mí el santo grial sois vos.

—Porque eso dice la Orden de Sion.

El caballero guardó silencio.

—¿Sabéis qué creo?

Hugo escuchaba y no dijo nada.

—Que la Dama Loba está en lo cierto.

—¿Que el *joy* es el grial?

—No, que el grial no es físico, que está hecho de materia etérea. Es el deber ser, lo que cada uno ansía, y es distinto para cada persona.

—Explicaos.

—El valor supremo para la Dama Loba es el *joy*, ese estado feliz y pleno que da el amor. Es lo que ella busca y cada día se esfuerza por encontrarlo. Para vuestro clan de Sion, en cambio, es la sangre de Cristo. Pero no como fin. Es obvio que buscáis el poder que de ella emana. El rey Pedro quiere derrotar a los cruzados y al papa, que le ha ofendido. Ese es su grial. Para Arnaldo, el abad del Císter, el grial es la sumisión de todos los territorios cristianos al poder papal. En realidad, a su propio poder como representante del papa. Quiere eliminar a todo aquel que se le oponga, ya sea con armas o con creencias. En cambio, el arzobispo Berenguer buscaba en la sangre de Cristo la fuerza esotérica que le permitiera conquistar el poder temporal. Para su socio, el rabino Salomón, era la libertad de su pueblo, el que este tuviera su propio reino. Para el rabino David, sin embargo, era la armonía con Dios, no ofender a su Adonai, el Creador. Para los cátaros, su grial es alcanzar la pureza y unirse con Dios, no reencarnarse más en este mundo, que para ellos es el infierno. Para Guillermo era el amor. Mi amor. Yo era su grial, sin que tuviera nada que ver la sangre de Cristo. Buscaba en mí el pleno amor, físico y espiritual, y por mí lo sacrificó todo, incluso la vida. ¿Os dais cuenta? Cada uno sentimos que hay un bien superior y nos esforzamos por alcanzarlo. Ese es nuestro grial. Y es su búsqueda lo que da sentido a nuestra vida.

—Pero a veces nuestros deseos cambian —objetó Hugo—. Hay cosas, menores en algún momento, que llegan a convertirse después en el bien más deseado.

—Ese es el privilegio del grial; no es físico y tiene naturaleza sutil —repuse—. Cambia según nosotros cambiamos. Es un reflejo de nuestros anhelos, de nuestra necesidad profunda. De la enseñanza que estamos destinados a aprender, porque el verdadero valor del grial está en su búsqueda.

—Eso es muy complejo —dijo el caballero.

—No, no lo es si sabéis ver qué hay en el fondo de vuestro corazón —repuse—. Mi grial es el amor, pero no al estilo cortés del *fin'amor*. Quiero el amor pleno. Esa es mi búsqueda, y la materialización de ese grial sois vos. ¿Cuál es vuestro grial, Hugo de Mataplana? ¿Cuál es vuestro valor supremo? ¿Cuál es la búsqueda?

El caballero rumió pensativo.

—También es el amor, pero no tengo derecho a su disfrute si no cumplo antes con mi juramento. Debo ser fiel a mi señor —contestó al rato.

—¿Y qué queréis conseguir con ello? —inquirí—. ¿Honores, castillos, tierras, poder…?

—Deseo el triunfo de las armas del rey, y también su favor. Pero no es esa mi búsqueda final. Ese no es mi grial.

—¿Cuál es entonces?

—Ser honorable, sentirme bien por ello. Y la única forma que me enseñaron para lograrlo es cumpliendo mi deber. No puedo amar en el deshonor.

—Decidme, Hugo. ¿Alcanzaréis ese grial vuestro una vez me hayáis entregado al rey? ¿Cuando él me posea? Decidme, Hugo de Mataplana. ¿Encontraréis la paz, estaréis orgulloso de vos entonces? ¿Seréis honrado?

Cabizbajo, se quedó otra vez callado. Y yo me contenté viéndole infeliz. Sabía que, por mucha retórica que desplegara, no lograría cambiar los principios de aquel estúpido cerril. Me di cuenta de que obtenía placer en su castigo. Me gustaba hurgar en él. Pero pensé que había llegado al límite; amargándolo lo alejaba más.

—Es mi obligación —musitó triste al rato—. No puedo hacer otra cosa; es mi honor, es mi promesa.

—El rey nunca me tendrá —afirmé.

Hugo me miró en silencio.

—Me encerraré en un convento.

—Él os sacará de allí.

—Pues saltaré de la torre más alta. Me mataré, pero no me tendrá.

—Moriré con vos —dijo.

Sacó su daga y apuntó a su pecho.

—Juro por Dios que si algo os ocurre, hundiré su filo en mi corazón.

Supe que así lo haría. Decidí callar. Ninguna palabra, ninguna súplica, ningún argumento cambiaría su decisión y temí que cometiera una locura, de continuar presionándole. Sacudí mi cabeza incrédula. Aquello era tan absurdo como real.

Miré las montañas que iban creciendo conforme avanzábamos por el camino. Igual que mi tristeza.

110

Aprissa cantan los gallos
e quieren crebar albores.

[Tan temprano cantan los gallos
que quieren quebrar el alba].

Poema de mio Cid

Aquella noche fue aún más fría. La estación avanzaba y también la altura de los montes. Logramos encontrar un refugio contra una pared de roca que se curvaba formando un abrigo natural. Era el lugar perfecto para hacer un fuego y cocinar sin que se notara desde el camino. Agradecimos, después de duras jornadas a pan, queso, cecina y fruta, tomar algo más consistente. Habíamos provisto nuestras alforjas en el último pueblo y un buen cocido de tocino, alubias, verduras y salchichas, acompañado de un vino potente, mejoró los ánimos decaídos de los últimos días. Incluso bromeamos y reímos. A mí se me ensanchaba el corazón siendo feliz con él. Le miraba, él me miraba y sentía esas mariposas en el estómago que había notado la primera vez que le vi. Percibía en su mirada que a él le ocurría lo mismo. Deseaba besarle, abrazarle, pero él no me dio pie y yo me reprimí. No quería que, después de mis anteriores asaltos, él temiera que quería seducirle. Tomamos guitarra y vihuela para cantar bajito, sin llamar la atención a quien pudiera andar por el camino, ora alegres, después melancólicos, pero siempre a dúo.

Él se entregó rendido al sueño, pero yo, a pesar del cansancio, no pude hacerlo. No paraba de cavilar. ¡Teniendo la felicidad tan cercana, la perdíamos tan estúpidamente! Sentía frío, pero no podía abrazarle y empecé a jugar con el fuego quemando ramitas e intentando adivinar mi futuro en las llamas que danzaban.

Fue al alba cuando un cambio tenue en el viento hizo que el abrigo en el que nos refugiábamos se llenara de humo. Hugo tosió y se removió inquieto, pero enseguida volvió a dormirse. Unos momentos después, volvía a toser y al fin se agitó desazonado para incorporarse preguntando:

—¿Qué es ese olor tan horrible? ¿Qué se está quemando?

El fuego ardía aún vivo. La tarde anterior habíamos recogido leña en abundancia, pero se terminaba ya y yo estaba a punto de completar la tarea en la que me había afanado durante la noche. Tomé un pergamino y lo puse al fuego. Había aprendido que mientras los papiros queman bien los pergaminos lo hacen con dificultad.

—¡¿Qué hacéis?! —exclamó incorporándose de un salto.

—Buenos días, Hugo —le dije continuando con lo mío.

De un zarpazo me arrebató el pergamino chamuscado para comprobar que era uno de aquellos preciosos documentos que cargaba la séptima mula.

—¡Por Dios, Bruna! ¿Qué habéis hecho?

Se precipitó a los fardos abiertos y comprobó que no quedaban más que un par de hojas.

—¿Estáis loca? —dijo encarándoseme.

Su faz reflejaba su pasmo, su incredulidad, su desesperación.

—¡Decidme que es una broma, que habéis escondido los documentos en algún sitio! —exclamó.

Y su vista buscaba en el fondo del abrigo, en las matas de alrededor.

—No lo es. Los he quemado todos —repuse serena.

—¡¿Pero por qué?! —Su mirada echaba chispas y dio un paso hacia mí amenazándome.

Por primera vez vi en mi protector un peligro y consideré la posibilidad de que me agrediera. Me eché hacia atrás intimidada y él avanzó; tenía los puños cerrados y su mandíbula tensa denotaba crujir de dientes.

—¿Es que no sabéis todo lo que ha costado investigar, recopilar esos documentos, protegerlos? ¡Se han empleado vidas enteras! ¿Sabéis cuántos han muerto por su causa? ¿A cuántos se ha asesinado?

—¡Claro que lo sé! —repuse plantándole cara—. Miles y miles, incluida mi familia.

—¡¿Pero es que os habéis vuelto loca?! —Me miraba fiero, con los ojos aún legañosos—. ¡Esos documentos eran la esperanza para muchos!

—Y la muerte para cientos de miles más —le contesté—. Esos pliegos eran la garantía de una nueva guerra, quizá aún más cruel.

—Por ellos han luchado y han muerto vuestro padre, vuestro padrino, vuestros amigos…

—Esos escritos son heréticos, un insulto para la religión católica.

—¿La religión católica? —Me miró sin poder creer lo que oía—. ¿Pero qué importa la religión católica? Lo que importa es la verdad. Si el papa está equivocado, tendrá que rectificar. Si no es digno de ser papa, otro debe ocupar su puesto.

—A mí sí me importa. He sido educada en la doctrina de la Iglesia y mi padre nunca me dijo que estuviera equivocada.

Hugo sacudió la cabeza con desesperación. Miró al fuego y a las cenizas sin poder asimilar la realidad.

—¡Por Dios, Bruna! —estalló al rato—. El papa y su legado Arnaldo son responsables del asesinato y la muerte por miseria e inanición de miles y miles de personas. La mayoría, buenos católicos como vos. ¡Son indignos de su magisterio! ¡Son inmorales, asesinos, corruptos! Hay que derrotarlos. ¿Cómo podéis apoyar aún esa religión?

—No son sus actos en lo que yo creo. A veces, un buen rebaño tiene un mal pastor. El mensaje de Dios, de Cristo continúa siendo válido, aunque temporalmente lo secuestre el diablo. Al final, su palabra volverá a brillar igual que el oro cubierto de barro reluce cuando la lluvia se lleva la inmundicia. Yo no creo en la Iglesia del papa Inocencio, no creo en la cruzada de Arnaldo Amalric, no creo en Reginal de Montpeyroux, el obispo de mi ciudad, que abandonó a los suyos cuando decidieron resistir a los cruzados. Creo en la palabra de Dios que sale de la boca de Domingo de Guzmán, que quiere imitar en pobreza y ejemplo a nuestro Redentor. En los curas de Béziers que dieron sus vidas masacrados a las puertas de sus iglesias tratando de proteger a sus fieles. Creo en Aymeric, el templario que entregó sus bienes a su orden para vivir pobre y después se ofreció entero al Señor. Esa es mi religión. Esa es mi fe. Y la carga de la séptima mula era la obra del diablo, la herejía.

Su mirada se perdió hacia los árboles, hacia los riscos de los montes. Era una mirada extraviada; no veía nada fuera, miraba dentro, contemplaba su propia desesperación. No supe siquiera si me había escuchado, pero yo no estaba dispuesta a callar. Quería llegar al fondo de aquel asunto una vez por todas.

—Matadme si eso os complace, pero los documentos ya no existen —le espeté—. Asumidlo; habéis fracasado. Por mucho que os esforcéis, no hay nada que podáis hacer para paliarlo.

Él pareció regresar de sus pensamientos y repuso:

—No está todo perdido. Aún estáis vos, la Dama del Grial.

—Os equivocáis —le dije—. No soy esa. La Dama Ruiseñor; la Dama del Santo Grial o como quisierais llamarla fue asesinada por los cruzados en Béziers. Mi nombre es Guillemma, Bruna era mi prima.

—No es verdad.

—¿Y qué importa? Todos los que me conocieron están muertos menos vos —repuse—. ¿A quién van a creer?

Su mirada volvió a perderse y me di cuenta de que aquel testarudo era incapaz de aceptar su derrota.

—Vos lo dijisteis —insistí—: para que el rey pueda llevar a cabo sus planes, si realmente cree en esa quimera, precisa primero la legitimidad de los documentos, después a la Dama Grial para contraer matrimonio y, al fin, la fuerza para imponer su derecho. Al rey solo le queda el poder de las armas. Sin los documentos y sin la dama, la fuerza, si la tiene, no le sirve para nada.

Entonces clavó sus ojos en mí y se me acercó. Pensé que iba a golpearme, pero cruzó por mi lado hasta la pared del fondo. Vi que lanzaba con rabia su puño contra la roca.

Pero en su camino, como si algo le detuviera, se frenó para terminar golpeando solo con la palma. Y allí se quedó, apoyado contra el muro, silencioso.

Estuvo mucho tiempo allí. A veces, en un arranque desesperado crispaba sus puños y golpeaba su cabeza contra la piedra. Otras, permanecía pensativo.

Y yo, sentada al lado de un fuego que moría entre costosísimas cenizas, le miraba con angustia. Al fin de un tiempo que me pareció infinito, se giró y sus ojos se encontraron con los míos. Después, miró a su alrededor como intentando recordar dónde estaba y qué ocurría. Buscó otra vez mi mirada y al notarse en lágrimas la desvió para llorar desconsoladamente, como un niño. No tenía fuerzas para resistirse y le acuné en mis brazos. Me preguntaba por qué, por qué lo había hecho. Yo le respondía que por amor. Parecía incapaz de entenderlo.

111

Huius longa si sit uita,
mea erit, credas, ita;
finietur sed si cita
moriar hac pro amica.

[Si larga fuera su vida,
creo que la mía lo sería,
pero si muriera mi amiga,
yo con ella moriría].

Carmina Rivipullensia

Había, apostado mi destino a una sola carta: el amor de Hugo. Había borrado mi pasado y el de mis antecesores. De reina pasé a ser plebeya, pero al fin tuve que rendirme a la evidencia; había perdido en mi envite. La desesperación del de Mataplana al destruir yo los legajos confirmaba lo que había querido ignorar. Me cortejaba por razones de Estado, para servir a su señor. El deber con el rey era su grial. El mío era su amor. Los dos fracasábamos en nuestras búsquedas.

Cuidé de él, de las heridas de su cabeza contra la pared de roca, descansando todo el día en el mismo lugar. Hugo estaba hundido, pensativo, silencioso y yo, abatida. Sus rasguños eran leves, pero mi corazón continuaba sangrando. Le miraba con disimulo cuando él no me veía, y me decía que le quería, que lo quise desde el primer momento y que solo las dudas sobre su amor me hicieron considerar a Guillermo. Pero ahora las dudas se habían transformado en evidencia, en una realidad cruel. No me amaba.

Después de una noche en la que casi no dormí, Hugo dijo que estaba listo para continuar. Apenas habíamos hablado en más de un día y en silencio preparamos las monturas para partir.

Ya en ruta, me dije que seguía el camino por inercia ¿Adónde iba? El castillo de Mataplana ya no era una opción para mí. Tampoco tenía nada ni a nadie en Occitania. ¿Qué haría? ¿Qué sería de mí? ¿Para qué cruzar los Pirineos? Hugo al menos volvía a su casa; yo no tenía lugar adonde regresar. De haber tenido a dónde ir, me hubiera despedido de él en aquel instante, hubiera girado mi montura y me habría alejado. Pero allí estaba, acompañándole, sin encontrar el valor para decirle adiós.

Al día siguiente empezó a hablarme, solo en ocasiones. Parecía que iba superando su abatimiento. Yo trataba de ampliar la conversación y charlaba sobre cosas del camino, del tiempo y del paisaje. Y justo pasado Foix, me dijo:

—Os doy las gracias, Bruna, por curar mis heridas, por cuidarme.

Eso me animó y al rato le hablé:

—Escuchadme, Hugo. Esos documentos decían que yo era quien no era. No tengo nada de divino; soy una dama joven locamente enamorada de su caballero. Él es lo único que a ella le importa. Tomadme en vuestros brazos o matadme, puesto que muerte para mí es estar lejos de ellos. Por favor, olvidad esa locura; es ya un imposible. Por mucho que hagáis, no podréis tener nunca esos manuscritos. Por mucho que busquéis, no vais a encontrar a la Dama Ruiseñor. Ya no existe. Pero me tenéis a mí. Vos sois mi grial. Haced de mí el vuestro, pero que sea un grial de amor, no de sangre.

No respondió y continuamos el camino. Aquella noche fue fría y yo me acurruqué contra él. Hugo se giró sobre las frazadas, me abrazó y al poco estaba palpando mi piel bajo las ropas. Me estremecía con su contacto, con sus mimos. Busqué su cuerpo. Nos encontramos y nuestras bocas también lo hicieron. Las caricias fueron dulces al principio, después ansiosas y al poco estábamos amándonos al límite del amor físico, de nuestros corazones. Al fin era suya. Me entregué con una pasión arrebatadora, desconocida, jamás imaginada. Y notaba cómo también él se daba sin reservas. Hugo fue dulce en la noche y también lo fue a la mañana siguiente.

—Estabais en lo cierto. He fracasado en mi misión —me dijo—. He perdido la carga de la séptima mula. He perdido a la Dama Grial.

Yo le acaricié el pelo.

—Pero ahora sois libre —repuse—. Sois libre de amarme, de hacerlo por entero, como yo siempre anhelé.

—Sí, lo soy —repuso pensativo—. Lamento muchísimo la pérdida, pero bien sabe Dios que cumplí en todo la palabra dada. Fracaso en mi misión, pero estoy limpio de culpa y es ese sentimiento el que me hace libre.

Calló unos instantes. Parecía ordenar sus pensamientos mientras yo le observaba ansiosa. Al fin de un tiempo que me pareció eterno, en el cual notaba la esperanza palpitando en mi pecho, me miró a los ojos y los míos verdes se encontraron con los suyos oscuros.

—¿Sabéis, Guillemma, que siempre os quise? —dijo.

La sorpresa me hizo quedar muda y una tímida sonrisa iluminó la faz de Hugo de Mataplana.

—Os amo desde antes de conoceros, os amo desde antes de nacer. He fracasado en mi misión con el rey y lo lamento infinitamente. Pero me habéis liberado de mi palabra, de mi esclavitud. Dama Ruiseñor, Bruna, Guillemma o como os guste llamaros —dijo con solemnidad—, ¿me aceptáis como vuestro trovador y caballero para siempre? ¿Queréis ir conmigo a Mataplana? ¿Queréis hacerlo para ser mi esposa?

No pude contestar. El llanto ahogó mis palabras. Me refugié en sus brazos y mojé su pecho con mis lágrimas. Daba gracias al cielo. Mis rezos habían sido escuchados; lo que poco antes parecía imposible estaba ocurriendo.

—Vos sois mi grial —me iba diciendo—. Ya sea rey, papa o villano, nadie podrá apartaros de mí.

Atrás dejamos las ciudades arrasadas, las hogueras de tufo infame, a los refugiados desnudos muriéndose de hambre, a los practicantes del amor cátaro, a los adoradores del *fin'amor*, a los nigromantes, a los crueles y a los héroes, a las iglesias bañadas en sangre, a los atardeceres hermosos y llenos de trovas, a los que recorrían los caminos pobres y descalzos por Cristo, a las viñas arrancadas, al miedo agazapado en los rincones... Miles de imágenes, de recuerdos, se agolpaban en mi mente al cruzar los escarpados desfiladeros de los Pirineos. Dejaba mucho atrás. Dejaba, incluso, lo que fui; a mí misma. Pero todo aquello no tenía ya la menor importancia. Mi grial me esperaba en la otra vertiente de los montes, se encontraba ya a mi lado. Le miré maravillándome de mi suerte y él me sonrió. Y le imaginé con el pelo ya cano, dentro de muchos años, él trovándome aún con su guitarra y yo respondiéndole feliz con mi vihuela.

Al salir de un desfiladero, Hugo me mostró el paisaje. Aquellas ya eran tierras del rey Pedro. Por unos instantes, estuvimos contemplando los valles hacia los que descendía el camino. Los colores eran verdes, rojizos y amarillentos, mientras que en las cumbres se vislumbraba ya el blanco de la nieve. El aire era transparente, la brisa, suave y el sol de la tarde lo bañaba todo en oro. Di gracias a Dios, sentí la paz, y gocé de la belleza.

Vi como él olfateaba el aire de su tierra llenando sus pulmones como si se deleitara con el mejor de los perfumes. Contempló otra vez con detenimiento el paisaje. Sonrió y me hizo un gesto iniciando el descenso. Encomendándome al Señor, azucé mi montura para seguirle.

Qu'el'es mos jois et el'es tot cant ai,
e res no.m am mas leys cui amar suel.

[Ella es mi *joy* y todo cuanto poseo,
nada quiero sino a ella, y para siempre la amaré].

Ponç de la Guàrdia

APÉNDICE

PERSONAJES

Amaury de Montfort (1190-1241)

Hijo mayor de Simón de Montfort y Alice de Montmorency. Sucedió a su padre a la muerte de este en 1218 como señor de Occitania. Cedió sus derechos al rey Luis VIII de Francia y participó en las cruzadas de Tierra Santa, donde fue hecho prisionero en Gaza y sufrió cautiverio en Babilonia. Murió en el camino de regreso a Europa.

Arnaldo [Arnaut] Amalric (?-1225)

De origen occitano y pariente de los Lara, vizcondes de Narbona. Abad de Poblet antes de convertirse en el poderoso abad general de la Orden del Císter. Nombrado legado papal, predicará en Occitania junto a Peyre de Castelnou y sus frailes cistercienses. Con la llegada de Domingo de Guzmán, adoptó por un tiempo la forma humilde de predicación de este. Después del asesinato de Peyre de Castelnou, pasó a promover en el norte la cruzada contra Raimon VI, conde de Tolosa, para después liderarla. El 1212 es nombrado arzobispo de Narbona y participa en la batalla de las Navas de Tolosa en apoyo de los reinos hispanos. El dominio del vizcondado de Narbona le enfrentó con su antiguo aliado Simón de Montfort.

Aymeric de Canet

Personaje no histórico. Comendador del Temple en la posesión de Douzens. En 1133 Bernard de Canet y Aymeric de Barbaria, junto a sus familias, donaron el castillo de Douzens a «Dios y a la santa milicia del Temple». El personaje sería descendiente de los donantes.

Berenguer III, arzobispo de Narbona (?-1213)

Hijo natural de Ramón Berenguer IV, conde de Barcelona, y regente de Aragón. Fue abad del monasterio de Montearagón en Huesca, obispo de Tarazona y obispo de Lérida. En 1191 fue nombrado arzobispo de Narbona, aun conservando el título de abad de Montearagón, de donde continuaba cobrando rentas.

Enfrentado con el papa Inocencio III, este dijo de él: «Es un hombre que no conoce más Dios que el dinero». Fue prestamista de su sobrino Pedro II a cambio de las rentas de distintos feudos que él se encargaba de cobrar con sus ejércitos privados. Señor de Narbona junto con el noble Aymeric de Lara, dominaba sobre este. Se le depuso en 1212 y Arnaldo Amalric tomó el arzobispado.

Bernard de Béziers

Defensor de Béziers. Senescal (jefe militar) de la ciudad por el vizconde Trencavel. Habitaba el castillo-palacio vizcondal, del que destacaba su alta torre.

Bota de Maureilhan

Defensor de Béziers.

Bruna de Béziers

Personaje no histórico. Protagonista de la novela. Hija del senescal Bernard de Béziers.

Conde de Nevers. Hervé de Donzy

Uno de los grandes nobles cruzados.

En su tienda, se negoció la rendición de Carcasona en la que el vizconde Trencavel fue traicionado. Rechazó el vizcondado de Carcasona y Béziers.

Conde de Saint Pol

Uno de los grandes nobles cruzados de la Île de France.

David Quimhi

Personaje no histórico que toma su nombre de un rabino de Narbona que defendió a Maimónides en pleno debate de la comunidad judía española y occitana sobre la filosofía de este. Véase Salomón ben Abraham, que, al contrario, se oponía a Maimónides. Maimónides fue un brillante médico, filósofo, astrónomo y teólogo judío cordobés nacido en 1135.

Domingo de Guzmán (1171-1221)

Nació de familia noble y estudió humanidades, filosofía y teología. Se ordenó sacerdote, fue catedrático universitario y presidió la comunidad de canónigos de Osma. En 1205, el rey

Alfonso VIII de Castilla encargó una misión diplomática en la corte danesa a Diego de Acebedo, obispo de Osma, y este llevó consigo a Domingo como embajador. En sus viajes, ambos clérigos estuvieron en contacto con distintas herejías y a su regreso a Roma solicitaron permiso al papa para predicar entre los paganos del norte. Este les envió a hacerlo contra los cátaros de Occitania y en 1206 se encontraron en Montpellier con los legados papales, a los que convencen, gracias a la autoridad papal, para que prediquen en la pobreza y humildad, tal como lo hacían los cátaros a imitación de Cristo. Después del asesinato de Peyre de Castelnou, los legados promovieron la recién proclamada cruzada en las tierras del norte mientras que Domingo decidió continuar con su labor pastoral humilde y pacífica en Occitania. Estableció su base en Prouille, muy cercana de Fanjeaux, que era un bastión de señores cátaros. En 1208 fundó la Orden de los Predicadores, que después se llamaría de los dominicos. Rechazó los ricos obispados de Conserans, Béziers y Comminges con el fin de continuar su predicación en pobreza, y en 1215 estableció en Tolosa la primera casa de su orden. Aunque convivió con el legado papal Arnaldo Amalric y Simón de Montfort, no parece que jamás secundara sus métodos. Se destacó por su piedad, amor al prójimo, el seguimiento del ejemplo de Jesús, despreciando su cuerpo físico, al que sometía a castigos y penitencias con el fin de purificar su alma. Murió en Bolonia en 1221. En 1233 el papa Gregorio IX designó a los dominicos como los encargados de la lucha contra los herejes. Este fue el acto fundacional de la Inquisición. Aunque en su origen la Inquisición parecía un avance en derechos humanos, ya que no se ejecutaba a los acusados como anteriormente se hacía sin un juicio formal, pronto se convirtió en un instrumento de terror y opresión, lejos de lo predicado por Domingo. La figura del santo fue manipulada posteriormente para justificar las desviaciones inquisitoriales de sus seguidores.

Duque de Borgoña Eudes III

Uno de los grandes nobles de la cruzada.

Fulko de Marsella [Folquet] (1155-1231)

Mercader, poeta y trovador, se hizo monje en 1201 y después fue nombrado obispo de Tolosa. Protegido de Inocencio III, predicó la cruzada junto a Arnaldo Amalric. Elocuente y despiadado contra los cátaros, fue enemigo del conde de Tolosa.

Gólem

Ser de amplia tradición en la cultura judía. Aparece ya en la Biblia y en el Talmud. La primera referencia de un gólem es el propio padre Adán, creado del barro, antes de que Dios le insuflara el alma. El más famoso de ellos perteneció a un rabino de Praga que le encargó la misión de defender la sinagoga y a sus fieles judíos contra los antisemitas.

Guillermo [Guillaume] de Montmorency

Personaje no histórico. Sobrino de Alice de Montmorency, esposa de Simón de Montfort, y primo de Amaury de Montfort. Protagonista de la novela.

Guillemma

Prima de Bruna.

Hugo [Hug] de Mataplana IV [Huget] (1173-1213)

Señor de Mataplana IV, famoso trovador y caballero muy cercano al rey Pedro II. Luchó a su lado en las Navas de Tolosa y murió de las heridas recibidas peleando junto a este en la batalla de Muret.

Hugo [Hug] de Mataplana V [Huget hijo]

Personaje histórico protagonista de la novela. Segundo hijo del anterior Hugo, pasó a ser su heredero de Mataplana al morir su hermano mayor Ramón en 1197.

Inocencio III (1160-1216)

Giovanni Lotario de Segni, conde de Segni, fue nombrado cardenal a los treinta años y papa a los treinta y siete. Sobrino del papa Clemente III, hábil político, astuto e intransigente, luchó por la supremacía del papado no solo en lo espiritual, sino también en lo terrenal. Decía que Dios le había encargado el gobierno «no solo de la Iglesia universal, sino del mundo entero» Los reyes debían someterse a su poder. Siguiendo el modelo carolingio, consideraba al rey francés su mayor aliado.

Milos

Legado papal que en 1209 sometió al conde de Tolosa a penitencia pública de azotes en Saint Gilles. Murió poco después.

ORBIA DE PENNAUTIER. LA LOBA DE CABARET [CAB D'ARET]

Hija de Raimon, señor de Pennautier, llamado el Lobo. Esposa de Jourdain de Cabaret, hermano de Peyre Roger y coseñor de Cabaret.

La dama más seductora de su época. Fue cantada por muchos trovadores, destacándose los famosos Peyre Vidal y Raimon de Miraval. Reina del *joy* y señora de la *fin'amor*. Grandes señores de la época viajaron a Cabaret para cortejarla, entre los que se encontraban el conde de Foix y los señores de Mirapeis, Montreal y Saissac. Tuvo un hijo con el conde de Foix, al que se llamó Lobo de Foix.

PEDRO II, EL CATÓLICO, REY DE ARAGÓN, CONDE SOBERANO DE BARCELONA (1177-1213)

Fue también señor de Provenza y distintas posesiones en Occitania. Incorporó Montpellier a sus dominios al casarse con María de Montpellier. Muchos de los señores occitanos fueron sus feudatarios. De espíritu trovadoresco, mujeriego y desprendido, estuvo continuamente endeudado por sus gastos en festejos y batallas. Peleó frecuentemente contra los musulmanes al lado de su primo Alfonso VIII de Castilla, con quien le unió un gran afecto. Vencedor junto a este y Sancho VII de Navarra en la batalla de las Navas de Tolosa en 1212, murió en la batalla de Muret luchando temerariamente en primera línea contra los cruzados de Simón de Montfort.

PEYRE ROGER DE CABARET [CAB D'ARET] [CABEZA DE CARNERO O DE ARIETE]

Líder de la resistencia occitana en la cruzada, señor principal de Cabaret. Ayudó a su señor el vizconde Trencavel durante el sitio de Carcasona.

Peyre de Castelnou (?-1208)

Abad de Fontfreda, fue nombrado legado papal y predicó junto a Arnaldo Amalric contra los herejes occitanos. Polémico y de enérgico temperamento, usó la amenaza con frecuencia contra los nobles occitanos. Después de una fuerte discusión con el conde de Tolosa en Saint Gilles, fue asesinado en las orillas del Ródano en enero de 1208.

Peyre Vidal

Activo como trovador del 1175 a 1205.

De origen humilde y natural de Tolosa, frecuentó las cortes de Aragón, Cataluña, Castilla, Occitania y Provenza. Famoso por sus amores con la Loba de Cabaret, tuvo también aventuras galantes en Marsella, Chipre y Constantinopla.

Pons I, abad de Saint Gilles

Gobernó la abadía desde 1208, poco después de la muerte de Pierre de Castelnou, hasta 1241.

Pons de Corneilhan

Defensor de Béziers.

Raimon de Miraval (1135-1216)

Pequeño señor del Aude, desposeído de su castillo de Miraval por Simón de Montfort en 1209. Fue un brillante trovador de la *fin'amor*. Protegido del conde de Tolosa y del rey de Aragón.

Raimon VI, conde de Tolosa (1156-1222)

Cuñado del rey Pedro II al estar casado con su hermana Elionor. Fue protector de trovadores y tolerante con herejes y judíos. Tuvo frecuentes disputas con los grandes terratenientes eclesiásticos. Casado cinco veces, fue excomulgado tres, muriendo en tal estado. Evitaba el combate y prometía lo que sabía que no podía cumplir. Sus antecesores fueron enemigos de los condes de Barcelona pero él se hizo vasallo del rey Pedro II en busca de protección. Su bisabuelo fue el mayor de los señores que lideraron la primera cruzada, conquistando Jerusalén en 1099.

Raimon Roger Trencavel, vizconde de Carcasona, Albí y Béziers (1185-1209)

Sobrino del conde de Tolosa y enfrentado a él. Se negó a aliarse con este cuando el legado Arnaldo predicaba la cruzada en el norte. Vasallo y cuñado, por parte de su esposa Agnés de Montpellier, del rey Pedro de Aragón. Loado por los trovadores de la época como modelo de noble caballero occitano. Su hijo y esposa se refugiaron en Foix durante el sitio de la ciudad. Murió en las mazmorras de su castillo, se dice que envenenado, poco después de la toma de Carcasona por los cruzados.

Raimon Roger conde de Foix (?-1223)

Luchador incansable contra los cruzados y aliado del rey Pedro II de Aragón. Consiguió recuperar todos los territorios que la cruzada le arrebatara.

Reculaire

Juglar al servicio de Hugo de Mataplana (el padre).

Reginald de Montpeyroux

Obispo de Béziers que se une a los cruzados. Al no poder convencer a los *biterrois* para que entregaran a los 222 herejes y se sometieran al legado papal, les abandonó a su suerte. El anterior obispo, Guillaume de Roquessels, al contrario, se opuso en 1205 al malgeniado Peyre de Castelnou y entró en conflicto con los legados papales.

Renard, rey Ribaldo

Mencionado varias veces en el *Cantar de la cruzada*. Se le culpó del incendio de Béziers.

Salomón ben Abraham

Personaje no histórico que toma su nombre de un rabino de Montpellier, contemporáneo al relato, que sí existió. Salomón prohibió, bajo pena de excomunión, las obras de Maimónides. Incluso llegó a denunciar dichas enseñanzas en 1223 a la Inquisición. A raíz de ello, el papa vetó a dicho filósofo y teólogo judío en las Universidades católicas. En medio de una gran polémica entre las comunidades judías occitanas y españolas, Salomón fue, a su vez, excomulgado por otros rabinos occitanos entre los que se encontraba el de Béziers y Narbona.

Simón de Béziers

Miembro de la comunidad judía de Béziers y representante jurídico y económico (*bayle* o baile) del vizconde Trencavel en la ciudad.

Sara

Personaje no histórico. Herbolaria judía de Béziers con dotes de videncia.

Simón de Montfort (1160 o 1165-1218)

Noble de origen normando con posesiones en la Île de France. También conde de Leicester, en Inglaterra, aunque desposeído de título y posesiones por el rey inglés. Ferviente católico, hombre de gran valor y capacidad de liderazgo, fue capaz a veces de generosidad y otras de las mayores crueldades. Participó en la cruzada a Tierra Santa antes de unirse a la cruzada contra los albigenses o cátaros, de la que se convirtió en líder militar después de la toma de Carcasona, siendo proclamado vizconde. Después de nueve años de lucha y de conquistar grandes territorios en Occitania, murió en el sitio de Tolosa a causa de una piedra lanzada por unas muchachas que defendían la ciudad. Su cuarto hijo, también llamado Simón, recuperó sus posesiones en Inglaterra y fue uno de los líderes que impusieron la *Carta Magna* al rey inglés.

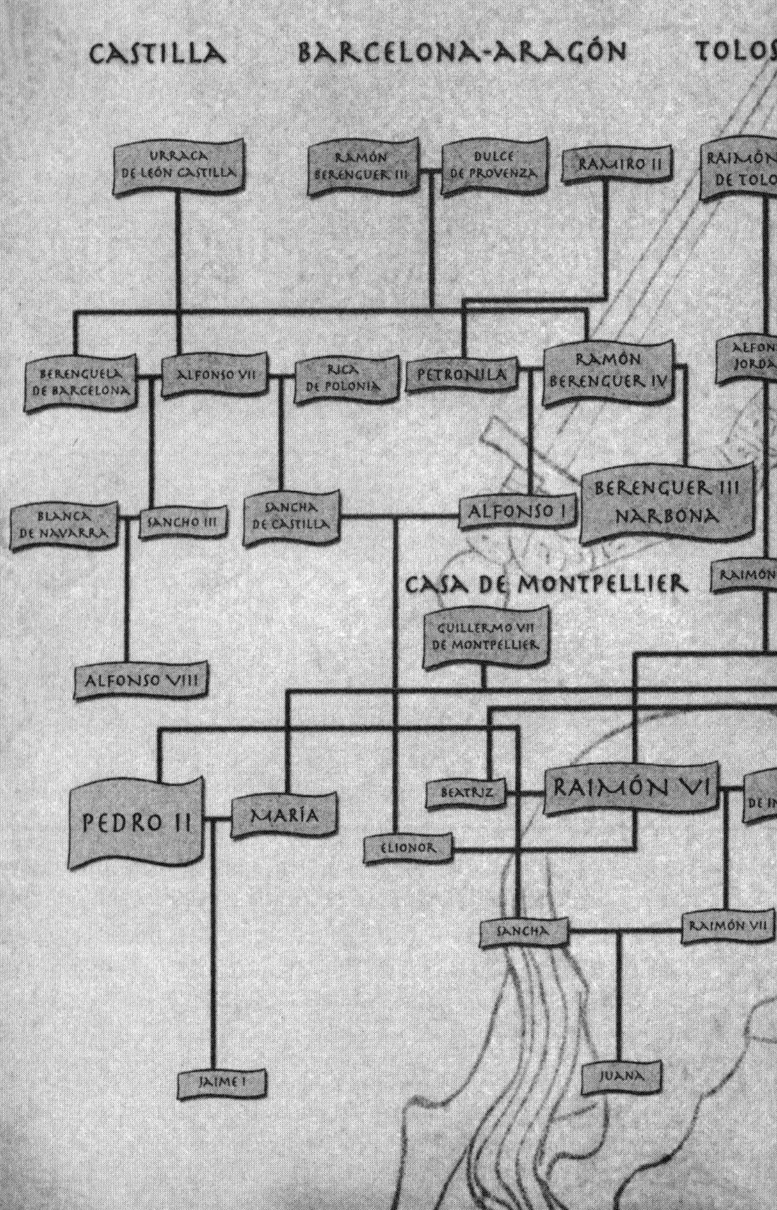
CASTILLA
BARCELONA-ARAGÓN
URRACA DE LEÓN CASTILLA
RAMÓN BERENGUER III
DULCE DE PROVENZA
RAMIRO II
BERENGUELA DE BARCELONA
ALFONSO VII
RICA DE POLONIA
PETRONILA
RAMÓN BERENGUER IV
BERENGUER III NARBONA
BLANCA DE NAVARRA
SANCHO III
SANCHA DE CASTILLA
ALFONSO I
CASA DE MONTPELLIER
GUILLERMO VII DE MONTPELLIER
ALFONSO VIII
PEDRO II
MARÍA
BEATRIZ
RAIMÓN VI
ELIONOR
SANCHA
RAIMÓN VII
JAIME I
JUANA

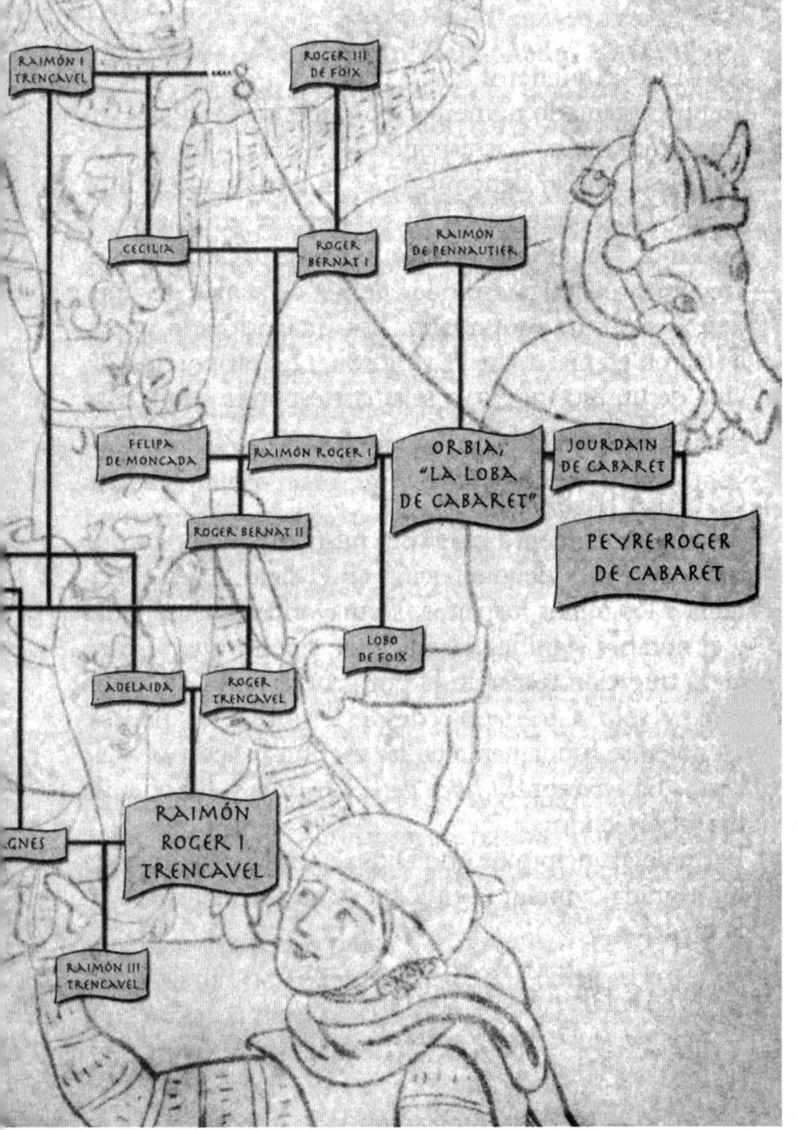
CARCASONA
FOIX
PENNAUTIER
CABARET
RAIMÓN I TRENCAVEL
ROGER III DE FOIX
CECILIA
ROGER BERNAT I
RAIMÓN DE PENNAUTIER
FELIPA DE MONCADA
RAIMÓN ROGER I
ORBIA, "LA LOBA DE CABARET"
JOURDAIN DE CABARET
ROGER BERNAT II
PEYRE ROGER DE CABARET
LOBO DE FOIX
ADELAIDA
ROGER TRENCAVEL
GNES
RAIMÓN ROGER I TRENCAVEL
RAIMÓN III TRENCAVEL

CONCEPTOS MEDIEVALES

ÁUREO (EL NÚMERO)

También llamado número de oro, de la creación o divina proporción. Corresponde a 1,61803... Y (Fi) es la letra griega que lo denomina y es la inicial del escultor griego Fidas, que usaba su proporción en el cuerpo humano. Numerosas formas naturales, tales como el crecimiento de las espirales de los caracoles, responden a la misma proporción. Los pitagóricos lo popularizaron en matemáticas y filosofía. La proporción divina de un rectángulo, o sala, corresponde a una base de Fi y lado de 1.

CÁBALA (KABBALAH)

Amplio movimiento religioso, místico y esotérico que toma cuerpo y denominación en el siglo XII en Occitania y los reinos hispanos. Es mayoritariamente judío y el nombre significa «tradición», puesto que se basa en la tradición transmitida por generaciones de forma oral, y solo a iniciados, desde los primeros padres. También se fundamenta en las escrituras hebreas y sus textos básicos son *El libro de la Creación* y el *Zohar* [la luz, el esplendor].

Parte del principio de que Dios se reveló en la Torá (la ley sagrada, contenida en los textos) y se manifestó en la creación.

Cantar de la cruzada

Cantar de la cruzada contra los albigenses. En ella se narra la acción bélica predicada por los legados papales y emprendida en 1209 sobre las poblaciones de Occitania. Era la primera vez que la Iglesia lanzaba una cruzada en territorio europeo y contra cristianos, y los resultados de esta tuvieron consecuencias trascendentales en la historia del continente, de la cultura y de las religiones. Hoy conocemos comúnmente a los entonces llamados herejes albigenses por cátaros.

El *Cantar de la cruzada* consta en su primera parte de 2.772 versos alejandrinos dispuestos en 131 coplas y fue escrita por Guillermo de Tudela, clérigo navarro contemporáneo a los hechos. Aunque utilizó en sus versos la llamada lengua de oc (la hablada por los occitanos de la época), tiene mucha influencia de la lengua de oíl (la hablada por los franceses del norte de aquel entonces y precursora del francés actual).

La segunda parte fue escrita por un poeta anónimo en un occitano mucho más puro y consta de 6.810 versos más. La narración de esta novela termina aproximadamente sobre la copla número 47 de la primera parte, que temporalmente se sitúa a finales del año 1209.

Fin'amor [El amor depurado]

La Iglesia llegó a valorar esa praxis metafísica y moral como cercana a la herejía. Consideraba ese tipo de amor relacionado con la magia y lo combatió, terminando con su práctica siempre que pudo.

Sin embargo, la *fin'amor* representó una dignificación del papel de la mujer en la época, confiriéndole poder y respeto frente a unos varones que acostumbraban a mostrarse zafios y brutales.

Consistía en un conjunto de teorías eróticas y principios morales, pero también en un código de comportamiento y galantería ritualizados.

En primer lugar, está un juego cortés que se basa en la urbanidad y buenas maneras aristocráticas.

En segundo, un arte de amar convencional y teórico sin relación a la pasión. Asegura a la dama la celebridad mundana (a través de los poemas en su honor cantados por los trovadores) y al amante, el beneficio de sentir el amor.

Y por último, una regulación del acto carnal, con combinación de continencia e iniciativas eróticas por parte de la dama.

La *fin'amor* no estaba ligada a una religión, puesto que también hubo trovadores y practicantes judíos y cátaros.

Amando a la mujer se aprendía a ser virtuoso, a amar al prójimo, a los enemigos, al Ser Supremo. Bastaba amar para abrirse a todas las virtudes, solo debían evitarse los pecados contra el amor.

Grial [graal]

Chrétien de Troyes escribe *Perceval el galés o el cuento del Graal* entre 1160 y 1184. Exalta el amor al estilo *joy* y *fin'amor*. El aspecto físico de este grial era una escudilla mágica que contiene la gracia.

Otras tradiciones lo identifican con un pájaro maravilloso.

Para Wolfram von Eschenbach en *Parzival*, año 1200, es una piedra preciosa que guarda la gracia divina.

Una leyenda catalano-occitana lo identifica con una copa de madera que esculpió el padre Adán, que fue la misma que contuvo el vino consagrado en la última cena. Por la eucaristía se relaciona con la sangre de Cristo.

Robert de Boron, en 1215, pareció adoptar esa tradición en el Lancelot-Graal, el *Roman de l'Estoire du Graal* y el de José de Arimatea, donde este recoge en el vaso sagrado la sangre de Cristo.

La cristianización del grial parece proceder de la adaptación de ritos paganos junto a la obsesión de la época por la búsqueda de reliquias sagradas.

Herejes

Cátaros

Dualistas. Creían en el principio del bien y del mal. El mundo había sido creado por un dios malo cuyo siervo era el diablo y que encerraba a las almas en los cuerpos, que eran su cárcel terrenal. El mundo era el infierno. Al contrario, el Dios bueno, en constante oposición con el anterior, era el creador de las almas y del mundo puro espiritual. Los ángeles le servían en su lucha contra el Maligno y Jesucristo era uno de ellos. Negaban, pues, la trinidad, puesto que la esencia de Cristo era distinta que la del Padre, e incluso que Jesucristo hubiera tenido un cuerpo humano. La mayoría de los cátaros creían que el bien era más poderoso y en la victoria final del Dios bueno. Las almas no tenían sexo (por lo tanto, las mujeres eran iguales que los hombres) y se reencarnaban hasta perfeccionarse y acceder finalmente al cielo, el reino del Dios bueno. Despreciaban el cuerpo y vivían con gran humildad, de su trabajo y comiendo solo vegetales y pescado.

Arrianos

En el concilio de Nicea (325) se proclamó la cosustancialidad del Padre y del Hijo. Los arrianos, al contrario, creían que Cristo fue creado por el Padre, que no era eterno y, por lo tanto, que su sustancia era distinta a la de este.

Valdenses

Sus creencias no se diferenciaban en mucho de las católicas romanas, solo que eran estrictos en la práctica de la pobreza y deseaban regresar a la tradición evangélica. Eran revolucionarios en el sentido de que no obedecían a los sacerdotes de la Iglesia romana, no aceptaban, o modificaban, los sacramentos y permitían predicar a las mujeres. Se oponían a los cátaros, pero igualmente fueron perseguidos. El pueblo los llamaba *barbas*.

Adopcionistas

Creían que Cristo, en su naturaleza humana, no era hijo de Dios, sino que fue adoptado por este. El adopcionismo fue una herejía «española», ya que fue promovida por Félix, obispo de Urgell y Elipando, arzobispo de Toledo, en el siglo XI. La Iglesia romana, con el apoyo de Carlomagno, la combatió con determinación, pero no pudo evitar que se extendiera entre los mozárabes hispanos, que al vivir en territorio musulmán nada tenían que temer del emperador. Los adopcionistas estaban, pues, más cercanos al concepto de Cristo musulmán y judío, comunidades con las que convivían.

Horreum de Narbona

Construcción subterránea romana que se extiende por una amplia zona de la Narbona antigua y cuya finalidad aún no ha sido determinada de forma concluyente. La parte que se conserva en buen estado aún se puede visitar.

Joy

Se considera emanado de la mujer. Atributo de la belleza capaz de inspirar a los hombres bien nacidos el gusto por la cortesía, por la poesía y las acciones heroicas. Tiene carácter casi mágico. Según Raimon Nelly, el *joy* es una virtud que emana misteriosamente de la dama y que no es otra cosa que el amor al amor.

La dama es la que dispensa el *joy*, es decir, la alegría, la felicidad del amor. Es también el placer de los hombres frente a damas hermosas, pues estas tenían el deber de mantener este *joy* abierto a todos para hacer su sociedad lo más agradable posible. Un caballero no debía aparecer en sociedad ni huraño ni preocupado. La dama debía mantenerse riente y el hombre, sonriente.

Lenguas de oc y de oíl

La lengua de oc se hablaba en el sur de lo que hoy es Francia y el oíl, en el norte, siendo la primera, antecesora del occitano actual y la segunda, del francés. Ambas estaban compuestas de múltiples variantes y dialectos. Su mayor diferenciación se basaba en la forma de decir «sí». «Sí» se decía «oc» en el sur, y «oíl» en el norte. El «*oui*» del actual francés deriva del antiguo oíl. Las tierras del sur se denominan hoy en día Occitania y Languedoc, «lengua de oc».

Paratje

Categoría social basada en el honor.

Templarios

Los templarios, aunque dada su vinculación con la Orden del Císter eran favorables a la cruzada, no intervinieron en ella en su inicio. Solo años después, cuando el rey de Francia lideró una expedición para conquistar la ciudad de Tolosa, los templarios del norte, junto con su gran maestre, acudieron en ayuda del rey.

Trovadores y juglares

Trovador era el poeta que componía y versificaba las canciones. Era culto y generalmente noble o alto burgués. El juglar era un cantante y músico itinerante que se dedicaba a popularizar las canciones del trovador al que servía, para fama de este y de su dama. Los trovadores también cantaban haciendo el papel de juglares y a su vez, alguno de estos componía.

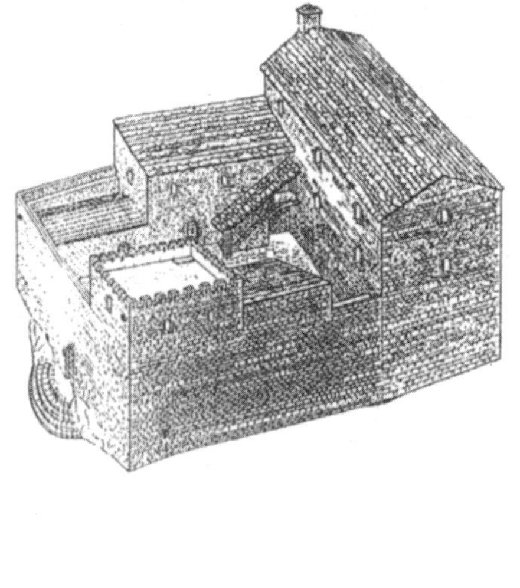

1._ Dormitorios nobles
2._Establos
3._Capilla
4._Horno
5._Bodega
6._Cocina
7._Sala noble

Castillo de Mataplana

según reconstrucción de Francesc Riart

Sección interior

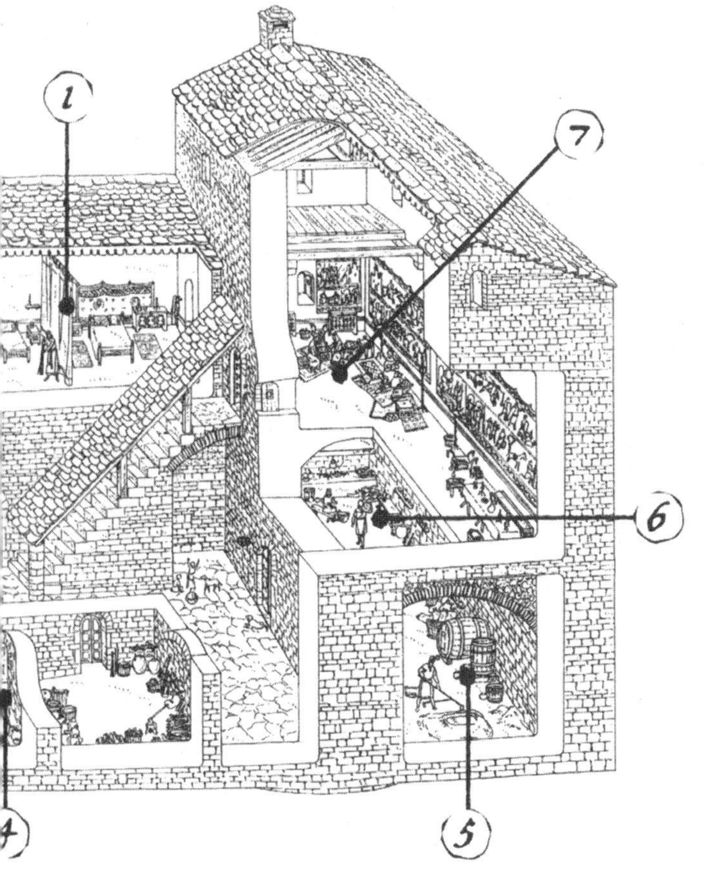

BIBLIOGRAFÍA RECOMENDADA

Libros y artículos

Albira, Martín, «Cátaros: ¿herejes o buenos hombres?», *Clío*, 40, febrero, 2005.

Anónimo, *Poema de mio Cid*, Cátedra, Madrid, 1989.

Ares, María, «Dentro del Laberinto», *Clío*, 40, febrero, 2005.

Baigent, Michael, Richard Leigh y Henry Lincoln, *El enigma sagrado*, Martínez Roca, Madrid, 2004.

Beffeyte, Renaud, *Les machines de guerre au moyen age*, Ouest France, París, 2000.

Cagigal, Carlos y Alfredo Ros, *El grial secreto de los merovingios*, Investigación Abierta, Madrid, 2005.

Caille, J., *Histoire de Narbonne*, Laboratoire d'histoire de Montpellier.

— *Histoire de Béziers*, «La masacre de 1209», Laboratoire d'histoire de Montpellier.

Dalmau, Antoni, «La batalla de Muret», *National Geographic*, 33.

D'Andoque, Nicolas, *L'Abbaye de Fontfroide au coeur de la lutte contre le catharisme*, Gaud.

Escura i Dalmau, Xavier, *Crónica dels Càtars*, Signament i Comunicació, Barcelona, 1996.

Gardel, Marie-Élise, *Cabaret: vie et mort d'un castrum*, L'Hydre Éditions, Cahors, 2004.
Ghyka, Matilda C., *El número de Oro*, Poseidón, Barcelona, 1968.
Goiffon (abad), *Saint Gilles, son abbaye, sa paroisse, son grand-prieuré*, Lacour rediviva, Nimes, 2002.
Gougaud, Henri, *Chanson de la croisade Albigeoise*, Le livre de Poche, París, 1989.
Gravett, Cristopher, *Medieval siege warfare*, Osprey Publishing, Nueva York, 2004.
Hindley, Geoffrey, *Las Cruzadas*, Ediciones B, Barcelona, 2005.
Martines, Vicent y Gabriel Ensenyat, *Cançó de la croada contra els albigesos*, Proa, Barcelona, 2003.
Mestre i Godes, Jesús, *Els càtars: problema religiós, pretext polític*, Ediciones 62, Barcelona, 2002.
— *Els cátars: la vida y la mort dels bons homes*, Ediciones 62, Barcelona, 1997.
Monin, Pierre Yves, «Béziers, le premier massacre», *Le pays Cathare*, septiembre-octubre, 1997, 5.
Moulis, Dominique y Robert Bourdeau, *Galerías subterráneas del hórreo romano de Narbona*, Mairie de Narbonne, Narbona.
Neilli, Rene, *Diccionario del catarismo y herejías meridionales*, Alejandría, Palma de Mallorca, 1997.
— *Los cátaros del Languedoc. Siglo* III, Mediavalia, Palma de Mallorca, 2002.
— *Trovadores y Troveros*, Mediavalia, Palma de Mallorca, 2000.
Nicholson, Helen, *Knight Templar*, Osprey Publishing, Nueva York, 2004.
O'Shea, Stephen, *Los Cátaros. La herejía perfecta*, Ediciones B, Argentina, Buenos Aires, 2002.
Pagels, Elaine, *Los evangelios gnósticos*, Crítica, Barcelona, 2003.

— *Más allá de la fe*, Ares y mares, Barcelona, 2004.
«Paix de Dieux et guerre sainte en Languedoc», *Cahiers de Fanjeaux*, 4, Fanjeaux, 1969.
Requena, Miguel, *Poesía Goliarda*, El Acantilado, Barcelona, 2003.
Reznikov, Raymonde, *Cathares et templiers*, Loubatiéres, París, 2004.
Riart i Jou Francesc, Oriol García i Quera, *Càtars i trovadors*, Signament i Comunicació, Barcelona, 1996.
— y Manuel Riu, *El castell de Mataplana i del comte Arnau*, Signament i Comunicació, Barcelona, 1999.
Roob, Alexander, *Alquimia & Mística*, Taschen, 2005.
Rouquette, Yves, *Béziers, les rúes racontent*, Les presses du Languedoc, Béziers, 1995.
«Saint Dominique en Languedoc», *Cahiers de Fanjeaux*, 1, Fanjeaux, 1966.
Sales, Christian, *Cité de Carcassonne*, Souvenir DVD collection.
Scott, Cárter, *Los cátaros*, Edimat, Arganda del Rey, 2002.
Starbird, Margaret, *María Magdalena y el Santo Grial*, Booket, Barcelona, 2005.
Triguero Grueso, José Luis, *El número áureo*, Taller de Matemáticas, Ministerio de Educación, 2001.
Valdeavellano, Luis G., *Historia de España Antigua y Medieval*, Alianza, Madrid, 1988.
Vicaire, Marie-Humbert, *Saint Dominique en lauragrais*, Saint Paul Fribourg, París.
Vicente, Enrique de, «Operación Nuevo Mundo», *Año Cero*, 8, 2003, Madrid.
VV. AA., *Breve Historia del Monasterio de Prouille*, Editorial Dominica.
— *Arche et ombre. L'heretique Lastours*, Pyrénées, Toulouse, 2006.
Zambón, Francesco, *El legado secreto de los cátaros*, Siruela, Madrid, 2004.